Icône

# Frederick Forsyth

# Icône

ROMAN

*Traduit de l'anglais*
*par Bernard Cohen*

# Albin Michel

*Titre original .*
ICON

© Transworld Publishers Ltd., Londres, 1996

Publié avec l'accord de Transworld Publishers Ltd., 61-63 Uxbridge Road,
Londres W5 5SA

*Traduction française :*
© Éditions Albin Michel S. A., 1997
22, rue Huyghens, 75014 Paris

ISBN 2-226-09306-0

*Pour Sandy*

# PREMIÈRE PARTIE

# Chapitre 1

C'était pendant l'été où le prix d'une modeste miche de pain atteignit le million de roubles, où pour la troisième année consécutive les récoltes se révélèrent catastrophiques et où l'inflation frappa encore le pays de plein fouet.

C'était pendant l'été où, pour la première fois, dans les arrière-cours des villes de province les plus éloignées, des Russes commencèrent à mourir de faim.

C'était pendant l'été où le président du pays fut frappé d'une crise cardiaque dans sa limousine, sans pouvoir être secouru à temps, et où un vieil et obscur employé déroba un document capital.

L'été à partir duquel plus rien ne fut comme avant.

L'été 1999.

Il faisait si chaud cet après-midi-là, si étouffant, qu'il fallut plusieurs coups de klaxon appuyés pour que le préposé surgisse enfin de sa guérite et ouvre les lourdes portes de bois de l'enceinte officielle.

Tandis que la longue Mercedes 600 noire glissait sous le portail pour s'engouffrer sur Staraïa Plochad, la Vieille Place, un garde du corps du président descendit sa vitre et adressa quelques mots bien sentis à l'appariteur hébété. Celui-ci tenta de se racheter en esquissant un vague salut militaire à l'adresse de la Tchaïka lancée derrière la limousine présidentielle, dans laquelle quatre autres membres des services de sécurité avaient pris place. Mais les deux véhicules étaient déjà loin.

A l'arrière de la Mercedes, perdu dans ses pensées, le président Tcherkassov était seul. Devant, à côté du chauffeur — un milicien —, son garde du corps personnel, choisi parmi les éléments d'élite du groupe Alpha, avait refermé sa fenêtre.

Les dernières banlieues lugubres de Moscou cédèrent peu à peu la place aux champs et aux forêts, mais le président de la Russie ne sortit pas de son profond abattement, ce qui n'était guère surprenant : près de deux ans après avoir pris le pouvoir des mains d'un Boris Eltsine déclinant, force lui était de constater que son pays s'enfonçait toujours plus loin dans le marasme, et que la période qui venait de s'écouler avait incontestablement été la plus noire de sa vie.

Au cours de l'hiver 1995, lorsqu'il était encore le Premier ministre « technocrate » choisi par Eltsine pour remettre l'économie en route, le peuple avait été appelé aux urnes afin d'élire une nouvelle Douma, le Parlement russe. Ce scrutin, important certes, n'était pas vital : durant les derniers temps, les prérogatives présidentielles avaient été nettement renforcées au détriment de l'influence parlementaire. Pourtant, le robuste Sibérien qui, quatre années plus tôt, lors du pustch raté d'août 1991, juché sur un tank pour haranguer les soldats, s'était attiré l'admiration de la Russie mais aussi de l'Occident en faisant figure de grand défenseur de la démocratie, n'était plus que l'ombre de lui-même. A peine sorti de sa seconde crise cardiaque en l'espace de trois mois, bouffi et le souffle court en raison du traitement de choc qui lui était administré, il avait suivi les élections depuis une clinique du mont aux Moineaux — jadis le mont Lénine —, au sud-est de Moscou, et vu ses protégés politiques, humiliés, devoir se contenter de la troisième place dans la nouvelle assemblée. Si ce revers n'avait pas été aussi déterminant que dans une démocratie occidentale, c'était en grande partie dû à la concentration des pouvoirs aux mains du président, à laquelle Boris Eltsine n'avait cessé d'œuvrer. La Russie s'était dotée d'un régime présidentiel, comme aux Etats-Unis, mais sans aucune institution comparable au Congrès américain — qui peut parfois contrecarrer les initiatives de la Maison-Blanche : Boris Elstine avait les moyens de gouverner par oukazes, et ne s'en privait pas.

Mais cette consultation parlementaire avait au moins montré dans quelle direction le vent soufflait désormais, et laissé entrevoir le paysage politique dans lequel allait se dérouler le scrutin,

12

beaucoup plus important, des présidentielles prévues pour juin 1996. Ironie de l'histoire, les communistes y étaient apparus en force : après sept décennies de tyrannie communiste, cinq années de réformes gorbatchéviennes, et autant de pouvoir eltsinien, le peuple russe semblait lorgner avec nostalgie vers le passé.

Il faut dire que les communistes, conduits par Guennadi Ziouganov, présentaient un tableau idyllique du « bon vieux temps » : emploi garanti, salaires stables, vie bon marché, ordre et sécurité. Pas un mot en revanche sur le despotisme du KGB, l'archipel du Goulag et les travaux forcés, l'absence totale de liberté d'expression et d'association... Mais les électeurs russes avaient déjà perdu toutes leurs illusions quant aux deux remèdes miracles qu'on leur avait tant vantés, le capitalisme et la démocratie. Ce dernier terme n'était plus prononcé qu'avec mépris : pour bien des Russes, la corruption galopante et la criminalité triomphante prouvaient à elles seules qu'il s'agissait d'une imposture. Aussi, à la proclamation des résultats, les cryptocommunistes dominaient-ils à la Douma, qui fut donc placée sous la présidence d'un des leurs.

A l'autre extrême de l'échiquier politique, diamétralement opposés — mais en apparence seulement — aux nostalgiques du passé soviétique, on trouvait les néo-fascistes de Vladimir Jirinovski, regroupés dans le mal nommé Parti libéral-démocrate. Après son étonnante percée lors des présidentielles de 1991, ce démagogue tonitruant, célèbre pour ses excentricités et son langage ordurier, avait paru en perte de vitesse, mais cela ne l'avait pas empêché d'entrer en seconde position à la Douma.

Au centre, les formations politiques prônant toujours la nécessité des réformes économiques et sociales initiées auparavant arrivaient donc en troisième position.

Tous se préparaient à la compétition présidentielle de 1996. Alors que quarante-trois partis différents s'étaient présentés aux élections parlementaires, les dirigeants des principaux mouvements comprenaient en général que leur intérêt était de pousser au regroupement. Ainsi, avant l'été, les cryptocommunistes pactisèrent-ils avec leurs alliés naturels du Parti agraire pour former l'« Union socialiste », intitulé astucieux puisqu'il reprenait en russe deux initiales de l'ancienne URSS. Ziouganov restait le leader.

Dans les milieux d'extrême droite, des tentatives d'unification furent aussi tentées, mais farouchement repoussées par Jirinovski, qui se proclamait capable de gagner les suffrages populaires sans l'aide de quiconque.

Comme en France, l'élection présidentielle russe est à deux tours. Au premier, tous les candidats sont en lice, puis les deux mieux placés s'affrontent. Arriver troisième n'a donc aucune signification particulière : ce fut ce qui arriva à Jirinovski, au grand dam des politiciens de droite les plus avisés.

Pour la douzaine de partis du centre qui, eux, avaient choisi bon gré mal gré l'union dans l'Alliance démocratique, la question centrale du printemps 1996 était de savoir si Boris Elstine serait en état de se présenter et de triompher à nouveau.

Les historiens, plus tard, résumeront les raisons de son déclin par un seul mot : Tchétchénie. Douze mois plus tôt, à bout de nerfs, Eltsine avait déchaîné les foudres de la machine militaire russe contre cette petite mais belliqueuse république dont le chef autoproclamé ne cessait de revendiquer une complète indépendance vis-à-vis de Moscou. Il n'y avait rien de nouveau à ce que les Tchétchènes empêchent un dirigeant russe de dormir : leur irrédentisme durait depuis des siècles, malgré les cruelles punitions que leur avaient infligées les tsars puis le plus implacable des despotes russes, Joseph Staline. On ne sait comment ils ont survécu aux invasions successives de leur modeste territoire, aux déportations, au génocide organisé — survécu et, plus encore, résisté.

Cette agression irréfléchie ne devait pas conduire à la victoire rapide que le Kremlin promettait, mais au contraire à la destruction complète de la capitale tchétchène, Grozny, sous l'œil des caméras du monde entier, et à une longue théorie de cadavres de soldats russes renvoyés au pays en sacs à viande. Grozny en ruine, les Tchétchènes armés jusqu'aux dents — en grande partie grâce au matériel que des généraux russes corrompus leur avaient vendu en sous-main — se replièrent dans les montagnes dont ils connaissaient les moindres recoins, refusant de capituler, et l'armée russe, après avoir connu son Vietnam en Afghanistan, répéta cette expérience ignominieuse dans les hauteurs du Caucase.

Si Boris Elstine s'était lancé dans la campagne de Tchétchénie pour prouver à la manière russe traditionnelle son autorité, l'effet recherché ne fut aucunement atteint. Durant toute l'année 1995, il attendit en vain la victoire finale, tandis que la population, au spectacle des jeunes conscrits transformés en chair à canon, éprouvait une haine grandissante contre les rebelles tchétchènes, mais se détournait aussi de l'homme qui se révélait incapable de gagner la guerre.

Après de terribles efforts pour surmonter son impopularité et sa santé déclinante, Boris Elstine remporta finalement l'élection présidentielle à l'arraché. Puis vint le moment où il dut céder sa place au technocrate Joseph Tcherkassov, le leader du Parti patriotique russe, qui à l'époque faisait partie de l'Alliance démocratique.

Les débuts du successeur furent prometteurs : s'attirant les bonnes grâces de l'Occident, et surtout conservant les crédits internationaux qui permettaient de maintenir l'économie russe dans un semblant d'équilibre, il sut se rendre aux conseils occidentaux pour enfin négocier la paix en Tchétchénie. Les Russes les plus vindicatifs s'indignèrent de voir les rebelles du Caucase obtenir gain de cause, mais le retour des soldats au pays était une mesure qui satisfaisait la majorité.

Assez vite, pourtant, la situation commença à se détériorer, et cela pour deux raisons : le système économique du pays n'arrivait plus à supporter le pillage systématique des ressources que menait la mafia russe, et puis le Kremlin se lança à nouveau dans une aventure militaire insensée.

En effet, la Sibérie, détentrice de quatre-vingt-dix pour cent des richesses nationales, menaça de faire sécession. Ces contrées rudes et désolées recelaient assez de pétrole et de gaz pour faire paraître dérisoires même les réserves de l'Arabie Saoudite, mais aussi de l'or, des diamants, de la bauxite, du manganèse, du tungstène, du nickel, du platine, énormes ressources encore souvent inexploitées. A Moscou, des informations de plus en plus insistantes firent état de la présence en Sibérie d'émissaires des yakuzas japonais, et surtout sud-coréens, venus prôner la sécession. Mal conseillé par son cercle de courtisans, et visiblement oublieux des erreurs de son prédécesseur en Tchétchénie, le président Tcherkassov envoya l'armée à l'est, ce qui fut doublement catastrophique : d'abord, après un an sans pouvoir obtenir une solution militaire sur le terrain, il dut négocier avec les Sibériens un accord qui conférait à ces derniers une autonomie sans précédent et donc un contrôle accru sur leurs ressources naturelles ;

15

ensuite, cette lamentable campagne provoqua une nouvelle flambée inflationniste.

Le gouvernement voulut répondre en actionnant la planche à billets. A l'été 1999, le temps où le dollar s'échangeait à cinq mille roubles — c'est-à-dire quelques années auparavant — n'était plus qu'un lointain souvenir. La récolte de blé dans les riches plaines du Kouban s'avéra infructueuse deux ans de suite, et le grain de Sibérie finit par pourrir sur place, bloqué par les attentats des sécessionnistes contre les voies ferrées. Dans les villes, le pain atteignit des prix exorbitants. Le président Tcherkassov avait beau s'accrocher à son poste, il était clair qu'il avait perdu le contrôle du pays.

A la campagne, que l'on aurait pu croire autosuffisante, ce furent des temps cauchemardesques. Sans subventions, manquant de ressources humaines, souffrant d'un équipement de plus en plus délabré, les fermes étaient paralysées, envahies par le chiendent. Aux arrêts loin des cités, les trains étaient pris d'assaut par des paysans affamés, âgés pour la plupart, prêts à troquer leurs meubles, leurs vêtements, tout un bric-à-brac, en échange d'une poignée de billets de banque ou, mieux encore, de nourriture, mais ils rencontraient peu de succès.

A Moscou, capitale et vitrine de la nation, les victimes de la crise dormaient sur les quais de la Moskova ou dans les arrière-cours. La police, qu'on appelle « milice » en Russie, après avoir *de facto* renoncé à combattre le crime organisé, s'employait à arrêter les vagabonds et à les jeter dans des convois pour les renvoyer d'où ils venaient. Mais il en arrivait sans cesse de nouveaux, à la recherche de travail, de pain, d'une aide quelconque. Beaucoup d'entre eux n'avaient d'autre choix que de mendier et de mourir dans les rues de Moscou.

Au début du printemps 1999, l'Occident renonça finalement à verser ses subventions dans ce tonneau sans fond. Les investisseurs étrangers se retirèrent, y compris ceux qui travaillaient avec la mafia. L'économie russe, telle une prisonnière de guerre cent fois violée, gisait sur le bord de la route, et se mourait de désespoir.

Et c'était ce sombre tableau que méditait le président Tcherkassov tandis que son véhicule, filant dans la canicule, le conduisait vers sa résidence de week-end.

Le chauffeur connaissait par cœur la route jusqu'à la datcha officielle, après Oussovo, sur les bords de la Moskova où les forêts rafraîchissaient l'air étouffant de l'été moscovite. C'était là que, des décennies plus tôt, les huiles du Politburo soviétique venaient aussi se détendre : en Russie, tout avait changé, mais beaucoup de choses restaient comme avant.

Comme le carburant était cher, la circulation demeurait réduite. Les rares camions qu'ils doublèrent vomissaient d'épais nuages de fumée noire. Après Arkhangelskoïe, la voiture franchit un pont et se mit à longer le fleuve, qui coulait paresseusement dans la brume de chaleur vers la ville, derrière eux.

Cinq minutes plus tard, le président se sentit suffoquer. Malgré l'air conditionné branché à plein régime, il lui fallut descendre sa vitre et respirer avidement la brise, plus chaude, ce qui le soulagea un peu. De l'autre côté de la paroi vitrée, chauffeur et garde du corps n'avaient rien remarqué. L'accès au village de Peredelkino apparut à droite. Au moment où ils s'y engageaient, le président s'affaissa de côté sur son siège.

Le chauffeur, remarquant enfin qu'il n'apercevait plus la tête de son illustre passager dans son rétroviseur, chuchota quelques mots au garde du corps, qui se retourna pour regarder à l'arrière. Une seconde plus tard, la Mercedes se déportait sur le bas-côté, imitée par la Tchaïka d'où émergèrent le chef de la sécurité présidentielle, un ancien colonel des unités d'élite Spetsnaz, et plusieurs de ses hommes qui se placèrent aussitôt en cercle autour du véhicule, arme au poing.

Le colonel alla jusqu'à la Mercedes, dont le garde du corps avait déjà ouvert la porte arrière pour se pencher à l'intérieur, bientôt repoussé par son supérieur qui voulait constater *de visu* ce qu'il en était. Le président était effondré sur le dos, les deux mains crispées sur la poitrine, les yeux clos, la respiration hachée.

L'hôpital le plus proche disposant d'un service d'urgence de qualité était la clinique d'Etat « Numéro Un », à quelques kilomètres de là, sur le mont aux Moineaux. Sans hésiter, le colonel s'installa près d'un Tcherkassov comateux et ordonna au chauffeur de faire demi-tour pour reprendre le *kaltso*, le périphérique extérieur de Moscou. Blanc comme un linge, le chauffeur obtempéra. Sur son portable, l'officier appela la clinique, demandant qu'une ambulance vienne les rejoindre en chemin.

La rencontre se fit une demi-heure plus tard, sur la bande de séparation des deux voies. En un clin d'œil, les infirmiers prirent en charge le président inconscient et se mirent au travail tandis que les trois véhicules fonçaient vers le centre hospitalier. Sur place, le malade fut ausculté par un cardiologue chevronné, conduit en salle de réanimation, traité avec les moyens les plus sophistiqués dont l'équipe pouvait disposer, mais il était trop tard : sur l'écran, la bande passante demeura obstinément plate, et se contenta d'émettre un bourdonnement aigu. A seize heures dix, le spécialiste se redressa en secouant la tête. L'assistant qui s'occupait du défibrillateur se recula.

Sur son téléphone portable, le colonel composa rapidement un numéro :

— Le cabinet du Premier ministre, vite.


Six heures plus tard, au large des Antilles, le *Foxy Lady* rebroussa chemin en haute mer pour rentrer au port. Sur le pont arrière, Julius, le matelot, remonta les lignes, rangea les moulinets et les cannes. Une journée de travail s'achevait, et une bonne. Pendant que Julius s'activait, le couple américain qui avait loué l'embarcation entreprit d'ouvrir quelques canettes de bière fraîche et de s'installer sous l'auvent pour savourer l'instant. Dans un compartiment, la pêche : deux thons rayés de belle taille, près de vingt kilos chacun, et une demi-douzaine d'imposantes dorades tropicales qui peu de temps auparavant batifolaient encore dans un banc d'algues à dix miles de là.

Au poste de pilotage, le skipper, après avoir vérifié son trajet de retour, mit les gaz. Il comptait bien entrer dans la baie des Tortues d'ici moins d'une heure. Le bateau, d'ailleurs, semblait sentir que le repos était proche et se hâtait vers son ponton, au quai du Tiki Hut : levant sa proue, il inscrivit un V de plus en plus marqué dans le bleu de l'océan. Julius plongea un seau dans le courant pour briquer encore le pont arrière.


Au temps où Jirinovski régnait sur le Parti libéral-démocrate, son état-major se trouvait dans une ruelle minuscule, Ribni Pereoulok, la rue Poissonnière, entre le centre de Moscou et la monumentale artère qu'est Prospekt Mira. Les visiteurs peu accoutumés aux extravagances du leader d'extrême droite tombaient des nues en découvrant ces locaux délabrés, aux murs lépreux, aux fenêtres bouchées par des effigies du démagogue, aux corridors crasseux, à l'entrée lugubre occupée par un kiosque où l'on vendait des T-shirts décorés avec l'inévitable portrait de l'apprenti dictateur, et les blousons de cuir noir sans lesquels ses admirateurs se seraient sentis nus. Au premier étage, après une volée de marches vaguement peintes en brun, un gardien hargneux apparaissait derrière son guichet grillagé pour demander aux intrus ce qu'ils venaient chercher là, et ce n'était qu'après avoir montré patte blanche que l'on pouvait monter encore vers les pièces encombrées où Jirinovski recevait lorsqu'il était en ville. Tout l'immeuble résonnait de hard rock agressif. Voilà comment ce fasciste enclin à l'excentricité avait voulu organiser son QG, de manière à signifier qu'il était un homme du peuple, et non d'appareil. Mais il avait disparu depuis belle lurette, et les locaux de la rue Poissonnière abritaient désormais une plus large coalition d'extrême droite, l'Union des forces patriotiques, dans laquelle le parti de Jirinovski s'était fondu.

Igor Komarov, leader incontesté de la nouvelle formation, avait une personnalité totalement différente de celle de Jirinovski, et cependant il avait décidé de conserver ce QG lugubre afin de montrer aux pauvres et aux déshérités, sa principale cible électorale, que l'Union ne se permettait aucune dépense somptuaire. Ses bureaux personnels, toutefois, étaient situés ailleurs.

Ingénieur de formation, Komarov avait mené sa carrière professionnelle au temps du communisme, sans pour autant soutenir le régime, avant de se lancer dans la politique au milieu de la période eltsinienne. Tout en méprisant en son for intérieur les habitudes d'ivrogne et d'obsédé sexuel de Jirinovski, il avait choisi le Parti libéral-démocrate, dont il avait peu à peu gravi les échelons jusqu'à parvenir au bureau politique, l'instance suprême de la formation néo-fasciste. De là, à la faveur de plusieurs rencontres secrètes avec les dirigeants d'autres mouvements d'extrême droite, il avait œuvré à la fusion de toutes ces forces au sein de l'UFP. Mis devant le fait accompli, Jirinovski avait accepté en bougonnant cette nouvelle réalité et, en acceptant de présider le premier plénum de la jeune Union, était tombé dans le piège soigneusement tendu par Komarov : aussitôt désavoué par le plénum, Jirinovski avait été mis à l'écart, et Komarov, loin de briguer immédiatement sa place, avait manœuvré pour que son remplaçant fût un homme peu charismatique, piètre organisateur de surcroît. Un an plus tard, il put aisément jouer sur la déception générale pour se poser en sauveur et prendre la direction de l'UFP, scellant ainsi définitivement la mort politique de Jirinovski.

Après les élections de 1996, la percée des cryptocommunistes s'avéra de courte durée : dépourvus du soutien des grandes banques, recrutant surtout au sein d'une population âgée et peu argentée, ils furent vite à court de moyens financiers, et leur influence déclina. Si bien qu'en 1998, Komarov, non content de régner sur toute la mouvance de l'ultra-droite, apparaissait aussi le mieux placé pour tabler sur les frustrations du peuple russe, dont les causes ne manquaient pas.

A côté de la pauvreté dominante, en effet, s'étalait une richesse ostentatoire dont les détenteurs, installés sur des montagnes d'argent, circulaient dans des berlines de luxe, américaines ou allemandes puisque l'usine Zil avait fermé, souvent escortées par des motards et par un deuxième véhicule bourré de gardes du corps. Dans le hall du Bolchoï, les bars et les salles de banquets des hôtels Metropol ou National, ils se retrouvaient tous les soirs, flanqués de call-girls arborant leurs visons, laissant derrière elles une traînée de parfums coûteux, scintillantes de diamants. C'était la nouvelle élite, plus arrogante que jamais.

Pendant ce temps, à la Douma, les députés s'empoignaient, s'invectivaient et votaient des résolutions. « On se croirait aux derniers jours de la république de Weimar », devait noter un correspondant de presse britannique.

Le seul homme paraissant incarner un possible espoir était Igor Komarov. Durant les deux années de son ascension, il avait déconcerté la plupart des observateurs de la scène politique russe, sur place ou à l'étranger. Remarquable tacticien, il avait su ne pas se contenter de devenir un apparatchik comme un autre, ou du moins était-ce l'image qu'il cherchait à donner de lui. Très vite, il s'était affirmé comme un tribun passionné qui captivait les foules. Dès qu'il se plaçait devant un micro, ceux qui le connaissaient sous son apparence paisible, effacée même, n'en croyaient pas leurs yeux. Il semblait alors transfiguré, sa voix prenait de riches inflexions de baryton, son discours jouait sur les multiples registres et nuances qu'offre la langue russe. Il savait baisser le ton jusqu'à un murmure si ténu que l'assistance, malgré la sonorisation, devait retenir son souffle pour entendre, puis revenir crescendo à une tonnante péroraison qui électrisait la foule et transportait même les plus sceptiques. Passé maître dans cet art, il évitait les débats ou les interviews télévisés, car il savait que ces moyens, peut-être efficaces en Occident, ne valaient rien dans un pays où il n'est pas d'usage d'inviter des étrangers chez soi. Et puis, il ne tenait pas du tout à se faire assaillir de questions embarrassantes. Ses interventions étaient minutieusement mises en scène, destinées uniquement à des audiences favorables, filmées par une équipe de cameramen par lui appointés et œuvrant sous les ordres d'un jeune et talentueux cinéaste, Pavel Litvinov. Les documents, une fois montés, n'étaient remis aux télévisions qu'à la condition expresse qu'ils soient diffusés sans aucune modification et ainsi, au lieu de s'exposer aux divagations des échotiers, Komarov s'achetait des plages télévisées « clé en main ».

Son thème exclusif, qui rencontrait invariablement le plus grand succès, était la Russie, la Russie, et encore la Russie. Invectivant les étrangers dont les conspirations internationales avaient mis ce grand pays à genoux, il réclamait sans cesse l'expulsion de tous les « Noirs », terme péjoratif par lequel nombre de Russes désignent les minorités originaires du Caucase, accusées de s'engraisser sur le dos des Slaves. Et il plaidait pour le malheureux peuple russe, appauvri, humilié, mais qui un jour prochain se relèverait et, avec Komarov, reviendrait à sa gloire passée, à la pureté originelle de la patrie. A chacun il réservait ses promesses : au chômeur, il faisait miroiter un emploi, un salaire décent, l'espoir de se nourrir à sa faim et de retrouver sa dignité ; au retraité accablé par l'inflation, il parlait d'une monnaie enfin raffermie, d'une vieillesse paisible ; au militaire, c'était l'assurance que toutes les humiliations, tous les affronts imposés à la *rodina* (la mère patrie) par le capital étranger seraient bientôt lavés.

Et tous l'entendirent. A travers les steppes immenses, son message était porté par les radios, les télévisions. Entassés dans des baraquements de fortune, les soldats l'écoutaient, les hommes de ce qui avait jadis été la grande armée russe, expulsés d'Afghanistan, d'Allemagne de l'Est, de Tchécoslovaquie, de Hongrie, de Pologne, de Lituanie, de Lettonie, d'Estonie, ballottés par cette longue décomposition de l'empire. Et les paysans, dans leurs isbas perdues au milieu de l'immense nature. Et la classe moyenne ruinée, dans des appartements où l'essentiel du mobilier avait dû être vendu. Et les industriels aussi, qui se prirent à rêver d'entendre à nouveau fonctionner les usines et les hauts-fourneaux. Et tous l'admiraient plus encore quand il leur promettait qu'un jour prochain l'ange de la mort s'abattrait sur les brigands et les escrocs qui avaient violé la sainte Russie...

Au printemps 1999, toutefois, Igor Komarov accepta quelques rencontres avec des journalistes ou des hommes politiques occidentaux, à l'instigation de son conseiller en relations publiques, Boris Kouznetsov, un garçon entreprenant tout frais sorti d'une excellente université américaine. Ce fut d'ailleurs Kouznetsov qui choisit avec finesse les personnes ainsi distinguées, appartenant pour la plupart aux milieux conservateurs d'Europe et des Etats-Unis.

Le but de cette opération — dissiper les frayeurs que Komarov pouvait inspirer en Occident — fut entièrement rempli. La majorité des invités, arrivés avec l'idée de trouver un apprenti dictateur aux yeux fous et l'écume aux lèvres, se retrouvèrent au contraire en train de converser avec un homme posé, réfléchi, vêtu avec sobriété, assisté par son jeune conseiller qui à la fois faisait office de traducteur — car Komarov ne parlait pas anglais — et orientait habilement la conversation : si certaines paroles de son leader vénéré risquaient d'être mal interprétées en Occident, Kouznetsov en donnait une version anglaise beaucoup plus acceptable, avec d'autant plus d'aisance qu'il s'était assuré préalablement qu'aucun des interlocuteurs ne connaissait le russe.

Tout politicien averti doit tenir compte de son électorat et formuler parfois des propositions qu'il sait difficilement réalisables mais qui plaisent aux électeurs, expliquait Komarov à ses interlocuteurs, sénateurs américains ou députés européens, et ces derniers opinaient du bonnet. Dans les vieilles démocraties occidentales, poursuivait-il, les gens comprennent que la discipline sociale commence par soi-même, de sorte que la cohésion imposée par l'Etat semble moins pesante ; mais dans un contexte où l'autodiscipline n'existe pratiquement plus, l'Etat doit se montrer plus autoritaire que des Occidentaux ne le toléreraient. Là, les membres du Congrès américain hochaient la tête d'un air approbateur.

Aux journalistes conservateurs, Komarov affirma que le retour à l'équilibre monétaire n'était tout simplement pas concevable sans des mesures draconiennes et immédiates contre le crime organisé et la corruption. Ceux-ci écrivirent donc qu'Igor Komarov était quelqu'un qui saurait suivre une voie raisonnable en matière d'économie et de diplomatie, notamment en termes de coopération avec l'Occident. Certes, il était sans doute trop à droite pour les démocraties développées, et sa démagogie dépassait les bornes fixées en Europe ou en Amérique, mais en Russie il semblait être l'homme de la situation. D'ailleurs, d'après tous les sondages, sa victoire aux présidentielles de juin 2000 était pratiquement acquise, et le bon choix, à long terme, était de le soutenir.

Dans les chancelleries, les ambassades, les ministères et les antichambres, ces allégations devinrent rapidement parole d'évangile.

Un peu au nord du centre de Moscou, tout près du périphérique intérieur, à mi-chemin du boulevard Kisselny, une allée conduit vers un petit parc bordé sur trois côtés par des constructions dépourvues de fenêtres, le quatrième étant protégé par de hauts panneaux verts au-dessus desquels une rangée de conifères émerge à peine. Le portail, comme la paroi, est en fer.

Il s'agit en fait d'une superbe maison de maître de l'époque présoviétique, restaurée avec goût au milieu des années quatre-vingt, dont les façades classiquement décorées de couleurs pastel et de moulures blanches abritent un aménagement moderne et fonctionnel. Là se trouvait le véritable QG d'Igor Komarov.

Surveillés par des caméras murales, et après s'être annoncés par l'interphone au garde installé dans son poste près du portail, les rares visiteurs autorisés à entrer par les services de sécurité devaient s'arrêter au-delà de la porte principale qui se refermait automatiquement derrière eux, devant une herse actionnée elle aussi électriquement. Enfin, une fois toutes les vérifications terminées, la voiture pouvait pénétrer dans une cour gravillonnée, où d'autres vigiles attendaient.

Toute l'enceinte était doublée d'un grillage solide, réservé aux chiens. Ces derniers étaient répartis en deux groupes, chacun n'obéissant qu'à son propre maître-chien et assurant la garde une nuit sur deux. Le soir venu, les portes du grillage étaient ouvertes, et toute la propriété était livrée aux bêtes. Le gardien de l'entrée, qui ne se serait pas avisé de quitter sa guérite, devait entrer en contact avec le maître-chien s'il avait à faire entrer quelqu'un.

Afin d'éviter les accidents avec ces féroces animaux, il existait aussi un accès souterrain à l'arrière de la demeure, donnant sur un passage qui rejoignait le boulevard. Trois portes verrouillées, une dans la maison, une dans la rue et une au milieu, contrôlaient ce boyau par lequel transitaient les livraisons et le personnel.

La nuit, lorsque tous les membres de l'équipe de Komarov avaient quitté les lieux et que les chiens restaient maîtres du terrain, deux vigiles s'enfermaient dans le bâtiment principal dont ils patrouillaient alternativement les trois étages. Disposant d'une télévision et de quoi se préparer des collations, il leur était bien sûr interdit de dormir jusqu'à l'arrivée de la relève du matin, à l'heure du petit déjeuner. Komarov, lui, faisait son apparition plus tard.

Mais comme la poussière et les toiles d'araignées ne respectent pas les causes les plus sacrées, il fallait bien que, tous les soirs sauf le dimanche, l'un des vigiles aille répondre à la sonnette de l'accès au souterrain et fasse entrer celui qui devait les faire disparaître.

A Moscou, ce sont presque toujours des femmes qui sont employées au nettoyage des bureaux, mais Komarov, qui voulait un entourage exclusivement masculin autour de lui, avait choisi pour cet office un ancien soldat, un petit vieux inoffensif. Leonid Zaïtsev, dont le nom de famille, en russe, fait référence au lièvre, s'était vu affubler du sobriquet de « Lapin » par les vigiles, sans doute en raison de son allure craintive, de la vareuse militaire élimée qu'il portait été comme hiver depuis des lustres, et des trois dents de devant en acier qui luisaient sous sa lèvre, souvenir de l'esthétique expéditive qui caractérisait les dentistes de l'ex-Armée rouge.

Ce jour-là, il était une heure du matin quand le Lapin, armé d'un seau et d'un balai et traînant un aspirateur derrière lui, entra dans le bureau de N.I. Akopov, le secrétaire particulier de Komarov. Il n'avait rencontré cet important personnage qu'une seule fois, un an auparavant, en se présentant dans les locaux alors que la direction politique de l'UFP était toujours au travail. L'homme s'était montré extrêmement désagréable, lui ordonnant de déguerpir en des termes orduriers, et depuis l'obscur employé avait parfois pris sa revanche en s'installant un instant dans le confortable fauteuil pivotant du secrétaire.

A nouveau, le Lapin s'y assit, appréciant la délicatesse du cuir, savourant ce luxe pendant qu'il savait les deux vigiles en bas. Un siège pareil, il n'aurait même pas pu imaginer que cela existât... Sur la table, il y avait un document, une liasse d'une quarantaine de pages dactylographiées, reliées par une spirale dans une couverture de carton noir.

Pourquoi l'avoir laissé là ? se demanda le Lapin, qui, n'ayant jusqu'alors jamais vu le moindre papier traîner, s'était dit qu'Akopov rangeait tous ses documents dans le coffre-fort mural, ou dans les tiroirs fermés à clé. Ouvrant le dossier, il déchiffra le titre, puis se mit à feuilleter au hasard. Il n'avait pas l'habitude de lire, mais jadis sa mère adoptive lui avait appris, et puis il y avait eu les quelques années d'école, et un officier altruiste à l'armée.

Ce qu'il put saisir le mit mal à l'aise. Il relut un passage plusieurs fois, butant sur des mots trop longs et trop complexes, mais finit par comprendre leur signification. Ses mains déformées par l'arthrose commencèrent à trembler en tournant les pages. Pourquoi Komarov disait-il de pareilles horreurs ? Et sur le compte de gens comme sa mère adoptive, qu'il avait tant aimée ? Cela dépassait son entendement, mais il y avait de quoi s'inquiéter. Peut-être aurait-il fallu en parler aux gardes, en bas ? A quoi bon, cependant ? Pour recevoir un coup sur la tête, et s'entendre dire qu'il ferait mieux de s'occuper de son balai ?

Une heure s'écoula. Les autres auraient déjà dû passer pour l'inspection, mais ils étaient rivés devant leur poste, suivant le bulletin d'information spécial qui annonçait à la nation que, conformément à l'article 59 de la Constitution russe, le Premier ministre venait de devenir président par intérim pour les trois prochains mois.

Le Lapin relisait, relisait encore, sans parvenir à saisir le sens au-delà des mots. Komarov était un grand homme, certainement le futur président de la Russie. Alors, pourquoi se croyait-il obligé de parler en ces termes de la mère adoptive de Zaïtsev et de ses semblables, d'autant qu'elle était morte depuis longtemps ?

Finalement, il se remit debout, fourra le document sous sa chemise, acheva son travail et descendit pour partir. A regret, un des vigiles se détourna de la télévision pour aller lui ouvrir les portes, sans remarquer qu'il s'en allait un peu plus tôt que d'habitude.

Se retrouvant seul dans la nuit, Zaïtsev pensa d'abord rentrer chez lui, puis se ravisa. Comme d'habitude, il savait qu'il devrait faire le chemin à pied, une heure de marche, car il était trop tôt pour trouver un autobus ou un métro. Mais en revenant directement à la maison il risquait de réveiller sa fille et son bébé, et elle n'apprécierait pas du tout. Il se mit donc à errer sans but dans les rues. A trois heures et demie, il débouchait sur le quai du Kremlin, au pied des murs sud de la forteresse. Malgré les clochards et les sans-abri qui dormaient un peu partout sur le quai, il finit par trouver un banc à peu près libre et s'assit, les yeux perdus au-dessus du fleuve.


A l'approche de l'île, comme tous les après-midi, la mer se calma, semblant vouloir dire aux navigateurs qu'elle leur accordait une trêve jusqu'au lendemain. A bâbord et à tribord, le skipper apercevait d'autres embarcations qui se dirigeaient elles aussi vers la passe Wheeland, l'accès nord-ouest au lagon à travers la barrière de corail. A droite, plus rapide d'au moins huit nœuds que le *Foxy Lady*, Arthur Dean et son *Deep Silver* les dépassèrent. Les deux hommes se saluèrent de la main. L'Américain, apercevant deux plongeurs sur le pont du *Silver Deep*, en déduisit qu'ils revenaient d'une expédition à la Pointe Nord-Ouest et qu'il y aurait du homard sur la table de Dean ce soir.

Il ralentit l'allure pour entrer dans la passe, car le corail affleurait presque à cet endroit, puis ce furent les dix minutes de navigation sans histoire jusqu'au ponton de la baie des Tortues.

Le skipper chérissait son yacht, qui était à la fois son gagne-pain et la prunelle de ses yeux. C'était un Bertram Moppie — le nom de l'épouse du constructeur Dick Bertram — vieux de dix ans, un solide neuf-mètres qui était loin d'être le plus gros ou le plus luxueux charter de pêche de l'île, mais que son propriétaire et barreur savait prêt à affronter n'importe quelle mer et n'importe quel poisson. Il l'avait acheté d'occasion en Floride du Sud cinq ans auparavant, grâce à une petite annonce dans le *Boat Trader*, puis avait travaillé nuit et jour dessus jusqu'à en faire le plus racé de tous les navires, et même s'il remboursait encore les traites, il ne regrettait aucun des dollars qu'il lui avait coûté.

Au port, il manœuvra jusqu'à sa place, à deux anneaux du *Sakitumi* de son compatriote Bob Collins, coupa les gaz et descendit demander à ses clients s'ils avaient passé une bonne journée. Ils étaient enchantés, et le prouvèrent en rajoutant un généreux pourboire au prix de la location. Quand ils furent partis, il lança un clin d'œil à Julius, le força à prendre tout l'argent supplémentaire et le poisson, retira sa casquette, passa une main dans son épaisse chevelure blonde, puis laissa son compagnon ravi finir de laver le bateau et l'équipement à l'eau douce. Il reviendrait fermer le *Foxy Lady* avant de rentrer chez lui, mais pour l'heure un daiquiri bien tassé s'imposait. Il descendit donc le ponton vers le *Banana Boat*, en rendant leur salut à tous ceux qu'il croisait.

# Chapitre 2

Assis depuis deux heures sur le banc, Leonid Zaïtsev n'était toujours pas sorti de son expectative. Il en était venu à regretter d'avoir pris ce document ; d'ailleurs il n'arrivait même pas à s'expliquer son geste. S'il était découvert, il serait puni mais, à la réflexion, la vie n'avait été pour lui qu'une longue suite de punitions dont il ne comprenait pas bien les raisons.

Il était venu au monde en 1936 dans un pauvre village à l'ouest de Smolensk, un de ces milliers de hameaux russes étouffants de poussière en été, transformés en fleuve de boue au printemps, et pétrifiés sous la glace le restant de l'année. Une seule rue, évidemment sans asphalte, une trentaine de masures, quelques granges, et le kolkhoze stalinien dans lequel on avait regroupé les paysans.

Avec son père, ouvrier à la ferme collective, il vivait dans une cahute non loin de la route. Plus loin, il y avait l'échoppe du boulanger, avec un petit appartement au-dessus. Son père lui avait recommandé de se tenir loin de cet homme, parce que c'était un *evreï*, mot dont il ne comprenait pas la signification mais qui semblait menaçant. Pourtant, il avait remarqué que sa mère achetait son pain chez lui, de l'excellent pain, et que le boulanger, lorsqu'il se trouvait sur le pas de sa porte au passage du petit garçon, lui adressait un clin d'œil et lui lançait une brioche odorante, tout juste sortie du four. A cause des mises en garde paternelles, il se cachait derrière une étable pour la dévorer. Le boulanger et sa femme avaient deux filles, que Leonid voyait parfois passer la tête par la porte de la boutique, mais qui ne sortaient jamais jouer avec les autres enfants.

Un jour de la fin juillet 1941, la mort s'abattit sur le village. Le gamin, qui ne savait pas encore ce qu'était la guerre, entendit un fracas, des vrombissements, et sortit en courant de la grange où il se trouvait. Venus de la grande route, d'énormes monstres de métal entraient dans le village. Le premier de la colonne s'arrêta juste au milieu des maisons. Leonid s'avança dans la rue pour mieux voir.

Tout en haut du mastodonte, au-dessus de ce qu'il comprit être un canon, le torse d'un homme émergeait. L'inconnu retira le lourd casque qu'il portait sur la tête et le posa à côté de lui. Il faisait très chaud, ce jour-là. Puis il se tourna et baissa les yeux vers Leonid.

Il avait des cheveux presque blancs à force d'être blonds, et des pupilles si bleues qu'on aurait cru apercevoir le ciel à travers son crâne en les regardant. Aucun sentiment n'y était lisible, ni sympathie ni haine, juste une sorte d'ennui écrasant. Lentement, il porta la main à sa ceinture. Un revolver apparut.

Un sixième sens alerta Leonid. Au même moment, il entendit l'explosion de grenades jetées dans les habitations, des hurlements. Terrorisé, il tourna les talons et s'enfuit. Il y eut une déflagration, quelque chose passa dans sa chevelure. Il se réfugia derrière l'étable, se mit à pleurer, puis recommença à courir. Derrière lui, un fracas continu, une odeur de bois brûlé. Il se précipita dans la forêt.

Parvenu sous les arbres, toujours en larmes, éperdu, il appela son père et sa mère. Mais ses parents ne vinrent pas. Ils ne reviendraient jamais.

Soudain, il vit une femme qui sanglotait en disant qu'elle avait perdu son mari et ses filles. Il reconnut en elle la femme du boulanger, la *grajdanka* (citoyenne) Davidova. Quand elle le serra dans ses bras, il ne sut que penser, ni comment son père réagirait s'il les voyait, puisqu'elle aussi était *evreïka*.

L'unité de SS-Panzer était partie. Le village n'existait plus. Ils rencontrèrent quelques survivants réfugiés comme eux dans la forêt, et plus tard des partisans. Avec une cohorte de ces hommes à la barbe drue et au regard implacable, ils se dirigèrent vers l'est, toujours vers l'est. Lorsqu'il ne pouvait plus marcher, la femme du boulanger le portait. Et puis, des semaines plus tard, ils parvinrent enfin à Moscou. Elle avait des connaissances dans la capitale, qui leur donnèrent un abri, les nourrirent, les réchauffèrent. Ils avaient un air de ressemblance avec elle. Bien que le petit garçon ne fût pas *evreï*, la citoyenne Davidova insista pour l'adopter et, des années durant, s'occupa de lui comme s'il avait été son fils.

Après la guerre, cependant, les autorités découvrirent qu'ils n'étaient pas liés par le sang, et les séparèrent pour l'envoyer dans un orphelinat. Tous deux pleurèrent beaucoup en se quittant. Il ne la revit plus jamais. C'est à l'orphelinat qu'il apprit ce qu'était un *evreï*, un juif.

Toujours sur son banc, le Lapin repensa au document dissimulé sous sa chemise. Il se demandait s'il comprenait bien la signification de termes comme « extermination totale » ou « épuration complète ». Et il ne voyait pas pourquoi Komarov se disposait à réserver ce sort aux semblables de celle qui, aux pires moments, lui avait donné l'affection d'une mère.

Une pointe de rose apparut dans le ciel à l'est. Sur l'autre rive, dans une belle maison patricienne du quai de Sofia, un soldat britannique, drapeau sous le bras, entreprit de gravir l'échelle qui menait au toit.

Attrapant son daiquiri, le skipper quitta la table et avança à pas nonchalants jusqu'à la rambarde de bois. Il observa l'eau en bas, puis le port sur lequel le soir tombait.

« Quarante-neuf ans, pensa-t-il, quarante-neuf ans et toujours avec une ardoise à la cambuse du port... Jason Monk, mon vieux, tu te fais vieux et tu es en train de rater le coche. »

Il but une gorgée, laissant le rhum et le citron vert faire leur effet. « Oh, et puis merde, ça n'a pas été trop mal, comme vie ! Pas ennuyeux, en tout cas. »

Au départ, les choses auraient cependant dû être simples. Tout avait commencé dans une modeste maison en rondins de la petite ville de Crozet, au cœur de la Virginie, un peu à l'est de Shenandoah, à huit kilomètres de l'autoroute vers Charlottesville. Un comté agricole, parsemé de monuments commémorant la guerre de Sécession puisque la majeure partie de ce conflit s'est déroulée dans cet Etat, laissant à ses habitants un souvenir encore ineffaçable à ce jour.

A l'école, la plupart de ses camarades étaient les enfants de fermiers qui cultivaient le tabac ou le soja, ou élevaient des porcs, ou s'adonnaient aux trois activités en même temps. Le père de Jason Monk, lui, était garde forestier au parc national de Shenandoah. Un travail qui n'a jamais rendu quiconque millionnaire, mais cette vie simple convenait au garçon, toujours prêt à trouver un travail pendant les vacances ou à donner un coup de main à la maison. Il se rappelait encore les longues promenades à travers les montagnes, quand son père lui apprenait à distinguer les différentes essences d'arbres, ou leurs rencontres avec les gardes-chasse et les histoires d'ours bruns, de cerfs, de traque de faisans ou de perdrix qu'il écoutait bouche bée.

Plus tard, il apprit à se servir d'une carabine, à suivre une piste, à camper sans laisser aucune trace le lendemain. Quand il grandit encore, il trouva chaque été du travail dans les coupes des bûcherons. A treize ans, après l'école communale, il entra au collège de Charlottesville, ce qui l'obligeait à se lever chaque matin avant l'aube pour se rendre de Crozet à la ville. Et c'est là qu'une rencontre vint transformer le cours paisible de son existence.

En 1944, un sergent de GI, parmi des milliers d'autres soldats, débarquait à Omaha Beach. Aux environs de Saint-Lô, ayant perdu son unité, il se retrouva sous le feu d'un tireur isolé allemand. Par chance, la balle n'avait fait qu'effleurer son biceps : le GI de vingt-trois ans trouva refuge dans une ferme proche, où l'on pansa sa plaie. Quand la fille de la maison, âgée de seize ans, pressa la compresse mouillée sur la blessure, et qu'il la regarda alors dans les yeux, il comprit qu'il venait d'être touché plus sérieusement qu'aucune balle nazie ne pourrait jamais le faire. Douze mois après, il revenait de Berlin en Normandie, faisait sa demande en mariage, et l'épousait dans le verger paternel, en présence d'un aumônier militaire US. Ensuite, étant donné que les Français ne se marient pas en plein air, le curé du village répéta la cérémonie à l'église. Et les jeunes mariés repartirent en Virginie.

Deux décennies plus tard, l'ancien soldat était principal du collège de Charlottesville, et sa femme, après avoir élevé leurs enfants, se proposa d'animer une classe de français pour des volontaires. Les fils de fermiers virginiens ne ressentaient guère le besoin d'apprendre cette langue, certes, mais Mme Joséphine Brady était pleine de charme, d'élégance, et française de surcroît, de sorte que ses cours eurent tout de suite du succès. A l'au-

31

tomne 1965, elle accueillit un nouveau, un garçon plutôt timide, doté d'une belle tignasse blonde et d'un sourire désarmant, un certain Jason Monk. Au bout d'un an, elle se dit qu'elle n'avait jamais entendu un étranger parler aussi bien le français. Il ne s'agissait pas seulement d'une bonne maîtrise de la grammaire et de la syntaxe, mais d'un véritable don pour les langues.

En dernière année de collège, il prit l'habitude d'aller chez elle, où ils lisaient ensemble Malraux, Proust, Sartre, et Gide dont les audaces érotiques étaient exceptionnelles pour l'époque. Mais leurs auteurs favoris étaient des poètes plus anciens, Rimbaud, Verlaine ou encore Vigny. Peut-être les vers enflammés de ces derniers en furent-ils la cause : malgré leur différence d'âge, dont ni l'un ni l'autre ne se souciait d'ailleurs, ils eurent une brève aventure. Si bien qu'à l'âge de dix-huit ans, Jason Monk était déjà très versé dans deux matières habituellement méconnues par les adolescents américains de sa génération : la langue française et l'amour physique. Et là, il s'engagea dans l'armée.

En 1968, la guerre du Vietnam battait son plein. Nombre de jeunes Américains tentaient d'y échapper, si bien que les volontaires, qui signaient pour trois ans, étaient accueillis à bras ouverts. Pendant ses classes, Monk eut à remplir son dossier personnel. A la rubrique « langues étrangères pratiquées » — question plutôt optimiste, vu les habitudes américaines —, il inscrivit « français ». Peu après, il était convoqué devant l'adjudant du camp, qui lui demanda s'il parlait vraiment cette langue. Il raconta son histoire. L'officier téléphona aussitôt au collège de Charlottesville, dont la secrétaire se chargea de trouver Mme Brady, qui rappela à son tour. Le lendemain, lorsque Monk fut à nouveau appelé au rapport, un major du G 2, les services de renseignements militaires, était aussi présent.

Au Vietnam, ancienne colonie, la plupart des habitants parlaient encore français. On le fit monter dans un avion pour Saigon. Il effectua deux séjours dans le pays, avec un bref retour aux Etats-Unis entre les deux. Le jour de sa libération, son commandant lui demanda de venir dans son bureau, où se trouvaient deux civils. Le colonel les laissa.

— Je vous en prie, **sergent**, asseyez-vous, lui dit le plus âgé et le plus affable des deux, qui jouait avec une pipe en bruyère.

L'autre, plus sévère d'aspect, se lança dans une longue tirade en français. Monk lui répondit avec la même aisance, et leur échange se poursuivit pendant dix bonnes minutes. Finalement, l'inconnu se détendit et lança à son collègue, avec un sourire :

— Il est bon, Carey, et même sacrément bon !

Puis il quitta la pièce à son tour.

— Alors, que pensez-vous du Vietnam ? lui demanda son unique interlocuteur désormais, un homme d'une quarantaine d'années, aux yeux plissés par l'ironie.

On était en 1971.

— Je pense que c'est un château de cartes, monsieur, répliqua Monk, et qu'il est en train de s'effondrer. D'ici deux ans, nous devrons nous en aller.

Carey hocha vigoureusement la tête. Il semblait partager cet avis.

— Vous avez raison, mais ne le dites pas aux militaires ! Qu'est-ce que vous allez faire, maintenant ?

— Je n'ai pas encore décidé, monsieur.

— Bon, je ne peux pas le faire à votre place. Mais vous avez un don, que je n'ai pas moi-même. Mon ami qui vient de sortir est un Américain, comme vous et moi, seulement il a passé vingt ans en France, et s'il dit que vous êtes bon, cela me suffit amplement. Alors, pourquoi ne pas continuer ?

— Les études, vous voulez dire ?

— Mais oui. Avec la nouvelle loi pour les GI, vous n'aurez pratiquement rien à payer. L'Oncle Sam pense que vous l'avez bien mérité, donc allez-y, profitez-en !

Pendant toute sa période sous les drapeaux, Monk avait envoyé la majeure partie de sa solde à sa mère, pour l'aider à élever ses frère et sœur cadets.

— Même avec la loi, il faut un millier de dollars en liquide pour ça.

Carey haussa les épaules :

— Je pense que ça ne devrait pas être difficile à trouver. A condition que vous obteniez votre diplôme de russe, après.

— Et si c'est le cas ?

— Alors, passez-moi un coup de fil. La maison pour laquelle je travaille serait bien capable d'avoir quelque chose à vous proposer.

— Mais c'est une affaire de quatre ans, monsieur.

— Oh, chez nous, on est du genre patient !

— Comment avez-vous appris que j'existais, monsieur ?

— Eh bien, des gars à nous dans le programme Phoenix ont remarqué votre travail. Vous avez eu quelques bons tuyaux sur les Viets. Ils ont apprécié.

— Votre « maison », c'est Langley, n'est-ce pas, monsieur ? Vous êtes la CIA.

— Oh, pas à moi tout seul ! Juste un petit rouage, disons.

Carey Jordan, sur ce point, était trop modeste : il allait bientôt devenir le vice-directeur du département Opérations de l'Agence, c'est-à-dire, en clair, le patron de tout le contre-espionnage.

Dès son retour à Charlottesville, Monk, suivant ses conseils, s'inscrivit à l'université de Virginie. Il prit à nouveau le thé avec Mme Brady, mais en ami désormais. Etudiant en langues slaves, il atteignit un tel niveau de russe que son professeur, russe lui-même, jugea qu'il était devenu « totalement bilingue ». Il obtint son diplôme à vingt-cinq ans, en 1975. Douze mois après, il intégrait la CIA. Après le traditionnel stage d'entrée à Fort Peary, surnommé « la Ferme », il reçut un poste à Langley, puis à New York, et de nouveau au siège central de l'Agence.

Sept années s'écoulèrent, et un nombre incalculable d'heures de formation, avant qu'il n'obtienne sa première mission à l'étranger : Nairobi.


Par ce beau matin du 16 juillet, le caporal Meadows, des Royal Marines britanniques, assura la glissière renforcée du drapeau sur son câble, puis hissa la bannière nationale en haut du mât, sur le toit, où elle flotta dans la brise encore fraîche pour proclamer que des sujets de Sa Gracieuse Majesté résidaient ici.

Juste avant la révolution, les autorités britanniques avaient acheté à un magnat du sucre cette belle demeure située en face du Kremlin. Depuis, contre vents et marées, elle avait continué à abriter l'ambassade de Grande-Bretagne. Joseph Staline, le dernier despote de la Russie à occuper les appartements du Kremlin, qui apercevait chaque matin de sa fenêtre l'Union Jack flotter au vent, et que cette vue mettait de très méchante humeur, essaya à plusieurs reprises de pousser les Anglais à déménager. Ceux-ci refusèrent obstinément et si, au cours du siècle, les services du consulat et de l'ambassade ont essaimé dans d'autres parties de la ville, Londres a toujours poliment décliné l'offre d'occuper des locaux plus étendus. La maison du quai de Sofia a été, est et demeurera un territoire sous souveraineté britannique.

Un souvenir très ancien revint à l'esprit de Leonid Zaïtsev tandis que, assis de l'autre côté du fleuve, il regardait l'emblème étranger ondoyer dans les premiers rayons de soleil venus de l'est.

A dix-huit ans, celui qu'on ne surnommait pas encore « le Lapin » avait été enrôlé dans l'Armée rouge et expédié avec les tanks en Allemagne de l'Est. Il n'était plus qu'un simple soldat, de la piétaille. Un jour de 1955, pendant une marche forcée près de Potsdam, il avait perdu sa compagnie au milieu de bois très touffus. Désorienté, effrayé, il avait fini par tomber sur un chemin sableux, qu'il avait remonté avant de rester figé sur place, la peur au ventre : à quelques mètres, visiblement arrêtés pour une pause durant une patrouille, il y avait quatre soldats dans une jeep décapotée. Bouteilles de bière en main, ils fumaient des cigarettes. D'emblée, il comprit qu'ils n'étaient pas russes : des Occidentaux de la Mission alliée de Potsdam, mise en place dans le cadre de l'accord quadripartite de 1945, dont il ne savait alors rien. Ce qu'il savait, par contre, c'était que ces étrangers étaient des ennemis, venus ici pour détruire le socialisme et, le cas échéant, le tuer, lui.

En le voyant, ils interrompirent leur conversation et l'observèrent. L'un d'eux prononça, en anglais : « Hello, hello…Voyez-moi za, un Russkoff. Saaalut, Ivan ! » C'était incompréhensible. Il avait bien un vieux fusil en bandoulière, et cependant ils n'avaient pas l'air impressionnés le moins du monde, au contraire. Deux d'entre eux avaient la tête couverte d'un béret noir, avec un insigne de cuivre décoré d'un panache de plumes rouges et blanches, le signe distinctif du régiment des Royal Fusiliers, ce qu'il ignorait aussi.

Un des soldats, descendu du véhicule, s'étira et fit quelques pas vers lui. Zaïtsev faillit en mouiller son pantalon. L'étranger était aussi jeune que lui, roux, le visage couvert de taches de rousseur. Avec un grand sourire, il lui tendit sa bouteille :

— Allez, mon pote. Bois un coup.

Zaïtsev sentait le verre froid dans sa paume, voyait l'ennemi l'encourager en hochant la tête, et se disait que c'était sans doute du poison. Mais il porta le goulot à ses lèvres, leva le coude, et laissa le liquide glacé envahir sa gorge. C'était fort, meilleur que la bière russe. Quand il s'étrangla, Poil-de-Carotte éclata de rire : « Allez, allez, bois un coup ! » Pour le jeune Russe, ce n'étaient que des onomatopées. Sidéré, il vit l'autre soldat repartir tranquillement vers sa jeep, comme s'il était désarmé, comme s'il n'était pas la glorieuse Armée rouge personnifiée !

Il resta sous les arbres, à siroter sa bière froide en se demandant ce que le colonel Nicolaïev aurait pensé de tout cela. C'était le commandant de son escadron, un jeune homme d'à peine trente ans, déjà un héros militaire. Un jour, s'arrêtant devant Zaïtsev, il lui avait demandé d'où il venait et, comme le soldat lui répondait qu'il sortait de l'orphelinat, il lui avait donné une tape sur l'épaule en lui disant que désormais il avait un foyer. Depuis, Zaïtsev lui vouait une véritable adoration.

Il n'osait pas leur jeter la bouteille à la figure, et puis la bière était vraiment bonne, même si elle était empoisonnée. Alors, il but et resta coi. Dix minutes plus tard, les deux soldats qui avaient mis pied à terre remontèrent à l'arrière de la jeep, qui démarra et s'éloigna sans hâte. Ils ne manifestaient pas la moindre peur, le rouquin se retourna et agita même la main pour lui dire au revoir : ils se préparaient à envahir la Russie, et ils lui faisaient signe !

Quand ils furent hors de vue, il jeta la bouteille vide dans les bois, de toutes ses forces, et se mit à galoper à couvert. Il finit par tomber sur un camion militaire russe, qui le ramena à sa base. Le sergent lui infligea une semaine de corvée pour s'être perdu, mais il ne parla à personne de son étrange rencontre.

Avant que la jeep n'ait disparu, il avait remarqué sur son aile droite ce qui ressemblait à un insigne de régiment, et à l'arrière une longue antenne souple sur laquelle flottait un drapeau d'environ trente centimètres carrés, frappé de trois croix, l'une rouge, les deux autres en diagonale, rouge et blanc, sur fond bleu. Drôle d'emblème, s'était-il dit, rouge, blanc, bleu...

Et, après quarante-cinq années, il le revoyait maintenant, se déployant sur une maison de l'autre côté de la Moskova. Le Lapin avait trouvé la solution. Il savait qu'il n'aurait jamais dû dérober le dossier à Akopov, mais aussi qu'il était impossible de le remettre là où il l'avait pris. D'ailleurs, peut-être que personne ne s'apercevrait de sa disparition, qui pouvait savoir ? Alors, il allait le donner à ces gens qui vous offraient de la bière et qui arboraient un drapeau aussi bizarre. Ils sauraient sans doute quoi en faire, eux.

Sans plus réfléchir, il se leva et se mit en route vers le Pont de pierre, pour passer sur l'autre rive.


## Nairobi, 1983


Au début, en entendant son enfant se plaindre d'une migraine et d'une légère fièvre, la mère pensa qu'il souffrait d'un refroidissement. Mais, le soir venu, le petit garçon de cinq ans hurlait de douleur en se tenant la tête, et ses parents durent le veiller toute la nuit. Au matin, leurs voisins de la résidence diplomatique soviétique, qui n'avaient guère dormi eux non plus — les murs étaient minces, et dans la touffeur de l'été kenyan il n'était pas question de fermer les fenêtres —, vinrent aux nouvelles. La mère avait déjà conduit son fils chez le médecin, l'unique praticien que se partageaient toutes les légations nationales du bloc soviétique. Le docteur Svoboda, un Tchèque compétent et consciencieux, conclut après un examen rapide que le garçonnet souffrait d'un petit accès de malaria. Il lui administra, selon un dosage approprié, la combinaison de Nivaquine et de Paludrine que la médecine russe préconisait à l'époque, et confia à la mère plusieurs comprimés d'avance.

Le traitement n'eut aucun effet. En deux jours, l'état du garçon empira encore, avec une forte fièvre, de violents frissons et des maux de tête très douloureux. Sans hésitation, l'ambassadeur autorisa la mère à le conduire à l'hôpital général de Nairobi et, comme elle ne parlait pas anglais, son mari, Nikolaï Ilitch Tiourkine, deuxième secrétaire aux affaires commerciales, les accompagna.

Le docteur Winston Moi était lui aussi un bon médecin, et connaissait certainement mieux les maladies tropicales que son homologue tchèque. Après un examen approfondi, il se redressa avec un sourire, annonçant laconiquement :

— *Plasmodium falciparum.*

Le père se pencha en avant, les sourcils froncés : il maîtrisait bien l'anglais, mais pas à ce point... Le Kenyan expliqua :

— Il s'agit d'une forme de malaria, certes, mais qui malheureusement résiste aux traitements à base de chloroquine, tels que celui prescrit par mon excellent confrère le docteur Svoboda.

Le médecin injecta à l'enfant, en intraveineuse, un puissant antibiotique qui parut d'abord faire son effet. Le soulagement fut toutefois de courte durée : au bout d'une semaine, les symptômes recommencèrent. La mère devint folle d'inquiétude. Maudissant toutes ces médecines étrangères, elle réclama en pleurant d'être immédiatement rapatriée à Moscou avec son fils. L'ambassadeur accepta.

De retour au pays, l'enfant fut admis dans l'une de ces cliniques du KGB auxquelles le commun des mortels ne pouvait même pas rêver d'avoir accès. La raison en était que le deuxième secrétaire Tiourkine était aussi major de l'organisation secrète soviétique, rattaché à sa Première Direction, chargée des opérations à l'étranger. C'était un excellent établissement, avec un département de maladies tropicales très au point, puisque les membres du KGB étaient aussi envoyés dans l'hémisphère Sud. Etant donné sa complexité, le cas du garçon fut pris en charge par le chef du service en personne, le professeur Glazounov. Après avoir consulté le dossier médical venu de Nairobi, il prescrivit des examens aux ultrasons, technologie alors toute nouvelle en URSS et dont seules les cliniques de ce genre pouvaient disposer.

Les résultats préoccupèrent beaucoup le spécialiste : sur plusieurs organes internes, des abcès semblaient en train de se développer. Lorsqu'il reçut la mère dans son bureau, il ne cacha pas son pessimisme :

— Je sais ce dont il s'agit. Ou, du moins, j'en suis quasiment certain. Mais il n'y a aucun traitement possible. Avec un recours massif aux antibiotiques, votre enfant peut résister un mois. Plus, c'est improbable. Je suis absolument désolé.

Dehors, l'infortunée en pleurs se fit expliquer par un assistant plein de sollicitude qu'il s'agissait de la mélioïdose, une infection certes extrêmement rare en Afrique mais plus répandue dans le Sud-Est asiatique. C'étaient d'ailleurs les Américains qui l'avaient identifiée pendant la guerre du Vietnam, quand des pilotes d'hélicoptère US avaient présenté des symptômes jusqu'alors inconnus. On s'était rendu compte que les hélices, en passant au-dessus des rizières, soulevaient une fine buée d'eau croupie que certains pilotes avaient inhalée et dans laquelle se reproduisait ce bacille. Les Russes, qui ne partageaient à l'époque aucune de leurs propres découvertes avec le reste du monde, étaient à l'affût des moindres avancées occidentales. Le professeur Glazounov, ainsi, recevait absolument toutes les revues spécialisées paraissant à l'Ouest.

Au cours d'une longue conversation téléphonique ponctuée de sanglots, Mme Tiourkine annonça donc à son mari que leur fils allait mourir, d'une maladie à peine connue. Le major nota le nom de l'infection, puis se rendit directement devant son supérieur, le colonel Kouliyev, chef de l'antenne locale du KGB. Celui-ci se montra compréhensif, mais catégorique :

— Comment ça, approcher les Américains ? Tu es cinglé ou quoi ?

— Camarade colonel, si les Yankees ont repéré ce bacille il y a déjà sept ans, ils ont peut-être mis au point un traitement...

— Mais on ne peut pas le leur demander, protesta le colonel, c'est une question de prestige national, là !

— Non, c'est une question de vie ou de mort pour mon fils, tonna le major.

— Tais-toi, maintenant ! La requête est rejetée, c'est tout.

Jouant sa carrière, Tiourkine décida de parler à l'ambassadeur. Le diplomate n'était pas sans cœur, mais lui aussi resta intraitable :

— Une intervention de notre ministère des Affaires étrangères auprès du Département d'Etat ne peut être qu'exceptionnelle, et exclusivement liée à des affaires d'intérêt national... A propos, le colonel Kouliyev sait-il que vous êtes venu me voir ?

— Non, camarade ambassadeur.

— Eh bien, pour votre propre avenir, je ne lui en dirai rien. Et vous non plus, d'ailleurs. Quoi qu'il en soit, la réponse est non.

— Ah, si j'étais membre du Politburo, ce ne serait pas pareil...

— Mais vous ne l'êtes pas ! Vous êtes un jeune officier de trente-deux ans, au service de son pays en plein milieu de l'Afrique. Je suis désolé pour votre enfant. Nous ne pouvons rien faire.

En redescendant les escaliers, Nikolaï Tiourkine pensait avec rage qu'au même moment le premier secrétaire du PCUS, Youri Andropov, était maintenu en vie jour après jour par des médicaments envoyés de Londres. Puis il partit se saouler pour oublier.

Pénétrer dans une ambassade britannique n'était pas si facile. Debout sur le trottoir opposé, Zaïtsev resta à contempler les hauts murs badigeonnés d'ocre, les lourdes portes de bois protégées par un portique à colonnes. A l'extérieur, deux portails de fer se dressaient, l'un pour l'entrée des véhicules, l'autre pour leur sortie. A droite, il y avait un accès réservé aux piétons, fermé par une double grille, et deux miliciens russes en faction. Zaïtsev, qui n'avait aucunement envie d'avoir affaire à « eux », voyait aussi, plus loin, à l'intérieur de l'enceinte, le poste de sécurité de l'ambassade, lui-même contrôlé par deux employés russes qui avaient pour tâche de filtrer les visiteurs, et notamment de congédier tous ceux qui croyaient qu'on pouvait obtenir un visa aussi simplement que cela.

Faisant le tour du bâtiment d'un pas hésitant, Zaïtsev parvint par une allée à l'entrée de la section consulaire. Elle ne serait pas ouverte avant dix heures, mais déjà une queue s'était formée sur une centaine de mètres. Visiblement, certains venaient de passer là toute la nuit pour ne pas perdre leur place. Rejoindre la file maintenant signifiait au moins deux jours d'attente. Lorsqu'il revint devant la façade principale, les deux miliciens lui lancèrent cette fois un regard inquisiteur, qui le persuada de s'éloigner pour attendre l'arrivée du personnel diplomatique.

Il était à peine dix heures lorsque les premières voitures arrivèrent. Elles marquaient un bref temps d'arrêt devant le portail d'accès, qui s'ouvrait automatiquement à chaque fois avant de se refermer tout aussi vite. Il pensa s'approcher de l'une d'elles, mais elles avaient toutes les fenêtres hermétiquement fermées, et les miliciens restaient tout près : leurs occupants se diraient qu'il était seulement un mendiant, il serait arrêté, la police préviendrait Akopov...

Leonid Zaïtsev n'était pas habitué à se poser des questions complexes. Mais il avait pris une résolution, et malgré sa perplexité il resta toute cette chaude matinée dans la rue, à observer et à attendre.

*Nairobi, 1983*

Comme tout diplomate soviétique, Nikolaï Tiourkine disposait de quelques passerelles vers le monde extérieur, et notamment d'un peu d'argent kenyan. Certains établissements, tels que l'Ibis Grill, le Bistro d'Alan Bobbe ou le Carnivore, n'étant pas à la portée de ses ressources financières, il se rabattit sur la terrasse du New Stanley Hotel, Kimathi Street, choisit une table près du vénérable acacia qui dominait le jardin, commanda une vodka et un verre de bière et s'assit, accablé de désespoir.

Environ une demi-heure plus tard, un homme d'à peu près son âge quitta son tabouret au bar et s'approcha. Derrière lui, Tiourkine entendit qu'on lui parlait en anglais :

— Hé, mon vieux, ne faites pas cette tête, avec un peu de chance vous y échapperez...

Relevant les yeux, le Russe reconnut vaguement un jeune employé de l'ambassade américaine. Affecté à la section K de la Première Direction, le service de contre-espionnage, Tiourkine avait non seulement pour mission de surveiller les diplomates soviétiques et de s'assurer que les réseaux locaux du KGB n'étaient pas infiltrés, mais aussi d'être à l'affût de tout Occidental susceptible d'être « retourné ». Cette dernière prérogative l'autorisait à fréquenter le corps diplomatique au-delà des « pays frères », liberté que n'avaient pas les expatriés soviétiques « ordinaires ». Pour cette raison justement, la CIA le tenait à l'œil et avait constitué un mince dossier à son nom, mais l'homme n'offrait aucune prise, il s'était révélé jusqu'à présent solidement attaché au régime soviétique.

De son côté, Tiourkine s'était d'emblée dit que cet inconnu appartenait probablement aux services secrets, mais comme on lui avait appris que c'était le cas de tous les diplomates américains, il était à la fois trop et pas assez sur ses gardes.

Le nouveau venu prit une chaise et lui tendit la main :

— Jason Monk. Vous êtes Nick Tiourkine, c'est bien cela ? On s'est vus à la garden-party des Anglais, la semaine dernière. A votre mine, je me suis dit que vous veniez d'apprendre votre affectation au Groenland !

Le major scruta les traits de l'Américain : une mèche épaisse de cheveux couleur maïs lui tombait sur le front, il avait un sourire engageant, un air franc. Le genre d'individu auquel on avait envie de se confier. Un autre jour, malgré ces apparences, Nikolaï Tiourkine se serait rappelé ses longues années de formation et se serait montré poli, mais réservé. Là, cependant, il éprouvait un besoin pressant de s'épancher, et il se laissa aller. L'Américain l'écouta jusqu'au bout, attentif, amical. Il nota le nom de cette terrible maladie sur un dessous de verre. Il faisait déjà nuit quand ils se séparèrent. Le Russe regagna son enceinte sous haute surveillance, Monk son appartement non loin de Harry Thuku Road.

Celia Stone était une jeune femme de vingt-six ans, mince, brune, séduisante, et aussi attachée de presse à l'ambassade de Grande-Bretagne à Moscou. En plus d'occuper ce premier poste à l'étranger depuis son entrée au Foreign Office deux ans auparavant, cette ancienne étudiante en russe du Girton College à Cambridge aimait tous les plaisirs de la vie.

Ce 16 juillet, elle sortit sur le perron de l'ambassade et laissa son regard errer sur le parking en contrebas, où était garée sa petite mais si pratique Rover. De là où elle se tenait, elle apercevait ce que la palissade de fer empêchait Zaïtsev de voir : le garage couvert, les pelouses bien tondues, les arbustes, les buissons, les parterres de fleurs chatoyants. Et en levant les yeux, par-dessus cette même palissade, il y avait la masse imposante du Kremlin, jaune pastel, ocre, crème et blanc, avec les coupoles resplendissantes qui jaillissaient des murs rouges de la forteresse. Un superbe tableau.

A sa droite comme à sa gauche, conduisant au perron surélevé, deux rampes s'étendaient, que seule la voiture de l'ambassadeur pouvait emprunter. Les simples mortels, eux, devaient se garer en bas et marcher. Une fois, un jeune diplomate inexpérimenté avait sérieusement compromis sa carrière en venant garer sa Coccinelle juste sous le portique, afin d'échapper à une pluie battante. Quelques minutes plus tard, l'ambassadeur, trouvant l'accès bloqué, avait dû descendre de sa Rolls Royce et franchir les quelques derniers mètres à pied. Trempé, il n'avait guère apprécié cette initiative.

Celia Stone descendit les marches, adressa un signe de tête au portier, monta dans sa Rover rouge vif et démarra. Elle n'était pas encore arrivée devant le portail de sortie qu'il glissait déjà sur son rail. La jeune attachée de presse descendit la berge pour gagner le Pont de pierre, en route vers son déjeuner avec un journaliste du quotidien libéral *Sevodnia*. Pas plus qu'elle n'avait remarqué qu'elle était la première voiture à quitter l'ambassade ce jour-là, elle ne nota qu'un vieil homme mal habillé courait en faisant de grands gestes derrière elle.

Le Pont de pierre, Kameny Most en russe, est le plus ancien pont en dur sur la Moskova. Jadis, pour traverser le fleuve, on installait des pontons au printemps, et l'hiver, dès que la glace était assez solide, on le franchissait à pied. A cause de sa taille, le pont enjambe non seulement les eaux mais aussi le quai de Sofia, de sorte que les véhicules doivent le contourner, négocier une boucle là où il rejoint le niveau du sol, puis remonter la rampe d'accès pour le franchir. Un piéton, par contre, peut directement y accéder de la berge par des escaliers, ceux-là mêmes que le Lapin emprunta.

Il était déjà sur le trottoir, tout essoufflé, quand la voiture rouge arriva. La conductrice, après un regard étonné vers cette silhouette gesticulante, poursuivit sa route. Sans grand espoir, Zaïtsev se lança à sa poursuite. Pourtant, il avait eu le temps de retenir son numéro d'immatriculation russe, et il savait qu'à la sortie nord du pont, elle allait rencontrer l'inévitable embouteillage de la place Borovistki.

Celia Stone se rendait au Rosy O'Grady Pub de la rue Znamenka, une taverne typiquement irlandaise en plein Moscou où l'on a toutes les chances de tomber le soir du réveillon sur l'ambassadeur d'Irlande, lorsque celui-ci arrive à s'échapper des réceptions diplomatiques nettement plus guindées. Comme le pub proposait un service de déjeuner rapide, elle avait proposé au journaliste russe de l'y rejoindre.

Elle trouva sans trop de mal une place pour se garer. Elle n'avait que quelques pas à faire, le temps cependant pour une cohorte de mendiants de repérer cette femme visiblement étrangère et de s'abattre sur elle en quémandant de quoi manger.

Malgré les nombreux briefings suivis au Foreign Office avant son départ, la réalité russe lui causait toujours le même choc. D'accord, elle avait vu des clochards dans le métro londonien ou sous les porches new-yorkais, de pauvres bougres qui pour une raison ou une autre avaient échoué sur le pavé, mais qui savaient

43

que la soupe populaire ou le refuge de sans-abri n'était pas loin. À Moscou, capitale d'un pays au bord de la famine, ceux qui tendaient la main avaient été, peu de temps auparavant, des fermiers, des soldats, des fonctionnaires...

Vadim, l'imposant portier du Rosy O'Grady, comprit ce qui se passait et s'avança pour disperser énergiquement les importuns, ouvrant la voie à une cliente porteuse des devises étrangères si précieuses à son employeur. Ulcérée de voir les malheureux ainsi traités par un de leurs compatriotes, Celia voulut protester, mais Vadim se contenta d'étendre son bras musclé pour la séparer des mendiants, d'ouvrir la porte du restaurant et de la pousser à l'intérieur.

En arrivant de la rue sale hantée par les miséreux, on était saisi par le contraste qu'offraient la cinquantaine de convives en train de deviser agréablement devant des assiettes bien garnies. Altruiste, Celia avait souvent pensé renoncer à déjeuner ou à dîner au restaurant, car elle avait du mal à oublier la faim qui rôdait dehors, tenue en respect par tous les Vadim de Moscou. Mais le journaliste russe, qui lui faisait gaiement signe de la main depuis une petite table, n'avait pas ces états d'âme : il était déjà plongé dans l'étude de la carte des zakouski, les hors-d'œuvre à la russe.

Hébété, Zaïtsev avait d'abord pensé que la Rover avait disparu. Il passa en revue toutes les artères qui partaient de la place Borovitski, guettant le moindre reflet de carrosserie rouge. En désespoir de cause, il inspecta le boulevard à l'opposé du pont. A sa grande surprise et à sa joie plus grande encore, il la découvrit enfin, à un coin de rue tout près du pub. Se fondant parmi ceux qui restaient là à attendre avec la patience des humiliés, il se posta près de la voiture, et attendit lui aussi.

## Nairobi, 1983

Dix années s'étant écoulées depuis que Jason Monk avait quitté l'université de Virginie, il avait évidemment perdu de vue la plupart de ses anciens condisciples. Mais Norman Stein, lui, restait bien présent dans sa mémoire. Entre le solide footballeur grandi à la campagne et le frêle rejeton d'un médecin juif de Fredericksburg, l'amitié n'était pas forcément prévisible. Mais les deux garçons partageaient un sens de l'humour qui les avait rapprochés, et si Monk avait le don des langues, la faculté de biologie tenait Stein pour un génie, ou presque.

Diplômé *summa cum laude* un an avant Monk, Stein avait entamé sa médecine. Leur relation se poursuivit, comme c'est souvent le cas, par l'échange de cartes de vœux en fin d'année. Et puis, juste avant son départ pour le Kenya, alors qu'il entrait dans un restaurant de Washington, Monk avait aperçu son ancien camarade assis seul à une table. Ils avaient passé une bonne demi-heure à discuter ensemble, jusqu'au moment où la personne qui devait déjeuner avec le docteur Stein était arrivée. Monk, certes, avait dû mentir, expliquant qu'il travaillait au Département d'Etat. Quant à son ami, devenu spécialiste en médecine tropicale, il venait d'être nommé au centre de recherche de l'hôpital militaire Walter Reed.

Dans son living, Jason Monk attrapa son carnet d'adresses et composa un numéro. A la onzième sonnerie, une voix pâteuse répondit :

— Ouais ?

— Salut, Norm. Ici Jason Monk.

Un silence.

— Ah, super. Où t'es ?

— A Nairobi.

— Super. Nairobi. Bien sûr. Et quelle heure est-il à Nairobi ?

— Midi, lui apprit Monk.

— Bon, eh bien ici il est cinq heures du mat', et mon putain de réveil va sonner à sept. Et j'ai passé la moitié de la nuit debout à cause du gosse. Il fait ses dents, figure-toi ! Alors merci encore, t'es un pote !

— Du calme, Norm. Et dis-moi une chose : est-ce que tu as déjà entendu parler d'un truc du nom de mélioïdose ?

Après une nouvelle pause, Stein ne semblait plus du tout endormi lorsqu'il reprit la parole :

— Pourquoi tu me demandes ça ?

Monk débita son histoire : un gosse de cinq ans, le fils d'un type qu'il connaissait — il ne mentionna pas le diplomate russe —, avait l'air très mal en point. Il avait vaguement entendu dire que cette infection bizarre avait été étudiée, aux USA...

— Donne-moi ton numéro, lui demanda Stein. Il faut que je vérifie. Je te rappelle.

Le téléphone sonna à cinq heures de l'après-midi, heure de Nairobi.

— Il y a peut-être, il y aurait peut-être quelque chose. Maintenant, écoute-moi bien, c'est encore tout nouveau, on en est encore au stade expérimental. On a fait quelques tests, ils sont encourageants. Pour l'instant. Mais ça n'a même pas été présenté à la FDA. Donc, c'est encore loin d'être autorisé. Nous en sommes seulement aux vérifications.

Aux Etats-Unis, tout nouveau médicament doit être approuvé par la Food and Drug Administration, la FDA, avant de pouvoir être exploité commercialement. Ce que le docteur Stein venait de mentionner était un essai révolutionnaire d'antibiotique à base de céphalosporine, commercialisé plus tard sous la forme de Ceftazidime aux USA et devenu le traitement de base contre la mélioïdose, mais qui en 1983 n'était encore désigné que sous le nom de code CZ-1.

— Et il pourrait y avoir des effets secondaires, ajouta Stein. Nous n'en savons rien.

— Qui apparaîtraient au bout de combien de temps ?

— Pas la moindre idée.

— Bon, si ce gosse n'en a que pour trois semaines, on ne perd rien à essayer, non ?

Stein laissa échapper un profond soupir :

— Je ne sais pas. C'est contraire à la réglementation.

— Personne n'en saura jamais rien, c'est juré. Allez, Norm, pour toutes ces nanas que je t'ai ramenées...

De Chevy Chase, dans le Maryland, un éclat de rire tonitruant lui parvint :

— Si jamais tu racontes « ça » à Becky, je te flingue !

Sur ces mots, Stein raccrocha.

Deux jours après, Monk réceptionna à l'ambassade un colis arrivé par courrier exprès : une poche sous vide, remplie de neige carbonique, et une note laconique, non signée, indiquant qu'il s'y trouvait deux éprouvettes. Il appela l'ambassade soviétique pour laisser un message au deuxième secrétaire Tiourkine : « N'oubliez pas, on prend une bière ensemble ce soir à six heures. » Le colonel Kouliyev, aussitôt informé, convoqua le major :

— Qui est ce Monk ?

— Oh, un diplomate américain qui semble être très déçu par la politique US en Afrique. J'essaie de l'amadouer un peu.

Le colonel hocha vigoureusement la tête : c'était exactement le genre de travail qui faisait bonne impression dans les rapports qu'il adressait au siège central du KGB.

Au café où ils s'étaient déjà rencontrés, Monk lui tendit la petite boîte. Tiourkine inspecta les alentours d'un œil méfiant : et si c'était de l'argent ?

— Qu'est-ce que c'est ?

Monk lui expliqua tout, ajoutant :

— Ça peut ne pas marcher, mais ça ne peut pas faire de mal. Et c'est tout ce que nous avons.

Le Russe se raidit, soudain glacial :

— Et vous voulez quoi, pour ce... cadeau ?

Il devait y avoir une contrepartie, c'était évident.

— Pour votre gosse, c'était la vérité ? Ou vous jouiez la comédie ?

— Non, pas comédie ! Pas cette fois. Des gens comme vous et moi, on fait toujours comédie. Mais cette fois, non.

En réalité, Monk avait déjà vérifié auprès de l'hôpital de Nairobi, et reçu la confirmation du docteur Moi. « Dur, avait-il pensé, mais c'est le monde qui est dur. » Il se leva. S'il suivait les règles du jeu habituelles, il devrait extorquer à cet homme quelque chose en échange, un secret quelconque. Mais l'histoire du gamin de cinq ans n'était pas un « truc », du moins pas cette fois. La décision lui appartenait :

— Prenez ça, mon vieux. J'espère que ça collera. Et c'est gratuit.

Il se dirigeait déjà vers la porte lorsqu'il entendit derrière lui :

— Monsieur Monk, vous comprenez le russe ?

— Un peu, oui.

— C'est bien ce que je pensais. Dans ce cas, vous comprendrez mon *spassiba*.


A deux heures et quelques minutes, elle sortit du pub et marcha rapidement vers sa voiture. Comme la Rover était équipée d'un verrouillage central, elle avait tout ouvert pour s'installer devant le volant. Elle avait mis sa ceinture et démarrait quand la portière côté passager pivota. Elle tourna des yeux surpris vers l'homme qui se tenait dans l'entrebâillement. Mal rasé, il était vêtu d'une vareuse militaire usée jusqu'à la corde, sur laquelle pendaient quatre médailles noircies. Quand il ouvrit la bouche pour parler, elle vit briller trois dents en acier. Il lança un dossier sur les genoux de la jeune femme. Elle connaissait assez de russe pour réussir à mémoriser les quelques mots qu'il prononça :

— S'il vous plaît, donnez à monsieur l'ambassadeur. C'est pour la bière.

La vue de cet homme l'effraya. Il était sans doute fou, dangereux peut-être. Celia Stone démarra en trombe, la porte oscillant avant de se refermer sous l'effet de la vitesse. Jetant sur le siège du passager ce qui devait être une requête, une pétition, un de ces documents grotesques dont le service de presse était submergé, elle se hâta vers l'ambassade.

# Chapitre 3

Midi allait sonner ce même 16 juillet quand Igor Komarov, assis dans son bureau au premier étage du QG du boulevard Kisselny, appela à l'interphone son secrétaire particulier :

— Le texte que je vous ai passé hier, vous avez eu le temps de le lire ?

— Absolument, président. Très impressionnant, si je peux me permettre.

Comme tous les autres membres de l'équipe, Akopov donnait souvent du « président » à celui qui certes présidait le comité exécutif de l'Union des forces patriotiques, mais qui dans l'esprit de ses partisans était déjà virtuellement le nouveau chef de l'Etat russe.

— Merci. Alors, rendez-le-moi.

Aussitôt, Akopov se leva pour aller vers son coffre-fort, dont il forma sans hésiter la combinaison. Lorsque la porte s'ouvrit, il pensa trouver le document cartonné de noir sur le haut de la pile. Il n'y était pas. Etonné, il entreprit de vider le coffre pièce par pièce. Il n'arrivait pas à le croire, mais une sourde panique commençait à l'envahir. Il dut se reprendre pour vérifier à nouveau, à genoux devant tous les dossiers étalés sur le tapis. Une sueur froide inonda son front. Toute la matinée, il avait tranquillement vaqué à ses occupations, persuadé d'avoir rangé le texte confidentiel en lieu sûr, comme il le faisait toujours. Car il était un homme d'ordre.

Il passa aux tiroirs de son bureau. Rien. Il inspecta le sol, puis la moindre poubelle, le moindre placard. Juste avant treize heures, il frappa à la porte d'Igor Komarov, reçut l'autorisation d'entrer, et confessa sa faute.

Pendant d'interminables secondes, le candidat à la présidence l'observa fixement.

Personnalité complexe, secrète, Igor Komarov était l'exact opposé de son prédécesseur Jirinovski, qu'il ne se privait plus de traiter ouvertement de clown. Bien bâti, toujours rasé de près et ses cheveux gris fer coupés ras, il manifestait un souci constant de la propreté, et une profonde répugnance envers tout contact physique. Contrairement à la plupart des politiciens russes, qui aimaient trinquer, prendre par le bras, donner des accolades, il exigeait de son entourage la plus grande réserve, et une tenue irréprochable. On ne l'avait pratiquement jamais vu sous l'uniforme des Gardes noirs. Il portait toujours d'impeccables costumes croisés gris, des cravates sobres. Malgré sa longue carrière d'homme politique, rares étaient ceux qui pouvaient se dire proches de lui, et personne n'aurait osé se targuer d'être de ses intimes. Avec Nikita Ivanovitch Akopov, son secrétaire personnel depuis dix ans, il entretenait une relation de maître à employé servilement dévoué.

A la différence d'Eltsine, qui avait élevé ses collaborateurs au rang de compagnons de beuveries ou de partenaires de tennis, il semblait bien que Komarov n'eût jamais permis qu'à une seule personne de l'appeler par son prénom : le chef de sa garde personnelle, le colonel Anatoli Grichine.

Mais comme tous les politiciens chevronnés, il savait aussi jouer les caméléons quand il le fallait. Lors des interviews, qu'il n'accordait qu'au compte-gouttes, il avait toute la gravité de l'homme d'Etat ; sitôt à la tribune, cependant, il se transformait en orateur impétueux devant les yeux admiratifs d'Akopov, se faisant le porte-parole des aspirations les plus profondes et les plus irrationnelles du peuple, de ses espoirs, de ses phobies, de ses mythes, de ses colères. C'étaient les seuls moments où il paraissait accessible.

A côté de ces deux personnages bien tranchés il en existait cependant un troisième, dont la seule réputation suffisait à plonger ceux qui le côtoyaient dans une crainte pleine de respect, et dont Akopov n'avait entrevu que deux fois en dix ans le potentiel de fureur démoniaque, deux occasions au cours desquelles il avait vu cet homme qu'il vénérait se transformer en épouvantable furie. Devenu incapable de se contenir comme à son habitude, Komarov avait ainsi jeté des téléphones, des vases, des encriers à la tête de l'officier des Gardes noirs qui l'avait offensé, transformant ce soudard endurci en loque balbutiante. Ou bien, après avoir utilisé le langage le plus ordurier qu'Akopov ait jamais entendu, il était tombé à bras raccourcis sur un employé, armé d'une lourde règle d'ébène, et aurait tué sa victime si on n'avait pas réussi à le maîtriser.

Le secrétaire voyait maintenant tous les signes annonciateurs de ces crises mémorables : une soudaine pâleur avait envahi ses traits, il se montrait plus poli et compassé encore, mais deux taches d'un rouge vif étaient apparues sur les joues de Komarov :

— Vous me dites que vous l'avez perdu, Nikita Ivanovitch ?

— Non, pas perdu, président. Egaré, visiblement.

— Ce document présente un caractère absolument confidentiel. Vous l'avez lu ; vous comprenez pourquoi.

— En effet, Igor Viktorovitch.

— Il n'en existe que trois exemplaires. Les deux autres sont dans mon coffre. J'ai pris la peine de le taper moi-même, et seul un cercle très restreint doit en avoir connaissance... Oui, moi, Igor Komarov, je me suis assis devant une machine à écrire, plutôt que de faire confiance à un subalterne. C'est dire !

— Très judicieux, président.

— Et parce que je vous compte... parce que je vous comptais parmi ce cercle, je vous ai permis de le consulter. Or, vous m'annoncez maintenant que vous l'avez perdu.

— Egaré, égaré temporairement, je vous l'assure !

Komarov le fixait de ce regard magnétique capable d'envoûter les sceptiques comme de terroriser ceux qui n'avaient pas la conscience tranquille. Les taches rouges s'étaient accentuées.

— Quand l'avez-vous vu pour la dernière fois ?

— Hier soir, Igor Viktorovitch. J'étais resté tard afin de pouvoir le lire sans être dérangé. Je suis parti à huit heures.

Komarov hocha la tête. Le service de sécurité saurait confirmer ou démentir cette affirmation.

— Et vous l'avez pris avec vous. Malgré mes instructions, vous avez pris le risque de le sortir de ces locaux.

— Non, président, je vous le jure ! Je l'ai enfermé dans le coffre. Jamais je ne laisserais traîner un document confidentiel, jamais je ne l'emporterais dehors !

— Et il n'est plus dans le coffre ?

Akopov voulut avaler sa salive, mais il n'en avait pas.

— Combien de fois êtes-vous allé à votre coffre avant mon appel ?

— Pas une, président. Quand vous m'avez appelé, je ne l'avais pas encore ouvert de la matinée.

— Il était bien fermé ?

— Oui, comme d'habitude.

— On n'avait pas essayé de le forcer ?

— Non, apparemment pas.

— Vous avez fouillé la pièce ?

— De fond en comble. Je n'y comprends rien.

Komarov réfléchit plusieurs minutes. Sous son air impassible, il sentait la panique monter en lui. Finalement, il appela le responsable de la sécurité au rez-de-chaussée :

— Bouclez les lieux. Personne n'entre, personne ne sort. Joignez le colonel Grichine, dites-lui de se présenter à moi immédiatement. Où qu'il soit, quoi qu'il soit en train de faire, je veux le voir dans l'heure.

Relâchant le bouton de l'interphone, il fusilla du regard son secrétaire plus mort que vif :

— Regagnez votre bureau. Ne parlez à personne. Attendez là-bas jusqu'à ce que je vous appelle.


Parce qu'elle était intelligente, célibataire et résolument moderne, Celia Stone avait décidé depuis longtemps qu'elle avait le droit de prendre du plaisir quand et avec qui bon lui semblait. Pour l'heure, elle appréciait le corps juvénile et musclé de Hugo Gray, arrivé de Londres à peine deux mois auparavant, soit six après elle. Collaborateur de l'attaché culturel, il avait le même grade qu'elle, mais était son aîné de deux ans. Et il était lui aussi célibataire.

Tous deux habitaient dans un immeuble résidentiel réservé au corps diplomatique de Koutouzovski Prospekt, une énorme bâtisse encerclant une cour bondée de voitures, avec un poste de miliciens russes à l'entrée : les résidents savaient donc que leurs allées et venues étaient surveillées comme à l'époque soviétique, mais au moins leurs véhicules étaient-ils à l'abri des vandales.

Revenue dans le cadre rassurant de l'ambassade, elle entreprit de rédiger le rapport de son déjeuner avec le journaliste russe. La conversation avait surtout tourné autour de la mort du président Tcherkassov la veille, et des conséquences qu'elle allait probablement avoir. Pour sa part, elle avait réaffirmé à son interlocuteur que les Britanniques suivaient toujours avec le plus grand intérêt la situation en Russie, et espérait que le message était bien passé. Elle le saurait quand son article paraîtrait...

A cinq heures, elle rentra chez elle, prit un bain et s'étendit un moment. Elle devait dîner avec Hugo à huit heures, puis elle prévoyait de le ramener chez elle, et n'avait pas l'intention de trop dormir cette nuit.


A quatre heures de l'après-midi, désormais convaincu que le document ne se trouvait plus dans les locaux de l'UFP, le colonel Anatoli Grichine entra chez Igor Komarov pour le lui annoncer.

Depuis 1994, date à laquelle Grichine avait démissionné de son poste de cadre au sein du KGB, les deux hommes étaient devenus indispensables l'un à l'autre. Grichine avait perdu toute confiance dans l'ancien appareil de sécurité soviétique, mis à mal par l'effondrement de l'URSS et, dès septembre 1991, par la décision de Mikhaïl Gorbatchev de le scinder en différents services. La Première Direction, chargée des opérations à l'étranger, avait conservé ses anciens quartiers généraux de Yassenevo, dans la banlieue de Moscou, mais on l'avait rebaptisée SVR, Service de sécurité extérieure. Le pire, pour Grichine, était que son département, la Deuxième Direction, jadis chargé de tout ce qui concernait l'ordre intérieur, depuis la traque des espions jusqu'à la répression des dissidents, avait été réduit à l'ombre de lui-même et, sous le nom de FSK (Service fédéral de contre-espionnage, en russe), végétait désormais dans la médiocrité. Malgré son mépris pour toutes ces « réformes » qu'il jugeait criminelles, Grichine avait patienté, espérant passer major général, avant de claquer finalement la porte. Un an plus tard, il devenait chef de la sécurité personnelle d'Igor Komarov, qui n'était alors que membre du bureau politique de l'ancien Parti libéral-démocrate.

Ils avaient gravi ensemble les échelons du pouvoir, mais ce n'était encore rien devant ce qui les attendait. Patiemment, Grichine avait mis sur pied une unité entièrement vouée à la sécurité du président, les Gardes noirs, qui comptait désormais six mille hommes bien entraînés. Il était aussi à la tête de l'organisation de jeunesse paramilitaire de l'UFP, la Ligue des jeunesses combattantes, forte de vingt mille adolescents fanatisés.

— Vous en êtes certain ? demanda Komarov.

— Impossible autrement, Igor. Depuis deux heures, nous avons tout mis sens dessus dessous. Nous avons cherché partout, partout. Et pas la moindre trace d'effraction non plus. L'expert de la fabrique de coffres-forts a lui aussi terminé son inspection, et il est formel : ou bien la porte a été ouverte par quelqu'un qui connaissait la combinaison, ou bien le dossier n'a jamais été dedans. On a vérifié aussi toutes les ordures d'hier. Rien. Les chiens ont été lâchés à sept heures, la garde de nuit a pris sa relève comme d'habitude. Akopov est resté jusqu'à huit heures : le maître-chien a été interrogé, il a dû rappeler trois fois ses bêtes à cause de voitures qui s'en allaient tard, et la dernière était celle d'Akopov. Tout est consigné dans le cahier de service, d'ailleurs.

— Alors ?

— Erreur humaine, ou malveillance. On est allé chercher les deux gardiens de nuit, je les attends d'un moment à l'autre. Ils étaient en charge des lieux depuis le départ d'Akopov jusqu'à l'arrivée du gardien de jour. Celui-là est resté seul dans les locaux de six à huit heures du matin, certes, mais il jure avoir vérifié pendant sa ronde que tous les bureaux étaient fermés à clé. Tout le monde, y compris Akopov, dit la même chose.

— Quelle est votre théorie, Anatoli ?

— Ou bien Akopov l'a emporté avec lui, par erreur ou délibérément, ou bien quelqu'un de la garde de nuit l'a pris. Ils ont les doubles des clés.

— Alors, c'est Akopov ?

— C'est le suspect numéro un, aucun doute là-dessus. Son appartement a été fouillé de fond en comble. En sa présence. J'ai pensé qu'il l'avait peut-être mis dans son attaché-case et qu'il avait égaré le tout. Cela est arrivé une fois au ministère de la Défense, et on m'avait confié l'enquête. Il s'est avéré que ce n'était pas un cas d'espionnage, mais tout simplement une négligence criminelle. Le coupable a été expédié en camp, direct. Seulement, Akopov a toujours son attaché-case, trois témoins l'ont reconnu formellement.

— Donc, il l'a volé ?

— Possible. Mais il y a un hic : pourquoi serait-il venu travailler ce matin comme si de rien n'était, en attendant de se faire pincer ? Il avait tout le temps de se mettre à l'abri. Il faudrait sans doute que je... euh... l'interroge plus à fond. Pour qu'il soit disculpé, ou pour qu'il avoue.

— Accordé.

— Et ensuite ?

Komarov fit pivoter son fauteuil pour se retrouver face à la fenêtre. Il resta un instant les yeux dans le vague, avant de reprendre d'une voix sourde :

— Akopov a été un excellent secrétaire. Pourtant, après ce qui s'est passé, il faudra le remplacer. Mon problème, c'est qu'il a lu ce document. Quelque chose d'extrêmement confidentiel. Si je le garde à un poste moins important, ou si je le congédie, il pourrait en éprouver du ressentiment, voire même essayer de se venger en divulguant ce qu'il sait. Ce serait lamentable, tout à fait lamentable...

— Je comprends parfaitement, approuva le colonel Grichine.

A ce moment, on annonça l'arrivée des deux veilleurs de nuit, que le chef de la sécurité descendit aussitôt interroger.

Parallèlement, la chambrée qu'ils occupaient à la caserne des Gardes noirs était systématiquement fouillée, sans autre découverte que les prévisibles articles de toilette et revues pornographiques.

Grichine les passa au gril l'un après l'autre, dans des pièces différentes. Ils étaient terrifiés, la réputation du colonel n'étant plus à faire. De temps à autre, il les accablait d'une bordée d'injures, mais le pire, pour eux, était quand il se penchait pour murmurer à leur oreille, avec un luxe de détails, le traitement qu'il réservait à ceux qui lui avaient menti. A huit heures, il savait exactement ce qui s'était passé la veille, en l'occurrence qu'ils n'avaient pas assuré régulièrement leurs rondes, qu'ils étaient restés la plupart du temps devant leur poste de télévision. Mais surtout, il avait appris l'existence du vieil homme chargé du nettoyage.

Celui-ci était entré à dix heures, comme d'habitude. Seul. Dans le souterrain, il était passé devant les deux vigiles, car un seul d'entre eux connaissait la combinaison déverrouillant la porte extérieure, tandis que l'autre était seul à savoir ouvrir celle de l'intérieur. Il avait commencé par le rez-de-chaussée, là encore comme d'habitude. Puis les vigiles s'étaient arrachés des informations télévisées pour aller lui ouvrir les portes de l'étage stratégique, les bureaux de la suite présidentielle. Pendant qu'il nettoyait la pièce de Komarov, l'un d'eux l'avait surveillé, mais ils étaient repartis en bas lorsque le vieux avait achevé de balayer le reste de l'étage. Comme d'habitude. Donc, il était resté seul dans le bureau d'Akopov. Et il avait quitté les lieux en pleine nuit, ce qui n'était pas habituel...

A neuf heures, Akopov, blanc comme un linge, fut escorté à sa voiture. Un Garde noir conduisait, un autre avait pris place à l'arrière, à côté du secrétaire en disgrâce. Le véhicule ne se dirigea pas vers son domicile, mais prit la route d'un des nombreux camps d'entraînement dont la Ligue des jeunesses combattantes disposait aux environs de Moscou.

Au même moment, le colonel Grichine achevait d'éplucher les états de service de Zaïtsev Leonid, soixante-trois ans, agent d'entretien. Il y avait une adresse personnelle dans le dossier, mais le suspect ne s'y trouvait certainement plus, puisqu'il devait prendre son travail à dix heures, comme tous les jours.

A minuit, renonçant à l'attendre, le colonel et trois Gardes noirs quittèrent le QG à sa recherche.


Avec un sourire de contentement, Celia Stone se dégagea des bras de son amant et alluma une cigarette. Elle fumait peu, mais il existait certaines occasions, dont celle-là... Allongé sur le dos dans le lit de la jeune femme, Hugo Gray, lui, n'avait pas encore retrouvé sa respiration. Il avait beau se maintenir en forme en pratiquant assidûment squash et natation, les deux heures qui venaient de s'écouler l'avaient mis à plat. Une question qui lui était déjà maintes fois venue à l'esprit s'imposa à nouveau : pourquoi Dieu avait-il voulu que les appétits d'une femme en quête d'amour excèdent largement les capacités du mâle ? C'était un aspect profondément injuste de l'existence.

Dans la pénombre, Celia Stone aspira une longue bouffée, s'en délecta, puis se pencha au-dessus de son partenaire et passa une main taquine dans sa chevelure brune et bouclée :

— Comment diable tu t'es retrouvé attaché culturel, toi ? Je parie que tu ne saurais pas faire la différence entre Tourgueniev et Lermontov.

— C'est pas mon boulot, bougonna-t-il. Moi, je suis censé

56

éclairer les Russkoffs sur notre grande culture, Shakespeare, les
sœurs Brontë, ainsi de suite...

— Et c'est pour ça que tu passes ton temps en parlotes avec
le chef d'antenne ?

Se redressant d'un bond, Gray l'attrapa par le bras pour lui
susurrer à l'oreille :

— Ecrase, Celia ! Il y a peut-être des micros !

Froissée, elle le repoussa et se leva pour aller faire du café.
Elle ne comprenait pas qu'une petite pique le fasse réagir ainsi.
D'ailleurs, ses activités au sein de l'ambassade étaient un secret
de polichinelle. Et elle avait deviné juste : depuis un mois, Hugo
Gray était devenu le troisième agent — et le benjamin — de
l'antenne moscovite des services secrets britanniques. Jadis, au
bon vieux temps, c'est-à-dire au plus fort de la guerre froide, le
personnel était beaucoup plus important. Mais les temps chan-
gent, et les budgets aussi : dans l'état piteux où elle se trouvait,
la Russie n'était plus considérée comme un danger majeur. Surtout, la plupart de ce qui était hier encore confidentiel était passé
dans le domaine public, ou n'intéressait plus personne. Même
l'ex-KGB avait désormais son service de presse, et à l'ambassade
US de Moscou les agents de la CIA étaient à peine assez nombreux pour former une équipe de football.

Cependant, Hugo Gray était jeune, plein de zèle, et persuadé
que les appartements des diplomates étaient toujours écoutés. Le
communisme avait disparu, d'accord, mais la vieille paranoïa se
portait encore bien. Il avait tout à fait raison sur ce point, à un
détail près : les services russes avaient déjà repéré quelles étaient
ses véritables fonctions, et ne s'en inquiétaient pas le moins du
monde.

La très mal nommée chaussée des Enthousiastes constitue sans
doute la zone la plus désolée, la plus sale et la plus déshéritée de
Moscou. Symbole de l'inébranlable optimisme communiste, elle
a été percée juste sous le vent d'un énorme complexe chimique,
dont les cheminées étaient équipées de filtres aussi serrés qu'un
filet de tennis. Et le seul enthousiasme jamais manifesté par ses
riverains était celui qui s'emparait d'eux lorsqu'ils apprenaient
qu'ils allaient pouvoir déménager de cet enfer.

D'après son dossier personnel, Leonid Zaïtsev occupait un

appartement à deux pas de cette artère avec sa fille, son gendre camionneur, et leur enfant. La nuit était encore chaude quand la Tchaïka noire se glissa dans la cour. Le chauffeur, qui avait été obligé de baisser sa vitre pour déchiffrer les numéros noyés sous la crasse, dut interroger un voisin encore debout mais tombant de sommeil, car la plaque était au nom du gendre, comme il fallait s'y attendre. Ayant trouvé la bonne cage d'escalier, les quatre hommes entreprirent l'ascension des cinq étages — il n'y avait pas d'ascenseur — et frappèrent à une porte délabrée.

Une femme leur ouvrit, somnolente, les yeux rouges ; elle devait avoir la trentaine mais paraissait dix ans de plus. Grichine, quoique poli, ne toléra aucun scandale. Ses sbires étaient déjà entrés pour fouiller l'appartement, si exigu que leur mission fut vite remplie : deux pièces, une salle d'eau nauséabonde, un coin-cuisine derrière un rideau.

L'enfant, qui dormait avec sa mère dans l'unique lit à deux places de la maisonnée et que les gardes réveillèrent en sursaut pour chercher sous le matelas, commença à geindre, puis à hurler de peur. Ils mirent aussi à sac les deux minables placards en bois blanc, sans résultat. Dans l'autre pièce, le doigt tendu vers l'étroit divan qu'occupait habituellement **son** père, la femme expliquait à Grichine que son mari était parti depuis deux jours et devait se trouver quelque part sur la route de Minsk. Elle aussi éclata en sanglots désespérés en jurant que son père n'était pas rentré la veille. Même si elle ne s'était pas occupée de signaler sa disparition, elle était inquiète, mais elle se disait qu'il avait dû s'endormir sur un banc, dans un parc...

Au bout de dix minutes, les Gardes noirs avaient établi que personne ne pouvait se cacher ici, et Grichine était convaincu que cette femme était trop effrayée et trop stupéfaite pour pouvoir mentir.

Ils repartirent, non vers le centre mais en direction du camp où Akopov était détenu, à soixante-dix kilomètres environ. Grichine passa le reste de la nuit à interroger l'infortuné secrétaire, qui avoua un peu avant l'aube qu'il avait dû oublier le document sur sa table. Cela ne lui était jamais arrivé, il n'arrivait pas à comprendre comment il avait pu omettre de le ranger dans le coffre, il demandait pardon... Avec un hochement de tête compréhensif, Grichine lui tapota l'épaule.

Ressorti du baraquement, il fit venir l'un de ses adjoints et lui dit :

— Il va faire horriblement chaud, aujourd'hui. Notre ami, là-dedans, est un peu stressé. Je crois qu'une bonne baignade au petit matin serait l'idéal pour lui.

Sur le chemin du retour, il récapitula : si Akopov disait vrai, ou bien le document avait été jeté par erreur, ou bien le vieux traîneur de balais l'avait dérobé. La première hypothèse ne tenait pas : les déchets en provenance de l'état-major du parti étaient stockés plusieurs jours durant avant d'être incinérés sous stricte surveillance. Et tous les papiers jetés pendant cette période avaient été vérifiés un par un. Donc, c'était lui. Mais pourquoi un vieillard à moitié illettré aurait-il commis cet acte, et dans quel but ? Il n'arrivait pas à l'imaginer. Seul l'intéressé pouvait répondre. Et il allait répondre, foi de Grichine.

Avant l'heure du petit déjeuner, le colonel avait lancé dans les rues de Moscou deux mille de ses hommes, tous en civil, avec ordre de retrouver un ancien soldat en vareuse élimée. Il n'avait pas de photographies à sa disposition, mais on le lui avait décrit avec précision, et il y avait des signes distinctifs, comme les trois dents de devant en acier. Malgré son importance, l'escouade n'avait pourtant pas la tâche facile : les sans-abri étaient dix fois plus nombreux qu'eux, et tous étaient vêtus de guenilles. Dans cette masse anonyme, il fallait retouver un homme, et un dossier noir. Grichine voulait l'un et l'autre au plus vite. Alors, les deux mille Gardes noirs, sans leur uniforme martial, se mirent en chasse dans l'été étouffant de Moscou.

*Langley, décembre 1983*

Jason Monk se leva de son bureau, s'étira, et décida de descendre à la cafétéria. De retour de Nairobi depuis un mois, il avait été informé que les rapports de travail le concernant étaient bons, voire parfois excellents. Une promotion était dans l'air, et si le chef de la division Afrique s'en félicitait pour lui, il s'inquiétait aussi de le perdre. A son arrivée, en effet, Monk avait découvert qu'il était inscrit au cours intensif d'espagnol qui devait commencer après les fêtes de fin d'année. Il allait ainsi maîtriser une troisième langue étrangère, et surtout avoir accès à la division Amérique latine, vaste territoire auquel la doctrine Monroe assignait une importance stratégique et qui était devenu une priorité dans les tentatives de déstabilisation menées par le bloc soviétique à travers la planète. Au sud du Rio Grande, le KGB avait désormais une grande zone d'opération sur laquelle la CIA entendait bien le contrer. A trente-trois ans, passer sur le continent sud-américain constituait certainement un bon choix en termes de carrière.

Il tournait pensivement son café lorsqu'il sentit une présence à côté de sa table.

— Quel bronzage !

Il leva les yeux, reconnut immédiatement celui qui venait de lui parler et qui lui adressait un large sourire, voulut se lever, mais l'autre, avec l'affabilité d'un seigneur vis-à-vis de l'un de ses manants, lui fit signe de rester assis.

Monk était surpris. Cet homme, qu'on lui avait montré un jour qu'il passait dans un couloir, était une des têtes pensantes de la direction opérationnelle. Il venait de recevoir la responsabilité du groupe de contre-espionnage de la division SE (pour *Soviet-East European*, c'est-à-dire l'URSS et les pays de l'Est). Ce qui le surprenait, c'était que son apparence ne correspondait guère à un tel poste : de la même taille que Monk, soit moins d'un mètre quatre-vingts, il était en piètre condition physique, même s'il avait à peine dépassé la quarantaine. Monk remarqua les cheveux gras peignés en arrière, l'épaisse moustache masquant une bouche molle, les yeux myopes et globuleux.

— Trois ans au Kenya, dit-il pour expliquer son hâle.

— Et maintenant, le sale hiver de Washington, hein ?

Monk ressentit une antipathie instinctive devant ce regard plus moqueur qu'ironique, ces yeux qui semblaient dire : « Je suis plus malin que toi, beaucoup plus malin. »

— Oui, monsieur, se borna-t-il à répondre.

Le gros bonnet tendit une main aux doigts tachés de nicotine. Monk nota ce détail, ainsi que le réseau de petits vaisseaux autour des narines, qui trahissait le buveur chronique. Il se leva en affichant un sourire qui lui avait déjà valu d'être baptisé par les dactylos de son bureau « Redwood Special ».

— Et vous êtes... ? demanda l'homme.

— Monk, Jason Monk.

— Ravi de faire votre connaissance, Jason. Aldrich Ames.

Si la voiture de Hugo Gray avait démarré ce matin-là, le cours de l'histoire n'aurait pas été modifié comme il allait l'être, avec le cortège de morts que cela devait entraîner. Mais l'allumage des moteurs à explosion obéit à ses propres lois et, après avoir tout essayé, le jeune diplomate se rua vers la Rover rouge, l'atteignit au moment où elle s'arrêtait à la barrière contrôlant l'accès à la cour, frappa au carreau. Celia Stone le fit monter. D'habitude, les employés de l'ambassade ne travaillaient pas le dimanche, surtout l'été, quand c'était l'occasion de s'échapper pour s'aérer les poumons hors de Moscou, mais avec la mort soudaine du président tout le monde était sur la brèche.

Alors qu'ils passaient devant l'hôtel Oukraïna en direction du Kremlin, Gray sentit une résistance sous ses talons. Il se baissa, exhumant ce qui ressemblait à une chemise cartonnée :

— C'est ton plan de rachat des *Izvestia* ? plaisanta-t-il à l'adresse de sa collègue et amante.

— Oh, zut, je voulais le mettre à la poubelle hier... Un vieux toqué me l'a balancé directement dans la voiture, par la fenêtre. J'ai failli mourir de peur.

— Encore des lettres de jérémiades, je parie. Ils n'arrêteront jamais. A tous les coups, c'est pour demander des visas.

Entrouvrant la couverture, il tomba sur le titre et remarqua :

— Non, ça a l'air politique, plutôt.

— Oh, je vois déjà le genre : « Je vous écris de ma petite isba, où j'ai conçu ce programme qui seul pourra sauver le monde. Faites passer à l'ambassadeur. »

— C'est ce qu'il a dit ? De le donner à l'ambassadeur ?

— Exact, et aussi merci pour la bière.

— Quelle bière ?

— Et comment je saurais, moi ? Il était bon pour l'asile.

D'abord distraitement, puis de plus en plus concentré, Gray commença à lire. Au bout d'un moment, il releva la tête :

— Non, c'est vraiment politique ! Un genre de manifeste.

— Ça t'intéresse ? Je te le donne, dit Celia alors qu'ils laissaient derrière eux les jardins d'Alexandre.

Arrivé devant sa table, Hugo Gray avait l'intention de le feuilleter encore un peu, et de le mettre au panier. Mais après quelques pages encore, il se leva pour aller demander un entretien avec le chef d'antenne, un Ecossais à l'esprit incisif.

Même si le bureau de ce dernier était contrôlé chaque jour pour éviter les écoutes clandestines, les conversations strictement confidentielles avaient toujours lieu dans la « bulle ». On désigne par ce terme une pièce construite sur une armature qui lui permet, une fois la porte fermée, de devenir un espace hermétique, entouré de vide. Cette installation, régulièrement vérifiée, est réputée inviolable. Mais Gray ne se sentait pas assez sûr de lui pour proposer à son supérieur de se déplacer dans la bulle.

— Oui, mon garçon ?

— Ecoutez, Jock, je ne sais pas si je ne suis pas en train de vous faire perdre votre temps. Si c'est le cas, vous m'excuserez. Mais bon, il s'est passé un drôle de truc hier. Un vieux type a jeté ça dans la voiture de Celia Stone. Vous voyez qui c'est ? La fille du service de presse. Je me trompe peut-être, mais...

Il cherchait ses mots, tandis que le chef d'antenne l'observait par-dessus ses lunettes en demi-lune.

— Jeté ça dans sa voiture ? répéta-t-il posément.

— C'est ce qu'elle m'a dit. Il a carrément ouvert la porte, balancé ça, et lui a demandé de le transmettre à l'ambassadeur. Et il a disparu.

Son supérieur tendit la main pour que Gray y pose le dossier noir, qui portait encore l'empreinte de ses deux chaussures.

— Quel genre, ce vieux ?

— Sale, mal rasé. Un clochard, presque. Il lui a flanqué une peur bleue.

— Une demande de visa, non ?

— C'est ce qu'elle a cru. Elle allait s'en débarrasser, mais ce matin, elle m'a pris dans sa voiture et j'en ai lu des passages en route. Ça a l'air très politique. Sur la page de garde, il y a l'emblème de l'UFP. On dirait que ç'a été écrit par Igor Komarov en personne.

— Qui ? Notre futur président ? Bizarre. Très bien, mon garçon, laissez-le-moi.

— Merci, Jock, dit Gray avant de prendre congé.

Au sein des services secrets britanniques, l'usage des prénoms est encouragé même entre nouveaux membres et mandarins chevronnés : le but est de créer un climat de camaraderie, un esprit

62

de famille, un réflexe de « nous, et eux » qui se retrouve chez tous ceux qui ont fait du renseignement leur métier. « Chef » ou « monsieur » est réservé au grand manitou.

Il avait atteint la porte lorsque la voix de son supérieur l'arrêta :

— Encore une chose, mon garçon. Vous savez qu'à l'ère soviétique les constructions étaient plutôt bâclées, et que donc les murs étaient minces. Ils le sont toujours. Or, ce matin, notre troisième secrétaire aux affaires commerciales avait les yeux rouges de fatigue, apparemment il ne les a pas fermés de la nuit. Mais il se trouve que sa digne épouse est en Angleterre, en ce moment... Donc, la prochaine fois, auriez-vous l'obligeance, vous et cette délicieuse Mlle Stone, de faire un tout petit peu moins de bruit ?

Gray s'en alla plus rouge que les murs du Kremlin. Le chef d'antenne mit le dossier de côté. En plus du travail courant à expédier, il avait un entretien avec l'ambassadeur à onze heures, et son excellence aurait d'autres soucis que des cartons expédiés par des va-nu-pieds dans les véhicules du personnel. Ce fut donc seulement dans la soirée que le maître espion se plongea dans ce qui allait devenir sinistrement connu sous le nom de « Manifeste noir ».


*Madrid, août 1984*


Avant de déménager en novembre 1986, l'ambassade de l'Inde à Madrid était sise dans un immeuble rococo, au 93 de la Calle Velázquez. Le 15 août de cette année-là, comme à l'accoutumée, l'ambassadeur indien avait invité pour la fête de l'indépendance les principaux membres du gouvernement espagnol et l'ensemble du corps diplomatique.

En raison de la chaleur étouffante que connaît Madrid l'été, et du fait que la classe politique et les diplomates prennent généralement leurs vacances en août, plusieurs personnalités importantes étaient représentées par des collaborateurs de moindre rang. Réalité que l'ambasseur indien déplorait mais devant laquelle il devait s'incliner, car son pays ne pouvait pas réécrire son histoire et changer la date de sa fête nationale.

Ainsi, les Etats-Unis étaient à cette occasion représentés par leur chargé d'affaires, flanqué du deuxième secrétaire aux affaires commerciales, Jason Monk. Comme le chef d'antenne de la CIA était lui aussi en congé, Monk, numéro deux local, était là aussi à sa place, ce qu'il n'avait évidemment pas déclaré à ses hôtes.

Pour lui, l'année qui venait de s'écouler avait été faste. Après avoir brillamment terminé ses six mois d'espagnol, il avait été promu du grade GS-12 au grade GS-13. Ceux qui ne sont pas familiers avec le barème salarial employé par l'administration américaine ne seront peut-être pas sensibles à cette information mais, à la CIA surtout, à chaque GS (pour *Government schedule*, barème fédéral) correspondaient non seulement un salaire mais aussi un certain rang, un certain prestige, une certaine étape professionnelle. Mieux encore, à la faveur d'un remaniement de la hiérarchie, le directeur de la CIA, William Casey, venait de nommer un nouveau vice-directeur des opérations en remplacement de John Stein, et avait choisi pour cela Carey Jordan, l'homme qui avait su dénicher et recruter Monk. Or, celui qui occupe ce poste garde un œil sur tous les agents en activité, puisqu'il dirige l'ensemble du système de collecte de renseignements. Enfin, grâce à sa nouvelle qualification linguistique, Monk avait été basé non en Amérique latine mais dans le seul pays hispanophone d'Europe occidentale, l'Espagne, et ce n'était pas pour lui déplaire.

D'abord, pour un jeune agent de la CIA, Madrid la trépidante offrait autrement plus de distractions que Tegucigalpa. Ensuite, en raison des excellentes relations américano-espagnoles, l'essentiel du travail ne consistait pas à espionner ce pays mais à collaborer avec ses propres services et à garder un œil sur l'importante colonie soviétique, où les agents ennemis pullulaient.

En deux mois seulement, Monk s'était déjà trouvé de très bons contacts au sein des services de renseignements espagnols, dont les principaux cadres, formés au temps de Franco, haïssaient le communisme. Comme ils avaient du mal à l'appeler Jason — car ce nom, lu en espagnol, donnerait quelque chose comme *Khassone* —, ils l'avaient surnommé *El Rubio*, Beau Blond. Comme d'habitude, le charme naturel de Monk avait joué.

La réception battait son plein, sans surprise : des groupes se faisant et se défaisant, où l'on échangeait distraitement des banalités en sirotant du champagne indien devenu chaud dix secondes après avoir été versé dans les verres. Pensant qu'il avait assez dignement représenté l'Oncle Sam, Monk allait quitter les lieux lorsqu'il reconnut soudain un visage dans la foule.

Se faufilant parmi la cohue, il arriva derrière l'invité en costume anthracite qui se retrouvait seul un instant après avoir terminé sa conversation avec une jeune femme en sari, et lui dit posément, en russe :

— Alors, l'ami, qu'est devenu votre fils ?

L'homme se raidit et se retourna d'un coup, avant de laisser un sourire apparaître sur ses lèvres :

— Il va bien, merci. Il est en pleine forme.

— J'en suis ravi. Et, visiblement, votre carrière aussi s'en est tirée...

Nikolaï Tiourkine opina du bonnet. Accepter un présent de l'ennemi l'aurait exposé à ne plus jamais pouvoir quitter l'URSS, s'il avait été découvert. Aussi avait-il remis son sort entre les mains du vieux professeur Glazounov. Mais celui-ci, qui avait lui-même un fils et qui en privé émettait le souhait que les chercheurs du monde entier puissent coopérer librement aux progrès de la médecine, avait décidé de ne pas dénoncer le jeune officier. Et d'accepter modestement les félicitations de tous ses collègues après cette remarquable guérison.

— Oui, merci, mais on a eu chaud..., fit-il.

— Dînons ensemble un de ces jours, proposa Monk, qui ajouta sur un ton ironique en voyant l'expression soudain inquiète du Soviétique : Rassurez-vous, ce n'est pas pour vous retourner !

Tiourkine se détendit aussitôt. Chacun d'eux savait pertinemment ce que faisait l'autre. Monk parlait trop bien le russe pour être simplement en charge des affaires commerciales de l'ambassade, et Tiourkine n'aurait pas pu se permettre de parler ouvertement avec un Américain s'il n'avait pas appartenu au KGB, probablement même à sa branche de contre-espionnage, la section K (pour *kontrazviedka*, contre-espionnage en russe). En employant le terme de « retourner », Monk avait dissipé les dernières fausses apparences, et aussi décrété une trêve dans la guerre froide en plaisantant avec le mot par lequel les professionnels du renseignement désignaient le moment où un agent propose à son adversaire de changer tout simplement de casquette.

Trois soirs plus tard, ils arrivèrent séparément dans une petite ruelle de la vieille ville appelée la Calle de los Cuchilleros, la rue des Couteliers. Tout au fond, derrière une antique porte de bois, quelques marches menaient à une cave voûtée en briques, un ancien dépôt de vin datant du Moyen Age transformé en restaurant qui depuis des années était réputé pour sa cuisine espagnole traditionnelle, *Los Sobrinos de Bot ín*, les Neveux de Bot'in. Chaque table se retrouvant sous la protection d'arches vénérables, ce fut dans ce cadre discret que les deux hommes dînèrent, et dînèrent bien. Monk commanda une bouteille de Marqués de Riscal. Par tact, ils évitèrent de parler « boutique », et préférant évoquer femmes et enfants, même si Monk annonça aussitôt qu'il était toujours célibataire. Le petit Youri, qui allait maintenant à l'école, passait ses vacances d'été chez ses grands-parents. Le vin coulait agréablement. Une seconde bouteille arriva.

Au début, Monk ne perçut pas la haine sourde qui bouillait sous l'apparence amène de Tiourkine, non pas à l'encontre des Américains, mais envers le système qui avait failli tuer son fils. La deuxième bouteille était presque vide quand le Soviétique lança à brûle-pourpoint :

— Travailler pour la CIA, c'est bien ?

« Qu'est-ce qu'il me fait, là, se demanda Monk, il essaie de me doubler sur mon propre terrain ou quoi ? »

— Pas mal, répondit-il d'un ton léger.

Il remplit leurs verres, les yeux fixés sur le vin pour ne pas regarder Tiourkine.

— Quand vous avez un problème, chez vous, on vous soutient, on vous aide ?

Monk continua à verser d'une main sûre :

— Affirmatif. Chez nous, si quelqu'un est dans le pétrin, on se remue toujours pour lui.

— Ça doit être bien, de travailler avec des gens qui ont une telle liberté...

Finalement, Monk reposa la bouteille et observa son invité. Il avait promis qu'il n'y aurait pas de tentative de « retournement », et voilà que le Soviétique était en train de venir à lui tout seul, de sa propre initiative...

— Et pourquoi pas ? Ecoute, Nick, le système qui t'emploie

est forcé de changer. Et c'est pour bientôt, en plus. Nous pouvons hâter le processus, même. Comme ça, ton Youri grandirait en homme libre.

Malgré les traitements médicaux envoyés de Londres, Andropov avait fini par quitter ce bas monde. Un autre géronte, Konstantin Tchernenko, lui avait succédé, qui sentait lui aussi la mort, et cependant on parlait d'un dégel au Kremlin, d'une étoile montante nommée Gorbatchev... Quand le café fut servi, Tiourkine avait été recruté : à partir de ce jour, il allait rester « en place », au cœur du KGB, mais travaillerait pour la CIA.

Monk avait eu beaucoup de chance : si son chef d'antenne n'avait pas été en vacances, il aurait dû lui laisser mener jusqu'au bout le « retournement » de Tiourkine. Là, il lui revint même d'envoyer personnellement le message codé annonçant à Langley ce recrutement exceptionnel.

La nouvelle fut d'abord accueillie avec scepticisme, évidemment : un major appartenant au saint des saints du KGB, c'était une prise de choix. Pendant ce temps, au cours de rencontres secrètes à travers Madrid, Monk apprit à mieux connaître le Soviétique. Né en 1951 à Omsk, en Sibérie occidentale, fils d'un ingénieur employé dans l'industrie militaire, Tiourkine s'était engagé dans l'armée à dix-huit ans parce qu'il ne pouvait pas entrer à l'université qu'il avait choisie. Il avait été versé dans le corps des gardes-frontières, alors placé sous le contrôle direct du KGB. « Repéré », il fut ensuite envoyé au département de contre-espionnage de l'institut Dzerjinski, où il apprit l'anglais. Là encore, il brilla et fut sélectionné avec un petit groupe pour entrer au centre d'entraînement de la section internationale du KGB, le prestigieux institut Andropov. Comme Monk à l'autre bout du monde, il avait déjà la réputation d'être un oiseau rare : alors que le programme s'étalait sur deux et trois ans pour ceux qui n'avaient pas d'expérience préalable dans le renseignement ou qui ne parlaient pas de langues étrangères, Tiourkine, qui réunissait ces deux conditions, obtint son diplôme au bout d'un an seulement, avec mention. Il put ainsi rejoindre la section K, le service de contre-espionnage soviétique, qui à cette époque était commandé par le benjamin des généraux du KGB, Oleg Kalouguine.

A vingt-sept ans seulement, en 1978, Tiourkine se maria et eut aussitôt un fils, Youri. En 1982, il reçut son premier poste à l'étranger, Nairobi, avec pour mission essentielle d'infiltrer l'antenne locale de la CIA et de recruter des agents en son sein ou parmi l'élite kenyane. La maladie de Youri avait brutalement interrompu ce travail.

En octobre, Tiourkine transmit son premier « colis » à la CIA. Monk se chargea personnellement de l'apporter à Langley, car toutes les précautions devaient être prises. La livraison eut l'effet de la dynamite : le Soviétique révélait dans son ensemble la grille opérationnelle du KGB en Espagne. Pour ne pas exposer leur source, les Américains transmirent au compte-gouttes ces informations aux services espagnols, de sorte que chaque neutralisation d'un ressortissant de ce pays espionnant pour le compte de Moscou apparaisse comme le fruit d'une longue enquête. Dans chacun des cas, le KGB apprenait, par les soins de Tiourkine, que l'intéressé avait commis telle ou telle erreur stupide et que les services espagnols en avaient profité pour le démasquer. Sans jamais soupçonner la vérité, Moscou perdit ainsi tout son réseau dans la péninsule ibérique.

En trois années à Madrid, Tiourkine passa *rezident* adjoint, ce qui lui donnait accès à pratiquement tous les secrets de l'énorme appareil soviétique. En 1987, il revint à Moscou, pour être nommé un an plus tard chef de la section K en Allemagne de l'Est, et ce jusqu'à la chute du mur de Berlin, la réunification allemande, l'écroulement du système soviétique, le retrait complet des forces russes d'Europe de l'Est. Pendant tout ce temps, il transmit à la CIA des centaines d'informations par l'intermédiaire de boîtes aux lettres ou de couvertures, mais exigea qu'elles transitent toutes par l'intermédiaire d'un seul homme, son ami par-delà les frontières, Jason Monk. C'était un fonctionnement peu courant, car d'habitude un agent infiltré était suivi par plusieurs « contrôleurs » en l'espace de six ans ; mais comme Tiourkine en avait fait une condition préalable, les cadres de Langley durent s'incliner.

Cet automne 1986, lors de son passage au siège, Monk eut un entretien avec Carey Jordan, son supérieur.

— J'ai vu le matériel, lui annonça le nouveau directeur des Opérations. C'est du bon travail. Au début, nous nous sommes demandé si ce n'était pas un agent double, mais les Espagnols qu'il nous a donnés sont de première catégorie. Votre homme est franc du collier. Bien joué.

Monk remercia d'un signe de tête.

— Juste un détail, tout de même, poursuivit Jordan. Je suis dans ce job depuis pas mal de temps, vous savez. Votre rapport sur son recrutement est tout à fait correct, mais vous n'avez pas tout dit, n'est-ce pas ? Il y a encore quelque chose. Pourquoi est-ce qu'il s'est porté volontaire ?

Monk lui raconta alors l'épisode de la maladie tropicale, qu'il n'avait pu mentionner dans son document de travail.

— Je devrais vous botter le train, lâcha le directeur après un long silence.

Il se leva pour aller à la fenêtre. La forêt de bouleaux et d'érables qui descendait jusqu'au Potomac était une symphonie de couleurs automnales.

— Bon Dieu, reprit-il, je ne connais pas un seul type dans cette boîte qui l'aurait laissé repartir sans lui faire payer ce médicament. Vous auriez très bien pu ne jamais le revoir. Madrid, ça a été un coup de bol. Vous savez ce que Napoléon disait de ses généraux ?

— Non, monsieur.

— « Peu m'importe qu'ils soient compétents, je veux qu'ils soient chanceux. » Vous êtes bizarre, mais vous êtes chanceux. Bon, nous allons devoir transférer votre homme à la division SE, vous en êtes conscient ?

La CIA s'ordonne autour de deux branches principales, Renseignements et Opérations. La première a pour tâche de mettre en ordre et d'analyser l'énorme masse d'informations qui lui parvient et d'en transmettre la synthèse à la Maison-Blanche, au Conseil national de sécurité, au Département d'Etat, au Pentagone... La collecte de ce matériau brut revient aux Opérations, organisées en grands secteurs géographiques. Quarante ans de guerre froide avaient fini par donner la suprématie absolue à la division SE, chargée du bloc de l'Est, qui suscitait donc une certaine jalousie interne, puisque un bon « contact » soviétique recruté à Bogota ou à Djakarta passait automatiquement sous sa responsabilité : l'idée était qu'après son temps à l'étranger il reviendrait forcément en URSS.

L'Union soviétique faisant figure d'ennemi numéro un, la division SE était le fleuron des « Opé ». Et les places y étaient chères. Même un élément tel que Monk, avec une excellente connaissance du russe et des années passées à étudier la moindre publication soviétique derrière un bureau, devait encore se contenter d'autres affectations sectorielles. Aussi répondit-il, résigné :

— Oui, monsieur.

— Vous aimeriez y aller avec lui ?

Le regard de Monk s'illumina :

— Oui, monsieur. S'il vous plaît.

— OK, c'est vous qui l'avez trouvé, c'est vous qui l'avez recruté, vous le gardez en main.

En une semaine, le transfert de Monk à la division SE était réalisé, avec pour mission essentielle de « driver » le major du KGB Nikolaï Ilitch Tiourkine. Sans reprendre son poste à Madrid, il se rendit plusieurs fois en Espagne pour rencontrer « son » agent dans des sites touristiques de la Sierra de Guadarrama. Alors que Gorbatchev lançait la double politique de *glasnost* et de *perestroïka*, ils parlaient travail, mais aussi de tout ce qui était en train de se passer. Monk, qui considérait Tiourkine comme un ami, et pas seulement comme une « source », appréciait beaucoup ces moments.

Mais en 1984 déjà — et, selon certains avis, bien plus tôt encore —, la CIA était en train de devenir un organisme tentaculaire sclérosé, ployant sous le poids d'une bureaucratie qui s'intéressait plus à la paperasse qu'à la collecte de renseignements. Se méfiant des traces écrites, qui pouvaient toujours être dérobées ou copiées, Monk détestait autant les bureaucrates que leurs formulaires. Au cœur du monceau de papiers que brassait la division SE, il y avait ce qu'on appelait les « dossiers 301 », descriptions détaillées de tous les agents soviétiques travaillant pour l'Oncle Sam, documents ultraconfidentiels donc. Mais cet automne, Monk « oublia » d'y déposer ce qui concernait le major Tiourkine, connu dans la CIA sous le nom de code de « Lysandre ».


Le 17 juillet au soir, Jock Macdonald, chef d'antenne du SIS (*Secret Intelligence Service*) britannique à Moscou, avait un dîner qu'il ne pouvait manquer. Revenu à son bureau déposer quelques notes prises à la faveur de ces mondanités — il se disait que son appartement pouvait toujours être « visité » —, il remarqua sur sa table le dossier cartonné de noir qu'il avait mis de côté le matin. Machinalement, il l'ouvrit et se mit à lire, sans difficulté puisqu'il maîtrisait parfaitement le russe.

Finalement, il resta au travail toute la nuit, après avoir passé un bref coup de fil à sa femme pour la prévenir. Ce n'étaient qu'une quarantaine de pages divisées en vingt sections, mais la matière était dense.

Il y était question du rétablissement du système de parti unique, de la réouverture des camps de travail pour les dissidents et autres indésirables, de la « solution finale » appliquée à la communauté juive, du traitement particulièremennt cruel à réserver aux Tchétchènes, et des mesures à appliquer à toutes les minorités raciales en général.

Le chef d'antenne découvrit aussi le projet de pacte de non-agression avec la Pologne dans le but de créer un « tampon » à l'ouest, tandis que la Russie reprendrait le contrôle de la Bélarus, des pays Baltes et, au sud, de l'Ukraine, de la Géorgie, de l'Arménie et de la Moldavie. L'arsenal nucléaire serait réactivé, et dirigé contre les ennemis voisins. D'après le manifeste, les forces armées, trop longtemps humiliées et parquées dans de misérables cantonnements, seraient remodelées et rééquipées pour devenir un outil non pas de défense mais de conquête. Les populations des territoires reconquis seraient asservies pour nourrir leurs maîtres russes, et sévèrement contrôlées par des gouverneurs venus de Moscou. Pour assurer la discipline nationale, l'effectif des Gardes noirs serait porté à deux cent mille hommes. Ils s'occuperaient tout particulièrement de tous les « éléments antisociaux », libéraux, journalistes, prêtres, homosexuels et juifs.

Le document ne craignait pas non plus de donner la clé d'une énigme qui intriguait depuis longtemps Macdonald et bien d'autres : l'origine des ressources financières de l'UFP, visiblement illimitées.

Au début des années quatre-vingt-dix, le monde du crime, en Russie, était une vaste mosaïque de gangs se livrant une guerre sans merci, dont les victimes étaient retrouvées chaque jour en pleine rue. Mais à partir de 1995, un processus d'unification s'était amorcé, si bien qu'en 1999, tout le territoire russe, des frontières occidentales à l'Oural, était sous le contrôle de quatre puissantes associations mafieuses, la suprématie revenant aux Dolgorouki (les Bras-Longs), dont Moscou était le fief. Si ce que le chef d'antenne du SIS venait de lire disait vrai, c'étaient ces derniers qui soutenaient la formation d'extrême droite, afin de préparer une victoire totale sur les bandes rivales dans un proche avenir.

Après quatre soigneuses relectures, Jock Macdonald referma le « Manifeste noir ». Il était cinq heures du matin. Il se carra dans son fauteuil, les yeux au plafond. Lui qui avait arrêté de fumer depuis déjà longtemps aurait aimé tirer une bouffée à cet instant.

Finalement, il se leva. Une fois le dossier rangé dans son coffre personnel, il quitta l'ambassade. Dehors, dans la lumière blafarde de l'aube, ses yeux se posèrent sur les murs du Kremlin, de l'autre côté du fleuve, à l'ombre desquels une silhouette anonyme en vareuse militaire élimée était restée si longtemps immobile.

On imagine mal que des professionnels de l'espionnage soient enclins à des pensées religieuses, mais les apparences sont souvent trompeuses. Dans les montagnes écossaises, l'aristocratie nourrit depuis des siècles un profond attachement à la foi catholique romaine. Barons et comtes se rallièrent avec leurs clans à la bannière du prince catholique Charles en 1745, avant d'être défaits un an plus tard à la bataille de Culloden par le duc de Cumberland, troisième fils de George II et protestant convaincu. Jock Macdonald appartenait directement à cette tradition, car si son père était un Macdonald de Fassifern, sa mère, issue de la maison de Fraser of Lovat, l'avait élevé dans cette religion.

En marchant, il descendit la berge jusqu'au Bolchoï Most, le Grand Pont, qu'il traversa pour passer devant la basilique Saint-Basile et ses dômes à bulbes, puis il traversa le centre-ville où la vie reprenait peu à peu jusqu'à la place Neuve, et prit à gauche. Là, non loin de l'ancien siège du comité central du PCUS, il vit les premières queues se former devant les soupes populaires. L'aide humanitaire internationale affluait de toutes parts, l'Occident se montrant aussi généreux que jadis pour les orphelins roumains ou les réfugiés bosniaques. Mais le chaos russe rendait la tâche des organisations d'entraide particulièrement difficile. Accourant des campagnes, avec des attitudes inchangées depuis l'époque de Potemkine, toutes de fatalisme et de résignation, la paysannerie russe était là, sur le trottoir, attendant sa pitance dans l'aube indécise. En juillet, le temps était assez clément pour épargner ces vieillards et ces femmes tenant leurs enfants dans les bras, mais dès que le froid implacable de l'hiver russe reviendrait...

A cette pensée, au souvenir du mois de janvier précédent, Jock Macdonald secoua la tête et pressa le pas vers la place de la Loubianka, qu'on appelait place Dzerjinski à l'époque soviétique, là où s'était élevée des lustres durant la statue du « Félix de fer », le fondateur de la première machine de terreur bolchévique, la Tcheka. Sur un côté s'étend l'énorme façade gris et ocre du KGB, dissimulant la prison de sinistre mémoire où tant d'interrogatoires truqués et d'exécutions sommaires furent perpétrés. Encore derrière se trouvent deux ruelles, Bolchaïa Loubianka et Malaïa Loubianka, la Petite Loubianka, qu'il remonta jusqu'à l'église Saint-Louis, fréquentée par de nombreux diplomates étrangers et par les rares Russes ayant embrassé la foi catholique.

A quatre cents mètres derrière lui, mais cachés par l'édifice du KGB, un groupe de vagabonds dormaient encore sur le trottoir au pied du Dietski Mir, Le Monde des Enfants, gigantesque magasin de jouets moscovite. Soudain, deux solides gaillards en jean et blouson de cuir apparurent et entreprirent d'inspecter un à un les hommes étendus au sol. L'un d'eux était vêtu d'une vieille vareuse militaire encore ornée de quelques médailles au revers. Les deux jeunes, l'apercevant, fondirent sur lui et le secouèrent pour le sortir de sa torpeur : « Ton nom, c'est Zaïtsev ? » demanda l'un d'eux d'un ton autoritaire. Le vieux clochard avait à peine hoché la tête que l'autre sortait un téléphone portable de sa poche et composait un numéro. Cinq minutes plus tard, une Moskvitch freina en faisant crisser ses pneus, les deux jeunes traînèrent la forme prostrée jusqu'à la voiture, l'y jetèrent et montèrent à sa suite. Lorsque le vieux avait ouvert la bouche pour tenter une vaine protestation, un reflet d'acier était apparu entre ses lèvres.

Le véhicule refit le tour de la place, passa en trombe devant ce qui avait été le siège de la Compagnie d'assurances de toutes les Russies avant de devenir un haut lieu de la terreur policière, et s'engouffra dans Malaïa Loubianka au moment même où Jock Macdonald s'apprêtait à entrer dans l'église Saint-Louis. Guidé par un sacristain encore somnolent, le diplomate remonta l'allée et vint s'agenouiller devant l'autel. Quand il releva les yeux, ceux du Christ crucifié étaient baissés sur lui. Il commença à prier.

Ce qu'exprime un homme en prière ne regarde que lui. Mais

Jock Macdonald était en train de murmurer : « Mon Dieu, par pitié, faites que cela ne soit pas vrai. Qu'il s'agisse d'un faux. Autrement, un grand et terrible malheur va s'abattre sur nous tous. »

# Chapitre 4

Avant même l'arrivée du personnel de l'ambassade, Jock Macdonald était de retour à son bureau. Il n'avait pas dormi, mais qui aurait pu prendre du repos après avoir appris un tel secret ? Homme de devoir, il s'était cependant rasé et lavé aux toilettes du rez-de-chaussée, et avait enfilé la chemise de rechange qu'il gardait toujours dans ses affaires.

Il avait déjà appelé au petit jour son assistant, Bruce « Gracie » Fields, en lui demandant d'être là à neuf heures. Hugo Gray, revenu dans son propre lit, avait été réveillé et convoqué de la même manière. Dès leur arrivée, Macdonald pria les responsables de la sécurité, tous deux anciens des services spéciaux de l'armée britannique, de préparer la « bulle » pour une réunion confidentielle à neuf heures quinze.

Le chef d'antenne résuma brièvement la situation à ses deux collègues :

— Il se trouve que je suis entré hier en possession d'un document, dont il est inutile que je vous détaille le contenu. Il suffit de dire que s'il s'agit d'un faux, d'un coup monté, alors nous sommes en train de perdre notre temps. Mais s'il est authentique, ce que j'ignore encore, dans ce cas, ce pourrait être une affaire sérieuse. Hugo, voulez-vous raconter à Gracie l'origine de cette histoire, s'il vous plaît ?

Lorsque Gray eut rapporté ce qu'il savait et ce que Celia Stone lui avait dit, Macdonald poursuivit :

— Dans un monde parfait (c'était là une de ses expressions favorites, et ses deux jeunes confrères eurent du mal à réprimer un sourire), j'aurais essayé de découvrir qui est ce vieil homme, de quelle manière il s'est retrouvé détenteur d'un texte qui paraît aussi sensible, et pour quelle raison il a choisi précisément cette voiture pour l'y déposer. Connaissait-il Celia Stone ? Ou bien savait-il seulement que c'était un véhicule de l'ambassade ? Et si oui, pourquoi nous avoir choisis nous ? Mais enfin, pour l'instant... Y a-t-il quelqu'un à l'ambassade qui sache dessiner ?

— Dessiner ? s'étonna Fields.

— Oui, reproduire correctement une image, faire un portrait.

— Si je me rappelle bien, la femme de quelqu'un donne des cours de dessin. À Londres, elle illustrait des livres pour enfants. Elle est mariée à un type de la chancellerie, oui.

— Vérifiez-moi ça. Et si c'est le cas, mettez-la en relation avec Celia Stone. Pendant ce temps, je vais avoir une petite conversation avec Mlle Stone. Ah, encore deux choses : d'abord, notre lascar va peut-être essayer de nous approcher encore, de traîner autour de l'ambassade. Je vais demander au caporal Meadows et au sergent Reynolds de garder l'œil sur l'entrée principale. S'ils le repèrent, ils le signaleront à l'un d'entre vous. Essayez de l'attirer à l'intérieur, tenez, proposez-lui un thé. Ensuite, il est capable de refaire des siennes quelque part et de finir derrière les barreaux. Gracie, vous avez un contact dans la police ?

Fields opina du bonnet. Il était le plus ancien des trois en poste à Moscou et avait hérité d'une série de « sources » un peu partout, sans compter celles qu'il avait trouvées par lui-même.

— Oui, l'inspecteur Novikov. Il travaille à la Brigade criminelle, au QG de la milice de Petrovka. Il s'est révélé utile, de temps à autre.

— Touchez-lui un mot, proposa Macdonald. Rien à propos du document, bien sûr. Dites simplement qu'un vieux loufoque importune notre personnel dans la rue en demandant à être reçu personnellement par l'ambassadeur. Nous n'en faisons pas un drame, mais nous aimerions bien qu'il nous lâche un peu...Vous lui montrez le portrait-robot, si jamais nous arrivons à en avoir un, mais surtout vous ne le lui laissez pas. Votre prochain rendez-vous, c'était quand ?

— Oh, nous n'avons rien programmé. D'habitude, je l'appelle d'une cabine.

— OK, voyez ce qu'il peut faire. Moi, je vais devoir aller faire un tour à Londres. Gracie, pendant ce temps, c'est vous qui gardez le château fort.

Interceptée dès son arrivée, une Celia Stone plus qu'interloquée fut conduite à la salle de conférences A, qu'elle ne soupçonnait pas le moins du monde d'être la fameuse « bulle », et se retrouva devant Jock Macdonald. Celui-ci, très aimable, discuta avec elle près d'une heure en notant les moindres détails. Elle crut aussitôt à sa version — un vieux clochard ayant déjà harcelé plusieurs membres du personnel diplomatique en exigeant un entretien avec l'ambassadeur — et accepta volontiers d'aider à établir son portrait.

Assistée de Hugo Gray, elle passa l'heure du déjeuner en compagnie de l'épouse du chef de la chancellerie adjoint, qui, grâce à ses indications, réalisa une esquisse au fusain et au crayon, où les dents d'acier ressortaient grâce à quelques touches de Tipp-Ex argenté. En examinant le résultat, Celia fut catégorique : « C'est lui. »

Au même moment, Macdonald demandait au caporal Meadows de prendre une arme peu encombrante et de l'escorter jusqu'à l'aéroport international de Cheremetievo. Sans s'attendre à être intercepté, il n'était pas certain que les véritables propriétaires du document désormais glissé dans sa mallette ne cherchent pas à le récupérer, et pour plus de précautions encore il attacha sa serviette au poignet par une chaînette qu'il camoufla sous un imperméable d'été jeté sur son bras.

Lorsqu'il quitta les lieux dans la Jaguar de l'ambassade, il remarqua bien une Tchaïka noire arrêtée sur le quai de Sofia, mais n'y pensa plus après avoir constaté qu'elle n'essayait pas de le suivre. Ce qu'il ne savait pas, c'est que la voiture russe attendait la sortie d'une petite Rover rouge.

A l'aéroport, le caporal Meadows l'accompagna jusqu'à la zone d'enregistrement, où son passeport diplomatique lui évita tout contrôle. Quelques minutes d'attente en salle d'embarquement, et il fut dans l'avion de British Airways en partance pour Londres-Heathrow. Après le décollage, il poussa un soupir imperceptible, et demanda un gin tonic.

Si l'archange Gabriel était descendu demander à l'équipe du
KGB de l'ambassade soviétique à Washington de faire un vœu
et de désigner quel responsable de la CIA ils auraient aimé voir
devenir un traître espionnant pour le compte des Russes, le colonel Stanislav Androssov n'aurait pas eu la moindre hésitation.
« Le chef du groupe de contre-espionnage de la division SE, aux
Opérations », aurait-il répondu aussitôt.

Chaque service de renseignements dispose en son sein d'une
équipe dont la mission est de contrôler la fiabilité de chacun,
ce qui la rend évidemment peu populaire. Le contre-espionnage
remplit trois principales fonctions : d'abord, il assiste et préside
au débriefing des transfuges ennemis, afin de déterminer s'il
s'agit d'une véritable défection ou d'un plan d'infiltration
machiavélique. Sous le couvert de quelques renseignements véridiques, en effet, un faux transfuge peut propager une désinformation systématique, soit en persuadant ses nouveaux
employeurs qu'aucun traître n'existe parmi eux, soit en les
conduisant vers une multitude de pistes erronées et de culs-de-
sac. Dans ce cas, une « greffe » intelligemment menée peut repré-
senter des années de travail stérile et de vains efforts.

Ensuite, le contre-espionnage garde l'œil sur ceux de l'autre
camp qui, sans avoir clairement tourné casaque, acceptent de
« collaborer » mais pourraient être en fait des agents doubles.
Resté aux ordres de ses supérieurs, l'agent double distille quelques informations réellement fiables pour obtenir la confiance de
l'ennemi, ce qui lui permet ensuite de semer la confusion.

Enfin, le contre-espionnage doit vérifier en permanence que
son propre camp n'a pas été infiltré, ne compte pas de traîtres
dans ses rangs.

De ce fait, le « CE » doit pouvoir avoir accès à tous les dossiers
de transfuges, récents ou anciens, consulter les rapports concernant toutes les sources travaillant de l'autre côté, et contrôler les
fiches personnelles de tous les employés de ses propres services.
Tout cela au nom du respect de la loyauté et de l'authenticité.

Alors que le principe général du renseignement est de compar-
timenter les activités et les hommes, le « CE » est le seul à tout
savoir, et c'est pourquoi le colonel Androssov aurait choisi préci-

sément ce cadre de la CIA : pour assister à la défection du plus « sûr » de tous.

En juillet 1983, Aldrich Hazen Ames avait été choisi pour occuper le poste de chef du contre-espionnage de la division SE. Ainsi, il contrôlait à la fois toutes les sources travaillant à l'intérieur de l'URSS pour les Américains, et celles hors d'URSS, qui dépendaient du bureau extérieur des « Opé ».

Le 16 avril 1985, à court d'argent, il se présenta à l'ambassade soviétique, 16e Rue à Washington, demanda à parler au colonel Androssov, et se déclara prêt à servir la Russie. Pour cinquante mille dollars. Avec lui, comme gage de bonne foi, il apportait le nom de trois Soviétiques qui avaient approché la CIA en proposant de travailler pour les Etats-Unis. Plus tard, il devait soutenir qu'il s'agissait certainement d'agents doubles, mais le fait est que, de ce jour, les trois hommes disparurent à jamais. Afin de prouver qui il était, il s'était aussi muni d'une liste interne de la CIA sur laquelle son nom, souligné par ses soins, apparaissait en bonne place. Cela fait, il quitta l'ambassade, repassant ainsi pour la deuxième fois devant les caméras du FBI qui théoriquement enregistraient toutes les allées et venues à l'ambassade soviétique, mais dont personne ne prit le temps de visionner les cassettes.

Deux jours plus tard, il recevait la somme demandée. Mais ce n'était qu'un début : le plus pernicieux félon de l'histoire des Etats-Unis depuis Benedict Arnold — et sans doute plus malfaisant encore que ce dernier — venait d'entrer en action.

Par la suite, les spécialistes ont buté sur deux questions troublantes : premièrement, comment un individu aussi incompétent, un alcoolique et un incapable notoire, a-t-il réussi à se hisser aussi haut dans la hiérarchie, à un poste de confiance aussi névralgique ? Deuxièmement, alors que dès le mois de décembre de la même année les gros bonnets de l'Agence avaient la secrète conviction qu'un traître existait parmi eux, comment a-t-il pu continuer sans être inquiété durant encore huit années, huit longues et catastrophiques années pour la CIA ?

La réponse à cette deuxième interrogation est multiple : le laxisme et la léthargie au sein de l'Agence, un heureux concours de circonstances pour le traître, des campagnes de désinformation ingénieusement menées par le KGB afin de protéger sa « taupe », et enfin le souvenir traumatisant de James Angleton. Chef du « CE » de la CIA, Angleton était devenu un personnage légendaire avant de sombrer dans une paranoïa aiguë. Homme étrange, dépourvu de toute vie personnelle et du moindre sens de l'humour, il avait fini par se convaincre qu'une « taupe » du KGB, dont le nom de code aurait été Sacha, agissait au cœur même de Langley. Une traque impitoyable allait s'ensuivre, évidemment sans conséquence pour cet infiltré fantomatique mais non pour des dizaines d'agents fidèles, à tel point que le fanatique finit par décimer la direction des « Opé », au grand désespoir de ceux qui durent prêter la main à cette purge insensée.

Quant à la première question, sa réponse pourrait se résumer dans un nom, celui de Ken Mulgrew.

Durant ses vingt années d'activité à l'Agence avant de passer à l'ennemi, Ames occupa trois postes en dehors du QG de Langley. En Turquie, son supérieur, le chevronné Dewey Clarridge, le détesta et le méprisa dès le début, le jugeant d'emblée aussi nul qu'antipathique. A New York, il eut plus de chance, sa carrière connaissant un soudain prestige grâce à la défection du sous-secrétaire général de l'ONU, l'Ukrainien Arkadi Tchevtchenko, bien que ce dernier eût travaillé pour la CIA avant l'arrivée d'Ames, et que son ralliement final aux Etats-Unis, en avril 1978, eût été organisé par un autre agent.

Déjà très porté sur la bouteille à l'époque, Ames se conduisit lamentablement durant sa troisième affectation, au Mexique : saoul du matin au soir, insultant collègues ou parfaits étrangers, ramassé dans le caniveau et reconduit chez lui par la police mexicaine, il foula aux pieds les règles les plus élémentaires et se montra incapable de recruter le moindre informateur. Son compagnon de beuveries, Igor Chouriguine, qui dirigeait alors le service de contre-espionnage du KGB à l'ambassade soviétique, fut peut-être le premier à signaler cet Américain si peu scrupuleux comme un « contact » possible.

Avec des bilans d'activité à l'étranger aussi consternants, et alors qu'il arrivait en cent quatre-vingt-dix-huitième position sur deux cents agents lors d'une enquête de rendement menée à grande échelle, il n'aurait jamais dû prétendre à la moindre fonction de responsabilité : au début des années quatre-vingt, d'ailleurs, tous les éléments les plus expérimentés de la hiérarchie, tels que Carey Jordan, Dewey Clarridge, Milton Bearden ou Paul Redmond, lui donnaient un zéro pointé. Mais ce n'était pas le cas de Ken Mulgrew, devenu son ami et protecteur. Ce fut lui qui lui ouvrit la voie des promotions et qui, en dépit des rapports affligeants, par un jeu d'influences, finit par l'imposer au sein du groupe de contre-espionnage. En fait, ils étaient l'un et l'autre des alcooliques chroniques aimant se retrouver autour d'un verre pour s'apitoyer sur leur sort et accuser l'Agence de ne pas reconnaître leurs talents à leur juste valeur. Cette relation pernicieuse allait bientôt avoir de graves conséquences, qui se chiffreraient en vies humaines.

Leonid Zaïtsev, dit le Lapin, était conscient de souffrir terriblement, mais non de vivre ses derniers instants.

Le colonel Grichine avait foi en la souffrance. Il pensait qu'elle était à la fois un moyen de persuasion et de punition pour sa victime, et un exemple éloquent pour ceux qui en étaient témoins. Ses ordres étaient clairs : Zaïtsev avait péché, il devrait expérimenter tout ce que pouvait signifier la douleur avant de passer de vie à trépas.

L'interrogatoire avait duré toute la journée, sans recours à la violence puisque le prisonnier n'avait rien nié. La plupart du temps, ils avaient été seul à seul, car le colonel ne voulait pas que les gardes puissent apprendre ce que le vieil homme avait volé. A sa demande, aucunement menaçante, il avait répété et encore répété son histoire, jusqu'à ce que Grichine soit entièrement convaincu d'avoir éclairci le moindre détail. Les faits, en eux-mêmes, étaient simples. Ce fut seulement lorsque sa proie expliqua la raison de son geste que l'incrédulité apparut sur les traits jusqu'alors impassibles du colonel : « Quoi, une bière ? L'Anglaise t'a offert une bière ? »

Au bout du compte, pensa-t-il, il y avait toutes les chances pour que la jeune étrangère, encore sous le choc de l'apparition de cet épouvantail, ait jeté le dossier à la poubelle. Mais comment en être sûr ? Il envoya quatre hommes fiables se placer en faction devant l'ambassade, attendre la voiture rouge, la suivre à tout prix, et le tenir informé.

Il était trois heures lorsqu'il donna ses dernières instructions aux gardes et s'en alla. Au moment où il ordonnait au chauffeur de le reconduire au QG du boulevard Kisselny, un Airbus A-300 aux couleurs de British Airways obliquait dans les airs au nord de Moscou.

Ils opérèrent à quatre, deux d'entre eux le tenant sous les bras pour qu'il ne s'effondre pas, les deux autres se plaçant devant et derrière lui. Sans hâte, avec précision, ils ajustaient leurs coups, les poings munis de solides armatures d'acier. Les reins, le foie, la rate explosèrent. Un seul coup de pied eut raison des vieux testicules. Il s'évanouit à deux reprises, mais ils le réveillèrent d'un seau d'eau en plein visage, pour qu'il continue à souffrir. Il n'était plus qu'une loque tenue à bout de bras, mais ils continuèrent à frapper.

Vers la fin, les côtes fragiles cédèrent, labourant les poumons de deux profonds sillons. Il sentit sa gorge envahie d'une substance chaude et poisseuse qui l'empêchait de respirer. Sa vision se rétrécit en un étroit tunnel, à travers lequel il apercevait non pas le béton gris d'une cellule de caserne, mais un chemin de sable éclaboussé de soleil qui partait à travers des pins. Sans discerner qui lui parlait, il entendit une voix lui dire : « Allez, mon pote. Bois un coup... bois un coup. » La lumière déclina tandis qu'il entendait toujours, comme une litanie dont il ne comprenait pas le sens : « ... bois un coup, bois un coup... ». Puis le jour disparut à jamais.


## Washington, juin 1985


Environ deux mois après avoir perçu ses premiers cinquante mille dollars, Aldrich Ames détruisit pratiquement toute la division SE des Opérations de la CIA en l'espace d'un seul après-midi.

Juste avant l'heure du déjeuner, une fois les « dossiers 301 » pillés, il entassa trois bons kilos de documents classifiés et de câbles secrets dans deux sacs à provisions en plastique, franchit le labyrinthe de couloirs jusqu'aux ascenseurs, descendit au rez-de-chaussée et franchit les barrières de contrôle grâce à sa carte magnétique, sans qu'aucun gardien ne l'interroge sur le contenu de son fardeau. En vingt minutes, il était à Georgetown, le quartier « bohème » de Washington connu pour ses restaurants et ses galeries d'art à l'européenne. Laissant sa voiture, il gagna le Chadwick Club, sur le quai en contrebas de l'échangeur de la rue K, où l'attendait l'émissaire choisi par le colonel Androssov qui, en tant que *rezident* du KGB, savait qu'il aurait probablement été filé par le FBI s'il s'était déplacé en personne.

Ames remit son butin au Soviétique, un « simple » diplomate nommé Chouvakhine, sans même poser de questions sur ce que serait sa rétribution. Elle devait être considérable, le premier d'une série de versements qui allaient faire de lui un milliardaire. Avec lui, les Russes, qui habituellement répugnaient à dépenser leurs devises fortes, ne regardèrent jamais à la dépense : ils avaient compris qu'ils tenaient là une mine d'or.

Rapportés à l'ambassade, les sacs furent aussitôt expédiés à la direction du KGB, à Yassenevo. Et les analystes qui se mirent au travail faillirent tomber de leur chaise en découvrant ce matériel.

L'opération transforma instantanément Androssov en star des services secrets soviétiques, tandis qu'Ames devenait le plus précieux de leurs informateurs. Vladimir Krioutchkov, le chef de la Première Direction du KGB, au départ simple mouchard placé au sein du contre-espionnage par un Andropov sans cesse sur le qui-vive mais qui était ensuite monté en grade, décida sur-le-champ de former un groupe ultrasecret dont la seule et unique mission serait d'exploiter les informations transmises par Ames. Ce dernier ayant reçu pour nom de code « Kolokol » (la Cloche, en russe), cette unité fut surnommée « le groupe Kolokol ».

Par la suite, un haut responsable de la CIA a calculé qu'après l'été 1985 quarante-cinq opérations anti-KGB, c'est-à-dire pratiquement tout le programme de la CIA en cours, tournèrent court, et qu'au printemps 1986 l'agence américaine avait perdu tous les agents importants dont le nom apparaissait dans les « dossiers 301 ».

Dans les sacs remis par Ames se trouvait notamment la description de quatorze « contacts » en URSS même, soit presque tous les relais dont diposait la division SE à l'intérieur. Les fiches ne portaient pas leur véritable identité, mais c'était inutile : n'importe quel spécialiste du contre-espionnage, informé qu'une « taupe » en action dans son secteur avait été recrutée à Bogota, avait ensuite été nommée à Moscou et était actuellement en poste à Lagos, n'avait aucun mal à repérer de qui il s'agissait en consultant les dossiers de carrière.

Parmi ces quatorze personnes, l'une d'elles était en fait un informateur agissant depuis longtemps pour le compte des Britanniques, dont la CIA ne connaissait pas l'identité réelle mais qu'elle savait, par les services anglais, être un colonel du KGB recruté au Danemark au début des années soixante-dix, et devenu *rezident* du KGB à l'ambassade soviétique de Londres. Malgré certains soupçons pesant sur lui, il revint à Moscou pour une dernière visite. La trahison d'Ames allait seulement prouver aux Russes que leur méfiance à l'égard du colonel Oleg Gordievski était fondée.

Un autre de ces quatorze informateurs eut de la chance, ou du flair : Sergueï Bokhane, officier des services secrets soviétiques à Athènes, soudain rappelé à Moscou sous prétexte que son fils rencontrait des difficultés à l'académie militaire, déjoua le piège car il savait que le jeune homme faisait au contraire de brillantes études : ayant feint de rater l'avion qui devait le reconduire au pays, il prit contact avec l'antenne athénienne de la CIA, qui l'évacua d'urgence.

Tous les autres furent pris, soit alors qu'ils se trouvaient déjà en URSS, soit lorsqu'ils furent rappelés de leur poste à l'étranger sous de faux prétextes. Tous furent soumis à d'intenses interrogatoires, et passèrent aux aveux. Deux d'entre eux, après avoir purgé des années de camp de travail, vivent aujourd'hui aux Etats-Unis. Les dix autres furent torturés et fusillés.


Dès son arrivée à Londres en fin d'après-midi, Jock Macdonald se rendit directement au quartier général du SIS, à Vauxhall Cross. Malgré un petit somme dans l'avion, il se sentait fatigué, et l'idée de se rendre à son club pour prendre un bain et dormir un peu était tentante. A leur départ pour Moscou, sa femme et lui avaient loué leur appartement de Chelsea. Mais il ne pourrait se détendre tant que le dossier qui se trouvait dans la mallette toujours enchaînée à son poignet ne serait pas sous clé dans la forteresse londonienne des services secrets britanniques, une masse de verre fumé et de granit sur la rive sud de la Tamise que le SIS occupait après avoir quitté les vénérables locaux de Century House sept ans auparavant.

Accompagné par le jeune et zélé stagiaire qui était venu le chercher avec une voiture de service à l'aéroport, il passa le sas d'entrée et se rendit au bureau du chef de la division Russie, où il put enfin placer le document dans un coffre-fort.

Jeffrey Marchbanks, qui l'avait accueilli chaleureusement mais semblait pressé d'apprendre toute l'histoire, prit cependant le temps de lui proposer un verre en désignant d'un geste ce qui avait l'air d'un panneau lambrissé mais que les deux hommes savaient être un bar bien fourni.

— Bonne idée. La journée a été longue, et rude. Scotch pour moi.

Ouvrant la porte, Marchbanks contempla ses ressources. Macdonald, écossais jusqu'au bout des ongles, n'ajoutait rien au nectar de ses ancêtres. Le chef divisionnaire lui versa une bonne rasade de Macallan, sans glace.

— On m'a prévenu de votre arrivée, bien entendu, mais pas de la raison. Dites-moi tout.

Après que Macdonald eut narré l'affaire depuis le début, Marchbanks remarqua :

— Evidemment, ce pourrait être un coup monté...

— Vu les apparences, oui. Mais alors, ce serait le coup monté le plus stupide dont j'aie jamais entendu parler. Et qui en serait l'auteur ?

— Eh bien, disons, les adversaires politiques de Komarov.

— Qui ne manquent pas, certes. Mais quelle drôle de manière de le mettre en circulation ! S'ils avaient voulu qu'il se retrouve à la poubelle sans que personne le lise, ils n'auraient pas agi autrement. C'est une veine incroyable que ce jeune Gray ait mis la main dessus.

— Bon, maintenant, il ne reste qu'à le lire. C'est ce que vous avez fait, je présume ?

— Toute la nuit dernière. C'est un manifeste politique, et ce n'est guère, comment dire, plaisant.

— En russe, évidemment ?

— Oui.

— Hum, j'ai peur que ma connaissance de cette langue ne soit pas à la hauteur. Nous allons avoir besoin d'une traduction.

— Je préférerais m'en charger moi-même. Au cas où ce ne serait pas un faux. Quand vous l'aurez lu, vous comprendrez pourquoi.

— Très bien, Jock. A vous de jouer. De quoi avez-vous besoin ?

— D'abord de mon club : un bain, un dîner, un peu de repos. Ensuite je reviendrai ici vers minuit, et je travaillerai jusqu'à demain matin. Je vous verrai à ce moment-là, si vous voulez.

Marchbanks approuva d'un signe de tête :

— Parfait, dans ce cas vous feriez mieux d'emprunter ce bureau. Je vais prévenir la sécurité.

Quand il revint le lendemain un peu avant dix heures, il trouva Jock Macdonald allongé sur le canapé, déchaussé et la cravate dénouée. Sur son bureau, à côté du dossier noir, se trouvait une pile de feuillets libres.

— Voilà, c'est maintenant dans la langue de Shakespeare, annonça le chef d'antenne de Moscou. A propos, le texte est toujours dans votre ordinateur, mais il vaudrait mieux le stocker en fichier protégé.

Après avoir commandé du café, Marchbanks chaussa ses lunettes et se plongea dans la lecture de l'énigmatique document. Une jolie blonde aux jambes interminables, entra chargée d'un plateau et se retira avec un sourire.

S'interrompant un instant, Marchbanks s'exclama :

— Ce type est un dément, pas de doute !

— Si c'est bien Komarov qui l'a écrit, oui. Ou quelqu'un de malfaisant. Ou les deux. En tout cas, c'est un danger potentiel. Allez-y, lisez.

Marchbanks alla jusqu'au bout puis, après avoir gonflé les joues et poussé un long soupir :

— Ça ne peut être qu'un coup monté. Je ne vois personne ayant de telles idées les mettre noir sur blanc.

— A moins d'être certain que cela ne sorte pas d'un cercle étroit d'initiés fanatiques.

— Il aurait été volé, donc ?

— Possible aussi. Mais qui est ce clochard, et comment aurait-il pu, lui, s'en emparer ? C'est ce que nous ignorons.

Marchbanks réfléchissait. Si le « Manifeste noir » était un faux et si son service le prenait cependant au sérieux, les conséquences seraient pénibles. Mais s'ils avaient le malheur de s'en désintéresser alors qu'il se révélait authentique, elles le seraient plus encore...

Au bout d'un long moment, il se décida :

— Je crois que je vais en informer le contrôleur, peut-être même le chef.

Le contrôleur de la zone Est, David Bronlow, les reçut à midi. Et à une heure et quart, ils étaient tous les trois conviés par le chef à déjeuner dans sa salle à manger privée, une vaste pièce tapissée de boiseries au dernier étage, dont les baies offraient une vue panoramique de la Tamise et de Vauxhall Bridge.

Sir Henry Coombs, proche de la retraite, entamait sa dernière année à la tête du SIS. Comme tous ses prédécesseurs depuis Maurice Oldfield, il était sorti du rang et avait été formé à l'école de la guerre froide, officiellement achevée seulement dix ans plus tôt. Contrairement à la CIA, dont les directeurs sont choisis en fonction de considérations politiques — pas toujours heureuses, d'ailleurs —, le SIS avait su depuis trente ans convaincre les Premiers ministres successifs de ne placer à sa tête que des hommes du métier.

Et le choix avait été payant. Alors que pas moins de trois directeurs de la CIA furent forcés de reconnaître qu'ils n'avaient découvert l'affaire Ames dans toute son horreur qu'à travers les révélations de la presse, Henry Coombs, lui, disposait de la confiance de ses subordonnés, connaissait tout ce qu'il devait connaître, et n'avait pas besoin de le prouver.

Il parcourut le dossier en dégustant sa soupe à la Vichy. Il lui fallut peu de temps pour saisir de quoi il retournait. Après une invite élégante (« Je sais que cela doit être très fastidieux pour vous, Jock, mais racontez-moi encore une fois »), il écouta attentivement, posa deux courtes questions, puis hocha la tête :

— Qu'en pensez-vous, Jeffrey ?

Il consulta ensuite Brownlow. Les deux hommes exprimèrent à peu près la même conclusion : ce qu'il fallait établir en toute priorité, c'était si ce document était authentique.

— Ma grande interrogation, remarqua Brownlow, est finalement toute bête : en admettant que ce texte soit le véritable programme politique de Komarov, pourquoi a-t-il pris le risque de le coucher par écrit ? Car enfin, nous savons tous que même les documents les plus confidentiels peuvent être volés !

Le regard délibérément apaisant de Sir Henry se porta sur son chef d'antenne moscovite :

— Jock, vous avez une idée ?

Macdonald haussa les épaules :

— Pourquoi ? Pourquoi les gens écrivent-ils les pensées, les projets qu'ils ne confieraient à personne de vive voix ? Pourquoi avouent-ils à leur journal intime ce qu'ils ont de plus inavouable en eux ? Pourquoi les remplissent-ils, inlassablement, ces journaux qu'ils ne montreraient pas même aux êtres les plus chers ? Pourquoi des entreprises gigantesques ou des services comme le nôtre prennent-ils le risque d'archiver un matériel ultrasensible ? Il s'agissait peut-être d'un document de travail réservé à un groupe trié sur le volet, ou simplement d'une manière de se défouler... Ou bien ce n'est qu'un faux manigancé dans le but de le discréditer. Je n'en sais rien.

— Exactement ! s'exclama le chef. Nous n'en savons rien. Mais après cette lecture, je pense que nous pouvons tous convenir d'une chose : il faut en avoir le cœur net. Il y a tant de questions ouvertes : pourquoi diable tout cela a-t-il été écrit noir sur blanc ? S'agit-il réellement d'un texte d'Igor Komarov ? Ce délire, veut-il vraiment le mettre en pratique dès maintenant, ou du moins lorsqu'il prendra le pouvoir ? Si tel est le cas, comment ce texte a-t-il été dérobé, par qui, et pourquoi nous l'avoir transmis de cette manière ? Ou bien tout cela n'est-il qu'un fatras de mensonges ?

Tout en remuant son café, il fixait le dossier et la traduction de Macdonald d'un air sincèrement révulsé :

— Désolé, Jock, mais il nous faut des réponses, au plus vite. Autrement, je ne peux pas faire remonter l'affaire plus haut. Et même dans ce cas... C'est à Moscou qu'il faut trouver la clé, mon cher. Je me demande comment vous allez y arriver, mais c'est votre travail. Nous devons en savoir plus.

De même que ses prédécesseurs, le grand manitou du SIS poursuivait deux objectifs à la fois : l'un, purement professionnel, était de diriger des services de renseignements qui se révèlent les meilleurs possibles pour le bien de la nation ; l'autre, hautement tacticien, consistait à s'attirer les bonnes grâces des mandarins appointés par son principal commanditaire, le Foreign Office — lesquels pouvaient, s'ils le voulaient bien, réclamer des moyens financiers décents au gouvernement — et à cultiver des amitiés dans la classe politique dont dépendait ledit gouvernement. C'était un exercice difficile, qui ne souffrait ni les excès de scrupules, ni les décisions inconsidérées.

Il n'avait donc nul besoin de monter en épingle l'histoire abracadabrante d'un vagabond propulsant dans la voiture d'une toute jeune diplomate un dossier désormais couvert d'empreintes digitales, où étaient exposés des desseins certes barbares, mais dont l'authenticité n'était pas prouvée. On le descendrait en flammes pour moins que cela, et il en était parfaitement conscient.

— Je reprends l'avion cet après-midi, chef.

— Mais non, Jock, c'est absurde, après deux nuits blanches d'affilée ! Détendez-vous un peu, allez au spectacle, accordez-vous huit bonnes heures de sommeil, et attrapez le premier vol de demain pour la terre des Cosaques.

Il jeta un coup d'œil à sa montre :

— Et maintenant, messieurs, si vous voulez bien m'excuser...

Macdonald n'alla pas au théâtre, ni ne récupéra ses nuits de veille. En revenant au bureau de Marchbanks, il devait trouver un message tout juste arrivé de la salle de décodage : l'appartement de Celia Stone avait été fouillé de fond en comble par des inconnus. Elle rentrait d'un dîner lorsqu'elle était tombée sur deux hommes masqués, qui l'avaient assommée avec un pied de chaise. Elle était à l'hôpital, mais hors de danger.

En silence, Marchbanks tendit le câble au chef d'antenne, qui n'eut qu'un mot après l'avoir lu :

— Oh, merde !


*Washington, juillet 1985*


Comme si souvent dans le monde de l'espionnage, l'information était de troisième main, arrivée par hasard, sans aucune garantie de ne pas déboucher sur une piste totalement fausse.

Lors d'un congé à New York, un volontaire américain travaillant pour l'UNICEF dans la peu accueillante république marxiste-léniniste du Yémen du Sud avait retrouvé pour dîner un ancien camarade de classe, qui travaillait pour le FBI. Après avoir décrit le colossal programme d'aide militaire accordé par Moscou à ce pays, il lui avait raconté comment, un soir, au bar du Rock Hotel d'Aden, il avait fait la connaissance d'un major de l'Armée rouge.

A l'instar de la plupart des expatriés russes, l'homme ne parlait pas l'arabe et communiquait en anglais avec les Yéménites, jadis sujets britanniques. L'Américain, qui racontait habituellement qu'il était suisse pour s'éviter l'hostilité « anti-impérialiste », en avait fait de même ce soir-là. Son interlocuteur, enhardi par l'alcool et la certitude qu'aucun de ses compatriotes n'était à portée de voix, s'était lancé dans une violente diatribe contre les gouvernants de son pays, qu'il accusait de corruption, de gaspillage criminel des ressources nationales, et d'un manque absolu d'intérêt pour ceux qui, comme lui, tentaient d'aider les pays du tiers monde.

Cette histoire serait sans doute restée une anecdote de table si l'agent du FBI ne l'avait pas à son tour racontée à un ami employé au bureau new-yorkais de la CIA. Celui-ci, après avoir obtenu l'aval de son supérieur, invita le volontaire de l'UNICEF et son camarade à un second dîner, au cours duquel le vin coula généreusement. Habilement, il lança la conversation en déplorant les solides amitiés que les Soviétiques savaient se forger dans les pays en voie de développement, notamment au Moyen-Orient. Le jeune Américain, trop content d'étaler sa connaissance du terrain, se récria en affirmant qu'il avait vérifié de ses propres yeux que les Russes avaient tendance à mépriser les Arabes, à s'exaspérer de leur incapacité à maîtriser les technologies les plus élémentaires et de leur propension à casser tout le coûteux matériel qu'ils leur laissaient entre les mains. « Tenez, par exemple, là d'où j'arrive... », commença-t-il, si bien qu'à la fin du repas l'homme de la CIA avait le tableau détaillé d'une escouade de conseillers militaires au bord de la crise de nerfs, ne voyant plus la moindre raison de continuer à perdre leur temps pour la République démocratique et populaire du Yémen. Parmi eux, particulièrement excédé, apparaissait un major qui lui avait été décrit comme un homme de haute taille, bien bâti, avec des traits plutôt orientaux, et qui répondait au nom de Solomine.

Le rapport fut aussitôt transmis au chef de la division SE à Langley, qui en parla à Carey Jordan, lequel convoqua Jason Monk trois jours plus tard en lui présentant l'affaire en ces termes :

— Cela ne sert peut-être à rien, et ce n'est pas sans risques, mais pensez-vous que vous pourriez vous introduire au Yémen du Sud et rencontrer un certain major Solomine ?

Au cours de plusieurs séances de travail avec des experts de la région, Monk comprit vite que cette mission n'avait rien de facile. Le gouvernement sud-yéménite, assidûment courtisé par

90

Moscou, éprouvait la plus vive aversion à l'encontre des Etats-Unis. Et cependant, en plus des Russes, il accueillait un nombre étonnamment élevé d'étrangers. Les Britanniques notamment, malgré la décolonisation mouvementée de 1976, étaient revenus en force : Crown Agents finançait de nombreux projets, De la Rue imprimait la monnaie nationale, Total construisait une vaste usine textile, Massey Ferguson vendait ses tracteurs, et dans la banlieue de Sheik Othman, là où les paras anglais avaient dû reculer rue par rue au moment de l'insurrection indépendantiste, Costain avait monté une biscuiterie... Des ingénieurs britanniques concevaient le système d'irrigation et de protection contre les crues, tandis que dans le désert l'organisation caritative anglaise Save the Children distribuait des médicaments aux côtés de Médecins sans frontières. L'ONU, pour sa part, chapeautait sur place trois organisations : la FAO pour l'agriculture, l'UNICEF pour les enfants déshérités, et la WHO pour les programmes de santé publique.

Même lorsqu'on maîtrise parfaitement la langue d'une communauté, se faire passer pour l'un de ses membres constitue un exercice très périlleux. Monk renonça donc à l'idée de prendre l'identité d'un Britannique, car les véritables sujets de Sa Majesté l'auraient repéré sur-le-champ, ou celle d'un Français. Mais grâce à l'influence prépondérante — déclarée ou occulte — des Etats-Unis au sein de plusieurs agences placées sous l'égide de l'ONU, il ne fut pas difficile de s'assurer que la mission de la FAO à Aden ne comptait aucun Espagnol. Monk se créa alors un personnage hispanique, Estéban Martinez Llorca, chargé par la direction de l'organisation à Rome de constater sur place l'avancée du travail, et pourvu d'un visa d'un mois à compter d'octobre. Toujours serviables, les autorités espagnoles se chargèrent de toute la paperasserie nécessaire.


Son avion s'était posé trop tard pour qu'il puisse lui rendre visite le jour même à l'hôpital, mais dès le lendemain matin, le 20 juillet, Jock Macdonald était au chevet de Celia Stone. La jeune attachée de presse, encore sous le choc, la tête bandée, pouvait cependant parler. Rentrée chez elle à l'heure habituelle, elle n'avait pas remarqué qu'on la suivait, mais elle n'était pas entraînée pour ce faire. Elle était restée environ trois heures dans l'appartement avant de rejoindre une amie de l'ambassade canadienne pour le dîner. Le bruit de sa clé avait dû alerter les cambrioleurs lorsqu'elle était revenue vers onze heures et demie, car tout était calme quand elle tourna le commutateur du hall d'entrée. Elle avait été surprise de voir la porte du salon ouverte et la pièce plongée dans l'obscurité, puisqu'elle y avait laissé à dessein une lampe allumée : les fenêtres donnant sur la cour intérieure, c'était un moyen de faire croire que les lieux étaient occupés. Elle avait pensé que l'ampoule avait grillé.

Alors qu'elle pénétrait dans le salon, deux silhouettes avaient surgi dans le noir. Elle avait ressenti une soudaine douleur à la tempe, s'était écroulée mais, dans un état second, avait eu la sensation que deux hommes l'enjambaient pour se hâter vers la porte d'entrée. Elle s'était évanouie. Elle ne se rappelait pas au bout de combien de temps elle était revenue à elle et s'était traînée jusqu'au téléphone pour avertir un voisin. Elle avait à nouveau perdu connaissance, puis s'était réveillée à l'hôpital. C'était tout ce dont elle se souvenait.

Macdonald se rendit à l'appartement. Le ministère russe des Affaires étrangères, saisi d'une protestation officielle de l'ambassadeur britannique, avait exigé des gens de l'Intérieur une réaction énergique, et ces derniers avaient à leur tour sommé le procureur de Moscou de dépêcher sur place les meilleurs enquêteurs. On avait promis d'éclaircir l'incident au plus vite, ce qui signifiait que tous les moyens seraient mis en œuvre.

Le message parvenu à Londres était inexact sur un point : Celia Stone avait été frappée non pas avec une chaise, mais avec une statuette de porcelaine, qui avait explosé sous le choc. Si le coup avait été asséné avec un objet en bois ou en fer, elle n'aurait peut-être pas survécu.

Les policiers russes, encore au travail sur les lieux, répondirent de bonne grâce aux questions du diplomate britannique. Les cambrioleurs avaient dû arriver à pied, puisque le poste de milice à l'entrée de la résidence n'avait pas enregistré de voiture portant une plaque russe ce soir-là. Et les miliciens juraient ne pas les avoir vus entrer, ce qui n'étonna pas Macdonald. La porte n'avait pas été forcée, mais comme il était peu probable que les voleurs aient disposé d'un double, il fallait en conclure qu'ils avaient crocheté la serrure. D'après les policiers russes, il s'agissait certainement de délinquants à la recherche de devises étrangères, si précieuses en ces temps de crise. Une affaire très regrettable, vraiment. Macdonald hocha poliment la tête.

En son for intérieur, cependant, il se disait que la piste devait remonter aux Gardes noirs, ou plus probablement encore à des membres de la pègre engagés pour réaliser ce « contrat », voire à d'anciens agents du KGB au chômage, un genre d'individus qui ne manquaient pas à Moscou. Les voleurs moscovites, en effet, ne se risquaient guère dans les résidences pour diplomates, sachant que les retombées seraient graves et préférant se limiter aux véhicules étrangers garés en pleine rue. D'ailleurs, si les pièces avaient été méticuleusement fouillées, rien n'avait disparu, pas même les bijoux qui se trouvaient dans la chambre à coucher. C'était du travail de professionnel, réalisé dans un but précis. Macdonald craignait le pire.

De retour à l'ambassade, il fut pris d'une idée et appela le bureau du procureur pour demander si l'inspecteur chargé de l'enquête pourrait avoir l'obligeance de passer le voir dans la journée. A trois heures, l'inspecteur Tchernov était là.

— Je serais peut-être en mesure de vous aider, lui annonça Macdonald.

L'inspecteur haussa un sourcil :

— J'en serais ravi...

— Notre jeune dame, Mlle Stone, s'est sentie mieux ce matin. Beaucoup mieux.

— C'est une excellente nouvelle.

— De sorte qu'elle a pu donner une description utile de l'un des assaillants. Elle a eu le temps de le voir dans la lumière qui venait du hall, juste avant d'être assommée.

— Mais dans sa première déposition elle a dit qu'elle ne les avait pas vus ! s'étonna Tchernov.

— Dans des cas pareils, la mémoire vous joue des tours. Vous lui avez parlé hier après-midi, n'est-ce pas, inspecteur ?

— Oui, à quatre heures. Et elle était consciente.

— Mais encore groggy, certainement. Ce matin, elle avait retrouvé tous ses esprits. Maintenant, il se trouve que l'épouse de l'un de nos collaborateurs est très douée en dessin. Sur les indications de Mlle Stone, elle a pu faire son portrait.

A la vue de ce travail, le visage de l'inspecteur s'éclaira :

— Cela va nous être de la plus grande utilité. Je vais le transmettre au service concerné. Un homme d'un tel âge, ils auront sans doute déjà un dossier sur lui.

Il se leva pour prendre congé. Macdonald l'imita :

— Ravi d'avoir pu vous être utile.

Puis ils se serrèrent la main et l'inspecteur s'en alla.

A l'heure du déjeuner, Celia Stone et l'auteur du portrait avaient été prévenues de cette nouvelle présentation des faits et, sans en comprendre la raison, s'étaient engagées à la donner à l'inspecteur Tchernov si ce dernier venait à les interroger. Ce qui ne se produisit pas.

Au service de la milice concerné, personne ne reconnut cet homme. Mais on afficha son signalement dans les commissariats de Moscou, à tout hasard.

*Moscou, juillet 1985*

A la suite de la récolte inespérée qu'Aldrich Ames venait de lui assurer, le KGB adopta une ligne de conduite des plus surprenantes.

Une des règles incontournables du « Grand Jeu » est de protéger tout « contact » qui s'avère précieux. De ce fait, les services qui bénéficient de ses informations prennent toujours soin de ne pas se ruer sur les traîtres qu'il vient de démasquer, mais au contraire de procéder à leur arrestation très posément, en mettant en place des scénarios chaque fois différents, et d'attendre que leur informateur soit en sûreté pour lancer un vaste coup de filet. Le contraire reviendrait à acheter une pleine page de publicité dans le *New York Times* pour y proclamer : « Bonjour ! Nous comptons depuis peu une taupe terriblement efficace chez vous, regardez un peu tout ce qu'elle nous a donné ! »

Comme Ames occupait un poste très sensible à la CIA, avec de belles moissons assurées pour des années, les responsables de la Première Direction auraient plus que jamais voulu observer strictement ce principe, et donc mettre hors d'état de nuire sans hâte excessive les quatorze agents infiltrés dont l'Américain venait de leur révéler l'existence. Ce fut Mikhaïl Gorbatchev qui, malgré leurs protestations éplorées, donna l'ordre inverse.

Après les premiers recoupements, le groupe Kolokol constata que si certaines descriptions étaient immédiatement identifiables, d'autres demandaient une enquête plus approfondie. Parmi les « immédiats », il y avait aussi des agents encore en poste à l'étranger, qu'il fallait faire revenir à Moscou sans éveiller leur méfiance, un travail délicat qui pouvait demander plusieurs mois. Ils décidèrent aussi de ne pas mettre au courant leurs rivaux de la Deuxième Direction, sans se rendre compte qu'habitués à opérer à l'extérieur, ils risquaient de commettre de grosses erreurs en se chargeant de tout à Moscou.

Ils décidèrent de commencer par « l'Anglais », le colonel Gordievski, déjà soupçonné sur la base d'une longue surveillance, et qui correspondait en tout point aux indications fournies par Ames. Ainsi, sans prévenir personne, les gens de la Première Direction entreprirent de tisser leur toile autour de lui en plein Moscou, opération dont aurait dû théoriquement se charger la Deuxième Direction. Le résultat fut catastrophique.

Gordievski, qui n'était pas né de la dernière pluie, comprit que son temps était compté. Il n'aurait jamais dû revenir au pays, mais suivre les admonestations de ses amis : rester à Londres et consommer une défection que, en son âme et conscience, il avait déjà décidée depuis douze ans. Même surveillé, il parvint à lancer le message de détresse dont ils étaient convenus dans la capitale britannique. Le SIS monta un plan d'évacuation dont la réalisation nécessitait le soutien technique de l'ambassade de Moscou. Mais l'ambassadeur, avec l'approbation du Foreign Office, ne voulut pas en entendre parler. Alors, celui qui dirigeait les services britanniques à l'époque usa de ses prérogatives pour obtenir un entretien personnel avec le Premier ministre, et lui exposa le problème.

Le hasard fit que Margaret Thatcher se souvenait parfaitement de Gordievski : un an auparavant, lors de la visiste à Londres de Mikhaïl Gorbatchev, qui n'était pas encore président mais avait déjà produit une forte impression sur la Dame de fer, un diplomate soviétique, Oleg Gordievski, avait servi d'interprète. Sans se douter alors le moins du monde qu'il travaillait pour elle, elle fut néanmoins impressionnée par la remarquable qualité des notes prises au cours de ces entretiens, que le colonel avait établies dans la nuit.

Elle se leva et, avec son inimitable regard étincelant, elle trancha : « Nous devons le sortir de là, cela ne fait aucun doute. C'est un brave, et il est des nôtres. »

Une heure plus tard, le secrétaire au Foreign Office et l'ambassadeur se voyaient rappelés à l'ordre. Et le 19 juillet au matin, à travers les portes de l'ambassade britannique à Moscou, commença un défilé ininterrompu de voitures partant dans toutes les directions, au grand dam des équipes de surveillance du KGB. Lorsque ces dernières n'eurent plus assez de véhicules pour assumer toutes les filatures, deux fourgonnettes Ford absolument identiques sortirent à leur tour. Elles ne furent pas suivies. L'une d'elles vint se garer le long du trottoir où Gordievski était en plein jogging matinal. La porte s'ouvrit, quelqu'un cria : « Allez, Oleg, montez ! » Le colonel bondit à l'arrière, tandis que les deux kégébistes qui le filaient en permanence appelaient à grands cris leur propre voiture pour engager la poursuite.

Les Britanniques avaient choisi de cueillir leur homme à l'angle de deux rues. La première fourgonnette disparut, puis s'engouffra dans une ruelle, tandis que la seconde démarrait, induisant les poursuivants en erreur pendant des kilomètres avant d'être stoppée. Elle ne contenait que des légumes destinés à la cantine de l'ambassade. Gordievski, lui, se trouvait déjà en sécurité dans les locaux de la représentation anglaise. L'y attendait une Land Rover à plate-forme que des mécaniciens militaires venaient de modifier, l'équipant d'un étroit compartiment sous le plancher, à côté de l'arbre à came. Deux jours plus tard, le véhicule et son passager clandestin prirent la route pour la Finlande. Arrêtée à la frontière et fouillée malgré l'immunité diplomatique, la Land Rover put finalement repartir. Dans une forêt finlandaise, le transfuge fut sorti de sa cachette et conduit à Helsinki.

Quelques jours plus tard, l'affaire éclata au grand jour. Le ministère soviétique des Affaires étrangères éleva une protestation auprès de l'ambassadeur britannique, qui avec toute la raideur requise, affirma qu'il ne comprenait pas un mot à ces récriminations.

Après un temps, Gordievski partit à Washington pour une série de débriefings avec la CIA. Parmi les responsables chargés de l'interroger, secrètement terrorisé malgré ses grands sourires, se trouvait Aldrich Ames. Que lui serait-il arrivé si le Russe avait appris quelque chose au sujet d'une « taupe » à Langley ? Heureusement pour lui, ce ne fut pas le cas. Personne, alors, ne savait.

Jeffrey Marchbanks examinait la question en tous sens : comment aider son collègue en poste à Moscou à établir l'authenticité du « Manifeste noir », ou à prouver qu'il s'agissait indubitablement d'un faux ?

L'une des principales difficultés rencontrées par Macdonald était qu'il n'avait aucune raison plausible d'entrer en contact avec Igor Komarov, et donc qu'il lui était impossible de vérifier si, derrière la façade du politicien nationaliste, se cachait un nazi potentiel.

Une interview exclusive avec le dirigeant de l'UFP, par contre, pourrait apporter un précieux éclairage sur sa personnalité. En étudiant cette possibilité, Marchabanks se rappela avoir rencontré l'hiver précédent, au cours d'une chasse au faisan, le nouveau rédacteur en chef du quotidien conservateur le plus influent de Grande-Bretagne. Le 21 juillet, il lui passa un coup de fil, lui remémora cette partie de chasse, et l'invita à déjeuner le lendemain à son club de St. James.

*Moscou, juillet 1985*

Le dernier jour de juillet, l'évasion du colonel Gordievski provoqua une scène retentissante dans le bureau personnel du chef suprême du KGB, au troisième étage de l'édifice de la place Dzerjinski.

C'était une pièce lugubre, qui avait été l'antre de plusieurs des criminels les plus sanguinaires que le monde ait connus : Yagoda et Yejov, suivis du pédophile psychopathe Beria, y avaient décidé de la mort de millions de personnes, avant Serov, Semitchastny et, plus récemment Youri Andropov, qui avait occupé le même poste quinze années d'affilée, de 1963 à 1978.

Les ordres qui avaient été signés sur cette table en forme de T avaient envoyé des hommes et des femmes à la mort — que ce soit sous la torture, d'épuisement et de froid dans les steppes sibériennes, ou d'une balle dans la nuque. Le général Viktor Tchebrikov, certes, ne détenait plus tous ces pouvoirs discrétionnaires : les exécutions capitales, désormais, devaient être approuvées par le président en personne. Mais elles le seraient sans hésitation pour châtier les traîtres, et l'objet de la réunion en cours était précisément d'en préparer une nouvelle série.

Devant le bureau directorial, le chef de la Première Direction, Vladimir Krioutchkov, restait sur la défensive. C'étaient ses hommes qui avaient été refaits si piteusement, et le responsable du service rival, le général Vitali Boyarov, un petit homme massif au cou de taureau, ne se priva pas de prendre sa revanche en explosant :

— Toute cette opération n'a été qu'un complet... *razebaïtsvo* !

Même parmi les plus hauts gradés russes, l'usage de l'argot de chambrée était très prisé : c'était une manière de montrer que l'on restait un soldat, que l'on ne reniait pas ses origines prolétariennes. Le terme, difficilement traduisible, appartient au *mat* russe, la langue des gueux, des voleurs et de certains poètes : une foirade totale, pourrait-on dire en restant dans les limites de la décence.

— Cela ne se reproduira plus, murmura un Krioutchkov atterré.

— Alors, mettons-nous bien d'accord sur un principe absolu, coupa le chef du KGB. En territoire soviétique, les traîtres doivent être appréhendés et interrogés par la Deuxième Direction. Si nous en identifions d'autres, c'est ainsi que cela se passera. Compris ?

— Il y en aura d'autres, promit Krioutchkov, les dents serrées. Treize, encore.

Le silence régna quelques secondes.

— Vous essayez de nous annoncer quelque chose, Vladimir Alexandrovitch ? demanda le chef posément.

Krioutchkov conta alors ce qui s'était passé dans un bar de Washington six semaines auparavant. Boyarov émit un long sifflement, tandis que le général Tchebrikov exigeait plus de détails :

— Et vous en faites quoi, de tout cela ?

— J'ai mis sur pied une unité spéciale chargée de traiter ce matériel. Ils sont en train d'établir une à une les identités des quatorze vipères — enfin, je veux dire treize — qui travaillent pour la CIA. Tous des Russes. Certaines pistes seront plus longues à remonter que d'autres.

Il ne fallut pas longtemps au général Tchebrikov pour établir son verdict : à Yassenevo, le groupe Kolokol poursuivrait sa tâche d'analyse, laquelle entrait dans les prérogatives du renseignement extérieur. Mais dès qu'un traître serait formellement reconnu, ce serait une commission mixte, baptisée Krisolovka (la Ratière), qui superviserait l'arrestation et les interrogatoires. Les hommes de la Deuxième Direction se chargeraient de toutes les opérations y afférentes, laissant cependant des agents de la Première participer à l'enquête puisqu'ils sauraient quelles questions poser et quelles réponses exiger des félons.

Une semaine plus tard, très fier du succès remporté par ses services, le chef du KGB exposa toute l'affaire à Mikhaïl Gorbatchev. Loin de se féliciter de ce coup majeur porté aux Américains, cependant, celui qui avait été porté à la présidence de l'URSS quatre mois plus tôt seulement se montra horrifié par le degré de pénétration de la CIA dans les structures soviétiques, à commencer par le KGB et le GRU, les services de renseignements de l'armée. En dépit des prudentes recommandations présentées par les spécialistes du contre-espionnage, comme on l'a vu, il exigea que les traîtres dénoncés par Aldrich Ames soient tous neutralisés en une seule fois, ou du moins le plus rapidement possible.

A Yassenevo, le vieux renard qui avait pris la direction du groupe Kolokol, le général Youri Drojdov, en son temps chef du département des « illégaux », en conclut aussitôt que le filon Ames était condamné. Avec pareille *Blitzkrieg* déclenchée contre ses informateurs, Langley conclurait immédiatement à l'existence d'une taupe, la traquerait et la détruirait. A sa plus grande stupéfaction, il ne se passa rien de tel.

Pendant ce temps, le général Boyarov mettait en place sa commission de « ratiers », l'équipe chargée d'obtenir les aveux des traîtres une fois ces derniers démasqués. A sa tête, il voulait un élément exceptionnel. Le dossier était déjà parvenu sur sa table : un colonel âgé de quarante ans seulement mais déjà expérimenté, et tenu pour un enquêteur impitoyable.

Il feuilleta les éléments du dossier personnel : l'homme était né en 1945 à Molotov, l'ancienne ville de Perm qui avait repris son nom lorsque ce complice de Staline était tombé en disgrâce, en 1957. Fils unique d'un soldat décoré au front, le petit Tolya avait grandi dans une ambiance d'ultra-orthodoxie communiste : son père, qui vomissait Khrouchtchev, lui avait inculqué un amour fanatique du grand Staline. Enrôlé à dix-huit ans, il avait servi dans les troupes du MVD — le ministère de l'Intérieur — chargées de surveiller les prisons, les camps et de réprimer les émeutes. Il s'était trouvé comme un poisson dans l'eau dans ces unités dont la vocation était la répression de masse, et avait reçu pour cela une récompense peu courante : un transfert à l'institut militaire des langues étrangères de Leningrad, couverture officielle de l'académie du KGB connue dans les services secrets sous le sobriquet de Kormouchka (l'Ecuelle), car le KGB y puisait en permanence ses nouvelles recrues. Les élèves de la Kormouchka étaient réputés pour leur dévouement et leur implacable résolution.

Là encore, le jeune homme se distingua et en fut récompensé, cette fois par une nomination à la Deuxième Direction, secteur de l'*oblast* (région) de Moscou. En quatre ans, il se montra aussi capable de tenir à jour ses dossiers que de mener une enquête de longue haleine ou de conduire un interrogatoire « musclé ». Il fit preuve d'un tel talent dans cette dernière activité qu'il y consacra un document technique très remarqué au sein du KGB, ce qui lui valut d'être nommé à la direction nationale de la Deuxième Direction.

Depuis lors, il n'avait jamais quitté Moscou, se concentrant sur la surveillance et l'espionnage du personnel diplomatique américain, ces représentants d'un pays qu'il abhorrait, et passant un an au service des enquêtes avant de revenir à la Deuxième Direction. Au vu de tous leurs rapports, ses instructeurs et supérieurs avaient été fortement impressionnés par sa haine tenace des Anglo-Saxons, des juifs, des espions et des traîtres. Ils avaient aussi noté une propension inexpliquée, quoique nullement répréhensible, à inventer des techniques d'interrogatoire particulièrement sadiques.

Avec un sourire, le général Boyarov termina sa lecture. Il tenait son homme. Puisqu'il fallait des résultats rapides et convaincants, le colonel Anatoli Grichine semblait tout désigné.

# Chapitre 5

Au milieu de St. James's Street s'élève un immeuble anonyme, avec une porte bleue et quelques arbustes en pots à l'entrée. Ceux qui le connaissent y entrent directement. Les autres, ceux qui n'ont pas été invités, passent devant sans savoir qu'il s'agit d'un des clubs les plus fermés de Londres. Le Brook's Club ne fait pas de publicité, même s'il est l'un des points de ralliement favoris des hauts fonctionnaires de Whitehall. Ce fut en ses murs, le 22 juillet, que Jeffrey Marchbanks reçut à déjeuner le rédacteur en chef du *Daily Telegraph*.

A quarante-huit ans, dont vingt consacrés au journalisme, Brian Worthing avait été débauché du *Times* par le propriétaire canadien du quotidien britannique rival afin de se voir confier le poste de rédacteur en chef, devenu vacant. Correspondant de guerre, spécialiste des questions internationales, Worthing était encore un jeune homme lorsqu'il avait couvert son premier conflit, celui qui opposa l'Argentine à la Grande-Bretagne à propos des îles Malouines. Il était aussi sur le terrain lors de la guerre du Golfe, en 1990-1991.

Marchbanks avait choisi une petite table à l'abri des oreilles indiscrètes. La précaution était inutile : au Brook's, personne ne penserait seulement à épier les conversations des autres. Mais les vieux réflexes sont tenaces.

Dès l'entrée — un plat de crevettes au naturel —, Marchbanks voulut mettre son invité à l'aise :

— A Spurnal, je crois vous avoir dit que je travaillais au Foreign Office, n'est-ce pas ?

— Je m'en souviens, oui.

Worthing avait eu un moment d'hésitation avant d'accepter l'invitation : ses journées étant toujours très chargées, consacrer deux heures à un déjeuner — voire trois, si l'on comptait le chemin de Canary Wharf à West End et retour — était un choix qui devait en valoir la peine.

— Eh bien, en fait, mon bureau se trouve dans un autre immeuble, sur le quai opposé, après King Charles Street...

— Oh, je vois, fit le rédacteur en chef, qui avait immédiatement compris qu'il s'agissait de Vauxhall Cross, un lieu où il n'était jamais entré mais dont il connaissait bien des secrets. Finalement, ce déjeuner ne serait peut-être pas une perte de temps.

— Je m'y occupe particulièrement de la Russie.

— Je ne vous envie pas, constata Worthing en posant la dernière crevette sur une mince tranche de pain de seigle. (C'était un homme bien bâti, qui visiblement avait un solide appétit.) C'est la dégringolade complète là-bas, non ?

— On peut le dire. Depuis la mort de Tcherkassov, tout est suspendu aux élections présidentielles, visiblement.

Les deux hommes se turent pendant qu'une jeune serveuse posait sur la table un plat de côtelettes d'agneau et une carafe de bordeaux sélectionné par le Brook's. Marchbanks versait le vin quand Worthing enchaîna :

— On a déjà souvent dit ça.

— C'est notre analyse, en tout cas. La résurrection des communistes a fait long feu, la pagaille règne chez les réformateurs... Rien ne semble pouvoir barrer la route à Igor Komarov.

— Est-ce si grave ? Selon le dernier papier que j'ai lu sur lui, il a l'air de tenir un discours plutôt sensé. Redresser le système monétaire. Mettre fin à l'anarchie. S'attaquer à la mafia. Et ainsi de suite.

Le rédacteur en chef, qui se voulait direct et réaliste, affectionnait le style télégraphique.

— Certes, cela paraît formidable. Mais le bonhomme reste quand même une énigme : que veut-il vraiment faire ? Et comment va-t-il s'y prendre, concrètement ? Il crache sur les crédits internationaux, mais comment peut-il s'en sortir sans eux ? Pour être plus précis : va-t-il essayer d'effacer la dette extérieure russe en prétendant la payer avec des roubles dont personne ne veut ?

— Il n'osera pas, estima Worthing, tout en se disant que le

102

correspondant permanent du *Telegraph* à Moscou n'avait rien écrit à propos de Komarov depuis déjà un moment.

— Vraiment ? Nous n'en savons rien. Ses discours sont souvent plutôt extrémistes, mais quand il reçoit des visiteurs étrangers, il arrive à les convaincre qu'il n'est pas le grand méchant loup. Quelle est sa véritable personnalité, alors ?

— Je pourrais dire à notre gars à Moscou de demander une interview...

— La réponse sera non, j'en ai peur. A mon avis, tous les correspondants en poste là-bas font la même demande et se cassent les dents. Il clame partout qu'il hait la presse étrangère, reçoit le moins possible les journalistes.

— Dites, mais ils ont de la tarte à la mélasse ! le coupa Worthing. J'en prends !

Si vous voulez enchanter un Anglais d'un certain âge, proposez-lui une préparation culinaire qui lui rappelle sa tendre enfance. La serveuse apporta deux tartes.

— Alors, comment l'approcher ? reprit Worthing.

— Il a avec lui un jeune conseiller en relations publiques qui semble avoir pas mal d'influence, un certain Boris Kouznetsov. Un petit très brillant, sorti d'une des meilleures universités américaines. La seule ouverture possible, c'est lui. D'après ce que nous savons, il épluche chaque jour la presse occidentale. Et il apprécie particulièrement les contributions de votre Jefferson.

Mark Jefferson, un des chroniqueurs du *Telegraph*, était une fine plume, un polémiste chevronné et un farouche conservateur qui intervenait aussi bien en politique intérieure que sur les affaires internationales.

— C'est une idée, admit Worthing après avoir savouré une cuillerée de son dessert.

— Voyez-vous, ajouta Marchbanks qui poursuivait toujours son idée, les correspondants permanents à Moscou, c'est du tout-venant. Mais par contre, un chroniqueur réputé se déplaçant pour faire le portrait de l'homme qui monte, de celui qui incarne l'avenir de la Russie, etc., ça vous a une tout autre allure !

Worthing réfléchit un moment avant de proposer :

— On pourrait peut-être monter une série de portraits. Des trois candidats. Histoire de respecter l'équilibre.

— Bien vu, dit Marchbanks qui pensait tout le contraire. Mais Komarov est celui qui exerce une véritable fascination sur les gens, on dirait. A côté de lui, les deux autres sont des rien du tout... On va prendre le café là-haut ?

Alors qu'ils avaient pris place dans le petit salon de l'étage, Worthing parut définitivement convaincu :

— Oui, ce n'est pas une mauvaise idée... Bon, j'apprécie l'intérêt que vous portez à nos chiffres de vente, mais pour en venir au fait, que voudriez-vous qu'on lui demande, à ce mystère ambulant ?

Les manières directes du rédacteur en chef firent sourire Marchbanks :

— Parfait... Oui, en effet, nous aimerions bien obtenir deux ou trois choses que nous pourrions refiler aux grands qui nous gouvernent. Et qui ne soient pas dans l'article, si possible : car eux aussi lisent le *Telegraph*, vous vous en doutez. Quelles sont ses véritables intentions ? Que réserve-t-il aux minorités ethniques, si nombreuses là-bas ? Komarov prône le retour à la grandeur russe, qu'est-ce que cela signifie pour les millions de non-Russes ? En bref, que se cache-t-il derrière le masque Komarov ? Car cet homme-là est un masque ! A-t-il un programme secret ?

— Si c'est le cas, raisonna Worthing, pourquoi le révélerait-il à Jefferson ?

— On ne sait jamais. Les langues se délient étonnamment, parfois.

— Ce Kouznetsov, comment le contacter ?

— Votre correspondant sur place le connaît, c'est sûr. Et une demande écrite de la main de Jefferson sera sans doute bien accueillie.

— D'accord, conclut Worthing tandis qu'ils reprenaient le large escalier débouchant dans le hall d'entrée. Je vois déjà la double que nous pourrons faire avec ça. Pas mal du tout. A condition que ce type ait vraiment quelque chose à dire. Enfin, je préviens notre bureau de Moscou.

— Si ça marche, je serais heureux de pouvoir bavarder un moment avec Jefferson, ensuite.

— Débriefing, hein ? Attention, il est plutôt chatouilleux, vous savez !

— Je serai tout miel.

Ils se séparèrent sur le trottoir. Le chauffeur de Worthing, qui l'avait aperçu de sa place de stationnement interdit, en face du Suntory, s'approcha pour le reconduire à Canary Wharf. Marchbanks, lui, décida de marcher un peu pour faire descendre le vin, et le dessert.

*Washington, septembre 1985*

En 1984, alors qu'il n'était pas encore devenu un agent double, Ames s'était porté candidat à la direction des affaires soviétiques de l'importante antenne de la CIA à Rome. En septembre 1985, il apprit que le poste lui était accordé.

La nouvelle le plongea dans l'embarras. Il ne savait pas encore, à ce moment, que le KGB allait le mettre sérieusement en danger en décidant d'arrêter tous les hommes qu'il lui avait donnés si volontiers. Son problème, c'était qu'en quittant Langley il n'aurait plus accès aux « dossiers 301 » et aux informations centralisées par le contre-espionnage de la division SE. D'un autre côté, Rome était un poste agréable, et très demandé.

Il s'en ouvrit aux Russes, qui se montrèrent favorables à cette mutation, au moins pour une raison : ils avaient devant eux des mois entiers d'enquêtes, d'arrestations et d'interrogatoires. La moisson offerte par Ames était si riche, et le groupe Kolokol si restreint en nombre — par souci de sécurité —, que l'analyse complète de ce matériel s'annonçait longue. Car entre-temps le traître américain avait opéré encore une deuxième puis une troisième « livraison » par l'intermédiaire du diplomate soviétique Chouvakhine, dans lesquelles figurait une prise de choix : les CV détaillés de tous les employés de la CIA de quelque importance, avec leurs affectations et même leur photographie. Ainsi, le KGB se retrouvait en mesure de les repérer n'importe où et n'importe quand.

Par ailleurs, les Russes se dirent qu'une fois à Rome, un des principaux centres d'activité européen de l'agence américaine, Ames aurait accès à toutes les opérations — en collaboration ou non avec les services alliés — que la CIA menait autour de la Méditerranée, de la Grèce à l'Espagne, une zone que Moscou jugeait vitale pour ses intérêts.

Enfin, il leur était beaucoup plus facile de contacter l'espion à Rome qu'à Washington, où les rencontres secrètes risquaient toujours d'être découvertes par le FBI.

Ames reçut donc pour instructions de partir. Dès ce même mois de septembre, il commença à apprendre l'italien à l'école de langues de l'Agence.

Personne ne se doutait encore, à Langley, de l'étendue de la catastrophe qui allait bientôt s'abattre sur la CIA. Certes, deux ou trois des meilleurs informateurs agissant en Russie paraissaient avoir perdu le contact, ce qui était préoccupant, mais non désastreux.

Parmi les dossiers personnels remis au KGB se trouvait celui d'un jeune agent récemment versé à la division SE, et qu'Ames signala comme une étoile montante de l'Agence, car sa réputation lui était vite parvenue aux oreilles. Un certain Jason Monk.

C'était une forêt où Guennadi venait ramasser des champignons depuis des lustres. Désormais à la retraite, il utilisait sa cueillette pour compléter un peu sa maigre pension en la vendant aux meilleurs restaurants de Moscou, ou pour améliorer son ordinaire après l'avoir mise à sécher.

Pour les champignons, il n'y a pas le choix : il faut y aller tôt, avant la levée du jour si possible, parce qu'ils poussent la nuit et qu'ils sont vite découverts par les rongeurs, ou, pis encore, par d'autres amateurs. Tous les Russes raffolent des champignons.

A l'aube du 24 juillet, Guennadi siffla son chien, prit sa bicyclette et quitta le petit hameau où il habitait pour se rendre dans le bois qu'il connaissait si bien. Il comptait ramasser un plein panier avant que la rosée n'ait été dissipée par le soleil estival.

C'était juste à côté de l'autoroute de Minsk, d'où parvenait le grondement des camions fonçant vers l'ouest, en direction de la capitale de la Bélarus. Après avoir posé son vélo contre un arbre, il partit en quête. Le soleil n'était pas encore levé que son panier était déjà à moitié plein. Soudain, son chien, qu'il avait dressé à renifler les champignons, poussa un gémissement et fonça vers une touffe d'épineux. La piste devait être bonne, se dit-il avec satisfaction.

En approchant, il fut saisi par une odeur douceâtre, écœurante. Il la reconnut aussitôt, pour l'avoir si souvent sentie des années auparavant, lorsqu'il était un jeune soldat marchant de la Vistule à Berlin.

Un cadavre avait été jeté ici, ou bien ce vieil homme livide était venu se traîner sous les buissons pour mourir. Les yeux, grands ouverts, avaient été attaqués par les oiseaux. Dans la bouche béante, la rosée faisait luire trois dents en acier. Le cadavre était dénudé jusqu'à la ceinture, mais une vareuse informe traînait en tas, non loin. Guennadi respira encore l'odeur : même avec cette chaleur, le corps devait se trouver là depuis plusieurs jours, calcula-t-il.

Il réfléchit un moment. Il appartenait à une génération pour laquelle le civisme n'était pas un vain mot. Mais les champignons n'attendraient pas, et puis, il ne pouvait plus rien pour ce pauvre bougre. Il termina sa collecte, revint au village, mit la récolte à sécher au soleil, et se rendit au *selsoviet*, le siège de l'administration locale, une modeste cahute délabrée qui, au moins, disposait d'un téléphone. Il composa le 02, le numéro de la milice :

— J'ai trouvé un corps.

— Nom, prénom, patronyme ?

— Et comment je le saurais, merde ? Il est mort !

— Pas lui, crétin, toi !

— Bon, je raccroche, alors ?

Il y eut un soupir à l'autre bout de la ligne :

— Non, non. Dis-moi seulement comment tu t'appelles et où tu te trouves.

Guennadi obéit. Le milicien de service contrôla rapidement sur sa carte : le hameau se trouvait tout à l'ouest de l'*oblast* de Moscou, mais encore dans sa juridiction :

— Attends au *selsoviet*. On va venir.

Au bout d'une longue demi-heure, un jeune inspecteur en uniforme, accompagné de deux miliciens, surgit dans une jeep Oujgorod jaune et bleu.

— C'est vous qui avez trouvé un cadavre ? demanda le lieutenant.

— Oui.

— Bon, allons-y. Où est-il ?

— Dans la forêt.

A rouler dans un véhicule officiel, Guennadi se sentit gonflé d'importance. Après qu'ils se furent arrêtés là où il le leur indiqua, ils s'engagèrent à couvert en file indienne, guidés par le ramasseur de champignons. Ils furent bientôt assaillis par l'odeur.

— Là-bas, dit Guennadi en montrant le buisson. Ça pue sacrément, non ? Il doit être là depuis un moment.

Les trois miliciens s'approchèrent pour examiner le cadavre.

— Fouille les poches du pantalon, demanda l'officier à l'un de ses hommes, avant de commander à l'autre : Toi, regarde dans la vareuse.

Le moins chanceux des deux se boucha le nez et inspecta d'une main les poches. Elles étaient vides. A l'aide de sa matraque, il retourna le corps. Des vers grouillaient sur le sol. Il contrôla les poches arrière et se redressa finalement en secouant la tête. Son collègue était lui aussi bredouille.

— Quoi, s'étonna l'inspecteur, rien du tout ? Pas de papiers ?

— Pas de papiers, pas de mouchoir, pas de pièces de monnaie, rien.

— Ce serait le coup d'un bandit en voiture ? suggéra l'autre milicien.

Ils se turent pour écouter la rumeur de la circulation au loin.

— On est à combien de la route ? demanda l'inspecteur.

— Cent mètres, je dirais, répondit Guennadi.

— Il n'aurait pas perdu tout ce temps, il n'aurait pas traîné sa victime jusqu'ici. Avec tous ces arbres, une dizaine de mètres suffisaient.

Puis, à l'adresse de l'un de ses hommes :

— Remonte jusqu'à l'autoroute, regarde l'accotement, s'il y a un vélo ou une voiture esquintés. Il a peut-être eu un accident et il est venu mourir ici. Tu restes là-bas, et tu fais signe à une ambulance.

Sur son téléphone portable, le lieutenant demanda ensuite le renfort d'un inspecteur de la Brigade criminelle, d'un photographe et d'un médecin légiste, car de toute évidence il ne pouvait conclure à un décès « pour causes naturelles ». Lui aussi réclama une ambulance, tout en confirmant que l'individu était décédé.

Après s'être éloigné de la pestilence, le groupe attendit un moment. Trois hommes en civil, qui avaient laissé leur véhicule banalisé sur le bord de l'autoroute, firent leur apparition.

— Alors, qu'est-ce que nous avons, ici ? interrogea l'inspecteur.

— Il est par là-bas. Je vous ai fait venir parce que je ne vois pas comment le décès pourrait être naturel : il est sacrément amoché, et à cent mètres de la route, en plus...

— Qui l'a découvert ?

— Lui, là, en cueillant des champignons.

L'inspecteur prit Guennadi à part, en lui enjoignant de tout lui raconter depuis le début.

Tandis que le photographe faisait son travail, le médecin légiste, muni d'un masque et de gants en caoutchouc, se livra à une rapide autopsie. Il ne fut pas long à donner son verdict :

— Je parie une bonne bouteille de Moskovskaïa que c'est un meurtre. Le labo nous en dira plus, évidemment, mais il est clair qu'il a reçu la tannée de sa vie avant de passer l'arme à gauche. Volodia, mes félicitations, c'est toi qui as eu le premier macchab' de la journée.

Aux deux infirmiers arrivés à travers bois avec une civière, le médecin indiqua d'un geste qu'ils pouvaient le mettre en sac et l'emporter.

— Vous n'avez plus besoin de moi ? risqua Guennadi.

— Ça m'étonnerait, répliqua l'inspecteur. Il me faut une déposition complète au poste.

Pendant que le retraité était conduit au commissariat central de la zone ouest, le cadavre était emporté en plein cœur de Moscou, à la morgue de l'Institut médico-légal numéro deux. Là, on le plaça en attente dans une chambre froide : le personnel était débordé.


*Yémen, octobre 1985*


A la mi-octobre, Jason Monk entrait clandestinement au Yémen du Sud. Malgré sa pauvreté, la république marxiste-léniniste disposait d'un aéroport de première catégorie — ancienne base de la Royal Air Force —, qui accueillait sans difficulté les plus gros avions de ligne.

Son passeport espagnol et ses documents de l'ONU dûment examinés, il put passer les services d'immigration sans encombre au bout d'une demi-heure. Rome avait certes informé la représentation de la FAO que le señor Martinez Llorca allait arriver sur place, mais en donnant une date décalée d'une semaine, si bien que personne ne l'attendait à la sortie, ce que les autorités yéménites, bien sûr, ne pouvaient savoir. Muni d'un simple sac de voyage, Monk prit un taxi pour le Frantel, un nouvel hôtel français construit sur la presqu'île reliant le rocher d'Aden au continent.

Ses papiers étaient impeccables, et il comptait bien ne pas tomber sur de véritables Espagnols, mais il ne savait pas moins que cette mission était extrêmement risquée.

Dans le monde de l'espionnage, la plupart des agents opèrent sous le couvert d'affectations diplomatiques, qui leur confèrent une certaine immunité si les choses tournent mal. Ils peuvent être « déclarés », c'est-à-dire que le contre-espionnage connaît parfaitement leurs véritables occupations et choisit tacitement de jouer le jeu. Dans un pays hostile, toutefois, les services de renseignements essaient toujours de garder quelques agents dont les activités supposées au service de presse, culturel ou économique de l'ambassade n'éveillent les soupçons de personne. L'utilité de ces agents « non déclarés » est évidente : courant moins le risque d'être filés, ils peuvent servir plus facilement de boîtes aux lettres ou de relais.

Un espion opérant hors cadre, donc, n'est pas protégé par les accords de Vienne alors qu'un « diplomate » pris la main dans le sac court seulement le risque d'être déclaré *persona non grata* et expulsé : habituellement, son pays protestera de sa bonne foi et expulsera en représailles un représentant de la puissance offensée. Une fois ce chassé-croisé terminé, tout recommencera comme avant. L'infiltré, lui, est un illégal. S'il est découvert, il s'expose, sous certains régimes, à des tortures inhumaines, à de longues années en camp de travail, ou à une mort anonyme. Et il est rare que ceux qui l'ont envoyé sur place puissent quoi que ce soit pour lui.

Une dictature ne connaît pas les procès équitables, les conditions d'emprisonnement décentes, les droits civiques. En 1985, la République démocratique et populaire du Yémen appartenait à ce type de régime, et les Etats-Unis n'y disposaient même pas d'une ambassade.

Au mois d'octobre, il fait encore très chaud dans ce pays semi-désertique. Que pourrait bien faire un Russe soucieux de sa forme physique le vendredi, jour férié officiel ? se demanda Monk. Aller nager, par exemple.

Par souci de sécurité, le jeune Américain à l'origine de la piste du major Solomine n'avait pas été joint, bien qu'il eût pu donner une description plus détaillée du Russe, et Monk avait eu pour instructions de ne pas entrer en contact avec lui, au cas où il serait de retour au Yémen : c'était un vantard qui parlait beaucoup trop, avait-on estimé.

La communauté soviétique, d'ailleurs, n'était pas difficile à trouver. Elle fréquentait visiblement sans restriction les autres étrangers sur place, ce qui s'expliquait peut-être en raison du climat, ou de la totale impossibilité de maintenir tant de conseillers militaires consignés dans leurs baraquements jour et nuit. Deux hôtels, le Rock et le Frantel, disposaient de piscines bien tentantes. Et puis il y avait la longue plage de sable, Abyan Beach, que les expatriés fréquentaient assidûment à la fin de la journée de travail ou pendant les congés. Il existait même en ville un magasin russe dans le genre des « PX » américains où les non-Soviétiques étaient autorisés à venir faire leurs achats, la patrie du socialisme étant toujours à la recherche de devises fortes.

Monk constata rapidement que la plupart des Russes sur place — des hommes vivant en célibataires — étaient des officiers, car ils parlaient des langues étrangères et pouvaient se permettre de fréquenter les bars d'Aden, aux prix inaccessibles pour de simples soldats. Au bord de la piscine du Frantel, ils formaient un groupe compact, inaccessible, et pourtant le jeune Américain avait pu se retrouver en tête à tête avec Solomine. Comme tous les Russes, ce devait être un bon buveur, mais pourquoi s'était-il éloigné de ses pairs ? Etait-il d'un tempérament solitaire, ou bien y avait-il là une raison cachée ? L'informateur avait dit qu'il était grand et bien bâti, mais aussi très brun, avec des yeux en amande : le type asiatique, sans le nez épaté. Monk, qui connaissait la réticence des Russes envers tout ce qui n'est pas purement slave, se dit qu'il était peut-être excédé par les allusions racistes de ses collègues.

Après trois jours de repérages, au magasin, dans les hôtels et les bars, Monk flânait en maillot de bain sur Abyan Beach lorsqu'il vit un homme sortir des vagues. Environ un mètre quatre-vingts, de larges épaules, ce n'était plus un jeune homme, mais un quadragénaire en pleine forme. Il avait une chevelure de jais,

111

et pas de poils sur la poitrine : les caractéristiques d'un Asiatique. Il revint sur le sable. Après avoir chaussé des lunettes de soleil, il s'installa sur sa serviette, face à la mer, perdu dans ses pensées.

Retirant sa chemise, Monk s'avança vers le rivage, de l'air de celui qui s'apprête à piquer une tête. La plage étant assez fréquentée, il n'y avait rien d'étrange à venir s'installer près du Russe. Il enroula le vêtement autour de son portefeuille, puis sa serviette, retira ses sandales, fit un tas de toutes ses affaires, et se redressa pour jeter un regard préoccupé à la ronde, avant de poser les yeux sur l'estivant à côté de lui :

— Dites-moi ?...

Le Russe tourna la tête.

— Vous restez encore un petit moment, non ?

L'autre fit signe que oui.

— Je ne vais pas me faire dépouiller par les Arabes, d'accord ?

L'homme opina du bonnet une nouvelle fois, puis se replongea dans la contemplation de l'océan. Après dix minutes de nage, Monk revint vers son voisin et lui adressa un sourire :

— Merci.

Troisième hochement de tête. L'Américain déplia sa serviette et s'assit, encore tout mouillé.

— La mer est belle. La plage aussi. Ces gens-là ne méritent pas tout ça.

Pour la première fois, le Russe parla, en anglais :

— Quels gens ?

— Les Arabes. Les Yéménites. Je ne suis pas ici depuis très longtemps, mais ça m'a suffi pour les prendre en grippe. Des fainéants, des bons à rien.

Monk sentait que l'homme le regardait, mais il ne pouvait déchiffrer son expression derrière les verres fumés. Après une pause, il reprit :

— Bon, j'essaie de leur apprendre le minimum, les tracteurs, de quoi devenir autosuffisants, manger à leur faim... Rien à faire. Tout ce qu'ils touchent, ils le démolissent. Je ne fais que gaspiller mon temps, et l'argent de l'ONU !

Il s'exprimait correctement, mais avec un léger accent hispanique.

— Vous êtes anglais ? finit par demander le Russe, qui se décidait enfin à lier conversation.

— Non, espagnol. Je travaille avec la FAO. Et vous, vous êtes aussi des Nations unies ?

Avec une moue négative, le Russe répondit :

— Moi, URSS.

— Ah bon ? Eh bien, il doit faire un brin moins chaud chez vous, non ? Pour moi, c'est presque du pareil au même. Et il me tarde de rentrer à la maison, je vous le dis !

— Moi aussi. Je préfère le froid.

— Vous êtes ici depuis longtemps ?

— Deux ans. Encore un à tirer.

Monk eut un rire bref :

— Seigneur, nous sommes dans le même bain ! Mais moi, je ne tiendrai jamais jusque-là. C'est un poste absurde. Dites-moi, au bout de deux ans, vous devez tout savoir, vous : il y a un endroit correct où prendre un verre après dîner, par ici ? Une boîte sympa ?

Ce fut au tour du Russe de laisser échapper un rire sardonique :

— Non. Pas de *diskoteki* ! Mais le bar du Rock Hotel est tranquille.

— Merci. Oh, à propos, je m'appelle Estéban. Estéban Martinez Llorca.

Il tendit une main que le Russe serra après une brève hésitation :

— Piotr. Ou Peter, disons. Peter Solomine.

Ce fut deux soirs plus tard que le major soviétique apparut au bar mentionné, une terrasse avec vue panoramique sur le port, au dernier étage de cet ancien hôtel colonial niché dans les rochers. Monk, assis près de la fenêtre, le vit entrer dans le reflet de la vitre, mais il attendit que le Russe ait commandé à boire pour se retourner :

— Tiens, Peter, comme on se retrouve ! Vous vous asseyez avec moi ?

Le Russe hésita, puis prit la chaise que l'autre lui montrait. Il leva son verre de bière :

— *Na vaché zdorovié !*

— *Pesetas, faena y amor !* répliqua Monk, qui, devant l'air interloqué du Russe, expliqua gaiement : « Argent, boulot et petites nanas ! » Dans l'ordre que vous voulez, bien entendu !

Le major sourit pour la première fois. Un bon sourire.

Ils se mirent à parler, de tout et de rien, des difficultés rencontrées avec les Yéménites, de leurs désillusions, de leur exaspération devant tout ce gâchis. Et comme tous les hommes loin de chez eux, ils se mirent à évoquer leurs patries respectives : Monk son Andalousie natale, où on peut le même jour faire du ski dans la Sierra Nevada et nager dans les eaux tièdes de Sotogrande, Solomine, des forêts immenses noyées de neige où l'on entend encore rugir le tigre de Sibérie, et où le chasseur expérimenté trouvera toujours des renards, des loups, des cerfs.

Ils se retrouvèrent ainsi quatre soirs de suite, avec un égal plaisir. Entre-temps, Monk avait dû se présenter au Hollandais qui dirigeait la mission de la FAO sur place. Grâce aux informations détaillées fournies par l'antenne romaine de la CIA, et à ses connaissances agricoles accumulées dans sa jeunesse, il était bien préparé à la tournée d'inspection qu'on lui fit réaliser aussitôt, et le directeur de la mission fut impressionné par la sûreté de son jugement.

Au cours de ces conversations à bâtons rompus, il apprit à mieux connaître le major Piotr Vassilievitch Solomine, et ce qu'il découvrit de l'homme lui plut. L'officier soviétique était né en 1945 à Oussourisk, dans la « Province maritime » (Primorskiy Kraï), cette langue de terre soviétique coincée entre l'Océan, le nord-est de la Mandchourie et la frontière coréenne au sud. Venu à la ville pour trouver du travail, son père l'avait cependant élevé dans la langue de leur tribu sibérienne, les Oudègues, et chaque fois que possible l'avait ramené au contact de la nature sauvage d'où ils étaient issus : forêts, montagnes, lacs, animaux...

Au XIXᵉ siècle, avant la conquête définitive de ces contrées par les Russes, l'écrivain Arseniev, qui a consacré à ce peuple un livre encore célèbre dans la Russie contemporaine, avait surnommé les Oudègues « les Tigres d'Extrême-Orient ». Contrairement aux autres peuples asiatiques, ces derniers sont en général de grande taille, avec un profil racé, et non un large visage plat. Il y a plusieurs siècles, certains de leurs ancêtres avaient migré vers le nord, avaient traversé le détroit de Béring, l'Alaska actuel, puis s'étaient fixés plus au sud, donnant naissance aux Sioux et aux Cheyennes. Et en effet, à contempler les traits de ce robuste soldat sibérien assis en face de lui, Monk se remémorait les visages des chasseurs indiens, depuis longtemps disparus, du Grand Nord américain.

Le jeune Solomine n'avait guère eu le choix : c'était ou l'usine ou l'armée. Il avait pris le train du Nord pour aller s'enrôler à Khabarovsk. Après les trois années de service obligatoire, et les deux années de volontariat, les meilleurs éléments pouvaient devenir sergents et intégrer une école d'officiers. Grâce à ses aptitudes militaires, il avait suivi cette voie, servi comme lieutenant puis lieutenant-chef durant sept années, et était devenu major à l'âge de trente-trois ans, montant en grade tout seul, sans protections, et malgré les préventions racistes contre les peuples sibériens dont il avait eu plus d'une fois à demander raison à l'aide de ses poings.

Sa nomination au Yémen, en 1983, avait été son premier poste à l'étranger. Il avait vite compris que l'immense majorité de ses collègues étaient ravis de l'aubaine : c'était un pays aride, étouffant, qui n'offrait guère de distractions, mais leurs conditions de logement — les anciens casernements de l'armée britannique — étaient bien meilleures qu'en URSS, et puis l'ordinaire était excellent, sans parler des barbecues sur la plage, ils pouvaient profiter de la mer, commander sur catalogue des vêtements, des films, des cassettes en provenance d'Europe...

Piotr Solomine, certes, ne dédaignait pas cette soudaine découverte des délices de la société de consommation. Mais Monk, tout en prenant garde de ne pas le heurter, sentait parfaitement en lui une profonde déception, une amertume secrète envers le régime qu'il servait. A l'évidence, pour être arrivé à sa position, le major avait dû en passer par le Komsomol, les Jeunesses communistes, puis par le parti. Plus encore, en tant qu'officier basé à l'étranger, il ne devait pas être étranger aux services de renseignements militaires soviétiques, le GRU. Alors, où le bât blessait-il ? Solomine commença à s'ouvrir le cinquième soir. Enhardi par la boisson et la confiance qui régnait déjà entre les deux hommes, il donna libre cours à la colère qui bouillait en lui.

En 1982, un an avant son départ au Yémen du Sud — Andropov était alors encore au pouvoir —, il avait été muté aux services administratifs du ministère de la Défense, à Moscou. Un des vice-ministres, qui l'avait remarqué, lui avait alors confié une mission hautement confidentielle. Sur des fonds publics détournés, le ministre se faisait construire une somptueuse datcha au bord du fleuve, dans une banlieue résidentielle très courue, Peredelkino.

Au mépris des lois soviétiques, des règlements du parti et de la déontologie la plus élémentaire, il avait réquisitionné une centaine d'appelés pour son chantier. Solomine fut chargé de les commander. Il vit de ses propres yeux les meubles de cuisine importés à grands frais de Finlande, les chaînes hi-fi japonaises installées dans toutes les pièces, la luxueuse robinetterie venue de Stockholm, les vénérables whiskies écossais dont le bar regorgeait. Cette seule expérience suffit à le dégoûter à jamais du parti et du régime soviétique. Il n'était d'ailleurs pas le premier jeune officier à se révolter contre une dictature aussi grossièrement corrompue.

Il se mit à apprendre l'anglais tout seul, le soir. Il fut bientôt capable d'écouter la BBC et la Voix de l'Amérique en version originale, même si ces deux stations de radio émettaient des programmes spéciaux en russe. En dépit de tout l'endoctrinement reçu dans sa jeunesse, il comprit que l'Occident ne cherchait pas la guerre avec la Russie.

Mais ce qui mit le comble à son aversion, ce fut le Yémen.

— Chez nous, les gens s'entassent dans des taudis, mais les gros bonnets occupent de vrais châteaux. Ils mènent une vie de princes sur notre dos. Ma femme ne peut pas se payer un sèche-cheveux qui tienne la route, ni des chaussures qui ne soient pas fichues au bout d'un mois, et pendant ce temps on gaspille des milliards dans des missions à l'étranger délirantes, uniquement destinées à jeter de la poudre aux yeux, aux yeux de qui ? De ces gens-là ?

— C'est en train de changer, voulut le tempérer Monk, sans succès.

Gorbatchev était en selle depuis le mois de mars, mais l'effet des réformes qu'il avait jusque-là péniblement — ou maladroitement — tentées n'allait pas se faire sentir avant 1987. De plus, Solomine n'était pas retourné au pays depuis plus de deux ans.

— Changer, rien du tout ! Ces salauds qui nous gouvernent... Je vous le jure, Estéban, en travaillant à Moscou, j'ai vu plus de gaspillage et de magouilles que vous ne pourriez en imaginer même dans vos cauchemars !

— Mais ce Gorbatchev, il pourra peut-être faire évoluer les choses... Je ne suis pas aussi pessimiste que vous. Un jour, les Russes seront débarrassés de cette dictature. Ils auront le droit de voter, pour de bon. Ce ne sera pas si long, maintenant.

— Trop long, de toute façon. Ça ne bougera pas assez vite.

Monk prit son souffle. Un « retournement » qui tombe à plat peut avoir de graves conséquences. Dans une démocratie occidentale, un fonctionnaire soviétique que l'on a tenté de retourner s'en plaindra peut-être à son ambassadeur, qui pourra éventuellement en faire un incident diplomatique, mais rien de plus. Par contre, dans un obscur pays où les lois internationales sont fort peu respectées, une telle erreur de jugement peut conduire son auteur à une mort aussi pénible qu'anonyme. Soudain, sans la moindre transition, « l'Espagnol » s'exprima dans un russe impeccable :

— C'est à vous d'aider à ce que cela change, mon ami. Ensemble, nous pouvons faire en sorte que les choses évoluent dans le sens que vous souhaitez.

Solomine lui jeta un long regard, que Monk soutint. Puis le Russe finit par articuler dans sa langue maternelle :

— Mais qui êtes-vous, bon sang ?

— Je crois que vous l'avez déjà compris, Piotr Vassilievitch. La seule question, maintenant, c'est : est-ce que vous allez me trahir, en sachant pertinemment ce que ces types sont capables de me faire avant que j'en crève ? Et est-ce que vous pourrez continuer à vivre avec ça, après ?

Sans le quitter des yeux, Solomine finit par répondre :

— Mon pire ennemi, je ne le donnerais pas à ces sauvages. Mais vous avez un toupet qui frise la démence. Me demander cela, à moi... C'est du délire ! Je devrais vous répondre d'aller vous faire foutre.

— Peut-être. Et c'est peut-être ce que je devrais faire, sans perdre un instant, si je tiens à ma peau... Mais enfin, rester là à regarder, les bras croisés, le dégoût au ventre, et ne rien faire, est-ce que ce n'est pas dément aussi ?

Le Russe se leva, laissant sa bière intacte :

— Il faut que je réfléchisse.

— Demain soir, continua Monk, toujours en russe. Ici. Si vous venez seul, nous parlerons. Si vous arrivez avec des gros bras, je serai mort. Si vous ne venez pas du tout, je repartirai par le premier avion.

Le major Solomine gagna la porte à grands pas.

Aurait-il suivi les procédures habituelles, Monk aurait aussitôt pris ses dispositions pour quitter le Yémen au plus vite. Il ne s'était pas heurté à un refus catégorique, mais il n'avait pas non plus marqué de point notable. Un homme dont l'esprit est sens dessus dessous peut vite changer d'avis, et les cellules de la police secrète yéménite ne sont pas des endroits très gais...

Monk attendit cependant le lendemain. Quand le major revint au bar, il était seul.

Il leur fallut encore deux jours pour tout mettre au point. Monk avait apporté, caché dans sa trousse de voyage, tout ce dont le nouvel agent avait besoin pour communiquer aisément : encre sympathique, adresses secrètes, codes en apparence anodins. De son poste au Yémen, Solomine ne transmettrait pas d'informations fracassantes, mais lorsqu'il serait de retour à Moscou un an plus tard, il serait paré.

En se séparant, ils échangèrent une poignée de main appuyée.

— Bonne chance, l'ami, murmura Monk.

— Bonne chasse, comme on dit chez nous, répliqua le Sibérien.

Pour qu'ils ne soient pas vus quittant le Rock Hotel ensemble, Monk se rassit un moment. Il fallait un nom de code à sa nouvelle recrue, pensa-t-il.

Très haut dans le ciel, les étoiles scintillaient avec cette intensité incroyable qu'elles n'ont que sous les Tropiques. Au milieu de ce tapis resplendissant, il reconnut la constellation du Chasseur. L'agent Orion était né.


Le 2 août, Boris Kouznetsov reçut une lettre du journaliste britannique Mark Jefferson. Rédigée sur le papier à en-tête du *Daily Telegraph*, elle lui était personnellement adressée et, bien qu'ayant été faxée au bureau du journal à Moscou, elle lui avait été portée par coursier au siège de l'UFP.

En étudiant les discours d'Igor Komarov au cours des derniers mois, écrivait Jefferson, on ne pouvait qu'admirer la fermeté de ses positions face à l'anarchie, à la corruption et à la criminalité. Avec le décès soudain du président russe, le destin du plus grand pays du monde accaparait à nouveau l'attention générale. Lui-même, Jefferson, se disposait à venir à Moscou dans les plus brefs délais. Pour la bonne forme, il serait certainement obligé d'interviewer les candidats de la gauche et du centre, mais il était clair que l'enjeu était ailleurs, dans un long entretien avec le vainqueur assuré des prochaines élections, Igor Komarov. Il remerciait sincèrement Boris Kouznetsov de faire son possible pour qu'une telle interview puisse avoir lieu. Pour sa part, il garantissait une publication de premier choix dans son journal, avec des reprises dans plusieurs titres européens et américains.

Bien que fils d'un diplomate longtemps en poste à l'ONU à New York qui lui avait transmis son intérêt pour les Etats-Unis et l'avait encouragé à entrer à Cornell University, Kouznetsov connaissait bien la scène politique britannique. Il savait aussi que la presse américaine, majoritairement libérale, ne considérait pas d'un bon œil le chef de l'UFP. Un an auparavant, Komarov avait accepté de rencontrer des journalistes américains et, devant le caractère nettement hostile de leurs questions, il s'était juré de ne pas réitérer l'expérience. A Londres, par contre, il existait plusieurs titres ouvertement conservateurs, même s'ils ne se situaient pas aussi à droite que les positions officielles d'Igor Komarov.

Aussi, le lendemain, lors de leur réunion de travail hebdomadaire, il se risqua :

— A mon avis, président, il faudrait faire une exception pour ce Mark Jefferson.

— Et pourquoi ? rétorqua avec humeur Komarov, pour qui tous les journalistes, y compris russes, étaient nuisibles.

— Je vous ai préparé un dossier sur lui, annonça son conseiller de presse en lui tendant une chemise. Comme vous le verrez, il s'est prononcé en faveur du retour à la peine capitale pour les meurtriers, dans son propre pays. Il s'oppose aussi fermement au maintien de la Grande-Bretagne au sein d'une Union européenne qui bat de l'aile. C'est un conservateur pur et dur. La dernière fois qu'il a parlé de vous dans un article, c'était pour dire que vous étiez le type même de dirigeant russe avec lequel Londres devait entretenir de bonnes relations.

Après quelques grommellements, Komarov donna son accord. Le jour même, la réponse parvint par coursier au bureau du *Daily Telegraph* : pour son interview, Jefferson devait être à Moscou le 9 août.

*Yémen, janvier 1986*

Ni Solomine ni Monk ne pouvaient prévoir que le major soviétique allait terminer son temps à Aden neuf mois plus tôt que prévu. Le 13 janvier, en effet, la guerre civile éclata entre deux factions rivales au sein de la direction yéménite, et en l'espace de six jours toutes les représentations étrangères, russe incluse, décidèrent de quitter le pays devant la violence des combats.

L'aéroport étant pris sous les tirs, la mer était la seule issue possible. Par chance, le yacht de la Couronne britannique, le *Britannia*, venait juste d'entrer en mer Rouge, en route vers l'Australie où la reine Elisabeth devait effectuer un voyage officiel. Alertée par un message de l'ambassade d'Aden, l'Amirauté anglaise consulta le secrétaire particulier de la souveraine, qui recueillit et transmit la consigne royale : le *Britannia* devait tout faire pour venir en aide à ceux qui fuyaient la guerre civile yéménite.

Deux jours plus tard, le major Solomine, avec d'autres officiers soviétiques, traversait en courant la plage d'Abyan Beach, sous les balles. Les canots du *Britannia* les recueillirent dans les vagues, et une heure plus tard les Russes, éberlués, étendaient les sacs de couchage qu'on leur avait prêtés dans le salon privé de la reine, vidé de ses meubles pour l'occasion.

Au cours de cette première mission de sauvetage, le *Britannia* évacua quatre cent trente et une personnes. Au total, le yacht royal sauva mille soixante-huit ressortissants de cinquante-cinq pays différents, au cours d'allers-retours entre la côte yéménite et Djibouti, où il déposait ses passagers de fortune. Solomine et les autres Russes retournèrent à Moscou en avion, *via* Damas.

S'il avait encore eu des doutes quant au choix secret qu'il venait de faire, le major soviétique aurait été définitivement convaincu devant le contraste saisissant entre l'esprit de camaraderie qui régnait parmi les marins britanniques et les réfugiés européens, et l'atmosphère de paranoïa aiguë dans laquelle se déroulèrent ses multiples débriefings à Moscou.

Toute la CIA savait qu'un homme qui avait été recruté trois mois plus tôt et auquel on pouvait faire raisonnablement confiance venait de disparaître, englouti dans la machine à broyer qu'était l'Union soviétique. Ferait-il signe un jour, ou non, personne ne pouvait l'assurer.

Au cours de cet hiver, le bras opérationnel de la division SE vola littéralement en éclats. Un par un, les « contacts » soviétiques basés à l'étranger furent rappelés au pays sous les prétextes les plus anodins et les plus divers : une mère malade, un fils qui se comportait mal au lycée et avait besoin de voir son père, une réunion de la commission des cadres devant statuer sur une promotion... Un par un, ils tombèrent dans le piège. A leur descente d'avion, ils étaient arrêtés et immédiatement conduits au nouveau centre d'interrogatoires du colonel Grichine, une aile entière de la sinistre forteresse de Lefortovo exclusivement réservée à cet usage. A Langley, on ne pouvait que constater les disparitions, sans comprendre ce qui était en train de se passer.

A l'intérieur de l'URSS, où toutes les lignes téléphoniques étaient écoutées et où les diplomates étrangers faisaient l'objet d'une surveillance constante, les moyens de communiquer étaient évidemment limités. Il y avait ainsi les « boîtes aux lettres », simples réceptacles tels qu'un trou dans un arbre ou un dessous de gouttière : par un signe convenu (une marque à la craie sur un lampadaire, par exemple), une voiture de l'ambassade passant par là innocemment apprenait qu'une boîte était pleine, puis un agent non déclaré s'efforçait de semer les filatures pour venir la relever, et y déposer éventuellement de l'argent destiné à l'informateur. De cette manière, les communications pouvaient durer pendant des mois, voire des années, sans aucune rencontre en face à face. La règle voulait que, d'une manière ou d'une autre, un « contact » donne toujours de ses nouvelles, soit par des signes visibles dans la rue, soit, en cas d'éloignement géographique, par des petites annonces passées dans les journaux. De cette manière, un agent repérant dans une colonne : « Boris donne adorable chiot labrador, téléphoner au... » pouvait en conclure que le contact allait bien, alors que s'il avait été question d'épagneul, par exemple, il aurait fallu lire ces lignes comme un message de détresse. « Adorable » pouvait signifier : « Je serai à Moscou la semaine prochaine et je passerai à la boîte aux lettres habituelle », alors que « ravissant » aurait indiqué : « Je suis dans l'impossibilité de venir à Moscou avant encore un mois »...

Lorsque ce genre de communications s'interrompait, l'antenne en concluait que tel ou tel contact avait un problème : un ennui de santé, un accident de voiture... Mais s'il n'y avait plus aucun message, alors le problème était vraiment, vraiment grave.

Or, ce fut ce qui se produisit à l'hiver 1985 : silence complet sur la ligne. Après son appel à l'aide désespéré, Gordievski fut évacué *in extremis* par les Britanniques. A Athènes, le major Bokhane sentit le vent du boulet et put se réfugier aux Etats-Unis. Les douze autres contacts, eux, paraissaient s'être volatilisés.

Les agents qui les suivaient individuellement signalèrent ces disparitions. Et quand tous les rapports se furent accumulés dans la même corbeille, Carey Jordan et les responsables de la division SE, c'est-à-dire les seuls à avoir un tableau général de la situation, comprirent que le problème était gravissime.

Paradoxalement, ce fut la conduite absolument inédite du KGB qui sauva Ames. Si le traître opérait toujours à Langley, raisonnèrent les cadres de la CIA, les services soviétiques n'auraient jamais osé se lancer dans une rafle de cette ampleur. L'argument était d'autant plus séduisant qu'il venait renforcer une intime conviction : il était impossible qu'une brebis galeuse se fût glissée parmi eux, dans le saint des saints de la raison d'Etat. Cependant, il fallait bien lancer une enquête acharnée, et ce fut fait. Mais pas dans la bonne direction.

Les soupçons tombèrent d'abord sur Edward Lee Howard, bête noire de la CIA à l'époque, désormais bien au chaud à Moscou. Membre de la division SE, Howard avait été nommé à l'ambassade américaine en URSS, et déjà mis dans le secret de plusieurs opérations, lorsque, juste avant son départ en poste, on avait découvert qu'il était endetté jusqu'au cou et qu'il se droguait. Oubliant tous les enseignements de Machiavel, l'Agence le mit à la porte mais le laissa libre de ses mouvements. Deux années durant. Et sans prévenir personne. Il eut donc tout le temps de ruminer sa haine et de s'imaginer passant aux Russes. Finalement, la CIA se décida à avouer son existence au FBI, qui poussa des cris d'orfraie et le plaça sous surveillance. Nouveau fiasco : on perdit sa trace, mais Howard, lui, comprit qu'il était surveillé. Il lui fallut seulement deux jours, en septembre 1985, pour se retrouver en sécurité à l'ambassade soviétique de Mexico. De là, il fut expédié à Moscou *via* La Havane.

Les vérifications permirent de conclure que le félon avait pu trahir trois des contacts perdus, voire six. En fait, il avait certes

« donné » les trois seuls agents dont il connaissait l'existence, mais ces derniers avaient déjà été signalés par Ames aux Soviétiques au mois de juin précédent...

Une autre piste fut fournie par les Russes eux-mêmes. Soucieux de protéger tant bien que mal sa taupe à Langley, le KGB monta de toutes pièces une énorme opération de diversion. Ce fut une réussite.

Par une « fuite » à Berlin-Est, apparemment fiable, la CIA apprit que plusieurs de ses codes avaient été décryptés, et que l'ennemi avait pu lire nombre de ses messages. Les codes en question étaient utilisés par un important centre de transmissions de l'Agence, à Warrenton, en Virginie. Pendant toute une année, l'établissement et son personnel furent passés au peigne fin. Sans aucun résultat. D'ailleurs, si les Russes avaient pu décoder tant de communications, ils auraient pris des mesures non seulement contre les agents portés manquants, mais aussi contre d'autres opérations, ce qui n'était pas le cas. La piste était donc fausse.

Enfin, par une entreprise d'intoxication qui rencontra un écho incroyablement bienveillant à Langley, le KGB réussit à persuader ses adversaires que le coup de filet n'était rien d'autre que le fruit d'une remarquable enquête. Un rapport circulant dans la CIA à ce sujet alla même jusqu'à conclure que « toute opération porte en elle les germes de son échec » : en d'autres termes, quatorze informateurs confirmés s'étaient tous mis brusquement à agir comme des imbéciles !

Certains, à Langley, refusèrent pourtant de se contenter de conclusions trop faciles. Carey Jordan fut de ceux-là, tout comme Gus Hataway. A un échelon moins elevé, et en tirant ses propres déductions de la crise que traversait sa division, Jason Monk figurait parmi les sceptiques.

L'enquête permit au moins d'établir un constat, en lui-même horrifiant : pas moins de cent quatre-vingt-dix-huit personnes avaient d'une manière ou d'une autre accès aux fameux « dossiers 301 ». Pour qui jouait sa vie en plein cœur de l'URSS, que son dossier personnel puisse passer entre les mains de deux cents inconnus était tout simplement une catastrophe.

# Chapitre 6

A la morgue en sous-sol de l'Institut médico-médical numéro deux, le professeur Kouzmine se lava les mains en jetant un regard excédé sur son troisième cadavre de la journée.

— C'est qui, ça ? lança-t-il à son assistant tandis qu'il se séchait tant bien que mal avec une serviette de papier trop rêche.

— Numéro 158.

— Signalement.

— Homme, de type européen, plutôt âgé. Circonstances du décès inconnues, identité inconnue.

« Pourquoi est-ce que je m'inquiète de ça ? » se demanda Kouzmine en poussant un grognement. Encore un autre clochard, un autre sans-abri, un autre paumé dont les organes, quand il en aurait terminé avec lui, aideraient peut-être les étudiants trois étages plus haut à comprendre ce que la physiologie humaine avait de fragile, et dont le squelette pourrait même décorer un jour quelque classe d'anatomie...

Comme toutes les métropoles, Moscou produisait son quota quotidien, hebdomadaire et mensuel de cadavres. Heureusement, tous ne nécessitaient pas une autopsie, sans quoi le professeur et ses collègues n'auraient jamais pu faire face à la tâche. Il y avait les « causes naturelles », ceux morts dans leur lit ou de maladies identifiées, pour qui l'autorisation d'inhumer d'un hôpital ou d'un médecin suffisait. Puis venaient les « causes naturelles imprévues », habituellement des accidents cardiaques, pour lesquels là encore les hôpitaux se chargeaient de toutes les formalités administratives, en général très sommaires. Ensuite, c'étaient les accidents, domestiques, du travail ou de la route, auxquels

Moscou ajoutait deux catégories qui avaient considérablement augmenté ces dernières années : les morts par hypothermie (en hiver) et les suicides. Quant aux corps repêchés dans le fleuve, identifiés ou non, ils étaient classés en trois rubriques : habillé, sans trace d'alcool dans les veines, suicide probable ; partiellement ou totalement vêtu, fort taux d'alcoolémie, accident ; maillot de bain, alcoolémie normale, hydrocution.

Enfin, il y avait les homicides. Ceux-là passaient par la milice, puis par le service du professeur Kouzmine, et même dans ces cas l'autopsie n'était généralement qu'une simple formalité : il s'agissait à quatre-vingts pour cent de meurtres « domestiques », survenus au foyer ou perpétrés par un parent ou le conjoint de la victime. Le meurtrier était alors facilement retrouvé, l'autopsie ne faisait que confirmer l'évidence — un tel a bien poignardé sa femme — et les tribunaux rendaient un verdict rapide. Dans les règlements de comptes au sein du milieu, le professeur savait que le taux de réussite de l'enquête policière n'atteignait qu'un minable trois pour cent, mais que le tueur soit appréhendé ou non ne l'empêchait pas de remettre au plus vite ses conclusions : une balle dans la tête reste une balle dans la tête.

Pour toutes ces variantes — qui se reproduisaient des milliers de fois par an —, il existait habituellement au moins une certitude : les autorités policières connaissaient l'identité de la victime. Parfois, cependant, on tombait sur l'inconnu au bataillon. Ainsi du cadavre 158. Ajustant son masque et faisant jouer ses doigts dans les gants en plastique, le professeur Kouzmine éprouvait finalement une certaine curiosité lorsqu'il s'approcha du linceul que son assistant était en train de retirer.

Etrange, se dit-il. Et même intéressant. Aucunement gêné par la puanteur qui aurait fait tourner de l'œil un néophyte, il contourna la longue table, scalpel en main, le regard fixé sur la dépouille. Oui, très étrange.

A part les cavités oculaires évidées — il pensa aussitôt aux oiseaux —, la tête semblait intacte. A partir du pelvis, les jambes étaient cireuses, sans doute sous l'effet des six jours pendant lesquels le cadavre était resté caché dans une forêt proche de l'autoroute de Minsk. Mais, du thorax aux testicules, il aurait été impossible de trouver un centimètre carré de chair qui ne fût pas terriblement tuméfiée.

Il posa son scalpel pour retourner le corps : le dos était dans le même état. Il le remit dans la position initiale, reprit son instrument, et entreprit son ouvrage, confiant au fur et à mesure ses observations au magnétophone branché à côté de la table d'opération. Plus tard, la cassette l'aiderait à rédiger son rapport pour les gorilles de la Criminelle, rue Petrovka. Il serait daté du 2 août 1999.

*Washington, février 1986*

Vers la mi-février, à la plus grande joie de Jason Monk et à la non moins grande surprise de ses supérieurs à la division SE, le major Piotr Solomine donna signe de vie. C'était une lettre.

Il avait été assez sage pour ne pas même tenter d'entrer en contact avec quelque Occidental à Moscou, ni surtout de passer par l'ambassade américaine, mais s'était servi de l'adresse de Berlin-Est que Monk lui avait donnée pour faire parvenir sa missive.

En lui confiant ces coordonnées, Monk avait pris un risque, mais un risque calculé : si Solomine était allé dénoncer ce relais postal au KGB, il aurait en effet été exposé à des questions auxquelles il aurait été incapable de répondre : pourquoi lui aurait-on donné cette adresse, s'il n'avait pas préalablement accepté de travailler pour la CIA ? Et si ce n'était pas le cas, pourquoi n'avait-il pas immédiatement prévenu le colonel commandant le GRU à Aden qu'un Américain essayait de le retourner ? Et pourquoi avait-il permis à ce même Américain de quitter la capitale yéménite sans encombre ?

Il n'y avait que deux possibilités : ou bien Solomine serait obligé de rester coi, ou bien il faisait réellement « partie de l'équipe ». La lettre confirmait la seconde hypothèse.

En Union soviétique, tout le courrier provenant de l'autre côté des frontières ou destiné à l'« étranger » était systématiquement intercepté et épluché. C'était aussi vrai pour les télégrammes et les télex. Mais le courrier intérieur à l'URSS, et par extension au bloc soviétique, était trop volumineux pour subir un tel traitement, à moins que le destinataire ou l'expéditeur n'ait été l'objet d'une surveillance particulière. L'adresse de Berlin-Est était celle d'un conducteur de métro qui servait de facteur à la CIA, et qui était généreusement payé pour ce faire. Toutes les lettres arrivant à son appartement, dans un immeuble décrépit du quartier de Friedrichshain, étaient destinées à un certain Franz Weber, qui avait effectivement été le précédent locataire des lieux, mais qui n'était plus de ce monde : si le « facteur » berlinois était interrogé, il pouvait fort bien déclarer que deux ou trois enveloppes au nom de ce Weber avaient en effet atterri dans sa boîte, mais qu'il les avait jetées puisque leur destinataire était mort, et que d'ailleurs il ne comprenait pas le russe. L'innocence personnifiée.

Ces missives étaient toujours très brèves, et d'une banalité accablante : « J'espère que la présente te trouvera en bonne santé. Ici, tout va bien. Comptes-tu toujours venir étudier en Russie ? J'aimerais beaucoup que l'on se revoie un jour. Avec mes meilleurs sentiments, ton ami et correspondant, Ivan. » La police secrète est-allemande, la Stasi, aurait pu seulement en déduire que ledit Weber avait rencontré un Russe lors de quelque semaine culturelle entre « pays frères », et qu'ils entretenaient une correspondance amicale, ce qui était alors vivement encouragé par les autorités. Et même si les limiers de la RDA avaient réussi à découvrir à l'encre sympathique le texte qui courait entre les lignes, ils auraient dû se contenter de conclure que ce saligaud de Weber avait eu ce qu'il méritait, puisqu'il était mort. L'expéditeur, lui, ne pourrait jamais être retrouvé.

Dès qu'il avait reçu une lettre, le conducteur de métro, Heinrich, la faisait passer au-delà du Mur, à l'Ouest. Il employait un procédé qui pourra paraître surprenant, sauf à ceux qui ont connu la cité allemande au temps où elle était divisée en deux. En fait, sa méthode était si simple qu'elle était imparable, et une fois la guerre froide terminée, Berlin réunifié, Heinrich a coulé les jours tranquilles d'un retraité sans histoires.

Avant l'édification du Mur en 1961, Berlin disposait d'un seul réseau suburbain. Lorsque le métro fut lui aussi divisé, un grand nombre de tunnels conduisant de l'Est à l'Ouest furent condamnés. Mais sur une certaine portion de voie surélevée, le réseau est-allemand devait passer au-dessus de Berlin-Ouest. Pendant ce bref instant, toutes les portes et les fenêtres étaient bloquées : d'en haut, enfermés dans leurs wagons, les usagers est-allemands apercevaient un petit bout d'Occident.

Tout seul dans sa cabine, Heinrich descendait sa vitre et, à un point précis, grâce à une catapulte, envoyait un projectile de la forme d'une balle de golf dans un terrain vague, un ancien cratère de bombe, à l'Ouest. Les jours où Heinrich était de service, un homme d'un certain âge se trouvait toujours dans les parages, promenant son chien. Quand le convoi avait disparu, il récupérait la balle de golf et la rapportait à ses collègues, dans les vastes installations de la CIA à Berlin-Ouest. A l'intérieur du réceptacle, il y avait un message écrit sur du papier pelure soigneusement plié.

Solomine, donc, avait enfin donné des nouvelles, et elles étaient excellentes. Après son évacuation du Yémen, puis l'intense débriefing qui avait suivi, il avait disposé d'une semaine de congé avant de se présenter au ministère de la Défense pour recevoir une nouvelle affectation. Dans les couloirs, il avait été remarqué par le dignitaire dont il avait aidé à construire la datcha trois ans plus tôt. Devenu entre-temps vice-ministre, c'était un homme d'appareil, un carriériste qui n'avait jamais été au combat malgré son uniforme de colonel-général et sa kyrielle de médailles, et qui se plaisait à avoir dans son entourage un soldat tel que Solomine. Il était ravi de revoir le Sibérien, très content de sa datcha, et comme son adjoint venait juste de partir à la retraite pour raisons de santé — abus de vodka, en fait —, il l'éleva au rang de lieutenant-colonel et lui donna le poste.

Solomine terminait en demandant des instructions et en communiquant son adresse personnelle à Moscou, ce qui était particulièrement risqué : n'ayant aucune possibilité d'entrer en contact avec l'ambassade américaine, il n'avait cependant pas vu d'autre moyen. Avant de quitter le Yémen, il aurait dû être doté d'un équipement de communication beaucoup plus sophistiqué, mais la guerre civile avait bouleversé tous les plans de Monk.

Dix jours plus tard, il recevait un « dernier avis » pour infraction au Code de la route, missive officielle postée de Moscou et si bien imitée que personne ne pensa à l'intercepter : Solomine, avant de comprendre ce qu'il en était, faillit même téléphoner à la Direction générale du trafic routier pour jurer qu'il n'avait jamais brûlé ce feu rouge. Après avoir embrassé sa femme qui partait accompagner leurs enfants à l'école, il passa le formulaire au révélateur contenu dans la petite fiole qu'il gardait toujours sur lui depuis Aden. Le message était bref : le dimanche suivant, à midi, dans un café de Leninski Prospekt.

Ce jour-là, il en était à sa deuxième tasse de thé lorsqu'un inconnu passa à côté de sa table en enfilant son pardessus pour affronter le gel du dehors. Un paquet de cigarettes russes s'échappa de la manche du manteau et tomba devant Solomine. Le client sortit sans se retourner.

Les vingt filtres se révélèrent être des blocs de plastique sous lesquels étaient cachés, au lieu du tabac, un appareil photo miniature, dix rouleaux de pellicule, ainsi qu'une feuille de papier de riz où étaient indiqués l'emplacement de trois « boîtes aux lettres » et six types de signes à la craie pour faire savoir si elles étaient vides ou si elles devaient être relevées. Il y avait aussi un petit mot d'encouragement de Monk, qui commençait ainsi : « Eh bien, mon ami le chasseur, nous allons changer le monde ! »

Un mois après, Orion réalisait sa première « livraison » et récupérait en retour de nouvelles pellicules. Obtenues au cœur même du complexe militaro-industriel soviétique, ses informations s'avérèrent essentielles.


En relisant son rapport d'autopsie du cadavre 158, le professeur Kouzmine y ajouta quelques remarques manuscrites, sans même imaginer demander à sa secrétaire débordée de travail de retaper le document : ces abrutis de la Brigade criminelle n'auraient qu'à faire avec !

Car il était certain que c'était la destination de ce dossier. Autant qu'il le pouvait, le médecin légiste essayait souvent de soulager la tâche des inspecteurs en concluant une autopsie par « accident » ou « causes naturelles ». Dans le cas d'une personne non identifiée, sa dépouille demeurait à la morgue jusqu'à l'expiration du délai légal, et si nul ne l'avait alors réclamée elle était envoyée à la fosse commune, ou à la faculté de médecine. Mais le numéro 158 était bel et bien un homicide, le professeur n'y pouvait rien. Sauf chez des piétons sur lesquels un camion lancé à pleine vitesse était passé, il n'avait jamais vu tant de lésions internes. A moins que ce vieux ait été piétiné par un troupeau de buffles, mais ces animaux étaient rares à Moscou, et au vu des blessures, il aurait fallu en déduire qu'ils couraient à la fois sur leurs sabots et sur leurs cornes...

Sa besogne achevée, il signa et data le rapport, puis le déposa dans la corbeille « sortie ».

— Homicide ? devina sa secrétaire en venant le prendre.

— Oui, destination service du macchabée inconnu, confirma Kouzmine.

Elle glissa le papier dans une enveloppe, qu'elle laissa près de son sac. En quittant son travail le soir, elle la déposerait au portier du rez-de-chaussée, qui lui-même la remettrait au moment voulu au coursier de l'Institut. Pendant ce temps, le cadavre 158, privé de ses yeux et de la plupart de ses viscères, resterait plongé dans sa nuit glaciale.

## Langley, mars 1986

Planté devant la fenêtre, Carey Jordan contemplait son paysage préféré. La forêt qui s'étendait entre le Potomac et le siège de la CIA commençait à verdir. Bientôt, les branches dissimuleraient entièrement les reflets du fleuve, bien visibles en hiver. Il aimait le printemps, et puis Washington, avec tous ses parcs et ses jardins, était sa cité américaine favorite.

Ce printemps de l'année 1986, pourtant, s'annonçait cauchemardesque. Sergueï Bokhane, l'ancien officier du GRU à Athènes réfugié aux Etats-Unis, s'était dit convaincu, au cours des débriefings, qu'il se serait retrouvé devant un peloton d'exécution s'il était rentré en URSS. Il avait plus que l'intuition d'avoir été « grillé », et comme il était certain de ne pas avoir commis d'erreurs, il fallait conclure qu'il avait été trahi.

Bokhane, le premier de la liste à se trouver en difficulté, avait d'abord inspiré un certain scepticisme. Mais après lui cinq autres agents en poste à l'étranger avaient soudainement été rappelés à Moscou, avant de disparaître. Gordievski, l'homme des Anglais, avait été le septième. Puis cinq contacts, en Union soviétique même. La CIA semblait avoir perdu toutes ses sources les plus importantes, c'est-à-dire des années de travail patient et une énorme somme d'argent public. Toutes, sauf deux.

Derrière Jordan, Harry Gaunt, le chef de la division SE — qui était alors la principale (et même l'unique) victime du virus —, restait plongé dans ses pensées. Les deux hommes étaient du même âge, avaient suivi à peu près le même cursus dans le

« Grand Jeu » contre le KGB, et se faisaient confiance comme deux frères.

Là était le hic, justement : au sein de la division SE, on se faisait tous confiance. On ne pouvait faire autrement : n'étaient-ils pas l'élite, le bataillon de choc de la guerre secrète, le club le plus fermé qui fût ? Mais désormais chacun sentait grandir en lui de terribles soupçons. Howard, les codes tombés entre les mains de l'ennemi, l'efficacité du contre-espionnage soviétique, tout cela pouvait à la rigueur expliquer la perte de six, voire sept agents. Mais quatorze, et tous d'un coup, en plus ? Cependant, il ne pouvait pas y avoir de traître. Il ne « devait » pas en exister : pas à la division SE.

On frappa à la porte. Les deux hommes se déridèrent. C'était un succès, le seul restant, qu'ils allaient maintenant pouvoir évoquer.

— Asseyez-vous, Jason, dit le directeur des « Opé ». Harry et moi, nous voulions simplement vous dire : bien joué. Votre contact, cet Orion, ne s'est pas moqué de nous. Ils s'en donnent à cœur joie, en bas, aux analyses. On a donc pensé que celui qui avait pêché un tel poisson méritait bien un GS-15.

Une promotion. Il les en remercia.

— Et votre type de Madrid, Lysandre, comment il va ?

— Très bien, monsieur. Il donne des nouvelles régulièrement. Rien de transcendant, mais c'est utile. Son affectation se termine, il devrait rentrer bientôt à Moscou.

— Il n'a pas été rappelé plus tôt que prévu ?

— Non, monsieur... Pourquoi, il aurait dû ?

— Je posais juste la question comme ça, Jason.

— Est-ce que je peux parler franchement, monsieur ?

— Allez-y, envoyez.

— Eh bien, dans la division, il se dit que nous avons de gros ennuis, depuis six mois.

— Vraiment ? s'étonna Gaunt. Oh, les gens bavardent...

Jusqu'alors, seules une dizaine de personnes, les plus hauts responsables de l'Agence, connaissaient l'ampleur du désastre. Mais malgré ses six mille employés (dont un millier à la division SE, et une centaine seulement du rang de Monk), le département des Opérations formait finalement comme un gros village. Et dans un village, les rumeurs vont bon train. Monk prit sa respiration et se jeta à l'eau :

— Ce qui se dit, c'est que nous sommes en train de perdre des agents. J'ai entendu un chiffre, même. Plus de dix.

— Jason, vous connaissez le principe : ne pas en savoir plus que nécessaire.

— En effet, monsieur.

— Bon... Il est possible que nous ayons eu quelques petits problèmes, ces derniers temps. Ça arrive à tous les services. Il y a des périodes de chance, et d'autres de malchance... Mais où vouliez-vous en venir, exactement ?

— Quel que soit le nombre exact, il n'existe qu'un seul endroit où toute cette information est centralisée : les dossiers 301.

— Nous savons encore comment marche cette boîte, mon petit, grogna le chef de la division.

— Alors comment se fait-il que Lysandre et Orion n'aient pas été inquiétés ?

— Ecoutez, Jason, le reprit patiemment Jordan. Je vous ai dit un jour que vous étiez spécial. Pas conventionnel, j'entendais. Un franc-tireur, en quelque sorte. Et je vous ai dit aussi que vous étiez un chanceux. Bon, nous avons eu quelques pertes, mais vos contacts aussi, ils étaient dans les dossiers 301 !

— Non, justement.

On aurait entendu une mouche voler. Harry Gaunt avait même arrêté de jouer avec sa pipe, qu'il ne fumait jamais à l'intérieur, mais qu'il gardait toujours à la main car elle faisait partie de son personnage.

— Il se trouve que je n'ai jamais eu le temps de remettre leur signalement au fichier central. Négligence de ma part, dont je m'excuse.

— Mais alors... où sont vos rapports, avec le détail du recrutement, la date et le lieu de vos rencontres ? finit par demander Gaunt, abasourdi.

— Dans mon coffre. Ils n'en sont jamais sortis.

— Et les comptes rendus de toutes les opérations en cours ?

— Dans ma tête.

Il y eut un silence, encore plus long, puis le chef des Opérations reprit la parole :

— Merci, Jason. On vous tiendra au courant.

Quinze jours plus tard, toute la direction des « Opé » se réunit pour élaborer un plan de campagne. Avec l'aide de deux fonctionnaires seulement, Carey Jordan avait dressé la liste des cent quatre-vingt-dix-huit personnes qui avaient pu avoir accès aux « dossiers 301 » au cours de la dernière année, puis sélectionné parmi elles un groupe de quarante et un « suspects » potentiels. Aldrich Ames, qui suivait alors encore ses cours d'italien, figurait dans cette dernière catégorie.

Approuvé par Gaunt, Gus Hathaway et deux autres responsables, Jordan proposa que ces quarante et un employés soient soumis à un interrogatoire approfondi. C'était une mesure pénible, mais indispensable, qui signifiait le recours au « détecteur de mensonges » et une enquête sur les ressources financières de chacun.

Le détecteur de mensonges était une invention américaine très en vogue à l'époque, avant que des analyses plus sérieuses n'établissent, à partir de la fin des années quatre-vingt, son manque de fiabilité. Tout d'abord, un menteur exercé peut fort bien le prendre en défaut ; or, l'espionnage est basé sur la désinformation et les apparences, même si elles sont théoriquement destinées à l'ennemi. Ensuite, celui qui l'utilise doit poser des questions très préparées, tellement pertinentes d'ailleurs que cela signifie pratiquement connaître la vérité avant de mettre le détecteur en route ; pour que le pouls du menteur s'accélère, en effet, ce dernier doit avoir l'impression que les autres savent tout, qu'il va être démasqué d'un instant à l'autre ; s'il déduit de leurs questions qu'ils sont loin de la vérité, il gardera son sang-froid.

Cependant, c'était surtout l'enquête financière que le chef des Opérations souhaitait. Si elle avait été effectuée, il aurait été facile de constater qu'Ames, malgré un divorce ruineux et un remariage compliqué douze mois plus tôt, disposait d'un compte en banque bien fourni depuis avril 1985.

Ce fut Ken Mulgrew qui prit la tête de l'opposition au projet de Jordan. Affirmant que l'enquête financière était une violation des droits civiques, il invoqua le spectre de James Angleton, dont la pression inquisitoriale sur maints loyaux agents avait eu des effets catastrophiques. Gaunt eut beau rétorquer que jamais, du temps d'Angleton, une douzaine d'informateurs n'avaient été perdus en un semestre, qu'il était cette fois question de preuves sérieuses, et non d'un accès de paranaoïa galopante, les « faucons » furent mis en minorité. Les « droits civiques » l'emportèrent ce jour-là, et l'Agence renonça à employer la manière forte contre les quarante et un suspects.


L'inspecteur Pavel Volsky poussa un soupir en voyant encore un nouveau dossier atterrir sur son bureau. Un an auparavant, sergent confirmé de la répression du crime organisé, il était le plus heureux des hommes : les descentes dans les entrepôts de la mafia étant courantes, il suffisait d'être un peu débrouillard pour arrondir ses fins de mois en prélevant sa petite quote-part sur ces richesses illicites avant qu'elles ne reviennent à l'Etat.

Il n'aurait jamais pu prévoir qu'il se retrouverait à la Criminelle, chargé de la section des victimes non identifiées. Quand il s'arrêtait un instant, pris de vertige devant la marée de quidams refroidis qu'il lui fallait traiter, il regrettait amèrement le temps où il travaillait rue Chabolovka.

Certes, la plupart de ces morts anonymes avaient au moins un motif : le vol, presque toujours. Avec leur portefeuille, les malheureux avaient perdu leur argent, leurs photos de famille, ainsi que leur précieux « *pasporte* », la carte d'identité russe où apparaissait toute leur biographie. Ils avaient aussi perdu leur vie, évidemment, sans quoi ils ne seraient pas en train d'attendre à la morgue...

Un citoyen respectable, au portefeuille bien garni, avait généralement une famille, qui prévenait le service des recherches, lequel transmettait chaque semaine à l'inspecteur une série de photographies. Quand il retrouvait parmi elles un de ses « dossiers », il n'avait plus qu'à aviser les proches en larmes afin qu'ils viennent identifier et emporter leur cher disparu.

Volsky ne s'occupait pas des cas où le vol n'était pas la cause du meurtre, puisque la victime, à de rares exceptions près, avait alors sur elle ses papiers. Il n'était pas plus concerné par les vagabonds qui, après s'être débarrassés de leur « *pasporte* » pour éviter que la milice ne les renvoie là d'où ils venaient, finissaient par mourir de froid ou d'éthylisme dans la rue. Non, sa « spécialité » se limitait aux assassinats d'une personne inconnue par un autre inconnu. Occupation aussi originale que vaine, pensait-il souvent.

Le dossier arrivé ce 4 août, toutefois, était différent. Le vol, d'après les circonstances de la découverte du cadavre, ne paraissait pas en jeu. A cent mètres de l'autoroute, il fallait aussi exclure la responsabilité d'un chauffard.

La liste des effets personnels était plutôt déprimante. La victime portait sur elle des chaussures en Skaï éculées ; des chaussettes bon marché, raides de saleté ; un slip, idem ; un pantalon noir élimé et taché ; une ceinture en Skaï effilochée. Rien d'autre, ni chemise ni veste. Si : on avait retrouvé à côté une vieille vareuse militaire, coupe des années cinquante, usée jusqu'à la corde.

Il y avait encore une indication : contenu des poches, néant, néant absolu. Et pas de montre ni de bague, aucun objet personnel.

Volsky contempla la photographie prise sur les lieux. Quelqu'un avait eu l'humanité de fermer les yeux de cet homme maigre, mal rasé, la soixantaine révolue sans doute, mais paraissant dix ans de plus. Il avait l'air... hagard, oui, c'était le mot, et c'était l'expression qu'il avait certainement eue avant de mourir. « Pauvre vioque, pensa Volsky, je parie que ce n'est pas pour ton compte en Suisse qu'on t'a buté, toi. » Passant au rapport d'autopsie, il écrasa rageusement sa cigarette au bout de quelques paragraphes, avec un juron :

— Ces grands savants, ils ne pourraient pas écrire la langue de tout le monde ?

Il s'emportait souvent pour la même raison : mais enfin, à la place de toutes ces « lacérations » et « contusions », pourquoi ne pas parler de plaies et de bleus ?

Surmontant son aversion pour le jargon médical, il alla jusqu'au bout, et certains détails le laissèrent médusé. Aussi composa-t-il le numéro de téléphone que portait le papier à entête. Il eut de la chance : le professeur Kouzmine était à son bureau.

— Inspecteur Volsky, de la Brigade criminelle. J'ai votre rapport d'autopsie devant moi.

— Quel veinard vous faites.

— Puis-je être franc avec vous, professeur ?

— A l'époque où nous vivons, je considérerai cela comme un honneur.

— C'est simplement que vos termes sont parfois un peu compliqués...Vous parlez de graves contusions aux aisselles. Pourriez-vous dire comment elles ont été provoquées ?

— En tant que médecin légiste, non. Ce sont des contusions

135

importantes, point. Mais entre nous, je peux vous dire que ces marques ont été laissées par des doigts.

— Quelqu'un l'a attrapé sous les bras ?

— Il a été maintenu, mon cher inspecteur, voilà ce qui est. Maintenu sur ses pieds pendant que deux hommes d'une solide constitution le rouaient de coups.

— Ce n'est pas un véhicule quelconque qui l'a amoché de pareille façon, alors ? Un camion, quelque chose ?

— Si tout son corps avait été dans le même état, j'aurais dit qu'il avait été projeté d'un hélicoptère sur du béton. Et attention, d'un hélicoptère ne volant pas à basse altitude ! Mais non, un impact avec le sol ou avec un véhicule aurait abîmé le haut comme le bas. Je vous le dis, il a été frappé du cou à la ceinture, systématiquement, par-devant et par-derrière, avec plusieurs objets contondants.

— Et il est mort par... asphyxie ?

— C'est bien ce que j'ai écrit, inspecteur.

— Pardon, mais j'ai du mal à comprendre : ce type a été réduit en bouillie, et pourtant il est mort asphyxié ?

A l'autre bout de la ligne, Kouzmine soupira :

— Toutes ses côtes ont été cassées, sauf une. Certaines présentent plusieurs fractures. Deux se sont enfoncées dans ses poumons. Le sang est entré dans la trachée, causant l'asphyxie, voilà.

— Vous voulez dire qu'il a été étouffé par le sang dans sa gorge ?

— C'est en effet ce que je tente de vous expliquer.

— Désolé, mais je suis nouveau dans ce job.

— Et moi, dans ce bureau, je meurs de faim, rétorqua le professeur. Vous n'avez pas remarqué que c'était l'heure du déjeuner ? Bonne journée, inspecteur.

Volsky relut le rapport d'autopsie sous ce nouvel éclairage. Donc, ce vieux bonhomme avait été tabassé. Son intuition lui disait : la mafia. Mais d'habitude, à cet âge, on n'appartient plus au circuit. A moins qu'un mafieux n'ait eu de sérieux reproches à lui faire... Cela aurait été une raclée mortelle, même sans l'asphyxie. Mais que voulaient ses meurtriers ? Des informations ? Il aurait certainement parlé avant de se retrouver dans cet état. Cherchaient-ils à punir, à faire un exemple ? S'agissait-il d'un accès de sadisme ? Un peu de tout, peut-être. Mais que diable un vieux minable de ce genre aurait-il pu détenir pour qu'un baron mafieux veuille le lui extorquer de cette manière ? Ou qu'aurait-il bien pu lui faire pour s'exposer à un tel châtiment ?

Volsky revint à la rubrique « signes particuliers ». Le professeur avait écrit : « Pas sur le corps. Dans la cavité buccale, deux incisives et une canine, toutes trois en acier inoxydable, apparemment l'œuvre de l'un de ces dentistes de l'armée connus pour leurs méthodes expéditives. » En clair, le vieux avait trois dents de devant plombées.

En repensant à l'ultime repartie du médecin, Volsky réalisa soudain que c'était en effet l'heure du déjeuner, et qu'il avait rendez-vous avec l'un de ses camarades, lui aussi affecté à la Crim'. Il se leva d'un bond et partit en refermant derrière lui la porte de son lugubre bureau.


*Langley, juillet 1986*


Après ses trois « livraisons » fructueuses, le colonel Solomine fit parvenir à la CIA une lettre qui sema un certain désarroi. Il voulait rencontrer à nouveau celui qui supervisait son travail, Jason Monk. Et comme il n'était pas en mesure de quitter l'URSS, le rendez-vous devait avoir lieu en territoire soviétique.

N'importe quel service de renseignements, en recevant une telle demande, en déduirait aussitôt qu'elle a été rédigée sous la menace, et donc que son homme est tombé. Mais Monk, lui, était persuadé que Solomine n'était ni bête ni lâche. Ils étaient convenus d'un mot précis qu'il devait à tout prix éviter d'employer au cas où il écrirait contraint et forcé, et d'un autre qu'il devrait au contraire essayer d'insérer. Même sous la torture, l'officier sibérien se débrouillerait pour employer l'un ou l'autre de ces signaux d'alerte. Or, le premier était bien là, mais non le second : on pouvait en conclure qu'il avait écrit librement.

Harry Gaunt avait d'emblée admis avec Monk que Moscou, où grouillaient les agents du KGB et les mouchards, était un endroit bien trop risqué. S'il s'y rendait avec une affectation diplomatique de courte durée, le ministère des Affaires étrangères exigerait une foule de détails qui seraient transmis au contre-espionnage soviétique. Surveillé nuit et jour, il n'aurait absolument aucune possibilité de rencontrer en tête à tête l'aide de camp d'un vice-ministre de la Défense ! Ce n'était d'ailleurs pas la solution que proposait Solomine.

Il écrivait qu'il avait des vacances prévues à la fin septembre, et qu'il avait gagné un prix : le séjour offert dans un appartement de la station balnéaire de Gourzouf, sur la mer Noire. Monk consulta la base de données : il s'agissait d'un petit port de Crimée où les officiers soviétiques aimaient venir se reposer au soleil, et qui abritait un grand centre de convalescence appartenant au ministère de la Défense. On demanda plus de renseignements à deux anciens cadres de l'Armée rouge passés à l'Ouest et installés aux Etats-Unis. Sans y être jamais allés eux-mêmes, ils connaissaient l'excellente réputation de cet ancien village de pêcheurs où Tchekhov avait vécu et fini ses jours dans sa villa face à la mer, à cinquante minutes de Yalta par autobus, ou vingt-cinq en taxi.

Monk se concentra donc sur Yalta. A bien des égards, l'URSS était encore un continent interdit : il était exclu de se rendre dans la région en empruntant des vols réguliers. Par avion, il aurait fallu aller à Moscou, puis à Kiev, puis changer à Odessa pour enfin arriver à Yalta, un itinéraire qu'un touriste étranger voyageant seul ne pouvait même pas rêver d'accomplir. Et puis même, pourquoi aurait-il voulu se rendre à Yalta, ce touriste étranger ? Dans cette station estivale pour Soviétiques, il aurait été comme un chien dans un jeu de quilles.

En vérifiant les dessertes maritimes, par contre, il entrevit une faille. Dans son insatiable appétit de devises fortes, le gouvernement soviétique avait autorisé la Compagnie maritime de la mer Noire à assurer des croisières à travers la Méditerranée. Si les équipages étaient essentiellement soviétiques — avec une bonne dose de kégébistes, cela va sans dire —, les passagers, eux, étaient en grande majorité des Occidentaux. La modicité des tarifs attirait surtout les groupes d'étudiants ou les voyages organisés pour retraités. A la saison 1986, trois paquebots assuraient le trafic : le *Litva*, le *Latvia* et l'*Armenia*. C'est ce dernier qui intéressait Monk, puisqu'il serait en service au mois de septembre.

Selon l'agent londonien de la Compagnie maritime de la mer Noire, l'*Armenia* devait quitter Odessa pratiquement à vide pour le port grec du Pirée. De là, il mettrait le cap sur Barcelone, puis reviendrait par Marseille, Naples, Malte, Istanbul, avant de

138

retrouver la mer Noire au port bulgare de Varna, de relâcher à Yalta, et de revenir enfin à Odessa. Le gros des passagers occidentaux monteraient à Barcelone, Marseille et Naples.

A la fin du mois de juillet, les locaux londoniens de la compagnie connurent une « visite » nocturne soigneusement organisée avec la collaboration des services secrets britanniques, et qui ne laissa aucune trace. Son but : photographier toutes les réservations faites à Londres pour la croisière de l'*Armenia*.

La présence de six membres des Amitiés américano-soviétiques fut remarquée. Une rapide enquête permit de conclure qu'il s'agissait d'une association sincèrement attachée à l'amélioration des relations entre les deux pays, constituée essentiellement d'intellectuels d'un certain âge, installés sur la côte est des Etats-Unis.

Début août, le professeur Norman Kelson, de San Antonio, au Texas, envoya son adhésion aux Amitiés, en demandant à recevoir ses publications. Dans l'une d'elles, il « apprit » la prochaine croisière de l'*Armenia* et proposa aussitôt de devenir le septième membre de l'expédition. Intourist, qui se chargeait de l'obtention des visas, ayant donné son feu vert, il fut rajouté sur la liste.

Le véritable Norman Kelson, un ancien archiviste de la CIA qui avait pris sa retraite à San Antonio, présentait une certaine ressemblance avec Jason Monk, même s'il avait quinze ans de plus que lui. Une teinture grise sur les cheveux et des verres fumés suffiraient à estomper leurs différences.

A la mi-août, Monk répondit donc à Solomine que son ami l'attendrait à l'entrée du jardin botanique de Yalta, un site bien connu presque à mi-chemin de Gourzouf, sur la côte. Il serait là à midi, le 27 et le 28 septembre.

En retard pour son rendez-vous à déjeuner, l'inspecteur Volsky se précipita à travers les couloirs du grand immeuble gris qui abrite le quartier général de la milice moscovite, rue Petrovka. Il ne trouva pas son camarade dans son bureau, mais dans la salle de garde, au milieu d'un groupe de collègues.

— Désolé, je suis en retard.

— T'en fais pas. On y va ?

Pour deux modestes salariés comme eux, il n'était pas question d'aller au restaurant. Par contre, ils avaient des tickets pour la cantine de la milice, qui était très bon marché et servait une nourriture correcte. En franchissant la porte pour s'y rendre, Volsky jeta un œil sur le panneau de service, et stoppa net.

— Allez, lui dit son ami, autrement on n'aura pas de table.

— Dis-moi, demanda Volsky alors qu'ils étaient déjà installés devnt une assiette de ragoût et un demi-litre de bière chacun, le panneau de service...

— Oui, et alors ?

— J'ai vu un portrait. Une copie d'un dessin au crayon, on dirait. Un vieux type, avec un drôle de râtelier. C'est quoi, l'histoire ?

— Oh, celui-là ! s'exclama l'inspecteur Novikov, c'est notre mystère à deux pattes. Apparemment, une nana de l'ambassade anglaise s'est fait cambrioler. Par deux zigs. Ils n'ont rien volé, mais ils ont mis l'appart à sac. Comme elle les a surpris, ils l'ont sonnée. Et avant de tomber dans les pommes, elle a pu apercevoir l'un des deux.

— Ça s'est passé quand ?

— Il y a quinze jours environ, peut-être trois semaines... Bon, en tout cas, l'ambassade a protesté auprès des Affaires étrangères, qui ont fait un foin du diable auprès de nos chefs, qui eux-mêmes ont démarré au quart de tour. Tu connais Tchernov ? Non ? Eh bien c'est « le » grand spécialiste des effractions, et maintenant il se démène là-dessus comme un dingue, parce que sa carrière est dans la balance, et il n'obtient que dalle. Il est même venu nous trouver et nous a laissé un de ces portraits, que je ne sais trop qui a dessiné...

— Aucune piste ?

— Zéro. Tchernov ne sait rien de rien, ni qui il est, ni où il est. Dis, à chaque fois que je viens ici, il y a plus d'os et moins de viande, dans leur rata !

— Moi, je ne sais pas qui il est, mais je sais où il est !

Novikov en oublia son verre de bière qu'il était en train de porter à la bouche.

— Putain ! Où ?

— Dans un compartiment de la morgue à l'Institut médico-légal numéro deux. Son dossier m'est arrivé juste ce matin, figure-toi ! Inconnu, retrouvé dans la forêt à l'ouest de la ville il y a une semaine à peu près, battu à mort, sans papiers.

— Eh bien, tu ferais mieux d'aller trouver le Tchernov. Il ne va plus te lâcher, celui-là !

Et tandis qu'il mastiquait le reste de son ragoût, l'inspecteur Novikov s'absorba dans de complexes pensées.

*Rome, août 1986*

Le 22 juillet, Aldrich Ames et son épouse arrivèrent dans la Ville éternelle. Malgré ses huit mois de cours intensifs, la nouvelle recrue de l'antenne romaine de la CIA parlait un italien à peine passable : au contraire de Jason Monk, il n'était pas doué pour les langues.

Sa récente prospérité l'autorisait à un train de vie qui n'éveilla pas les soupçons de ses collègues, puisqu'ils ne savaient pas comment Ames avait vécu jusqu'au mois d'avril de l'année précédente.

Comme d'autres avant lui, le chef de l'antenne de Rome, Alan Wolfe, un agent expérimenté qui avait travaillé au Pakistan, en Jordanie, en Irak, en Afghanistan et à Londres, trouva Ames absolument nul. S'il avait pu prendre connaissance des rapports de ses supérieurs en Turquie et au Mexique, entre-temps escamotés par Ken Mulgrew, il aurait sans hésitation contesté le choix de son nouveau responsable de la section SE devant les plus hautes autorités de l'Agence.

Il s'avéra vite qu'Ames était un alcoolique et un tire-au-flanc. Mais les Russes s'en souciaient peu. Rapidement, ils désignèrent comme agent de liaison un membre insignifiant de leur ambassade, un dénommé Khrenkov, qui pouvait rencontrer l'Américain sans attirer l'attention, Ames expliquant à ses collègues qu'il cherchait à le « développer » en tant que source possible. Ce « travail » justifia une série de déjeuners interminables et copieusement arrosés, après lesquels l'homme de la CIA avait du mal à retrouver le chemin de son bureau.

De même qu'à Langley, il commença à détourner des masses de documents secrets, qu'il fourrait dans des sacs en plastique avant de les remettre à Khrenkov.

En août, l'homme du KGB qui le supervisait directement à

Moscou fit le déplacement pour le rencontrer. Contrairement à Androsov, basé à Washington, il ne résidait pas à l'étranger. Et Rome posait beaucoup moins de problèmes pour des entretiens discrets que les Etats-Unis.

Tout naturellement, Ames quitta un jour son travail pour aller déjeuner avec Khrenkov dans un café. Plus discrètement, ils s'esquivèrent ensuite dans un van que le Soviétique conduisit jusqu'à la villa Abamelek, rien de moins que la résidence de l'ambassadeur de l'URSS, cadre rêvé pour discuter à tête reposée. « Vlad », celui qui était en charge d'Ames au KGB, l'y attendait. Sous ce pseudonyme se cachait le colonel Vladimir Mechoulaïev, de la section K de la Première Direction.

Lors de cette prise de contact, Ames avait eu l'intention de protester contre la hâte inattendue avec laquelle le KGB avait procédé à l'arrestation des sources qu'il avait trahies, le mettant ainsi en danger. Mais Vlad prit les devants en s'excusant pour cette précipitation et en expliquant que Mikhaïl Gorbatchev avait personnellement décidé d'outrepasser leurs recommandations à tous. Puis il en vint aux raisons qui l'avaient amené à Rome :

— Nous sommes bien embêtés, mon cher Rick. Pourquoi ? Eh bien, le volume de matériel que vous nous avez transmis est absolument énorme, d'une valeur inestimable. Parmi le plus précieux, il y a les descriptifs et les photos de tous les agents de premier plan qui « drivent » des espions en URSS même...

Essayant de rassembler ses esprits à travers un brouillard éthylique, Ames voulut comprendre :

— Oui, et c'est un problème ?

— Pas un problème, juste un point d'interrogation, le rassura Mechoulaïev en lui tendant une photographie qu'il avait déposée sur la table basse. Le voici. Un certain Jason Monk. Exact ?

— Ouais, c'est lui.

— Dans vos rapports, vous le décrivez comme une « étoile montante » de la division SE. Ce qui signifie qu'il supervise, disons, une, voire deux sources en Union soviétique, non ?

— C'est ce qui se disait au Bureau, du moins la dernière fois que je m'y suis intéressé. Bon, mais vous devez les avoir eues, ces sources !

— Hé, mon cher Rick, il se trouve précisément là, le « problème ». Tous les traîtres que vous avez bien voulu nous dénoncer ont été identifiés, arrêtés, et... questionnés. Chacun d'eux s'est montré, comment dirais-je...

Le colonel se rappela les prisonniers tremblants qu'il avait interrogés après que Grichine les eut initiés à sa version très personnelle de l'« interrogatoire musclé ».

— ... Très franc, tout à fait conciliant, désireux de coopérer. Tous nous ont révélé sous le contrôle de quel agent, ou de quels agents, ils travaillaient. Seulement, personne n'a parlé de Jason Monk. Personne. Evidemment, il arrive qu'on utilise une fausse identité, c'est même souvent le cas. Mais la photo, Rick... Aucun n'a reconnu la photo. Il est là, mon problème, vous comprenez ? De qui Monk est-il en charge chez nous ? Et où est-elle, où sont-elles, ces sources ?

— Mais je n'en sais rien ! Je n'arrive pas à comprendre. Ils devaient bien être dans les dossiers 301...

— Nous aussi avons du mal à comprendre, mon cher Rick, car ils n'y sont pas.

A la fin de la rencontre, Ames reçut une grosse somme d'argent et une liste de tâches à exécuter. Au cours de ses trois années à Rome, il trahit à tour de bras, livrant une énorme masse de documents secrets ou top secret. Il dénonça notamment quatre autres agents encore, des ressortissants de pays du bloc soviétique mais non des Russes. Cependant, la mission principale qui lui avait été assignée était claire et nette : dès son retour à Washington, ou même avant si possible, il devait apprendre qui Monk supervisait en URSS.


Pendant que les inspecteurs Novikov et Volsky partageaient un déjeuner modeste mais plein d'enseignements, la Douma se réunissait en session d'urgence.

Il avait fallu du temps pour rappeler de leurs vacances d'été tous les députés, disséminés à travers l'immense territoire russe. Mais chacun s'était hâté de parcourir les milliers de kilomètres qui pouvaient le séparer de la capitale, car l'issue du débat paraissait vitale : la Constitution allait sans doute être amendée.

En effet, après le soudain décès du président Tcherkassov, le Premier ministre Ivan Markov avait assuré l'intérim pour une période de trois mois, comme le voulait l'article 59. Par crainte d'ajouter à la confusion politique, les experts lui avaient toutefois vivement déconseillé d'organiser des élections présidentielles extraordinaires en octobre 1999, alors que le scrutin était normalement prévu pour le mois de juin de l'année suivante. La motion que devait examiner l'assemblée parlementaire russe proposait donc un amendement constitutionnel temporaire, permettant la prolongation de l'intérim jusqu'à janvier 2000, et l'avancée de la consultation électorale régulière à cette date.

Si le mot « Douma » provient du verbe russe *doumat*, penser, réfléchir, bien des observateurs avaient déjà conclu que la chambre basse était un lieu plus propice aux hurlements et aux invectives qu'à la réflexion pondérée. Réunie cette fois dans l'atmosphère orageuse d'un mois de juillet moscovite, elle mérita plus que jamais cette triste réputation.

Au cours du débat-marathon qui dura toute une journée, le président de séance passa en effet le plus clair de son temps à rappeler les députés à l'ordre, allant même jusqu'à menacer de suspendre les travaux *sine die*. Deux parlementaires durent être expulsés par la force après en être venus aux mains dans l'hémicycle ; sur le trottoir, ils tinrent chacun une conférence de presse improvisée, lesquelles dégénérèrent en meeting contradictoire que la milice se mit en devoir de disperser. Les caméras de télévision filmaient tout cela, de même que les empoignades à l'intérieur entre députés suant et vociférant avec d'autant plus de véhémence que le système d'air conditionné était malencontreusement tombé en panne. Et tandis que la démocratie russe, ou ce qui se faisait passer pour tel, donnait un spectacle aussi peu édifiant d'elle-même, les positions respectives finirent par se clarifier au milieu de ce chaos.

Sur les ordres d'Igor Komarov, les représentants de l'UFP exigeaient le respect scrupuleux de l'article 59, c'est-à-dire la convocation de présidentielles anticipées dès octobre. Leur calcul était évident : Komarov avait une telle avance dans les sondages que cela signifierait pour eux arriver au pouvoir avec neuf mois d'avance. De leur côté, les néo-communistes et les réformistes de l'Alliance démocratique, pour une fois d'accord, essayaient de gagner le maximum de temps afin de mobiliser toutes leurs forces.

Le soir tombait quand un président de séance aphone mit fin à la discussion, ou plutôt au charivari, en décrétant que les avis s'étaient suffisamment exprimés et qu'il était possible de procéder à un vote. Grâce à la coalition de la gauche et du centre, l'extrême droite fut mise en minorité et l'amendement constitutionnel extraordinaire adopté : les élections présidentielles de juin 2000 seraient avancées au 15 janvier.

Moins d'une heure plus tard, une édition spéciale du journal télévisé « Vremya » informait l'immense pays de la conclusion du débat. A Moscou, les analystes des ambassades étrangères se mirent au travail, et jusque tard dans la nuit les télégrammes diplomatiques allèrent bon train.

Comme la plupart du personnel de l'ambassade britannique, Gracie Fields était donc encore à son bureau lorsqu'il reçut un appel téléphonique. C'était l'inspecteur Novikov.


*Yalta, septembre 1986*


Il faisait chaud dans le taxi qui cahotait sur la route côtière au nord-est de Yalta. Assis à l'avant, le passager américain descendit sa vitre pour laisser entrer la brise venue de la mer Noire. En se penchant légèrement de côté, il observa la chaussée dans le rétroviseur intérieur : aucune voiture du KGB local ne semblait les suivre.

La longue croisière depuis Marseille, *via* Naples, Malte et Istanbul s'était révélée insipide mais tolérable. Dans son nouveau rôle de professeur retraité profitant des derniers beaux jours, cheveux poivre et sel, lunettes teintées et grande courtoisie, Monk avait fait un sans-faute. Ses compagnons de bord et compatriotes avaient été persuadés qu'il partageait leurs sincères convictions : pas de paix dans le monde sans une meilleure compréhension réciproque entre les peuples de l'URSS et des Etats-Unis. Une enseignante du Connecticut, célibataire, avait particulièrement apprécié les manières exquises de ce Texan qui ne manquait jamais de lui avancer sa chaise, ou de toucher le large bord de son stetson à chaque fois qu'ils se croisaient sur le pont.

Invoquant une légère insolation, il n'était pas descendu à l'escale de Varna, en Bulgarie. Mais partout ailleurs il avait volontiers suivi les touristes venus de cinq pays occidentaux dans leurs excursions parmi des ruines, des ruines, et encore des ruines.

A Yalta, pour la première fois de sa vie, il mit le pied sur la terre russe. Cela lui parut plus facile qu'il ne l'avait imaginé : il est vrai qu'il s'était intensivement préparé à l'expérience. D'ailleurs, même si l'*Armenia* était le seul paquebot à relâcher dans le port soviétique, les équipages de douzaines de cargos étrangers paraissaient déambuler librement en ville. Les passagers de l'*Armenia*, qui n'avaient pas quitté le bord depuis Varna, se précipitèrent aussitôt sur la passerelle. En bas, deux agents des services d'immigration soviétiques les laissèrent passer après un simple coup d'œil sur leur passeport. La tenue du professeur Kelson retint plus longtemps leur attention, mais c'était une curiosité amicale et approbatrice.

Au lieu de jouer les passe-murailles, Monk avait en effet choisi la tactique inverse : il portait une chemise texane crème, un lacet retenu par une boucle d'argent en guise de cravate, un costume brun, des bottes de cow-boy, et son inséparable stetson.

— Oh, professeur, professeur, vous avez une allure ! roucoula l'enseignante du Connecticut. Vous venez avec nous sur la montagne, en téléphérique ?

— Non, m'dame, répondit-il. Pour sûr, je vais plutôt faire un tour sur les quais, et peut-être me boire un café, des fois.

Les guides de l'Intourist ayant rassemblé leurs ouailles pour les différentes excursions prévues, il put quitter tranquillement le port, et se mit à marcher au hasard des rues. On se retournait souvent pour le regarder, mais avec des sourires. Un petit garçon qu'il croisa s'arrêta net, porta les mains à ses flancs et dégaina deux Colt 45 imaginaires. Monk lui ébouriffa gentiment les cheveux.

Il savait qu'en Crimée soviétique les distractions étaient plutôt limitées : une télévision ennuyeuse comme la pluie, et surtout le cinéma. Le public raffolait des westerns dont le régime autorisait la diffusion. Et là, les habitants de Yalta avaient devant les yeux un cow-boy en chair et en os ! Même un milicien en faction sortit de sa torpeur méridionale pour l'observer, et quand Monk lui adressa un signe de tête, il grimaça un sourire et esquissa un salut militaire. Au bout d'une heure, après avoir bu un café à une terrasse et s'être convaincu qu'il n'était pas filé, il prit un taxi à une station et demanda à être conduit au jardin botanique. A sa carte touristique dépliée et à son russe hésitant — sans parler de son accoutrement peu soviétique —, le chauffeur reconnut immédiatement un des nombreux visiteurs étrangers attirés par ce haut lieu de Yalta.

Arrivé en face de l'entrée principale, Monk descendit et paya, en roubles mais en ajoutant un pourboire de cinq dollars avec un clin d'œil. Le taxi prit un air épanoui, opina du bonnet et repartit.

Il y avait foule devant les tourniquets, en majorité des classes de jeunes Soviétiques avec leurs accompagnateurs. Monk prit la queue, inspectant les alentours sans rien déceler d'inquiétant, paya son ticket, et repéra un marchand de glaces juste au début de l'allée. Un grand cornet à la vanille en main, il trouva un banc retiré sur lequel il prit place.

Quelques minutes plus tard, un homme vint s'asseoir à l'autre bout du banc. Derrière le plan du jardin qu'il tenait ouvert, on ne pouvait pas voir ses lèvres bouger. Celles de Monk étaient en mouvement, mais c'était parce qu'il dégustait sa crème glacée.

— Alors, l'ami, comment va ? demanda Piotr Solomine.

— Encore mieux maintenant que je te vois, mon pote, murmura l'Américain. Dis, on est surveillés ?

— Non. Je suis là depuis une heure. Tu n'as pas été suivi. Moi non plus.

— Ils sont très contents de ton travail, chez moi. Les infos que tu nous as transmises vont permettre d'en finir avec la guerre froide, Peter.

— Moi, ce que je veux, c'est juste foutre ces salauds en l'air... Ta glace a fondu. Jette-la, je vais en prendre deux autres.

Monk s'exécuta, tandis que le Sibérien se dirigeait d'un pas nonchalant vers le kiosque. Revenu avec deux cornets, il s'assit plus près du touriste.

— J'ai quelque chose pour toi. Un film. Il est dans l'enveloppe de ma carte. En partant, je la laisse sur le banc.

— Merci. Mais pourquoi ne pas l'avoir fait passer par la voie habituelle, à Moscou ? Ils ont trouvé ça un peu bizarre, mes collègues.

— Parce qu'il y a encore autre chose, mais je devais le transmettre de vive voix.

Et il entreprit de narrer à Monk ce qui était en train de se passer au Politburo et au ministère de la Défense, en cet été de l'année 1986. Bien qu'il ait été captivé par ce récit, qui dura près d'une demi-heure, Monk s'efforça de garder un visage impassible, avant de lâcher :

— Alors c'est vrai, Peter ? Ça a commencé, enfin ?

— Aussi vrai que je suis là. Je l'ai entendu du ministre de la Défense en personne.

— Beaucoup de choses vont changer, beaucoup... Merci, sacré chasseur. Bon, il faut y aller.

Comme s'il prenait congé d'un inconnu après avoir bavardé avec lui un moment, l'Américain tendit la main à Solomine, qui la fixa d'un air émerveillé et finit par demander :

— Qu'est-ce que c'est ?

Monk, qui d'habitude ne portait pas de bagues, avait cette fois parfait son déguisement de Texan en glissant à son doigt un anneau d'argent orné d'une belle turquoise, un de ces bijoux navajos que les habitants du Texas et du Nouveau-Mexique affectionnent. Il était visible que l'Oudègue avait eu le coup de foudre pour la bague indienne. Spontanément, Monk la retira et la lui tendit.

— Quoi ? Pour moi ?

Le Sibérien, qui n'avait jamais demandé le moindre argent — et auquel Monk, par peur de l'offenser, n'en avait jamais proposé —, parut profondément touché par ce qui était plus qu'une récompense : un bijou d'à peine cent dollars, mais qui avait été fabriqué par un artisan yute ou navajo, là-bas, dans le désert du Nouveau-Mexique.

Surmontant son envie de donner l'accolade à son ami, Monk s'en alla. Il jeta un coup d'œil en arrière : Piotr Solomine avait déjà passé l'anneau à sa main gauche, et il était en train de l'admirer. Ce fut la dernière image qu'il devait conserver du chasseur sibérien.

L'*Armenia* reprit sa route pour Odessa, dernière étape de la croisière. Les douaniers, qui inspectèrent leurs bagages un par un, étaient surtout à la recherche de publications antisoviétiques. Monk avait été prévenu qu'ils ne procédaient jamais à des fouilles au corps sur des touristes étrangers, sauf sur demande expresse du KGB, et donc dans des cas extrêmement rares. Il avait fixé les minuscules pellicules par un pansement adhésif, sous la fesse droite. Comme ses compagnons de voyage, il récupéra ses sacs

148

sans encombre. Puis, chaperonnés par un guide d'Intourist, ils montèrent dans le train pour Moscou.

Le lendemain, il déposa sa précieuse cargaison à l'ambassade américaine. Elle partit à Langley par la valise diplomatique, tandis qu'il reprenait l'avion pour les Etats-Unis. Le rapport qu'il devait maintenant écrire s'annonçait long, et explosif.

# Chapitre 7

— Ambassade de Grande-Bretagne, bonsoir !

— *Chto?* s'exclama-t-on avec étonnement à l'autre bout de la ligne.

— *Dobroe vetchere, pasoltsva Velikoï Britania*, répéta l'opératrice en russe.

— Ce n'est pas la réservation du Bolchoï ?

— Vous vous êtes trompé de numéro, bonsoir, répliqua l'employée, toujours en russe, avant de raccrocher.

A la FAPSI, le service d'écoutes électroniques russe, les techniciens enregistrèrent bien ce coup de fil, mais ne lui accordèrent aucune importance : étant donné la vétusté du réseau moscovite, de telles erreurs se produisaient sans cesse.

Négligeant les clignotants qui annonçaient deux nouveaux appels sur son tableau, l'opératrice britannique consulta un petit livret puis composa un numéro interne :

— Monsieur Fields ?

— Oui.

— Ici le standard. Quelqu'un vient d'appeler en demandant les réservations du Bolchoï.

— Très bien, merci.

Gracie Fields contacta sur-le-champ Jock Macdonald. Les lignes intérieures, régulièrement « purgées » par le service de sécurité de l'ambassade, étaient fiables.

— Mon ami vient de téléphoner, vous savez ? Il a demandé que je le rappelle d'urgence.

— Tenez-moi au courant, commenta le chef d'antenne.

Fields consulta sa montre. Cinq minutes s'étaient écoulées, et selon le code convenu il fallait attendre une heure. Sortant d'une cabine téléphonique à deux pâtés de maisons de son bureau, l'inspecteur Novikov décida d'aller boire un café pour tuer le temps : dans cinquante-cinq minutes, il attendrait à un autre téléphone public, un peu plus loin.

Quelques instants plus tard, Fields quittait l'ambassade en voiture et se dirigeait lentement vers l'hôtel Kosmos, sur Prospekt Mira. Ce bâtiment futuriste, construit en 1979, abritait une longue rangée de cabines dans son immense hall d'entrée. Au moment voulu, il composa le numéro qu'il avait vérifié sur un papier dissimulé dans la poche de sa veste. Les appels entre téléphones publics, pratiquement impossibles à écouter, sont le cauchemar des services de renseignements.

— Boris ?

Novikov, dont le prénom était en fait Evguenni, sut aussitôt que c'était Fields.

— Oui. Le dessin que vous m'avez donné, vous vous rappelez ? Eh bien j'ai quelque chose. Il faudrait qu'on se voie, je pense.

— D'accord. Dînons ensemble au Rossiya.

Ni l'un ni l'autre n'avaient la moindre intention de se rendre dans cet autre vaste hôtel moscovite. Leur véritable rendez-vous était un bar de la Tverskaïa, la rue de Tver, le Karousel, un local sombre où l'on passait inaperçu. Une nouvelle fois, ils respecteraient un battement d'une heure.

Les deux hommes s'étaient connus par hasard. Comme toutes les grandes ambassades britanniques, celle de Moscou compte dans son personnel un membre du M 15, l'homologue interne du SIS, le service destiné aux opérations extérieures et souvent — abusivement — appelé M 16. Le rôle du représentant du M 15 n'est pas de recueillir des informations sur le pays hôte, mais de veiller à la sécurité de l'ambassade et de son personnel. A l'instar de ses collègues, Fields se rendit souvent, dès son premier été moscovite, à une plage de sable sur la Moskova qui était devenue un lieu de baignade et de pique-nique connu de tout le corps diplomatique. A cette époque, Novikov, qui n'avait pas encore été promu inspecteur, était l'officier de la milice en charge du district, et donc de la surveillance de ce coin de campagne aux abords de Moscou, Serebriani Bor, le Bois argenté. Ce fut là qu'ils se rencontrèrent. Après avoir tâté le terrain, Fields suggéra au jeune milicien qu'un petit « extra » mensuel en devises serait le bienvenu, et Novikov devint une source, non pas d'une importance capitale, certes, mais parfois utile. Cet investissement à long terme allait se révéler des plus payants.

— Nous avons un cadavre, et je suis pratiquement certain qu'il s'agit de l'homme que vous recherchiez, déclara-t-il alors qu'ils étaient installés devant leurs bières. Agé, dents en acier, ainsi de suite...

Et il rapporta tous les détails que son collègue Volsky lui avait donnés.

— Presque trois semaines, ça fait un bout de temps pour un mort, surtout avec cette chaleur, constata Fields. Il doit être défiguré, votre cadavre. Comment savoir ?

— Non, il n'est resté dans cette forêt qu'une semaine. Après, on l'a mis à la morgue. On doit pouvoir le reconnaître.

— J'ai besoin d'une photo, mon vieux. Vous pouvez m'avoir ça ?

— Il faut voir. C'est Volsky qui a tout... Vous connaissez un inspecteur qui s'appelle Tchernov ?

— Oui, il est venu nous voir. Je lui ai donné un portrait, à lui aussi.

— Je sais. Maintenant, il est partout, ce portrait ! En tout cas, il va vous recontacter. Volsky a déjà dû tout lui raconter. Lui, il aura une photo du vieux.

— Pour lui, mais il ne nous la montrera pas !

— Ça risque d'être difficile, alors...

— Essayez, Boris, d'accord ? Vous êtes de la Criminelle, après tout. Dites que vous en avez besoin pour la montrer à vos contacts dans le milieu. Inventez un prétexte. C'est un meurtre, finalement, non ? Et votre job, c'est de retrouver les assassins, non ?

— Théoriquement, répondit sans enthousiasme Novikov, qui se demanda si l'Anglais savait que la milice moscovite n'arrivait à élucider que trois pour cent des meurtres crapuleux.

— Vous aurez une prime, promit Fields. Voyez-vous, quand c'est quelqu'un de chez nous qui a été attaqué, nous savons nous montrer généreux.

— D'accord. Je vais essayer.

Il n'eut pas à se donner le moindre mal : deux jours plus tard, suivant son cheminement bureaucratique, le dossier du cadavre

158 était parvenu à la Crim', et il fut facile à Novikov de détourner un des clichés pris dans les taillis, non loin de l'autoroute de Minsk.

## Langley, novembre 1986

Carey Jordan était d'excellente humeur. Fin 1986, alors que le scandale de l'Irangate ébranlait Washington et que la CIA se retrouvait une nouvelle fois sur la sellette, il n'avait guère l'occasion de se réjouir. Mais il sortait juste du bureau du directeur, William Casey, où il avait reçu les plus vives félicitations de son vieux boss. La raison de cette prévenance inaccoutumée était l'intérêt que venaient de susciter en haut lieu les nouvelles rapportées de Yalta par Jason Monk.

Au début des années quatre-vingt, Youri Andropov avait donné un cours délibérément antioccidental à la politique étrangère soviétique. L'ancien chef du KGB, devenu président mais atteint d'une maladie incurable, tentait là un ultime effort pour faire vaciller la détermination de l'Alliance atlantique. Au cœur de cette offensive d'intimidation, il y avait le déploiement dans les pays du bloc socialiste de nouveaux missiles nucléaires de moyenne portée, les SS-20, dont les têtes furent braquées sur toutes les villes importantes d'Europe occidentale, de la Norvège à la Sicile.

Alors au pouvoir à Washington et à Londres, Ronald Reagan et Margaret Thatcher résolurent de concert de ne pas céder au chantage, et d'y répondre par une dissuasion nucléaire proportionnée à la menace. Malgré la bruyante opposition d'une partie de la gauche européenne, les Cruise et les Pershing II furent installés à travers le continent, tandis que le programme américain de « guerre des étoiles » forçait l'URSS à préparer son propre système de défense antimissile. Andropov mourut, Tchernenko le remplaça, puis Gorbatchev devint président. Mais pendant tout ce temps le bras de fer entre les deux superpuissances se poursuivit.

Devenu secrétaire général du PCUS en mars 1985, communiste convaincu et homme du sérail, Mikhaïl Gorbatchev présentait cependant une différence par rapport à ses prédécesseurs : c'était un pragmatique, qui refusait de prendre pour argent comptant les mensonges que lui racontaient les différents groupes de pression au Kremlin. Il exigea un état exact de l'industrie et de l'économie soviétiques. A la vue de ces chiffres, il fut catastrophé. Toutefois, il ne renonça pas à croire que le chariot bringuebalant du communisme pouvait être transformé en puissante voiture de course, moyennant quelques réglages et améliorations, c'est-à-dire par la *perestroïka*, ou restructuration.

A l'été 1986, les plus lucides au Kremlin et au ministère de la Défense avaient définitivement renoncé à cet espoir. La course aux armements et les besoins énormes du complexe militaro-industriel engloutissaient soixante pour cent du produit national brut : il était impossible de continuer sur cette voie, d'autant que la population, après des décennies d'apathie, commençait à contester les privations qui lui étaient imposées. Le rapport qui vint synthétiser ce sombre diagnostic était sans appel : au niveau industriel et technologique, l'Ouest capitaliste supplantait le dinosaure soviétique dans tous les domaines. C'était ce document que Solomine avait apporté au jardin botanique de Yalta, sous forme de microfilms, en y ajoutant sa confirmation verbale. Il suffisait à l'Occident de maintenir la même pression pendant encore deux ans pour que l'Union soviétique vole en éclats. De même qu'à une partie de poker très serrée, le Sibérien venait de montrer toute la main du Kremlin.

Parvenue à la Maison-Blanche, l'information passa à Downing Street. Les deux chefs d'Etat, ébranlés par l'hostilité ou le scepticisme de leur opinion publique, reprirent courage. Et William Casey ne fit donc que transmettre à Carey Jordan les éloges qu'il avait reçus dans le Bureau Ovale.

A son tour, le chef des Opérations de la CIA convoqua Jason Monk afin de lui faire partager cette avalanche de lauriers. Leur entretien se terminait lorsqu'il se décida à aborder un sujet laissé en suspens :

— Ils me tracassent, ces fichus dossiers dont nous avons parlé, Jason. Ecoutez, vous ne pouvez tout de même pas les laisser dans votre coffre comme ça ! Si jamais il vous arrive quelque chose, nous ne saurons même pas quoi faire de vos deux sources... Il faut que vous enregistriez Lysandre et Orion avec tous les autres.

Plus d'un an s'était écoulé depuis le passage d'Aldrich Ames à l'ennemi, et six mois depuis qu'à Langley on avait commencé à réagir à la disparition des agents trahis. Alors que le criminel était toujours en poste à Rome, l'enquête se poursuivait au sein de la CIA, certes, mais sans grande énergie, et sans le caractère d'urgence qu'elle avait paru revêtir au début.

— C'est du bricolage, d'accord, mais ça marche, plaida Monk. Ecoutez, monsieur, ces gars-là risquent leur peau. Ils me connaissent, et je les connais. Nous nous faisons confiance. Laissons ça tel quel.

Jordan connaissait déjà les relations très spécifiques qui peuvent s'établir entre un agent « contrôleur » et sa source. Elles déroutaient et contrariaient souvent la hiérarchie de l'Agence, et cela pour deux raisons : d'abord, celui qui « drivait » un informateur au sein de la forteresse soviétique pouvait fort bien être muté, partir à la retraite ou décéder, et laisser ainsi son poulain décider tout seul s'il acceptait ou non de collaborer avec son successeur ; ensuite, si un malheur survenait à sa source, il arrivait que l'agent en charge en fût si affecté que son efficacité s'en ressentît. Donc, les rapports extrêmement personnels que Monk entretenait avec ses deux contacts ne cessaient de préoccuper Jordan. Il trouvait cela... « pas régulier ».

D'un autre côté, les succès remportés par Monk tenaient en grande partie à cette implication personnelle. Ce que Jordan ne savait pas, ainsi, c'était que ses deux sources à Moscou — car Tiourkine avait quitté Madrid et, de son poste au cœur même du contre-espionnage soviétique, transmettait depuis lors un matériel d'une richesse incroyable — recevaient régulièrement de lui non seulement les listes habituelles de demandes, mais aussi de longues lettres de caractère privé.

Finalement, le chef des Opérations proposa un compromis : tout ce qui concernait ces deux sources, à l'exception de leur identité réelle et des détails qui pouvaient permettre de les identifier, serait placé dans son coffre-fort personnel. Pour consulter leurs dossiers, il faudrait donc forcément passer par lui, et lui expliquer les raisons de cet intérêt. Monk accepta ces conditions.


L'inspecteur Novikov ne s'était pas trompé : son prestigieux collègue, Tchernov, fit en effet sa réapparition à l'ambassade britannique dès le lendemain, soit le matin du 5 août. Jock Macdonald, qui se faisait passer pour attaché à la chancellerie, le fit escorter jusqu'à son bureau. D'entrée, Novikov annonça :

— Nous pensons avoir retrouvé le cambrioleur qui s'est introduit chez votre collègue.

— Bravo, inspecteur !

— Ce qui est regrettable, c'est qu'il est mort.

— Oh... Mais vous avez une photo de lui ?

— Absolument. Du corps, du visage. Et j'ai même... (Il tapota un sac de toile qu'il avait posé à ses pieds.)... J'ai même une vareuse qui lui appartenait probablement.

Le tirage qu'il posa sur la table de Macdonald n'était pas un spectacle agréable, mais rappelait fidèlement le portrait-robot dessiné à partir des souvenirs de la jeune femme du service de presse.

— Permettez-moi de faire appeler Mlle Stone, que nous voyions si elle peut identifier ce malheureux.

Celia Stone fit bientôt son apparition, flanquée de Fields, qui resta dans la pièce. Après l'avoir prévenue qu'il allait devoir mettre sa résistance à l'épreuve, et l'avoir remerciée à nouveau de sa collaboration, Macdonald plaça la photo devant elle. Elle ne put s'empêcher de porter une main devant sa bouche. Au même moment, Tchernov exhibait le vêtement militaire. Les yeux désespérément fixés sur son compatriote, elle parvint à balbutier :

— C'est lui. C'est l'homme qui m'a...

— Que vous avez vu s'enfuir de chez vous, la corrigea prestement le chef d'antenne. Eh bien, eh bien, les voleurs sont impitoyables entre eux, n'est-ce pas, inspecteur ? Il faut croire que c'est la règle dans le monde entier.

Une fois la jeune femme reconduite dehors, il poursuivit :

— Laissez-moi vous féliciter, au nom du gouvernement britannique, pour ce remarquable résultat. Nous n'apprendrons peut-être jamais le nom de cet individu, mais cela est de peu d'importance, désormais. Il a été assez puni pour son acte. Je tiens à vous assurer que le commandant en chef de la milice moscovite recevra bientôt un courrier des plus favorables à votre propos.

Rayonnant, Tchernov quitta l'ambassade et retourna rue Petrovka, où il s'empressa de remettre définitivement le dossier à la Brigade criminelle. Que le mort ait eu un complice n'avait plus aucune importance pour son service : sans la moindre description physique, et sans le témoignage du vieux, partir à sa recherche était une gageure.

Après le départ de l'enquêteur russe, Fields revint dans le bureau de Macdonald, qui était en train de se verser une tasse de café :

— Alors, quoi de neuf ?

— Ma source affirme que ce type a été tabassé à mort. Un de ses amis, qui s'occupe des cadavres non identifiés, a vu le portrait et c'est lui qui a fait le rapprochement. Le rapport d'autopsie soutient que le bonhomme est resté environ une semaine dans ce bois avant qu'on le retrouve.

— Et c'était quand, cette découverte ?

Fields consulta les notes qu'il avait prises après la rencontre au bar Karousel :

— Le 24 juillet.

— Ce qui, pour le meurtre, nous donne... le 17 ou le 18. C'est-à-dire le lendemain de l'aventure survenue à Celia Stone en pleine rue. C'est-à-dire le jour où j'ai pris l'avion pour Londres. Dites, ils ne perdent pas de temps, ces zigs !

— Quels zigs ?

— Voilà : je parie un million de livres contre une pinte de mauvaise bière que c'est un coup des nervis que commande ce salaud de Grichine.

— Le chef de la sécurité de Komarov, vous voulez dire ?

— Si vous préférez...Vous avez déjà jeté un œil à son dossier ?

— En fait, non...

— Vous devriez, un de ces jours. C'est un ancien kégébiste de la pire espèce. Un sadique.

— Mais qui était ce vieux, pour qu'il le punisse de cette manière ?

Macdonald observa un instant les murs du Kremlin à travers sa fenêtre avant de répondre :

— Celui qui a volé ce que vous savez, précisément.

— Et comment ce clochard aurait-il pu y avoir accès ?

— Ce n'est qu'une supposition, bien sûr, mais à mon avis il s'agit d'un obscur employé qui est tombé dessus par un coup de chance. Ou plutôt de malchance, vu ce qui lui est arrivé... Vous savez, Fields, j'ai le pressentiment que votre ami milicien va devoir encore se remuer s'il veut avoir une grosse, grosse prime.

*Buenos Aires, juin 1987*

Le premier à soupçonner une faille chez Valeri Yourevitch Krouglov, de l'ambassade soviétique en Argentine, fut un jeune mais perspicace agent de l'antenne locale de la CIA. Alerté, son chef consulta Langley : la division Amérique latine l'avait en effet déjà dans ses fiches, du temps où il était en poste à Mexico, au milieu des années soixante-dix. Spécialiste du sous-continent, où il avait passé une bonne partie de ses vingt ans de carrière diplomatique, son caractère ouvert et ses positions non sectaires avaient même justifié que l'Agence archive son cursus : né en 1944, il avait, grâce à l'influence de son père, lui-même diplomate et spécialiste de l'Amérique latine, fréquenté de 1961 à 1966 le prestigieux Institut des relations internationales de Moscou — le MGIMO —, où il avait appris l'espagnol et l'anglais. A l'étranger, il avait d'abord été basé en Colombie, puis dix ans plus tard au Mexique, avant de réapparaître en tant que premier secrétaire à l'ambassade de Buenos Aires. La CIA voyait en lui un libéral, peut-être même un pro-occidental, tout le contraire donc de l'« homo sovieticus » pur et dur, et certainement pas un membre du KGB.

A l'été 1987, l'attention de l'Agence s'était à nouveau portée sur lui en raison d'une conversation qu'il avait eue avec un officiel argentin, et dont le jeune Américain mentionné plus haut avait été informé : annonçant qu'il allait bientôt être rappelé à Moscou, Krouglov s'était dit convaincu qu'on ne le nommerait plus jamais à l'étranger, et que son niveau de vie allait s'en ressentir durement.

Puisqu'il s'agissait d'un diplomate russe, la division SE fut elle aussi alertée, et Harry Gaunt préconisa que Krouglov soit approché par quelqu'un qu'il ne connaissait pas encore. Jason Monk, qui parlait aussi bien espagnol que russe, lui paraissait tout désigné pour cette mission. Carey Jordan donna son feu vert.

L'enjeu était simple. Krouglov n'ayant plus qu'un mois avant son retour en URSS, c'était, comme dans la chanson, « maintenant ou jamais ».

Cinq ans après la guerre des Malouines, Buenos Aires, capitale très vivante d'un pays revenu à la démocratie, était un endroit où il se pouvait fort bien qu'un « homme d'affaires » américain escortant une jeune employée de l'ambassade des Etats-Unis lie connaissance avec un diplomate soviétique au cours d'une réception. Après avoir capté l'attention et la sympathie de Krouglov, Monk lui proposa qu'ils dînent ensemble pour poursuivre la conversation entamée à cette occasion.

Son titre de premier secrétaire lui laissant une grande liberté vis-à-vis de son ambassadeur et du KGB, le Soviétique fut tenté de sortir ainsi des circuits habituels et accepta volontiers l'invitation. Ce soir-là, puisant librement dans la véritable biographie de son ancien professeur de français, Mme Brady, Monk lui « révéla » que sa mère, servant dans l'Armée rouge en tant qu'interprète, avait rencontré pendant la chute de Berlin son père, alors jeune officier américain, et en était tombée éperdûment amoureuse. Bravant toutes les règles, ils s'étaient mariés à l'Ouest, ce qui expliquait que dès son plus jeune âge il ait parlé à la fois l'anglais et le russe. Aussitôt, ils passèrent à cette dernière langue, et Krouglov, dont l'espagnol était excellent mais qui n'était pas tout à fait à son aise dans l'idiome de Shakespeare, se détendit encore plus.

A quinze jours de l'échéance fatale, il confia son principal souci à ce nouvel ami : âgé alors de quarante-trois ans, divorcé mais avec deux enfants adolescents à charge, il allait devoir s'installer dans l'appartement de ses parents. Avec une certaine somme d'argent, par contre, il pourrait « acheter » le droit de disposer de son propre logement à Moscou. Dans le rôle du joueur de polo fortuné venu choisir quelques chevaux en Argentine, Monk se déclara enchanté de pouvoir l'aider en lui prêtant ce qui n'était pour lui que broutilles.

Lorsqu'il apprit où les deux hommes en étaient arrivés, le chef d'antenne de la CIA suggéra de photographier à son insu le Soviétique au moment où il empocherait l'argent, ce que Monk refusa catégoriquement en affirmant : « Le chantage, ça ne marchera pas. S'il nous rejoint, ce sera de sa propre volonté, ou il ne se passera rien. »

Bien qu'il fût son aîné, l'autre s'inclina devant la tactique choisie par l'envoyé de Langley. Elle consistait à jouer essentiellement sur l'alternative « réformateurs contre fauteurs de guerre » devant laquelle tout Soviétique conscient se retrouvait désormais. Il décrivit à Krouglov l'immense popularité dont Mikhaïl Gorbatchev jouissait aux Etats-Unis, ce que le diplomate savait déjà et qui le comblait d'aise, car il était un partisan convaincu du changement. Gorby, continua Monk, essayait sincèrement de casser la logique de la guerre froide, d'instaurer la confiance et la concertation entre les deux pays. Malheureusement, le camp des faucons était actif à Washington comme à Moscou, et même aux plus hauts niveaux du MID, le ministère des Affaires étrangères soviétique. Ceux-là allaient tout mettre en œuvre pour torpiller le processus, pour empêcher le dégel. Il serait donc essentiel que lui, Krouglov, tienne au courant son ami américain de ce qui se passait réellement au sein du MID... A ce stade, le premier secrétaire de l'ambassade soviétique avait sans doute deviné la véritable activité de Monk, mais il ne manifesta ni surprise ni indignation. Quant à l'Américain, qui dès cette époque s'était découvert une passion pour la pêche au gros, il avait l'impression de travailler un espadon qui s'est déjà résigné à l'inévitable.

Krouglov reçut donc son argent, mais aussi l'équipement et les instructions nécessaires à des communications secrètes. Là encore, les informations transiteraient par missives écrites à l'encre sympathique et envoyées à une boîte aux lettres en Allemagne de l'Est, tandis que les documents microfilmés seraient déposés dans une ou deux caches de la CIA à Moscou.

A l'heure de la séparation, ils se donnèrent l'accolade à la manière russe.

— N'oublie pas, Valeri, lui dit Monk : nous, nous autres, enfin... nous, les bons, nous allons gagner. Bientôt toute cette absurdité sera terminée, et nous aurons aidé à tourner la page. Si tu as besoin de moi, n'importe quand, préviens-moi et j'arrive.

Puis chacun partit de son côté, vers son sort.


— Ici, Boris. Ça y est, je l'ai !

— Quoi ?

— La photo. La photo que vous vouliez. Cette crapule de Tchernov nous a refilé le dossier, et j'ai pu en détourner une dans le tas. Comme il a les yeux fermés, ce n'est pas trop dégueulasse à regarder.

— Très bien, Boris. Maintenant, écoutez-moi. Actuellement, j'ai dans ma poche une enveloppe avec cinq cents livres sterling.

Elle est pour vous. Mais j'ai encore quelque chose à vous demander. Si ça marche, il y en aura cinq cents de plus...

Dans sa cabine téléphonique, l'inspecteur Novikov retint son souffle. Combien de millions de roubles représentait cette somme, il n'aurait su le dire... Plus d'un an de salaire, en tout cas.

— Bon, annoncez.

— Je voudrais que vous alliez montrer ce cliché au directeur du personnel du siège de l'UFP.

— De l'U quoi ?

— L'Union des forces patriotiques.

— Mais qu'est-ce qu'ils ont à voir là-dedans, bon sang ?

— Je n'en sais rien. C'est juste une idée. Il a peut-être déjà vu ce type.

— Et pourquoi il le connaîtrait ?

— Boris, je ne sais pas. Une supposition, vous comprenez ? Disons que ce serait possible.

— Et quel prétexte je lui donne ?

— Vous êtes un détective de la Criminelle. Vous avez un cas, et vous avez une piste : on aurait aperçu ce vieux rôdant autour du siège de leur parti. Il préparait peut-être un mauvais coup, un cambriolage. Est-ce qu'un des gardiens l'aurait remarqué aussi ? Enfin, vous voyez le genre !

— D'accord. Mais ils ont le bras long, là-bas. Si je me fais virer, après, ce sera de votre faute.

— Pourquoi seriez-vous inquiété ? Vous n'êtes qu'un simple inspecteur faisant honnêtement son travail. Ce bandit a été vu pas loin de chez Komarov, boulevard Kisselny. Même s'il a été refroidi depuis, c'est votre devoir de les mettre au courant. Et s'il avait fait partie d'une bande ? Il était peut-être là en repérage. Non, vous êtes blindé, mon vieux. Vous faites ce que je vous demande, et les mille livres sont à vous.

Après quelques objections encore, Novikov finit par raccrocher. « Ces Anglais sont totalement cinglés, se dit-il : tout ça parce qu'une petite de leur ambassade a été cambriolée... » Mais enfin, tout cet argent valait bien un peu de tracas.

161

*Moscou, octobre 1987*

Le colonel Anatoli Grichine ressentait l'abattement de celui qui découvre soudain qu'il a pratiquement atteint le but de son existence, et qu'il n'a plus rien d'autre devant lui.

Le dernier interrogatoire des agents trahis par Aldrich Ames s'était achevé depuis déjà un bon moment, les ultimes aveux extorqués à ces hommes terrorisés avaient été dûment enregistrés. Ne sortant de leurs cachots insalubres à la prison de Lefortovo que pour être soumis à la question, les malheureux craignaient surtout le moment où leurs geôliers, pour les punir d'une mémoire récalcitrante ou défaillante, les faisaient reconduire à la salle spéciale du colonel Grichine.

Contre l'avis de celui-ci, deux d'entre eux avaient échappé à la peine capitale, s'en tirant avec de longues années en camp de travail. Leur excuse était d'avoir travaillé depuis très peu de temps seulement pour la CIA, ou d'avoir occupé des postes trop insignifiants pour avoir pu provoquer beaucoup de dégâts. Les autres prisonniers, neuf au total, avaient reçu le châtiment suprême en présence de Grichine : à genoux dans la petite cour derrière le bâtiment spécial, une balle dans la nuque.

Le colonel avait cependant insisté pour laisser la vie au plus âgé de tous, le général Dimitri Poliakov, qui avait servi les Américains durant vingt ans avant d'être finalement trahi, et qui se trouvait à Moscou depuis 1980 déjà, à la retraite. Ayant toujours fait fi de l'argent, l'officier avait agi par dégoût pour ce régime corrompu, et c'est ce qu'il avait redit à ses tortionnaires, la tête haute, assumant toutes ses responsabilités, faisant preuve de plus de dignité et de courage que tous les autres réunis. Il était désormais si vieux qu'il ne pouvait plus être au courant d'opérations de la CIA en cours, ni révéler d'autres noms d'agents US que ceux avec lesquels il avait jadis travaillé et qui étaient eux aussi partis en retraite, mais il avait inspiré une telle haine à Grichine que ce dernier l'avait « préservé » afin d'expérimenter sur lui son macabre savoir-faire. Depuis, sa résistance brisée, confiné dans une cellule envahie par ses excréments, l'ancien lutteur n'était plus qu'une ombre sanglotante, à laquelle son bourreau ne manquait pas de venir jeter un coup d'œil satisfait. Il fallut attendre le 15 mars 1988 pour que le général Boyarov exige que cesse le calvaire, et pour que le malheureux soit exécuté.

A l'automne 1987, donc, Boyarov avait convoqué son principal sbire pour lui annoncer :

— Cher collègue, il faut se rendre à l'évidence, notre travail est terminé. La chasse aux rats est finie, et la commission *ad hoc* n'a plus de raison d'être.

— Mais il y a certainement encore celui dont parlent les gens de la Première Direction, protesta Grichine, celui qui dirige des traîtres ici même, mais qui n'a toujours pas été pris...

— Ah, celui-là, cette ombre... On en a parlé, oui, on en parle, mais aucun de nos prisonniers n'a pu nous apprendre quoi que ce soit sur lui.

— Et si nous attrapons ses hommes ?

— Alors, nous les démasquerons, et nous leur ferons payer... Et si cela arrive, si notre contact à Washington nous met sur leur piste, vous pourrez reconstituer votre équipe et vous remettre au travail. Vous pourrez même changer de nom, tenez, pourquoi pas la commission Monakh ?

Grichine ne saisit pas le jeu de mots, mais le général Boyarov, lui, éclata d'un rire tonitruant devant sa mine interloquée. En russe, *monakh* signifie « moine », soit « Monk » en anglais...


Pavel Volsky ne pensait pas reparler un jour au célèbre médecin légiste de la morgue numéro deux. Il avait tort. Le matin même du 7 août, c'est-à-dire pendant que son ami Novikov s'entretenait secrètement avec un agent britannique, son téléphone sonna :

— Ici Kouzmine... Allô ? Oui, **ici** le professeur Kouzmine, de l'Institut médico-légal numéro deux. Nous avons eu une conversation il y a une semaine, à propos de mon autopsie d'un illustre inconnu.

— Oh, mais bien sûr... Que puis-je pour vous aider, professeur ?

— C'est plutôt l'inverse, à mon avis. Je crois avoir quelque chose qui risque de vous intéresser.

— Eh bien, merci... De quoi s'agit-il ?

— La semaine dernière, à Litkarino, un corps a été trouvé dans la Moskova.

— Bon, mais c'est une histoire à eux, là-bas. En quoi cela nous concerne-t-il ?

— Toujours perspicace, hein, Volsky ? Seulement, un petit malin de « là-bas », comme vous dites, a calculé que le cadavre devait être dans l'eau depuis une quinzaine — ce qui est exact, soit dit en passant —, et que cela lui avait laissé amplement le temps de descendre le courant en provenance de... Moscou. Donc, ces sagouins l'ont réexpédié ici. Je viens juste d'en terminer avec lui.

Deux semaines dans le fleuve, en plein été... « Ce professeur a un estomac vraiment bien accroché », pensa Volsky. Mais il se contenta d'interroger sobrement :

— Meurtre ?

— Nenni, mon cher. Il ne portait qu'un slip. A tous les coups, il a dû piquer une tête pendant la vague de chaleur, avoir un malaise et se noyer.

— Mais alors c'est un accident ! protesta Volsky. Et moi, je suis à la Crim' !

— Ouvrez vos oreilles, jeune homme, et attendez un peu. Normalement, il aurait été quasi impossible de l'identifier. Mais ces crétins, « là-bas », ces minables de Litkarino, n'ont pas vu quelque chose. Il faut dire que les doigts étaient tellement enflés... Enfin, en tout cas, il a, ou plutôt il avait un anneau de mariage. En or massif. Je l'ai retiré. Bon, il a fallu couper le doigt, mais l'important, c'est ce qu'il y a gravé dessus : « A N. I. Akopov, de Lydia. » Pas mal, non ?

— Excellent, même, mais, professeur, si ce n'est pas un meurtre, je ne vois...

— Ecoutez, enfin ! Est-ce que cela vous arrive d'être en relation avec le service des recherches ?

— Bien sûr ! Chaque semaine, ils me font passer un dossier de photos, pour le cas où j'en reconnaîtrais un.

— Eh bien, un individu avec un anneau de mariage pareil, ça doit avoir une famille ! Et s'il s'est évaporé depuis près d'un mois, cette famille a dû s'en inquiéter ! Donc, j'ai pensé vous faire profiter de mes talents d'enquêteur afin que vous vérifiiez certains détails avec les ronds-de-cuir du service des recherches. Moi, je n'ai pas l'honneur de les connaître. Alors je vous ai appelé.

Volsky en fut tout aise. Lui qui sollicitait sans arrêt l'aide de ce service avait là une occasion de gagner leur estime. Il nota les indications du professeur, le remercia, et, sitôt leur conversation achevée, essaya de joindre au téléphone son interlocuteur habituel au service des recherches. Il dut patienter dix bonnes minutes.

— Tu n'as pas un gus du nom de N. I. Akopov ?

— Laisse-moi voir... Si, en effet, pourquoi ça ?

— C'est quoi, le dossier ?

— Disparition signalée le 17 juillet. Pas rentré du travail la veille, jamais revu depuis. La déclarante, Akopova, s'est présentée à...

— Lydia Akopova ?

— Comment tu le sais, bordel ? Oui, Lydia Akopova. Elle est déjà venue quatre fois aux nouvelles. Bon, où il est ?

— Quelque part à la morgue numéro deux. Une baignade qui s'est mal terminée. On l'a sorti la semaine dernière du fleuve, à Litkarino.

— Super. Sa meuf va être contente... Enfin, je veux dire, soulagée que le mystère soit éclairci. Dis, tu sais qui c'est, ce type, ou plutôt qui c'était ?

— Pas la moindre idée.

— Ni plus ni moins que le secrétaire personnel d'Igor Komarov, figure-toi.

— Le gars qui fait de la politique ?

— Notre prochain président, tu veux dire ! Merci, Pavel, je te revaudrai ça !

« Il y a intérêt », se dit Volsky en raccrochant. Et il reprit son travail.


*Oman, novembre 1987*


Ce mois-là, Carey Jordan fut contraint de présenter sa démission. Il ne tomba pas à cause de la défection d'Edward Lee Howard, ni même de la crise gravissime que traversait alors la division SE : il fut une des victimes de l'affaire Irangate.

Quelques années plus tôt, la CIA avait reçu l'ordre, directement arrivé de la Maison-Blanche, de tout mettre en œuvre pour aider les « contras » nicaraguayens à renverser le régime sandiniste. Son directeur, Bill Casey, avait accepté, mais le Congrès américain refusa de donner son aval au plan, et en conséquence de dégager le budget nécessaire. Rendus furieux par ce désaveu, Casey et d'autres essayèrent de réunir l'argent en vendant des armes à Téhéran, sans accord officiel préalable. En décembre 1986, lorsque le scandale éclata, le chef de la CIA fut frappé dans son bureau par une attaque sérieuse, mais qui tombait certainement à point nommé. Il quitta Langley pour ne plus jamais y revenir, décédant cinq mois plus tard. Le président Reagan nomma à sa place le directeur du FBI, William Webster, homme de consensus et bien « dans la ligne ». Force fut à Carey Jordan, qui avait suivi les instructions du chef de l'Etat et de son directeur, de constater que le premier souffrait maintenant d'amnésie, et que le second n'était plus là pour expliquer ses actes. Il s'en alla.

A son poste de directeur adjoint chargé des Opérations, Webster nomma un vétéran de l'agence, Richard Stolz, parti à la retraite six ans auparavant et qui ne pouvait donc être soupçonné d'avoir été mêlé de près ou de loin à l'affaire Irangate. De ce fait, il ne savait rien non plus de la catastrophe que venait de subir la CIA en URSS. Tandis qu'il se rodait à ses nouvelles fonctions, les bureaucrates firent la pluie et le beau temps à Langley. Trois documents furent retirés du coffre-fort personnel du chef des « Opé » et versés aux « dossiers 301 ». Ils contenaient des informations confidentielles sur trois agents infiltrés chez l'ennemi, répondant aux noms de code de Lysandre, Orion et, pour le plus récent, Delphes.

Alors en vacances dans le sultanat d'Oman, Jason Monk était loin d'imaginer ce qui venait de se passer. Toujours à la recherche de nouveaux « bons plans », ce pêcheur passionné avait lu dans un magazine spécialisé un article sur les vastes bancs d'albacores qui, aux mois de novembre et décembre, passent au large de Mascate, la capitale de l'Oman.

Par respect des bons usages, il avait certes rendu une visite de courtoisie à l'unique représentant de l'Agence, à l'ambassade américaine, non loin du palais du sultan, dans la vieille ville. Mais il n'aurait jamais pensé le revoir avant la fin de son escapade arabique...

Le troisième jour, brûlé par le soleil à force de sortir en haute mer, Monk décida de faire une pause et de jouer un peu les touristes. Comme il sortait à l'époque avec une superbe blonde travaillant au Département d'Etat, il prit un taxi et alla aux souks de Mina Qabous à la recherche d'un souvenir pour elle. Là, parmi les étals d'encens, d'épices et de tissus, il découvrit une cafetière d'argent au long col, ciselée des lustres auparavant par quelque artisan du djebel, que le marchand d'antiquités lui enveloppa et mit dans un sac en plastique.

Flânant au hasard des ruelles, il finit par se perdre complètement, et se retrouva non pas sur le front de mer, comme il s'y attendait, mais dans un dédale de boyaux et de culs-de-sac. Alors qu'il traversait une cour étroite, à peine percée de deux accès en ogive, il aperçut devant lui un homme qui avait le costume et la démarche d'un Européen. Soudain, deux Arabes apparurent à l'entrée qu'il venait d'emprunter. Dès qu'ils furent dans la cour, tous deux sortirent de leur veste un poignard courbé et, sans remarquer la présence de Monk dans la pénombre, fondirent sur leur proie.

D'instinct, l'Américain réagit en balançant de toutes ses forces le sac qu'il tenait au bout du bras vers les assaillants alors qu'ils passaient à son côté. L'un d'eux, atteint à la tempe par le lourd objet de métal, s'effondra. Stoppé dans sa course, son compagnon hésita avant de se retourner contre cet ennemi inattendu. Monk aperçut l'éclat de la lame levée vers lui, la neutralisa d'une prise rapide et expédia son autre poing dans la djellaba sale qui fonçait vers lui, à la hauteur du plexus solaire. Son adversaire était coriace. Il poussa un grognement, refusa de lâcher son arme, mais fit un pas en arrière et, après une brève hésitation, préféra s'enfuir. Abandonnant son couteau à terre, son complice, qui s'était relevé tant bien que mal, le suivit en chancelant.

A quelques mètres, l'Européen avait tout vu, et apparemment réalisé qu'il ne serait sans doute plus en vie si ce providentiel inconnu n'était pas intervenu, mais il resta silencieux. Jeune, mince, la peau mate et les yeux sombres, il était vêtu d'un costume noir et d'une chemise blanche. Monk allait engager la conversation lorsque l'autre lui adressa un bref signe de tête en guise de remerciement, puis disparut sous l'autre ogive.

L'Américain se baissa pour ramasser le couteau. Ce n'était pas un *kounja* de l'Oman, d'ailleurs, il est rarissime que les gens de ce pays tentent un vol à main armée. Non, Monk reconnut dans la lame beaucoup plus fine et le manche moins travaillé un *gambiah* yéménite. Ces deux vauriens appartenaient certainement à une tribu du Yémen intérieur, Aoudali ou Aoulaq'i. Mais que pouvaient-ils bien faire si loin de chez eux, et pourquoi en voulaient-ils tellement au jeune Occidental qui venait de s'esquiver ?

Une intuition le poussa à retourner à l'ambassade, et à revoir ainsi le représentant de la CIA, auquel il demanda à brûle-pourpoint :

— Vous n'auriez pas une galerie de portraits de nos amis de l'ambassade soviétique, par hasard ?

Depuis que l'échec de l'opposition dans la guerre civile du début 1986, tout le monde savait que l'URSS avait retiré ses cartes du Yémen, privant brutalement de son aide ses anciens alliés au pouvoir, qui durent, la rage au cœur, aller quémander l'aide de l'Occident. Depuis ce revirement, pas un Russe ne se serait risqué au Yémen, tant il est vrai qu'un amour déçu peut se transformer en haine redoutable... Par contre, à la fin 1987, l'Union soviétique disposait d'une représentation diplomatique plus que décente au sultanat d'Oman, notoirement anticommuniste, et courtisait activement le sultan dont les sentiments probritanniques étaient bien connus.

— Non, désolé, répondit son collègue à Monk, mais je parie que les Anglais ont ça !

Ensemble, ils franchirent les quelques mètres de ruelles tortueuses qui séparent l'ambassade américaine de celle de Sa Gracieuse Majesté, nettement plus imposante puisqu'il s'agit de l'ancienne demeure d'un riche marchand, toute baignée d'histoire : sur un mur de la cour, par exemple, existe toujours une plaque votive apposée par la légion romaine qui quitta un jour Mascate pour aller explorer le désert, et ne revint jamais. Au centre du patio bordé de lourdes portes en bois, le mât supportant l'emblème britannique se dresse comme au temps où il suffisait à un esclave de le toucher pour se voir offrir la liberté. A l'entrée des services de l'ambassade, sur la gauche, le responsable local du SIS les attendait. Après leur avoir serré la main, il s'adressa à son homologue américain :

— Il y a un pépin, mon vieux ?

Ce fut Monk qui répondit :

— Le pépin, c'est que je viens juste de voir un type au souk qui pourrait bien être un Russe, si je ne me trompe pas.

Un détail minime mais révélateur avait suffi à alerter ce spécialiste de la Russie : le jeune homme qu'il avait aperçu portait le col de sa chemise blanche ouvert sur son veston, ce que n'aurait jamais fait un Occidental mais qui au contraire était à la mode en URSS.

— Bon, allons jeter un coup d'œil à notre collection de barbouzes, leur proposa le Britannique.

Il les guida à travers le poste de garde en fer forgé, le hall de réception à colonnades où l'air était délicieusement frais, puis les fit monter jusqu'au dernier étage, quartier réservé des services de renseignements. Tous trois, ils se penchèrent sur l'album que le chef du SIS avait sorti de son coffre et dont il tournait les pages posément. Tous les membres du personnel de l'ambassade soviétique récemment arrivés en poste étaient là, sur des clichés pris à leur insu, à leur descente d'avion, pendant qu'ils traversaient une rue, ou encore assis à la terrasse d'un café. Le dernier de la « galerie » se révéla être l'inconnu aux yeux noirs, photographié dans la salle d'arrivée de l'aéroport de Mascate.

— Les collègues de l'Oman nous facilitent pas mal la tâche, expliqua l'agent britannique. Les Russkoff doivent annoncer leur arrivée longtemps à l'avance pour obtenir l'accréditation des Affaires étrangères. Ils nous repassent déjà leurs dossiers, et puis quand ils débarquent il n'y a besoin que d'un petit coup de pouce pour être bien placé avec son zoom... Alors, c'est lui ?

— Oui. Vous avez des détails à son sujet ?

L'homme du SIS consulta un fichier cartonné.

— Tenez, le voilà. Troisième secrétaire, vingt-neuf ans... A moins que ce ne soit que du baratin, évidemment ! Un certain Omar Gounaïev. Tatar, on dirait.

— Non, répliqua Monk après un instant de réflexion. C'est un Tchétchène. Et un musulman.

— Vous pensez qu'il est du KGB ?

— Oh, pas l'ombre d'un doute.

— Eh bien, merci pour le tuyau. Voulez-vous que nous fassions quelque chose ? Protestation officielle, etc. ?

— Non, non, il faut bien que chacun gagne sa croûte, comme nous tous ! Mieux vaut savoir que c'est lui : ils seraient capables de le remplacer, et après...

En ressortant, son collègue demanda à Monk :

— Dites, comment vous l'avez repéré ?

169

— Simple intuition.

Il y avait un peu plus que cela : un an plus tôt, il se rappelait l'avoir vu au bar du Frantel, à Aden, en train de siroter un jus d'orange. Et puis, il n'avait pas été le seul à le reconnaître ce jour-là : les deux Yéménites l'avaient vu passer, et s'étaient juré de laver dans son sang leur honneur national bafoué.

Dans l'après-midi du 8 août, le chef du bureau du *Daily Telegraph* à Moscou accueillit Mark Jefferson à l'aéroport international de Cheremetievo.

Le fameux chroniqueur était petit, sec comme un coup de trique, avec une chevelure clairsemée et une courte barbe. Et, disaient les rumeurs, il n'était pas plus avenant de caractère que d'apparence.

Refusant sans prendre de gants l'invitation à dîner avec son confrère et l'épouse de celui-ci, il demanda à être conduit aussitôt au fastueux hôtel National, place du Manège. Là, il annonça qu'il préférait mener seul l'interview d'Igor Komarov, et qu'au besoin il louerait lui-même une limousine avec chauffeur par l'intermédiaire de la réception de son hôtel. Médusé, le chef du bureau n'eut plus qu'à refermer la portière derrière lui, et à redémarrer.

Jefferson fut accueilli par le directeur du National en personne, un grand Suédois d'une exquise courtoisie, lequel se chargea de remplir la fiche individuelle qui, avec son passeport, devait être visée par le ministère du Tourisme. Avant de quitter Londres, le célèbre publiciste avait recommandé à sa secrétaire de prévenir l'hôtel qu'un client de marque allait arriver.

Arrivé dans sa chambre, il composa sans plus attendre le numéro que Boris Kouznetsov lui avait donné dans son fax de réponse.

— Bienvenue à Moscou, monsieur Jefferson ! s'exclama le Russe dans un anglais impeccable, où transparaissait un léger accent américain. M. Komarov attend avec impatience de vous rencontrer.

Jefferson crut volontiers ce pieux mensonge. Le leader nationaliste devant s'absenter de Moscou toute la journée, le rendez-vous avait été fixé au lendemain à dix-neuf heures. Une voiture viendrait le prendre en temps voulu. Très satisfait de cette organisation et de lui-même, le journaliste descendit dîner, seul, puis alla se coucher.

Au matin, après un petit déjeuner où les œufs au bacon ne pouvaient manquer, Mark Jefferson résolut de s'accorder ce qui constituait à ses yeux un droit fondamental pour tout Anglais voyageant dans n'importe quelle partie du monde : se dégourdir les jambes.

— Comment, se dégourdir les jambes ? s'étonna le directeur de l'hôtel, effaré, en apprenant la nouvelle. Mais... où ?

— N'importe où ! Histoire de s'oxygéner un peu. Une petite marche, rien de tel. Tenez, je vais faire le tour du Kremlin, regarder un peu ce qui se passe.

— Nous pouvons vous donner la voiture de l'hôtel, monsieur Jefferson ! Ce sera tellement plus confortable... Et tellement moins risqué.

Mais ainsi n'en avait pas décidé le sévère chroniqueur. Une « petite marche », c'était tout ce qu'il voulait. Le Suédois réussit seulement à le convaincre de laisser à l'hôtel sa montre et son portefeuille, et de se munir d'une poignée de billets d'un million de roubles pour se défaire des mendiants les plus insistants : de quoi contenter les indigents mais pas éveiller l'intérêt des pick-pockets. Avec un peu de chance, bien entendu.

Moins de deux heures plus tard, l'éminent journaliste, qui n'avait jamais mené l'existence aventureuse des correspondants et ne connaissait bien que le petit monde de la politique londonienne, était de retour. Il avait l'air un peu hagard.

Jefferson n'était venu à Moscou que deux fois auparavant, la première au temps du communisme, puis huit ans après, quand Boris Eltsine venait d'accéder au pouvoir. En ces deux occasions, son expérience de la capitale russe s'était limitée au taxi entre l'aéroport et la ville, à un hôtel de première catégorie, et au microcosme de la communauté des expatriés britanniques. Il en était revenu convaincu que Moscou était une cité aussi sale que laide, mais rien ne l'avait préparé au choc qu'il devait éprouver pendant sa « petite marche ».

A peine sorti du National, en plein centre pourtant, sa condition évidente d'étranger avait attiré comme un aimant une foule de miséreux qui s'étaient accrochés à ses basques. Plusieurs fois, il s'était retourné en sursautant, persuadé qu'une bande de jeunes voyous l'avait pris en chasse. Mais si les trottoirs offraient ce

171

triste spectacle, il n'avait vu, sur la chaussée, que des véhicules de l'armée ou de la milice, ainsi que les berlines luxueuses de la caste privilégiée. Il s'était consolé en se disant que l'expérience allait lui permettre de poser des questions plus percutantes à Igor Komarov le soir même. Il prit toutefois la résolution de ne plus quitter son hôtel jusqu'à l'arrivée de l'émissaire de l'UFP.

Alors qu'il prenait un verre au bar avant le déjeuner, un autre voyageur esseulé, un homme d'affaires de Toronto, engagea la conversation avec lui.

— Vous êtes à Moscou depuis longtemps ?

— Hier soir, admit Jefferson.

— Et vous restez longtemps ?

— Je repars à Londres demain.

— Oh, le veinard ! Moi, ça fait trois semaines. J'essaie de faire des affaires, mais croyez-moi, ici, c'est de la folie !

— Ça ne marche pas ?

— Bon, c'est sûr, j'ai des contrats, j'ai un bureau. Et j'ai des associés, aussi... Vous savez ce qui vient de m'arriver ?

Le Canadien finit par s'asseoir à la table de Jefferson pour raconter son histoire :

— Voilà, je me pointe ici avec toutes les recommandations possibles. Mon domaine, c'est l'import-export de bois. Alors, je loue un bureau, dans une tour toute neuve. Deux jours après, on sonne à la porte. Un type, l'air propre, costard-cravate : « Bonjour, monsieur Wyatt », qu'il me dit, « je suis votre nouvel associé... »

— Mais vous le connaissiez ?

— Jamais de la vie ! C'était l'envoyé de la mafia du coin. Il m'a proposé un marché. Très simple : eux, ils me prennent cinquante pour cent sur tout ce que je fais. En échange, ils achètent pour moi, ou ils fabriquent, le moindre permis d'exportation, la moindre franchise, le moindre bout de papier dont j'ai besoin. D'un simple coup de fil, ils tiennent les bureaucrates en respect, ils garantissent les livraisons en temps et en heure, ils me débarrassent de toutes les contestations. Et c'est cinquante-cinquante, *seulement* !

— Vous lui avez dit d'aller au diable, non ?

— Pas du tout. Oh, j'ai vite appris. Ici, on appelle ça « avoir un toit ». Des protections, quoi. Sans un toit au-dessus de sa tête, on est grillé. Dans les deux sens, d'ailleurs : si vous les envoyez balader, ils vous placent une bombe dans votre voiture...

— Eh bien, lâcha Jefferson, qui n'en croyait pas ses oreilles. J'avais entendu dire que la criminalité était inquiétante, ici. Mais à ce point...

— Je vous le dis, c'est i-ni-ma-gi-nable !

Les observateurs occidentaux du postcommunisme avaient été particulièrement impressionnés par l'ascension apparemment foudroyante de ce que l'on a appelé faute de mieux la « mafia russe », et que les Russes eux-mêmes ont pris l'habitude de désigner sous le terme de *mafiya*. Certains commentateurs étrangers sont allés jusqu'à soutenir qu'il s'agissait d'une entité entièrement nouvelle, née à la faveur de la disparition de l'URSS. C'est là une thèse absurde : en Russie, il existe de puissantes organisations criminelles depuis des siècles. Certes, à l'inverse de la Mafia sicilienne, elles n'étaient pas strictement hiérarchisées, et ne tentaient pas d'étendre leurs activités hors du monde soviétique, mais elles étaient actives, avec tous les attributs du genre : fraternités locales et régionales, chefs de bande plus ou moins puissants auxquels on jurait fidélité jusqu'à la mort, codes culturels spécifiques où les tatouages jouaient un grand rôle.

Staline avait bien essayé de se débarrasser de cet univers souterrain par la manière forte, mais le seul résultat avait été que les *zeki* (prisonniers de droit commun) finissaient par régenter les camps de travail où ils purgeaient leur peine, dictant leur loi avec la complicité des gardiens qui redoutaient des représailles contre leurs familles. Souvent, les *vori v'zakone* — les « voleurs suivant leur loi », pourrait-on traduire, c'est-à-dire les membres des confréries criminelles — continuaient à diriger leurs mauvais coups à l'extérieur des baraquements où ils étaient enfermés.

L'une des grandes ironies de la guerre froide réside dans le fait que, sans le « milieu » soviétique, le communisme se serait sans doute effondré dix ans plus tôt. Car les bonzes du parti ont dû finalement pactiser secrètement avec lui, pour une raison fort simple : ces organisations étaient la seule chose qui fonctionnait à peu près correctement en URSS. Prenons l'exemple d'un directeur d'usine dont la principale machine-outil tombe en panne à cause d'une valve défectueuse ; réclamer cette pièce par les canaux bureaucratiques habituels signifierait six mois ou un an d'attente, à cause de la gabegie régnante, et donc la paralysie totale de la production. Mais qu'il en parle à son beau-frère, qui lui-même connaît quelqu'un disposant de solides amitiés, et la valve peut être là en une semaine... Un peu plus tard, ledit responsable ferme les yeux sur la disparition d'une autre pièce dans sa propre usine, et la pièce en question parvient on ne sait trop comment à une fabrique qui en a un besoin urgent. Son homologue et lui, de toute façon, s'arrangeront toujours pour enjoliver le bilan d'activité afin de proclamer, le moment voulu, qu'ils ont parfaitement « rempli le plan ».

Dans une société dont les rouages sont bloqués un à un par la sclérose bureaucratique et la rouille de l'incompétence, le marché noir s'avère le seul lubrifiant efficace. Ce fut grâce à lui que l'URSS « tourna », tout spécialement durant les dix dernières années de son existence. En 1991, la mafia, c'est-à-dire l'âme du marché noir, se contenta de sortir de sa clandestinité pour croître et multiplier. Etendant son emprise bien au-delà de ses activités traditionnelles — contrebande d'alcool, drogue, prostitution, racket —, elle partit à l'assaut de toute l'économie russe. Ce qui est impressionnant, c'est la rapidité et l'acharnement avec lesquels elle parvint à ses fins. Trois facteurs essentiels expliquent le succès de l'OPA virtuellement lancée par le milieu sur la Russie.

Le premier, c'est le potentiel de violence dont il s'est montré capable pour écarter les gêneurs, une brutalité devant laquelle la Cosa Nostra fait figure, dirait-on presque, d'enfant de chœur. Après un seul et unique avertissement (en général une sévère correction, ou un incendie criminel), le chef d'entreprise russe ou l'homme d'affaires étranger qui ne semblait pas prêt à s'incliner devant la loi de la mafia russe était sommairement liquidé. Les dirigeants des principales banques russes furent les premiers visés.

Ensuite vient l'impuissance des forces de l'ordre qui, manquant cruellement de moyens et d'effectifs après la désintégration de l'URSS, virent déferler sur le pays une tempête de criminalité contre laquelle elles ne pouvaient rien. Enfin, la troisième explication réside dans la corruption, vieille et chronique maladie de la Russie à laquelle l'inflation galopante, à partir de 1991, donna une virulence sans précédent.

Absurdement surévaluée au temps de l'URSS — quand le rouble valait deux dollars, supercherie monétaire facile à maintenir dès lors qu'il n'y avait rien à acheter... —, la monnaie russe, en plongeant dans l'abîme inflationniste, réduisit les économies des particuliers comme peau de chagrin, et précipita les salariés de l'énorme secteur public dans la pauvreté. Quand un policier gagne en une semaine à peine de quoi s'acheter une paire de chaussettes, il n'est pas facile de lui interdire d'empocher le billet de banque que tel automobiliste a glissé dans son permis de conduire, lorsque ce document est de toute évidence un faux. Mais les choses sérieuses se passaient ailleurs : rapidement, la mafia russe s'acheta les faveurs de hauts fonctionnaires, transformant pratiquement tout l'appareil bureaucratique en courroie de transmission. Et comme la bureaucratie est omniprésente en Russie, les profits du milieu en furent centuplés.

Ce qui a aussi frappé nombre d'observateurs, c'est la célérité avec laquelle la mafia russe est passée de ses activités souterraines — sans les abandonner, bien au contraire — au monde des affaires. Pour comprendre l'importance de cette « reconversion », qui démultiplie les sources de revenus et permet de blanchir l'argent du crime, il a fallu à la Cosa Nostra une génération, alors que les mafieux russes n'ont eu besoin que de cinq ans : en 1995, ils possédaient ou contrôlaient déjà quarante pour cent de l'économie du pays ! Entre-temps, ils avaient également lancé leurs tentacules à l'étranger, en premier lieu en Europe occidentale et en Amérique du Nord, exploitant leurs trois secteurs de prédilection : armes, drogue et extorsion de fonds.

Dès 1998, cependant, il devint patent qu'ils avaient trop bien réussi : leur insatiable voracité avait mis à genoux le pays qui les nourrissait. En une seule année, ainsi, ils usurpèrent et exportèrent illégalement, pour une valeur de cinquante milliards de dollars au bas mot, de l'or, des diamants, des métaux précieux, du pétrole, du gaz et du bois. Achetées à prix préférentiel (grâce aux bureaucrates stipendiés) et en roubles, ces matières premières furent revendues en dollars à l'étranger. Une petite partie de ces profits astronomiques fut reconvertie en monnaie russe afin de financer de nouveaux trafics d'influences et de nouveaux crimes en Russie, tandis que le reste s'entassait dans des comptes en banque, en lieu sûr.

— Le truc, poursuivit sombrement Wyatt en finissant sa bière, c'est que l'hémorragie est devenue mortelle. A eux tous, politiciens corrompus, bureaucrates pourris et gangsters à courte vue, ils ont tué la poule aux œufs d'or qui les a rendus si riches. Vous avez lu des livres sur les débuts du Troisième Reich ?

— Oui, il y a longtemps... Pourquoi ?

— Vous vous rappelez les dernières heures de la république de Weimar ? Les chômeurs à la pelle, les meurtres en pleine rue, les soupes populaires, les épargnants ruinés, les petits malins du Reichstag se tapant dessus pendant que le pays sombrait dans le chaos ? Eh bien, c'est exactement ce que vous avez ici. Du pareil au même... Hé, mais il faut que j'y aille, moi ! Je dois retrouver des gens pour déjeuner. Ravi d'avoir pu bavarder un peu avec vous, monsieur... ?

— Jefferson. Mark Jefferson.

A sa mine indifférente, il fallut conclure que M. Wyatt n'était pas un lecteur assidu du *Daily Telegraph* de Londres. Ce qui n'empêcha pas le chroniqueur de se dire quand il se retrouva seul que, décidément, il avait sans doute rendez-vous le soir même avec l'homme providentiel de la Russie.

A six heures moins le quart, lorsqu'une longue et noire Tchaïka vint s'arrêter devant l'entrée, Mark Jefferson était déjà en bas. Fanatique de la ponctualité, il attendait toujours des autres qu'ils lui rendent la politesse des rois. Avec son pantalon gris, son blazer, sa chemise blanche amidonnée et sa cravate du Garrick's Club, il avait l'air impeccable, pas commode, et britannique jusqu'au bout des ongles.

En vue du quartier général de l'UFP, le chauffeur de la Tchaïka sortit le biper qu'il gardait dans sa poche et appuya sur le bouton d'alerte. Après avoir vérifié sur son écran de télévision qu'il s'agissait de la bonne voiture et de la bonne plaque d'immatriculation, le gardien actionna le portail coulissant, le referma derrière le véhicule, sortit pour contrôler la carte du chauffeur et ouvrit finalement la herse intérieure.

Déjà prévenu, Boris Kouznetsov attendait son hôte sur le perron. Il le conduisit à un salon confortable et fonctionnel au premier étage, situé entre le bureau personnel d'Igor Komarov et celui qu'avait occupé feu N. I. Akopov.

Sans autre choix, un café lui fut proposé, que Jefferson refusa. Il ignorait que Komarov ne tolérait pas que l'on boive ou fume en sa présence, ce qui était surprenant dans un pays où l'alcool est un rite pratiquement obligé. Sur les multiples cassettes qu'il avait visionnées avant son voyage, d'ailleurs, il avait souvent aperçu le leader nationaliste se prêtant à la longue succession de toasts à la russe au cours de rencontres publiques, levant son verre de vodka comme tout un chacun. Ce qu'il ne savait pas, c'était que le verre de Komarov contenait en fait de l'eau minérale.

Au bout de cinq minutes, le président de l'UFP apparut : la cinquantaine, une stature réellement imposante, des yeux noisette, fixes, que ses admirateurs disaient « hypnotisants ». Kouznetsov se leva d'un bond, suivi avec un tout petit peu moins d'empressement de Jefferson. Après les présentations et une poignée de main entre les deux hommes, Komarov s'assit en premier sur une chaise capitonnée de cuir, légèrement plus haute que le siège des deux autres.

Sortant de son blazer un magnétophone de poche, Jefferson lui demanda s'il voyait un inconvénient à être enregistré. D'un simple signe de la tête, le leader fit comprendre qu'il s'était résigné à ce que la plupart des journalistes occidentaux soient incapables de prendre des notes en sténo. Encouragé par Kouznetsov, Jefferson se lança :

— Monsieur le président, la dernière grande nouvelle est que la Douma vient de décider de prolonger de trois mois l'intérim assuré par le Premier ministre, mais aussi de rapprocher l'élection présidentielle à janvier prochain. Que pensez-vous de ce choix ?

Kouznetsov, qui avait traduit pratiquement en simultané, écouta son chef répondre en russe, dont ce dernier utilisait toute la richesse sonore, puis se tourna à nouveau vers Jefferson :

— Evidemment, l'Union des forces patriotiques et moi-même avons été déçus par ce choix, mais nous sommes des démocrates, et donc nous l'acceptons. Je ne vous apprendrai rien, monsieur Jefferson, en vous disant que mon pays, auquel je voue un amour passionné, ne va pas bien. Trop longtemps, des responsables incompétents ont toléré le gaspillage, la corruption, la criminalité, qui ont atteint un niveau alarmant. Notre peuple souffre. Plus cela durera, plus les choses empireront. Alors, nous ne pouvons que déplorer ce nouveau retard. Je crois que nous aurions pu remporter les élections présidentielles dès octobre, mais puisqu'il faut attendre janvier, eh bien, nous gagnerons en janvier !

Mark Jefferson, qui n'en était pas à sa première interview, avait immédiatement remarqué que la réponse semblait contrainte, rabâchée, comme si elle avait été apprise par cœur et répétée mécaniquement. En Angleterre ou aux Etats-Unis, les hommes politiques se montrent généralement très détendus avec les représentants de la presse, qu'ils connaissent souvent assez bien pour les appeler par leur prénom. Jefferson n'était pas peu fier des portraits qu'il savait en dresser, sans se contenter de retranscrire abruptement leurs propos mais en y ajoutant des notations d'ambiance et ses propres impressions. Avec le dirigeant de l'UFP, cependant, il avait l'impression de se retrouver devant un robot. Et ce n'était pas seulement la raideur, la réserve qu'il avait déjà constatées chez les politiciens d'Europe de l'Est, beaucoup moins à l'aise avec les médias que leurs homologues occidentaux : non, cet homme-là était aussi hostile et fermé qu'une porte de prison. A sa troisième question, le journaliste britannique comprit ce qu'il y avait derrière : Komarov détestait positivement le simple fait de donner une interview. Quand il tenta de détendre l'atmosphère en adoptant un ton plus badin, le Russe ne trahit pas le moindre signe d'amusement. Certes, les hommes politiques ont tendance à se prendre au sérieux, mais ici cela devenait du fanatisme.

Alors que les réponses se succédaient dans le même registre, Jefferson nota avec effarement l'attitude de Kouznetsov : le jeune responsable des relations publiques, pétri de culture américaine, bilingue, mondain, brillant, semblait vouer une adoration d'esclave à ce maître guindé. Il essaya encore une fois :

— Vous n'êtes pas sans savoir, monsieur, qu'en Russie bien plus qu'aux Etats-Unis ou en Grande-Bretagne, c'est l'exécutif qui détient la majeure partie du véritable pouvoir. En imaginant les six premiers mois de votre mandat, quels seraient les principaux changements qu'un observateur impartial pourrait constater, d'après vous ? En d'autres termes, quelles sont vos priorités ?

A nouveau, ce fut un discours de propagande où il s'agissait de liquider les organisations mafieuses, d'alléger le poids que l'appareil d'Etat faisait supporter au pays, de stimuler la production agricole, de procéder à une réforme monétaire... Lorsque Jefferson essaya de savoir comment ces belles idées seraient mises en pratique, il n'eut droit qu'à des clichés. Un homme politique occidental n'aurait jamais pu s'en tirer de cette manière, mais

Komarov, lui, avait l'air d'attendre que le journaliste prenne tous ces mots creux pour argent comptant.

Soudain, alors que Jefferson, se rappelant les recommandations de son rédacteur en chef, lui demandait de quelle manière il entendait « assurer la renaissance dans sa grandeur de la nation russe », il obtint enfin une réaction. Plus encore, quelque chose dans sa question parut produire chez Komarov l'effet d'une décharge électrique. Le leader le fixa si longtemps de ses yeux marron clair que le journaliste, gêné, finit par baisser les siens et regarda son magnétophone pour se donner une contenance. Ni Kouznetsov ni lui n'avaient remarqué que Komarov était devenu d'une pâleur cadavérique, et que deux taches rouges étaient apparues sur ses pommettes. Soudain, sans rien dire, il se leva, marcha à son bureau, et referma la porte derrière lui. Jefferson leva un sourcil interloqué, cherchant une explication auprès de l'attaché de presse qui semblait aussi stupéfait que lui, mais qui finit par déclarer avec son aménité coutumière :

— Oh, je suis certain que le président ne va pas tarder... Il a sans doute dû se souvenir d'une urgence, de quelque chose qu'il devait faire sans délai. Dès qu'il en aura terminé, il va revenir.

Jefferson se pencha pour interrompre son enregistrement. Au bout de trois minutes — et après un rapide coup de téléphone qu'il avait passé de son bureau —, Komarov réapparut, se rassit, et répondit d'un ton mesuré à la question restée en suspens, tandis que le journaliste s'empressait de rallumer son magnétophone.

Au bout d'une heure, le dirigeant de l'UFP décréta l'interview terminée. Debout, il inclina imperceptiblement le torse vers Jefferson, puis regagna son bureau, non sans faire signe à Kouznetsov de le suivre. Quand ce dernier revint dans le salon peu après, l'air embarrassé, il annonça à Jefferson :

— Nous avons un problème de transport, j'en ai peur. Le véhicule qui vous a amené ici a dû partir pour une course urgente, et toutes les autres voitures sont celles de nos collaborateurs qui doivent rester tard au bureau...Verriez-vous un inconvénient à rentrer au National en taxi ?

— Euh, non, je pense que non, répondit Jefferson en regrettant de ne pas être venu par ses propres moyens, comme il avait projeté de le faire. Vous pourriez peut-être en appeler un pour moi ?

— Malheureusement, ils n'acceptent plus les réservations téléphoniques, voyez-vous. Par contre, si vous le voulez bien, je vais vous montrer où vous pourrez en trouver un.

Après avoir reconduit le journaliste médusé sur le trottoir, devant le portail coulissant, il lui désigna le boulevard, à une centaine de mètres au bout de l'allée :

— Là-bas, vous en aurez un facilement. A cette heure, il en passe tout le temps. Dans un quart d'heure, vous serez rendu. J'espère que vous ne nous en tenez pas rigueur ? Monsieur Jefferson, j'ai été enchanté, absolument enchanté de faire votre connaissance.

Sur ces mots, il s'éclipsa, et son hôte, de très méchante humeur, n'eut plus qu'à partir vers le boulevard tout en s'évertuant nerveusement à glisser son magnétophone dans la poche de son blazer. Arrivé au coin, il scruta la grande artère dans les deux sens : comme il s'y attendait, pas un taxi n'était en vue. Laissant échapper un juron, Jefferson se décida à prendre à gauche, en direction du centre, en jetant de temps en temps un regard par-dessus son épaule, au cas où un taxi en maraude finirait par apparaître.

Assis à l'arrière d'une voiture arrêtée, deux hommes en blouson de cuir guettaient. Le chroniqueur du *Telegraph* était à moins de dix mètres lorsqu'ils sortirent sur le trottoir et dégainèrent l'un et l'autre un automatique muni d'un silencieux. Il n'y eut pas un mot, rien que le bruit assourdi de deux balles qui atteignirent Mark Jefferson en pleine poitrine.

Le journaliste tomba assis, foudroyé. Son corps sans vie s'affaissait déjà quand l'un des tueurs s'approcha d'un bond pour retirer prestement le magnétophone d'une des poches intérieures du blazer, et le portefeuille de l'autre. Les deux hommes remontèrent ensuite dans la voiture qui s'était rapprochée et qui démarra en trombe. En apercevant la forme prostrée par terre, une femme qui passait par là pensa qu'un ivrogne venait encore de s'écrouler en pleine rue. Puis elle remarqua le sang qui ruisselait, et se mit à hurler. Elle ne pensa pas à relever le numéro du véhicule qui s'enfuyait ; de toute façon, la plaque était fausse.

# Chapitre 8

Dans un restaurant voisin des lieux du crime, un client qui avait entendu les cris de la passante appela aussitôt sur le téléphone de l'établissement le 03, les urgences.

Les ambulanciers s'étaient attendus à une crise cardiaque, mais en découvrant l'impact de deux balles dans le blazer croisé, et la mare de sang qui s'était formée sous le malheureux, ils prévinrent la police tout en fonçant vers l'hôpital le plus proche. Une heure plus tard, au bloc opératoire de la clinique Botkine, le chirurgien de garde retira ses gants et lança à l'inspecteur Vassili Lopatine, de la Brigade criminelle, qui observait d'un air songeur le corps allongé sur un chariot :

— Il n'avait pas une chance. Il a été touché en plein cœur, et de près. La balle est encore dedans, quelque part. Les gars de l'autopsie vous la récupéreront !

Lopatine fit un vague signe d'assentiment, aucunement rasséréné par cette perspective : avec la quantité d'armes qui circulaient illégalement à Moscou, il était pratiquement exclu de retrouver celle-là, *a fortiori* celui qui l'avait utilisée... L'unique témoin, une femme terrorisée, avait semblait-il aperçu deux hommes dans une voiture. C'était tout ce qu'il avait pu obtenir d'elle.

La barbe de la victime pointait en l'air, avec la même colère stupéfaite que réflétaient ses traits figés. Un infirmier couvrit finalement le mort d'un drap, épargnant à ces yeux qui ne voyaient plus la lumière brutale du scialytique.

S'approchant du casier où avaient été déposés les vêtements et quelques effets personnels, l'inspecteur déplia le blazer pour en examiner l'étiquette. Il éprouva un choc désagréable : la veste provenait d'un tailleur étranger.

— Vous arrivez à lire ça ? demanda-t-il au chirurgien.

— L-A-N-D-A-U, déchiffra lentement le médecin, puis en dessous, brodé en caractères encore plus petits, il lut : *Bond Street*.

— Et ça ? fit le policier en lui tendant la chemise.

— Marks & Spencer... C'est à Londres, dites ! Et Bond Street aussi, je crois bien.

En lui-même, Lopatine récita la majeure partie des multiples mots qui en russe servent à désigner les excréments et l'acte sexuel. Un touriste anglais, bon sang ! Un vol à la tire qui avait mal tourné, et il fallait que cela tombe sur un touriste anglais !

Il inspecta rapidement les affaires du mort. Pas de pièces de monnaie, évidemment, puisqu'elles n'avaient plus aucune valeur en Russie. Un mouchoir blanc plié avec soin, une chevalière, une montre, une pochette de vinyle contenant quelques bricoles. Il en déduisit que les cris de la passante n'avaient pas laissé le temps aux voleurs d'emporter ces objets, par ailleurs dépourvus du moindre nom. Et il n'y avait plus de portefeuille...

Lopatine essaya encore les habits. Les chaussures, noires à lacets, portaient le mot « Church » inscrit à l'intérieur. A nouveau l'étiquette « Marks & Spencer » sur les sous-vêtements. D'après le chirurgien, la cravate venait d'une boutique nommée « Turnbull & Asser », Jermyn Street, sans doute Londres à nouveau.

En désespoir de cause, il revint au blazer. L'infirmier n'avait pas bien regardé ; dans la poche où l'on range généralement ses lunettes, l'inspecteur sentit sous ses doigts un objet rectangulaire, dur. Une carte en plastique perforée, la clé d'une chambre d'hôtel dotée des derniers perfectionnements technologiques. Elle ne portait pas de numéro — justement pour permettre une plus grande sécurité —, mais l'emblème du National. Lopatine ne perdit pas un instant :

— Il y a un téléphone, quelque part ?

A cette heure-là, Benny Svenson, le directeur, aurait déjà dû être rentré chez lui. Mais la saison estivale battait son plein, et deux de ses collaborateurs étaient absents, cloués au lit par la grippe. La standardiste du National le prévint que la police voulait lui parler.

— Allô, oui ?

— Vous êtes le directeur ?

— Oui, Svenson à l'appareil. A qui ai-je l'honneur ?

— Ici l'inspecteur Lopatine. Brigade criminelle de la milice moscovite...Vous avez un touriste britannique parmi vos clients, en ce moment ?

— Bien entendu. Plusieurs ! Une douzaine, au moins. Pourquoi ?

— Si je vous dis un mètre soixante-dix, un collier de barbe, cheveux courts, veston croisé bleu marine, cravate à rayures très moche...

Svenson avala péniblement sa salive. Oh non, ce ne pouvait être que M. Jefferson ! Il l'avait croisé le soir même dans le hall, tandis qu'il attendait une voiture.

— Et... pourquoi ?

— Il a été attaqué en pleine rue. Il est à l'hôpital Botkine, maintenant. Vous connaissez ? Près de l'hippodrome.

— Oui, bien sûr. Mais ce n'est pas grave au point que...

— Il est mort, désolé. Son portefeuille et ses papiers ont disparu, mais ils ont laissé sa clé d'hôtel, avec votre logo dessus.

— Ne bougez pas, inspecteur. J'arrive.

Benny Svenson resta un moment pétrifié sur sa chaise. En vingt années de carrière, il n'avait jamais eu un client assassiné.

Passionné par son travail, il n'avait qu'un seul hobby, le bridge, et il se rappela que l'un de ses coéquipiers favoris travaillait à l'ambassade de Grande-Bretagne. Il chercha le numéro de téléphone personnel de ce dernier dans son calepin. A minuit moins dix, le diplomate dormait, mais il retrouva vite toute sa lucidité en apprenant la nouvelle.

— Quoi, le fameux journaliste, Benny ? Celui qui écrit dans le *Telegraph* ? Je ne savais pas qu'il était à Moscou. En tout cas, merci.

« Ça va faire un raffut du diable », pensa-t-il en raccrochant. Théoriquement, ce genre d'affaires concernait le consulat. Pourtant, il ressentit le besoin de prévenir sans tarder qui de droit. Il appela Jock Macdonald.

*Moscou, juin 1988*

Valeri Krouglov était rentré au pays depuis déjà dix mois. Un contact recruté à l'étranger présentait toujours le risque d'oublier ses engagements, une fois de retour dans la mère patrie. L'agent qui en avait la charge ne pouvait rien contre de tels revirements, à part le dénoncer aux autorités soviétiques, vengeance aussi cruelle qu'inutile.

Pour lutter de l'intérieur contre un régime tyrannique, il fallait des nerfs et du sang-froid, ce qui n'était pas donné à tout le monde. Comme tous ses collègues, Monk n'aurait jamais tenté la comparaison entre un Soviétique travaillant contre le système totalitaire et un Américain passant à l'ennemi : celui-ci, même s'il trahissait tout son peuple et un gouvernement démocratiquement élu, était assuré d'un procès équitable, avec le meilleur avocat qu'il pourrait se trouver, alors que le premier, en défiant des despotes iniques, risquait la mort ou la misérable existence des camps de travail.

Krouglov, lui, avait tenu sa parole. Par trois fois, il avait transmis des documents importants concernant les activités de la direction du ministère des Affaires étrangères, ce qui avait permis au Département d'Etat d'arriver aux négociations déjà préparé. A cette époque où la révolte grondait dans les pays satellites de l'URSS, Pologne, mais aussi Roumanie, Hongrie et Tchécoslovaquie, il était vital de connaître l'ampleur de la démoralisation au plus haut niveau de l'appareil soviétique, et ce fut ce que Krouglov permit de mesurer.

En mai, pourtant, « Delphes » adressa une demande dérangeante à la CIA : il voulait voir son ami Jason, afin de lui communiquer quelque chose d'important. Harry Gaunt n'aimait pas cela :

— Avec Yalta, on a déjà eu assez de soucis. Personne n'a dormi tranquille, ici. Bon, vous vous en êtes tiré, mais cela aurait pu être un piège. Et cette fois aussi. D'accord, le code qu'il utilise prouve que tout va bien. Mais il a peut-être été découvert... Et s'il avait craché le morceau ? Non, vous savez trop de choses pour y aller.

— Mais, Harry, des milliers d'Américains vont en vacances à Moscou, de nos jours ! Ce n'est plus comme dans l'ancien temps.

Le KGB ne peut pas tous les contrôler. Avec une bonne couverture, tout ira bien. A moins d'être pris sur le fait... Enfin, ils ne vont pas passer à la torture un touriste américain ! Bon, il faut une couverture impeccable. Je vais faire attention. Mon personnage, c'est le brave Yankee en balade, qui ne parle pas un mot de russe, le nez toujours fourré dans son guide de voyage. Tant que je ne suis pas certain de ne pas être surveillé, je joue ce jeu. Faites-moi confiance.

Monk s'inscrivit donc à un voyage d'études qu'organisait une des multiples fondations américaines destinées à la connaissance des arts. Le programme comprenait une visite de nombreuses institutions artistiques moscovites, dont le fameux musée d'Art oriental. Lorsque le docteur Philip Peters atterrit à l'aéroport de Moscou à la mi-juin, Krouglov avait été tenu au courant. Le groupe descendit à l'affreux hôtel Rossiya, aussi grand que la prison d'Alcatraz, mais encore moins confortable. Monk avait soigneusement étudié l'agencement du musée d'Art oriental, qu'ils visitèrent le troisième jour : les salles étaient assez spacieuses pour repérer facilement si son contact était suivi ou non.

Il aperçut Krouglov au bout de vingt minutes. Le Soviétique suivait de loin l'escouade de touristes américains, l'air très absorbé par l'exposition. Monk se détacha du groupe pour se rendre à la cafétéria. Tandis que les deux hommes buvaient leur thé sans se rapprocher l'un de l'autre, l'agent de la CIA croisa le regard du Soviétique. S'il agissait sur l'ordre du KGB, Monk était sûr de pouvoir y lire la peur, le désespoir, une mise en garde... Dans les yeux de Krouglov, il ne vit que joie et satisfaction. Ou bien il était l'agent double le plus redoutable que le monde de l'espionnage ait jamais connu, ou bien tout était normal.

Lorsque Monk se leva pour aller aux toilettes, l'autre le rejoignit peu après. Ils attendirent que l'unique occupant des lieux soit parti pour se donner l'accolade.

— Comment va, l'ami ?

— Bien, bien... J'ai un appartement à moi, maintenant. C'est tellement fantastique d'avoir un chez-soi ! Mes enfants peuvent venir me voir et passer la nuit.

— Il n'y a pas eu de soupçons ? Sur l'origine de l'argent, je veux dire.

— Non. Après toutes ces années à l'étranger...Tout le monde

se débrouille, de nos jours. Les diplomates de carrière rentrent de poste avec leurs valises pleines. Quel naïf j'étais...

— Bientôt, la dictature sera du passé, tu pourras vivre libre. Il n'y en a plus pour longtemps.

Quelques lycéens firent irruption, chahutèrent un peu et repartirent pendant que les deux amis faisaient semblant de se laver les mains. Monk avait d'ailleurs laissé l'eau couler depuis le début : un vieux truc, certes, mais efficace pour peu que l'on ne parle pas trop fort ou que le micro-espion ne soit pas trop près.

Ils conversèrent encore une dizaine de minutes, puis Krouglov lui remit l'enveloppe qu'il avait apportée : des documents originaux, et non des microfilms, qui provenaient directement du bureau du ministre, Edouard Chevardnadze.

Deux jours plus tard, Monk-Peters repartit avec son groupe, non sans avoir déposé la précieuse enveloppe à l'ambassade américaine, aux bons soins de l'antenne locale de la CIA. Analysés à Langley, ces textes révélèrent que l'URSS était en train de renoncer purement et simplement à tous les programmes d'aide aux pays en voie de développement, y compris Cuba. S'il renonçait à ce moyen de pression sur l'Occident, c'était parce que le mastodonte soviétique était à genoux, au bord de la banqueroute. Au Département d'Etat, on s'en montra ravi.

Au retour de sa seconde mission secrète en Russie, Monk fut gratifié d'une nouvelle promotion. Il apprit aussi que Nikolaï Tiourkine, *alias* Lysandre, venait d'être nommé à la tête de tout le contre-espionnage soviétique à Berlin-Est, ce qui lui donnait accès à l'ensemble du réseau kégébiste en Allemagne occidentale.


Arrivés à quelques secondes d'intervalle au service des urgences, le directeur du National et le chef d'antenne britannique furent conduits devant le cadavre, près duquel les attendait l'inspecteur Lopatine. En guise de présentations, l'agent du SIS se contenta d'un bref :

— Macdonald, de l'ambassade.

Le policier russe, qui avait d'abord besoin d'une identification formelle, fut entièrement satisfait quand Benny Svenson lui montra le passeport de son client, dont la photo correspondait tout à fait à ce qu'il avait vu, puis confirma *de visu* l'identité de la victime.

— Il a été tué comment ? demanda Macdonald.

— Une seule balle en plein cœur.

Après avoir jeté un coup d'œil au blazer, le chef d'antenne remarqua d'un ton neutre :

— Mais il y a deux impacts, là.

Le policier examina une nouvelle fois le vêtement.

— Exact. Pourtant, la chemise ne portait qu'une seule trace de balle.

— L'autre a dû être stoppée par son portefeuille...

D'un air sardonique, il poursuivit :

— Au moins, comme ça, ils ne pourront pas se servir des cartes de crédit, ces salauds !

— Il faut que je retourne à l'hôtel, annonça Svenson, qui semblait très affecté.

Si seulement son client avait accepté la limousine qu'il lui avait proposée... En le raccompagnant à la sortie, Macdonald voulut lui exprimer sa sympathie :

— Ça doit être un rude coup, pour vous... (Le Suédois hocha la tête.)... Alors, essayons de mettre tout en ordre aussi vite que possible. Il devait avoir une femme, à Londres, à qui il faudra envoyer ses affaires. Vous pourriez peut-être ranger ses bagages ? J'enverrai une voiture les prendre demain matin. Merci pour tout.

Revenant à l'intérieur, Macdonald prit à part l'inspecteur :

— Mon cher, c'est une sale affaire. Cet homme était une célébrité, dans son genre. Un journaliste très connu. Il va y avoir des retombées. Son journal a un bureau à Moscou, ils vont en faire des tartines. Et leurs collègues ne vont pas chômer non plus. Pourquoi ne pas laisser l'ambassade s'occuper de cet aspect du problème ? Car les faits sont clairs, n'est-ce pas ? Une histoire de pickpockets qui tourne au tragique. Les voleurs ont dû lui parler en russe, mais il n'a pas compris, n'a rien répondu, et comme ils croyaient qu'il résistait, ils ont tiré. Une tragédie, vraiment. C'est bien ainsi que cela a dû se passer, vous ne croyez pas ?

— Oui, oui, bien entendu, c'est ce que je pense aussi.

— Donc, vous vous chargez de retrouver les assassins, ce qui, entre nous soit dit, ne sera pas très facile. Nous, nous nous occupons de rapatrier le corps, et de faire au mieux avec la presse anglaise. D'accord ?

— Ça me paraît raisonnable.

187

— J'aurais juste besoin de ses effets personnels. De toute façon, ils n'apporteront rien à l'enquête. C'est son portefeuille qui serait important, si jamais on le retrouvait. Ou ses cartes de crédit, au cas où quelqu'un essaierait de s'en servir. Ce dont je doute fort.

Lopatine posa son regard sur le casier et son maigre contenu.

— Il faudra me signer une décharge.

— Bien entendu. Préparez-moi le formulaire.

Sur le papier de la clinique, une liste lui fut bientôt présentée, qui mentionnait une chevalière, une montre en or avec un bracelet en crocodile, un mouchoir plié et une pochette contenant de menus objets. Après avoir signé, Macdonald emporta le tout à l'ambassade.

Ce que ni le policier russe ni l'espion britannique ne savaient, c'est que les tueurs, en remplissant leur contrat, avaient commis par inadvertance deux erreurs. D'abord, ils avaient certes obéi aux instructions en emportant le portefeuille, qui devait contenir tous les papiers portant l'identité de leur victime, et un magnétophone de poche auquel leur commanditaire tenait plus qu'à tout. Mais ils ignoraient qu'un Britannique en voyage à l'étranger n'utilise en général que son passeport, qu'il laisse la plupart du temps à l'hôtel. Ensuite, ils n'avaient pas pris garde à la carte plastifiée glissée dans la poche extérieure du blazer. De sorte que le mort avait pu être identifié bien plus rapidement que prévu.

Il y avait eu encore un autre imprévu, qu'on ne pouvait leur reprocher : la deuxième balle, dont l'existence avait d'abord échappé à Lopatine, n'avait pas atteint le portefeuille mais le petit appareil enregistreur que Jefferson avait remis à l'intérieur de sa veste en sortant du siège de l'UFP. Le fragile mécanisme avait volé en éclats, et la cassette avait été pulvérisée. Elle était désormais inaudible.


Le matin du 10 août, à neuf heures trente, Novikov avait rendez-vous avec le chef du personnel de l'UFP. Il s'y rendit non sans nervosité, s'attendant à être reçu fraîchement et rapidement éconduit. Avec son sévère complet gris, sa moustache taillée court, ses lunettes à fine monture, le responsable, un certain Jiline, avait tout l'air du bureaucrate d'une époque révolue ; et c'est ce qu'il était en effet.

— J'ai très peu de temps, inspecteur. Expliquez-moi votre problème, je vous prie.

— Entendu. Voilà, j'enquête sur la mort d'un homme qui pourrait avoir été un délinquant, d'après ce que nous croyons. Un cambrioleur. Un de nos témoins, une femme, dit l'avoir vu rôder autour de votre immeuble. Logiquement, j'ai pensé qu'il préparait peut-être un vol avec effraction chez vous...

Jiline eut un sourire imperceptible :

— J'en doute fort, inspecteur. En ces temps de troubles, la sécurité de nos installations est très rigoureuse, figurez-vous.

— J'en suis heureux. Avez-vous déjà vu cette personne ?

Il suffit d'un bref coup d'œil au chef du personnel pour qu'il s'exclame :

— Mais c'est Zaïtsev !

— Qui ?

— Zaïtsev, le vieux chargé de l'entretien des bureaux. Un délinquant, dites-vous ? Impossible.

— Pourriez-vous me parler un peu de lui ?

— Rien de spécial. Il a été engagé il y a environ un an. Un ancien militaire, visiblement fiable. Il venait nettoyer les locaux tous les soirs, du lundi au samedi.

— Sauf ces derniers temps ?

— Effectivement, il ne s'est plus montré. Au bout de deux jours, j'ai dû embaucher une remplaçante. Une veuve de guerre. Très efficace.

— A partir de quand n'est-il plus venu ?

Jiline se dirigea vers un classeur et en sortit un dossier. Cet homme semblait avoir des dossiers sur tout.

— Tout est là. Nos rapports. Donc, il s'est présenté comme d'habitude le 15 juillet au soir, a travaillé comme d'habitude, a quitté les lieux avant l'aube, comme d'habitude. Le soir suivant, il n'a pas pris son poste, et on ne l'a pas revu. Cette femme, votre « témoin », a dû l'apercevoir quand il s'en allait en pleine nuit. En fait, il ne dévalisait rien, il passait l'aspirateur.

— Alors, tout s'explique...

— Non, pas tout, le coupa Jiline. Vous avez dit que c'était un voleur.

— Deux soirs après sa disparition ici, il a apparemment participé à un cambriolage, dans un appartement de Koutouzovski

Prospekt. La personne concernée l'a formellement reconnu sur cette photo. Une semaine plus tard, on l'a retrouvé, mort.

— Oh, c'est honteux. Toute cette criminalité, il y en a assez ! Vous, la milice, vous devriez prendre des mesures.

— On essaie, répondit Novikov avec un haussement d'épaules. Mais ils sont plus nombreux que nous. Nous voudrions faire notre travail correctement, seulement on ne nous aide pas, là-haut...

— Mais cela va changer, inspecteur, croyez-moi, annonça Jiline, dont les yeux brillèrent soudain d'une lueur messianique. Dans six mois, Igor Komarov sera président. Alors, vous verrez le changement ! Vous avez entendu ses discours ? Une poigne de fer contre les criminels, voilà ce qu'il préconise. C'est un homme exceptionnel. J'espère que nous pourrons compter sur votre voix.

— Cela va sans dire. Euh... Vous auriez l'adresse de ce fameux employé ?

Jiline la recopia sur un bout de papier qu'il remit à l'inspecteur.

En larmes mais déjà résignée, la fille de la victime confirma d'un signe de tête que c'était bien son père sur la photographie, puis jeta un coup d'œil sur le divan rangé le long du mur : la famille aurait maintenant un peu plus de place, au moins. Novikov se dit qu'il faudrait prévenir Volsky : de toute évidence, ces gens ne pourraient pas payer un enterrement décent. La municipalité de Moscou s'en chargerait ; d'ailleurs, même les occupants de la morgue étaient à l'étroit, dans cette ville.

Son collègue allait pouvoir clore le dossier. Il s'ajoutait à tous les autres, ceux des crimes non élucidés, quatre-vingt-dix-sept pour cent du total.


*Langley, septembre 1988*


Conformément à la règle, le Département d'Etat transmit la liste des délégués de l'URSS à la CIA. Au départ, les organisateurs du symposium de physique théorique de Silicon Valley avaient adressé sans grand espoir des invitations à plusieurs scientifiques soviétiques. Mais à la fin 1987, les réformes entreprises par Mikhaïl Gorbatchev commençaient à faire leur effet, et une véritable détente devint perceptible au niveau officiel. A la surprise des Américains, Moscou autorisa donc un petit groupe de participants à faire le voyage.

Les services de l'immigration, une fois en possession des noms et qualités des invités, demandèrent au Département d'Etat de donner son accord. Le secret pesait encore si fort sur le monde scientifique derrière le mur de Berlin que l'identité des chercheurs soviétiques, mis à part quelques célébrités, n'était pas connue des Occidentaux. Parvenue à Langley, la liste fut transmise à la division SE. Monk, qui à ce moment était disponible, s'en chargea.

En vérifiant le nom des huit participants à la conférence qui devait se tenir en Californie au mois de novembre, l'agent rencontra le vide absolu. Non seulement la CIA n'avait jamais tenté d'approcher ou de recruter ces hommes de science, mais elle n'en avait même aucune trace dans ses archives. Monk, qui faisait preuve de l'obstination d'un chien de chasse lorsqu'il se heurtait à une difficulté, essaya une dernière piste : malgré les relations traditionnellement difficiles — et d'autant plus épineuses depuis l'affaire Howard — qu'entretenaient CIA et FBI, il prit contact avec le service de contre-espionnage de cette dernière organisation.

Ce faisant, il agissait à tout hasard. Il ne craignait pas tant d'essuyer une rebuffade auprès du FBI, qui disposait d'un recensement beaucoup plus systématique des Soviétiques ayant demandé et obtenu l'asile politique aux Etats-Unis, que de porter un coup d'épée dans l'eau, car il était peu probable que les Soviétiques laissent sortir de leur territoire des scientifiques ayant des parents installés en Amérique, le KGB considérant qu'il s'agissait de personnes trop douteuses.

Deux des huit noms figuraient dans les listes du FBI. Le premier se révéla être un homonyme : la famille de Baltimore qui le portait n'avait aucun lien avec un quelconque scientifique. Le deuxième nom, lui, était peu courant. C'était celui d'une juive soviétique qui avait demandé l'asile aux Etats-Unis par l'intermédiaire de leur ambassade de Vienne alors qu'elle se trouvait dans un camp de transit en Autriche. Son fils, né en Amérique, portait un patronyme différent : Evguenia Rozina, désormais new-yorkaise, l'avait déclaré sous le nom d'Ivan Ivanovitch Blinov. Le fruit d'une liaison extraconjugale avec un Ivan Blinov, en déduisit Monk, mais où cela s'était-il passé ? Sur le territoire américain, dans un camp autrichien de personnes déplacées, ou plus tôt encore, en URSS même ? L'un des scientifiques attendus en Californie s'appelait Ivan E. Blinov. Monk n'avait jamais entendu ce nom de famille. Il se rendit à New York pour y rechercher Mme Rozina.

L'inspecteur Novikov décida d'annoncer la bonne nouvelle à son collègue Volsky après le travail, devant un verre de bière. Ils se retrouvèrent de nouveau à la cantine de la milice, où la bière ne coûtait pas cher.

— Devine où j'étais ce matin.

— Au lit avec une ballerine nympho.

— Si seulement... Non, je suis allé au siège de l'UFP.

— Quoi, ce taudis qu'ils ont rue Poissonnière ?

— Non, ça, c'est juste pour la frime. En fait, Komarov est installé dans une villa très chic, près du *kaltso*. A propos, tiens, c'est toi qui paies le pot : j'ai éclairci le cas qui t'embêtait.

— Ah oui ? Lequel ?

— Le vieux bonhomme qu'on a retrouvé dans la forêt pas loin de l'autoroute de Minsk. Eh bien, il faisait le ménage au QG de l'UFP avant de se mettre à la cambriole pour arrondir ses fins de mois. Tiens, tu as tout ici.

Après avoir parcouru la feuille que son ami lui avait tendue, Volsky remarqua :

— Dis, ils n'ont pas beaucoup de chance en ce moment, à l'UFP !

— Comment ça ?

— Le mois dernier, le secrétaire particulier de Komarov... Noyé.

— Suicide ?

— Non, pas du tout. Il est parti nager, et il n'est jamais revenu. Enfin, si. On l'a repêché il y a un mois, plus bas que Moscou. Un malin, le médecin légiste : il a découvert son nom gravé sur son alliance.

— Et ce malin, il fait remonter la noyade à quand ?

— Mi-juillet, en gros.

Novikov resta pensif. Finalement, c'était à lui de les payer, ces bières : non seulement les mille livres sterling de l'Anglais étaient dans la poche, mais il pouvait maintenant lui donner encore un petit extra. C'était sa tournée.

## New York, septembre 1988

Il attendait dans le hall de son immeuble quand elle revint chez elle, de retour de l'école où elle était allée chercher son fils. La quarantaine, brune, énergique, jolie. Le garçon devait avoir huit ans, un gamin plein de vitalité.

Toute gaieté disparut de ses traits lorsqu'il se présenta à elle comme un fonctionnaire des services de l'immigration. Tout immigrant, à la seule mention de cette institution, ressent une appréhension, sinon de la peur, et cela, même si ses papiers sont parfaitement en règle. Elle ne pouvait rien faire d'autre que de le prier de monter chez elle.

L'appartement était petit, mais fort bien tenu. Tandis que l'enfant commençait ses devoirs sur la table de la cuisine, ils prirent place dans le séjour. Elle était sur la défensive, mais Monk ne ressemblait en rien aux bureaucrates revêches qu'elle avait connus lorsque, des années auparavant, elle avait dû gagner le droit de venir vivre aux Etats-Unis : sa courtoisie, son sourire désarmant firent rapidement leur effet.

— Ah, madame Rozina, vous savez bien comment nous sommes, nous, les fonctionnaires : des dossiers, des dossiers, et encore des dossiers. S'ils sont complets, le chef est content. Et puis ? Et puis rien : ils s'entassent sur des étagères poussiéreuses. Mais s'ils ne le sont pas, le chef se met dans tous ses états, et il envoie un sous-fifre comme moi à la recherche des informations.

— Que voulez-vous savoir de plus ? s'étonna-t-elle. Mes papiers sont en règle. Je suis économiste et traductrice. Je subviens à mes besoins, je paie mes impôts. Je ne coûte pas un sou aux Etats-Unis.

— Nous le savons bien, madame. Vous avez été naturalisée américaine, vos papiers sont effectivement impeccables, tout est pour le mieux. Simplement, il se trouve qu'à sa naissance vous

193

avez déclaré votre fils Ivan sous un autre nom. Pour quelle raison, c'est ce que nous aimerions éclaircir.

— Il porte le nom de son père.

— Evidemment, évidemment... Ecoutez, nous sommes en 1988, personne ne trouvera rien à redire à ce qu'un couple non marié ait un enfant ! Mais les dossiers sont les dossiers. J'ai juste besoin de l'identité du père. Vous voulez bien ?

— Ivan Evdokimovitch Blinov.

Dans le mille. Avec un nom pareil, il était peu probable que le scientifique sur la liste ait un homonyme quelque part en Russie...

— Vous l'avez beaucoup aimé, n'est-ce pas ?

Son regard se perdit dans le vague, comme si elle revoyait un lointain passé. Sa réponse fut un murmure :

— Oui...

— Parlez-moi de lui, s'il vous plaît.

L'un des multiples talents de Monk était la facilité avec laquelle il amenait les autres à se confier à lui. Pendant les deux heures où son fils était occupé à ses devoirs, elle lui parla d'Ivan Evdokimovitch Blinov.

Il était né à Leningrad en 1948, d'une mère professeur de mathématiques et d'un père physicien, qui avait miraculeusement échappé aux purges staliniennes d'avant-guerre mais était mort pendant le blocus nazi de la ville, en 1942. L'hiver de cette même année, la mère et l'enfant avaient pu quitter Leningrad réduite à la famine dans un convoi de camions, en passant sur le lac Ladoga gelé. Elle l'avait ensuite élevé dans un village de l'Oural, certaine qu'il deviendrait un jour aussi brillant que son père disparu.

A dix-huit ans, Ivan avait postulé au prestigieux Institut de physique et de technologie de Moscou, où, à son grand étonnement et malgré sa modeste condition, il fut aussitôt accepté : le renom paternel, le dévouement de sa mère, des prédispositions héréditaires peut-être, et ses qualités personnelles certainement lui ouvrirent la porte d'un établissement qui, sous son intitulé anodin, formait les meilleurs ingénieurs de l'armement nucléaire. Six ans plus tard, on lui proposa un poste dans une des « cités secrètes » d'URSS, un de ces complexes scientifiques dont les cartes soviétiques n'indiquaient même pas la localisation.

Arzamas-16 fut pour le jeune prodige une prison dorée, mais une prison tout de même. Comparativement au niveau de vie général, la ville interdite était un havre de luxe : il disposait de son propre appartement, des magasins les mieux approvisionnés du pays, d'un salaire supérieur à la normale, et de tous les moyens que demandaient ses recherches. Seulement, il n'avait pas le droit de quitter cette oasis, sinon une fois par an, pour de courtes vacances dans une station balnéaire choisie par les autorités. Après cette escapade sévèrement contrôlée, il fallait réintégrer l'univers des barbelés, des lettres soumises à la censure, des téléphones sur écoute et des amitiés sous surveillance.

Il n'avait pas atteint la trentaine lorsqu'il rencontra puis épousa une jeune bibliothécaire, Valia, qui enseignait aussi l'anglais. Grâce à elle, il apprit cette langue et eut ainsi directement accès aux revues scientifiques occidentales que le régime laissait lire à ses savants. L'union, au début sans nuages, fut peu à peu assombrie par la stérilité de Valia.

A l'automne 1977, tandis qu'il séjournait dans un établissement thermal de Kislovodsk, au nord du Caucase, Blinov fit la connaissance d'Evguenia Rozina, Genia. Comme c'était souvent le cas pour les résidents des villes secrètes, son épouse n'avait pas pu prendre ses vacances en même temps que lui. De dix ans sa cadette, divorcée, habitant à Minsk, elle aussi sans enfants, spirituelle, enjouée, frondeuse, la jeune femme était une auditrice assidue de ce que l'on appelait alors les « voix » (la Voix de l'Amérique ou la BBC, ces stations de radio occidentales émettaient en russe à l'intention du monde soviétique), et lisait des publications aussi peu conformistes que *Poland*, un magazine publié à Varsovie dont le ton et les positions tranchaient avec le dogmatisme de la presse soviétique. Elle envoûta le scientifique, trop heureux de sortir de son cocon.

Ils décidèrent de correspondre. Blinov, en raison du caractère très sensible de ses recherches, savait que son courrier était surveillé. Il lui donna l'adresse d'un ami à Arzamas-16 que le pouvoir policier n'entourait pas d'une telle sollicitude.

Ils réussirent à se revoir en 1978, cette fois dans la ville touristique de Sotchi, sur la mer Noire. La vie conjugale de Blinov se réduisait désormais à une cohabitation formelle avec son épouse. Avec Genia, au contraire, il passa de la camaraderie à une liaison passionnée. Un an plus tard, ils purent se retrouver à Yalta, pour la troisième et dernière fois, et comprirent alors que leur amour était sans avenir. Ivan ne se sentait pas en droit de se séparer de sa femme. Si elle avait été courtisée par d'autres hommes, il se serait sans doute senti plus libre, mais elle n'était pas séduisante. Pourtant, elle avait été pendant quinze ans une compagne loyale et dévouée, à laquelle il ne pouvait rien reprocher, même si leurs relations n'étaient plus que superficielles. Dans le petit monde clos où ils vivaient, un divorce aurait été une honte qu'il ne voulait pas lui infliger.

Sa jeune amante l'approuva, mais pour une raison qu'elle ne lui avait encore jamais révélée : elle était juive, ce qui aurait suffi à ruiner la carrière du physicien au cas où ils se seraient mariés. Elle avait d'ailleurs déposé une demande d'émigration en Israël à l'OVIR, le service soviétique des visas auquel Brejnev venait d'ordonner de se montrer plus souple. Après cette mise au point, ils s'étaient embrassés, ils avaient fait l'amour, puis s'étaient quittés. Sans plus jamais se revoir.

— La suite, vous la connaissez, conclut-elle à l'adresse de Monk.

— L'Autriche, les démarches auprès de notre ambassade ?

— Oui.

— Et Ivan Ivanovitch, alors ?

— Six semaines après les vacances à Yalta, je me suis aperçue que j'étais enceinte... Enfin, Ivan est né ici, c'est un citoyen américain, au moins il deviendra un homme libre.

— Et le père ? L'avez-vous tenu au courant, lui avez-vous écrit ?

— A quoi bon ? s'écria-t-elle amèrement. Il est marié, il vit dans une cage aussi hermétique que le pire des goulags. Que pouvais-je faire ? Raviver des souvenirs ? Lui apprendre une réalité qu'il ne pourra jamais partager ?

— Avez-vous parlé à votre fils de son père ?

— Oui. Je lui ai dit que c'était un être exceptionnel, de cœur et d'esprit. Mais qu'il était loin, très loin.

— Ce n'est plus comme avant, vous savez, lui expliqua Monk. Maintenant, il pourrait au moins venir à Moscou, je pense. J'ai un ami qui y va souvent. Pour affaires. Et si vous lui confiiez une lettre pour cet ami d'Arzamas-16 dont le courrier n'est pas ouvert ? En demandant à Ivan Ivanovitch de faire le voyage jusqu'à Moscou ?

— Mais dans quel but ? Pour lui dire quoi ?

196

— Il doit savoir qu'il a un fils. Demandez au petit d'écrire, alors. Je veillerai à ce que son père reçoive sa lettre.

Avant d'aller se coucher, donc, le garçonnet rédigea une lettre de deux pages, dans un russe très correct bien qu'émaillé de fautes attendrissantes, qui commençait par : « Cher papa... »

Le 11 août, juste avant midi, Gracie Fields était de retour à l'ambassade de Grande-Bretagne. Il alla directement frapper à la porte de son supérieur, Jock Macdonald, qui semblait plongé dans une sombre méditation mais qui réagit aussitôt en voyant apparaître le jeune agent :

— La « bulle » ?

Une fois les deux hommes enfermés dans la salle de réunion protégée, Fields jeta sur la table la photographie d'un visage cadavérique, celui d'un vieillard, et d'un mort. Elle faisait partie de la série dont l'inspecteur Tchernov avait apporté un autre cliché à Macdonald.

— Vous avez vu votre contact ? demanda ce dernier.

— Ouais. Et c'est plutôt renversant, comme histoire ! Ce vieux était le videur de poubelles des bureaux de l'UFP.

— Le type du nettoyage ?

— Exactement. Digne de l' « homme invisible », même : il était là tous les soirs, sans que personne fasse attention à lui. De dix heures à l'aube, six jours sur sept, et payé des clopinettes. D'où sa dégaine pas possible, et le taudis dans lequel il vivait. Mais ce n'est pas tout...

Il enchaîna sur l'autre nouvelle dont il était porteur : la baignade inconsidérée, et finalement mortelle, que le secrétaire personnel d'Igor Komarov avait décidé de s'offrir dans la Moskova à la mi-juillet. A ce récit, Macdonald quitta sa chaise et se mit à faire les cent pas.

— Dans notre boulot, nous sommes censés ne nous en tenir qu'aux faits, et à rien d'autre, observa-t-il au bout d'un moment. Mais pour une fois, permettons-nous une petite hypothèse... Un soir, Akopov laisse ce maudit manifeste sur son bureau. Le vieux bonhomme tombe dessus, le feuillette, est écœuré par ce qu'il lit, et décide de le voler. Ça tient debout ?

— Et comment, Jock ! Le lendemain, ils découvrent la disparition du document, ils virent Akopov, mais comme il est dans

197

le secret, il n'a plus sa place sous le soleil. Il va prendre un bain, seulement il y a deux mastards de chaque côté pour lui tenir la tête sous l'eau...

— Ou plutôt ça s'est passé sur la rive, et ils l'ont expédié à la baille après, réfléchit Macdonald à voix haute. Donc, ils découvrent le pot aux roses quand le vieux soldat disparaît. Ils se mettent en chasse pour le retrouver, mais entre-temps il a réussi à balancer son butin dans la voiture de Celia Stone.

— Bon, mais pourquoi elle, Jock, pourquoi précisément elle ?

— On ne le saura jamais. Il a dû remarquer qu'elle travaillait à l'ambassade. Il a voulu dire quelque chose à propos de l'ambassadeur et d'un verre de bière... Allez comprendre.

— En tout cas, ils réussissent à le retrouver. Ils le cuisinent, et il raconte tout. Quand ils ont tout ce qu'ils voulaient, ils le liquident et s'en débarrassent dans la nature. Mais comment ils ont pu repérer l'appartement de Celia ?

— Ils ont dû la suivre en voiture, à partir d'ici. Elle ne pouvait rien remarquer. Ils découvrent où elle habite, ils graissent la patte aux gardiens, ils fouillent son auto, et, ne trouvant rien, ils montent chez elle. Et c'est là qu'elle revient à la maison.

— Donc, Komarov apprend que son précieux texte a disparu. Il sait qui le lui a pris, et où il s'en est défait, mais il ignore si quelqu'un d'autre l'a lu. Après tout, Celia aurait pu le mettre au panier. N'importe quel illuminé écrit aux grands de ce monde, dans ce pays ! Ça pleut, sur les ambassades. Alors, il ne connaît peut-être pas l'effet que ses élucubrations ont produit chez nous.

— Oh, que si...

Sur ces mots, Macdonald sortit de sa poche un petit magnétophone qu'il avait emprunté à une des secrétaires de l'ambassade, grand amateur de musique. Il glissa une minicassette dans l'appareil.

— Qu'est ce que c'est que ça ? s'étonna Fields.

— Mon cher, ceci est l'interview intégrale de Komarov par Jefferson. Deux heures d'enregistrement.

— Mais je croyais que les tueurs avaient pris son magnéto !

— En effet. Ils se sont même arrangés pour lui coller une balle dedans. J'ai retrouvé des éclats de plastique et de métal dans la poche intérieure droite de sa veste. Ce n'est pas le portefeuille qui a pris, mais le magnétophone. Et donc la cassette était fichue.

— Alors, comment...

— Alors, ce vieux renard a dû s'arrêter en pleine rue, retirer l'enregistrement et mettre une nouvelle cassette. Celle qui compte, je l'ai retrouvée dans la pochette de vinyle qu'il avait sur lui. Elle explique pourquoi il est mort, je crois. Ecoutez.

Il appuya sur « On », et la voix du journaliste assassiné s'éleva dans la pièce : « Monsieur le président, sur le plan des relations internationales, et notamment avec les anciennes républiques de l'ex-URSS, comment avez-vous l'intention d'assurer la renaissance dans sa grandeur de la nation russe ? »

Il y eut un silence, puis on entendit Kouznetsov traduire. Un autre blanc, plus long, des bruits de pas sur le parquet, et l'enregistrement fut coupé.

— Quelqu'un s'est levé pour sortir, expliqua Macdonald.

Ensuite, la cassette restitua la réponse de Komarov. Combien de temps s'était-il écoulé pendant cette pause ? Il était impossible de le dire. Mais juste avant le déclic ils avaient pu entendre Kouznetsov affirmer : « Oh, je suis certain que le président ne va pas... »

— J'avoue que je ne pige pas, soupira Fields.

— C'est pourtant simple, Gracie, affreusement simple. C'est moi qui ai traduit le « Manifeste noir ». Et j'ai employé exactement ces termes, « la renaissance dans sa grandeur de la nation russe », parce que c'est la traduction littérale de ce que Komarov a écrit, *vozrojdeniyé vo slavou rouskovo naroda*. Marchbanks a lu cette phrase, il l'a certainement répétée au rédacteur en chef du *Telegraph*, qui l'a repassée à Jefferson, lequel a été séduit par cette image et l'a ressortie textuellement à Komarov. Ce salaud a entendu ses propres mots, une expression que je n'ai jamais vue ailleurs, en plus.

Fields rembobina la cassette pour écouter à nouveau Kouznetsov traduire la question. En russe, il avait employé les termes mêmes du manifeste...

— Bon Dieu ! Komarov a dû croire que l'autre avait lu tout le texte, en russe. Du coup, il a pensé qu'il travaillait pour nous, qu'il était venu le sonder... Donc, ce sont les Gardes noirs qui l'ont abattu ?

— Non ; à mon avis, Grichine a fait appel à ses contacts dans le milieu. L'affaire a été rondement menée. S'ils avaient eu plus de temps, ils l'auraient enlevé pour l'interroger à loisir. Mais là, la consigne était claire : le réduire au silence, et récupérer cette cassette.

— Et maintenant, Jock, que comptez-vous faire ?

— Je repars à Londres. La guerre est déclarée, maintenant : nous savons tout, et Komarov sait que nous savons. Le chef voulait avoir la preuve que ce document diabolique n'est pas un faux. Il a déjà causé la mort de trois hommes. C'est une preuve suffisante, non ?


*San José, novembre 1988*


Silicon Valley est effectivement une vallée, qui s'étire entre les montagnes de Santa Cruz à l'ouest et le plateau de Hamilton à l'est. En 1988, elle commençait à Santa Clara et se terminait à Menlo Park. Depuis, elle s'est encore étendue. Elle a été ainsi surnommée parce qu'elle abrite une incroyable concentration de laboratoires, d'entreprises et de centres de recherche spécialisés dans la technologie de pointe.

Le symposium de novembre 1988 se tenait à San Jose, jadis une modeste mission espagnole devenue une agglomération de tours étincelantes. Les huit invités soviétiques furent logés au San Jose Fairmont. Lorsqu'ils arrivèrent, Jason Monk attendait dans le hall.

Les scientifiques étaient flanqués d'une cohorte d'« accompagnateurs », certains appartenant à l'ambassade d'URSS auprès de l'ONU, d'autres au consulat de San Francisco, et quatre autres qui avaient fait le voyage depuis Moscou avec eux. Installé devant un thé glacé, en veste de tweed et un exemplaire du *New Scientist* posé sur sa table, Monk s'amusa à repérer ceux qui de toute évidence étaient les kégébistes du lot : il en dénombra cinq.

Auparavant, il avait eu un long entretien préparatoire avec un savant atomiste du laboratoire Lawrence Livermore, un chercheur de renom qui ne cachait pas son impatience et sa joie de pouvoir enfin rencontrer son collègue soviétique, le professeur Blinov :

— C'est une énigme vivante, vous comprenez ? Ces dix dernières années, il est devenu une autorité incontournable. Au départ, nous avons entendu des rumeurs à son sujet, il était déjà un des très grands en URSS, mais évidemment les autres paranos ne l'auraient jamais laissé publier quoi que ce soit à l'étranger... On sait qu'il a obtenu le prix Lénine, entre autres distinctions. Il a certainement été invité à des centaines de conférences internationales, nous-mêmes avons essayé deux fois, bon sang ! Mais quand nous avons demandé la permission au présidium de l'Académie des sciences, ils nous ont répondu, en gros : « Laissez tomber ! » Je ne pense pas qu'il se fiche de la reconnaissance internationale, après tout ce qu'il a apporté à la recherche : on est tous humains, quoi ! Non, c'étaient les bureaucrates qui l'empêchaient de sortir. Et maintenant il va venir, il va intervenir sur la physique des particules, et je peux vous dire que je ne raterais son exposé pour rien au monde...

« Moi non plus », pensa Monk.

Après la conférence de Blinov, vivement applaudie par la salle, Monk erra parmi les groupes de participants, à la pause-café, en se disant qu'il était tombé chez des Martiens : il ne comprenait goutte à toutes ces discussions de spécialistes.

Déguisé en homme de science toujours plongé dans des revues hyperspécialisées, il fréquentait assidûment l'hôtel Fairmont, au point que les agents du KGB et celui du GRU l'avaient observé de loin avant de conclure qu'il était inoffensif.

Le dernier soir avant le départ de la délégation soviétique, il attendit que Blinov fût monté à sa chambre pour le suivre et frapper à la porte.

— Oui ? demanda-t-on en anglais.

— Le service d'étage, monsieur.

Sans retirer la chaîne de sécurité, Blinov entrebâilla la porte pour découvrir un homme en costume de tweed portant une corbeille de fruits tropicaux enrubannée de rose.

— Je n'ai rien commandé !

— Non, monsieur. Je suis le responsable de nuit de notre hôtel. Voici pour vous, avec les compliments de la direction.

Au bout de cinq jours aux Etats-Unis, le professeur Blinov restait sidéré par une société où la consommation paraissait sans limites. Si les conversations scientifiques et la sécurité omniprésente ne le changeaient guère de son horizon habituel, se voir offrir des fruits était par contre une grande nouveauté. Malgré les recommandations antérieures des hommes du KGB — qui mieux que personne savaient ce que peut signifier un coup frappé à la porte après minuit —, il retira la chaîne, ne voulant pas se montrer impoli.

Monk entra, déposa son présent sur une table, et revint sur ses pas pour fermer la porte. L'inquiétude apparut dans les yeux du Soviétique :

— Je sais qui vous êtes. Sortez, ou je préviens mes gens.

Avec un sourire, Monk passa au russe pour répliquer :

— D'accord, professeur, quand vous voudrez. Mais d'abord je veux vous donner quelque chose. Lisez, et après vous pourrez appeler qui vous voudrez.

Stupéfait, Blinov prit la lettre que Monk lui tendait, parcourut la première ligne :

— Mais c'est absurde ! Vous vous introduisez ici, et maintenant vous me...

— Parlons un peu, juste cinq minutes, voulez-vous ? Ensuite je m'en irai, sans histoire, c'est promis. Mais écoutez-moi, s'il vous plaît.

— Je n'écouterai rien de vous, compris ? On m'a prévenu contre votre bande, et je...

— Genia vit à New York.

Bouche bée, le professeur se tut. L'air plus âgé que ses cinquante ans, il semblait perdu, avec les lunettes de vue qu'il avait chaussées pour commencer à lire. Chancelant, il se laissa tomber sur le lit en fixant Monk par-dessus ses verres.

— Genia ? Ici ? En Amérique ?

— Après votre dernière rencontre à Yalta, elle a été autorisée à émigrer en Israël. Pendant qu'elle était en transit en Autriche, elle a préféré nous demander l'asile, et elle l'a obtenu. A ce moment, elle s'est aperçue qu'elle portait votre enfant. Maintenant, lisez, je vous en prie.

Blinov obéit. Une fois sa lecture finie, il laissa son regard errer sur le mur d'en face, les deux feuilles de papier crème serrées entre ses doigts. Il retira ses lunettes pour se frotter les yeux. Lentement, deux larmes perlèrent et glissèrent sur ses joues, tandis qu'il murmurait :

— Un fils... Mon Dieu, j'ai un fils.

Monk sortit la photographie d'un gamin souriant, coiffé d'une casquette de base-ball. Il avait des taches de rousseur, et une dent ébréchée.

— Je vous présente Ivan Ivanovitch Blinov. A part une vieille photo prise à Sotchi, il ne vous a jamais vu. Mais il vous aime.

— J'ai un fils, répéta cet homme capable de concevoir des bombes atomiques.

— Et vous avez une femme, aussi...

— Non, répondit Blinov en secouant machinalement la tête. Valia est morte du cancer l'an dernier.

Monk ne s'attendait pas du tout à cette nouvelle. Blinov était donc libre ! Il ne voudrait sans doute pas repartir des Etats-Unis. Il l'avait pris de court.

— Que voulez-vous de moi ? interrogea sans détour le savant.

— Dans deux ans, nous voudrions que vous acceptiez l'invitation à une conférence en Occident, et que vous restiez. Nous vous ferons venir en Amérique. Vous aurez une vie agréable : une chaire dans une université de premier plan, une maison dans les bois, deux voitures... Et Genia, Ivan, avec vous, pour toujours. L'une et l'autre vous aiment, et je crois que vous aussi.

— Deux ans...

— Oui, encore deux ans à Arzamas-16. Mais il faut que nous sachions tou. Tout. Vous me comprenez ?

En quelques heures, Monk put le convaincre de retenir par cœur une adresse de Berlin-Est et de prendre avec lui la bombe de crème à raser qui contenait l'encre sympathique avec laquelle il rédigerait son seul et unique envoi. Comme il était hors de question de pénétrer Arzamas-16, il n'y aurait qu'une livraison et un rendez-vous au bout d'un an. Ensuite, ce serait le passage à l'Ouest, avec tout ce qu'il pourrait emporter.

Pendant qu'il retraversait le hall de l'hôtel, une voix en lui protestait : « Toi, tu es une crapule de la pire espèce ! Il fallait le laisser rester ici tout de suite ! » Mais une autre voix objectait : « Tu n'es pas là pour œuvrer à la réunion des familles. Tu es un foutu espion, rien d'autre, et tu fais ton boulot ! » Ainsi tiraillé, Jason Monk se jura solennellement qu'Ivan Evdokimovitch Blinov vivrait un jour en Amérique avec sa femme et son enfant, et que l'Oncle Sam veillerait sur lui à chaque minute des deux longues années qui commençaient.

La réunion se tint deux jours plus tard dans le bureau de Sir Henry Coombs, au dernier étage de l'immeuble de Vauxhall

Cross plaisamment surnommé par les habitués « le palais de la Lumière et de la Culture ». Ce sobriquet provenait d'un ancien agent depuis longtemps disparu, Ronnie Bloom : orientaliste, il avait découvert à Pékin un endroit ainsi nommé, dont le manque de luminosité et l'absence quasi totale de culture lui avaient rappelé les bureaux de Century House. De génération en génération, la plaisanterie avait perduré.

Avec Jock Macdonald, Sir Henry avait convoqué les deux contrôleurs des zones Est et Ouest, ainsi que Marchbanks, en sa qualité de directeur de la division Russie. Macdonald exposa les faits pendant près d'une heure, parfois interrompu par une question, puis le chef demanda l'avis de chaque participant. Ils furent unanimes : le « Manifeste noir » était un document authentique, la préfiguration des plans d'Igor Komarov, l'ébauche d'un régime despotique qui ne craindrait pas d'agresser ses voisins et d'exterminer ses minorités.

— Vous mettez par écrit tout ce que vous venez de nous raconter, Jock ? demanda Sir Henry. D'ici ce soir, s'il vous plaît. Après, il faudra que je transmette plus haut... Et il me semble que nous devrions mettre nos collègues de Langley dans le coup. Sean, vous vous en chargez ?

Le contrôleur de la zone Ouest opina du bonnet, tandis que Sir Henry se levait :

— Scandaleux programme, en vérité. Il faut arrêter ce malade. Et il faut que les politiques nous donnent le feu vert pour que nous agissions en ce sens.

Ce ne fut pourtant pas ce qui se passa. A la fin août, Sir Henry Coombs était appelé devant le sous-secrétaire permanent du Foreign Office, Sir Reginald Parfitt, à King Charles Street. Ces deux hauts fonctionnaires se connaissaient depuis longtemps, entretenaient de bonnes relations, même si leurs services obéissaient à des logiques très différentes, mais Parfitt avait une certaine supériorité sur le chef du SIS : avec ses homologues du Trésor, de la Défense, du Cabinet Office et du Home Office, il faisait partie du comité des « Cinq Sages » qui recommanderait au Premier ministre le successeur de Sir Henry.

— Je voulais vous voir à propos de ce satané document que vos gars ont sorti de Russie le mois dernier, annonça Sir Reginald.

— Le « Manifeste noir » ?

— Oui. Bon titre, ça. Il est de vous, Henry ?

— De mon chef d'antenne à Moscou. Approprié, non ?

— Absolument. « Noir » est même un mot faible. Bon, nous avons mis les Américains dans le coup, mais personne d'autre. Et c'est remonté très, très haut. Notre seigneur et maître — il voulait parler du secrétaire au Foreign Office — l'a eu entre les mains avant de partir en vacances dans la riante Toscane. Le secrétaire d'Etat américain aussi. Inutile de dire que tout le monde a été scandalisé.

— Alors, on va réagir ?

— Réagir. Ah, oui, c'est là le problème. Officiellement, on ne peut réagir qu'aux dires ou aux actes d'un autre gouvernement, pas d'un dirigeant de l'opposition d'un pays étranger. Officiellement, ce texte (il tapota l'exemplaire qu'il avait devant lui) n'existe pour ainsi dire pas, bien que nous sachions vous et moi qu'il est bien réel. Et officiellement, nous ne pouvons guère être en sa possession, puisqu'il a été volé, c'est clair. De sorte que, toujours officiellement, ni nous ni les Américains ne pouvons tenter quoi que ce soit, j'en ai peur.

— Peut-être, Reggie ! Mais si notre gouvernement, dans son infinie sagesse, tient à mon service, c'est précisément parce qu'il lui permet, en cas de nécessité, d'agir non officiellement...

— C'est évident, Henry, évident ! Sans aucun doute, vous faites là allusion à une forme quelconque d'action non déclarée.

En prononçant ces derniers mots, Sir Reginald avait eu la même expression que si une personne avait ouvert la fenêtre alors qu'on était en train de réparer les conduites d'égout.

— On a déjà réussi à déstabiliser des fous malfaisants, Reggie. Discrètement, très discrètement. Nous faisons ça aussi, vous le savez.

— Oui, mais rarement avec succès. Là est le hic, Henry. Des deux côtés de l'Atlantique, nos grands pontes ont l'air terrorisés : ils sont persuadés qu'une action non déclarée finit toujours par se savoir, qu'il y a toujours une fuite quelque part. Et ils n'aiment pas du tout ça ! Nos amis américains sont accablés par leur succession de scandales, Watergate, Irangate... Nous aussi, nous avons eu notre lot de commissions d'enquête et de rapports explosifs. Enfin, vous me suivez...

— Vous voulez dire qu'ils n'auront pas les couilles ?

— C'est un peu cru, mais très juste. Vous avez toujours eu le sens de la formule, Henry. Je ne crois pas que nos gouvernants auront la moindre envie de faire des affaires ou d'accorder des crédits à ce type s'il arrive un jour au pouvoir. Mais c'est tout. En ce qui concerne des mesures concrètes, la réponse est non.

En raccompagnant le chef du SIS à la porte, le sous-secrétaire braqua sur lui ses yeux bleus scintillants, dans lesquels plus une trace d'humour n'était discernable :

— Et Henry, rappelez-vous, c'est un non qui veut dire non !

Dans la limousine qui le reconduisait à Vauxhall Cross, le long de la Tamise au cours endormi, Sir Henry dut se résigner à accepter cette décision venue d'en haut. Jadis, la confiance régnait suffisamment pour qu'un accord soit scellé d'une simple poignée de main. Mais depuis que les fuites organisées étaient devenues un sport national, on exigeait une signature, dont l'auteur avait souvent à se mordre les doigts ensuite. C'était clair : personne, ni à Londres ni à Washington, n'avait envie de signer l'ordre de « prendre les mesures nécessaires » afin de prévenir l'irrésistible ascension d'Igor Viktorovitch Komarov.

*Vladimir, juillet 1989*

L'universitaire américain Philip Peters était déjà venu une fois en URSS assouvir son intérêt apparemment inextinguible, mais tout à fait innocent, pour les arts orientaux et les chefs-d'œuvre de la vieille Russie. Personne n'y avait trouvé à redire. Un an plus tard, l'afflux de touristes étrangers à Moscou s'était encore accéléré, et les contrôles policiers encore assouplis. La seule question que se posait Monk était de savoir s'il fallait encore recourir au personnage du docteur Peters. Il décida que oui.

La lettre envoyée par le professeur Blinov était détaillée. Il avait réuni toutes les réponses aux questions préparées par un aréopage de scientifiques américains avant même que sa rencontre avec Monk en Californie n'ait eu lieu. Il était prêt à « livrer » sa moisson. Mais se rendre à Moscou lui était difficile, et même dangereux. Gorki, par contre, à seulement une heure et demie par train d'Arzamas-16, était une ville elle aussi truffée de centres de recherche, et il avait plus de raisons plausibles d'y aller. Blinov, après plusieurs protestations personnelles, avait obtenu du KGB de ne plus être filé lorsqu'il quittait les installations où il travaillait : il avait voyagé en Californie et il en était revenu, arguait-il, alors pourquoi pas Gorki ? Le commissaire politique de son centre avait appuyé sa requête. S'il ne remarquait rien d'anormal, il pourrait prendre encore un autre train pour Vladimir, cité historique aux multiples églises. Mais rien de plus : il devrait être rentré à la cité secrète avant la tombée de la nuit. Il proposait donc une date, le 19 juillet à midi, et un lieu, la galerie occidentale de la cathédrale de l'Assomption.

Durant quinze jours, Monk étudia le plan de Vladimir, ville médiévale rendue célèbre par ses deux magnifiques cathédrales, celle de Saint-Dimitri et, plus imposante encore, celle de l'Assomption, décorée par le peintre d'icônes du XVe siècle devenu un héros national russe, Andreï Roublev.

Le service de logistique à Langley ne parvint pas à trouver de voyages organisés devant passer par Vladimir à cette période. Y aller en touriste isolé présentait trop de risques. Finalement, il se trouva qu'un groupe de passionnés d'architecture orthodoxe devait être à Moscou à la mi-juillet, avec à leur programme une visite au merveilleux monastère de Zagorsk prévue pour le 19. Philip Peters s'inscrivit aussitôt.

Digne, grisonnant, le nez plongé dans son guide, il visita les églises du Kremlin trois jours durant. Le quatrième, le groupe devait se retrouver dans le hall de l'hôtel à sept heures et demie pour partir à Zagorsk en bus. Un quart d'heure avant, le docteur Peters fit prévenir le responsable d'Intourist qu'il souffrait d'un embarras gastrique et préférait rester au lit. A huit heures, il sortit discrètement, gagna la gare de Kazan et prit un train pour Vladimir, où il arriva à onze heures.

Ainsi qu'il l'avait prévu, la cité accueillait déjà un grand nombre de touristes étrangers, parmi lesquels il se perdit, admirant les bas-reliefs de la cathédrale Saint-Dimitri, quelque treize cents représentations de bêtes sauvages, d'oiseaux, de fleurs, de griffons, de saints et de prophètes. A midi moins dix, il était dans la galerie occidentale de l'Assomption, captivé par les peintures de Roublev, lorsqu'il entendit soudain quelqu'un tousser derrière lui. « Si on m'a suivi, je suis fichu », pensa-t-il. Sans se retourner, il hasarda à voix basse :

— Bonjour, professeur, comment allez-vous ?

— Bien, mais je me sens un peu nerveux.

— Qui ne le serait pas ?

— J'ai quelque chose pour vous.

— Et moi aussi. Une longue lettre de Genia, une autre du petit Ivan, avec des dessins qu'il a faits à l'école. A propos, il tient vraiment de vous : son professeur de maths dit qu'il est bien au-dessus du niveau.

Malgré son anxiété, la sueur qui baignait son front, Blinov rayonna de satisfaction.

— Suivez-moi lentement, reprit Monk, et continuez à regarder les peintures.

Il se déplaça de telle manière qu'il pouvait surveiller toute la galerie. Un groupe de touristes français passa, et ils furent à nouveau seuls. Blinov empocha les lettres et une seconde liste de demandes préparées par une équipe de physiciens américains. En échange, le professeur lui remit quelque chose de beaucoup plus volumineux : une épaisse liasse de documents qu'il avait copiés à Arzamas-16. Monk trouva que c'était peu prudent, mais il n'eut d'autre choix que de la glisser sous sa chemise, dans le dos. Il lui serra les mains en souriant :

— Courage, Ivan Evdokimovitch. Ce ne sera plus très long, maintenant. Encore un an.

Tandis que Blinov retournait à sa prison dorée, Monk revint à Moscou. Il était couché, et les documents déjà en lieu sûr à l'ambassade américaine, lorsque son groupe regagna l'hôtel. Le soir, ses compagnons prirent des nouvelles de sa santé, en déplorant qu'il n'ait pas pu voir toutes ces merveilles.

Le 20 juillet, leur avion gagna New York par la route du pôle. Au même moment, un autre appareil se posait à l'aéroport Kennedy, en provenance de Rome : à son bord se trouvait Aldrich Ames, qui achevait son séjour de trois ans en Italie et revenait espionner à Langley pour le compte du KGB. Deux millions de dollars étaient venus s'ajouter à sa fortune. Avant de quitter Rome, il avait appris par cœur, puis détruit, la liste d'objectifs que ses employeurs lui fixaient : en premier lieu, découvrir d'autres agents de la CIA actifs en URSS, notamment au sein du KGB, du GRU, de ministères et du monde scientifique. Une consigne était ajoutée : « Enquêtez sur un homme que nous connaissons sous le nom de Jason Monk. »

# Chapitre 9

Pour les clubs huppés de St. James, de Piccadilly et de Pall Mall, août est un mois creux : c'est l'époque où la majeure partie du personnel part en vacances et où la moitié de leurs membres sont dans leurs maisons de campagne ou partis en voyage à l'étranger. Ceux qui restent dans la capitale doivent se rabattre sur les clubs restés ouverts, qui les accueillent volontiers mais où ils ne retrouvent pas leurs solides habitudes, leurs vins favoris, le service auquel ils sont accoutumés.

Le 31 août, cependant, le White's avait rouvert ses portes, et ce fut dans ce cadre feutré que Sir Henry Coombs invita à déjeuner un homme de quinze ans son aîné, qui avait été l'un de ses prédécesseurs à la tête du Secret Intelligence Service. A soixante-quatorze ans, Sir Nigel Irvine avait décidé de se retirer dans sa bucolique retraite de l'île de Purbeck, dans le Dorset, où il écrivait, lisait, faisait de longues promenades sur la côte sauvage et prenait parfois le train pour venir voir de vieux amis londoniens. Auparavant, officiellement à la retraite déjà, il était resté dix ans « dans la City », expression signifiant que sa longue expérience des affaires mondiales, sa fréquentation des allées du pouvoir et sa finesse naturelle lui avaient permis de siéger au comité directeur de diverses sociétés, et ainsi de se préparer une confortable vieillesse. Ses nombreuses relations, qui savaient que derrière ses yeux bleus au regard amène se cachait un esprit tranchant comme une épée, le trouvaient toujours aussi vif et énergique.

Ceux qui le connaissaient vraiment bien n'ignoraient pas non plus que sa courtoisie d'une autre époque dissimulait une volonté d'acier, qui en certains cas pouvait aller jusqu'à une détermination obstinée. Et malgré la différence d'âge, Sir Henry était de ceux-là.

Tous deux appartenaient à la tradition des spécialistes de la Russie. Après Sir Nigel, le SIS avait été dirigé par deux orientalistes, puis par un arabisant, avant que Sir Henry Coombs ne vienne à nouveau symboliser la suprématie de ceux qui s'étaient formés au métier en luttant contre l'ennemi soviétique. Sous la direction de Nigel Irvine, Coombs avait été un brillant chef d'antenne à Berlin, ce qui lui avait permis de ferrailler avec le réseau kégébiste en Allemagne, et avec le maître espion est-allemand Marcus Wolf.

Dans l'animation du bar au rez-de-chaussée, Irvine laissa volontiers leur conversation se maintenir au niveau des banalités, mais il se demandait évidemment pourquoi son ancien protégé lui avait proposé de quitter la fraîcheur du Dorset pour déjeuner dans la capitale étouffante. Ce fut seulement une fois qu'ils furent installés à une table tranquille, près d'une fenêtre surplombant St. James Street, que Coombs en vint à la raison de son invitation.

— Il se passe quelque chose en Russie, commença-t-il laconiquement.

— Plein de choses, même, et rien de bon, d'après ce que je lis dans les journaux !

Coombs ne put réprimer un sourire. Il se doutait bien que son ancien chef disposait d'autres sources que de la simple lecture des quotidiens du matin...

— Je ne rentrerai pas dans les détails. Pas ici, pas maintenant. Les grandes lignes, uniquement.

— Bien sûr.

Après lui avoir résumé ce qui s'était passé au cours des six dernières semaines, à Moscou et surtout à Londres, Sir Henry conclut :

— Donc, ils ne vont rien faire, c'est une décision sans appel. Si déplorables dussent-ils être, les événements doivent suivre leur cours : en tout cas, c'est ce que m'a fait clairement savoir notre estimé secrétaire au Foreign Office, il y a quelques jours à peine.

— J'ai peur que vous ne me surestimiez énormément si vous pensez que je suis capable d'insuffler un peu de dynamisme aux mandarins de King Charles Street... Je suis un vieux retraité, désormais. Autres temps, autres mœurs.

— J'ai ici deux documents sur lesquels j'aimerais que vous

jetiez un coup d'œil. Le premier est le récapitulatif circonstancié de tout ce qui s'est passé depuis le moment où un vieux Russe, inconscient mais courageux, a dérobé un dossier sur le bureau du secrétaire personnel de Komarov. Vous pourrez ainsi juger si nous avons eu raison d'estimer que le « Manifeste noir » n'était pas un faux.

— Et le deuxième ?

— C'est le manifeste lui-même.

— Je vous remercie de la confiance que vous me portez. Et que devrai-je en faire ?

— Les emporter chez vous, les lire tranquillement, et vous faire un avis.

Après le pudding au riz, Sir Henry commanda du café et le porto du club, un Fonseca du meilleur tonneau.

— Et même si je me retrouvais entièrement d'accord avec vous, ça changerait quoi ?

— Eh bien, je me demandais, Nigel... Ces gens avec lesquels vous avez rendez-vous en Amérique, la semaine prochaine...

— Dieu du ciel, Henry ! Personne ne devait être au courant, même pas vous !

Derrière son air assuré, Coombs se réjouissait de voir que son coup de poker avait réussi : le Conseil devait en effet se réunir bientôt, et son ancien chef y allait !

— Pour reprendre une expression un peu galvaudée, j'ai des espions partout.

— Alors, je suis rassuré de voir que tout n'a pas tant changé depuis mon époque ! plaisanta Irvine. Bon, supposons que je me rende à une petite réunion en Amérique. Ensuite ?

— Je laisse cela à votre jugement. Si vous pensez que ces feuillets doivent disparaître, jetez-les dans votre cheminée. Mais si vous pensez qu'ils méritent de traverser l'Atlantique...

— Mon cher, vous commencez vraiment à exciter ma curiosité !

Sir Nigel rangea le paquet scellé que lui remettait son ancien subordonné dans son cartable, à côté de menues courses qu'il venait de faire avant le déjeuner : des fonds de tapisserie pour Lady Irvine, qui aimait broder des coussins durant les longues soirées d'hiver.

Ils se séparèrent dans le hall. Dans la rue, Sir Nigel Irvine attrapa un taxi : il avait bientôt un train pour le Dorset.

*Langley, septembre 1989*

Lorsque Aldrich Ames revint à Washington, il n'en était qu'à la moitié de ses neuf ans d'espionnage au service du KGB. Désormais richissime, il s'acheta pour inaugurer sa nouvelle vie une maison d'un demi-million de dollars, et ne roula plus qu'en Jaguar. Officiellement, son salaire annuel était de cinquante mille dollars, mais personne ne s'étonna d'une telle prospérité.

En raison de ses activités à Rome, il n'avait pas été versé au secteur Europe occidentale mais appartenait toujours à la division SE, fer de lance de la CIA. Pour ses employeurs, c'était une affectation capitale, puisqu'elle lui permettrait de tenter une nouvelle incursion dans les « dossiers 301 ».

Ames rencontra cependant un obstacle de taille : Milton Bearden, qui lui aussi venait de rentrer à Langley pour prendre la tête de la division SE après avoir dirigé les opérations de l'Agence en Afghanistan, se fixa comme première tâche de l'éjecter de là. Comme d'autres avant lui, il échoua. Poursuivant sa carrière de bureaucrate accompli, Ken Mulgrew était en effet parvenu au poste de directeur du personnel, ce qui lui conférait une grande influence sur toutes les nominations e. mutations. Il protégea donc encore une fois Aldrich Ames, en lequel il avait retrouvé un compagnon de beuveries à la bourse inépuisable.

Entre-temps, la CIA avait entrepris d'informatiser l'ensemble de ses dossiers confidentiels, confiant ainsi ses secrets les plus vitaux à l'outil le moins fiable qui soit. A Rome, Ames s'était appliqué à apprendre le maniement d'un ordinateur. Il avait seulement besoin maintenant des codes d'accès aux « dossiers 301 » pour aller y puiser ses informations sans même avoir à quitter son bureau, à charrier des sacs de documents, ni même à signer une requête de consultation.

Mulgrew s'arrangea d'abord pour obtenir à son camarade le poste de chef du groupe des opérations extérieures de la division SE, secteur Europe. Mais cette responsabilité ne couvrait pas les informateurs de l'Agence opérant en URSS même ou dans les pays du bloc socialiste. Restaient ainsi à l'abri de sa félonie Lysandre, le Spartiate, qui commandait à Berlin-Est l'appareil de contre-espionnage soviétique, Orion, le chasseur infiltré au ministère de la Défense, Delphes, l'oracle annonçant les changements en cours au plus haut niveau du ministère des Affaires étrangères, et enfin Pégase, celui qui rêvait de s'envoler vers l'Amérique et de quitter un des principaux centres de recherche nucléaire qui se cachaient quelque part entre Moscou et l'Oural.

Rapidement, Ames essaya d'utiliser sa position afin d'en savoir plus sur le compte de Jason Monk, mais l'agent, qui avait un grade supérieur au sien (GS-15, alors qu'Ames stagnait au GS-14), semblait impossible à déchiffrer. Le seul fait qu'il échappe entièrement à son secteur suffit à lui donner une certitude : tous les « contacts » dont il avait la charge devaient forcément se trouver à l'intérieur des frontières soviétiques. Scuttlebutt et Mulgrew lui apprirent le reste.

La rumeur de Langley tenait désormais Monk pour le meilleur élément, le dernier espoir de la division SE. Mais l'on disait aussi de lui que c'était un solitaire, un franc-tireur qui n'en faisait qu'à sa tête et qui aurait été depuis longtemps mis sur la touche s'il n'avait pas, lui, obtenu des résultats à un moment où le reste de l'Agence piétinait.

À l'instar de tous les gratte-papier, Mulgrew éprouvait une vive antipathie envers Monk. Il était froissé par son indépendance, son dédain de la paperasserie, et surtout son apparente immunité face aux protestations des fonctionnaires revêches tels que lui-même. Ames joua sur cette animosité, et sur sa meilleure résistance à l'alcool : les bouteilles défilant, Mulgrew devenait de plus en plus revendicatif et vantard, alors que lui savait garder la tête froide.

Ainsi, un soir de septembre 1989, les deux compères en vinrent une nouvelle fois à parler de l'énigmatique Virginien, et Mulgrew fit l'important en lâchant une révélation : d'après ce qu'il avait entendu dire, parmi les agents suivis par Monk figurait « une grosse pointure qu'il a recrutée il y a deux ou trois ans en Argentine ».

Il ne donna ni nom ni pseudonyme, mais l'information suffisait déjà au KGB. Une « grosse pointure » ne pouvait être qu'un diplomate ayant rang de deuxième secrétaire, ou plus. En vérifiant auprès du ministère des Affaires étrangères les affectations à Buenos Aires dans la période donnée, ils trouvèrent dix-sept noms possibles. La liste fut réduite à douze grâce à une autre indication fournie par Ames : l'individu n'avait pas eu d'autre poste à l'étranger depuis. Contrairement à la CIA, le contre-espionnage soviétique ne lâchait pas facilement une piste : on commença à vérifier tout ce qui pouvait trahir une soudaine rentrée d'argent, un meilleur train de vie, voire l'achat d'un petit appartement...

Ce 1er septembre était une bien belle journée, rafraîchie par une brise de mer, avec sur la Manche des moutons à perte de vue, jusqu'à la lointaine Normandie.

Empruntant la sente qui court sur les falaises entre la pointe de Durlston et celle de St. Alban, Sir Nigel goûta ce qui était devenu au cours des années sa promenade favorite, pendant laquelle l'air iodé venait lui faire oublier les réunions enfumées ou la fatigue d'une nuit consacrée à la lecture des textes confidentiels. Cette marche tonifiante, il l'avait depuis longtemps constaté, stimulait son esprit, faisait passer au second plan les détails inutiles, projetait une nouvelle lumière sur des questions longuement mûries.

Justement, il venait de passer une nuit blanche à étudier les documents que Sir Henry Coombs lui avait confiés, et il restait sous le choc de ce qu'il venait de découvrir. Il approuvait sans réserve tout ce qui avait été entrepris depuis le moment où un clochard moscovite avait jeté un dossier cartonné dans la voiture de Celia Stone : de son temps, il n'aurait pas recommandé autre chose. Il se rappelait vaguement d'un Jock Macdonald, courrier à Century House, un jeune débrouillard qui visiblement avait fait son chemin depuis. Et il partageait maintenant son avis : le « Manifeste noir » n'était ni un faux ni un pamphlet à prendre à la légère. L'idée que le démagogue russe puisse vraiment réaliser ce programme avait réveillé en lui un terrible souvenir.

En 1943, lorsqu'il avait atteint ses dix-huit ans et avait enfin pu être enrôlé dans l'armée britannique, il avait été envoyé en Italie. Blessé pendant la grande offensive de Monte Cassino, il avait passé sa convalescence en Angleterre puis, malgré ses requêtes insistantes pour rejoindre une unité combattante, avait été versé dans les services de renseignements militaires. Ce jeune lieutenant de vingt ans à peine avait franchi le Rhin avec la VIIIe armée, et là, il avait été confronté à un spectacle que personne de son âge, ni d'aucun âge d'ailleurs, n'aurait pu supporter sans en être irrémédiablement affecté, un spectacle qui inspira

214

des cauchemars tenaces à des officiers autrement plus chevronnés que lui. Un major d'infanterie bouleversé était venu lui demander d'inspecter ce que ses hommes venaient de découvrir dans leur avancée : c'était le camp de concentration nazi de Bergen-Belsen.

A la pointe St. Alban, il revint vers l'intérieur des terres, descendant jusqu'au hameau d'Acton pour prendre ensuite le chemin de Langton Matravers. Que faire, alors ? Et pour quel résultat ? Brûler ce maudit texte, tout oublier ? Ou l'emporter aux Etats-Unis et risquer de se heurter à l'incrédulité sarcastique des grands hommes avec lesquels il allait tenir séminaire pendant une semaine ? La première solution était tentante, la seconde, à tout le moins peu encourageante...

Il ouvrit la barrière, traversa le petit jardin où Penny récoltait ses fruits et ses légumes en été. Un feu de branches mortes brûlait encore, avec des braises incandescentes en son centre, où il aurait été si facile de jeter le dossier rapporté de Londres, et de passer à autre chose ! Henry Coombs, il en était certain, n'y ferait plus jamais allusion, respectant la règle du silence qui liait tacitement les deux hommes.

A la fenêtre de la cuisine, sa femme l'appela :

— Ah, vous êtes là ! Le thé est servi dans le salon. Au village, j'ai pris des muffins et de la confiture.

— Des muffins ! J'adore.

— Je le sais bien, depuis le temps !

De cinq ans sa cadette, Penny Irvine avait été dans sa jeunesse une beauté, une briseuse de cœurs courtisée par nombre de riches héritiers. Elle avait pourtant choisi cet homme bohème et secret, qui lui lisait de la poésie, et qui derrière sa réserve et sa timidité cachait une intelligence supérieure.

Ils avaient eu un fils, un seul et unique enfant fauché en 1982 dans la guerre des Malouines, auquel ils s'efforçaient de ne plus penser qu'à l'anniversaire de sa naissance et à celui de sa mort.

Pendant trois décennies, elle avait vécu l'existence d'une épouse d'agent secret, attendant patiemment son mari tandis qu'il planifiait l'activité de ses informateurs au cœur de l'URSS, ou qu'il battait la semelle devant Checkpoint Charlie en attendant qu'un contact courageux mais terrifié se risque jusqu'à l'entrée de Berlin-Ouest. Lorsqu'il rentrait à la maison, il y avait toujours du feu dans la cheminée, et des muffins pour le thé. Et elle avait maintenant soixante-douze ans, mais il la trouvait toujours ravissante, et unique.

Les yeux fixés sur les brandons, il mastiquait pensivement quand elle le tira de sa rêverie :

— Vous repartez bientôt, n'est-ce pas ?

— Oui, je crois qu'il le faut.

— Longtemps ?

— Oh, quelques jours à Londres pour me préparer, ensuite une semaine aux Etats-Unis. Après, je ne sais pas. Rien d'autre, sans doute.

— Très bien. Moi, ça ira. J'ai beaucoup à faire au jardin. Quand vous pourrez, vous m'appellerez ?

— Evidemment...

Après un silence, il ajouta :

— Vous savez, il ne devrait pas y avoir d'autres voyages.

— Oui, oui, bien entendu. Mais maintenant, finissez votre thé.


*Langley, mars 1990*


L'alarme fut d'abord donnée par l'antenne de Moscou : l'agent Delphes ne donnait plus signe de vie, depuis le mois de décembre précédent déjà. Au fur et à mesure que les dépêches codées lui étaient transmises, décryptées, Jason Monk les analysait avec une inquiétude qui se mua rapidement en angoisse paniquée.

Si Krouglov n'était pas mort, il était en train de contrevenir à tous les principes de fonctionnement. Et pourquoi ? A deux reprises, les hommes de la CIA en poste à Moscou avaient laissé les marques de craie convenues aux endroits habituels afin de lui signaler que la « boîte » contenait quelque chose pour lui, mais il n'était jamais passé la vider. Etait-il absent de la capitale ? Avait-il été re-nommé à l'étranger sans avoir eu le temps de prévenir ? Dans ce cas, cependant, il aurait dû leur adresser le message prouvant qu'il était toujours sain et sauf. Or, en épluchant tous les journaux sélectionnés pour ce genre de correspondance, ils ne trouvèrent pas une seule petite annonce envoyant ce signal, ni celui inverse d'ailleurs...

En mars, il fallut se résigner à retenir trois sombres hypothèses : ou Delphes était dans l'impossibilité physique de communiquer (une crise cardiaque, un accident de la route...), ou il était mort, ou il était « tombé ». En les retournant une par une avec son obstination légendaire, Monk se heurta à une question qu'il ne pouvait résoudre : en admettant que Krouglov ait été pris par le KGB, il fallait en déduire qu'il leur avait tout raconté, car il était inutile de résister en pareil cas, et donc que les services soviétiques avaient appris l'emplacement des « boîtes aux lettres » comme la signification des marques à la craie. Dans ce cas, pourquoi le KGB n'avait-il pas cherché à prendre un diplomate américain en flagrant délit, au moment où il serait venu vérifier les « boîtes » ? Les autorités soviétiques auraient ainsi marqué facilement un point contre les Etats-Unis, à un moment où elles subissaient revers sur revers par ailleurs. Le mur de Berlin était tombé en novembre, le dictateur roumain Ceauşescu avait été liquidé, la Tchécoslovaquie et la Hongrie secouaient le carcan soviétique dont la Pologne s'était déjà soulagée... La capture d'un « espion yankee » pris la main dans le sac, après toutes ces humiliations, aurait été une providence pour le KGB. Or, il ne se passait rien.

De deux choses l'une, conclut Monk : ou bien la disparition de Krouglov était due à un accident qu'ils finiraient par apprendre, ou bien le KGB était en train de protéger la source qui, au sein même de la CIA, l'avait dénoncé.

Les Etats-Unis, qui regorgent de tout, abondent aussi de ce que l'on appelle les ONG, les organisations non gouvernementales. Elles y foisonnent, y pullulent, depuis les associations à but non lucratif jusqu'aux fondations de recherche vouées aux sujets les plus divers — et parfois les plus abscons —, en passant par les centres de réflexion politique, les groupements pour la promotion de ceci ou de cela... Certaines se destinent à la science, d'autres à l'action humanitaire, ou aux échanges d'idées, d'autres encore à un seul thème, promotion de tel bienfait ou abolition de tel fléau, pour lequel elles inventent chaque jour de nouveaux moyens de propagande, de pression, de publicité.

Il n'en existe pas moins de mille deux cents basées à Washington, et un bon millier à New York. Aucune d'elles n'est sans ressources : elles sont parfois financées, en partie ou totalement, par les deniers publics, parfois par des héritages, par des compagnies privées, voire par des milliardaires philanthropes ou tout simplement neurasthéniques. Elles offrent une tribune idéale aux universitaires, aux hommes politiques, aux diplomates à la retraite, aux grandes âmes et aux petits arrivistes. Dans leur diversité, elles ont au moins toutes deux points commun : elles ne cachent pas leur existence, et revendiquent un siège social quelque part. Toutes, sauf une.

En cet été 1999, c'étaient la qualité de ses membres triés sur le volet et sa totale invisibilité qui faisaient sans doute du Conseil de Lincoln la plus influente des ONG.

Contrairement aux régimes totalitaires où l'autorité la plus brutale peut s'exercer au mépris des lois, la principale force agissante, dans une démocratie, est le pouvoir d'influencer. Influencer le corps électoral au moyen de campagnes d'opinion, de groupes de pression, de financements légaux, certes, mais d'abord et surtout influencer les détenteurs du pouvoir exécutif en leur donnant confidentiellement l'avis d'experts incontestés, dont la compétence et l'impartialité sont bien connues des initiés.

Formé de sages de cette trempe, échappant à l'attention du grand public et même de la plupart des journalistes, le Conseil de Lincoln était un groupe entièrement autofinancé qui se consacrait à l'analyse des grandes questions de l'heure, à l'étude des moyens à mettre en œuvre, et dont les travaux étaient régulièrement sanctionnés par des résolutions. Si son avis était tant attendu par les dirigeants élus, c'est parce que ses membres étaient respectables, et respectés.

De composition anglo-américaine, le Conseil était animé de cet esprit de solidarité et d'entraide qui s'exprima à plusieurs moments de crise depuis la Première Guerre mondiale, bien que sa création fût relativement récente : elle avait été décidée au cours d'un dîner dans un club très fermé de Washington au début des années quatre-vingt, au lendemain de la guerre des Malouines. Les nouveaux membres étaient invités à rejoindre le cénacle en fonction de critères rigoureux, parmi lesquels figuraient l'expérience, une probité sans faille, la sagacité, le sens de la discrétion, et un engagement patriotique avéré. Un haut fonctionnaire devait avoir quitté le service public pour en faire partie, afin que son jugement ne soit pas influencé par ses responsabilités, mais le président d'une compagnie privée, lui, pouvait continuer à exercer ses fonctions. Si la fortune personnelle n'entrait pas en ligne de compte, au moins deux d'entre eux « pesaient » un milliard de dollars chacun.

Combinant donc le savoir commercial, industriel, scientifique et financier à l'expérience d'anciens hommes d'Etat et diplomates, le Conseil se composait, à l'été 1999, de six Britanniques, dont une femme, et de trente-quatre Américains, dont cinq représentantes du beau sexe. En raison des critères retenus, la plupart avaient plus de cinquante ans, le doyen de l'assemblée étant un octogénaire toujours plein d'allant. En reprenant le nom du fameux président américain, cette digne et discrète assemblée avait voulu manifester son attachement à l'idéal de Lincoln, « le gouvernement du peuple, par le peuple, et pour le peuple ».

Le Conseil se réunissait une fois par an, à une date et en un lieu convenus dans le plus grand secret. A chaque fois, l'hôte de la rencontre était un des membres les plus prospères de l'association, qui se sentait honoré d'accueillir chez lui un tel événement.

Au nord-ouest de l'Etat du Wyoming, il existe une vallée au nom pittoresque, Jackson Hole, la Tanière de Jackson, baptisée ainsi en l'honneur du premier trappeur qui eut assez de ténacité pour y passer seul tout un hiver. Fermée d'un côté par la masse imposante des Tetons et de l'autre par Gros Ventre Range, elle se termine au nord avec Yellowstone Park, tandis qu'au sud les massifs se rejoignent et que la Snake River s'y fraie un passage dans un canyon impressionnant.

Après la petite station de ski de Jackson, l'autoroute 191 monte vers le carrefour de Moran, longe l'aéroport et débouche dans le parc national de Yellowstone. A l'ouest de cet axe, au pied des montagnes, s'étendent deux lacs accessibles seulement aux excursionnistes. C'est là, sur la lande entre Bradley Lake et Taggart Lake, qu'un financier de Washington nommé Saul Nathanson a créé un ranch privé d'une cinquantaine d'hectares. Sa situation en fait un havre de paix : avec les montagnes derrière, il surplombe les pistes menant aux lacs, puisque ses terres se trouvent sur un plateau, en hauteur.

Comme convenu, les premiers invités arrivèrent le 7 septembre à Denver, dans le Colorado, où les attendait l'avion privé de Nathanson, un Grumman qui les déposa de l'autre côté des montagnes, à l'aéroport de Jackson. Là, à bonne distance du terminal, ils montèrent en hélicoptère. Le vol durait à peine cinq minutes jusqu'au ranch. Les hôtes venus de Grande-Bretagne n'avaient même pas eu à passer par le contrôle international, à Denver, puisqu'ils avaient accompli les formalités d'entrée aux Etats-Unis à leur première escale, sur la côte Est.

Il y avait vingt chalets, chacun composé de deux chambres à coucher, d'un salon et d'une grande véranda dans laquelle les hôtes devaient passer d'agréables moments, car malgré une brise assez fraîche le soir, le temps était beau et sec. Les repas, toujours délicieux, étaient servis dans une vaste salle dont les baies donnaient sur le parc et qui abritait aussi les sessions plénières du Conseil.

Tout le personnel, des employés de Nathanson dont la discrétion était avérée, avait été amené spécialement au ranch pour l'occasion. Un service de sécurité privé était aussi présent, sous la forme de « campeurs » disséminés dans la propriété, qui avaient en fait pour mission de décourager les incursions d'éventuels promeneurs trop curieux. Les cinq jours de travail de cette édition 1999 du Conseil de Lincoln se déroulèrent donc dans le plus grand secret, et la plus agréable tranquillité.

A son arrivée, Sir Nigel Irvine défit sa valise, prit une douche, enfila un pantalon de toile et une chemise en velours côtelé, et vint s'asseoir devant le chalet qu'il partageait avec un ancien secrétaire d'Etat américain. De la terrasse en bois, il aperçut d'autres participants à la conférence en train de se dégourdir les jambes : il faisait bon se promener sous les pins, les érables et les bouleaux, en suivant l'un des chemins qui conduisaient aux deux lacs.

Parmi les promeneurs, il remarqua la frêle silhouette de l'ancien chef de la diplomatie britannique et secrétaire général de l'OTAN, Lord Carrington, en train de marcher de concert avec le banquier Charles Price, qui fut l'un des ambassadeurs américains à Londres les plus appréciés et dont la haute taille dominait celui qui avait été le supérieur de Sir Nigel du temps où celui-ci dirigeait les services de renseignements extérieurs. Plus loin, sur un banc au soleil, le maître des lieux bavardait avec un ex-procureur général des Etats-Unis devenu une personnalité du monde de la finance, Elliot Richardson.

Laissant son regard errer dans une autre direction, Sir Nigel vit Lord Amstrong, ancien secrétaire du cabinet britannique, en train de frapper à la porte du chalet où Mme Thatcher venait de s'installer.

Poursuivant sa navette, l'hélicoptère atterrit sur l'aire réservée, déposant cette fois l'ancien président George Bush, qu'attendait l'ex-secrétaire d'Etat Henry Kissinger. A une des tables sous l'auvent principal, une jeune femme en tablier blanc servait le thé au Britannique Sir Nicholas Henderson, un autre ancien ambassadeur, et au financier londonien Sir Evelyn de Rothschild.

Nigel Irvine reporta son attention sur le programme de la conférence qui lui avait été remis à son arrivée. Il n'y aurait pas de travaux le premier soir. Le lendemain et le surlendemain, les participants se répartiraient comme d'habitude en trois commissions spécifiques, une de géopolitique, une autre s'occupant sur des problèmes stratégiques, la troisième des questions économiques. Une journée serait ensuite consacrée au bilan de leurs délibérations. Le quatrième jour se déroulerait une séance plénière ; à sa demande, une heure, en fin d'après-midi, avait été réservée au point qu'il désirait soulever. Enfin viendrait le moment de se mettre d'accord sur les perspectives et les recommandations du Conseil.

Dans les bois touffus des alentours, un élan à la recherche d'une compagne lança le brame de la saison du rut. Ses longues ailes bordées de noir déployées au-dessus de la Snake River, une orfraie vira brusquement en découvrant qu'un aigle venait de faire irruption dans son territoire de pêche. Un endroit vraiment paradisiaque, pensa Sir Nigel, mais assombri par les funestes présages qui lui avaient été transmis de Moscou...


*Vienne, juin 1990*


Cinq mois plus tôt, l'affectation d'Aldrich Ames aux opérations extérieures de la division SE s'était achevée. De nouveau, il avait perdu toute chance de disposer d'un accès direct aux « dossiers 301 » tant convoités. Lorsqu'il apprit quel serait son troisième poste depuis son départ de Rome — responsable de la division Tchécoslovaquie aux « Opé », poste qui ne lui donnait théoriquement pas le droit de connaître les codes informatiques protégeant ces archives ultrasecrètes —, il s'en plaignit amèrement à son protecteur et ami Ken Mulgrew. Quoi, lui, qui avait jadis dirigé l'ensemble du contre-espionnage de cette zone, n'avait même pas la possibilité de procéder à certaines vérifications ? Il avait pourtant besoin, prétendit-il, de vérifier le dossier de certaines « sources » russes qui avaient été basées en Tchécoslovaquie à un moment ou un autre de sa carrière.

En mai, Mulgrew lui livra les codes d'accès. Dès lors, sans avoir à quitter son nouveau bureau, Ames eut tout loisir de piocher dans les « dossiers 301 », jusqu'à mettre la main sur ceux intitulés « Monk-Contacts ».

Le mois suivant, il prenait l'avion pour Vienne, où il retrouva « Vlad », c'est-à-dire le colonel Vladimir Mechoulaïev. Depuis son retour à Washington, en effet, il avait été décidé que les contacts avec ses employeurs ne passeraient plus par des diplomates soviétiques aux Etats-Unis, trop exposés à la surveillance du FBI.

Durant cette rencontre, il but tellement qu'il en oublia le lieu de leur rendez-vous suivant, en octobre : alors qu'il devait rencontrer à nouveau « Vlad » à Vienne, cet automne-là il se rendit à Zurich ! Mais avant de perdre toute sa lucidité, il eut le temps d'empocher une énorme récompense en liquide, et de donner au colonel du KGB la joie de sa vie : avec lui, il apportait en effet la description de trois agents recrutés par Monk. Le premier, un officier supérieur appartenant au GRU, travaillait au ministère de la Défense à Moscou après avoir été recruté au Moyen-Orient à la fin 1985. Le second, un scientifique vivant dans une « cité secrète » d'URSS, avait pactisé avec la CIA lors d'un voyage en Californie. Le troisième était un colonel des services secrets soviétiques approché à l'étranger six ans plus tôt, nommé depuis dans un pays du bloc de l'Est, et qui parlait couramment l'espagnol.

A peine rentré au QG de la Première Direction, à Yassenevo, Mechoulaïev se lança sur ces trois pistes.

« N'entendez-vous pas sa voix que porte le vent nocturne, mes frères et mes sœurs ? Ne percevez-vous pas son appel, timide mais si pathétique ? Comment ! Vous, ses propres enfants, vous auriez pu oublier la voix de notre mère adorée, de notre mère patrie, la sainte Russie ?

« Eh bien moi, mes amis, je l'entends. A travers les forêts, j'entends ses gémissements. A l'autre bout de la steppe enneigée, je l'entends sangloter : "Mais pourquoi me traitez-vous si durement ? Quoi, n'y a-t-il pas eu assez de trahisons ? N'ai-je pas assez perdu de sang pour vous ? Après toutes ces souffrances, que me faut-il encore endurer ? Voyez, maintenant on me prostitue aux étrangers, aux rapaces venus de tous les horizons se repaître de mon corps... " »

Dans la salle de conférences, quarante paires d'yeux étaient braquées sur l'écran géant où un homme était en train de haranguer la foule en un russe déclamatoire, auquel la traduction simultanée faisait un timide contrepoint.

« Oui, mes sœurs et mes frères, si nous le voulons, nous pouvons l'entendre. Oh, bien sûr, les nantis de Moscou, avec leurs zibelines et leurs voitures de luxe, en sont incapables, autant que les cosmopolites et les criminels qui profitent de son corps généreux. Mais nous, nous pouvons saisir l'appel de notre mère, la plainte de notre mère, parce que nous sommes les enfants de ce grand pays ! »

Litvinov, le jeune réalisateur chargé de la propagande audiovisuelle de l'UFP, était vraiment un pro. Il avait monté le discours en y intercalant de saisissants gros plans : ici, c'était une blonde jeune femme, son bébé endormi sur son sein, fixant la tribune d'un regard éperdu d'adoration ; là, un soldat à la poignante beauté, incapable de retenir ses larmes devant un aussi vibrant hommage à la mère patrie ; ou bien un laboureur stoïque, sa faux jetée sur l'épaule, le visage marqué par tout le dur destin de son peuple...

Soudain, la voix de l'orateur ne fut plus qu'un murmure, parfaitement capté cependant par les micros ultraperfectionnés qu'il avait devant lui :

« Alors, personne ne se lèvera ? Personne ne surgira afin de proclamer : "Assez ! Cela ne peut plus durer" ? Mais attendez encore un peu, mes compatriotes ! Patience, mes frères de Russie, patience, filles de la *rodina*... »

Progressivement, il revenait au ton prophétique du début en déclamant : « Oui, patience, car me voici, chère Mère, oui, c'est moi, Igor, votre fils, qui ne t'abandonnera pas et qui... »

223

Les derniers mots se perdirent dans le cri unanime, et soigneusement orchestré, qui s'éleva de l'auditoire en une vague formidable : KO-MA-ROV, KO-MA-ROV !

Quand le projecteur s'éteignit et que la lumière se ralluma, l'assistance observa un long silence. Chacun reprenait son souffle.

Enfin, Sir Nigel Irvine se leva pour gagner le bout de l'immense table rectangulaire en pin du Wyoming.

— Je pense que vous avez tous compris de quoi il s'agissait, commença-t-il posément. Vous venez de voir l'enregistrement d'un discours d'Igor Viktorovitch Komarov, le leader de l'Union des forces patriotiques russes, et sans doute le futur président de la Russie après les élections de janvier prochain. Vous avez pu constater le remarquable talent oratoire de cet individu, et l'influence charismatique qu'il exerce visiblement sur les masses. Vous n'ignorez pas non plus qu'en Russie, dès à présent, la quasi-totalité du pouvoir réel est détenue par le président. Depuis l'époque de Boris Eltsine, on a supprimé pratiquement tout ce qui, comme dans nos sociétés, pouvait contrebalancer cette autorité sans partage. Aujourd'hui, le chef de l'exécutif peut imposer, par simple oukase, à peu près tout ce qui lui plaît. Dans ce contexte, le retour au système du parti unique est tout à fait possible...

— Serait-ce si mauvais, vu l'état dans lequel se retrouve le pays ? coupa une ancienne ambassadrice des Etats-Unis à l'ONU.

— Peut-être pas, madame, répondit Irvine. Mais si j'ai demandé d'inscrire ce point à notre ordre du jour, ce n'était pas dans le but d'une discussion prospective à propos de l'après-élections en Russie. C'était pour présenter au Conseil ce que je crois être une preuve accablante du cours que vont prendre les événements à la suite du scrutin de janvier. J'ai apporté d'Angleterre deux rapports, que je viens de reproduire en trente-neuf exemplaires sur la photocopieuse mise à notre disposition par notre hôte.

— Je me demandais aussi pourquoi mon stock de papier s'était épuisé aussi vite, plaisanta Saul Nathanson.

— Désolé d'avoir surmené votre équipement, Saul ! Mais vous comprendrez pourquoi je n'ai pas voulu traverser l'Atlantique avec quarante copies de ces textes. Je ne vous demande pas

224

de les lire maintenant, mais de le faire à tête reposée, en commençant, si vous le voulez bien, par le document intitulé « Authentification », avant de consulter celui qui porte le nom de « Manifeste noir ». Enfin, je dois vous préciser que ce que vous allez lire ce soir a déjà provoqué la mort de trois hommes. Le caractère confidentiel de ces informations est tel que je me permets d'insister sur le fait que toutes ces photocopies devront être rassemblées et détruites par le feu avant que je puisse quitter ces lieux.

Les membres du Conseil, impressionnés par la solennité de cette présentation, prirent leurs exemplaires respectifs et se retirèrent dans leurs appartements. Au grand étonnement du personnel de service, aucun d'entre eux ne se présenta à l'heure du dîner. Enfermés dans leurs chalets, captivés par leur lecture, les invités se contentèrent de commander des en-cas.

*Langley, août 1990*

Comme si les nouvelles en provenance d'URSS n'avaient pas été assez mauvaises, il fallut convenir en juillet 1990 qu'Orion, le chasseur, était certainement en danger. Une semaine plus tôt, en effet, contrairement à toutes ses habitudes, il ne s'était pas présenté à un « télescopage ».

Dans le jargon de l'espionnage, ce terme désigne un mode de contact, d'une grande simplicité mais *a priori* impossible à repérer, entre deux agents secrets. A une date et une heure convenues, l'un d'eux marche dans une rue. Qu'il soit suivi ou non importe peu : brusquement, il s'engouffre dans un café, un restaurant, quelque endroit suffisamment fréquenté, au moment où son partenaire en sort le plus naturellement du monde. Sur le pas de la porte, les deux étrangers se croisent, s'effleurent à peine, mais cela suffit à l'un d'eux pour glisser dans la poche de l'autre un paquet pas plus grand qu'une boîte d'allumettes. Puis chacun continue sa route comme si de rien n'était. L'échange est si rapide, si anodin, que même en cas de surveillance rapprochée il est pratiquement impossible de le remarquer.

Pis encore, le colonel Solomine n'avait pas relevé ses « boîtes aux lettres » à deux reprises, alors que les marques à la craie indiquaient sans confusion possible qu'elles contenaient quelque chose pour lui.

Et là encore, il n'y avait pas eu de message d'alerte, aucun signe annonciateur de difficultés passagères ou d'empêchement majeur. Les suppositions se résumaient donc à des circonstances extrêmes : une crise cardiaque, un accident de voiture, ou une arrestation.

Simultanément, les services de Langley apprenaient de Berlin-Est que la lettre adressée habituellement chaque mois par Pégase n'était pas arrivée. Et la lecture des petites annonces soviétiques ne permit pas de savoir ce qui pouvait bien se passer.

Alors que le professeur Blinov pouvait se déplacer de plus en plus facilement au sein de l'URSS, et n'était donc plus confiné à Arzamas-16 comme aux pires moments de la glaciation brejnévienne, Jason Monk avait suggéré qu'il envoie une lettre mensuelle à une adresse quelconque en Allemagne de l'Est, un simple mot signé « Youri » qu'il pouvait poster sans danger où il le voudrait en Russie, et qui prouvait à ses véritables destinataires que tout allait bien. Avec la disparition du mur de Berlin, la transmission de ces missives n'avait même plus à emprunter les voies surprenantes de jadis. De plus, il avait recommandé à Blinov d'acquérir un couple d'épagneuls. Qu'un homme de science veuf et sans enfants se prenne d'affection pour des animaux domestiques n'avait rien de suspect, mais c'était surtout un alibi impeccable pour passer chaque mois une petite annonce dans l'hebdomadaire moscovite destiné aux amateurs de toutous : qui voulait acheter deux adorables chiots à peine nés, déjà sevrés, ou en réserver sur la portée à venir ? Ce mois-là, aucune de ces alternatives n'était proposée.

Tous ces signaux plongèrent Monk dans la plus vive inquiétude. Pourtant, lorsqu'il fit savoir en très haut lieu que quelque chose de grave était en train de se passer, on lui rétorqua qu'il était inutile de paniquer, qu'il fallait attendre encore avant de tirer des conclusions alarmantes. Simples contretemps, lui affirma-t-on, tout rentrerait bientôt dans l'ordre... Monk n'en fut nullement convaincu, bien au contraire. Il se mit à bombarder ses supérieurs de notes de service dans lesquelles il retenait la seule hypothèse désormais acceptable pour cet esprit méticuleux : une « taupe » était à l'œuvre à Langley, et à un échelon important.

226

Carey Jordan et Gus Hathaway auraient sans nul doute pris cet avertissement au sérieux. Mais ces deux responsables n'étaient plus là. Les nouveaux hiérarques de la CIA, pour la plupart venus de l'extérieur de l'Agence depuis la crise de l'hiver 1985, n'y virent qu'une source de tracas inutiles. Ils savaient vaguement que la chasse à l'espion déclenchée au printemps 1986 se poursuivait sans conviction dans certains secteurs de l'appareil, et cela leur parut suffisant.

— Difficile à croire, voilà ce que je pense, lança l'ancien procureur général des Etats-Unis alors que la séance plénière du Conseil de Lincoln avait repris, le lendemain, après le petit déjeuner.

— Difficile à ne pas croire, voilà ce qu'hélas je pense, rétorqua tout de go l'ex-secrétaire d'Etat James Baker, en ajoutant : Nos gouvernements respectifs sont au courant, n'est-ce pas, Nigel ?

— Oui.

— Et ils ne sont pas disposés à faire quoi que ce soit ?

Assis autour de la vaste table de conférences, tous les participants regardaient Nigel Irvine comme s'il allait leur apprendre que tout cela n'était qu'un cauchemar, un spectre né des ténèbres qui se dissiperait bientôt.

— L'idée de base, c'est qu'officiellement on ne peut rien faire. Après tout, un grand nombre de Russes approuvent une bonne moitié des propositions avancées dans ce manifeste. Et puis, nous ne sommes même pas censés l'avoir en notre possession. Komarov pourrait parfaitement clamer qu'il s'agit d'une invention, d'un coup monté de l'Occident. Ce qui ne ferait que renforcer encore sa popularité, sans doute...

Un silence accablé s'installa, que rompit finalement Saul Nathanson :

— Je voudrais dire quelque chose. Pas en tant qu'hôte de cette réunion, mais au titre de simple membre. Voilà : il y a encore huit ans, j'avais un fils. Je ne l'ai plus. Il a été tué pendant la guerre du Golfe.

Des hochements de tête attristés mais énergiques appuyèrent ce préambule. Douze des quarante personnalités présentes avaient joué un rôle moteur dans la mise sur pied de la coalition internationale qui devait mener l'intervention militaire de 1991.

227

A l'autre bout de la table, le général Colin Powell ne quittait pas des yeux celui qui venait de prendre la parole : en raison de la notoriété du père, il avait été personnellement averti, alors qu'il dirigeait l'action des forces américaines, de la mort du lieutenant de l'armée de l'air Tim Nathanson, dont l'avion avait été abattu durant les dernières heures du conflit.

— Le seul réconfort face à une telle perte, si réconfort il y a, c'est pour moi de savoir que mon fils est tombé en combattant véritablement le Mal.

La voix altérée, il se tut un instant avant de poursuivre :

— Je suis assez âgé pour ne pas invoquer ce concept en vain, le Mal... Et j'ai assez d'expérience pour être convaincu que parfois le Mal s'incarne en une seule personne. Lors de la Seconde Guerre mondiale, je n'avais que huit ans, je ne pouvais pas me battre. Je sais que certains d'entre vous, ici présents, ont été partie prenante de cette guerre-là. Mais ce que j'ai appris par la suite m'a permis d'avoir la certitude qu'Adolf Hitler a *été* le Mal, et que ce qu'il a *fait* l'était aussi.

L'assistance était pétrifiée. Toutes ces femmes et tous ces hommes d'expérience, rompus aux réalités les plus concrètes de l'existence, sentaient qu'ils étaient en train d'écouter un de leurs pairs s'exprimer du fond du cœur. Saul Nathanson se pencha en avant, une main posée sur le « Manifeste noir » :

— Et je dis que ce torchon est le Mal, tout comme son auteur. Et je prétends qu'il nous est impossible de faire comme si de rien n'était, de permettre que cela se reproduise.

Personne ne rompit le silence, mais tous avaient compris que « cela » désignait un deuxième Holocauste, dont les victimes ne seraient pas seulement les juifs de Russie mais aussi plusieurs minorités nationales installées dans ce pays. Seule l'ancienne dirigeante britannique mondialement célèbre se décida alors à intervenir :

— Je suis d'accord. Ce n'est pas le moment de tourner autour du pot.

Trois des participants à la conférence retinrent difficilement une exclamation : ils avaient déjà entendu Margaret Thatcher utiliser la même expression le lendemain de l'invasion du Koweït par Saddam Hussein. C'était lors d'une rencontre officieuse avec George Bush, James Baker et Colin Powell, à l'abri d'un appartement privé d'Aspen, dans le Colorado. A soixante-treize ans, la « Dame de fer » n'avait rien perdu de son franc-parler.

Ralph Brooke, qui dirigeait Intelcor, *International Telecommunications Corporation*, une compagnie connue et respectée sur les places boursières du monde entier, voulait plus de détails.

— Très bien, dit-il, mais qu'est-ce que nous pouvons faire, concrètement ?

— Sur le plan diplomatique, informer tous nos partenaires de l'OTAN et les encourager à élever une protestation, suggéra un expert en relations internationales blanchi sous le harnais.

— Alors, Komarov criera au faux, et la plupart des Russes le croiront ! objecta un autre membre du Conseil. Vous savez bien que la xénophobie est très forte, chez eux.

James se tourna légèrement sur sa chaise pour s'adresser à Nigel Irvine.

— Vous, Nigel, vous qui nous avez fait découvrir ce texte effrayant, que suggérez-vous ?

— Je n'ai pas de formule miracle, reconnut l'ancien des services britanniques. Mais je proposerais au moins une mesure, disons, préventive. Si le Conseil décidait d'approuver... non pas de diligenter, mais d'approuver une initiative quelconque, elle devrait bien entendu revêtir un caractère si confidentiel que la réputation de personne autour de cette table ne pourrait, directement ou indirectement, en être affectée...

Derrière ces précautions oratoires, chacun des participants comprit parfaitement ce que Sir Nigel voulait laisser entendre. De près ou de loin, tous avaient eu à connaître les conséquences d'actions clandestines autorisées par leur gouvernement et qui s'étaient mal, très mal terminées.

La voix rocailleuse à l'accent germanique d'un secrétaire d'Etat américain à la retraite s'éleva :

— Et vous pourriez garantir la clandestinité d'une telle opération, Nigel ?

— Oui ! répondirent ensemble, et avec une grande conviction, Margaret Thatcher et Lord Carrington.

Tous deux connaissaient bien les qualités de leur ancien chef du SIS.

Il n'était pas dans les habitudes du Conseil de Lincoln d'adopter des résolutions écrites, dûment enregistrées. Simplement, ses membres parvenaient à un accord qui, une fois établi, inspirait la démarche de chacun auprès des responsables qu'il ou elle pouvait influencer.

Dans le cas du « Manifeste noir », ainsi, il fut décidé de confier à un comité restreint le soin de concrétiser le souhait unanime des particpants, qui était de prendre les dispositions les plus adéquates. En tant que tel, le Conseil n'avait pas à exprimer une condamnation, ni même à approuver formellement, ou non, ce qui pouvait s'ensuivre.

*Moscou, septembre 1990*

A son bureau de la prison de Lefortovo, le colonel Anatoli Grichine relut une fois encore les trois rapports qu'on venait de lui transmettre. Il était traversé par un véritable torrent d'émotions, parmi lesquelles dominait un grisant sentiment de triomphe.

L'été qui s'achevait lui avait en effet livré à de brefs intervalles, et grâce à la mobilisation de tous les services du KGB, les traîtres qu'il recherchait depuis si longtemps.

Le premier à tomber avait été Krouglov. Premier secrétaire à l'ambassade de Buenos Aires, soudainement acquéreur d'un appartement à Moscou, les recoupements n'avaient pas été difficiles. Le scélérat, qui avait tout avoué en l'espace de six semaines d'interrogatoires, était désormais confiné dans une cellule de haute sécurité où la température, même aux plus chauds mois de l'année, ne dépassait pas un ou deux degrés. Brisé, grelottant, il attendait de connaître le sort dont Grichine, au vu de la feuille qu'il avait devant lui, devait maintenant décider.

En juillet, cela avait été le tour du professeur de physique nucléaire, le dénommé Blinov. Rares étant les scientifiques de sa trempe à avoir été autorisés à donner des conférences à l'étranger, il figurait sur une liste de quatre suspects. Une perquisition-surprise à son domicile d'Arzamas-16, au cours de laquelle il avait été trahi par une fiole d'encre sympathique maladroitement dissimulée dans une paire de chaussettes, apporta une confirmation sans appel.

Lui aussi avait tout confessé, car l'apparition de Grichine et de ses hommes de main suffisait à délier les langues. Aux enquêteurs, il avait même donné l'adresse de Berlin-Est à laquelle il envoyait ses messages codés.

Certes, le colonel du contre-espionnage soviétique chargé d'effectuer une descente à ce domicile n'avait pas été en mesure d'arrêter le propriétaire de l'appartement. Mais le hasard avait bien fait les choses, et trop d'indices concordaient : cet officier avait servi à Aden, avait occupé un poste important au ministère de la Défense, et voilà que les enquêteurs avaient découvert que l'un de ses enfants, en fouinant à la recherche des cadeaux de Noël, était tombé quelques mois plus tôt sur l'appareil photo miniature que cachait son père...

Piotr Solomine, le chasseur sibérien, ne s'était pas livré aussi facilement que les autres. Il avait résisté aux pires traitements, n'avait pas succombé aux questions les plus retorses, mais comme d'habitude le colonel Grichine avait su avoir raison de lui. La menace de voir sa femme et ses enfants jetés dans le pire camp de travail forcé l'avait finalement ramené à la raison.

Tous trois avaient relaté leurs contacs avec un Américain souriant, toujours attentif à leurs difficultés, toujours pondéré dans ses propositions. Et cela expliquait la haine tenace que Grichine, malgré sa satisfaction, éprouvait envers cet ennemi sur lequel il pouvait désormais mettre un nom, fût-il fantaisiste : celui de Jason Monk.

Une, deux, et même trois fois, cette crapule avait eu l'impudence de s'introduire sur le territoire soviétique pour s'entretenir avec ses complices, puis de s'en aller tranquillement, au nez et à la barbe du KGB. À chaque nouveau détail qu'il apprenait sur le compte de son adversaire, Grichine le détestait encore plus férocement.

L'enquête n'avait rien laissé au hasard. Une vérification systématique des passagers du paquebot *Armenia* avait seulement permis de supposer que Monk s'était dissimulé sous l'apparence du professeur Norman Kelson, dont l'accoutrement texan avait été décrit par Solomine. La piste moscovite s'était révélée plus probante : tous les touristes américains transitant par les services d'Intourist étant systématiquement surveillés et fichés, il n'avait pas été si difficile de constater que le soi-disant docteur Philip Peters avait raté la visite au monastère de Zagorsk le jour même où Blinov rencontrait son mauvais génie à Vladimir.

231

En constatant l'ampleur de ce que l'Américain avait réussi à obtenir de ses trois sources, les experts du KGB avaient été atterrés. Mais désormais, il appartenait à Grichine, les yeux rivés sur les instructions officielles qu'on lui avait transmises, d'exécuter la sentence. Et ce qu'il lisait ne pouvait que le combler d'aise : paraphé par le général Vladimir Kriouchkov, récemment promu à la direction de l'ensemble des services secrets soviétiques, et contresigné le matin même par Mikhaïl Gorbatchev dans son bureau au siège du comité central, c'était l'arrêt de mort pour les trois espions, à chaque fois accompagné d'une mention manuscrite aussi brève qu'explicite : « Immédiat ».

Grichine décrocha le téléphone intérieur. Il accordait aux condamnés une « promenade » d'une demi-heure, afin qu'ils aient pleinement conscience de ce qui les attendait. « La précipitation nuit à l'enseignement », aimait-il expliquer à ses disciples. Quand il descendit dans la cour, un renfoncement borgne que le soleil n'atteignait jamais, les trois malheureux attendaient, à genoux sur le sol.

Ils commencèrent par le diplomate, qui bredouillait *niet, niet* tandis que le sergent-chef approchait de sa nuque un pistolet Makarov. Au signal de Grichine, le bourreau appuya sur la gâchette. Il y eut un éclair, du sang et de la cervelle fusèrent, puis Valeri Krouglov s'abattit en avant, sur ce qui avait été son visage.

L'homme de science, malgré son éducation athée, était en train de prier, recommandant son âme au Seigneur de miséricorde. Comme indifférent à ce qui se passait autour de lui, il s'écroula à son tour, face contre terre.

Le colonel Piotr Solomine attendait son tour, les yeux perdus dans le ciel. Il y contemplait peut-être une dernière fois les forêts et les rivières de son pays, où gibier et poisson abondaient. Lorsqu'il sentit l'acier froid du canon sur sa nuque, il leva la main gauche en direction de Grichine, l'index tendu vers son exécuteur. « Feu ! » hurla ce dernier. C'était terminé.

Il avait donné l'ordre d'enterrer les traîtres la nuit, quelque part dans les forêts de Moscou, afin que leurs familles n'aient même pas une tombe où déposer quelques fleurs. Même dans la mort, la punition devait être exemplaire.

S'approchant du cadavre du Sibérien, il se pencha dessus quelques secondes, puis se redressa et s'éloigna.

De retour à son bureau, il s'apprêtait à rédiger le rapport des exécutions lorsqu'il remarqua que la petite lumière rouge sur son téléphone clignotait. C'était un collègue de la Deuxième Direction qui l'appelait.

— On a presque repéré le quatrième ! s'exclama-t-il. En fait, nous avons deux suspects, ce sera ou l'un ou l'autre. Ils sont tous les deux colonels, travaillent au contre-espionnage, et sont basés à Berlin-Est. Nous les avons à l'œil depuis pas mal de temps, le coupable devrait tomber très bientôt. Quand on le chopera, ça te dit d'être avec nous ? Tu voudrais participer au coup de filet ?

— Donne-moi douze heures, demanda Grichine. Une demi-journée, et je serai à Berlin. Celui-là, je veux m'en occuper personnellement. Tout personnellement.

Comme son interlocuteur, il savait que ce serait la prise la plus difficile de toutes. Un officier du contre-espionnage ne commettrait pas d'erreurs aussi grossières que de cacher de l'encre sympathique dans des chaussettes, ou de s'acheter un appartement avec l'argent de l'ennemi. Et en se sentant surveillé, il redoublerait de prudence... Evidemment, dans l'ancien temps, il suffisait de soupçonner quelqu'un pour l'arrêter et le « cuisiner ». Ou bien il avouait, ou bien c'était une erreur et on passait à autre chose. Mais désormais les autorités exigeaient des preuves tangibles avant de procéder à une arrestation. Or, Lysandre n'était pas un amateur. Il allait falloir le surprendre la main dans le sac, ce qui demandait du temps et du doigté.

Et puis, Berlin était maintenant une ville ouverte, même si le secteur oriental appartenait toujours formellement au bloc soviétique. Sans le Mur, il suffisait au traître de monter dans sa voiture pour passer à l'Ouest s'il se jugeait définitivement grillé. Et là, Grichine ne pourrait plus rien contre lui.

# Chapitre 10

Le comité restreint se composait de cinq personnes : les présidents des trois commissions régulières du Conseil — géopolitique, stratégique, économique —, Saul Nathanson, qui avait demandé à en faire partie, et Nigel Irvine. D'emblée, ce dernier se retrouva sur la sellette.

— Inutile de se cacher derrière des boîtes d'allumettes, lança ainsi Ralph Brooke d'entrée de jeu : ce que vous avez en tête, c'est tout simplement de le descendre, ce Komarov ?

— Non.

— Et pourquoi pas ?

— Parce que ce genre d'opération réussit peu souvent. Et que, dans le cas présent, même si elle réussissait, elle ne résoudrait rien.

Plus que quiconque dans ce petit cercle, Irvine gardait en tête les multiples et souvent rocambolesques tentatives de « neutralisation » que la CIA avait conçues contre Fidel Castro : cigares explosifs qu'il avait finalement refusé de fumer, survêtement imprégné de poison qu'il n'avait jamais enfilé, cirage trafiqué dont les émanations étaient censées lui attaquer la barbe... Lasse de se ridiculiser, l'Agence avait fini par demander l'aide de la Mafia, dont les exploits s'avérèrent encore plus dérisoires : le tueur choisi par la Cosa Nostra, John Roselli, se retrouva au fond de la baie de Floride avec deux blocs de ciment arrimés aux pieds. Et Castro continua à prononcer ses discours-fleuves, qui à eux seuls auraient justifié qu'on l'expédie *ad patres*.

Charles de Gaulle avait survécu à six attentats montés par l'OAS, pourtant experte en la matière. Le roi Hussein de Jorda-

234

nie en avait un nombre encore supérieur à son actif. Quant à Saddam Hussein, il ne les comptait même plus...

— Mais pourquoi ce serait impossible, Nigel ?

— Je n'ai pas dit « impossible », j'ai dit « extrêmement difficile ». Cet homme bénéficie d'une protection rapprochée tout à fait exceptionnelle. Sa sécurité est assurée par des professionnels.

— Et donc, même si on y arrivait, cela ne servirait à rien ?

— Non. On en ferait un martyr, voilà tout. Un autre prendrait sa place, et en rajouterait sans doute encore, au nom du leader disparu.

— Alors ?

— Alors, n'importe quel dirigeant politique est vulnérable à la « déstabilisation ». Un concept américain, si je ne m'abuse...

Il y eut quelques sourires gênés. Le souvenir de l'époque où le Département d'Etat et la CIA avaient essayé de déstabiliser plusieurs responsables de mouvements de gauche, en Europe ou ailleurs, était encore dans tous les esprits.

— De quoi auriez-vous besoin ?

— De fonds.

— Aucun problème ! s'écria Nathanson. Dites un chiffre.

— Merci. Ce sera pour plus tard.

— Et quoi d'autre ?

— Une certaine préparation technique. Qui, pour l'essentiel, peut s'acheter. Et un homme.

— Quel genre d'homme ?

— Quelqu'un qui aille en Russie, et qui y agisse d'une certaine manière. Quelqu'un de très, très fort.

— Cela, c'est votre rayon, Nigel. Mais si, je dis bien si, on parvient à discréditer ce fou, à le couper de sa base populaire, que se passera-t-il ensuite ?

— En fait, c'est là le principal problème, constata Irvine. Komarov n'est pas un simple charlatan. Il a du métier, du charisme, et un véritable don pour comprendre et exprimer les aspirations instinctives du peuple russe. C'est une icône, si vous voulez.

— Comment ?

— Une icône. Enfin, je ne parle pas d'une peinture religieuse, je parle d'un symbole. Lui, il représente vraiment quelque chose, quelque chose dont tous les peuples ont besoin pour se forger un destin collectif. Sans ce type de symbole unificateur, beaucoup de nations basculeraient vite dans la haine de tous contre tous, dans la guerre civile. La Russie est un vaste pays, une mosaïque ethnique. Le communisme était un régime sanguinaire, et cependant il assurait l'unité, l'unité par la force mais l'unité tout de même. Regardez la Yougoslavie, quand ce verrou à sauté... Mais pour garantir l'unité par la volonté commune, il faut quelque chose de symbolique. Vous, vous avez les étoiles de votre drapeau, nous, nous avons notre couronne ; les Russes, pour l'instant, ont Igor Komarov. Et ce qui se cache derrière cette icône, nous sommes hélas les seuls à le savoir.

— Mais cette force symbolique, comment s'en servira-t-il ?

— En démagogue averti, il jouera sur les espoirs du peuple, sur ses désirs, ses croyances et ses haines, mais surtout sur ses peurs. De cette manière, il a déjà conquis le cœur de la plupart des Russes, leur vote lui est acquis, et donc le pouvoir sera bientôt à lui. Alors, il ne lui restera plus qu'à mettre au point l'appareil grâce auquel il pourra appliquer son manifeste.

— Et s'il est brisé avant ? Ce sera le retour au chaos, à l'anarchie, non ? A la guerre civile, même ?

— Probablement. A moins de pouvoir faire apparaître dans l'équation une autre icône, un autre symbole, positif cette fois, auquel les Russes voudraient bien jurer fidélité.

— Un tel homme n'existe pas ! Il n'en a jamais existé en Russie, d'ailleurs.

— Mais si. Une seule fois, et il y a bien longtemps. On l'appelait le tsar de toutes les Russies.

*Langley, septembre 1990*

Un message urgent, personnellement adressé à Jason Monk, parvint de Lysandre. Rédigé sur une carte postale — une vue de la terrasse de l'Opera Café à Berlin-Est —, ses termes étaient d'une innocente simplicité : « J'espère te revoir bientôt. Bien à toi, José Maria. » Reçu à une boîte aux lettres de la CIA à Bonn, il portait le cachet de la poste ouest-allemande. L'antenne de l'Agence, qui savait seulement que la carte était destinée à Monk, la fit suivre à Langley.

Qu'elle ait été postée à l'Ouest n'avait pas d'importance. En fait, le colonel Tiourkine s'était approché d'une voiture immatriculée à Berlin-Ouest et qui reprenait la direction du secteur occidental, et il avait lancé sa missive par la vitre ouverte en murmurant au conducteur : *Bitte*. Ce dernier, interloqué d'abord, avait continué sa route en comprenant de quoi il retournait. L'échange s'était produit trop vite pour que l'agent qui filait Tiourkine ait eu le temps de s'en rendre compte, et le Berlinois compréhensif avait posté le message. Ce n'était certes pas une procédure très prudente, mais on avait vu pire...

Ce qui était étrange, par contre, c'était la date griffonnée au coin de la carte. Un Allemand, un Russe, ou un Espagnol — puisque Tiourkine avait emprunté cette nationalité en rédigeant son message — aurait écrit : 8/9/90. Or, elle était présentée à l'américaine, avec le mois d'abord, et le jour ne correspondait pas à celui du cachet, le 8 septembre. Pour Monk et pour lui seulement, ce 9/23/90 signifiait : « Il faut que nous nous rencontrions le 23 de ce mois, à neuf heures du soir. » Et la signature hispanique indiquait que sa source se trouvait dans une passe difficile. Quant au lieu du rendez-vous, il ne faisait aucun doute : ce serait la terrasse de l'Opera Café.

La réunification officielle de Berlin, et de toute l'Allemagne, était prévue pour le 3 octobre. Le règne soviétique sur la partie orientale de la cité s'achevait. Le KGB ne pourrait plus agir en terrain conquis, il lui faudrait se replier dans les strictes limites de l'ambassade d'URSS, Unter den Linden, et rapatrier le gros de ses forces à Moscou. Tiourkine faisait peut-être partie du lot, et s'il voulait passer à l'Ouest, c'était le moment ou jamais. Mais il avait sa femme et son fils en Russie, où la nouvelle année scolaire venait de commencer...

Lysandre voulait dire quelque chose à son ami. Quelque chose de très important, et de très urgent. Il ne savait rien de la disparition d'Orion, de Pégase, de Delphes. Mais Monk, si. Et tandis qu'il comptait les jours jusqu'à la rencontre, il se rendit malade d'inquiétude.


Quand les autres invités furent repartis, Sir Nigel surveilla personnellement la destruction de toutes les copies qu'il avait faites.

Il ne fut satisfait qu'en voyant les cendres s'éparpiller dans le vent.

Il quitta le ranch avec son hôte, qui le prit avec lui dans son Grumman jusqu'à Washington. En vol, sur le téléphone protégé dont était équipé l'avion, il appela un vieil ami pour convenir d'un déjeuner. Puis il se laissa aller dans le confortable siège en cuir où il faisait face au banquier.

— Je sais que nous sommes censés ne plus parler de cela, commença Saul Nathanson tout en versant deux verres d'un très délicat chardonnay, mais puis-je tout de même vous poser une question, d'ordre, disons, personnel ?

— Mais comment donc, mon cher ! Je ne peux cependant vous garantir que je pourrai y répondre.

— Bon, je me lance quand même. Vous êtes venu à la réunion en espérant que le Conseil allait préconiser une forme ou une autre d'action, n'est-ce pas ?

— Oui, je pense. Mais c'est vous qui les avez convaincus, et bien mieux que moi.

— Nous avons tous été révulsés. Sincèrement. Mais enfin, nous étions sept juifs autour de cette table. Vous, Nigel... Pourquoi ?

Irvine contempla les nuages défilant sous l'aile du Grumman. En bas, il devait y avoir d'immenses champs de blé, où la récolte battait son plein. Toute cette nourriture... A nouveau, une scène à jamais gravée dans sa mémoire lui revint : les fantassins de Sa Majesté vomissant partout, les chauffeurs de bulldozers, munis de masques pour échapper à la puanteur, en train de charrier des monceaux de cadavres, les bras squelettiques surgissant de galetas fétides, griffes humaines tendues silencieusement pour réclamer à manger...

— Hmm, je ne sais pas trop. J'ai vu ce que c'était, un jour. Je ne voudrais pas revoir ça, non. Oh, c'est vieux jeu, sans doute...

Nathanson eut un rire bref :

— Vieux jeu ? Très bien, je bois à ça ! Dites-moi... Allez-vous vous rendre en Russie, vous-même ?

— Oh, je crois que c'est inévitable, en effet.

— Alors, faites attention à vous, promis ?

— Vous savez, Saul, dans le temps nous avions un dicton : « Il y a de vieux agents, et il y a des agents casse-cou, mais il n'y a pas de vieux agents casse-cou. » Oui, je ferai attention !

Irvine étant logé à l'hôtel Four Seasons de Georgetown, son ami avait proposé qu'ils se retrouvent tout près, dans un petit restaurant à l'ambiance bien française, La Chaumière.

Arrivé un peu en avance, Sir Nigel s'installa sur un banc en face de l'établissement — un monsieur distingué, aux cheveux argentés, que les adolescents en patins à roulettes prenaient soin de ne pas venir importuner.

Traditionnellement, le chef du SIS britannique avait toujours été plus au contact du travail quotidien que le directeur de la CIA, dont la désignation répondait souvent à des critères d'abord politiques. Lorsqu'il venait à Langley, il aimait donc être entouré de ses directeurs de département, auxquels le liait une confiance de professionnels.

Un taxi arriva. Un Américain à la chevelure toute blanche en sortit prestement, et il avait payé son chauffeur quand Irvine, ayant traversé la rue derrière lui, lui posa une main amicale sur l'épaule.

— Après tout ce temps... Ça fait plaisir de vous voir, Carey !

Un sourire ravi apparut sur les traits de Carey Jordan.

— Nigel ! Qu'est-ce que vous fabriquez à Washington ? Et ce déjeuner, pourquoi ?

— Quoi, vous n'êtes pas content ?

— Bien sûr que si ! Je suis enchanté de vous revoir !

— Alors venez, je vous dirai tout à table.

Comme il était encore tôt, la salle était calme. Au grand étonnement d'Irvine, son compagnon répondit « Fumeurs » lorsque le maître d'hôtel leur demanda où ils désiraient s'installer : ni l'un ni l'autre ne touchaient à une cigarette. Mais Jordan savait ce qu'il faisait : à Georgetown, épicentre du « politiquement correct », c'était le meilleur moyen d'être placé dans le coin le plus reculé, le plus discret et le moins fréquenté du restaurant.

Tous deux ayant commandé une entrée et une viande grillée, Irvine repéra un grand cru de Bordeaux sur la carte des vins, un beychevelle. La satisfaction du sommelier était visible : c'était une bouteille de grand prix, rentrée en cave depuis déjà un certain temps. Il revint rapidement, présenta l'étiquette à Sir Nigel, et après avoir obtenu son assentiment il remplit précautionneusement leurs verres.

— Alors, lança Jordan quand ils furent seuls, qu'est-ce qui vous ramène dans notre antre ? La nostalgie ?

— Pas vraiment, non. Un problème, disons.

— Evoqué durant vos récentes conversations avec la crème de la crème, là-bas, dans le Wyoming ?

— Ah, Carey, toujours le même ! Ils n'auraient jamais dû se débarrasser de vous.

— A qui le dites-vous ! Bon, ce problème, de quoi s'agit-il ?

— De quelque chose en train de se passer en Russie, quelque chose de grave, de préoccupant même.

— Rien de bien neuf, non ?

— Non, mais cette fois c'est vraiment sérieux. Or, votre gouvernement, comme le mien, a demandé aux services compétents de ne pas s'en mêler.

— Pourquoi ?

— Une certaine... frilosité officielle, je dirais.

— C'est bien ce que je disais ! s'exclama Jordan avec une moue sardonique : rien de bien neuf !

— Quoi qu'il en soit, à cette... euh... réunion, on a estimé qu'il serait bon d'envoyer quelqu'un jeter un coup d'œil là-bas ?

— Quelqu'un ? Là-bas ? Et la frilosité officielle, alors ?

— C'était un avis unanime.

— Mais pourquoi m'en parler, à moi ? Je suis au rancart, Nigel, et depuis douze ans déjà !

— Vous avez encore vos entrées à Langley, non ?

— Personne n'a plus ses entrées à Langley, maintenant !

— Eh bien, voilà pourquoi j'ai pensé à vous. En fait, j'ai besoin d'un homme capable de se rendre en Russie discrètement, très discrètement.

— Clando, quoi ?

— J'en ai bien peur.

— Pour se frotter au Comité ?

Même si le KGB avait officiellement été dissous par Gorbatchev peu avant son limogeage, puis scindé en deux branches qui portaient chacune un nouveau nom, Jordan continuait à désigner par ce vieux sobriquet les services de renseignements russes.

— Et pire encore, probablement.

L'Américain avala la bouchée qu'il venait de prendre, fronça les sourcils, puis secoua la tête :

— Non. Il ne marchera pas. C'est fini, pour lui.

— Mais qui donc, dites-moi ? Qui ça, « lui » ?

— Un type auquel je pensais. Il est hors course maintenant,

tout comme moi. Quoique pas aussi vieux... Un sacré élément, celui-là ! Du sang-froid, de l'audace, beaucoup de tête, très indépendant. Un oiseau rare. Ils l'ont vidé lui aussi, il y a cinq ans.

— Toujours en vie ?

— Autant que je sache. Hé, mais ce vin est rudement bon ! Ce n'est pas si souvent que j'en bois d'aussi bon...

Irvine lui remplit à nouveau son verre.

— Et comment s'appelle-t-il, ce garçon qui ne marchera pas ?

— Monk, Jason Monk. Et il parlait le russe comme Raspoutine ! Oui, le meilleur chef de réseau que j'aie jamais eu.

— Eh bien, même s'il « ne marchera pas », comme vous dites, parlez-moi un peu de ce Jason.

L'ancien chef des « Opé » obéit de bonne grâce.


*Berlin-Est, septembre 1990*


En cette chaude soirée d'automne, la terrasse de l'Opera Café était bondée. Vêtu d'un léger costume de facture germanique, le colonel Tiourkine n'attira l'attention de personne lorsqu'il vint s'asseoir à une petite table en bordure du trottoir qu'un jeune couple d'amoureux venait juste de libérer.

Au serveur qui débarrassait les verres vides, il commanda un café, puis déplia un journal allemand et se plongea dans sa lecture.

Officier du contre-espionnage soviétique, il était rompu à toutes les techniques de surveillance et le KGB, qui le savait pertinemment, avait mis en place autour de lui le dispositif le plus discret possible. Mais un dispositif qui ne le lâchait pas d'une semelle : ce soir-là, c'était un garçon et une fille, d'apparence très décontractée, assis sur un banc de l'autre côté de la place, les écouteurs de leurs Walkman sur les oreilles.

Ces appareils ne leur servaient pas du tout à écouter de la musique, mais à rester en communication permanente avec deux véhicules stationnés plus loin, dans lesquels attendait l'équipe d'intervention.

Car l'ordre d'arrêter Lysandre était finalement arrivé. Deux détails supplémentaires que venait de fournir Aldrich Ames le

241

désignaient maintenant comme le seul coupable possible : la « taupe » américaine avait en effet précisé que l'homme recherché avait été recruté à l'étranger six ans plus tôt, et qu'il parlait couramment l'espagnol, ce qui supposait une affectation précédente en Amérique latine ou en Espagne. Les enquêteurs reprirent les listes d'affectations. Le seul autre suspect avait certes été en poste en Equateur, mais à une période plus récente...

Pour couronner le tout, quelqu'un avait eu la brillante idée d'écouter l'enregistrement des conversations téléphoniques passées des locaux du KGB à Berlin-Est la nuit où le détenteur de la boîte aux lettres de la CIA avait réussi à échapper au raid déclenché contre lui. D'un téléphone public, au rez-de-chaussée de l'immeuble, quelqu'un l'avait appelé une heure avant le déclenchement de l'opération. Or, l'autre colonel soupçonné se trouvait à Potsdam ce jour-là, alors que Tiourkine était précisément l'officier en charge du raid !

L'arrestation de Lysandre aurait déjà eu lieu si, au dernier moment, un responsable de haut rang n'avait pas annoncé son arrivée imminente de Moscou, afin de prendre personnellement part à la capture, et de reconduire lui-même le traître en URSS. Et puis, brusquement, le suspect avait quitté son bureau, à pied, et il n'y avait pas eu d'autre choix que de le suivre.

Un cireur de chaussures, visiblement d'origine marocaine, passait de table en table sur la terrasse, proposant par gestes ses services aux consommateurs, qui lui faisaient grise mine : ceux de Berlin-Est parce qu'ils n'étaient aucunement habitués à ce spectacle, ceux de Berlin-Ouest parce qu'ils estimaient en général que trop d'immigrés venaient vagabonder dans leur ville si prospère. A la fin, pourtant, il obtint un vague signe de tête et, courbant l'échine aux pieds de son client, se mit rapidement au travail. Alors qu'un serveur s'approchait pour le faire déguerpir, l'homme qui avait accepté ses services intervint dans un allemand teinté d'accent :

— Maintenant qu'il a commencé, vous pouvez le laisser finir.

Avec un haussement d'épaules, le serveur s'éloigna.

Courbé sur sa brosse, le cireur de chaussures murmura en espagnol :

— Ça fait une paie, Kolya... Comment vas-tu ?

Tiourkine, car c'était lui, se pencha pour lui montrer l'endroit où il aurait fallu plus de cirage :

242

— Pas très bien. Je crois que j'ai des ennuis.

— Raconte.

— Il y a deux mois, je devais faire une descente chez un type, une adresse CIA, on m'avait dit. J'ai réussi à le prévenir par un coup de fil, il s'en est tiré. Mais comment les autres pouvaient être au courant ? Est-ce que quelqu'un a été pris, a parlé ?

— Possible. Pourquoi tu penses ça ?

— Parce qu'il y a encore plus grave. Il y a une quinzaine, juste avant que j'envoie ma carte postale, un agent est venu de Moscou, en visite privée. Sa femme est allemande de l'Est. Je sais qu'il travaille aux analyses. Bon, il y a eu un dîner organisé pour lui, il s'est saoulé, et pour faire le malin il a raconté qu'il venait d'y avoir un gros coup de filet à Moscou. Un gars au ministère de la Défense, un autre aux Affaires étrangères.

La nouvelle fit à Monk le même effet que s'il venait de recevoir en pleine figure le lourd soulier qu'il était en train de brosser.

— Et quand un des invités a dit quelque chose du genre : « Vous devez avoir une supersource chez l'ennemi ! », l'autre s'est tapoté la narine en faisant un clin d'œil.

— Il faut que tu sortes de là, Kolya. Tout de suite. Ce soir.

— Je ne peux pas laisser Ludmilla et Youri. Les abandonner à Moscou.

— Fais-les venir ici, immédiatement. Trouve n'importe quelle excuse. Dans dix jours, ce sera l'Allemagne, ici. Ils ne pourront plus venir.

— Tu as raison. D'ici dix jours, nous passerons de votre côté. Toute la famille. Vous vous occuperez de nous ?

J'y veillerai personnellement. Ne perds pas une minute.

Tiourkine tendit au Marocain une poignée de marks est-allemands, qui dans un peu plus d'une semaine pourraient être changés en précieux deutsche marks. Le cireur de chaussures se releva, remercia d'un geste, et s'en fut.

A l'instant même, les deux jeunes vautrés sur le banc entendirent une voix crier dans leurs écouteurs :

— Ça y est ! On y va ! Allez, allez !

Les deux Tatra de fabrication tchécoslovaque débouchèrent sur la place pour venir piler devant la terrasse. Du premier véhicule surgirent trois hommes qui, après avoir bousculé sans ménagement un passant médusé, bondirent sur un consommateur installé au bord du trottoir. Deux autres agents étaient descendus

243

de la seconde voiture, dont ils gardaient la porte ouverte, prêts à repartir en trombe. Au milieu des cris de surprise des badauds, l'homme fut brutalement entraîné jusque-là, jeté sur la banquette arrière, et la Tatra fila en faisant hurler ses pneus, suivie de près par la première auto. Tout s'était déroulé en moins de sept secondes.

A une centaine de mètres de l'enlèvement, figé au carrefour, Jason Monk n'avait pu que regarder, la rage au cœur.

— Et après Berlin, qu'est-il arrivé ? questionna Sir Nigel Irvine.

Plusieurs clients avaient déjà demandé l'addition, s'apprêtant à retourner au travail ou à d'autres occupations. Sir Nigel, qui avait levé la bouteille de beychevelle et s'était aperçu qu'elle était vide, fit signe au serveur de leur en apporter une autre.

— Vous essayez de me saouler, ou quoi ? lança Jordan avec un sourire en coin.

— Allons, allons ! Malheureusement, nous sommes assez vieux et décatis, vous et moi, pour pouvoir boire en gentlemen.

— Il faut croire...Enfin, ce n'est pas si souvent qu'on m'offre un tel bordeaux !

Quand leurs verres se trouvèrent à nouveau pleins, il poursuivit d'un ton amer :

— Alors, à quoi buvons-nous ? Au Grand Jeu ? Ou plutôt au Grand Gâchis ?

— Non, buvons plutôt au bon vieux temps. Et à la lucidité. Je crois que c'est ce que je regrette le plus, la lucidité, ce dont les jeunes d'aujourd'hui manquent le plus. La lucidité morale, sans faille.

— Eh bien, je bois aussi à ça. Mais nous en étions à Berlin. Donc, Monk est revenu de là-bas plus à cran qu'un chat sauvage. Bien sûr, je n'étais plus dans la maison, mais je voyais encore des gens comme Milt Bearden... Enfin, je ne pouvais pas être un complet étranger, tout de même ! Alors on me racontait des choses.

« Monk s'est mis à faire le tour de tous les bureaux, en clamant qu'il y avait une taupe à l'œuvre en plein dans la division SE, et bien placée encore. Naturellement, personne n'avait envie d'entendre ça. "Rédigez une note", qu'ils lui disaient ! Et il l'a fait, et quand ça a circulé, il y a des oreilles qui ont sifflé, croyez-moi ! Dans son rapport, presque tout le monde en prenait pour son grade : en gros, il accusait la hiérarchie d'incompétence et de laxisme, rien que ça...

« Pendant ce temps, Bearden s'était débrouillé pour éjecter Ames de la division SE. Mais ce type-là était une vraie sangsue. Un nouveau service de contre-espionnage venait d'être formé, avec son groupe d'analyse et la branche URSS y afférente. Pour diriger celle-ci, ils avaient besoin d'un ancien responsable des "Opé". Mulgrew s'est empressé de proposer Ames, et paf ! il a obtenu ce qu'il voulait. Alors, devinez à qui Monk a dû présenter son brûlot ? A Aldrich Ames en personne !

— Tout cela a dû créer une drôle d'onde de choc, remarqua pensivement Irvine.

— On dit que le diable retombe toujours sur ses pattes, Nigel. Pour Ames, c'était encore ce qui pouvait arriver de mieux : il avait la possibilité de mettre le rapport à la poubelle, et c'est ce qu'il s'est empressé de faire. Et il est même allé plus loin : il a contre-attaqué en accusant Monk de semer la panique sans aucune preuve concrète. « D'où est-ce qu'il tire tout ça ? », etc. Vous voyez le genre. Résultat : il y a eu une enquête interne, oui, mais pas pour retrouver la taupe : pour dégommer Monk !

— Une sorte de cour martiale ?

— Ouais, c'est ça, dit Carey Jordan d'un ton révolté. Moi, j'étais prêt à prendre sa défense, mais je n'étais pas en odeur de sainteté, à l'époque. Quoi qu'il en soit, c'est Ken Mulgrew qui a mené la danse. Finalement, ils ont accouché d'une conclusion impressionnante : le soi-disant rendez-vous de Berlin était un coup monté par Monk, de A à Z, dans le but de se faire mousser parce que sa carrière piétinait.

— Quelle élégance !

— N'est-ce pas ? Mais bon, à ce moment-là la direction des « Opé » n'était plus qu'un ramassis de bureaucrates endurcis, à part quelques vieux soldats fatigués qui attendaient l'heure de la retraite. Alors que nous étions en train de remporter la guerre froide, après quarante ans de lutte incessante, alors que l'empire soviétique se cassait la figure, alors qu'il aurait fallu se montrer offensifs... Eh bien non, leur seul souci, c'étaient les chicanes et la paperasserie.

— Et Monk, que lui est-il arrivé ?

— Ils ne l'ont pas viré, non, ils lui ont seulement brisé les pattes. Il a échoué dans un vague placard, aux archives ou quelque chose d'approchant. Enterré, le bonhomme. Plus de missions risquées, plus rien, en fait. Il aurait pu démissionner, empocher sa retraite et aller voir ailleurs. Mais il était coriace, le Monk ! Il a tenu le coup, persuadé qu'un jour ou l'autre on se rendrait compte qu'il avait eu raison. Trois ans, il a attendu, trois ans à se gâcher dans un emploi indigne de lui. Et finalement, on s'en est aperçu.

— Qu'il avait eu raison ?

— Bien sûr ! Mais c'était trop tard...

*Moscou, janvier 1991*

Blême de colère, le colonel Anatoli Grichine quitta la salle des interrogatoires pour s'enfermer dans son bureau.

La commission Monakh avait achevé ses travaux sur un résultat entièrement satisfaisant. Le groupe d'enquêteurs avait obtenu ce qu'il cherchait, de bout en bout. Tout était maintenant consigné sur bandes magnétiques — la longue saga qui commençait en 1983 avec l'étrange maladie d'un garçonnet à Nairobi, et venait de se conclure au mois de septembre précédent avec la spectaculaire arrestation à l'Opera Café.

Les hommes de la Première Direction avaient appris que Jason Monk s'était discrédité auprès de ses propres collègues, qu'il était sur la touche, fini. Cela signifiait donc qu'il ne téléguidait plus personne en URSS. Il avait dirigé quatre agents au total, mais quels agents ! Un seul d'entre eux restait en vie : plus pour longtemps, de cela Grichine était convaincu.

Ainsi, la commission Monakh avait perdu sa raison d'être, elle disparaissait avec un bilan impeccable. Grichine aurait exulté si, lors de la dernière séance de travail, il n'avait pas entendu une révélation qui l'avait plongé dans une fureur indescriptible.

Cent mètres... Cent misérables mètres... Le rapport de l'équipe chargée de filer Nikolaï Tiourkine était pourtant formel : au cours de son dernier jour de liberté, le traître n'avait eu aucun contact avec l'ennemi. Il avait travaillé au QG kégébiste de Berlin-Est, comme à l'accoutumée, avait dîné à la cantine du service. Soudain, il était sorti sans crier gare, il avait marché jusqu'à la terrasse d'un café où il avait pris un café et avait accepté les services d'un cireur de chaussures. Les guetteurs, sur la place, avaient vu ce dernier achever sa besogne et s'en aller.

Et puis, Lysandre avait avoué le fin mot de l'affaire : à l'instant où Grichine, assis à côté du chauffeur de la première voiture, arrivait en trombe devant le café, il était passé à cent mètres à peine de Jason Monk. A Berlin-Est, c'est-à-dire sur un territoire encore sous contrôle soviétique, à l'époque...

A cet aveu hallucinant, les yeux de tous les enquêteurs présents s'étaient braqués sur le redoutable colonel. Dans ces regards stupéfaits, il avait cru lire : « Voilà, il supervisait le coup de filet, et il a laissé s'échapper la plus grosse prise. »

Il s'était juré de laver au moins cet affront dans la souffrance, une souffrance lentement, implacablement infligée, cette fois non pour convaincre, mais pour punir. Mais ce qu'il venait juste d'apprendre, et qui décuplait sa rancœur, était l'ordre formel que le général Boyarov lui avait transmis de la part du président du KGB lui-même : l'exécution devait avoir lieu dans les plus brefs délais, privant ainsi Grichine de cette maigre revanche. En cette période de bouleversements incessants, le chef des services secrets craignait de laisser passer l'occasion en tardant trop. Il se rendait ce jour même chez le président pour obtenir son autorisation écrite, lui raconta Boyarov. Le châtiment du traître serait consommé dès le lendemain matin.

Certes, il fallait reconnaître que tout changeait très vite en URSS, trop vite. Stupéfait, ulcéré, Grichine suivait les attaques toujours plus effrontées que la presse, disposant d'une liberté inédite, lançait contre le KGB, l'appareil d'Etat, son monde. Si on l'avait laissé faire, il savait parfaitement comment il aurait muselé ces roquets. Mais ce que le colonel ne savait pas encore, c'est que quelques mois plus tard, en août, son propre chef, le général Krioutchkov, allait mener un putsch contre Gorbatchev ; que cette tentative désespérée pour freiner le cours de l'histoire allait lamentablement échouer ; qu'en représailles, le père de la *perestroïka* allait dépecer l'hydre qu'était le KGB ; et qu'avant la fin de l'année, l'Union soviétique elle-même se serait effondrée.

En ce jour de janvier où Grichine fulminait dans son bureau, donc, le général Krioutchkov déposa devant Mikhaïl Gorbatchev l'ordre d'exécution de l'ex-colonel Tiourkine. Le président prit son stylo, hésita un instant, et le reposa.

En réplique à l'invasion du Koweït par Saddam Hussein à l'été 1990, la chasse américaine était en train d'écraser l'Irak sous ses bombes. Un assaut terrestre était imminent. De par le monde, plus d'un homme d'Etat cherchait alors à jouer les médiateurs, rêvait d'apparaître comme un héraut de la paix universelle. Le rôle, incontestablement, était tentant. Et Mikhaïl Gorbatchev n'était pas le moins tenté.

— Je reconnais la culpabilité de ce misérable, je conçois qu'il mérite la mort, observa-t-il après un silence.

— C'est la loi, souligna abruptement Krioutchkov.

— Oui, mais en ce moment... En ce moment, je pense que ce n'est pas recommandable.

Retrouvant toute son assurance, il rendit au chef du KGB le papier où manquait toujours son paraphe.

— J'ai le droit d'exercer ma clémence, et ainsi en ai-je décidé. Sept ans de travaux forcés.

Le général se retint de ne pas claquer la porte en s'en allant. « La décadence ne peut pas continuer plus avant », se promit-il en redescendant le couloir d'un pas rageur. Tôt ou tard, lui et d'autres seraient forcés de reprendre les choses en main.

En apprenant cette nouvelle humiliation, Grichine pensa que le sort s'acharnait décidément contre lui. Sa seule consolation fut de se promettre que Tiourkine partirait dans le camp le plus dur possible, subirait un régime de détention si sévère qu'il n'y survivrait pas.

Au début des années quatre-vingt, les camps pour prisonniers politiques avaient tous été déplacés de Mordovie, contrée jugée trop accessible, aux steppes glacées de la région de Perm, la terre natale de Grichine. Une douzaine d'entre eux avaient été édifiés autour de la ville de Vsiesviatskoïe, dont les plus connus, les plus craints : Perm-35, Perm-36 et Perm-37. Mais il y avait aussi Nijni Taghil, un établissement réservé aux traîtres à la patrie, dont le seul nom donnait des frissons même aux membres les plus aguerris du KGB.

Ses gardiens, choisis pour leur aptitude à obéir aveuglément aux ordres, vivaient à l'extérieur du camp. Les punitions étaient strictement codifiées : en fonction des cas, on diminuait les rations, on augmentait la charge de travail. Et pour s'assurer que

248

ces prisonniers « cultivés » ne perdent pas le sens des réalités, on les mélangeait à certains des « droits-communs » les plus brutaux, les plus inhumains, transférés de tous les coins de l'archipel du Goulag.

Non seulement Grichine veilla à ce que Nikolaï Tiourkine parte à Nijni Taghil, mais il inscrivit sur son dossier de détenu : « Régime spécial/Ultrastrict. »

— Enfin..., soupira Carey Jordan, je suppose que vous vous rappelez comment toute cette sale histoire s'est terminée.

— En gros. Rafraîchissez un peu mes souvenirs.

Sir Nigel fit signe au serveur qui semblait ronger son frein dans un coin :

— Deux espressos, vous voulez bien ?

— Donc, finalement, en 1993, le FBI a repris en charge l'enquête qui traînait depuis huit ans. Par la suite, ils se sont targués d'avoir résolu le mystère en moins de dix-huit mois, mais le terrain avant eux avait été relativement défriché, même si ça avait lambiné...

« Bon, il faut reconnaître une chose aux fédéraux : ils ont agi comme nous aurions dû le faire depuis longtemps. Simplement, ils ont dit : Les droits civiques, on s'en tape, allons voir un peu les comptes en banque des quelques suspects qui restaient sur la liste. Avec les mandats nécessaires, ils ont forcé les banquiers à déballer leurs petits secrets. Et ils ont gagné. On a découvert qu'Aldrich Ames était millionnaire en dollars, et ça sans inclure ses comptes en Suisse, qu'on a retrouvés plus tard. Pour se justifier, il a raconté que la famille de sa femme, en Colombie, avait beaucoup d'argent. Manque de chance, ça s'est révélé un bobard complet. Alors ils l'ont placé sous surveillance nuit et jour.

« Ils ont fouillé ses poubelles, visité sa maison pendant qu'il était dehors, fouiné dans son ordinateur. Tout était là, ou du moins assez pour le mettre à l'ombre : des messages au KGB, des messages du KGB, les récapitulatifs d'énormes sommes reçues, les coordonnées de plusieurs boîtes aux lettres autour de Washington...

« Le 21 février 1994, et Dieu sait si je me rappellerai toujours cette date, Nigel, ils lui sont tombés dessus pas loin de sa villa d'Arlington. Et ensuite on a tout appris.

— Et vous, vous saviez déjà ?

— Eh non. Je pense que les fédéraux ont été assez malins pour ne rien me dire. Parce que autrement, si j'avais su, je serais arrivé avant eux et je l'aurais descendu de mes propres mains, direct. Et j'aurais été le plus heureux des hommes en montant sur la chaise électrique.

Le regard du vieux chef des « Opé » erra dans le restaurant. Ce qu'il voyait, pourtant, c'était une longue procession de visages et de noms, tous engloutis par la mort.

— Quarante-cinq opérations torpillées, vingt-deux agents trahis, c'est-à-dire dix-huit Russes et quatre de pays satellites. Quatorze d'entre eux exécutés. Et tout ça parce que cette saloperie, ce *serial killer* qui faisait tuer ses victimes par les autres, avait envie d'une grande maison et d'une Jaguar...

Tout en respectant la détresse évidente de son ami, Nigel Irvine murmura :

— Vous auriez dû vous en charger vous-mêmes, entre vous.

— Je sais, je sais ! Nous le savons tous, maintenant. Il aurait fallu aller renifler son compte en banque et envoyer au diable les droits civiques. Rendez-vous compte, au printemps 1986, ce salaud avait déjà encaissé plus de deux cent cinquante mille dollars, et les avait tranquillement placés ici ! Il aurait fallu passer au détecteur de mensonges les quarante et un suspects, ceux qui avaient accès aux dossiers 301. Bon, ça n'aurait pas été agréable pour ceux qui n'avaient rien fait, mais Ames aurait été découvert.

— Et Monk ?

Carey Jordan eut un rire sec, désabusé. Le serveur, qui maintenant aurait bien voulu débarrasser la dernière table occupée du restaurant, passait et repassait, leur addition à la main. D'un geste, Irvine lui demanda de la lui apporter. Le garçon attendit qu'une carte de crédit soit posée sur la note pour filer vers la caisse.

— Monk ? Oui. Eh bien lui non plus, il ne savait pas. Le jour où ils l'ont arrêté était férié, *President's Day*, vous connaissez. Alors, il est resté chez lui, je suppose. Les médias n'en ont pas parlé avant le lendemain. Et c'est alors qu'il a reçu cette fichue lettre...

*Washington, février 1994*

C'était une enveloppe très blanche, sur laquelle Monk reconnut le cachet du service courrier de Langley, mais qui lui était adressée à son domicile, non au bureau. Elle arriva très tôt le matin du 22, dès que la poste eut repris le travail après la pause de *President's Day*.

A l'intérieur, il y avait une deuxième enveloppe, frappée du sceau des ambassades américaines, sur laquelle était inscrit, tapé à la machine : « M. Jason Monk, c/o Service du courrier, Siège central de la CIA, Langley, Virginie. » Quelqu'un avait ajouté à la main la mention : « V.D. », et au dos : « Déposée à notre ambassade de Vilnius, Lituanie. Vous devez être au courant, non ? » De toute évidence, elle était parvenue aux Etats-Unis par la valise diplomatique, puisqu'elle ne portait pas de timbre.

En l'ouvrant, Monk découvrit encore une troisième enveloppe, en papier de mauvaise qualité cette fois, sur laquelle était griffonné dans un anglais maladroit : « S'il vous plaît » — souligné trois fois —, « prière transmettez à M. Jason Monk, à CIA. De la part ami. »

La lettre était dedans, écrite sur des feuillets tellement minces qu'il faillit les déchirer en les dépliant. Du papier hygiénique ? Les pages de garde d'un vieux livre bon marché ?

« Nijni Taghil, septembre 1993. » Elle était rédigée en russe, d'une main incertaine, avec un stylo noir parfois défaillant.

« Très cher ami, Jason !

« Quand tu recevras cette lettre, si tu la reçois, je ne serai plus de ce monde. Typhoïde. Propagée par les mouches, par les poux. Ils sont en train de fermer ce camp, de le démonter jusqu'à la moindre pierre, de le faire disparaître, comme s'il n'avait jamais existé. Et il n'aurait jamais dû exister, en effet.

« Une douzaine d'entre nous, parmi les politiques, viennent d'être amnistiés. On dirait que ça bouge à Moscou... L'un d'eux est un bon ami, un intellectuel lituanien, un écrivain, à qui je peux faire confiance, je crois. Il m'a promis de cacher cette lettre et de la faire passer dès qu'il serait rentré dans son pays.

« Maintenant, il va falloir que je prenne encore un autre train, encore un autre camion à bestiaux, mais je sais que je n'arriverai pas vivant. Alors, je te dis ici au revoir, et je te donne quelques nouvelles. »

Suivait un récit détaillé de tout ce qui s'était passé depuis son arrestation à Berlin-Est, trois ans plus tôt. Nikolaï Tiourkine racontait les sévices quotidiens, les tortures auxquelles il avait été bientôt inutile de résister, les aveux. Il décrivait sa cellule dans les caves de Lefortovo, à l'air vicié par les excréments et à l'humidité constante, les lumières aveuglantes de la salle d'interrogatoires, les cris, les coups.

Il parlait du colonel Anatoli Grichine, tellement convaincu de l'exécution imminente de Tiourkine qu'il s'était laissé aller à lui parler d'autres prisonniers dont il entendait le nom pour la première fois : Krouglov, Blinov, Solomine. Grichine s'était complu à lui décrire ce qu'il avait infligé au soldat sibérien pour l'obliger à avouer :

« Quand il a terminé, j'ai prié pour mourir tout de suite. Et depuis, j'ai souvent formulé la même prière. Dans ce camp, il y a eu beaucoup de suicides, mais, comment dire, je me suis finalement accroché à la vie, sans doute à cause d'un infime espoir, de l'idée que si je tenais le coup je pourrais un jour retrouver la liberté. Evidemment, si j'en étais sorti tu ne m'aurais pas reconnu, pas plus que Ludmilla, ou mon fils Youri : plus de cheveux, plus de dents, et le reste n'est pas beau à voir. »

Il évoquait l'interminable trajet en camion de Moscou jusqu'au camp, enfermé avec des criminels de droit commun qui le rouaient de coups sans raison et lui crachaient à la figure pour lui transmettre leur tuberculose. Puis il passait à son existence à Nijni Taghil, encore pire que celle de ses compagnons d'infortune puisqu'il était forcé à plus de travail, et recevait encore moins à manger. Au bout de six mois, il s'était cassé la clavicule en transportant des troncs, mais il n'avait reçu aucun traitement médical, et les gardiens l'avaient même obligé à se servir sans arrêt de son épaule blessée.

En conclusion, il écrivait : « Je ne regrette pas ce que j'ai fait, parce que c'était un système qu'il fallait combattre. Mon peuple connaîtra peut-être enfin la liberté, maintenant. J'ignore où se trouve ma femme, Ludmilla, mais j'espère qu'elle est heureuse. Et je souhaite tout le bien possible à mon petit Youri, qui te doit la vie. Merci pour lui, merci pour tout. Au revoir, mon ami. Nikolaï Ilitch. »

Jason Monk replia la lettre, la posa sur la table à côté de lui, cacha son visage dans ses mains, et fondit en larmes comme un enfant. Ce jour-là, il n'alla pas travailler, n'appela pas pour s'excuser, ne répondit pas au téléphone. Le soir tombé, à six heures, après avoir vérifié une adresse dans l'annuaire, il descendit prendre sa voiture et se dirigea vers Arlington, à la recherche d'une maison bien précise.

Il s'efforça de frapper poliment à la porte. Il adressa à la femme qui lui avait ouvert un bref signe de tête, dit : « Bonsoir, madame Mulgrew » et passa à l'intérieur, la laissant sans voix sur le perron.

Ken Mulgrew était dans le salon, en bras de chemise, un grand verre de whisky à la main. Il se retourna en entendant arriver l'intrus, s'écria : « Eh, mais qu'est-ce que vous faites ? Rentrer comme... » Ce furent les derniers mots qu'il put prononcer normalement avant plusieurs semaines. Car au même instant il recevait le poing de Monk dans la mâchoire. Un poing très, très dur.

Mulgrew était le plus corpulent des deux, mais il ne faisait pas d'exercice, et ce soir-là il se trouvait encore sous l'effet d'un déjeuner bien arrosé. Il avait passé toute la journée au bureau, sans grand résultat puisque tout le monde était surtout occupé à chuchoter et à prendre des airs catastrophés : la nouvelle toute fraîche de l'arrestation d'Aldrich Ames avait ébranlé Langley de haut en bas.

Monk le frappa à quatre reprises, une pour chacun de ses agents trahis. Outre une mâchoire cassée, il lui laissa les deux yeux au beurre noir et le nez fracturé. Puis il repartit comme il était venu.


— C'est que j'appellerais une mesure énergique, estima Nigel Irvine.

— Energique est le mot, approuva Jordan.

— Et ensuite ?

— Bon, Mme Mulgrew n'a pas appelé la police, heureusement, mais elle a prévenu l'Agence. Ils ont envoyé quelques gars en reconnaissance, qui sont arrivés juste pour voir ce saligaud se faire embarquer dans une ambulance, hop, en route vers l'hôpital le plus proche. Ils ont consolé l'épouse, et comme elle leur a balancé Monk ils sont partis dare-dare sur sa piste.

« Il était chez lui, et quand ils lui ont demandé quelle putain de mouche l'avait piqué, il s'est contenté de leur montrer une lettre qui traînait sur sa table. Evidemment, ils étaient infichus de la lire, mais ils l'ont emportée.

— Et ils l'ont quand même saqué, c'est cela ?

— Exact. Et cette fois, pour de bon. Oh, bien sûr, lorsqu'on a lu la traduction de cette lettre pendant le conseil de discipline, tout le monde a beaucoup compâti. Ils m'ont même laissé venir témoigner en sa faveur, je ne sais pas trop si ça l'a aidé... Mais c'était joué d'avance, vous comprenez : ils avaient beau être sous le choc de l'affaire Ames, ils ne pouvaient pas laisser n'importe quel baroudeur mal luné transformer leurs cadres supérieurs en chair à saucisse ! Ils l'ont mis dehors, point final.

Le serveur était revenu errer dans leur coin, visiblement excédé. Lorsque les deux convives se levèrent, il perdit sa mine chagrine pour leur adresser un sourire très commerçant.

— Qu'est devenu Mulgrew ? interrogea Sir Nigel alors qu'ils gagnaient la porte.

— Un an plus tard, quand toutes les turpitudes d'Ames sont devenues publiques, il a été congédié comme un malpropre. Ah, les ironies de l'histoire...

— Et Monk ?

— Il a tout plaqué. A l'époque, il vivait avec une fille, partie quelque part pour un séminaire au moment où tout s'est passé. Lorsqu'elle est rentrée, ils se sont séparés. J'ai entendu dire qu'il avait rechigné à empocher sa retraite, en tout cas il a quitté Washington.

— Pour où, vous auriez une idée ?

— Le dernier écho que j'ai eu, c'est qu'il était sur vos terres, figurez-vous.

— Où ? A Londres ? En Angleterre ?

— Pas tout à fait : une lointaine colonie de Sa Gracieuse Majesté.

— « Territoires associés » : on ne dit plus colonies, de nos jours. Laquelle ?

— Les îles Turks et Caïcos. Je vous ai raconté qu'il adorait la pêche au gros, vous vous rappelez ? D'après ce qu'on m'a dit, il aurait un bateau par là, qu'on peut louer pour des parties de pêche.

Sous le joyeux soleil d'automne, Georgetown semblait plus

coquet que jamais tandis qu'ils attendaient un taxi pour Carey Jordan en face de La Chaumière.

— Vous voulez vraiment le renvoyer en Russie, Nigel ? reprit l'Américain après une ou deux minutes.

— C'est une hypothèse de travail, disons.

— Il ne marchera pas. Il s'est juré de ne plus jamais y remettre les pieds. J'ai bien aimé notre déjeuner — et le vin ! —, mais je vois que vous avez perdu votre temps. Vous ne le ferez pas changer d'avis. Ni avec de l'argent, ni avec des menaces, ni avec quoi que ce soit. Enfin, merci quand même !

Un taxi s'approcha. Les deux hommes se serrèrent la main, Jordan monta dans la voiture et disparut. Sans perdre un instant, Sir Nigel Irvine traversa la rue pour rentrer à son hôtel. Il avait des coups de fil à passer.

# Chapitre 11

Le *Foxy Lady* avait été amarré, lavé, rangé, verrouillé. La nuit arrivait. Jason Monk venait de dire au revoir à ses trois clients italiens qui, malgré une pêche plutôt maigre, semblaient avoir apprécié la sortie presque autant que le vin qu'ils avaient apporté à bord.

Devant le billot installé sur le quai, Julius était en train de couper la tête et les nageoires des deux seules prises de la journée, des *daurados* de taille modeste. Il avait enfoui dans sa poche son salaire quotidien, et sa part des pourboires qu'avaient laissés les Italiens.

Monk marcha jusqu'au Banana Boat, dont la grande véranda ouverte sur le port accueillait déjà les premiers soiffards de la soirée, alla jusqu'au bar et fit un signe de tête à Rocky, le barman.

— Comme d'habitude ? demanda ce dernier avec le sourire.

— Eh oui, je suis un homme d'habitudes, moi.

Client régulier du Banana Boat depuis des années, Monk avait fait de ce bar-restaurant sa permanence téléphonique pendant les longues heures où il était en mer. Avec le plein accord des propriétaires, le numéro du Banana Boat figurait sur les cartes de visite qu'il déposait de temps à autre dans tous les hôtels de l'île, afin de se faire connaître des touristes désireux de s'essayer à la pêche au gros.

De derrière sa caisse, Mabel, l'épouse de Rocky, le héla :

— Le Grace Bay Club a appelé.

— Ah... Un message ?

— Non, juste qu'il fallait les rappeler.

Elle sortit le poste de téléphone branché près d'elle et le fit glisser sur le comptoir en direction de Monk. La réceptionniste du Grace Bay Club reconnut tout de suite la voix du skipper :

— Salut, Jason ! La journée a été bonne ?

— Pas mal, Lucy. On a vu pire. Vous avez essayé de me joindre ?

— Oui. Vous seriez libre, demain ?

— Coquin, qu'est-ce que vous avez derrière la tête ?

A l'autre bout du fil, cinq kilomètres plus bas sur la côte, il y eut un joyeux éclat de rire. C'était une dame d'un certain âge, mais qui adorait la plaisanterie. Et sur ces îles minuscules, pour l'instant épargnées par le tourisme de masse, tous les résidents permanents se connaissaient et vivaient en bonne entente. Il y régnait l'atmosphère des Antilles d'autrefois, faite de beaucoup de gentillesse, d'une grande simplicité, et d'un zeste de nonchalance.

— Vous me faites rougir, Jason ! Bon, vous pourriez prendre un client, demain ?

Il réfléchit un instant. Son intention première avait été de travailler toute la journée sur son bateau, de se consacrer à ces infimes réparations et à ces petites mises au point qui occupent sans cesse un marin, mais il lui était difficile de refuser une proposition : il devait encore la moitié du crédit qu'il avait contracté à Miami pour acheter le *Foxy Lady*, et une nouvelle échéance approchait...

— Pourquoi pas, oui. Une demi-journée, ou la totale ?

— Le matin, juste. A neuf heures, disons.

— OK. Vous leur expliquez où me trouver ? Je serai prêt.

— Oui, Jason, mais ce sera seulement une seule personne, un certain M. Irvine... Très bien, je le préviens. *Bye-bye !*

Monk raccrocha, un peu étonné. En général, les touristes sortaient à deux, ou en groupe. Sans doute un vacancier dont la femme redoutait le mal de mer : ce n'était pas rare non plus. Il termina son daiquiri, puis retourna sur le quai prévenir Julius. Ils devraient se retrouver à sept heures, le temps de faire le plein de carburant et de se fournir en appâts frais.

Le lendemain, à neuf heures moins le quart, le client était là. Plus âgé que la moyenne des pêcheurs amateurs, se dit Monk en l'apercevant arriver sur l'embarcadère : un vieux monsieur, même, habillé d'un pantalon en toile marron et d'une chemise en coton, coiffé d'un panama blanc.

— Capitaine Monk ?

Jason descendit la passerelle pour aller le saluer. A son accent, il avait déduit que c'était un Anglais, et à la manière dont il monta à bord, certes aidé par Julius, il vit aussitôt qu'il n'avait pas le pied marin.

— Vous avez déjà essayé ce genre de pêche, monsieur Irvine ? demanda-t-il posément.

— Euh, non. C'est la première fois, en fait. Je débute, en quelque sorte...

— Ne vous inquiétez pas pour ça, monsieur. Nous allons bien nous occuper de vous. Aujourd'hui la mer est bonne, mais si ça devait trop remuer pour vous, dites-le-moi sans hésiter.

Monk était toujours étonné de constater que l'immense majorité des touristes qui faisaient appel à ses services étaient persuadés de trouver, une fois la barrière de corail franchie, un océan aussi calme que les eaux de la baie. Il est vrai que les dépliants publicitaires vantant le charme des îles ne présentaient jamais la mer des Antilles sous l'aspect houleux qu'elle avait pourtant bien souvent.

Ils firent route vers la passe de Sellar. Au nord-ouest, après le cap, Monk savait que l'océan serait certainement trop agité pour son passager. Mais dans la direction inverse, au large de Pine Key, il y avait une zone plus abritée, où l'on avait récemment signalé des bancs de *daurados*.

Pendant quarante minutes, il mena le *Foxy Lady* à plein régime, avant de ralentir en remarquant une épaisse formation d'algues flottant devant eux, sous laquelle ces poissons toujours à la recherche d'ombre pouvaient très bien s'abriter.

Pendant que Julius installait quatre cannes dans leurs supports, il coupa les gaz et fit dériver le yacht en rond sur le banc d'algues. Ils en étaient au troisième tour quand une des lignes se tendit soudain, le moulinet se dévidant à toute vitesse. Le vieil Anglais, qui avait fui le soleil sous l'auvent, se leva et se dirigea à pas dignes vers le siège de toile solidement arrimé au pont. Julius fixa la canne dans le manchon entre les jambes de leur client, lui montra comment la tenir, puis alla remonter les trois autres lignes.

Après avoir redémarré très doucement et guidé le bateau pour qu'il s'éloigne des algues, Monk redescendit sur la plate-forme arrière. Le fil ne se déroulait plus, mais la canne restait violemment courbée.

— Donnez du mou, conseilla-t-il calmement. Donnez du mou jusqu'à ce que la canne se redresse, ensuite vous tirez et vous moulinez tout ce que vous pouvez.

Le Britannique s'escrima dessus avant d'avouer au bout de dix minutes :

— J'ai l'impression que je suis un peu dépassé, vous savez. Des bêtes coriaces, ces poissons !

— OK, je prends la canne, si vous voulez.

— Je vous en serais même infiniment reconnaissant...

Après lui avoir cédé son siège, il retourna volontiers s'asseoir sous l'auvent : à dix heures et demie, les rayons de soleil réverbérés par la mer brûlaient déjà comme le feu.

Le combat dura une quinzaine de minutes. Monk avait attiré sa prise près de la poupe lorsqu'elle se débattit brusquement, reprenant vingt mètres de fil dans un sursaut désespéré pour regagner sa liberté.

— Qu'est-ce que c'est ? demanda le client.

— Un dauphin, et un mastard, encore !

— Oh, le pauvre ! Moi qui aime tant les dauphins !

— Non, on ne parle pas des mêmes ! C'est aussi un poisson de la famille des coryphènes, mais lui se pêche et se mange. Très bon, d'ailleurs. On l'appelle *daurado*, ou dorade tropicale.

Sa gaffe en main, Julius attendit le moment opportun pour attraper l'animal désormais vaincu et hisser adroitement sur le pont ses vingt kilos de chair savoureuse.

— Belle prise, monsieur.

— Oh, mais c'est celle de M. Monk, pas la mienne.

Le skipper se leva, vint retirer l'hameçon de la bête et entreprit de dépouiller le fil de ses guides en acier. Julius lui lança un regard surpris : normalement, ils auraient dû réamorcer toutes les lignes, non les ranger...

— Tu veux bien monter prendre la barre ? lui dit calmement Monk. Direction le port, allure modérée.

Julius ne comprenait toujours pas, mais il obéit aussitôt. Ses jambes noires et plisses disparurent bientôt en haut de l'échelle du poste de pilotage, tandis que Monk, sans un mot, se penchait sur la glacière, en retirait deux canettes de bière, les ouvrait et en offrait une à son passager. Puis il s'assit sur le coffre et regarda le Britannique droit dans les yeux :

— Vous n'êtes pas vraiment venu pour pêcher, n'est-ce pas, monsieur Irvine.

C'était plus un constat qu'une question.

— En effet, ce n'est pas mon passe-temps favori.

— Non. Et vous n'êtes pas « monsieur » Irvine non plus, hein ? Pendant tout le trajet, quelque chose me trottait dans le cerveau. Langley, on déroule le tapis rouge, le grand manitou des services britanniques doit arriver...

— Remarquable mémoire, monsieur Monk.

— Donc, Sir Nigel, n'est-ce pas ? Très bien. Et maintenant, de grâce, cessez de tourner autour du pot. Toute cette mise en scène, pourquoi ?

— Excusez le subterfuge. Je voulais seulement me faire une idée. Et avoir une petite conversation. En privé : difficile de trouver mieux que la pleine mer, vous en conviendrez.

— Eh bien, vous l'avez, votre conversation... A propos de quoi, d'ailleurs ?

— De la Russie, je le crains.

— Ha, ha... Un grand pays, oui. Pas mon préféré, loin de là. Bon, qui vous envoie ?

— Oh, je ne suis « envoyé » par personne. Carey Jordan m'a parlé de vous. Nous avons déjeuné ensemble à Washington il y a deux jours. Il vous transmet son meilleur souvenir.

— C'est gentil. Remerciez-le pour moi si vous le revoyez. Mais vous avez dû remarquer qu'il n'était plus là-dedans depuis un moment ? Vous voyez ce que je veux dire par « là-dedans », hein ? Eh bien, moi non plus. Donc, sans connaître la raison de votre voyage jusqu'ici, Sir Nigel, je regrette de vous apprendre que vous vous êtes fatigué pour rien.

— Ah, c'est exactement ce que Carey m'avait annoncé ! « Laissez tomber », m'a-t-il répété et répété. Mais je me suis entêté, et c'est en effet un long voyage... Alors, maintenant, vous me permettrez au moins de « tenter mon coup », comme vous dites aux Etats-Unis ? De mettre cartes sur table ?

— Oui, on dit comme ça là-bas, en effet. Eh bien, nous sommes au paradis, il fait beau et chaud, et vous avez affrété ce bateau pour encore deux heures : parlez si vous en avez envie, mais je vous préviens que ma réponse sera quand même non.

— Avez-vous entendu parler d'un certain Igor Komarov ?

— Nous recevons les journaux ici, voyez-vous. Un peu en retard, mais ils arrivent quand même ! Nous avons la radio, aussi. Personnellement, je n'ai pas voulu d'antenne satellite, donc je ne regarde pas la télé... Enfin, oui, je connais ce nom. L'homme providentiel, c'est ça ?

— C'est ce qu'on raconte. Que savez-vous sur lui ?

— C'est le messie de la droite russe. Nationaliste comme pas deux, joue en permanence sur la corde du chauvinisme, etc. Et il fait un malheur dans les sondages.

— Vous le situeriez comment ? Très à droite ?

— Je ne sais pas, moi ! répondit Monk en haussant les épaules. Oui, plutôt. A peu près aussi réactionnaire que certains sénateurs du Sud profond, chez nous !

— Plus que cela, malheureusement. En fait, il est tellement à droite qu'il en est inclassable.

— Eh bien, c'est certainement tragique, Sir Nigel, mais voyez-vous, ce n'est pas mon principal souci. Pour l'instant, ce qui m'intéresse, c'est de savoir si j'aurai un client demain, et si on aura du thon à quinze milles de la côte. Alors, les idées politiques du vilain Komarov ne me préoccupent absolument pas.

— A l'heure présente, peut-être, mais un jour, hélas, elles vous empêcheront de dormir, vous aussi. Je... nous... enfin, avec des amis et collègues, nous sommes un certain nombre à penser qu'il faut réellement l'arrêter. Nous avons besoin de quelqu'un qui aille en Russie. Carey m'a dit que vous étiez très fort... avant. Que vous étiez le meilleur.

— Eh bien, c'était « avant », justement !

Monk fixa un long regard sur Sir Nigel avant de reprendre .

— Ce que vous êtes en train de me dire, c'est que tout ça n'est même pas officiel. Ni mon gouvernement ni le vôtre ne sont derrière.

— Bien vu. Oui, nos dirigeants respectifs ont estimé qu'ils ne pouvaient rien faire contre ce danger. Officiellement, du moins.

— Et vous croyez peut-être que, hop, je vais mettre mon bateau à l'ancre, traverser la planète, débarquer en Russie et me colleter avec ce cinglé, tout ça pour faire plaisir à je ne sais quelle bande de mégalos qui n'ont même pas le soutien de leur gouvernement ?

Il se leva d'un bond, expédiant dans le casier à déchets la

canette de bière vide qu'il avait réduite en bouillie avec son poing :

— Non, désolé, Sir Nigel ! Effectivement, vous avez gaspillé le prix d'un billet d'avion. Bon, je vous ramène à terre. Pour ce matin, en tout cas, c'est moi qui paie.

Il monta à la barre, lança le *Foxy Lady* à plein régime. Ils atteignirent rapidement le lagon. Dix minutes plus tard, ils étaient à quai. Irvine l'attendait sur le pont :

— Je ne suis pas d'accord, pour la sortie en mer. Pour moi c'était un simple prétexte, pour vous, un travail que vous avez assuré de bonne foi. Combien facturez-vous une demi-journée ?

— Trois cent cinquante.

— Voici, avec un petit extra pour votre jeune ami.

Il retira quatre billets de cent dollars de son portefeuille :

— A propos, cet après-midi, votre bateau est retenu ?

— Non.

— Donc vous rentrez chez vous ?

— Exact.

— Et moi à l'hôtel. Je pense qu'à mon âge, et avec une telle chaleur, une bonne sieste sera la bienvenue après déjeuner. Mais vous, pendant que vous attendrez la fraîcheur du soir, une petite occupation vous déplairait-elle ?

— Plus de pêche pour aujourd'hui, avertit Monk d'un ton catégorique.

— Oh, non, grands dieux, non !

Le vieil homme ouvrit le sac qu'il portait en bandoulière et en sortit une enveloppe brune.

— Dedans, il y a un document. Ce n'est pas un montage, ce n'est pas un canular. Lisez-le, c'est tout ce que je vous demande. Que personne d'autre que vous ne le voie. Ne le laissez pas un seul instant hors de votre surveillance. Ceci est encore plus top secret que tout ce qu'ont pu jadis vous rapporter Lysandre, ou Orion, ou Delphes, ou Pégase.

Une manchette entre les yeux n'aurait pas eu un effet plus foudroyant. Tandis que l'ancien chef des services secrets britanniques traversait l'esplanade pour retrouver son buggy de location, Monk resta pétrifié sur place. Sa stupeur passée, il s'ébroua, cacha l'enveloppe sous sa chemise, et alla au Tiki Hut déjeuner d'un steak haché.

Alors qu'au nord des Caïcos, un chapelet de six îles, la barrière est proche du rivage, au sud, elle s'est établie à plusieurs kilomètres de la côte, laissant derrière elle une vaste zone sableuse de près de deux mille kilomètres carrés qu'on appelle les marais de Caïcos. En venant s'installer ici, Monk n'avait pas eu les moyens d'aller vivre dans la partie septentrionale, plus escarpée, plus touristique, et où le terrain coûtait donc plus cher : ses économies étaient passées dans les droits portuaires, le carburant, les frais d'entretien du bateau, l'achat d'une licence commerciale et d'un permis de pêche. A Sapodilla Bay, au sud de l'aéroport, il avait trouvé un bungalow en bois qu'il louait à bas prix, face à l'étendue miroitante des marais où seules des embarcations à fond plat pouvaient s'aventurer. Un vieux pick-up Chevrolet lui suffisait pour faire la navette entre ce modeste toit et le port.

Il était en train de regarder le soleil se coucher à sa droite quand il entendit une voiture s'arrêter sur le chemin sableux qui conduisait au bungalow. Son « client » du matin apparut au coin de la maison. Le panama était maintenant complété par un costume en alpaga, tenue tropicale que les Britanniques d'un certain âge affectionnent.

— On m'a dit que vous seriez ici ! lança gaiement le nouveau venu.

— Qui, on ?

— Cette charmante demoiselle du Banana Boat.

Mabel avait dépassé la quarantaine depuis pas mal d'années.

Gravissant les marches qui conduisaient à la terrasse, Irvine désigna d'un geste le second rocking-chair :

— Vous permettez ?

— Je vous en prie, l'invita Monk en souriant. Une bière ?

— Pas tout de suite, merci.

— Je fais un daiquiri qui décoiffe : pas de fruits, à part du citron vert frais.

— Ah, par contre, ça je ne dis pas non !

Monk prépara deux verres bien tassés, qu'ils commencèrent à siroter avec plaisir.

— Vous avez eu le temps de lire un peu ?

— Ouais...

— Et alors ?

— C'est répugnant. Mais c'est un faux, à tous les coups.

Irvine eut un hochement de tête compréhensif. De l'autre côté des marais, le soleil était en train de disparaître derrière l'île occidentale, teintant de pourpre les eaux basses.

— Nous avons pensé cela, nous aussi. Conclusion évidente, mais qui valait la peine d'être vérifiée. C'est ce que nos gars à Moscou ont fait. Une petite enquête.

Sir Nigel lui raconta alors, étape par étape, le travail mené par l'antenne moscovite tel qu'il était consigné dans le rapport. Malgré sa prévention, Monk l'écouta avec intérêt.

— Quoi, trois morts déjà ? dit-il après un silence.

— Malheureusement. On a vraiment l'impression que M. Komarov tient à ce document comme à la prunelle de ses yeux. S'il s'agissait d'un faux, il ne s'en soucierait pas, il ne saurait même pas que quelqu'un d'autre l'a écrit sous son nom. Ce programme est authentique, ce sont là ses véritables intentions.

— Et vous croyez qu'on peut le neutraliser ? Radicalement ? Le liquider, quoi ?

— Non, j'ai dit qu'il fallait l'« arrêter ». Le « neutraliser », pour reprendre votre curieux jargon CIA, ne servirait à rien.

Il expliqua pourquoi.

— Donc, vous pensez qu'il est possible de l'arrêter en le discréditant, de ruiner son influence ?

— Oui, c'est en effet ma conviction.

Irvine lui lança un regard pénétrant :

— C'est quelque chose qui ne disparaît jamais, n'est-ce pas ? L'instinct du chasseur, je veux dire. On croit s'en être débarrassé, et puis non, il est toujours là, en vous...

Plongé dans des pensées qui l'avaient conduit à des années et des kilomètres de distance, Monk revint brusquement à la réalité. Il se leva pour aller remplir à nouveau leurs verres.

— Finement joué, Sir Nigel. Vous avez peut-être raison. Il est peut-être encore temps de l'arrêter. Mais ce ne sera pas moi. Il faudra vous trouver un autre gogo.

— Mes commanditaires ne sont pas des ladres, savez-vous ? Il y aura une certaine somme, évidemment. Tout travail mérite salaire, enfin, vous connaissez la musique... Un demi-million de dollars. US, bien entendu. C'est assez confortable, je crois, même de nos jours.

Monk réfléchissait : avec le crédit du *Foxy Lady* remboursé, le bungalow racheté, un véhicule correct, il lui resterait encore la moitié, qui lui assurerait du dix pour cent annuel une fois placée. Il secoua la tête.

— Ce maudit pays, après tout ça... Je me suis juré de ne plus y mettre les pieds. Juré. Votre offre est tentante, mais je refuse.

— Euh, j'en suis navré, mais j'allais oublier quelque chose. J'ai trouvé ça avec ma clé en rentrant à l'hôtel, tout à l'heure.

Il tira de la poche de sa veste deux minces enveloppes et les lui tendit. Les sourcils froncés, Monk découvrit deux papiers à en-tête.

Le premier était une lettre de sa société de crédit en Floride lui annonçant qu'en raison d'une nouvelle évaluation des risques, la compagnie n'était plus en mesure de consentir des prêts à long terme dans certaines zones géographiques. En conséquence, le crédit concernant le *Foxy Lady* devait être soldé d'ici un mois, faute de quoi la saisie judiciaire du bateau serait inévitable. C'était écrit dans le sabir bureaucratique habituel, mais la détermination des bailleurs de fonds ne faisait aucun doute.

La deuxième feuille portait le blason du gouverneur royal des îles Turks et Caïcos. Le représentant de Sa Gracieuse Majesté, qui n'était aucunement obligé d'expliquer ses raisons, regrettait d'être dans l'obligation d'annuler le permis de résidence et la licence commerciale accordés au ressortissant américain Jason Monk, mesure qui deviendrait effective sous un mois, à compter de la date de cette notification. Dans les formules de politesse finales, le fonctionnaire qui avait rédigé la lettre se présentait néanmoins comme le « dévoué serviteur » de l'indésirable.

Laissant tomber les deux papiers sur la table placée entre les deux rocking-chairs, Monk lâcha d'une voix neutre :

— C'est dégueulasse.

— Malheureusement, oui, répondit Irvine, le regard perdu au-dessus des marais. Mais c'est à vous de choisir.

— Vous ne pouvez pas trouver quelqu'un d'autre ?

— Je ne veux personne d'autre. C'est vous qu'il me faut.

— OK, cassez-moi. Ça m'est déjà arrivé, je m'en suis sorti. Je m'en sortirai encore. Mais je n'irai pas en Russie.

Irvine reprit le « Manifeste noir », soupira.

— Exactement comme Carey l'avait prédit. « Ni l'argent ni les menaces ne le feront changer d'avis. » Oh, j'étais prévenu...

— Eh bien, en vieillissant, Carey n'a pas perdu la boule, lui, au moins !

Monk quitta son fauteuil.

— Finalement, je ne peux pas dire que ça a été un plaisir. En tout cas, je crois que nous devons en rester là.

En se levant à son tour, Irvine paraissait triste :

— Visiblement, oui. C'est regrettable, très regrettable... Oh, une dernière chose. Quand Komarov arrivera au pouvoir, il ne sera pas seul. Dans son ombre, il y a le chef de sa garde personnelle, qui commande aussi les Gardes noirs. Dès que le génocide commencera, ce sera lui le maître d'œuvre, le grand inquisiteur national.

Monk observa la photographie que le Britannique lui montrait prestement. Le visage d'un homme de cinq ou six ans plus âgé que lui.

Le vieux maître espion redescendait le chemin de sable où il avait garé son buggy lorsque Monk le héla :

— Ce type, qui est-ce, bon sang ?

La réponse traversa les ombres du crépuscule :

— Qui ? Lui ? Le colonel Anatoli Grichine.

L'aéroport de Providenciales n'est pas un terminal ultramoderne, mais son charme tient justement à la modestie du trafic aérien qu'il reçoit, et à la facilité avec laquelle les voyageurs y accomplissent les formalités d'usage. Le lendemain, Sir Nigel n'eut besoin que de quelques minutes pour enregistrer son unique valise, passer le contrôle de police, et se retrouver dans la salle d'embarquement. Au-delà de la simple chaîne qui défendait l'entrée sur la piste — nul besoin de vitres sous de tels climats —, l'avion d'American Airlines en partance pour Miami scintillait au soleil.

Au moment où les passagers commençaient à se diriger vers l'appareil, une silhouette apparut au coin du bâtiment, derrière le grillage. Irvine s'approcha.

— D'accord. Quand, et où ?

A travers le grillage, Sir Nigel passa à Jason Monk le billet d'avion qu'il avait sorti de son veston :

— Providenciales-Miami-Londres. En première classe, bien entendu. Dans cinq jours, le temps de mettre vos affaires en ordre ici. Vous serez absent environ trois mois. Si les élections ont vraiment lieu en janvier, le temps nous est plus que compté.

266

A votre arrivée à Heathrow, pour peu que vous décidiez de partir, vous serez attendu.

— Par vous ?

— J'en doute. Par quelqu'un.

— Comment il me reconnaîtra ?

— Oh, ne vous en faites pas pour ça.

Une hôtesse arrivait d'un pas pressé :

— Monsieur Irvine, s'il vous plaît ? Il faut embarquer, maintenant.

Avant de se retourner, Sir Nigel poursuivit :

— Et notre proposition financière tient toujours.

Monk brandit en l'air les deux lettres menaçantes.

— Et ça, alors ?

— Oh, vous pouvez les brûler, mon garçon. Le manifeste n'est pas un faux, mais celles-ci, oui. Vous comprenez, il fallait bien tester votre résistance...

Il était à mi-chemin de la passerelle, avec l'hôtesse trottant sur ses talons hauts à côté de lui, lorsqu'ils entendirent crier derrière eux :

— Sir Nigel ! Vous n'êtes qu'une vieille crapule !

Il répondit par un sourire espiègle au regard stupéfait que lui lançait la jeune femme :

— On fait ce qu'on peut.


A son retour à Londres, Sir Nigel Irvine eut une semaine très chargée.

Tout ce qu'il avait vu de Jason Monk lui avait plu, et les éloges que Carey Jordan avait faits de lui n'étaient pas courants. Mais dix années d'inactivité, dans cette branche très particulière qu'est le « Grand Jeu », ce n'était pas rien. Entre-temps, l'ex-URSS où Monk avait su s'introduire à trois reprises avait laissé place à une Russie où tout avait changé, jusqu'au nom des villes et des rues, revenues à leurs dénominations d'avant la révolution. Sans une préparation intensive, l'ancien agent ne retrouverait certainement pas ses marques dans le Moscou de l'ère postsoviétique. Là-bas, il était d'ailleurs exclu qu'il demande une aide quelconque à l'ambassade de Grande-Bretagne ou à celle des Etats-Unis : il devrait se débrouiller seul, mais il aurait cependant besoin d'une base sûre, d'un abri en cas d'urgence.

Car une chose au moins demeurait immuable en Russie : l'omniprésence des services de renseignements intérieurs, le FSK, héritier de la Seconde Direction du KGB. Et Anatoli Grichine, même s'il l'avait quitté depuis longtemps, devait y avoir conservé ses entrées. Qui plus est, la séculaire corruption de l'appareil d'Etat russe donnait à Komarov — et donc à son éminence grise — des moyens d'action quasiment illimités, puisque le clan mafieux des Dolgorouki était prêt à payer n'importe quels pots-de-vin pour aplanir la voie devant son « poulain » politique.

En additionnant les fonctionnaires ainsi achetés, les mercenaires encadrant les Gardes noirs, la masse fanatisée des Jeunesses combattantes et les cohortes invisibles de la pègre, le colonel Grichine disposait d'une formidable armée, qui se lancerait sans état d'âme sur les traces de l'étranger venu le braver dans son fief.

Parmi toutes ses interrogations en suspens, Irvine avait en effet une certitude : le chien de garde de Komarov n'allait pas tarder à apprendre que Jason Monk avait repris du service, et cette nouvelle ne serait pas pour lui plaire.

En tout premier lieu, Sir Nigel se consacra à réunir une équipe d'anciens soldats issus des unités spéciales britanniques, limitée en nombre mais hautement qualifiée.

Après des décennies de lutte antiterroriste face à l'IRA, à la faveur de conflits ouverts comme la guerre des Malouines et celle du Golfe mais aussi de multiples opérations non officielles, de Bornéo à l'Oman, de l'Afrique à la Colombie, et d'innombrables infiltrations de « territoires hostiles », la Grande-Bretagne s'est constitué un vivier de professionnels dont la réputation est reconnue dans le monde entier. Nombre d'entre eux ont quitté l'armée ou le SIS pour se faire un gagne-pain de leur ancien métier et de leur expérience. On les retrouve souvent à la tête de sociétés de gardiennage, de services de protection rapprochée, de cabinets de conseil en contre-espionnage industriel...

Fidèle à son engagement, Saul Nathanson avait déjà transféré une confortable somme d'argent dans une banque anglaise opérant en zone franche, et garantissant donc le secret bancaire le plus absolu. Sur un simple appel téléphonique en apparence anodin, Sir Nigel pouvait à tout moment donner l'ordre codé de virer les fonds dont il avait besoin à l'agence londonienne de cet établissement. En moins de quarante-huit heures, il s'assura la collaboration de six hommes capables et dévoués, dont deux parlaient couramment le russe.

Il envoya aussitôt l'un d'eux, avec une solide provision en liquide en poche, vérifier à Moscou un point que Jordan avait évoqué et qui l'avait intrigué. Il ne revint qu'au bout de quinze jours, mais porteur d'informations encourageantes.

Les cinq autres reçurent chacun une tâche bien précise. Pendant que l'un se rendait aux Etats-Unis, muni d'une lettre d'introduction adressée à Ralph Brooke, le directeur général d'Intelcor, les quatre restants furent chargés de consulter les meilleurs experts dans les techniques particulières que Monk, de l'avis d'Irvine, allait devoir absolument maîtriser.

Lorsqu'ils se furent tous mis au travail selon ses instructions, l'ancien chef du SIS fut en mesure de passer au problème dont il voulait s'occuper lui-même.

Cinquante-cinq ans auparavant, de retour sur le théâtre des opérations après sa convalescence, il avait été affecté au groupe de renseignements du général Horrocks, qui commandait alors le corps d'armée engagé dans la prise de la route de Nimègue, en Hollande, afin de venir soulager les parachutistes britanniques qui tenaient la position stratégique d'Arnhem.

Parmi les plus jeunes officiers du régiment des Grenadiers de la garde, qui participait à cette offensive, se trouvait un certain Peter Carrington, et aussi le major Nigel Forbes : c'était ce dernier qu'Irvine voulait maintenant retrouver.

A la mort de son père, le fringant officier avait hérité du titre de Premier Lord d'Ecosse. Irvine dut passer une série de coups de fil là-bas pour apprendre finalement qu'il pourrait joindre Lord Forbes au club de l'armée et de la marine, sur Pall Mall...

— Je sais que beaucoup d'eau a coulé sous les ponts, depuis, reconnut-il après lui avoir rappelé leur lointaine rencontre, mais j'ai pensé que je pourrais vous demander un service. Voilà, je dois organiser un petit séminaire. Quelque chose de discret. De très discret, même.

— Oh, je vois de quoi vous voulez parler...

— Parfait. On cherche un endroit retiré, loin des importuns, où accueillir une douzaine de personnes. Vous qui connaissez bien les Highlands, vous avez une idée ?

— Pour quand en auriez-vous besoin ? demanda l'aristocrate écossais.

— Demain.

— Ah, à ce point...Voyons. Chez moi, ça n'ira pas, vous serez trop à l'étroit. J'ai déjà depuis longtemps laissé le château à mon garçon. Mais si je ne me trompe pas, il est en voyage, en ce moment. Donnez-moi le temps de vérifier.

Une heure plus tard, il rappela Irvine. Son « garçon », c'est-à-dire son fils Malcolm, seul et unique héritier du domaine de Forbes, était en fait un digne quinquagénaire qui partait le lendemain prendre le soleil sur une île grecque, pendant un mois.

— Le mieux serait de camper chez lui, je pense. Mais pas de scandale, n'est-ce pas ?

— En aucun cas ! Conférences, diapositives, vous voyez le tableau. Tous les frais sont à ma charge, et même plus encore.

— Alors, c'est d'accord. Je vais prévenir de votre arrivée la gouvernante, Mme McGillivray. Elle s'occupera de vous.

Sur ce, Lord Forbes retourna achever son déjeuner.

A l'aube du sixième jour écoulé depuis que Sir Nigel était revenu des Tropiques, le vol de British Airways en provenance de Miami se posa au terminal quatre de Londres-Heathrow. Avec ses quatre cents autres passagers, il déversa Jason Monk dans l'aéroport le plus fréquenté du monde. Le patron du *Foxy Lady* se sentit d'abord un peu perdu dans toute cette foule qui, malgré l'heure matinale, se pressait déjà dans les couloirs. Comme il avait voyagé en première, il n'eut cependant pas à attendre longtemps devant le contrôle de police.

— Affaires, ou tourisme ? demanda la préposée en feuilletant son passeport.

— Vacances.

— Bon séjour, monsieur !

Après avoir attendu dix bonnes minutes devant le tapis roulant, il récupéra sa valise et emprunta la sortie « rien à déclarer » sans que personne ne lui pose de questions. Hors douane, des dizaines de chauffeurs attendaient, équipés de pancartes. Aucune ne portait son nom. Pour laisser la voie libre aux nouveaux arrivants, il avança entre les barrières, et il débouchait dans le hall lorsqu'il s'entendit murmurer à l'oreille :

— M. Monk ?

C'était un homme d'une trentaine d'années, en jean et blouson de cuir, les cheveux coupés en brosse, d'allure très sportive.

— Lui-même.

— Votre passeport, s'il vous plaît.

Tandis qu'il vérifiait son identité, Monk pensa qu'il avait tout de l'ancien militaire professionnel. Et, vu sa constitution, il était prêt à parier que sa carrière ne s'était pas déroulée dans les bureaux...

Après lui avoir rendu son passeport et l'avoir soulagé de sa valise, son accompagnateur se présenta sobrement :

— Je m'appelle Ciaran. Suivez-moi, je vous prie.

A la surprise de Monk, ils ne se dirigèrent pas vers le parking, mais prirent la navette jusqu'au terminal un.

— Nous n'allons pas à Londres ?

— Non, monsieur. Nous allons en Ecosse.

Ciaran avait déjà leurs billets. Une heure plus tard, quand le vol pour Aberdeen quitta le sol avec un plein chargement d'hommes d'affaires, il se plongea sans plus attendre dans la *Revue de défense nationale* qu'il avait sortie de son sac. Malgré toute sa bonne volonté, il n'était pas du genre bavard. Monk se résigna à prendre son second petit déjeuner de la journée, puis à rattraper un peu du sommeil perdu au-dessus de l'Atlantique.

A l'aéroport d'Aberdeen, une Land Rover Discovery surbaissée les attendait, avec au volant un autre militaire de carrière taciturne qui dut échanger huit ou dix syllabes avec Ciaran, certainement des retrouvailles très animées, selon leurs critères.

C'était la première fois que Monk voyait les Highlands. Leur chauffeur, qui ne s'était pas nommé, prit la A 96 pendant une dizaine de kilomètres, avant de tourner à gauche devant un panneau presque aussi laconique que ses deux accompagnateurs, puisqu'il ne portait qu'un seul nom : Kemnay. Après avoir traversé le village de Monymusk, ils empruntèrent pendant cinq kilomètres la route d'Aberdeen à Alford, prirent à droite, passèrent Whitehouse en direction de Keig.

Ils longèrent une rivière. Saumon, ou truite ? se demandait Monk quand l'auto abandonna soudain la chaussée, traversa un pont et s'engagea dans une allée qui montait rapidement. Derrière deux collines, la masse d'une imposante demeure fortifiée, bâtie sur un promontoire, émergeait face aux montagnes.

Le chauffeur se retourna pour adresser enfin directement la parole à son passager :

— Bienvenue à Château-Forbes, monsieur.

Une mince silhouette apparut sur le perron en pierre de taille.

271

Sous le chapeau de toile, des mèches argentées flottaient au vent. Sir Nigel s'approcha de la voiture.

— Vous avez fait un bon voyage ?

— Oui, excellent.

— Mais fatigant tout de même. Ciaran va vous montrer votre chambre. Prenez une douche, dormez un peu. Le déjeuner est dans deux heures. Il va falloir se mettre sérieusement au travail...

— Vous saviez que je venais ?

— Oui.

— Pourtant, Ciaran n'a pas appelé.

— Ah, oui ! Je comprends ce que vous voulez dire. Eh bien, figurez-vous que Mitch, ici présent — il montra d'un doigt le chauffeur en train de rentrer sa valise —, était lui aussi à Heathrow. Et dans votre avion jusqu'à Aberdeen. Derrière vous. Il a débarqué plus vite que vous autres, il n'avait pas de bagages. Il a eu le temps de récupérer l'auto, et même de vous attendre un peu.

Monk poussa un soupir résigné. A aucun moment il n'avait remarqué ce deuxième ange gardien, ce qui ne confirmait que trop la formule d'Irvine : il allait falloir se mettre sérieusement au travail, en effet... Le bon côté de sa mésaventure, cependant, était de constater qu'il se retrouvait au sein d'une équipe plutôt compétente.

— Ces types, ils partent avec moi là-bas ?

— J'ai bien peur que non. Vous allez devoir vous débrouiller tout seul. Pendant les trois semaines à venir, notre tâche sera de vous préparer à l'épreuve.

A déjeuner, il y eut une sorte de croustade de pommes de terre à l'agneau, que les hôtes de Monk appelaient « tourte du berger » et qu'ils dégustèrent noyée dans une sauce sombre, très épicée. Ils étaient cinq à table : Irvine, Monk, Ciaran et Mitch, qui s'adressaient invariablement aux deux premiers en les appelant « chef », ainsi qu'un petit homme plein de vitalité, aux cheveux blancs et rares, qui s'exprimait en bon anglais, mais avec un accent russe que Monk reconnut aussitôt.

— Il faudra bien communiquer en anglais, puisque la majorité d'entre nous ne maîtrisent pas le russe, l'avertit Irvine, mais plusieurs heures par jour vous ne parlerez qu'en cette langue avec Oleg, que voici. Il faut que vous retrouviez un niveau tel qu'on vous prenne pour un Moscovite intégral.

272

Monk opina du bonnet. Lui qui n'avait pas pratiqué le russe depuis des années allait bientôt se rendre compte qu'il avait beaucoup perdu, mais ses dons linguistiques évidents et un peu de pratique le remettraient vite en selle.

— Donc, continua l'ancien patron du SIS, Oleg, Ciaran et Mitch forment l'équipe permanente de Château-Forbes. D'autres y effectueront de brefs séjours. C'est aussi mon cas : dans quelques jours, lorsque vous aurez pris vos habitudes, il faudra que je m'absente pour m'occuper de... d'autre chose.

Si Monk avait cru que le décalage horaire et la fatigue du voyage l'autoriseraient à un peu de répit, il s'était trompé : sitôt le déjeuner terminé, il eut une séance de quatre heures avec Oleg. Le Russe lui fit jouer plusieurs scénarios : tantôt, il était un milicien qui l'arrêtait dans la rue, lui demandait ses papiers, l'assaillait de questions, tantôt, un serveur de restaurant peu dégourdi qui comprenait mal la commande de son client, ou bien un provincial demandant son chemin dans la grande cité. C'était une remise en jambes brutale, mais Monk eut l'impression qu'il retrouvait rapidement le sens de la langue.

Il n'en alla pas aussi facilement avec l'aspect physique de sa préparation. Même s'il avait pris un peu de ventre, il se disait que son existence de skipper et de pêcheur l'avait maintenu en bonne forme. Il constata son erreur le lendemain matin, à l'aube, en courant un premier cross avec les inséparables, Ciaran et Mitch.

— On va commencer par un parcours tranquille, chef, avait annoncé Mitch. Huit kilomètres à travers un sous-bois dense.

Au début, Monk crut qu'il allait mourir. Ensuite, il le souhaita.

Le personnel se résumait à deux personnes : l'imposante Mme McGillivray, veuve d'un métayer du domaine, qui cuisinait, blanchissait et régentait la maisonnée en se résignant, non sans certains reniflements désapprobateurs, à accueillir tous ces hommes étranges, à l'accent londonien, qui arrivaient et repartaient ; et puis il y avait Hector, qui bêchait le potager, entretenait le parc et allait faire les courses à Whitehouse, le village le plus proche. Hector et « Mme McGee », comme les instructeurs de Monk avaient surnommé la gouvernante, vivaient dans deux pavillons de la propriété.

Il y eut la visite d'un photographe, qui mitrailla l'agent sous toutes les coutures pour les différents papiers d'identité dont il aurait besoin, et d'un maquilleur qui lui apprit à modifier complètement son apparence avec le minimum de moyens.

Monk passa aussi des heures à étudier une carte à grande échelle de Moscou, mémorisant les centaines de noms que la chute du communisme avait transformés : par exemple, le quai Maurice Thorez était redevenu le quai « de Sofia », comme dans l'ancien temps ; et toutes les références à Marx, à Lénine ou à des dirigeants bolcheviks avaient disparu. Il apprit à utiliser les nouveaux codes téléphoniques, se familiarisa avec les us et coutumes de la Russie postsoviétique.

Avec un expert venu de Londres, un Anglais qui parlait couramment le russe, il visionna des centaines de visages projetés sur un écran, s'exerçant à les nommer sans aucune hésitation. Il fallut encore se plonger dans les livres de spécialistes de la Russie, les journaux et revues russes, les discours de Komarov. Il peina surtout quand il dut retenir par cœur une bonne cinquantaine de numéros de téléphone, lui qui n'était pas un grand ami des chiffres...

Quand Sir Nigel revint la semaine suivante, il paraissait fatigué mais satisfait. Sans expliquer où il était allé, il remit à Monk un objet que l'un de ses collaborateurs avait acheté à Londres après avoir fouillé tous les magasins d'antiquités.

— Bon sang, mais comment étiez vous au courant de ça ? s'étonna l'Américain.

— Peu importe. J'ai des oreilles partout. C'est bien le même, n'est-ce pas ?

— Autant que je m'en souvienne, oui, absolument.

— Parfait, alors c'est ce qu'il vous faut.

Il avait aussi apporté un attaché-case fabriqué sur ses indications par un maroquinier réputé. Même le douanier le plus consciencieux aurait du mal à remarquer le double fond dans lequel Monk allait dissimuler deux documents : le « Manifeste noir » dans sa version originale, et le rapport de l'enquête qui confirmait son authenticité, cette fois traduit en russe.

Monk se sentait désormais plus en forme qu'il ne l'avait jamais été au cours des dix dernières années. Il avait repris des muscles, sa résistance physique était bien meilleure, quoique sans comparaison encore avec celle de Ciaran ou de Mitch, toujours prêts à repousser les limites de l'épuisement et de la souffrance, à approcher de cet état où seule une volonté de fer empêche le corps de s'effondrer.

Le lendemain de son arrivée, George Sims, un ancien chef instructeur des unités d'élite britanniques, descendit sur la pelouse avec lui. Les deux hommes étaient en treillis. Sims se plaça à quatre mètres de lui puis, avec cet accent écossais si chantant, lui dit :

— Et maintenant, monsieur, je vous serais reconnaissant d'essayer de me tuer.

Monk leva un sourcil étonné.

— Mais vous pouvez toujours rêver, vu que z'en êtes point capable !

Et il avait raison. Monk eut beau charger, feinter, tenter une prise, il se retrouva sur le dos.

— Un peu lambin pour m'avoir comme ça !

Hector venait d'apporter des carottes fraîchement cueillies à la cuisine lorsque Monk, une nouvelle fois vaincu, passa en vol plané devant la fenêtre.

— Mais... qu'est-ce qu'ils fabriquent, crénom ?

— T'occupe point, le tança Mme McGee. C'est juste les p'tits messieurs, les amis du jeune maître, qui s'paient une pinte de bon sang.

Plus à l'écart, dans les bois, Sims l'initia au Sig Sauer, un 9 mm automatique de fabrication suisse.

— Je croyais que vous autres, vous aviez le Browning treize coups, remarqua Monk, pas mécontent de démontrer qu'il n'était pas un amateur.

— Ouais, dans le temps, y a une paie ! On l'a remplacé par ça y a une dizaine d'années. Bon, vous connaissez le tir porté sur une cible accroupie, monsieur ?

A « la Ferme », le centre d'entraînement de la CIA à Fort Peary, en Virginie, Monk avait brillé lors de son stage de perfectionnement aux armes de poing, grâce à ses longues randonnées de chasse avec son père quand il était adolescent. Mais là aussi le temps avait passé... Le solide Ecossais installa un carton figurant un homme tapi au sol, se recula de quinze pas, et fit mouche cinq fois en plein cœur. Monk arracha une oreille à la cible, puis lui effleura une cuisse. Il lui fallut tirer une centaine de balles pendant trois jours avant d'arriver à en placer trois sur cinq dans la tête.

275

— Oui, d'habitude, ça suffit à les calmer, reconnut l'instructeur d'un ton résigné, comme s'il comprenait qu'il ne pourrait pas obtenir mieux de son élève.

— Avec un peu de chance, je n'aurai pas à me servir de ce fichu machin, se défendit Monk.

— Aïe ! On dit toujours ça. Mais la chance, ça va, ça vient. Mieux vaut être fin prêt, au cas où.

Au début de la troisième semaine, Monk passa aux nouvelles techniques de communication, sous la supervision d'un spécialiste d'une jeunesse étonnante, presque un gosse.

— Voici un portable tout à fait ordinaire, commença Danny.

Pas plus large qu'un livre, le battant se relevait pour laisser apparaître l'écran, tandis que le clavier se repliait en deux parties qu'il suffisait de verrouiller ensemble pendant l'utilisation. C'était en effet le genre d'ordinateur qu'en 1999 huit hommes d'affaires sur dix utilisaient dans leurs déplacements.

— Là, on insère une disquette absolument normale. Pas de lézard ; pour celui qui voudrait aller tripatouiller dedans, il n'y trouverait que des fichiers professionnels sans intérêt. La voici.

Danny lui montra comment charger la disquette, qui avait toutes les apparences d'une carte magnétique. Monk ressentit un coup de vieux devant ce digne représentant d'une génération qui semblait se délecter des arcanes les plus ardus de l'informatique.

— Maintenant, ça, qu'est-ce que c'est ? interrogea Danny.

— Une carte Visa.

— Regardez mieux.

Il examina consciencieusement la pellicule plastifiée, l'empreinte magnétique.

— OK, « on dirait » une carte Visa.

— Et elle pourrait avoir le même usage, mais ne vous y amusez pas : des fois que leur technologie primaire vienne me l'esquinter ! Conservez-la soigneusement, servez-vous-en avec précaution.

— M'en servir pour quoi ?

— Voilà, observez bien.

Danny la glissa à la place de la disquette.

— Elle va vous servir à coder tout ce que vous taperez sur ce portable. Elle a en mémoire une centaine de « préencodés ». Ça, ne me demandez pas ce que c'est, ni s'ils sont fiables, ce n'est pas mon rayon.

— Fiables, ils le sont, rétorqua Monk, trop heureux de se retrouver enfin en terrain connu.

— Donc, le portable a une batterie au lithium qui lui permet de se connecter au satellite. Même si vous avez une prise sous la main, utilisez plutôt la batterie, pour éviter les baisses de tension pendant une transmission. Par contre, vous la rechargerez sur le courant normal. Maintenant, allumez.

Il lui montra le bouton « On ».

— Vous tapez votre premier message à Sir Nigel, en clair.

En une vingtaine de mots, Monk confirma son arrivée sans encombre, et l'établissement d'un premier contact.

— Ensuite, appuyez sur cette touche, là. Ce n'est pas ce qui est indiqué sur le clavier : en fait, c'est la fonction de passage en code.

Monk s'exécuta. Rien ne se produisit.

— Maintenant, éteignez l'appareil.

Le texte disparut de l'écran.

— Voilà, effacé. Plus aucune trace-mémoire. Votre lettre est maintenant protégée par « Virgile », en attente de transmission. Rallumez.

L'écran scintilla à nouveau, mais il était vide.

— Appuyez sur cette touche. Elle correspond apparemment à une autre commande, mais en réalité elle dit à Virgile : « OK, transmets. » Ou : « Reçois. » Parce que deux fois par jour, un satellite va se pointer. Il est programmé pour envoyer un message en approchant de l'endroit où vous vous trouvez, sur la même fréquence que celle de Virgile. En une microseconde, il demande, en code lui aussi : « Tu es là, fiston ? » Virgile entend ça, reconnaît maman, confirme et balance son propre message. Assez trapu, comme protocole.

— C'est tout ?

— Presque. A l'inverse, si maman a un message pour Virgile, c'est elle qui transmet, le petit le reçoit et le met aussitôt en code. Entre-temps, maman a disparu à l'horizon, en ayant déjà expédié « votre » message à la base de réception, dont je ne connais ni ne veux rien connaître.

— Il faut que je reste devant l'appareil pendant qu'il fait tout ça ?

— Absolument pas. Vous vaquez à vos petites affaires, et quand vous revenez, il suffit d'enfoncer cette touche, là, qui malgré les apparences commande à Virgile de décoder — si la carte est chargée, bien entendu. Virgile s'exécute, vous lisez en clair, vous éteignez le portable. Paf, le message reçu est détruit. A jamais. Un dernier détail : si vous décidez d'en finir avec Virgile, de lui exploser son petit cerveau, vous tapez ces quatre chiffres à la suite.

Il révéla à Monk une séquence inscrite sur un bout de papier.

— Donc, n'entrez jamais ce numéro, à moins que vous ne vouliez vraiment en rester à une simple carte Visa, et rien de plus.

Après deux journées d'exercices répétés, au bout desquelles Monk fut en mesure d'utiliser l'appareil sans erreur, Danny repartit vers la planète virtuelle d'où il était venu.

A la fin de la troisième semaine, Monk dit au revoir au dernier de ses instructeurs. Tous avaient quitté Château-Forbes satisfaits de leur élève.

Le soir, après le dîner, alors qu'il avait pris place dans le salon en compagnie de Mitch et Ciaran, il demanda à brûle-pourpoint :

— Il y a un téléphone que je pourrais utiliser ?

Levant les yeux de l'échiquier où son collègue était en train de l'acculer à la défaite, Mitch désigna du menton le poste installé dans un coin.

— C'est personnel, précisa Monk.

Les deux ex-soldats le fixèrent un moment du regard, puis Ciaran répondit :

— Bien sûr. Prenez celui qui est dans le bureau.

Environné des gravures de chasse et des livres reliés du seigneur de Forbes, il composa un numéro international. A plusieurs fuseaux horaires de l'Ecosse, dans une petite maison de Crozet, en Virginie du Sud, où le soleil était en train de décliner au-dessus des montagnes, on décrocha à la dixième sonnerie.

— Allô ?

C'était une voix de femme. Monk crut voir le séjour, modeste mais confortable, où un feu de bois crépitait tout l'hiver, ses flammes se reflétant sur le service d'argenterie, cadeau de mariage soigneusement astiqué depuis des décennies.

— Salut, m'man, c'est moi.

— Jason ! Où es-tu, mon petit ?

Sa joie était perceptible à l'autre bout du fil.

— En voyage, m'man. Comment va papa ?

Depuis un grave accident cardiaque, son père passait la plus grande partie de son temps dans un fauteuil à bascule, sur la véranda, d'où il contemplait en contrebas le village de Crozet, et les versants boisés qu'il avait si souvent parcourus pour son travail, ou pour des parties de pêche et de chasse avec son fils aîné.

— Bien, bien. Il fait un petit somme dehors. Nous avons une de ces chaleurs... L'été n'en finit pas, on dirait. Je lui dirai que tu as appelé, il sera content. Tu viens nous voir bientôt ? Cela fait si longtemps...

Ses cadets avaient eux aussi quitté le foyer familial depuis plusieurs années. Un de ses frères était agent d'assurances, un autre travaillait dans l'immobilier, sa sœur était mariée à un médecin de campagne. Mais ils vivaient tous en Virginie et rendaient fréquemment visite aux parents. L'enfant prodigue, c'était lui.

— Dès que je pourrai, m'man. C'est promis.

— Tu repars encore loin, n'est-ce pas ?

Il savait ce qu'elle entendait par « loin ». Elle s'était doutée qu'il allait au Vietnam avant même l'arrivée de sa feuille de route, et quand il était à Washington elle l'appelait toujours au moment précis où il se préparait à un départ en mission, comme si un sixième sens l'avait prévenue. L'instinct maternel était une fois encore à l'œuvre : à cinq mille kilomètres de distance, elle avait perçu le danger.

— Mais je vais rentrer. Et alors, je viendrai vous voir.

— Fais bien attention à toi, Jason.

Le regard perdu dans le ciel étoilé des Highlands qu'il apercevait par la fenêtre, il se dit qu'il aurait dû retourner plus souvent là-bas. Ils se faisaient vieux maintenant... Il n'avait pas su prendre le temps, mais s'il rentrait sain et sauf de Russie, il se rattraperait.

— Mais oui, m'man, mais oui.

Il y eut un blanc, comme si ni la mère ni le fils n'arrivaient à exprimer leurs émotions.

— Je t'aime, m'man. Dis à papa que je vous aime tous les deux.

Il raccrocha. Deux heures plus tard, chez lui, dans le Dorset, Sir Nigel lisait la transcription de l'appel téléphonique.

Le lendemain matin, Mitch et Ciaran reconduisirent Monk à l'aéroport d'Aberdeen et prirent avec lui un avion pour Londres, où il passa cinq jours en compagnie d'Irvine dans un hôtel tranquille de la capitale, le Montcalm. L'ancien chef du SIS lui exposa point par point ce que l'on attendait de lui. Alors qu'il ne leur restait plus qu'à se dire adieu, Irvine lui glissa un bout de papier dans la paume :

— Au cas où même votre bijou d'ordinateur tomberait en panne, vous pouvez vous mettre en relation avec ce brave type, il saura faire passer le message. En dernier recours uniquement, cela va de soi. Eh bien, au revoir, Jason. Je ne vous accompagne pas à Heathrow. Jamais pu supporter les aéroports. Vous savez, je crois vraiment que vous pouvez réussir. Oui, j'y crois dur comme fer !

Ciaran et Mitch l'escortèrent aussi loin qu'ils le pouvaient, et lui serrèrent la main :

— Bonne chance, chef.

Il passa aisément le contrôle de police, puis ce fut un vol sans histoire. Cinq heures après, il présentait au garde-frontière de Cheremetievo son passeport, avec une identité d'emprunt et un visa apparemment émis par le consulat russe de Washington. Ensuite, il donna sa déclaration de douane au préposé, qui jeta un coup d'œil sur sa valise et lui demanda en anglais d'ouvrir son attaché-case. Tout à son personnage d'universitaire texan, Monk obéit avec un grand sourire. A la vue du portable, le douanier émit un sifflement admiratif, avant de le reposer, de marquer les deux bagages d'un rapide coup de craie, et de faire signe au passager suivant.

Franchissant les portes en verre coulissantes, Monk entra dans le pays où il avait juré de ne plus revenir.

# DEUXIÈME PARTIE

# Chapitre 12

Comme dans ses souvenirs, l'hôtel Metropol dressait toujours sa masse vert et gris en face du Bolchoï. Jason Monk tendit son passeport à la réceptionniste qui, après avoir rapidement vérifié la réservation sur son écran informatique, lui adressa un sourire de bienvenue.

Sur les conseils du collaborateur russophone que Sir Nigel avait diligenté à Moscou un mois plus tôt, il avait demandé une chambre au huitième étage, située au coin du bâtiment qui donnait sur le Kremlin et, détail le plus important, avec un balcon qui courait tout le long de la façade.

En raison des trois heures de décalage avec Londres, la nuit tombait quand il y déposa ses valises. Dehors, les rares passants se hâtaient sous la morsure du froid, déjà vif en octobre. Ce premier soir, il dîna à l'hôtel et se coucha tôt.

Le lendemain matin, c'était un autre employé qui était de permanence à la réception.

— J'ai un petit problème, lui expliqua Monk. Voilà, le consulat des Etats-Unis a besoin de mon passeport pour une formalité. Rien d'important mais vous savez, la paperasse... Enfin, je leur ai promis de le leur apporter.

— Je regrette, monsieur, mais nous sommes obligés de conserver le passeport de nos clients pendant toute la durée de leur séjour chez nous.

Se penchant légèrement par-dessus le comptoir, Monk fit crisser un billet de cent dollars entre ses doigts.

— Je comprends, poursuivit-il d'une voix feutrée, je comprends parfaitement, mais voyez-vous, après Moscou je dois faire un grand voyage en Europe, et comme mon passeport approche de la date d'expiration ils doivent prolonger sa durée de validité. C'est une affaire de deux ou trois heures, pas plus, après vous le récupérez.

Le jeune homme venait de se marier, sa femme attendait déjà un enfant. Tout en calculant mentalement ce que cent dollars changés au marché noir lui donneraient en roubles, il jeta un regard à la ronde, s'excusa pour un instant et disparut dans les bureaux. Cinq minutes après, il était de retour, avec le passeport.

— Normalement, je ne devrais vous le donner que si vous nous quittiez. Autrement, il faut que je le récupère vite.

— Ecoutez, dès que le consulat a terminé, je reviens directement, comme promis. Jusqu'à quelle heure vous êtes là ?

— Je finis à quatorze heures.

— Bon, si je n'y arrive pas, je le laisserai à vos collègues d'ici ce soir.

Le passeport et le billet de banque changèrent de mains. Complices maintenant, les deux hommes se firent un clin d'œil en se séparant.

De retour dans sa chambre, l'écriteau « Ne pas déranger » suspendu à la porte, Monk alla à la salle de bains. Il sortit de sa trousse de toilette le flacon de collyre qui contenait en fait un produit pour dissoudre les teintures, et remplit le lavabo d'eau chaude. La chevelure grise et bouclée du docteur Philip Peters fut bientôt remplacée par la tignasse blonde de Jason Monk. Le rasoir eut vite raison de sa moustache, et les verres épais qui avaient corrigé la mauvaise vue du digne professeur échouèrent dans une poubelle, à l'autre bout du couloir.

Le passeport qu'il retira de sa cachette était à son nom, avec sa photographie, porteur du tampon des gardes-frontières de Cheremetievo reproduit à partir de celui qu'avait rapporté sur ses papiers le précédent émissaire de Sir Nigel, mais avec une date différente. Glissée entre ses pages, une déclaration de douane « arrangée » de la même manière.

En fin de matinée, il quitta le Metropol par la porte la plus éloignée de la réception, celle qui donnait sur le piano-bar après une volée de marches. Plusieurs taxis stationnaient au bord du trottoir. Monk, qui à nouveau s'exprimait impeccablement en russe, prit le premier de la file, et lui demanda de le conduire à l'Olympic Penta.

Edifié à l'occasion des Jeux de 1980, le complexe olympique de Moscou s'étend au nord du centre-ville, parallèlement à Prospekt Mira. A l'ombre du grand stade, construit beaucoup plus récemment, se découvre l'originale architecture du Penta, un hôtel allemand. Monk se fit déposer sous le porche, entra dans le hall et attendit que le taxi fût reparti pour ressortir à pied. Sa véritable destination se situait à quelques centaines de mètres seulement.

Il longea d'abord quelques pâtés de maisons décrépites, des jardins publics transformés en terrains vagues. Et puis, en arrivant rue Dourova, il atteignit une aire clôturée, bien entretenue, où émergeaient trois bâtiments principaux : une pension pour les fidèles venus des confins les plus reculés de la Russie, une très belle école bâtie dans les années quatre-vingt-dix, et le lieu de culte proprement dit.

La grande mosquée de la capitale russe, qui date de 1905, a tout le charme et l'élégance des édifices de l'époque prébolchevique. Après la longue stagnation de l'ère communiste, quand le régime athée faisait tout pour éradiquer le sentiment religieux, elle a pu retrouver sa splendeur passée, et même créer un véritable centre communautaire, grâce à une généreuse donation de l'Arabie Saoudite. La mosquée elle-même, de taille modeste, n'a pas été agrandie.

Devant ses antiques portes en chêne, Monk retira ses chaussures et entra sous la galerie que soutenaient une succession de colonnes ouvragées. Tout le centre, dépourvu de bancs ou de chaises comme dans tous les lieux de prière musulmans, était couvert d'épais tapis, eux aussi offerts par les Saoudiens. Conformément au canon islamique, aucune image n'était visible ; aux murs, on n'apercevait que des panneaux de bois gravés de citations coraniques.

Même si les musulmans se comptent par dizaines de millions en Russie, Monk ne trouva sur les lieux que quelques douzaines de fidèles. Certes, ce n'était pas un vendredi, jour de la grande prière commune. Et les diplomates des pays arabes en poste à Moscou, pour leur part, préféraient fréquenter la mosquée de l'ambassade saoudienne.

Il s'assit en tailleur non loin de l'entrée, observant les fidèles, pour la plupart âgés et d'origine asiatique ou caucasienne : Azéris, Tatars, Ingouches, Ouzbeks... Tous étaient simplement mais correctement vêtus.

Au bout d'une demi-heure, un vieil homme qui priait quelques mètres devant Monk se leva et se dirigea vers la sortie. En passant, il ne put s'empêcher de noter ce que l'inconnu avait d'inhabituel entre ces murs : ses cheveux blonds, ses traits brunis par le soleil, ses mains dépourvues du chapelet de rigueur... Après un mouvement d'hésitation, il s'accroupit près de lui, adossé au mur. Dans les quatre-vingts ans, calcula Monk en remarquant trois médailles datant de la Seconde Guerre mondiale — la « Grande Guerre patriotique », comme disent les Russes — sur le revers de son veston.

— La paix soit sur vous.

— Et sur vous la paix, répondit Monk.

— Vous êtes de la foi ?

— Non, hélas. Je suis à la recherche d'un ami.

— Ah... Quelqu'un en particulier ?

— Oui, un ami de longue date. Mais j'ai perdu sa trace, et lui aussi. J'espérais le rencontrer ici. Ou trouver quelqu'un qui le connaisse.

— Nous sommes une petite communauté. Plusieurs petites communautés assemblées, plutôt. A laquelle appartient-il ?

— C'est un Tchétchène.

Le vieillard hocha à nouveau la tête, puis se remit péniblement debout.

— Attendez.

Dix minutes plus tard, il revint accompagné d'un homme un peu moins âgé, auquel il désigna Monk d'un geste avant de se retirer.

— J'apprends que vous êtes à la recherche d'un de mes frères tchétchènes, déclara tout de go le nouveau venu. Puis-je vous aider ?

— Peut-être. Merci. Voyez-vous, nous nous sommes connus il y a des années. Aujourd'hui, je suis de passage dans votre ville, et j'aurais beaucoup aimé le revoir.

— Vous connaissez son nom ?

— Omar Gounaïev.

Son regard trahit l'étonnement, l'inquiétude, mais il répliqua, impassible :

— Je ne connais personne de ce nom.

— Alors, je serai très déçu. Parce que je lui avais apporté un cadeau...

— Combien de temps serez-vous parmi nous ?

— J'aimerais bien rester encore un peu, admirer plus longtemps votre belle mosquée.

Le vieux Tchétchène se leva.

— Je vais demander si quelqu'un a entendu parler de votre ami.

— Merci encore, répondit Monk calmement. Je suis un homme patient, très patient.

— La patience est un don de Dieu.

Monk attendit deux heures avant de les voir arriver. Ils étaient trois, jeunes, se déplaçant sans bruit sur l'épaisse couche de tapis persans, déchaussés évidemment. Le premier tomba à genoux près de l'entrée, les mains ouvertes sur les cuisses : il semblait prier, mais Monk comprit que personne n'entrerait ni ne sortirait sans son consentement tant qu'il resterait à cette place. Les deux autres vinrent s'asseoir à ses côtés. Ils avaient tous deux la veste bosselée sur le flanc. A voix basse, afin de ne pas troubler le recueillement des fidèles, ils attaquèrent aussitôt :

— Tu parles russe ?

— Oui.

— Et tu as demandé après un de nos frères ?

— Oui.

— Tu es un espion russe.

— Je suis américain. J'ai mon passeport sur moi, dans mon veston.

— Avec deux doigts, pas plus, commanda l'un d'eux.

Entre le pouce et l'index, Monk saisit le document dans sa poche et le laissa choir devant lui. Après l'avoir feuilleté et avoir hoché la tête d'un air entendu, l'autre adressa une longue tirade en tchétchène à son compagnon. « Tout le monde peut avoir un faux passeport US », résuma Monk par-devers soi. L'homme installé à sa droite reprit :

— Notre frère, pourquoi tu le cherches ?

— On s'est connus il y a longtemps, très loin d'ici. Quand il est parti, il a oublié quelque chose, et je me suis promis que, si je venais un jour à Moscou, je le lui rendrais.

— Tu l'as ici ?

— Dans cet attaché-case, oui.

— Ouvre.

Il obéit. A l'intérieur, il y avait une boîte plate cartonnée.

— Tu voudrais qu'on lui fasse passer ça ?

— Ce serait gentil, en effet.

Celui qui était assis à sa gauche recommença à haranguer l'autre en tchétchène.

— Non, ce n'est pas une bombe, coupa Monk. Ou bien, si c'est une bombe, vous ouvrez la boîte et je meurs aussi. Allez-y, ne vous gênez pas.

Les deux jeunes se regardèrent une seconde. Puis l'un d'eux repoussa le couvercle, et ils écarquillèrent les yeux sur ce qu'ils venaient de découvrir :

— Quoi, c'est ça ?

— C'est ça, oui. Ce qu'il avait oublié en partant.

Le plus méfiant des deux referma le boîtier, le plaça sous son bras et se leva en ordonnant :

— Attendez.

Quand il sortit de la mosquée, celui qui surveillait l'entrée ne fit pas mine de bouger. Avec ses deux gardiens, Monk patienta encore deux bonnes heures. Il avait faim maintenant, et aurait volontiers mordu dans un hamburger géant. La lumière du jour déclinait derrière les étroites fenêtres lorsque le messager revint. D'un seul signe de tête, il leur fit comprendre qu'ils devaient tous le suivre.

Ils renfilèrent leurs chaussures dans le couloir. Son escorte le conduisit jusqu'à une grosse BMW garée dans la rue Dourova. Avant de pousser Monk à l'arrière, l'un d'eux vérifia rapidement, mais sans rien laisser au hasard, qu'il ne portait pas d'armes sur lui. Tous montèrent dans la voiture, qui démarra pour s'engager sur le *kaltso,* le boulevard périphérique tout proche.

Monk était paré à toutes les éventualités : il savait que ces hommes n'auraient jamais osé user de violence dans l'enceinte sacrée de la mosquée, mais qu'ils n'en étaient pas moins capables de tout, une fois dans leur véhicule.

Soudain, celui qui était monté à côté du chauffeur fouilla dans la boîte à gants. Il en sortit une paire de lunettes de soleil, très couvrantes. D'un signe, il enjoignit à Monk de les mettre. Les verres avaient été badigeonnés de peinture noire, ce qui les rendait encore plus efficaces qu'un bandeau sur les yeux. Pour lui, le trajet s'acheva donc dans l'obscurité la plus totale.

En plein cœur de Moscou, dans une ruelle où il est préférable de ne pas se risquer seul, existe depuis des lustres un petit café nommé Kachtane, La Châtaigne. Un touriste mal informé qui, apercevant l'écriteau, penserait s'y réchauffer un instant se verrait refouler sur-le-champ par un jeune cerbère à la mine patibulaire. Quant à la milice, elle ne se risque même pas à approcher de l'établissement.

Au moment où il était poussé dans la salle exiguë et où on lui enlevait les lunettes, Monk entendit une conversation en tchétchène s'interrompre brusquement. Aveuglé par la lumière, il fut rapidement guidé derrière le bar, par une porte qui se referma immédiatement derrière lui. S'il devait ne plus jamais sortir de cette pièce, il n'y aurait aucun témoin, aucun indice.

Le décor était des plus dépouillés : une table, quatre chaises, un miroir suspendu au mur. Venue de la cuisine mitoyenne, il flottait une odeur d'ail, d'épices et de café corsé. Le plus âgé de ses accompagnateurs, celui qui avait monté la garde devant l'accès à la mosquée, lui adressa pour la première fois la parole :

— Assieds-toi. Café ?

— Oui, merci.

Monk savoura le breuvage réconfortant. Il prenait soin de ne pas regarder vers le miroir, sans tain, à coup sûr, et derrière lequel on était sans doute en train de l'observer. Au moment où il posait sa tasse vide sur la table, une autre porte s'ouvrit. Omar Gounaïev apparut.

Il avait changé. Il ne portait plus le col de sa chemise ouvert sur sa veste, et son costume n'était plus du prêt-à-porter bon marché, mais sortait des ateliers d'un grand couturier italien. Quant à sa cravate de soie, elle venait du meilleur faiseur. En douze ans, il s'était un peu alourdi, ce qui ne l'empêchait pas d'avoir la quarantaine fringante, pleine d'allant et d'urbanité. Avec un sourire aimable, il inclina plusieurs fois la tête en direction de Monk, puis s'assit en posant la boîte en carton sur la table.

— On m'a porté ton cadeau.

Repoussant d'une pichenette le couvercle, il fit étinceler sous le lustre le *gambiah* yéménite dont il éprouva d'un doigt le tranchant acéré.

— C'est bien le même ?

— L'un des deux l'avait laissé tomber sur les pavés. J'ai pensé que tu pourrais t'en servir comme coupe-papier.

Le sourire de Gounaïev s'épanouit. Il était franchement amusé, maintenant.

— Et comment as-tu appris mon nom ?

Monk lui relata sa visite à l'ambassade britannique de l'Oman.

— Et depuis, qu'as-tu entendu dire à mon sujet ?

— Oh, bien des choses.

— Bonnes ou mauvaises ?

— Intéressantes.

— Plus précisément ?

— J'ai appris que le capitaine Gounaïev, après dix ans de bons et loyaux services à la section K, en avait finalement soupé d'entendre des blagues racistes et de se voir refuser toute promotion. J'ai appris qu'il avait laissé tomber le Comité pour se consacrer à d'autres activités, elles aussi secrètes, mais dans un genre différent.

En entendant leur chef éclater de rire, les trois exécutants parurent se détendre.

— « Secrètes, mais dans un genre différent » ! Juste, très juste. Et ensuite ?

— Ensuite, j'ai entendu dire qu'Omar Gounaïev avait tellement bien réussi dans sa nouvelle vie qu'il était devenu le baron incontesté de toute la mafia tchétchène à l'ouest de l'Oural.

— Ah oui ? Et puis ?

— On m'a dit que ce Gounaïev n'est pas vieux, mais qu'il est un homme de tradition. Qu'il est resté fidèle aux principes séculaires du peuple tchétchène.

— Tu en as entendu, des choses, mon ami d'Amérique ! Et ces « principes séculaires », ce serait quoi ?

— D'après ce que j'ai entendu, c'est que malgré le chaos général et la décadence ambiante, les Tchétchènes respectent toujours leur code d'honneur. Donc, ils s'acquittent toujours de leurs dettes, que cela leur plaise ou non.

Derrière lui, Monk sentit les trois hommes se crisper à nouveau. Cet Américain était-il en train de les narguer ? Ils restaient suspendus aux lèvres de Gounaïev, qui prenait le temps de peser sa réponse :

— Ce qu'on t'a dit est vrai. Qu'attends-tu de moi ?

— Un toit.

— Un toit ? Les hôtels ne manquent pas, à Moscou !

— Pas assez sûrs.

— Pourquoi ? Quelqu'un veut ta peau ?

— Pas encore, mais bientôt, oui.

— Qui ?

— Le colonel Anatoli Grichine.

Gounaïev eut un haussement d'épaules dédaigneux.

— Tu le connais ?

— J'en connais assez sur son compte.

— Et ce que tu en connais, cela te plaît ?

— Il mène sa barque, je mène la mienne.

— En Amérique, continua Monk, si tu voulais te rendre invisible, je pourrais t'y aider. Mais ici, je ne suis pas dans ma ville, dans mon pays... Peux-tu me rendre ce service à Moscou ? Me faire disparaître ?

— Pour un temps, ou pour de bon ?

Ce fut au tour de Monk d'éclater de rire :

— Temporairement, je préférerais.

— Alors, oui, bien sûr. C'est ça que tu veux ?

— Si j'ai encore un peu de temps à vivre, oui. Et franchement, j'aimerais mieux...

Se dressant devant la table, Gounaïev apostropha ses hommes :

— Lui, là, il m'a sauvé la vie, un jour. Et aujourd'hui, il est mon hôte. Personne ne doit toucher à un seul de ses cheveux. Tant qu'il restera parmi nous, il sera un des nôtres.

Il avait à peine terminé que les trois mafieux entouraient Monk, bras ouverts, et se présentaient chacun à son tour : Aslan, Magomed et Charif.

— Ils sont déjà à ta poursuite ? l'interrogea ensuite Gounaïev.

— Non, je ne pense pas.

— Bon. Tu dois avoir faim. Ici, ce qu'ils servent est immangeable. Allons à mon bureau.

A l'instar de toutes les sommités de la pègre, le chef du clan tchétchène avait une double vie : celle liée à ses activités clandestines, et celle, plus publique, de « biznesman » dirigeant tambour battant une série de sociétés plus prospères les unes que les autres. Gounaïev, ou plutôt le Gounaïev « visible », s'était spécialisé quant à lui dans la spéculation immobilière.

A ses débuts, il n'avait eu qu'à se rendre acquéreur des meilleurs sites constructibles de la capitale, soit en graissant la patte des bureaucrates qui organisèrent leur entrée sur le marché à la chute du système communiste, soit en les faisant abattre lorsqu'ils prenaient trop d'indépendance dans le dépeçage systématique de ce qui avait été, la veille encore, propriété d'Etat. Il s'était ainsi admirablement placé pour répondre aux vastes projets d'urbanisation concoctés par les magnats de la finance russe et leurs partenaires occidentaux : il fournissait les terrains et une main-d'œuvre dénuée de toute velléité revendicative, les promoteurs érigeaient leurs résidences locatives et leurs gratte-ciel de bureaux. Ils se répartissaient ensuite les profits — considérables — de ces opérations.

De cette manière, Omar Gounaïev contrôlait maintenant cinq des six meilleurs hôtels moscovites. Et il avait joué à fond la diversification : le béton, le bois, l'acier, le verre, la brique, pas une branche liée au secteur du bâtiment ne lui avait échappé. Si bien qu'il était devenu impossible de construire ou de restaurer à Moscou en passant par une compagnie qui ne lui appartînt pas.

Quant au Gounaïev de l'ombre, engagé dans une rude compétition avec les autres potentats mafieux pour s'arroger la meilleure part des immenses ressources naturelles du pays, sa grande influence sur sa nation d'origine le plaçait doublement en situation de force. D'abord, alors que les différentes mafias en étaient venues au cours des années à mettre sur pied de véritables armées privées, les Tchétchènes restaient les plus disciplinés, les plus déterminés et les plus redoutés, non seulement des forces de l'ordre mais aussi de leurs rivaux au sein du milieu. Ensuite, avec l'offensive insensée de décembre 1994 contre la Tchétchénie indépendantiste du président Djokhar Doudaev, intervention « chirurgicale » qui s'avéra en fait une guerre sanglante et sans issue, le pouvoir russe avait ruiné le peu de confiance que ces fiers Caucasiens avaient pu conserver à son égard. En proie à l'hostilité populaire et aux vexations policières, la communauté tchétchène de Moscou resserra encore les rangs, devint un clan bien plus uni et impénétrable que ne l'étaient les Géorgiens, les Arméniens, les Azéris... Ce réflexe minoritaire renforça encore le prestige de ceux qui bravaient depuis longtemps la loi et le système russes, les illégaux, les clandestins. Du coup, celui qui dirigeait la mafia tchétchène se transforma en héros, en leader de la résistance nationale. Et, à l'automne 1999, cet homme, c'était Omar Gounaïev.

Ce qui n'empêchait aucunement l'« autre » Gounaïev de mener au grand jour l'existence de l'affairiste multimilliardaire qu'il était. Son « bureau », non loin de la gare d'Helsinki, n'était autre que le dernier étage de l'un de ses hôtels, géré en coopération avec une grande chaîne hôtelière américaine. Pour s'y rendre, l'ancien capitaine du KGB fit monter son invité dans sa Mercedes blindée, où les attendaient un chauffeur et un garde du corps. Le trio envoyé en éclaireur à la mosquée suivait maintenant dans une Volvo qui vint se garer près de la limousine dans le parking souterrain de l'hôtel. Toujours couverts par cette armada, Gounaïev et Monk allèrent à un ascenseur privé qui les laissa en quelques secondes tout en haut de l'immeuble, avant d'être mis hors tension par le service de sécurité.

Ce fut seulement dans les appartements personnels du Tchétchène que les deux amis se retrouvèrent en tête à tête, une fois qu'un majordome en veste blanche eut laissé à leur disposition une table roulante chargée de mets et de boissons.

— Je voudrais te montrer quelque chose, annonça Monk sans plus attendre. Je pense que tu vas trouver ça intéressant... Edifiant, même.

Ayant ouvert son attaché-case, il pressa les deux boutons qui libéraient le double fond. Gounaïev, captivé par la mallette et ses ressources insoupçonnées, regardait de tous ses yeux.

Monk lui tendit le rapport d'authentification du « Manifeste noir » dans sa traduction russe, trente-trois pages denses reliées par une couverture grise plastifiée. Le Tchétchène eut un air interloqué :

— Il faut vraiment que je...

— Ta patience sera récompensée. Je t'en prie.

Avec un soupir, Gounaïev commença à lire. Il en oublia vite la tasse de café qui fumait devant lui. Au bout de vingt minutes de lecture attentive, il reposa le document sur le guéridon entre Monk et lui :

— Donc, ce mystérieux manifeste n'est pas du bidon. Garanti vrai de vrai. Et alors ?

— C'est ton futur président qui s'exprime. Voici ce qu'il rêve de faire dès qu'il sera au pouvoir. Ce qui ne saurait tarder.

Il fit glisser vers Gounaïev l'autre liasse reliée de noir.

— Quoi, encore trente pages à me taper ?

— Quarante, pour être exact. Mais c'est encore plus intéressant, et plus édifiant. Je t'en prie. Fais-moi plaisir.

Le baron mafieux parcourut rapidement les dix premières pages, où il était question du retour au parti unique, de la réactivation de l'arsenal nucléaire de l'ex-URSS, de la reconquête des républiques « sécessionnistes », du goulag dans sa version troisième millénaire. Soudain, son regard s'attarda sur les lignes, il pencha un peu plus la tête sur le texte.

Monk devina quel passage il venait d'atteindre. Il se souvenait encore des formules apocalyptiques qu'il avait découvertes un soir sur sa terrasse de Sapodilla Bay, face à l'étendue scintillante des marais : « ...éradiquer jusqu'au dernier Tchétchène de la terre russe, à jamais... l'anéantissement complet d'un ramassis de sous-hommes... Sur le territoire de ces tribus bestiales, seuls les rapaces subsisteront... La destruction n'épargnera pas la moindre pierre, la moindre brique... Tous les peuples avoisinants, des Ingouches aux Ossètes, trembleront d'une sainte frayeur devant ce châtiment, et apprendront ainsi le respect dû aux nouveaux maîtres de la Russie... »

Sa lecture terminée, Gounaïev se redressa lentement.

— D'autres ont déjà essayé. Les tsars, Staline, Eltsine, ils ont essayé, oui...

— Mais au sabre, à la roquette, ou avec des missiles. Pas avec des rayons gamma, des gaz innervants, des armes chimiques. Le monde a fait beaucoup de progrès, en matière d'extermination.

Le Tchétchène se mit debout, tomba la veste et s'approcha en bras de chemise de la baie vitrée. Moscou était à ses pieds.

— Tu voudrais qu'il soit éliminé ? Rayé de la carte ?

— Non.

— Pourquoi, non ?

— Ça ne marchera pas.

— D'habitude, ça marche !

Monk lui exposa les conséquences probables : un pays déjà instable plongé brusquement dans le pire des chaos, sombrant dans la guerre civile à coup sûr ; ou bien un autre Komarov, peut-être son éminence grise, le colonel Grichine, s'emparant du pouvoir en spéculant sur l'indignation provoquée par la mort du leader.

Gounaïev se retourna, alla vers Monk, approcha son visage de celui qui se disait son ami :

— Mais enfin, qu'est-ce que tu attends de moi, l'Américain ? Tu arrives ici, toi le revenant qui m'as sauvé la vie un jour. Bon, pour ça, j'ai une dette envers toi. Et après, tu me mets ces ordures sous le nez ! Ha ! Qu'est-ce que j'ai à voir là-dedans, moi ?

— Rien, à moins que tu ne décides du contraire. Allons, Omar, ne te sous-estime pas. Tu es riche, très riche, tu disposes d'un pouvoir immense, y compris celui de vie ou de mort sur quiconque dans ce pays. Bien sûr, tu as la possibilité de fermer les yeux, de laisser les choses suivre leur cours.

— Et pourquoi pas ?

— Pourquoi pas ? Parce qu'il était une fois un petit garçon, né dans un modeste village du Caucase, un garçon prometteur à qui tous ses proches, parents, amis, voisins, décidèrent de donner une chance. Tous ensemble, ils se saignèrent aux quatre veines pour l'envoyer à l'université, puis à Moscou, dans l'espoir qu'il devienne un grand homme. Un homme de bien. Alors, la question est simple : que s'est-il passé ? Ce gosse, est-il mort en chemin, remplacé par un robot que seul l'appât du gain met en marche ? Ou bien est-il toujours vivant, et se souvient-il de son peuple, de ce qui est au-dessus de l'argent ?

— D'après toi ?

— Non, le choix t'appartient.

— Et toi, l'Américain, qu'est-ce que tu choisis ?

— Oh, pour moi, c'est beaucoup plus simple. Moi, je peux sortir d'ici, sauter dans un taxi pour Cheremetievo, et prendre le premier avion. Là où je vis, il fait chaud, et personne ne veut ma peau. Moi, je peux tout simplement leur dire : « Laissez tomber, de toute façon ces gens-là se fichent de tout, ils sont tous achetés, et vendus. Que la nuit tombe sur eux. »

Gounaïev s'était rassis, les yeux dans le vague. Après un long silence, il demanda à voix basse :

— Tu penses pouvoir l'arrêter ?

— Il y a une chance, oui.

— Et puis après ?

Monk lui résuma les projets que formaient Sir Nigel et ses « commanditaires ».

— Vous êtes cinglés, constata posément le Tchétchène.

— Peut-être, mais tu as une autre solution ? Ou bien tu préfères Komarov et ses rêves de génocide ? Ou la guerrre civile, pour de bon ?

295

— Si jamais je décidais de t'aider, tu aurais besoin de quoi, exactement ?

— De me cacher. Mais sans me terrer. Je veux dire, pouvoir me déplacer sans être repéré, aller parler à ceux que je suis venu voir ici.

— Tu crois que Komarov va apprendre que tu es à Moscou ?

— D'ici peu, oui. Les mouchards se comptent par millions, dans cette ville. Tu le sais parfaitement, puisque tu utilises leurs services, toi aussi. Avec de l'argent, tout s'achète, ici. Et ce type n'est ni un va-nu-pieds, ni un idiot.

— Mais il ne peut pas acheter l'appareil d'Etat tout entier ! Même moi, je n'y arriverais jamais.

— Comme tu le sais sans doute, Komarov a promis à ses associés et sponsors, le clan des Dolgorouki, toutes les contreparties possibles et imaginables. Bientôt, l'Etat, ce sera eux. Et qu'est-ce qui se passera pour toi, devine ?

— Très bien... Ecoute, je peux te couvrir, d'accord. Pendant combien de temps, ça, je n'en sais rien. Parmi mes compatriotes, tu seras à l'abri, personne ne te trouvera tant que j'en aurai décidé ainsi. Mais tu ne peux pas t'installer ici, il y a trop de passage. Il te faut une planque, plusieurs, même. J'ai tout ce qu'il faut.

— Ça, c'est parfait... pour la nuit. Le jour, je devrai bouger. Et pour me déplacer, j'ai besoin de papiers d'identité. Parfaitement imités.

Avec superbe, Gounaïev répliqua :

— Nous autres, nous ne fabriquons pas de faux papiers. Nous en achetons des vrais.

— Ah oui, j'oubliais, tout s'achète...

— Bon, que te faut-il encore ?

— Ça, pour commencer.

Saisissant un bloc-notes, Monk établit rapidement une liste qu'il tendit à son hôte. Celui-ci la parcourut sans avoir l'air d'y trouver à redire, mais le dernier point le fit sursauter :

— Mais bordel, pourquoi tu aurais besoin de « ça » ?

Après avoir écouté les explications de Monk, il se résigna, non sans maugréer :

— Tu devais pourtant savoir que je possède la moitié du Metropol, non ?

— J'essaierai de n'utiliser que l'autre moitié.

Préférant ignorer la boutade, Gounaïev revint au sujet principal :

— D'ici à ce que Grichine soit au courant de ta présence à Moscou, tu comptes combien de temps ?

— Ça dépend. Deux jours, peut-être trois. Dès que je vais commencer ma tournée, il y aura forcément des indices. Les gens ne peuvent pas s'empêcher de jaser, n'est-ce pas ?

— Bien. Je vais te donner quatre hommes. Ils seront ton escorte permanente. Leur responsable, tu le connais déjà, c'est Magomed. Celui qui était assis à l'avant de la Volvo, tout à l'heure. C'est quelqu'un de fiable. De temps à temps, remets-lui un récapitulatif de ce dont tu as besoin. On s'en chargera. Et... n'empêche, je pense toujours que tu es cinglé.

A minuit, Monk était de retour dans sa chambre au Metropol. Dans le couloir, devant les ascenseurs, deux hommes étaient installés dans les fauteuils clubs en cuir disposés là, plongés dans leurs journaux. Ils allaient y rester toute la nuit. Au petit matin, on frappa discrètement à sa porte. Il y avait deux valises pour lui.

Nombre de Moscovites, et certainement la plupart des touristes étrangers, croient que le patriarche de l'Eglise orthodoxe russe réside dans de somptueux appartements au monastère de Danilov, enceinte médiévale aux murs blancs crénelés qui constitue un des principaux fleurons architecturaux de la capitale. Cette idée reçue est soigneusement cultivée par les autorités ecclésiastiques elles-mêmes. Mais si ce dignitaire religieux a en effet ses bureaux au siège du patriarcat, gardés par une compagnie de fidèles Cosaques, il vit en réalité dans un immeuble sans prétention au numéro cinq de Tchisti Pereoulok, une ruelle tranquille du centre-ville.

Le personnel attaché à son domicile se compose d'un secrétaire particulier, d'un majordome, de deux factotums et de trois religieuses chargées de la cuisine et du ménage, ainsi que d'un chauffeur et de deux gardes cosaques. Comparé à l'opulent train de vie du Vatican, ou à la richesse du palais de son homologue grec orthodoxe, c'est finalement fort modeste.

A l'hiver 1999, le patriarche de toutes les Russies était toujours Alexeï II, élu à cette fonction suprême avant l'effondrement de l'URSS et qui avait alors hérité d'une Eglise harcelée par les persécutions politiques, démoralisée par ses querelles intestines, avilie par les compromissions de certains membres de sa hiérarchie.

Lénine, qui vouait aux prêtres une haine viscérale, avait très tôt compris que la foi orthodoxe était l'unique et redoutable barrière qui s'élevait devant l'idéologie communiste partie à la conquête de l'esprit et de l'âme de la paysannerie russe. Lui puis ses successeurs entreprirent donc de la détruire par la force et de la miner de l'intérieur.

Après avoir fomenté les émeutes au cours desquelles des centaines d'églises furent incendiées, les biens ecclésiastiques pillés et les popes roués de coups ou pendus, les bolcheviks — y compris Staline — finirent par reculer devant l'annihilation complète du clergé orthodoxe : ils craignaient en effet des réactions populaires que même les troupes du NKVD ne pourraient peut-être pas contenir. Au lieu d'écraser par la force, le Politburo préféra étouffer, corrompre, discréditer.

Tous les moyens furent bons. Les jeunes les plus brillants qui auraient voulu prendre la robe furent systématiquement écartés des monastères par le NKVD puis par son successeur, le KGB qui n'y laissèrent entrer que des provinciaux peu éduqués. Leur but était évident : une Eglise privée d'éléments exceptionnels prêterait plus vite le flanc à l'obscurantisme, et de ce fait aux campagnes destinées à la tourner en ridicule. La plupart des lieux de culte furent purement et simplement fermés, condamnés à une mort lente. Les rares chapelles encore accessibles étaient surtout fréquentées par les miséreux et les vieillards, catégories inoffensives pour le système. Pis, les prêtres exerçant toujours leur sacerdoce furent contraints de rendre régulièrement des comptes au KGB, et donc d'espionner leurs propres ouailles. Ainsi, un pope devait dénoncer aux autorités les parents qui l'avaient approché pour faire baptiser leur enfant. En conséquence, le garçon ou la fille perdait ensuite sa place au lycée, tout espoir de fréquenter un jour l'université, et même le toit qui l'abritait puisque la famille était en général expulsée de son appartement.

En maniant de la sorte la carotte et le bâton — une carotte empoisonnée et un bâton impitoyable — avec le clergé orthodoxe, le régime communiste parvint à l'isoler de la population en jouant sur les réflexes de peur, mais aussi de suspicion. Certains défenseurs de l'Eglise font valoir que, plutôt que d'aboutir à l'élimination complète du culte, mieux valait encore tout faire pour le sauvegarder, fût-ce au prix de telles humiliations. Ce qui est certain, en tout cas, c'est qu'Alexeï II, alors quinquagénaire effacé et apparemment peu combatif, se retrouva en 1981 à la tête de hiérarques engagés jusqu'au cou dans la collaboration avec l'Etat athée, et de ministres totalement discrédités dans leur paroisse.

Il y avait évidemment des exceptions : prêcheurs itinérants qui sillonnaient d'immenses étendues pour porter la bonne parole en échappant à la police politique, quand ils ne se retrouvaient pas en camp de travail ; moines ascètes qui, dans le silence de leur retraite, consacraient toute leur énergie à perpétuer la foi et la tradition, mais dont l'exemple ne pouvait inspirer l'immense majorité du peuple...

L'effondrement du système communiste offrit une chance historique à l'Eglise orthodoxe : il y avait là l'occasion d'une renaissance, d'une véritable régénération qui devait permettre de ramener la tradition et le verbe de Dieu au centre de l'existence des Russes, nation profondément religieuse malgré des décennies d'athéisme officiel. Pourtant, si retour du religieux il y eut, ce fut surtout grâce à d'autres Eglises, plus jeunes, plus motivées, plus enclines à aller vers les simples gens et à leur parler leur langage : pentecôtistes, mais aussi, à l'instigation de missionnaires venus des Etats-Unis, baptistes, mormons, adventistes du septième jour... La seule réaction de la hiérarchie orthodoxe indignée fut de demander aux autorités d'interdire l'entrée du territoire aux prédicateurs étrangers.

Ses inconditionnels affirment qu'une réforme radicale de l'Eglise russe était alors impossible car elle était sclérosée de haut en bas : les séminaristes qu'elle formait n'étaient pas préparés aux nouvelles réalités sociales, ils s'exprimaient encore dans une langue archaïque, se sentaient plus à l'aise devant de petites assemblées où dominaient les personnes âgées, et globalement ne brillaient pas par leur sens de l'initiative.

Quoi qu'il en soit, elle venait de laisser passer là une occasion extraordinaire : alors que l'idole aux pieds d'argile du matérialisme dialectique avait été réduite en miettes, alors que la démocratie capitaliste se révélait incapable de répondre à leurs besoins matériels — et *a fortiori* spirituels —, les Russes ressentaient un profond et collectif besoin de réconfort, qui resta largement insatisfait.

Au lieu d'envoyer ses meilleurs éléments sur le terrain, de mobiliser toutes ses forces dans l'œuvre apostolique, l'Eglise orthodoxe s'illustra par sa passivité, sa propension à se cloîtrer dans une tour d'ivoire religieuse en attendant que les petits enfants viennent à elle. Ils furent peu nombreux à faire cette démarche.

A cette période cruciale où il lui aurait fallu une direction énergique et dynamique, l'arrivée à sa tête d'un homme plus habitué à l'étude qu'aux sermons passionnés ne parut d'abord pas devoir changer grand-chose. L'élection d'Alexeï II était avant tout le fruit d'un compromis entre les multiples factions à l'œuvre au sein de la hiérarchie : lui au moins ne ferait pas de vagues, espéraient les dignitaires de l'Eglise figés dans leurs confortables habitudes. Et pourtant, malgré l'immobilisme et la sclérose, malgré sa personnalité peu charismatique, le nouveau patriarche manifesta peu à peu un instinct de réformateur toujours plus résolu.

Il prit ainsi trois initiatives importantes : d'abord, il créa sur la terre de Russie une centaine de circonscriptions diocésaines, ce qui lui permit de morceler les pouvoirs des anciens potentats ecclésiastiques, et de faire émerger une jeune génération de diacres au détriment de leurs aînés entachés par des décennies de collaboration avec le KGB. Et il prit le temps de visiter chaque diocèse, allant au-devant du peuple comme aucun de ses prédécesseurs ne l'avait jamais tenté.

Ensuite, il fit taire les violentes diatribes antisémites du métropolite de Saint-Pétersbourg, Yohanne, en établissant clairement que les hiérarques qui privilégieraient la haine des hommes sur l'amour de Dieu dans leur mission évangélisatrice n'auraient plus leur place au sein de l'Eglise. Quand Yohanne mourut, en 1995, il vitupérait toujours les juifs et Alexeï, mais plus du haut de sa chaire.

Enfin, ignorant l'acrimonie qu'éprouvait le clergé envers ce jeune prêtre non conformiste qui refusait les honneurs pour se consacrer entièrement à sa tâche de prêcheur itinérant, il accorda sa protection au père Gregor Roussakov, et lui permit de continuer à exercer ses talents oratoires, car il savait parler au cœur des agnostiques et des moins âgés.

Un soir de novembre 1999, peu avant minuit, cet homme à la fois hardi et effacé était plongé dans ses dévotions, à genoux, lorsqu'on vint lui annoncer qu'un émissaire arrivé de Londres était à la porte et sollicitait une audience immédiate. Vêtu d'un simple surplis de couleur grise, le patriarche se releva pour recevoir des mains de son secrétaire une lettre dont il reconnut aussitôt l'en-tête, les armoiries de son ami le métropolite Anthony, chef de l'Eglise orthodoxe russe en Angleterre, dont Kensington était le siège. Etonné toutefois par le caractère d'urgence de cette missive rédigée en russe — que son coreligionnaire britannique parlait et écrivait parfaitement —, Alexeï II parcourut rapidement cette adresse dont le porteur, affirmait Anthony, avait de graves nouvelles à apprendre au patriarche de toutes les Russies.

— Où est-il ?

— Dehors, dans la rue, Votre Sainteté, lui apprit son secrétaire particulier. Il est arrivé en taxi.

— Est-ce un prêtre ?

— Oui, Votre Sainteté.

— Faites-le entrer, dit Alexeï d'un ton résigné. Vous pouvez retourner prendre du repos. Je le recevrai dans mon bureau d'ici dix minutes.

Instruit à voix basse, le Cosaque de garde ouvrit le portail donnant sur le trottoir, et observa l'inconnu en soutane noir qui attendait près d'une voiture de la compagnie de taxis « Moscou-Centre ».

— Sa Sainteté va vous recevoir, mon père, déclara-t-il au visiteur, qui paya aussitôt le chauffeur.

A l'intérieur, il fut conduit dans une salle d'attente exiguë, où il patienta une dizaine de minutes, jusqu'à ce qu'un religieux grassouillet vienne lui demander en chuchotant :

— Suivez-moi, je vous prie.

La pièce dans laquelle on le fit entrer était à l'évidence le bureau d'un lettré : à l'exception d'une icône dans un coin, les murs chaulés de blanc n'étaient couverts que de rangées et de rangées de livres, dont les tranches luisaient faiblement dans le halo vert d'une lampe de travail. A la table était assis le patriarche Alexeï II, qui fit signe à son invité de prendre un siège.

— Vous nous apporterez bien quelque chose, père Maxime ? Café ? Très bien, du café et quelques biscuits. Demain matin, vous voudrez communier, mon fils ? Oui ? Dans ce cas, nous avons le temps de prendre un petit biscuit avant minuit.

Le majordome se retira en fermant la porte.

— Eh bien, mon fils, comment va mon excellent ami Anthony ?

Rien dans la tenue sacerdotale du visiteur n'aurait pu attirer ses soupçons. Rien, pas même le fait qu'il fût glabre : si les prêtres orthodoxes russes portent en général la barbe, les Occidentaux venus à cette foi s'en abstiennent très souvent.

— Je crains de ne pouvoir donner de ses nouvelles à Votre Sainteté, car je n'ai pas l'honneur de le connaître.

Le patriarche de toutes les Russies lui lança un regard étonné. Désignant d'un geste la lettre posée devant lui, il s'exclama :

— Mais ceci, alors ? Je ne comprends pas...

Jason Monk prit sa respiration.

— Tout d'abord, je dois avouer à Votre Sainteté que je n'appartiens pas à l'Eglise orthodoxe. Ensuite, cette lettre n'est pas du métropolite Anthony, même si elle a été écrite sur son papier et si sa signature est parfaitement imitée. La raison de cettte mise en scène, pour laquelle vous voudrez bien accepter mes excuses, est que je devais absolument vous rencontrer. Seul à seul, et dans le plus grand secret.

Une lueur d'inquiétude passa dans les yeux d'Alexeï II. Cet homme était-il un déséquilibré ? Un assassin ? Pouvait-il agir avant que le Cosaque armé de faction soit prévenu ? Le patriarche s'efforça de demeurer impassible. Le père Maxime allait revenir d'ici peu, ce serait peut-être l'occasion d'échapper au danger, si danger il y avait...

— Expliquez-vous, s'il vous plaît.

— Eh bien, monsieur, premièrement, je ne suis pas russe, mais américain. Deuxièmement, je suis ici envoyé par un groupe de personnalités occidentales, très influentes bien que peu connues du grand public, dont le souhait sincère est d'aider la Russie et son Eglise. Troisièmement, ma mission est de vous communiquer des informations que, de l'avis de ces personnes, vous devez connaître au plus vite. Enfin, je suis devant vous pour solliciter votre aide, et pour aucune autre raison. Vous avez un téléphone à portée de main, vous pouvez vous en servir pour demander du secours. Je n'essaierai pas de vous en empêcher. Mais avant de me dénoncer, je vous conjure de lire ce que je vous ai apporté.

302

Alexeï fronça les sourcils. L'inconnu n'avait décidément pas l'air d'un fou, d'ailleurs il aurait déjà eu amplement le temps de l'agresser. Mais que pouvait bien fabriquer le père Maxime avec son café ?

— Très bien. Que m'apportez-vous donc ?

Monk tira de sa soutane deux minces dossiers, l'un relié de gris, l'autre de noir, et les posa sur la table de travail.

— De quoi s'agit-il ?

— Il vaut mieux commencer par le gris. C'est un rapport qui établit quasi formellement que le second document, le noir, n'est ni un faux, ni une mauvaise plaisanterie, ni un libelle diffamatoire.

— Et quoi, alors ?

— Le manifeste, pour l'instant strictement confidentiel, d'Igor Viktorovitch Komarov, qui selon toute apparence sera bientôt le président de votre pays.

Après un coup discret frappé à la porte, le majordome entra, chargé d'un plateau, au moment où la pendule sur la cheminée sonnait minuit.

— Trop tard, soupira le patriarche. Maxime, à cause de vous, je n'aurai pas mon biscuit...

— Je suis désolé, Votre Sainteté, désolé. Le café, vous comprenez... Il a fallu en moudre, et je...

— Allons, allons, je plaisantais.

Le patriarche observa son visiteur à la dérobée. Bien bâti, déterminé. Il pouvait sans doute les tuer tous les deux, s'il le voulait.

— Retournez au lit, Maxime. Et que Dieu vous donne une bonne nuit.

Le majordome allait refermer la porte du bureau, lorsqu'il entendit le patriarche reprendre :

— Et maintenant, voyons un peu ce que raconte ce Komarov.

A ce nom, il sursauta. Il resta figé dans le couloir, inspectant les alentours. Le secrétaire s'était recouché, les sœurs resteraient invisibles jusqu'au matin, le Cosaque était à son poste en bas. Tombant à genoux, il appuya son oreille contre le trou de la serrure.

Un complet silence régna pendant que le patriarche consultait le rapport. Monk buvait son café. Enfin, la voix d'Alexeï s'éleva :

— Sombre histoire. Mais pourquoi a-t-il fait cela ?

— Qui, le vieil homme ?

— Oui.

— Nous ne le saurons jamais, puisqu'il est mort. Assassiné, c'est évident. L'autopsie du professeur Kouzmine est formelle.

— Le malheureux. Je prierai pour le repos de son âme.

— Ce que nous pouvons supposer, c'est qu'il a découvert quelque chose dans ces pages qui l'a convaincu de risquer sa vie pour révéler au grand jour les plans secrets de Komarov. Et cela lui a été fatal, en effet. Votre Sainteté pourrait-elle passer au « Manifeste noir », maintenant ?

Une heure plus tard, le patriarche reprit soudain, d'une voix altérée :

— Non, c'est impossible. Il ne peut avoir de tels projets en tête. C'est dément, c'est... diabolique ! Enfin, la Russie s'apprête à entrer dans le troisième millénaire de Notre Seigneur ! Nous ne pouvons pas revenir à de pareilles horreurs.

— Vous êtes un homme de Dieu, donc vous croyez à l'existence du Mal, n'est-ce pas ?

— Bien sûr.

— Et vous savez que le Mal peut parfois s'incarner en un seul homme ? Hitler, Staline...

— Vous êtes chrétien, monsieur... ?

— Monk. Oui, sans doute. Un mauvais chrétien, mais...

— Ne le sommes-nous pas tous ? Imparfaits, limités... Mais enfin, dans ce cas vous connaissez la conception chrétienne du Mal. A quoi bon ces questions ?

— Votre Sainteté, sans même parler de ce qui concerne les juifs, les Tchétchènes et d'autres minorités nationales, ce programme signifie pour votre Eglise une régression aux pires moments de son histoire. Sa transformation en victime expiatoire, ou en servante et complice d'un Etat fasciste, à sa manière aussi impie que l'a été le régime communiste.

— Si ce document est authentique.

— Il l'est, Votre Sainteté ! On ne déclenche pas une chasse à l'homme, on ne supprime pas des gens pour récupérer un texte inventé de toutes pièces. La réaction du colonel Grichine a été assez brutale pour l'authentifier à elle seule. Un faux, ils n'auraient même pas soupçonné son existence. Non, ils ont paniqué en découvrant la disparition de quelque chose qui, pour eux, est un secret capital.

304

— Monsieur Monk... Qu'êtes-vous venu me demander, alors ?

— Une réponse à cette seule question : l'Église orthodoxe de Russie s'opposera-t-elle à cet homme et à ses funestes projets ?

— Je prierai, certainement, je demanderai l'inspiration de Notre Seigneur...

— Et si la réponse est qu'il n'y a pas d'autre choix pour vous, non en tant que patriarche, mais en tant que chrétien, qu'homme de bien, que Russe ? Que ferez-vous, alors ?

— Je n'aurai pas d'autre choix, certes. Mais comment s'opposer à lui ? Les élections de janvier sont jouées d'avance, tout le monde le dit.

Monk se leva, rassembla les documents et les reglissa sous sa robe de prêtre, puis reprit son chapeau.

— Votre Sainteté, quelqu'un se présentera bientôt à vous, lui aussi venu de l'Ouest. Voici son nom. Recevez-le, écoutez-le, je vous prie. Il vous suggérera ce qu'il est possible de faire.

Il lui tendit une carte de visite.

— Avez-vous besoin d'une voiture ? demanda le patriarche.

— Non, merci. Je vais marcher un peu.

— Alors, que Dieu protège vos pas.

En le quittant debout près de son icône, Monk allait vers la porte lorsqu'il crut entendre quelqu'un bouger de l'autre côté. Il trouva cependant le couloir désert, descendit l'escalier et fut reconduit dehors par le vigile cosaque. Enfonçant son couvre-chef sur ses cheveux blonds, il partit dans la bise glacée en direction de l'hôtel Metropol.

Avant l'aube, une silhouette empâtée se glissa hors du domicile du patriarche et se hâta vers le Rossiya. Dans les plis de sa soutane, l'homme avait son téléphone portable, mais il se fiait plus à l'anonymat d'une cabine publique. Un simple gardien de nuit lui répondit à la troisième sonnerie, qui accepta toutefois de prendre son message :

— Dites au colonel que le père Maxime Klimovsky a appelé. C'est noté ? Klimovsky, oui. Dites-lui que je travaille chez le patriarche. Il faut que je lui parle, d'urgence. Je rappellerai à ce même numéro, à dix heures.

Quand il retéléphona comme prévu, son interlocuteur lui répondit d'un ton calme mais plein d'assurance :

— Oui, mon père ? Colonel Grichine à l'appareil.

Le prêtre serra plus fort le combiné dans sa main moite.

— Ecoutez, colonel, vous ne me connaissez pas, mais je suis un fidèle partisan d'Igor Viktorovitch. Voilà : cette nuit, quelqu'un est venu voir le patriarche. Avec des documents. Il n'a pas cessé de parler d'un certain « Manifeste noir »... Allô ? Allô ? Vous êtes toujours là ?

— Je suis là, père Klimovsky. Et je crois qu'il serait bon de se rencontrer, rapidement.

# Chapitre 13

Au bas de Staraïa Plochad, la Vieille Place, sur une esplanade cernée de maisons basses, s'élève l'une des plus anciennes et des plus belles églises de Moscou. Construite tout en bois au XIIIᵉ siècle, quand la ville se résumait encore au Kremlin et à ses appendices, entièrement dévastée par un incendie, elle a été relevée en pierres à partir de la fin du XVIᵉ siècle. En 1918, lorsque Moscou cessa d'être « la cité aux vingt fois vingt églises », la chapelle de Tous-les-Saints de Koulichki échappa à la destruction complète, mais dut fermer ses portes pour ne redevenir un lieu de culte qu'après l'effondrement du système communiste en 1991, et après une méticuleuse restauration.

Le lendemain de son appel téléphonique, le père Klimovsky se faufilait dans l'obscurité apaisante de la nef. Avec ses vêtements sacerdotaux, il passa inaperçu lorsque, une bougie allumée à la main, il alla se planter devant le mur à droite de l'entrée, comme s'il était en train de prier ou de contempler les fresques restaurées. Plus loin, la voix sonore du diacre officiant résonnait au milieu des ors et des icônes, suscitant les répons d'un petit groupe de fidèles.

Il consulta nerveusement sa montre. L'heure prévue était déjà dépassée de cinq minutes. En entrant, il n'avait pas remarqué la voiture stationnée en face de l'église, ni les trois hommes qui, de loin, s'assuraient qu'il n'était pas suivi. Soudain, il entendit derrière lui une semelle buter contre les dalles irrégulières, puis un souffle dans son dos.

— Père Klimovsky ?
— Oui.

— Je suis le colonel Grichine. Vous vouliez me parler, je crois.

Le prêtre se tourna un peu pour observer à la dérobée cet homme plus grand que lui, sanglé dans un épais manteau. En rencontrant ses yeux, il eut un frisson : il fallait seulement espérer qu'il n'aurait pas à regretter son initiative. La gorge nouée, il acquiesça d'un signe de tête.

— Avant tout, mon père, dites-moi pourquoi vous m'avez appelé.

— Colonel, vous devez comprendre ! Je suis... je suis un partisan convaincu d'Igor Viktorovitch depuis longtemps, très longtemps. Ce qu'il fait, ce qu'il veut pour la Russie, c'est admirable...

— Très aimable à vous. Bien, avant-hier soir, que s'est-il passé ?

— Un homme est arrivé, tard. Il voulait voir le patriarche. Vous comprenez, je suis son majordome. Le visiteur était habillé comme l'un d'entre nous, mais il n'avait pas de barbe. Blond, parlant parfaitement le russe, mais un étranger, certainement.

— Et il était attendu, cet étranger ?

— Non ! C'était si bizarre... Il est arrivé comme ça, en pleine nuit. Moi, j'étais déjà couché, il a fallu que je me relève pour leur faire du café.

— Donc, finalement, le patriarche l'a reçu ?

— Oui, et ça aussi, c'est étrange. A une heure pareille, un parfait inconnu... Le secrétaire aurait dû lui demander de solliciter une audience, d'abord. On ne rentre pas chez le patriarche comme dans un moulin, quand même ! Mais il avait une lettre de recommandation, visiblement.

— Donc, vous leur avez servi du café ?

— Oui, et j'étais en train de sortir du bureau quand j'ai entendu le patriarche dire : « Voyons un peu ce que raconte ce Komarov. »

— Ce qui vous a intrigué ?

— Oui. Et alors, je suis sorti et j'ai écouté à la porte.

— Très astucieux. Et qu'ont-ils dit ?

— Pas grand-chose. Il y avait de longs silences. Par le trou de la serrure, j'ai vu Sa Sainteté en train de lire. Ça lui a pris presque une heure.

— Et ensuite ?

— Sa Sainteté avait l'air tracassée. J'ai entendu « diabolique », et puis il a dit : « Nous ne pouvons pas revenir à de pareilles

308

horreurs. » L'étranger parlait tout bas, j'ai seulement compris qu'il était question d'un « manifeste noir »...

— Rien d'autre ?

Ce type était une pipelette, et un couard, pensait Grichine en le regardant suer abondamment, mais son histoire était intéressante, d'un intérêt que l'indiscret serviteur ne soupçonnait même pas.

— Oui, j'ai aussi entendu qu'il parlait d'« un faux », et puis votre nom.

— Mon nom ?

— Oui, l'étranger a dit quelque chose à propos d'une de vos réactions, trop brutale, je crois, ensuite, il a été question d'un vieil homme, et Sa Sainteté a dit qu'elle prierait pour lui. Brusquement, l'autre s'est levé, j'ai à peine eu le temps de m'esquiver. Il est parti très vite, j'ai juste entendu le portail se refermer.

— Une voiture l'attendait ?

— Non. Par une fenêtre de l'étage, je l'ai vu s'en aller à pied. Ensuite, le patriarche a été dans un état comme je ne l'avais jamais vu. Tout pâle, silencieux. Il est resté enfermé des heures dans sa chapelle. C'est comme ça que j'ai pu sortir vous téléphoner. J'espère avoir bien fait...

— Vous avez excellemment fait, même ! Des éléments antirusses sont en train d'essayer de diffamer notre grand président, le futur président de la Russie. Vous êtes un patriote, n'est-ce pas, père Klimovksy ?

— J'attends le jour où nous pourrons enfin débarrasser notre pays de la vermine que dénonce Igor Viktorovitch, oui ! Toute cette saleté venue de l'étranger...Voilà pourquoi je vous soutiens du fond du cœur.

— Parfait, mon père, parfait. Croyez-moi, vous êtes de ceux que la sainte Russie n'oubliera pas. Je vous vois un brillant avenir, si, si ! Mais encore un détail... Cet étranger, d'où venait-il, vous avez une idée ?

Dans les mains du majordome, la chandelle s'était entièrement consumée. Les fidèles se tenaient maintenant à leur gauche, en prière devant les images saintes.

— Non. Juste une chose : il est reparti à pied, mais le garde cosaque m'a raconté ensuite qu'il était arrivé en taxi, ceux de « Moscou-Centre », vous savez, les gris ?

La course figurerait à coup sûr dans les livres de la compagnie.

Enfonçant solidement ses doigts dans le bras potelé, le colonel Grichine força le prêtre ébahi à lui faire face :

— Ecoute-moi bien, l'ami. Tu as agi comme il le fallait, et tu en seras récompensé le moment voulu. Mais ce n'est pas fini, tu comprends ?

Le père Klimovsky, qui essayait d'oublier son bras douloureux, opina du bonnet.

— Je veux que tu gardes l'œil sur tout ce qui se passe là-bas. La moindre visite, surtout d'étrangers ou de hauts responsables de l'Eglise. Dès que tu as quelque chose, tu appelles en disant « C'est Maxime » et en donnant une heure, c'est tout. On se retrouvera ici. Si j'ai besoin de toi, je te ferai porter une lettre, une carte avec une heure, rien de plus. Au cas où tu ne pourrais pas te libérer à ce moment, tu appelles et tu en proposes une autre. Compris ?

— Oui, colonel. Je ferai tout mon possible.

— J'y compte bien. Et bientôt, je connais quelqu'un qui sera archidiacre. Maintenant, il vaut mieux que tu partes. Toi d'abord.

Les yeux toujours fixés sur ces peintures qu'il exécrait, Grichine médita ce qu'il venait d'apprendre. Le manifeste était de nouveau en Russie, aucun doute là-dessus. Même si cet abruti en soutane ne pouvait pas comprendre ce que cela signifiait... Après des mois de silence, quelqu'un était revenu faire circuler discrètement ce texte, en prenant soin de ne pas laisser une seule copie traîner derrière lui. Son but ? Monter une opposition à l'UFP, évidemment. Essayer d'empêcher l'Histoire de suivre son cours.

En s'adressant au patriarche, cependant, l'inconnu avait fait un mauvais choix. L'Eglise n'avait aucun pouvoir. Grichine se rappelait bien le fameux sarcasme de Staline : « Le pape, combien de divisions ? » Mais l'intrigant risquait tout de même de semer la confusion.

Il n'avait sans doute sur lui qu'un ou deux exemplaires du manifeste. Le problème était donc de le localiser, et de l'éliminer, de sorte qu'il ne reste plus trace ni de lui ni du document qu'il colportait.

En fait, c'était encore plus simple qu'il ne l'avait d'abord imaginé.

Son nouvel informateur, d'abord : d'expérience, il savait que c'était le genre d'individu à livrer sa grand-mère en échange d'une petite gratification. Grichine, qui avait parfaitement remarqué combien la seule mention du titre d'archidiacre l'avait comblé d'aise, se promit de ne pas oublier un détail : parmi les garçons les plus séduisants des Jeunesses combattantes, il faudrait trouver un ami de cœur à ce sinistre rat d'Eglise.

Ensuite, l'attaque par quatre hommes masqués du siège des taxis « Moscou-Centre » se déroula si rapidement que le directeur renonça à prévenir la milice quand tout fut terminé. Rien n'avait été volé, personne n'avait été blessé : dans le climat d'anarchie que connaissait Moscou, porter plainte n'aurait servi qu'à s'exposer à de fastidieuses formalités, aussi irritantes qu'inutiles. Les assaillants s'étaient contentés d'investir les bureaux, de boucler toutes les issues, et de lui placer un revolver sous le nez en demandant à voir les feuilles de service remontant à trois jours plus tôt. Le meneur les avait consultées rapidement, trouvant ce qu'il cherchait en découvrant une course à Tchisti Pereoulok vers minuit : cela, le directeur ne pouvait pas le voir, puisqu'il était à ce moment face au mur, à genoux, un canon sur la tempe.

— Le chauffeur numéro cinquante-deux, c'est qui ?

— Mais j'en sais rien ! avait protesté leur otage avant de recevoir un coup de crosse en plein front. Il faut regarder dans le fichier !

Le directeur avait cherché pour eux. Un certain Vassili, qui habitait une lointaine banlieue moscovite. Non sans lui avoir expliqué qu'il se retrouverait vite mangé aux vers s'il s'avisait de prévenir son chauffeur, la bande avait quitté les lieux en emportant la feuille de service en question.

La tête dans ses mains, une aspirine pétillant devant lui, l'infortuné patron de « Moscou-Centre » n'avait plus eu ensuite qu'à se résigner, et à se dire que Vassili se préparait un mauvais quart s'il osait défier ces brutes : un mot déplacé, une histoire de femmes ? Il n'en savait rien, mais à Moscou, en 1999, le plus important était d'éviter de traiter avec ce type d'excités. Il s'était donc remis au travail, en ordonnant au personnel d'oublier l'incident.

Lorsqu'on sonna à sa porte, le chauffeur de taxi était en train de souper d'une saucisse et d'un morceau de pain noir. Bouche bée, il vit son épouse revenir dans la cuisine, livide, flanquée par deux hommes masqués et armés.

— Ecoutez, nous sommes pauvres, nous, il n'y a...

— La ferme, coupa un des intrus pendant que son compagnon poussait sans ménagement la femme sur une chaise, puis, brandissant une feuille de papier sous son nez : C'est toi, le chauffeur cinquante-deux de « Moscou-Centre » ?

— Oui, mais honnêtement, les gars...

Il suivit des yeux le doigt ganté qui lui montrait une ligne.

— Là ! Un client pour Tchisti Pereoulok, juste avant minuit. C'était qui ?

— Et comment je saurais ?

— Fais pas le malin, mec, ou je te fais sauter les couilles. Réfléchis un peu.

Vassili obéit, mais rien ne venait.

— Un prêtre, l'aida le flingueur.

La lumière se fit soudain dans son esprit embrumé.

— Ah, oui ! Maintenant je me rappelle ! Une toute petite rue, il a fallu que je vérifie sur ma carte. Il a fallu attendre dix minutes avant qu'on le laisse entrer, là-bas. Ensuite, il m'a réglé et je suis parti.

— Décris-le.

— De taille moyenne, assez costaud, la quarantaine, facile... Bon, les prêtres, ils se ressemblent tous, hein ? Non, attendez : il n'avait pas de barbe.

— Un étranger ?

— Pourquoi ? Il parlait comme vous et moi.

— Déjà vu avant ?

— Non.

— Ou revu ensuite ?

— Non plus. Je lui ai proposé de venir le reprendre, mais il m'a dit qu'il ne savait pas pour combien de temps il en aurait. Ecoutez, s'il lui est arrivé quelque chose, à ce gus, moi, je n'y suis pour rien ! Dix minutes de course, dix minutes d'attente, et hop, terminé...

— Ça va. Mais où tu l'as chargé ?

— Devant le Metropol, évidemment ! C'est ça, mon job : le service de nuit à la station du Metropol.

— Il est sorti de l'hôtel, ou il venait d'ailleurs ?

— De l'hôtel.

— Comment tu peux en être si sûr ?

— J'étais en tête de file. Debout près de ma voiture. Vous comprenez, il faut faire gaffe, autrement le premier saligaud arrivé derrière te pique ton client. Donc, je surveillais la porte, pour ne pas rater le touriste. Et paf, il se pointe, soutane noire, avec ce chapeau qu'ils ont... Je me rappelle, la première chose que j'ai pensée, c'est : « Mais qu'est-ce qu'un pope fait dans un endroit pareil à cette heure-là ? » Lui, il est resté un moment à mater les tacots, et puis il est venu droit sur moi.

— Seul ? Accompagné ?

— Non, seul.

— Il a donné un nom ?

— Juste l'adresse. Après, il a payé en roubles.

— Il a bavardé ?

— Simplement là où il voulait aller, et puis silence complet. En sortant sur le trottoir, il a dit : « Attendez. » Ensuite il revient, et il me demande : « C'est combien ? » C'est tout. Je vous jure, les gars, je n'ai rien fait à ce...

— Finis ton dîner, l'interrompit l'homme masqué en lui écrasant le visage dans son assiette.

Une seconde plus tard, ils avaient disparu.

Grichine écouta leur rapport sans broncher. Un homme surgi du Metropol à onze heures et demie : il pouvait habiter l'hôtel, être venu y voir quelqu'un, ou même être entré par l'autre porte, avoir traversé le hall, et être ressorti de ce côté... Il fallait essayer de vérifier.

Parmi ses informateurs habituels au QG de la milice moscovite, le premier, un major-général, était trop haut placé pour mener cette petite enquête ; le second, chef de service aux archives, ne pouvait pas servir dans un tel cas. Restait un inspecteur de la Brigade criminelle : celui-ci ferait l'affaire.

Le soir tombait quand l'inspecteur Dimitri Borodine se présenta au Metropol en demandant à voir l'administrateur, un Autrichien en poste à Moscou depuis huit ans.

— Brigade criminelle ? s'étonna ce dernier lorsqu'il lui montra son insigne. J'espère que rien de grave n'est arrivé à l'un de nos clients...

— Non, pas que je sache. Il s'agit d'une simple vérification, en fait : je voudrais consulter la liste de tous ceux qui avaient une chambre chez vous il y a trois nuits.

L'Autrichien s'assit devant son ordinateur, actionna quelques touches, et demanda :

— Vous voudriez une sortie papier ?

— Oui, je préfère le papier.

313

Il se pencha sur la liste. A en juger par les patronymes, seuls quelques Russes figuraient parmi les six cents clients de ce jour-là. Les tarifs du Metropol n'étaient accessibles qu'aux touristes étrangers et aux hommes d'affaires. On lui avait demandé de chercher un titre ecclésiastique, mais il n'en trouva aucun.

— Vous n'auriez pas un prêtre orthodoxe parmi vos pensionnaires ?

— Non, je ne pense pas, répondit l'administrateur interloqué. Enfin, pas qui soit enregistré comme tel...

Borodine examina encore le tirage, sans résultat.

— Bon, j'emporte ça avec moi.

L'Autrichien le vit s'en aller avec soulagement.

Le colonel Grichine ne put l'étudier de ses propres yeux que le lendemain matin. A dix heures, lorsque comme à l'accoutumée un garçon d'étage entra dans son bureau pour lui apporter un café, il trouva le chef du service de sécurité de l'UFP effondré dans son fauteuil, pâle comme un mort, les dents serrées. Se risquant à lui demander s'il se sentait mal, il n'obtint pour toute réponse qu'un geste excédé qui lui signifiait de déguerpir au plus vite. A nouveau seul, Grichine serra les poings, essayant de contenir la vague de colère qui le faisait trembler de tous ses membres. De tels accès n'étaient pas rares chez lui, et il craignait toujours de ne plus pouvoir se contrôler.

Le nom, le nom haï qui le hantait depuis dix ans apparaissait au milieu de la troisième page : *Dr Philip Peters, universitaire, Etats-Unis.*

A deux reprises déjà, en scrutant les relevés de demandes de visas établis par le ministère des Affaires étrangères et complaisamment transmis à la Deuxième Direction du KGB, ce nom lui avait sauté au visage. A deux reprises, il s'était fait apporter la photographie d'identité qui lui correspondait et l'avait examinée des heures durant : les cheveux gris et bouclés, les verres fumés dissimulant des yeux fatigués, des yeux de lynx, en vérité...

Dans les caves humides de Lefortovo, il avait exhibé ce portrait à Krouglov, au professeur Blinov, et l'un comme l'autre avaient admis qu'il s'agissait bien de l'homme qu'ils avaient rencontré un jour au musée des Arts orientaux de Moscou, à la cathédrale de Vladimir.

Et non pas deux fois, mais cent, mais mille, il s'était juré que si d'aventure l'imposteur qui se dissimulait sous cette apparence et ce pseudonyme revenait en Russie, il lui ferait payer son audace au prix fort.

Ainsi, il était revenu. Au bout de dix ans, il avait dû penser, dans son incroyable impudence, qu'il pourrait impunément se hasarder à nouveau sur son territoire.

Il se dirigea d'un pas rageur vers un classeur à tiroirs, fouillant jusqu'à ce qu'il ait mis la main sur une chemise jaunie d'où il retira un autre cliché photographique : l'agrandissement d'une photo un peu floue procurée jadis par Aldrich Ames à la Première Direction du KGB, que l'un de ses amis lui avait donné en guise de souvenir après la disparition de la commission Monakh. Un souvenir qui le torturait, mais qu'il conservait pourtant précieusement.

Les traits devaient avoir perdu leur fraîcheur juvénile, mais le regard, direct, hardi, était sans doute encore le même. Une chevelure blonde, très fournie. Pas de moustache grisonnante, pas d'épaisses lunettes : Jason Monk, du temps où il n'était pas encore venu le narguer sous l'identité d'emprunt de Philip Peters.

Grichine passa deux coups de fil dont les destinataires ne purent que comprendre, au timbre de sa voix, qu'il exigeait des résultats immédiats. Le premier, un contact au service de l'immigration de Cheremetievo, fut chargé de retrouver la date de son arrivée et sa provenance, et de vérifier s'il n'avait pas déjà quitté le pays. Au second, Borodine à nouveau, il ordonna de retourner au Metropol afin de savoir quelle chambre occupait le docteur Peters, s'il était encore là.

En milieu d'après-midi, il avait les réponses. Son ennemi personnel était arrivé sept jours plus tôt par le vol régulier Londres-Moscou de British Airways ; il n'était pas reparti, ou du moins pas de l'aéroport international ; une agence de voyages londonienne avait réservé pour lui la chambre 841, qu'il n'avait pas rendue depuis.

Il y avait cependant un détail troublant, rapporté par Borodine : à l'hôtel, on ne retrouvait plus trace du passeport de l'universitaire texan. Quelqu'un l'avait forcément pris à la réception, mais aucun employé n'était en mesure d'expliquer comment.

Grichine, lui, avait aussitôt compris : il savait qu'un généreux pourboire pouvait, à Moscou, accomplir des miracles. Le passeport qui lui avait servi à entrer en Russie était maintenant réduit en cendres, à coup sûr, et Monk se dissimulait désormais sous une nouvelle identité parmi les quelque six cents ressortissants étrangers qui habitaient l'hôtel. Au moment voulu, il se contenterait de filer sans payer et de se volatiser. Sa note passerait dans la colonne des pertes.

— Deux choses encore, dit-il à Borodine, qui l'avait appelé du Metropol : procurez-vous un passe-partout de l'hôtel, et prévenez l'administrateur que si jamais le docteur Peters apprend ne serait-ce qu'un mot de tout cela, autrichien ou pas, il se retrouvera dans une mine de sel. Inventez n'importe quel prétexte.

Après avoir raccroché, il décida que la suite des événements ne pouvait être confiée à ses Gardes noirs : ils étaient trop reconnaissables, et son plan risquait d'entraîner une protestation officielle de l'ambassade américaine. Non, il valait mieux que la faute retombe sur la pègre moscovite. Or, la mafia des Dolgorouki comptait en son sein des experts en cambriole...

Le soir même, après plusieurs appels téléphoniques afin de s'assurer que la chambre 841 était vide, deux hommes munis d'un passe-partout s'y introduisaient subrepticement tandis qu'un troisième faisait le guet dans le couloir. Tout fut soigneusement fouillé, en vain : Monk devait garder sur lui ses nouveaux papiers. Les cambrioleurs s'en allèrent sans laisser la moindre trace de leur passage.

Mais le Tchétchène installé dans la chambre opposée avait tout vu, et rapporta immédiatement l'incident sur son téléphone mobile.

A vingt-deux heures, Jason Monk apparut dans le hall avec l'allure du touriste qui, après un bon dîner, n'a plus qu'une envie : retrouver son lit. Il ne s'approcha pas de la réception, conservant toujours sa clé en poche. Les deux accès de l'hôtel étaient surveillés. Quand Monk prit un des ascenseurs, deux hommes sautèrent dans l'autre, tandis que le duo en faction de l'autre côté grimpait les escaliers.

Au moment où ses deux premiers poursuivants arrivaient à l'étage, Monk avait eu le temps de frapper à la porte en face de sa chambre, de se faire passer une mallette, et de s'enfermer dans la 841. Peu après, la deuxième équipe arrivait, tout essoufflée. Il y eut un bref conciliabule, puis ils se séparèrent à nouveau en deux, les uns s'installant dans les fauteuils en cuir du couloir, les autres redescendant avertir qui de droit.

Une demi-heure plus tard, quelqu'un sortit de la chambre opposée à celle de Monk, descendit le couloir et appela un ascenseur. Les guetteurs n'y prêtèrent pas attention. Un peu après, le téléphone sonna à la 841 : le service d'étage, qui voulait savoir s'il avait besoin de serviettes propres. « Non, merci », répondit Monk avant de terminer ce qu'il avait à faire avec le contenu de la mallette, et de se préparer au départ.

A vingt-trois heures, il sortit sur l'étroit balcon, refermant les deux panneaux de verre coulissants derrière lui. Comme il n'y avait pas de serrure à l'extérieur, il les assujettit au moyen d'un solide ruban adhésif.

Une corde passée à la ceinture, il descendit en rappel les quelques mètres qui le séparaient de l'étage inférieur, atterrit sur le balcon de la chambre 741, et franchit avec agilité les cloisons de séparation pour arriver devant la 733.

A vingt-trois heures dix, un homme d'affaires suédois, allongé sur son lit entièrement nu, une main crispée sur son sexe et les yeux rivés à l'écran du téléviseur sur lequel un film pornographique battait son plein, faillit avoir une attaque cardiaque en entendant un coup frappé à sa fenêtre.

Paniqué, n'arrivant pas à décider s'il devait d'abord enfiler son peignoir de bain ou appuyer sur le bouton « Arrêt » de sa télécommande, il choisit finalement de se couvrir décemment avant de mettre fin au concert de halètements et de se rapprocher de la baie vitrée. Derrière, un homme était en train de lui demander avec de grands gestes de le laisser entrer dans sa chambre. Totalement déboussolé, le solitaire Suédois déverrouilla la fenêtre, et l'apparition sauta à l'intérieur, s'adressant à lui en anglais avec l'accent américain sirupeux et traînant du Sud :

— Sacrément chic de vot'part, ça oui, l'ami ! Je parie que vous vous demandez c'que j'pouvais fabriquer sur vot'balcon, pas vrai ?

En effet, l'occupant de la chambre 733 brûlait de le savoir.

— J'm'en vais vous l'conter, tiens. C'est à n'y pas croire. J'habite juste à côté d'chez vous, et voilà-t-y pas que j'décide d'aller fumer un p'tit cigare dehors, rapport à l'odeur, quoi... Et là, dites voir un peu c'qui s'passe ? Y s'passe tout bonnement que le vent, j'saurais pas dire comment, me claque cette fichue porte au nez !

Alors, ni une ni deux, que j'me dis, il va falloir sauter la barrière, histoire d'aller quérir de l'aide.

Il faisait un froid de canard sur le balcon, mais pas le moindre souffle de vent. Le fumeur de cigares, habillé de pied en cap, avait un attaché-case à la main. Et les baies vitrées de l'hôtel ne se bloquaient que si on actionnait le verrou... Le Suédois était pourtant trop abasourdi et trop confus pour s'arrêter à de tels détails. Sans cesser de babiller, l'apparition finit par prendre congé, cette fois par la voie normale, en réitérant ses excuses et en lui souhaitant « une rudement bonne soirée ». L'homme d'affaires nordique, qui gagnait sa vie en vendant des appareils sanitaires dans le monde entier, s'empressa de rebloquer sa fenêtre, de tirer les rideaux, et de retourner à ses occupations.

Libéré de toute surveillance, Monk emprunta le couloir du septième étage, descendit les escaliers de service et retrouva à un coin de rue Magomed qui l'attendait dans la Volvo.

A minuit, trois hommes entrèrent avec un passe-partout dans la chambre 741, où ils demeurèrent une vingtaine de minutes. A quatre heures du matin, une terrible explosion se produisit : l'enquête devait établir que l'engin, un pain de plastic d'un kilo et demi, avait été placé au-dessus d'une pile de meubles entassés sur le lit, à la verticale du sommier de la 841. La chambre du dessus fut ravagée. Parmi les lambeaux de draps, le duvet éparpillé, les débris de tables et d'étagères, les éclats de verre, on retrouva aussi des ossements humains broyés.

Les ambulances arrivées sur les lieux repartirent à vide : il n'y avait plus personne à sauver, sinon les occupants des trois chambres avoisinantes, que la frayeur avait mis dans un état hystérique. Comme ils hurlaient dans toutes les langues sauf le russe, et que les brancardiers ne parlaient rien d'autre, la communication était forcément des plus limitées. Sur ce constat, les sauveteurs s'éclipsèrent en laissant le représentant de la direction se débrouiller avec ses clients au bord de la crise de nerfs. Les pompiers, eux aussi, se rendirent à l'évidence : malgré la violence de l'explosion, aucun incendie ne s'était déclaré.

Par contre, les enquêteurs avaient du pain sur la planche : ils entreprirent de collecter et d'étiqueter chaque débris pour les analyses à venir, y compris les restes humains disséminés ici et là. Sur l'ordre d'un major général de la milice, la Crim' était représentée par l'inspecteur Borodine. Ce dernier comprit en un

318

clin d'œil qu'à part le cratère qui béait dangereusement au centre de la pièce, il ne pourrait rien trouver de plus grand que la paume d'une main. Dans la salle de bains en partie soufflée par l'explosion, cependant, il eut plus de chance : sous les décombres et le plâtre pulvérisé, il découvrit un attaché-case à moitié éventré surnageant sur l'eau sortie des canalisations percées, mais dont le contenu n'avait pas souffert. Visiblement, le bagage était posé à l'endroit le mieux protégé de toute la chambre lorsque la déflagration s'était produite, entre les toilettes et le bidet. Après avoir vérifié qu'il était seul, Borodine s'empara prestement des deux documents qu'il recelait, et les fourra sous sa veste.

Le colonel Grichine les eut en même temps que son rituel café de dix heures. En l'espace d'une journée, son humeur avait radicalement changé, et ce fut avec une intense satisfaction qu'il reconnut d'abord le texte en cyrillique du manifeste secret, puis ouvrit un passeport américain où il put lire le nom abhorré de Jason Monk.

« Un pour entrer, un autre pour repartir, se dit-il avec une ébauche de sourire, mais cette fois, mon cher, tu restes là ! »


Ce même jour, sans que l'attention de quiconque ait été éveillée par une visite aussi anodine, les gardes-frontières de Cheremetievo laissèrent passer un voyageur britannique qui, selon ses papiers d'identité, s'appelait Brian Marks et qui venait d'arriver par le vol de Londres. Presque au même moment, deux autres sujets de Sa Gracieuse Majesté franchissaient la frontière finlandaise et entraient le plus légalement du monde en Russie à bord d'un break Volvo.

Comme tant de visiteurs hébétés par la pagaille de l'aéroport moscovite et par les panneaux rédigés en caractères pour eux aussi indéchiffrables que des hiéroglyphes, le dénommé Marks se fraya tant bien que mal un chemin jusqu'à la sortie, où il héla un taxi.

Parvenu au centre-ville, il se fit arrêter à un carrefour pour continuer à pied, en s'assurant qu'il n'était pas suivi, jusqu'à un hôtel sans prétention où il avait réservé une chambre.

Sur sa déclaration de douane figuraient une modeste somme en livres sterling, qu'il devrait présenter à son départ — à moins de prouver qu'il les avait changées en roubles par l'intermédiaire d'établissements agréés — et quelques chèques de voyage auxquels le même règlement s'appliquait. Elle ne mentionnait pas, cependant, les liasses de billets de cent dollars discrètement plaquées sur ses jambes par du sparadrap.

Marks, on l'aura compris, n'était pas son vrai nom. Le spécialiste qui avait réalisé son faux passeport s'était tout simplement permis un petit clin d'œil au dieu déchu de l'ex-URSS, Karl Marx. Mais il avait préféré conserver son véritable prénom au moment de se glisser dans la peau d'un autre personnage : c'était bien Brian, l'ancien militaire russophone que Sir Nigel Irvine avait envoyé en reconnaissance à Moscou au mois de septembre précédent.

Après avoir déposé ses bagages, il se mit à l'ouvrage en suivant scrupuleusement le programme défini à Londres.

Tout d'abord, il prit une petite voiture dans une agence de location occidentale et partit explorer une des banlieues les plus excentrées de la capitale, Vorontsovo, tout au sud. Deux jours de suite, à des heures différentes afin de ne pas se faire remarquer, il passa devant un vaste entrepôt aux murs aveugles constamment visité par une noria de camions. La nuit tombée, il poursuivait son observation à pied, errant devant la façade d'une démarche incertaine, une bouteille de vodka à moitié vide au poing.

Ce qu'il constata lui plut beaucoup. L'enceinte grillagée ne présentait aucune difficulté majeure. L'aire de chargement et de déchargement des poids lourds était fermée le soir, mais il y avait une petite porte munie d'un simple cadenas à l'arrière de l'entrepôt, et l'unique veilleur de nuit espaçait confortablement ses rondes. Bref, c'était du tout cuit, ou presque.

Au marché aux voitures d'occasion, véritable institution moscovite où tout se vend et tout s'achète, depuis la plus infâme des guimbardes jusqu'à la limousine dernier modèle volée quelques jours plus tôt en Occident, il se procura plusieurs jeux de plaques minéralogiques et divers outils, dont une paire de puissantes cisailles.

Revenu dans le centre, il continua ses emplettes : une douzaine de montres Swatch, peu coûteuses mais fiables, des piles et du fil électrique, du ruban adhésif. Lorsqu'il fut certain de pouvoir retrouver l'entrepôt à toute heure du jour et de la nuit et de regagner ensuite le centre-ville en empruntant plusieurs itinéraires différents à chaque fois, il rentra à l'hôtel patienter jusqu'à son rendez-vous avec les deux occupants de la Volvo, qui avaient maintenant dépassé Saint-Pétersbourg et se dirigeaient vers Moscou. Il devait rencontrer Ciaran et Mitch au McDonalds de la rue de Tver.

Les inséparables et taciturnes vétérans des forces spéciales britanniques abordaient pour leur part le dernier tronçon d'un long voyage où tout s'était déroulé comme prévu.

Dans un garage tranquille au sud de Londres, leur véhicule avait été soigneusement « préparé ». A la place des roues de série, à l'avant, le break Volvo avait été équipé de pneus ancien modèle, contenant des chambres à air préalablement découpées, emplies de boulettes de Semtex, réassemblées et regonflées.

Avec la rotation des pneus, l'explosif, dont la consistance rappelle celle du mastic et qui fait preuve d'une étonnante stabilité tant qu'il n'est pas soumis à l'action d'un détonateur au mercure, avait formé une mince pellicule qui tapissait désormais l'intérieur des deux chambres à air. Puis la voiture avait été expédiée en ferry à Stockholm, et de là elle avait pris la route pour Moscou, *via* Helsinki. Les détonateurs étaient dissimulés au fond d'une boîte de cigares cubains en apparence achetée au duty-free du bateau, mais assemblée en fait dans un laboratoire londonien.

Après avoir récupéré Brian au McDonald's, Ciaran et Mitch, qui étaient descendus dans un autre hôtel, se laissèrent guider jusqu'à un terrain vague non loin du marché aux voitures d'occasion. Là, ils démontèrent les roues avant de la Volvo, les remplacèrent par les deux roues de secours qu'en touristes bien organisés ils conservaient depuis le début dans la malle arrière. Personne ne s'intéressa à leur manège : tous les voleurs de voitures moscovites avaient l'habitude de venir ici dépecer leurs proies, s'échanger des pièces, bricoler des véhicules destinés à la vente. Il ne leur fallut qu'une dizaine de minutes supplémentaires pour dégonfler les chambres à air, les extraire de leurs pneus et les tasser dans un fourre-tout. Ils étaient bientôt rentrés à leurs hôtels respectifs.

Tandis que Brian faisait disparaître en chemin les morceaux de chambres à air dans plusieurs poubelles, Ciaran et Mitch se mirent au travail.

Ils divisèrent le Semtex en douze rectangles de la taille d'un paquet de cigarettes cartonné. Chacun fut muni d'un détonateur, d'une pile, d'une montre et de tous les câbles nécessaires. Pen-

321

dant qu'ils assemblaient toutes les bombes à l'aide de ruban adhésif, Mitch lança sur un ton moqueur :

— Dieu merci, on n'a pas eu à se servir de cette saloperie qui pue le hareng !

Le Semtex-H, le plus utilisé des explosifs dérivés du plastic, est un produit spécifiquement tchèque. A l'époque communiste, il était garanti sans aucune odeur, ce qui en fit l'arme préférée des terroristes. A la disparition du bloc soviétique, pourtant, le nouveau président tchèque Vaclav Havel accéda volontiers à une requête des dirigeants occidentaux : il s'agissait d'ajouter aux composants du Semtex un agent odoriférant particulièrement puissant, qui permettait aux services de police de le détecter pendant son transport clandestin. L'odeur, insupportable, ressemble beaucoup à celle du poisson pourri. De là la boutade de Mitch.

Au milieu des années quatre-vingt-dix, les moyens de détection avaient toutefois connu des progrès si considérables que même un explosif absolument inodore ne pouvait leur échapper. Mais le caoutchouc surchauffé produit sa propre odeur, et Sir Nigel Irvine, pour qui deux précautions valaient toujours mieux qu'une, avait donc eu l'idée de ces chambres à air « rembourrées ». Finalement, la Volvo n'avait subi aucun contrôle pendant son périple, ce qui n'empêchait ni Ciaran ni Mitch d'approuver sans réserve la prudence de leur chef.

L'attaque de l'entrepôt eut lieu six jours après le triomphe du colonel Grichine, lorsqu'il avait mis la main sur le « Manifeste noir » et sur le passeport de Jason Monk.

Brian prit le volant du véhicule équipé de ses pneus avant neufs et de ses nouvelles plaques moscovites : des trois, c'était lui qui pouvait répondre en russe si on les arrêtait en chemin pour une raison ou une autre.

Après s'être garés à deux pâtés de maisons de leur objectif, les trois hommes continuèrent à pied jusqu'au grillage, qui comme prévu céda facilement sous les cisailles. Pliés en deux, ils traversèrent ensuite en courant l'esplanade en béton pour venir se cacher derrière une muraille de bidons d'encre.

Un quart d'heure plus tard, l'unique veilleur de nuit faisait sa ronde lorsqu'il entendit, venant d'un coin sombre, quelqu'un éructer bruyamment. Braquant sa torche dans cette direction, il découvrit un ivrogne affalé contre le mur, sa bouteille de vodka serrée contre lui. Il eut à peine le temps de se demander comment ce vagabond avait pu s'introduire dans l'enceinte : comme il tournait le dos à la pile de bidons, il ne vit pas la silhouette en combinaison noire fondre sur lui par-derrière et le frapper avec un bout de tuyau de plomb. Dans sa tête, il y eut un bref feu d'artifice, puis l'obscurité la plus complète.

Tandis que Brian le ligotait et le bâillonnait avec du ruban adhésif, Ciaran et Mitch firent sauter le cadenas et ouvrirent la petite porte. Ils traînèrent ensuite le gardien inconscient à l'extérieur, l'abandonnèrent le long du mur et refermèrent.

Eclairé faiblement par des veilleuses installées sur les poutrelles d'acier de la charpente, l'intérieur de l'usine ne leur révéla d'abord que d'énormes rouleaux de papier journal, et encore des bidons d'encre. Au milieu de ce capharnaüm, ils finirent pourtant par tomber sur ce qu'ils cherchaient : trois gigantesques presses offset.

Brian avait constaté depuis le début de sa mission l'existence d'un autre gardien, qui lui ne quittait pas sa guérite à l'entrée principale de l'usine, collé à son téléviseur ou le nez dans un journal pendant que toutes les rondes retombaient sur son malheureux collègue. Il se glissa silencieusement entre les machines pour aller s'occuper de lui ; quand il revint au bout de quelques minutes, il retourna à l'arrière du bâtiment, surveillant ce qui serait la voie de sortie du trio.

Ciaran et Mitch, eux, restèrent devant les lourdes presses, qu'ils avaient l'impression de connaître jusqu'au dernier boulon. C'étaient des Baker-Perkins, assemblées aux Etats-Unis et que personne en Russie ne pourrait dépanner si elles étaient sérieusement endommagées : au cas où les structures principales seraient détériorées, même un 747 cargo serait incapable d'en transporter d'autres. Leur propriétaire devrait patienter plusieurs semaines, le temps qu'elles soient acheminées par bateau de Baltimore à Saint-Pétersbourg.

Se faisant passer pour des industriels finlandais désireux de moderniser leur imprimerie, les deux compères avaient eu droit à une visite complète des installations d'un imprimeur de Norwich, en Angleterre, lui aussi équipé de Baker-Perkins. Un technicien à la retraite, qui connaissait bien ces modèles, avait ensuite complété leur formation.

Leur première cible était constituée par le système de guidage des rouleaux qui alimentaient chaque presse, outil technologique de pointe permettant à chaque machine d'engouffrer imperturbablement des quantités astronomiques de papier de quatre-vingt-dix grammes. Ciaran entreprit donc de disposer ses petites bombes sur les quatre systèmes, afin de provoquer des dégâts irréparables. Mitch, lui, se préoccupa du tambour où les quatre couleurs de base étaient dosées électroniquement, autre point sensible des mastodontes. Les bombes restantes furent installées sous les cylindres d'entraînement et d'impression.

Au bout de vingt minutes, Ciaran montra du doigt sa montre à son complice. Il était une heure du matin, les détonateurs étaient réglés pour se déclencher à une heure et demie. Après avoir rejoint Brian, ils quittèrent les lieux en traînant sur plusieurs mètres le veilleur de nuit, qu'ils abandonnèrent, conscient mais toujours ligoté et bâillonné, dans un coin sombre. Il n'aurait pas chaud sur le trottoir, certes, mais du moins serait-il à l'abri quand l'acier déchiqueté se mettrait à voler de toutes parts. L'autre gardien, pour sa part, était trop éloigné des presses pour courir le moindre danger.

A une heure dix, ils repartaient dans la Volvo. Vingt minutes plus tard exactement, les charges mises à feu infligeaient leurs blessures mortelles aux géants immobiles. Précises et discrètes, elles ne réveillèrent même pas le morne quartier avoisinant. Ce fut seulement quand le veilleur de nuit, malgré ses liens, réussit à se contorsionner jusqu'à l'entrée principale et à donner un coup d'épaule dans la sonnette d'alarme, que la milice arriva sur les lieux.

A trois heures et demie, le contremaître principal, prévenu par téléphone, constata avec horreur la gravité des dégâts. Il appela à son tour Boris Kouznetsov. A cinq heures, le responsable des relations publiques de l'UFP était sur place, suivant attentivement les descriptions apocalyptiques que lui donnaient les techniciens. Deux heures plus tard, le colonel Grichine apprenait la catastrophe.

Entre-temps, la petite voiture de location et la Volvo avaient été abandonnées non loin de la place du Manège, en plein centre. Le premier véhicule, découvert dans la matinée, serait rendu à l'agence. Le second, laissé portes ouvertes et clé au contact, n'échapperait pas à l'attention des voleurs : comme l'avaient calculé les trois hommes, il avait disparu avant la levée du jour.

Après un petit déjeuner sommaire sur une table graisseuse du café de l'aéroport, l'équipe de Sir Nigel embarqua sur le premier vol du matin à destination d'Helsinki.

Au moment où leur avion quittait le sol russe, le colonel Grichine, muet de rage, contemplait les presses saccagées. Il y aurait une enquête, bien entendu, qu'il dirigerait personnellement, et malheur à celui qui aurait prêté la main à un tel crime. Mais son œil exercé avait déjà conclu qu'il s'agissait là d'un travail d'expert, dont la trace serait sans doute impossible à remonter.

Kouznetsov, lui, était effondré. Depuis deux ans, chaque samedi, le journal *Proboudis (Le Réveil)* avait porté la parole d'Igor Komarov dans cinq millions de foyers, à travers toute la Russie. C'était lui qui avait eu l'idée d'une publication entièrement au service de l'UFP, et qui avait aussi lancé le mensuel *Rodina (La Patrie)*. Mélangeant savamment les concours de lecteurs dotés de prix mirobolants, les fausses lettres de confidences sexuelles, les anecdotes racistes, et la reproduction des discours enflammés du leader, ces deux titres avaient largement contribué à élargir l'assise populaire de Komarov.

— Quand pourrez-vous reprendre le travail ? demanda-t-il, la gorge serrée, au contremaître qui secouait la tête d'un air incrédule devant ses machines.

— Quand on aura de nouvelles presses. Pas avant. Celles-là sont irréparables. Il faut compter trois mois, je pense.

Encore plus démonté, Kouznetsov imaginait trop bien ce qu'allait être la réaction de son chef en apprenant la nouvelle. Il avait beau se répéter que tout était de la faute de Grichine, que l'usine aurait dû être mieux protégée, les conséquences n'en étaient pas moins terribles : en pleine période électorale, à huit semaines du scrutin présidentiel, ils se retrouvaient sans moyen de propagande écrite.


La matinée ne se présenta pas mieux pour l'inspecteur Dimitri Borodine. Pourtant, comme tous les jours depuis une semaine, il était arrivé d'excellente humeur à son bureau de la rue Petrovka. Une disposition d'esprit que ses collègues avaient remarquée mais dont ils ne pouvaient expliquer la cause : en fait, en remettant au colonel Grichine ce qu'il avait subtilisé sur les lieux de l'explosion — toujours inexpliquée — à l'hôtel Metropol, il avait gagné d'un coup une somme devant laquelle son salaire mensuel paraissait plus dérisoire que jamais.

En son for intérieur, Borodine était convaincu qu'il était inutile de continuer à enquêter sur la bombe du Metropol. Les dégâts étaient déjà en passe d'être effacés, la compagnie d'assurances, certainement étrangère, allait prendre les frais en charge, le client américain était mort, et le mystère demeurait entier. Certes, il entrevoyait un lien entre le soudain intérêt porté par Grichine à ce voyageur et son décès tout aussi soudain, mais il n'allait pas se créer des ennuis en essayant d'éclaircir ce point : dans près de deux mois, avec la victoire assurée d'Igor Komarov, Grichine serait le numéro deux en Russie, et n'oublierait sans doute pas ceux qui l'avaient aidé durant sa course opiniâtre au pouvoir.

A son arrivée ce matin-là, tout le monde ne parlait que de l'explosion survenue dans la nuit à l'imprimerie de l'UFP. Très à l'aise, Borodine se mêla aux conversations, et il était en train d'exposer ses théories improvisées — un coup des communistes de Ziouganov, ou la vengeance d'un groupe mafieux, pour des mottifs qui restaient à élucider — lorsque son téléphone sonna.

— Borodine ?

— Inspecteur Borodine à l'appareil, oui ?

— Ici Kouzmine.

Sa mémoire ne réagit pas au nom lancé d'une voix péremptoire.

— Qui ?

— Professeur Kouzmine, médecin légiste en chef, Institut médico-légal Numéro Deux. C'est bien vous qui m'avez fait passer ce que la bombe du Metropol vous a laissé, non ? Le dossier dit que c'est vous.

— Ah oui ! En effet, c'est moi l'inspecteur en charge de cette affaire.

— C'est vous le plus stupide crétin qui soit, vous voulez dire !

— Ecoutez, je ne vois pas...

— Ecoutez, vous ! Je termine à l'instant l'analyse des restes humains récupérés dans cette chambre d'hôtel. Qu'il a fallu trier parmi un monceau d'éclats de verre et de bouts de bois, soit dit en passant.

— Et alors, professeur, où est le problème ? Il est mort, non ?

Le ton naturellement irascible du spécialiste se durcit encore plus :

— Evidemment qu'il est mort, triple buse ! S'il était frais comme un gardon, il ne serait pas sur ma table, en petits morceaux.

— Alors, je ne vous suis pas, professeur. Je travaille à la Brigade criminelle depuis des années, et je n'ai jamais vu un type plus mort que celui-là.

Au prix d'efforts très audibles, le digne Kouzmine se tempéra. Il continua comme s'il était en train de sermonner un enfant un peu simple d'esprit :

— Non, mon cher Borodine, ma question est la suivante : je ne vous demande pas s'il est mort, je vous demande « qui » est mort !

— Mais... Ce touriste américain, bien sûr ! Vous avez des os à lui, dites !

— En effet, j'ai des os, inspecteur Borodine.

La manière dont il avait prononcé le mot « inspecteur » suggérait que, d'après lui, le détective de la Crim' n'était même pas capable de trouver les toilettes sans être mis sur la voie.

— Des os, encore des os, rien que des os ! Ah, j'aurais pu espérer avoir au moins, que sais-je, un peu de tissu musculaire, un lambeau de peau, un tendon, du cartilage, un ongle, des cheveux, quelques viscères, voire même un soupçon de moelle... Mais non, on ne m'a donné que des os !

— Je ne vous suis toujours pas. Qu'est-ce qui cloche, avec ces os ?

Borodine dut écarter l'écouteur de son oreille quand le professeur, à bout de patience, vociféra :

— Ils sont impeccables, ces maudits os ! Parfaits ! Et même, ils sont parfaits depuis maintenant vingt ans, puisque je date la mort de leur ancien propriétaire de cette époque ! Ce que j'essaie de suggérer à votre cerveau embryonnaire, c'est que quelqu'un a pris la peine de venir faire exploser dans votre chambre d'hôtel un squelette de classe d'anatomie...Vous savez, ces trucs qui pendouillent dans n'importe quelle faculté de médecine ?

Borodine ouvrait et fermait la bouche comme une truite en été.

— Vous...Vous voulez dire que l'Américain n'était pas dans cette chambre ?

— Pas quand l'explosion a eu lieu, en tout cas. D'ailleurs, qui était-ce ? Ou plutôt, car il est sans doute encore en vie, qui est-ce ?

— Je ne sais pas ! Un prof yankee, c'est tout.

— Voilà ! Un intellectuel. Comme moi. Eh bien, quand vous le verrez, dites-lui que j'apprécie énormément son sens de l'humour. Bien. A qui voulez-vous que j'envoie mon rapport ?

« Qu'il atterrisse partout sauf sur mon bureau », pria Borodine. Il lui donna le nom d'un général-major très haut placé dans la hiérarchie de la milice, qui le reçut l'après-midi même. Lorsqu'il téléphona la nouvelle à Grichine, ce fut donc lui qui en prit pour son grade.

A la tombée de la nuit, le colonel avait mobilisé tous ses informateurs moscovites, une formidable armée. Reproduite à des milliers d'exemplaires, la photographie qui figurait sur le passeport de Jason Monk circula au sein des Gardes noirs et des Jeunesses combattantes, dont toutes les forces furent mobilisées à travers la ville. La chasse à l'homme dépassait encore en ampleur celle déclenchée contre Leonid Zaïtsev l'été précédent.

Le clan des Dolgorouki ainsi que les collaborateurs de l'UFP au sein de la milice et de l'armée furent aussi priés de retrouver à tout prix le fugitif. La récompense était fixée à cent milliards de roubles, ce qui ne pouvait que renforcer le zèle des mouchards.

Ces dispositions prises, le colonel alla rendre compte à Igor Komarov : l'espion américain ne pourrait se cacher plus longtemps. Rien, pas le moindre recoin, pas la moindre cave, pas le moindre égout, n'échapperait à cette traque monumentale. Sa seule issue était de se réfugier dans son ambassade, où au moins il ne pourrait plus nuire à quiconque.

Grichine avait raison, mais pas entièrement. Il restait encore un territoire où ses escouades de Russes étaient incapables de pénétrer : l'univers hérmétiquement clos des Tchétchènes de Moscou.

Et c'était là que Jason Monk avait trouvé refuge, dans un discret appartement au-dessus d'un marchand d'épices, sous la protection de Magomed, d'Aslan, de Charif, et de centaines de simples gens qui pouvaient repérer l'arrivée d'un Russe à des kilomètres, et communiquer dans une langue connue d'eux seuls.

Non seulement Monk était en sûreté, mais il avait poursuivi son travail d'approche. Un second contact avait été établi.

# Chapitre 14

En Russie, peu de militaires d'active ou à la retraite, pour ne pas dire aucun, jouissaient d'un prestige comparable à celui du général Nikolaï Nikolaïev.

Alors qu'il devait bientôt célébrer son soixante-quatorzième anniversaire, c'était encore un solide gaillard qui se tenait droit comme un *i*. Une stature imposante, une chevelure blanche mais toujours épaisse, un visage buriné par le vent et les épreuves, une moustache intimidante dont il savait recourber les pointes comme personne, tout en lui forçait le respect et l'admiration.

Tankiste depuis le début de sa carrière, commandant ses unités d'infanterie motorisée sur tous les fronts et tous les théâtres d'opérations que son pays avait couverts en cinquante ans, il était devenu, pour tous ceux qui avaient servi sous ses ordres — et à la fin 1999 ils se chiffraient encore par millions —, une légende vivante.

Tout le monde savait aussi qu'il aurait dû quitter le service actif avec le grade de maréchal, n'était son franc-parler peu apprécié des responsables politiques.

Comme Leonid Zaïtsev, le Lapin, dont il ne gardait aucun souvenir mais auquel il avait pourtant donné une tape amicale sur l'épaule lors d'une visite à un camp soviétique à l'entrée de Potsdam, le général était né à Smolensk, à l'ouest de Moscou, en 1925, soit onze ans plus tôt que le vieux soldat assassiné.

Il se souvenait encore du jour où, passant avec son père devant une église, ce dernier s'était machinalement signé. Etonné, l'enfant lui avait demandé ce qu'il pouvait bien fabriquer. Le père, ingénieur de profession, avait lancé un regard effrayé alentour, et fait jurer à son fils qu'il n'en parlerait à personne. C'était l'époque où un jeune garçon avait été promu au rang de héros national pour avoir dénoncé au NKVD les réflexions anti-parti de ses parents. Ceux-ci devaient mourir au goulag, mais leur fils robotisé entra vivant au panthéon du communisme soviétique. Le jeune Kolya, cependant, aimait trop son père pour trahir sa promesse. Il n'apprit la signification de ce geste que plus tard, lorsque ses professeurs d'éducation civique lui apprirent qu'il s'agissait là d'une manifestation d'obscurantisme répugnante.

Il avait quinze ans quand la « guerre éclair » fondit sur eux de l'ouest, le 22 juin 1941. Un mois plus tard, les tanks allemands entraient dans Smolensk, jetant ses habitants sur les routes de l'exode. Ses parents disparurent à jamais dans la tourmente. L'adolescent, portant sur son dos sa sœur cadette âgée de dix ans, marcha vers l'est pendant deux cents kilomètres avant de tomber une nuit sur un train qui roulait dans la bonne direction. Ils sautèrent dedans, sans savoir que le convoi transportait une chaîne de fabrication de tanks, entièrement démontée pour être réassemblée loin du front, à l'abri des montagnes de l'Oural.

Affamés, transis, les deux enfants parvinrent finalement à Tcheliabinsk. C'est là que les ingénieurs entreprirent de remettre en route l'usine de chars géante qui portait le nom de Tankograd. L'heure n'était pas aux études : Kolya alla travailler à Tankograd, où il resta deux ans, tandis que sa sœur Galina était placée dans un orphelinat.

Durant l'hiver 1942, le pays des Soviets subit d'effroyables pertes en hommes et en matériel autour de Kharkov et de Stalingrad. La tactique suivie, traditionnelle dans l'histoire militaire de la Russie, se révéla particulièrement meurtrière : on envoyait les fantassins et les chars au-devant des canons nazis, sans se soucier des blessés et encore moins des morts, en pariant sur l'effet de masse.

A Tankograd, la production atteignit une cadence effrénée. Les ouvriers travaillaient seize heures d'affilée, dormaient par terre entre les quarts. Ils assemblaient le KV 1, le plus lourd des chars de combat soviétiques, à cette époque, baptisé ainsi en l'honneur du maréchal Kliment Vorochilov, un piètre soldat mais un des sycophantes préférés de Staline.

Au printemps 1943, les Soviétiques jetèrent des forces considérables pour contrer l'offensive nazie dans l'enclave de Koursk, une brèche de trois cents kilomètres de long et deux cents de profondeur dans les positions allemandes. En juin, Kolya fut libéré de son travail à la chaîne de montage pour accompagner un convoi ferroviaire de KV 1 destinés au front occidental, les décharger en tête de ligne, s'assurer que les unités combattantes en prenaient normalement livraison, et revenir au plus vite reprendre son poste. Il avait dix-sept ans. Il accomplit avec zèle tous ces ordres, sauf le dernier.

Les nouveaux chars attendaient en ligne le long de la piste quand le commandant du régiment auquel ils étaient réservés apparut. Un colonel d'à peine vingt-cinq ans, hirsute, défiguré par la fatigue, qui hurla à l'adresse du représentant officiel de l'usine de Tcheliabinsk :

— Mais j'ai même pas de chauffeurs pour vos putains de tanks !

Découvrant soudain le robuste adolescent qui se tenait à côté, il demanda à brûle-pourpoint :

— Toi, là, tu sais conduire ces engins de merde ?

— Oui, camarade, mais il faut que je retourne à Tankograd.

— Pas question. Tu sais conduire, donc tu es enrôlé.

Le soldat Nikolaï Nikolaïev n'eut pas même le temps de regarder son train repartir sans lui. Vêtu d'une combinaison de toile grossière, il se retrouva enfermé dans l'habitacle d'un KV 1 qu'il avait maintenant pour ordre d'amener jusqu'à la ville de Prokhorovka.

La bataille de Koursk débuta quinze jours plus tard, ou plutôt « les batailles » : une série d'engagements d'une rare violence qui embrasèrent l'enclave pendant deux mois. Quand tout fut terminé, Koursk était entré dans l'histoire comme le théâtre du plus formidable affrontement entre blindés que le monde ait connu ou devait connaître par la suite. Aux six mille chars engagés de part et d'autre s'ajoutèrent deux millions d'hommes et quatre mille avions. A Koursk, les Russes ruinèrent la réputation d'invincibilité qu'avait jusqu'ici maintenue le fameux Panzer. Mais ce ne fut pas sans mal.

L'armée allemande venait en effet de déployer son propre char de la nouvelle génération, le Tigre, équipé d'un redoutable canon de 88 mm qui, avec les obus perforants adéquats, était en mesure de mettre en déroute n'importe quel blindé prétendant lui barrer la route. Le KV 1, pour sa part, se contentait d'un 76 mm, même si la dernière version que venait de convoyer Kolya était dotée du ZIS-5, un canon de plus grande portée que ses prédécesseurs.

La contre-attaque soviétique débuta le 12 juillet, avec pour point fort le secteur de Prokhorovka. Il ne restait plus que six chars au régiment où Nikolaï avait été versé lorsque son commandant vit de loin cinq blindés ennemis qu'il prit pour des Panzers Mark IV et qu'il décida de poursuivre. Les KV 1 russes franchirent de front la crête d'une colline et se mirent à descendre le flanc escarpé. Les Allemands tenaient la crête opposée.

Le jeune colonel s'était trompé : il s'agissait en fait de Tigres, dont les obus perforants s'abattirent sur l'escouade russe, mettant leurs six chars hors de combat l'un après l'autre.

Le tank que conduisait Nikolaï fut touché à deux reprises. Le premier coup arracha les chenilles sur tout un côté et éventra le blindage. Au fond de son étroit habitacle, le pilote sentit l'engin vaciller et s'arrêter. Le deuxième obus atteignit la tourelle de biais, puis ricocha et alla s'enfoncer dans le coteau. L'impact, néanmoins, avait suffi à tuer sur le coup quatre des cinq membres de l'équipage.

Encore sous le choc, Nikolaï voulut se dégager de ce qui risquait de devenir son tombeau. Oppressé par l'odeur du carburant en train de se répandre sur le métal surchauffé, il se heurta à des cadavres en tâtonnant. Il les repoussa.

Le mitrailleur en chef et son adjoint s'étaient écroulés sur le fût du canon, le visage en sang. A travers la déchirure dans le blindage, le jeune soldat aperçut les Tigres fonçant au milieu des volutes de fumée qui sortaient des autres chars soviétiques.

A sa grande surprise, il constata que le canon n'avait pas été endommagé. Il agrippa un obus dans son casier, le hissa jusqu'à la culasse, la verrouilla : des gestes qu'il n'avait encore jamais accomplis lui-même, mais qu'il avait vu faire des dizaines de fois déjà. Habituellement, il fallait deux hommes pour manœuvrer l'axe pivotant de la tourelle, mais en dépit du coup qu'il avait reçu sur la tête et des vapeurs de fuel, il y parvint tout seul. Appuyant un œil sur le viseur périscopique, il tomba sur un Tigre qui évoluait à moins de trois cents mètres. Et il fit feu.

Le tank ennemi qu'il venait de détruire était en fait le dernier du groupe à quitter le secteur. Partis en avant, les quatre autres Tigres ne remarquèrent d'abord rien. Il eut le temps de recharger le canon, de tirer et de faire mouche à nouveau. A cet instant, il sentit l'écho de l'explosion monter dans ses jambes, et il vit devant lui les flammes dévorer l'herbe, portées par le carburant qui s'écoulait du char frappé à mort.

Les trois autres équipages allemands, comprenant qu'il se passait quelque chose d'imprévu derrière eux, commençaient à faire machine arrière. Nikolaï en atteignit un de plein fouet alors qu'il manœuvrait pour rebrousser chemin. Mais les deux derniers blindés fonçaient maintenant vers lui. Sa dernière heure était arrivée.

Instinctivement, il bascula sur le contrefort latéral du KV au moment où un obus emportait sa tourelle et mettait le feu au stock de munitions. Sentant sa combinaison s'embraser, il roula dans l'herbe mouillée, le plus loin possible de l'épave en flammes.

Il n'attendait plus ce qui arriva ensuite, et ne s'en rendit compte qu'après coup. Dix SU-152 avaient franchi à leur tour la crête, forçant les deux Tigres à battre en retraite de l'autre côté du vallon. L'un d'eux parvint à grimper l'escarpement et disparut derrière la colline.

Nikolaï sentit qu'on l'aidait à se remettre debout. Il se retrouva nez à nez avec un colonel de l'Armée rouge. Ensemble, ils regardèrent le terrain encaissé où six chars russes et quatre chars allemands achevaient de se consumer, son KV 1 entouré par les carcasses de trois Tigres.

— Tu as fait tout ça ? lui demanda l'officier.

Le fracas du combat encore dans les oreilles, abasourdi par le cauchemar qu'il venait de vivre, Nikolaï l'entendit à peine, mais hocha machinalement la tête.

— Viens avec moi.

Sur l'autre versant de la colline, ils retrouvèrent une GAZ toutterrain, dont le colonel prit le volant. Au bout d'une dizaine de kilomètres, ils parvinrent à un bivouac. Devant la tente principale, penchés sur une longue table couverte de cartes, une douzaine d'officiers supérieurs étaient en conférence. Le colonel sauta à bas de la camionnette, s'approcha d'eux et leur adressa un bref salut militaire. Le général le plus âgé se redressa.

Toujours assis à l'avant de la GAZ, Nikolaï les voyait dans un brouillard converser avec animation. Soudain, le général lui fit signe de les rejoindre. Nikolaï, qui se reprochait d'avoir laissé échapper deux chars ennemis, s'avança d'un pas hésitant, la combinaison en lambeaux, le visage noirci de fumée, empestant le gasoil et la poudre brûlée.

— Alors, trois Tigres ? s'exclama le général Pavel Rotmistrov, commandant en chef de la 1re division blindée. Et avec un KV 1 démoli, en plus ?

Les bras ballants, l'air perdu, Nikolaï ne savait que répondre.

Son supérieur se tourna vers un homme courtaud, aux yeux porcins, qui portait sur sa vareuse l'insigne des commissaires politiques, et lui lança en souriant :

— M'est avis que ça vaut bien une médaille, et pas une petite !

Le pot à tabac opina du bonnet : c'était en effet le genre de fait d'armes que le camarade Staline appréciait. Sur son ordre, on apporta de la tente une boîte d'où Rotmistrov sortit le ruban de héros de l'Union soviétique, la plus haute distinction militaire à l'époque, qu'il épingla sur la poitrine de l'adolescent. Le commissaire politique hocha à nouveau la tête. Il s'appelait Nikita Khrouchtchev.

Après un rapide passage à l'hôpital de campagne, le temps de se faire appliquer un onguent poisseux sur ses brûlures, Nikolaï Nikolaïev revint au QG mobile. Là, il apprit qu'il était désormais lieutenant, et commandait un escadron de trois KV 1. Sans tarder, il repartit au combat.

L'hiver suivant, ayant laissé Koursk derrière lui et repoussant les Panzers vers l'ouest, il passa capitaine et se vit confier une compagnie des tout nouveaux blindés soviétiques, les IS-II, IS pour Joseph (Iossif, en russe) Staline. Avec son blindage renforcé et son canon de 122 mm, ce monstre reçut parmi la troupe le surnom de « tueur de Tigres ».

Au cours de l'opération Bagration, sa bravoure lui rapporta une deuxième médaille de héros de l'Union soviétique. Et devant Berlin, sous les ordres du maréchal Joukov, il remporta sa troisième.

Plus d'un demi-siècle après, tel était encore l'homme que Jason Monk avait pour mission de contacter.

Si le vieux général avait accepté de prendre des gants avec les bureaucrates du Politburo, il aurait obtenu aisément non seulement son bâton de maréchal, mais aussi une confortable datcha à Peredelkino, havre de paix réservé à la nomenklatura. Mais il n'avait jamais voulu se taire, et ce qu'il avait à dire ne plaisait généralement pas aux maîtres de l'empire soviétique.

Indifférent à ces mesquineries, mais pensant à ses vieux jours, l'irréductible avait alors construit de ses propres mains une maison de campagne non loin du village de Toukhovo. Comme Peredelkino, c'était aux abords occidentaux de la capitale, en bordure de l'autoroute de Minsk, mais la zone qu'il avait choisie abondait en camps militaires plutôt qu'en luxueuses résidences secondaires ; ainsi, il achèverait son existence près de sa chère armée, ou plutôt de ce qu'il en restait...

Il ne s'était jamais marié — « pas vivable pour une jeunette », avait-il coutume de dire à propos de ses affectations successives aux confins les plus hostiles de l'empire soviétique —, et vivait désormais dans la seule compagnie d'un ancien sergent-major unijambiste faisant office d'aide de camp, et d'un chien-loup qui, lui, avait encore ses quatre pattes.

Pour trouver sa modeste retraite, Monk n'eut qu'à demander aux villageois du coin où habitait « Dyadya Kolya », Oncle Kolya. Le surnom, à la fois formule de respect et terme affectueux, lui avait été donné par ses officiers subordonnés quand sa chevelure avait commencé à blanchir prématurément, et lui était resté depuis, si bien que pour tous les anciens soldats de Russie le général Nikolaï Nikolaïev était à jamais Oncle Kolya. Et comme ce soir-là Monk, revêtu de l'uniforme de colonel d'état-major, était au volant d'une voiture du ministère de la Défense, les paysans lui expliquèrent volontiers comment parvenir chez lui.

Il faisait nuit noire, et un froid mordant, quand Monk frappa à la porte. A la vue de son uniforme, l'aide de camp le fit aussitôt entrer.

Oncle Kolya n'attendait aucun visiteur, mais l'apparition du colonel ne le surprit pas outre mesure. Installé devant un bon feu de bois dans son fauteuil préféré, il était en train de parcourir les Mémoires d'un général plus jeune que lui, dont les fanfaronnades lui tiraient parfois une exclamation sardonique. Lui qui savait exactement ce qu'ils avaient tous fait, et surtout ce qu'ils n'avaient pas été capables d'accomplir, n'était aucunement impressionné par ce genre de littérature apologétique. Après avoir annoncé cette visite tardive, Volodia s'éclipsa en boitant.

— Qui êtes-vous ? grommela l'ancien héros de l'URSS.

— Quelqu'un qui doit vous parler, mon général.

— Vous venez de Moscou ?

335

— Ce soir, oui.

— Bon, puisque vous êtes là...

Il montra du menton l'attaché-case que portait Monk :

— Des papiers du ministère ?

— Pas vraiment. Des papiers, oui. Mais pas du ministère.

— Bon, vous feriez mieux de vous asseoir et de cesser ces mystères. De quoi s'agit-il ?

— Très bien. J'irai droit au fait. Je suis en uniforme, mais je ne suis pas colonel, je n'appartiens pas à l'armée russe, et encore moins à son état-major. En fait, je suis américain.

De son coin de cheminée, le général l'observa quelques secondes comme s'il n'en croyait pas ses oreilles. Puis les pointes retroussées de sa moustache frémirent de colère.

— Vous êtes un imposteur ! Vous êtes un sale espion ! Je ne reçois pas les imposteurs et les espions chez moi. Dehors !

Monk ne fit pas un geste.

— D'accord, si vous voulez. Mais dix mille kilomètres pour trente secondes, c'est un peu dur. Alors, accepterez-vous au moins de répondre à une seule question ?

Le général le fusilla du regard.

— Une seule question ? Quoi ?

— Il y a cinq ans, quand Boris Eltsine vous a demandé de quitter votre retraite et de prendre le commandement des opérations en Tchétchénie, de diriger l'assaut sur Grozny, la rumeur prétend qu'après avoir étudié les plans que vous montrait le ministre de la Défense de l'époque, Pavel Gravtchev, vous lui avez dit : « Je commande des soldats, pas des bouchers. Ça, c'est l'affaire de bouchers. » Est-ce exact ?

— Et puis après ?

— Est-ce exact ? Vous m'avez permis une question.

— Bon, oui, c'est vrai. Et j'avais raison.

— Pourquoi lui avez-vous dit cela ?

— C'est déjà une seconde question.

— Mais j'ai encore dix mille kilomètres pour rentrer chez moi.

— Bon. Parce que je ne pense pas qu'un soldat puisse accepter de participer à un génocide. Et maintenant, dehors !

— Ce livre que vous êtes en train de lire, c'est puant, non ?

— Qu'est-ce que vous en savez ?

— Je l'ai lu. Des balivernes.

— Exact. Et alors ?

Sans quitter le général des yeux, Monk sortit le « Manifeste noir » de sa mallette, l'ouvrit à une page qu'il avait marquée d'un signet, et le tendit au vieux militaire.

— Puisque vous avez le temps de lire de pareilles saletés, pourquoi ne pas jeter un coup d'œil à quelque chose de vraiment répugnant ?

Le général était partagé entre fureur et curiosité.

— Quoi, de la propagande yankee ?

— Non. L'avenir de la Russie. Juste cette page, et celle d'après.

Avec un grognement, Nikolaïev lui arracha le document de la main et parcourut rapidement le texte. Une expression dégoûtée apparut sur son visage.

— Saloperies ! Qui a écrit ça ?

— Vous avez entendu parler d'Igor Komarov ?

— Ne faites pas l'imbécile. Evidemment ! En janvier, c'est lui qui va devenir président.

— Et c'est un bien, ou un mal ?

— Qu'est-ce que j'en sais, moi ? Ils sont tous plus tordus les uns que les autres !

— Donc, il n'est ni meilleur ni pire que le reste de la bande ?

— En gros, oui.

Aussi vite qu'il le pouvait, pour ne pas lasser l'attention et surtout la patience du vieil homme, Monk lui raconta ce qui s'était passé le 15 juillet à Moscou.

— Foutaises ! trancha le général. Vous débarquez chez moi avec des histoires à dormir debout et il...

— Si c'était une histoire à dormir debout, ce texte n'aurait pas déjà causé la mort de trois hommes ! Or, c'est bien ce qui est arrivé...Vous devez sortir, ce soir ?

— Mais... non ! Pourquoi ?

— Alors, vous pourriez laissser tomber les Mémoires de Pavel Gravtchev et regarder un peu ce qu'Igor Komarov a en tête ? Oh, bien sûr, tout ne vous déplaira pas. Quand il parle de redonner des moyens à l'armée, par exemple. Mais ce n'est pas pour défendre la patrie : elle n'est pas menacée de l'extérieur, et vous le savez. Non, c'est pour faire d'elle l'instrument du génocide. Vous n'aimez peut-être pas les juifs, les Tchétchènes, les Géorgiens, les Ukrainiens, les Arméniens, mais rappelez-vous, il y en avait aussi dans vos tanks. A Koursk, à Berlin, à Kaboul, ils ont combattu avec vous. Pourquoi ne pas sacrifier quelques minutes pour découvrir ce que Komarov leur réserve ?

Le général observa un moment cet étranger si têtu, d'un quart de siècle son cadet, avant de lancer d'un ton rogue :

— Les Américains, ça leur arrive de boire de la vodka ?

— Au fin fond de la Russie, par une nuit glaciale, ça leur arrive, oui !

— Il y a une bouteille, tenez, là. Servez-vous.

Tandis qu'Oncle Kolya se plongeait dans sa lecture, Monk prit une rasade de Moskovskaïa en repensant aux séances préparatoires de Château-Forbes.

« C'est sans doute le dernier de nos généraux à garder le sens de l'honneur des anciennes générations, lui avait expliqué Oleg, son instructeur russe. Il a encore toute sa tête, et ne craint personne. Qu'il dise un seul mot, et dix millions d'anciens combattants le suivront. »

Après la chute de Berlin et une année passée dans les forces d'occupation, le jeune major Nikolaïev avait été envoyé à l'Ecole supérieure des blindés de Moscou. A l'été 1950, il partit commander un des sept régiments blindés déployés sur le fleuve Yalu, en Extrême-Orient soviétique. La guerre de Corée était alors à son apogée. Devant les revers subis par les Nord-Coréens, Staline avait sérieusement envisagé de lancer ses nouveaux chars contre les Américains, mais deux facteurs l'en dissuadèrent : l'avis de conseillers plus raisonnables que lui, et ses propres réflexes paranoïaques. L'IS-4 était en effet un engin entouré du secret le plus absolu, et le despote craignait que l'ennemi n'arrive à en capturer ne fût-ce qu'un seul intact. En 1951, Nikolaïev, promu lieutenant-colonel, revenait à Potsdam.

A trente ans, il était à la tête d'un régiment de choc durant le soulèvement de Hongrie. Ce fut alors qu'il contraria pour la première fois l'ambassadeur soviétique Youri Andropov, futur chef du KGB puis secrétaire général du PCUS, en refusant d'utiliser ses tanks contre les manifestants qui avaient envahi les rues de Budapest.

— Ce sont à soixante-dix pour cent des femmes et des enfants, avait-il déclaré à l'ambassadeur, maître d'œuvre de la répression. Bon, ils jettent des pierres, mais que peuvent les pierres contre des chars ?

— Il faut leur donner une leçon, avait hurlé Andropov. Servez-vous de vos mitrailleuses !

Nikolaïev avait déjà constaté de ses propres yeux le massacre que pouvaient provoquer les mitrailleuses de blindés tirant sur une foule de civils. C'était sur une place de Smolensk, en 1941, et ses parents avaient été parmi les victimes.

— Si c'est ce que vous voulez, faites-le vous-même, avait-il répliqué à l'ambassadeur.

Un officier plus âgé s'était alors interposé entre les deux hommes, mais la carrière de Nikolaïev faillit être à jamais compromise : Andropov n'était pas de ceux qui pardonnent facilement.

Au début des années soixante, il connut la longue attente sur les rives de l'Amour et de l'Oussouri, face à la Chine, tandis que Khrouchtchev se demandait s'il allait céder à son envie de donner à Mao Zedong une bonne leçon d'art militaire. Brejnev lui succéda, la crise sino-soviétique s'apaisa, et Nikolaïev quitta sans regret les horizons désolés de la Mandchourie pour revenir à Moscou.

En 1968, le major général Nikolaïev commandait une division engagée contre le soulèvement du Printemps de Prague. Ses hommes furent de loin les meilleurs éléments de l'intervention, et il s'attira la gratitude éternelle du corps des parachutistes, les VDV, en sauvant *in extremis* une de leurs compagnies qui s'était retrouvée en mauvaise posture dans le centre de la capitale tchécoslovaque : il avait pris personnellement la tête de la colonne de chars qui vint les tirer de cette mauvaise passe.

Puis ce furent quatre années d'enseignement à l'académie Frounzé, au cours desquelles il forma toute une nouvelle génération d'officiers, profondément respectueux d'un maître si expérimenté.

En 1973, il était conseiller militaire du corps de blindés syrien, équipé de matériel soviétique, lorsque éclata la guerre de Kippour. Il n'était pas censé prendre part aux opérations, mais c'étaient « ses » tanks qui devaient combattre, et il conçut pour eux une audacieuse offensive contre la 7ᵉ brigade mécanisée israélienne sur le plateau du Golan. Si les équipages syriens ne se montrèrent pas à la hauteur, la conception tactique était si remarquable que les Israéliens furent sérieusement inquiétés par cette attaque, l'une des rares occasions où les blindés arabes devaient présenter une vraie menace. Cette expérience en Syrie attira sur lui l'attention de l'état-major soviétique, qui s'annexa ses services en lui demandant de réfléchir à des plans d'opérations contre les forces de l'OTAN en Europe.

1979 arriva, et la guerre d'Afghanistan. On lui proposa le commandement de la 40ᵉ armée, engagée en première ligne. Cela signifiait une promotion immédiate au grade de colonel-général. Nikolaïev, alors âgé de cinquante-trois ans, étudia les plans militaires, partit inspecter le terrain, chercha à connaître la mentalité des habitants de ce rude pays, et rendit un rapport dans lequel il affirmait que toute l'opération n'aboutirait qu'à une tuerie inutile, à un Vietnam soviétique. A nouveau, il heurta Andropov, et à nouveau on lui fit payer sa franchise en lui donnant une tâche ingrate, la formation des appelés. Ses collègues qui acceptèrent de partir en Afghanistan récoltèrent d'abord leur lot de médailles et de lauriers, puis les milliers de cercueils en zinc rapatriés secrètement du front, et l'opprobre final.

— Conneries, point final ! Je ne crois pas un mot de tout ça !

Le vieux général expédia le dossier relié de noir de l'autre côté de l'âtre, sur les genoux de Monk.

— Vous ne manquez pas d'air, sacré Yankee ! Vous introduire dans mon pays, et jusque sous mon toit, pour essayer de me convaincre de mensonges aussi abjects...

— Dites, mon général... Que pensez-vous de nous ?

— Qui, « nous » ?

— Nous, les Américains, les Occidentaux. Je ne suis pas venu ici pour le plaisir, figurez-vous. On m'a envoyé en Russie. Et pourquoi ? Si Komarov était un type bien, le futur grand dirigeant d'un grand pays, vous croyez que nous nous soucierions de lui, bordel ?

Le vieux soldat parut impressionné, non par la crudité du langage — il avait entendu bien pire durant sa longue carrière —, mais par la conviction dont faisait preuve ce jeune étranger.

— Tout ce que je sais, c'est que j'ai passé toute ma vie à vous combattre.

— Non, mon général. Vous avez passé toute votre vie à nous chercher noise, et cela au nom de despotes qui ont commis de terribles crimes, vous le reconnaissez !

— Vous êtes en train d'insulter mon pays ! Prenez garde !

Monk se pencha en avant, une main sur le « Manifeste noir ».

— Mais ce n'est encore rien à côté de ça ! Ni Khrouchtchev, ni Brejnev, ni Andropov ne sont arrivés à ça...

— Et qui me dit que c'est vrai ? hurla en retour le général. N'importe qui aurait pu écrire ces insanités !

— Alors, jetez un coup d'œil à ça. Vous comprendrez comment ce manifeste nous est parvenu. Vous verrez qu'un de vos compagnons d'armes a sacrifié sa vie pour faire connaître au monde ce danger !

Après lui avoir tendu le rapport d'authentification, il versa à son hôte un grand verre de vodka, que celui-ci but à la russe : d'un trait.

Il fallut attendre l'été 1987 pour que quelqu'un ait l'idée d'aller repêcher au fin fond des archives ce que Nikolaï Nikolaïev avait écrit à propos de l'Afghanistan en 1979, de souffler la poussière qui s'était accumulée dessus et de le faire parvenir sur le bureau du ministre des Affaires étrangères. En janvier 1988, Edouard Chevardnadze, ce même ministre, annonçait le retrait des troupes soviétiques.

Enfin promu colonel-général, Nikolaïev fut chargé d'organiser cette vaste et pénible opération : le commandant en exercice de la 40e armée, le général Boris Gromov, reçut l'ordre de se plier à toutes ses instructions. Et il n'eut pas à s'en plaindre, car le repli se déroula remarquablement bien, malgré le harcèlement incessant des moudjahidin afghans.

Le 15 février 1989, la dernière colonne soviétique franchit l'Amou-Daria. Tout à l'arrière, dans une jeep décapotée que conduisait un soldat, Nikolaïev avait tenu à vivre ces derniers instants au milieu de ses hommes, alors qu'il aurait pu prendre place dans un avion de l'état-major.

C'était la première fois de sa longue carrière qu'il devait battre en retraite. Assis bien droit, en simple treillis, sans insignes distinctifs, il serait passé inaperçu, n'eussent été sa crinière blanche et sa moustache en croc que tous les soldats connaissaient. Il avait à peine franchi le pont que les acclamations commencèrent. Ecœurés par cette guerre sans issue, heureux de rentrer à la maison malgré le sentiment de défaite, les hommes, sautant à bas de leurs transports de troupes, formèrent spontanément une haie d'honneur pour lui. Il y avait aussi là des parachutistes, parmi lesquels la mémoire de son fait d'armes de Prague restait bien vivante, qui redoublèrent de hourras. Et les chauffeurs des camions militaires, anciens tankistes pour la plupart, n'étaient pas en reste. A soixante-trois ans, en route vers le nord où l'attendait une existence de retraité, une vie de conférences, de réunions et de souvenirs, pour eux Oncle Kolya restait à jamais un héros, un héros qui était venu les tirer du bourbier afghan.

Sa popularité remontait à plus de vingt ans de là, lorsqu'il avait été l'un des premiers officiers à interdire dans les unités qu'il commandait le bizutage systématique des nouvelles recrues, « tradition » qui poussait chaque année des centaines de jeunes au suicide et que trop de chefs toléraient encore ; lorsqu'il avait exigé des commissaires politiques de meilleures conditions de vie et des rations correctes pour ses hommes ; lorsque, en insistant jour après jour sur l'importance de l'entraînement et de l'esprit de corps, depuis l'escadron jusqu'à la division, il avait su galvaniser et tirer le meilleur de tous ceux qu'il menait au combat.

Mikhaïl Gorbatchev le fit général, puis dut abandonner le pouvoir.

— Qu'est-ce que vous attendez de moi, maintenant ?

Laissant tomber le rapport d'authentification sur ses genoux, le vieux lutteur contemplait les flammes qui dansaient devant lui.

— Si tout cela est vrai, ce pékin est une ordure certifiée, d'accord. Et que puis-je y faire, moi ? Je suis un vieillard, au rancart depuis onze ans, hors service, fini...

— Mais eux, ils sont toujours là, remarqua tranquillement Monk en se levant pour ranger les deux dossiers dans sa mallette. Et ils sont des millions. Les vétérans, les anciens. Certains ont servi sous vos ordres, d'autres se souviennent de vous, tous connaissent votre réputation. Si vous parlez, ils vous écouteront.

— Ecoutez, monsieur l'Américain ! Ce pays a souffert plus que vous ne pouvez même l'imaginer. La sainte Russie est trempée du sang de ses fils et de ses filles. Vous venez m'annoncer que le sang va encore couler. Si je vous crois, je ne peux que me lamenter. Rien d'autre.

— Et l'armée, qu'ils vont remettre sur pied pour exécuter ces horreurs ? Vous ne pensez pas à elle, à votre armée ?

— Ce n'est plus mon armée.

— Si, et vous n'avez pas à en avoir honte !

— Une armée de vaincus, oui !

— Faux ! C'est le régime communiste qui a été défait, pas les soldats, pas vos soldats ! On les a consignés dans leurs casernements, et maintenant cet homme veut les en faire sortir, mais pas pour les motifs qui vous animaient : pour agresser, envahir, saccager, massacrer...

— Je ne vois pas comment je...

— Mon général, vous avez une voiture ?

Oncle Kolya releva des yeux surpris.

— Mais oui ! Oh, pas grand-chose, juste pour pouvoir bouger un peu...

— Eh bien, prenez-la, allez à Moscou. Allez aux jardins Alexandre. Devant la pierre de granit rouge. Devant la flamme éternelle. Et demandez-leur ce qu'ils voudraient vous voir faire. Ce sont eux qui doivent vous le dire. Pas moi.

Monk repartit. Avant l'aube, il était à l'abri d'une nouvelle cache, sous la protection de ses gardes du corps tchétchènes. Cette même nuit, une explosion ravageait l'imprimerie de l'UFP.


Parmi les multiples traditions médiévales que la Grande-Bretagne conserve jalousement, peu sont aussi ancrées dans l'Histoire et ses mystères que le Collège des Armes, institution apparue sous le règne de Richard III et dont les membres les plus éminents portent les titres de « maître des armes » et de « héraut ».

Au Moyen Age, les hérauts étaient, comme leur nom l'indique, les hommes de confiance chargés de traverser les champs de bataille sous pavillon blanc afin de porter les messages que s'échangeaient les seigneurs de la guerre. Mais en temps de paix ils avaient une tout autre fonction : durant les tournois et les joutes auxquels les chevaliers aimaient à se livrer, ils étaient ceux qui annonçaient à l'assistance le nom des concurrents. Comme ces derniers se présentaient sur le terrain déjà tout harnachés, la visière de leur armure baissée, la seule chose qui permettait de les identifier était le blason que chacun portait sur son bouclier. Ainsi, le héraut, apercevant sur l'écu un ours et un bâton contourné, pouvait proclamer sans erreur possible que la masse de ferraille juchée sur un cheval qui venait d'entrer en lice n'était autre que le comte de Warwick.

Peu à peu, grâce à leur connaissance des armoiries, les hérauts devinrent donc les experts et les arbitres de l'identité nobiliaire : c'était à eux qu'il revenait d'établir qui était qui, et surtout qui avait le droit de prétendre à tel titre, de se revendiquer de telle ascendance... Ce n'était pas seulement une question de fierté aristocratique : de leur verdict dépendrait le contrôle d'immenses propriétés, de châteaux, de fermes, de manoirs. L'accès à de grandes richesses, et au pouvoir, était en jeu.

A leur mort, les nobles avaient en effet coutume de laisser derrière eux une cohorte de descendants, légitimes ou non, qui se disputaient âprement l'héritage. Des guerres pouvaient éclater à la faveur de telles rivalités. Gardiens des archives, les hérauts étaient les seuls à pouvoir décider qui était réellement de sang bleu, qui avait le droit de « porter les armes » : non pas une épée ou un fusil, mais les armoiries symbolisant l'appartenance à une lignée ancestrale.

De nos jours encore, le Collège a le pouvoir de trancher des contestations d'héritage, de concevoir un nouveau blason pour un banquier ou un industriel récemment anobli, ou d'établir contre honoraires un arbre généalogique remontant aussi loin que les registres le permettent.

Il n'est pas surprenant que les hérauts modernes soient des universitaires, dépositaires d'une science complexe qui demande de longues années d'études et une grande maîtrise de la langue normande et du vieux français. Certains d'entre eux se sont spécialisés dans l'étude des grandes maisons aristocratiques d'Europe, auxquelles l'aristocratie britannique est liée par de nombreux mariages.

Au terme d'une enquête discrète mais soutenue, Sir Nigel Irvine avait découvert que parmi ces derniers se trouvait l'expert mondialement reconnu de la dynastie russe des Romanov, le docteur Lancelot Probyn, dont les initiés disaient qu'il connaissait mieux l'histoire de cette maison que ceux qui l'avaient eux-mêmes vécue. Se présentant au téléphone comme un diplomate à la retraite auquel le Foreign Office avait demandé un mémoire sur les perspectives éventuelles des courants monarchistes en Russie, Sir Nigel l'invita à prendre le thé au Ritz.

En dépit de son intimidante réputation, le docteur Probyn se révéla être un petit homme charmant, plein d'humour et dénué de toute pédanterie. En le voyant, l'ancien chef du SIS ne put s'empêcher de penser à certaines illustrations du M. *Pickwick* de Charles Dickens.

— Je me demandais, commença Sir Nigel alors que de délicats sandwiches au concombre leur étaient servis en même temps

344

qu'une théière d'Earl Grey, si nous pourrions évoquer la question de la succession des Romanov.

Tout « clarenceux maître des armes » qu'il était, pour reprendre son titre prestigieux, le savant docteur ne roulait pas sur l'or, et prendre le thé au Ritz n'entrait guère dans ses habitudes. Tout en attaquant avec entrain le plateau de canapés, il remarqua modestement :

— Vous savez, les Romanov, c'est plutôt un hobby, pour moi. Ce n'est pas là-dessus que je travaille vraiment.

— Il n'empêche que vous êtes l'auteur d'études incontournables sur ce sujet.

— C'est trop aimable... Enfin, en quoi puis-je vous aider ?

— Eh bien, cette succession, comment se présente-t-elle ?

Le dernier canapé disparu, Probyn laissait maintenant un regard attendri s'attarder sur l'assiette de gâteaux.

— Oh, mal, très mal. Une foire d'empoigne, je dirais. Ce qui reste de cette vieille famille s'entre-déchire copieusement. Et il y a des prétendants à la pelle. Pourquoi me demandez-vous cela ?

— Supposons, risqua prudemment Sir Nigel, supposons que pour une raison ou pour une autre le peuple russe décide souverainement de restaurer une monarchie constitutionnelle incarnée par un tsar, et que...

— Ils ne pourraient pas la restaurer, puisqu'ils n'en ont jamais eu, le coupa le spécialiste. Le dernier empereur... soit dit en passant, c'est le titre approprié, et cela depuis 1721, même si tout le monde continue à employer le terme de « tsar »... le dernier empereur, donc, Nicolas II, était un monarque absolu. La monarchie constitutionnelle n'a pas existé en Russie.

— Pardonnez-moi.

Probyn termina son éclair avant de prendre une gorgée de thé et de s'exclamer, admiratif :

— Ils ont de bons gâteaux, ici !

— Je suis ravi qu'ils vous plaisent.

— Eh bien, dans l'hypothèse extrêmement improbable où cela se produirait, il y aurait un sérieux problème. Comme vous ne l'ignorez pas, Nicolas, la tsarine Alexandra et leurs cinq enfants ont tous été assassinés à Ekaterinbourg en 1918. Du coup, plus de ligne directe. Aujourd'hui, tous les prétendants se réclament d'une ascendance indirecte. Certains ont besoin de remonter jusqu'au grand-père de Nicolas.

— Donc, pas de succession incontestable ?

— Non. Evidemment, je pourrais vous donner plus de détails si nous étions dans mon bureau. J'ai tous les graphiques, mais ici, je n'aurais même la place de les étaler ! Vous comprenez, avec tous ces noms, ces branches qui partent dans tous les sens...

— Mais, en théorie, une restauration de la monarchie est-elle possible en Russie ?

— Vous parlez sérieusement, Sir Nigel ?

— J'ai bien dit « en théorie ».

— Ah, en théorie, tout est faisable ! N'importe quelle monarchie peut choisir de se transformer en république, il suffit de déposer son roi. Ou sa reine. La Grèce l'a bien fait. Inversement, n'importe quelle république peut décider d'instaurer une monarchie constitutionnelle. Cela a été le cas de l'Espagne, tenez. Et ces deux pays ont agi ainsi durant les trente dernières années. Donc, oui, c'est possible.

— Et donc, l'unique problème serait celui du prétendant au trône ?

— Absolument. Le général Franco avait prévu un retour légal à la monarchie seulement après sa mort. Et il avait choisi le petit-fils d'Alphonse XIII, le prince Juan Carlos, qui depuis occupe le trône. Mais dans son cas, aucune contestation ne s'est élevée. Quand les contestations commencent, les embrouilles aussi.

— Or, elles ne manquent pas dans le cas des Romanov, c'est cela ?

— Elles abondent, oui ! Des prétendants à la pelle, je vous dis.

— Mais personne qui pourrait s'imposer ?

— *A priori*, je ne vois pas. Il faudrait réétudier la chose sous cet angle. Cela fait longtemps que personne n'a relancé sérieusement le débat.

— Pourriez-vous vous pencher là-dessus encore une fois, cher docteur ? Je pars bientôt en voyage, alors... Disons, à mon retour ? Je vous appelle au bureau.


Au temps où le KGB était encore une seule et gigantesque machine à espionner, à réprimer et à contrôler, avec un sigle et un chef uniques, ses missions étaient tellement variées qu'il avait

346

dû se diviser en une multitude de directions, de sous-directions et de départements.

Au sein de cet organigramme tentaculaire, la Huitième Direction et la Seizième Sous-Direction étaient toutes deux chargées de la surveillance électronique, du contrôle des ondes radiophoniques, des écoutes téléphoniques et de la gestion des satellites espions. A ce titre, elles constituaient l'équivalent soviétique de l'Agence nationale de la sécurité américaine, ou de la Direction des communications gouvernementales britannique, GCHQ pour les initiés.

La vieille garde kégébiste, Andropov par exemple, considérait cet espionnage « technologique » avec un mélange d'incrédulité et de crainte, mais s'était efforcée de combler un peu l'écrasante avance que l'Occident avait prise sur ce terrain. Quand Mikhaïl Gorbatchev entreprit de démanteler le monolithique KGB, les deux services furent refondus au sein de l'Agence fédérale aux communications gouvernementales et à l'information, qui reçut les meilleurs équipements informatiques disponibles en Russie et les spécialistes les plus qualifiés en la matière.

A la chute du régime communiste, l'Agence fédérale, qui par définition exigeait un budget exorbitant, se retrouva vite à court de fonds. Elle en chercha alors dans le secteur privé, en proposant aux nouveaux entrepreneurs russes les moyens d' « intercepter » — c'est-à-dire de piller — les secrets commerciaux de leurs concurrents, nationaux ou étrangers. En 1999, cela faisait déjà au moins quatre ans qu'une compagnie privée russe pouvait ainsi acheter les services d'un organisme officiel afin de se tenir au courant des moindres faits et gestes d'un homme d'affaires étranger en visite dans le pays : appels téléphoniques, fax, télex, télégrammes, rien n'échappait à qui était en mesure de payer.

Sans renoncer à retrouver sa trace, le colonel Anatoli Grichine en vint à se dire que Jason Monk devrait bien entrer tôt ou tard en contact avec ceux qui l'avaient envoyé en Russie. Passer par l'ambassade américaine était trop risqué, se servir du téléphone carrément irresponsable...

— Si j'étais à sa place, lui déclara le cadre supérieur de l'Agence fédérale dont il avait pris l'avis contre espèces sonnantes et trébuchantes, je me servirais d'un ordinateur. C'est ce que font tous les hommes d'affaires d'un certain niveau.

— Un ordinateur qui puisse transmettre et recevoir ? demanda Grichine.

— Bien entendu. La transmission se fait par satellite. Les autoroutes de l'information, Internet, vous connaissez, quand même !

— Mais cela représente des milliards de messages !

— En effet. Mais nos moyens informatiques ne sont pas mal non plus ! Vous comprenez, toute la question est de trier. Sur Internet, quatre-vingt-dix-neuf pour cent du trafic est du baratin, des crétins bavardant avec d'autres crétins. Neuf pour cent, du business : produits, prix, contrats, dates de livraison, des professionnels qui s'échangent des informations. Et le un pour cent restant, ce sont les services officiels. Dans le temps, c'est pour ce un pour cent que l'outil Internet a été conçu, n'oubliez pas !

— Et dans tout ça, qu'est-ce qui est en code ?

— Tout le trafic officiel, la moitié du commercial, disons. Mais le commercial, en général, nous le déchiffrons sans problème.

— Bien. Alors, là-dedans, par où transmet cet ami américain dont j'ai perdu la trace, d'après vous ?

Le cadre de l'Agence fédérale, qui toute sa vie avait travaillé sous le sceau du top secret, se garda bien de demander des détails sur cet énigmatique « ami ».

— Je dirais dans le trafic commercial. Parce que les messages officiels, vous comprenez, nous ne sommes pas toujours en mesure de les lire, mais nous sommes capables d'en déterminer l'origine : telle ambassade, tel consulat, telle antenne...Votre ami, il est dans ce rayon ?

— Non.

— Alors, il transite certainement par un satellite commercial. Ceux qu'utilise le gouvernement américain servent avant tout à nous espionner, et à relayer les messages diplomatiques. Mais avec le nombre de satellites commerciaux qui se baladent là-haut maintenant, il suffit à une société un peu importante de louer une tranche horaire pour communiquer avec ses filiales dans le monde entier.

— Lui, il doit transmettre de Moscou, je crois. Et réceptionner aussi.

— Oh, la réception, c'est une autre histoire ! Un message balancé par satellite peut être reçu par n'importe qui, du Cercle polaire à la Crimée, sans que nous puissions le détecter. C'est seulement à la transmission qu'on arrive à le repérer.

— Alors, si une compagnie russe vous payait pour retrouver l'expéditeur du message, vous pourriez le faire ?

— Eventuellement. La facture serait élevée, en fonction du nombre de techniciens et d'ordinateurs requis, et du nombre d'heures de surveillance nécessaires chaque jour.

— Vingt-quatre heures sur vingt-quatre, et tous vos hommes disponibles.

Le responsable de l'Agence fédérale avala sa salive. C'était une affaire de plusieurs millions de dollars.

— Vous vous rendez compte qu'il s'agit d'un contrat important, n'est-ce pas ?

— Je m'en rends parfaitement compte.

— Que voulez-vous, le message ?

— Non, je veux localiser son expéditeur.

— Ça, c'est encore plus difficile. Un message, il suffit de l'intercepter, ensuite on le stocke et on a tout le temps de le déchiffrer. Le signal d'émission, lui, dure un milliardième de seconde...

Le lendemain de l'entrevue entre Jason Monk et le général Nikolaïev, les informaticiens de l'Agence fédérale surprirent un bip infinitésimal. L'informateur de Grichine l'appela sans tarder au siège de l'UFP.

— Il s'est connecté.

— Vous avez le message ?

— Oui, et ça n'a rien de commercial. C'est un « préencodé », une trame chiffrée qui ne sert qu'une fois. Absolument impossible à déchiffrer.

— Le plus important, exigea Grichine : d'où transmettait-il ?

— Moscou, zone urbaine.

— Oh, quelle précision ! Il me faut la rue et le numéro.

— Un peu de patience ! Je crois que nous avons repéré de quel satellite il se sert. C'est sans doute l'un des deux que la compagnie américaine Intelcor fait passer au-dessus de la Russie tous les jours. Au moment où il a craché, il y en avait un qui arrivait. Nous pourrions nous focaliser sur eux, à l'avenir.

— Et comment donc ! lança Grichine.

Six jours déjà s'étaient écoulés depuis le déclenchement de la chasse à l'homme. L'éminence grise d'Igor Komarov n'y comprenait plus rien : cette vipère devait bien se nourrir, tout de même !

349

Il essayait de raisonner : ou bien Monk se terrait quelque part, tellement effrayé de risquer un pied dehors qu'il ne causerait plus de tort ; ou bien il se déplaçait librement, jouant au Russe authentique, et il finirait par tomber dans le filet déployé sur Moscou ; ou alors, ses vaines palabres avec le patriarche orthodoxe l'avaient dissuadé de s'entêter, et il s'était faufilé hors du pays... Ou encore, il était protégé, nourri, logé, déguisé, aidé à chaque minute. Mais par qui ? Anatoli Grichine avait beau tourner et retourner l'énigme dans sa tête, il ne trouvait pas la solution.

Deux jours après sa rencontre avec le docteur Probyn, Sir Nigel Irvine s'envolait pour Moscou. Sa maîtrise du russe, jadis satisfaisante, ne lui permettant plus de suivre une conversation tant soit peu technique, il était accompagné d'un interprète, l'infatigable Brian Marks, qui voyageait cette fois avec son véritable passeport et s'appelait donc à nouveau Brian Vincent.

A l'arrivée, le garde-frontière constata qu'ils ne se quittaient pas d'une semelle, alors que l'usage voulait que les passagers se présentent un par un devant lui. Sur son ordinateur, il constata aussi que ni l'un ni l'autre n'était venu récemment en Russie.

— Vous êtes ensemble ? interrogea-t-il par acquit de conscience.

Le premier, mince, les cheveux blancs, avait dépassé les soixante-dix ans. Le second, à peine la quarantaine, bien bâti, s'interposa :

— Je suis l'interprète de monsieur.

— Moi parle russe un tout petit peu, confirma Sir Nigel en estropiant la langue de Pouchkine.

Le fonctionnaire haussa les épaules. Rares étaient les hommes d'affaires étrangers capables de s'exprimer en russe. Certains embauchaient des traducteurs — et si possible des traductrices — sur place. D'autres, plus aisés, faisaient le voyage avec eux. Il fit signe aux deux hommes de passer.

Ils descendirent à l'hôtel National, où Mark Jefferson avait logé durant son bref et tragique séjour moscovite. Avec la clé de sa chambre, la réceptionniste remit à Sir Nigel une enveloppe apportée dans l'après-midi par un homme taciturne, au teint olivâtre, qu'elle avait déjà oublié.

L'enveloppe ne contenait qu'une feuille de papier vierge, mais le message était ailleurs, écrit au jus de citron sur le doublage. A l'aide d'une allumette détachée de la pochette qui se trouvait sur la table avec les compliments de l'hôtel, Brian Vincent chauffa la surface gaufrée jusqu'à faire apparaître une ligne à peine lisible de sept chiffres, un numéro de téléphone moscovite. Après l'avoir mémorisé, Sir Nigel pria son interprète de brûler l'enveloppe et de jeter les cendres dans la cuvette de sa salle de bains. Puis les deux hommes descendirent dîner en prenant tout leur temps. A vingt-deux heures précises, ils étaient de retour dans la chambre de Sir Nigel, et Vincent composait ce même numéro.

Ce fut le patriarche en personne qui répondit. C'était une ligne strictement privée, à laquelle très peu de correspondants avaient accès. Il ne reconnut pourtant pas l'homme, qui s'exprimait très bien en russe mais qui de toute évidence n'était pas un de ses compatriotes.

— Patriarche Alexeï ?

— Qui est à l'appareil ?

— Votre Sainteté ne me connaît pas. Je ne suis que l'interprète de son véritable interlocuteur. Voici : il y a quelques jours, Votre Sainteté a eu la bonté de recevoir un homme d'Eglise venu de Londres...

— Oui, je m'en souviens.

— Il a annoncé la visite prochaine d'un émissaire plus âgé, désireux de s'entretenir d'un sujet de la plus grande importance avec Votre Sainteté. C'est lui qui se tient en ce moment à côté de moi, et qui voudrait savoir si une audience lui sera accordée.

— Quoi, maintenant, cette nuit ?

— Votre Sainteté comprendra que la plus grande hâte s'impose.

— Pourquoi ?

— D'aucuns, à Moscou, sont susceptibles de l'identifier. Il pourrait être l'objet d'une surveillance. Or, la discrétion la plus absolue est nécessaire.

C'était un argument que les nerfs fragiles du patriarche ne pouvaient qu'approuver.

— Très bien. D'où m'appelez-vous ?

— A quelques minutes de chez vous. Prêts à partir.

— Alors, dans une demi-heure.

Cette fois prévenu, le Cosaque de garde ouvrit le portail sans

351

objection, et le père Maxime, qui s'efforçait de dissimuler sa curiosité, escorta les deux visiteurs jusqu'au bureau personnel du patriarche. Sir Nigel, qui avait fait appel à la limousine du National, avait demandé au chauffeur de les attendre en bas.

Alexeï II, vêtu comme d'habitude à pareille heure d'une simple soutane grise, un crucifix dépouillé en sautoir, les pria de prendre place. Sir Nigel débuta sans tarder :

— Tout d'abord, je remercie Votre Sainteté de pardonner mon peu d'aisance en russe, qui malheureusement m'oblige à m'exprimer par l'intermédiaire d'un interprète.

Le patriarche hocha la tête et sourit en écoutant la traduction de Brian Vincent.

— Mon anglais n'est pas plus brillant, hélas... Ah, père Maxime, très bien, posez ce plateau par ici. Nous nous servirons notre café tout seuls. Vous pouvez vous retirer, maintenant.

Sir Nigel commença par se présenter, en omettant toutefois de préciser qu'il avait été en son temps un haut fonctionnaire spécialement chargé de combattre la Russie sur tous les fronts. Il se borna à expliquer qu'il était un ancien cadre du « Foreign Service » britannique — et non « Foreign Office », mais le patriarche ne remarqua pas le jeu de mots —, rappelé de sa retraite précisément pour mener cette mission négociatrice. Sans mentionner le Conseil de Lincoln, il indiqua que le « Manifeste noir » avait été soumis à plusieurs femmes et hommes d'influence en Occident, qui en avaient tous été profondément révulsés.

— Tout comme Sa Sainteté, sans aucun doute.

Alexeï hocha tristement la tête en entendant la traduction simultanée.

— Je suis donc venu ici pour dire à Sa Sainteté que les événements actuels nous concernent tous, tous les hommes de bonne volonté de Russie et d'ailleurs. Un de nos poètes a écrit un jour qu'aucun être n'est une île. Nous sommes partie prenante de l'ensemble, nous sommes tous impliqués. Si votre pays, une des plus grandes nations au monde, devait retomber sous la coupe d'un dictateur sanguinaire, cela signifierait une tragédie pour le peuple de Russie, pour nous autres Occidentaux, et en premier lieu pour la Sainte Eglise.

— Je ne conteste pas vos convictions, répondit le patriarche, mais je dois vous rappeler que l'Eglise ne peut se laisser entraîner sur le terrain politique.

352

— Directement, non. Et pourtant l'Eglise peut, l'Eglise doit combattre le Mal. Elle est le garant de la morale, n'est-ce pas ?

— Bien sûr.

— Et elle a le droit de protéger son existence quand elle est en danger de mort, de se défendre contre ceux qui cherchent à la détruire, à mettre fin à sa mission sur cette terre ?

— Sans aucun doute.

— Alors, ne pourrait-elle pas mettre en garde ses fidèles contre un engrenage qui ne peut que favoriser le Mal et porter atteinte à l'Eglise ?

— Si l'Eglise s'élève contre Igor Komarov et qu'il remporte malgré tout les élections, elle aura signé elle-même son arrêt de mort. Cela n'échappera pas à notre concile, qui choisira à une majorité écrasante de garder le silence. Ils ne me suivront pas dans la voie que vous préconisez.

— Mais il y a encore une autre voie possible ! s'exclama Sir Nigel.

En quelques minutes, il exposa un projet de réforme constitutionnelle qui laissa le patriarche bouche bée.

— Vous ne pouvez pas penser à cela sérieusement, Sir Nigel ! rétorqua finalement le primat. Restaurer la monarchie, faire remonter le tsar sur le trône ? Mais le peuple ne suivra jamais !

— Regardons les choses telles qu'elles se présentent, si vous voulez bien. Nous savons que la Russie se retrouve aujourd'hui devant des solutions aussi épouvantables l'une que l'autre. Ou bien c'est la spirale du chaos, la désintégration peut-être, voire une guerre civile à la yougoslave. Sans stabilité, un pays ne prospère pas. Or, le vôtre ressemble à un navire dans la tempête, qui a perdu son ancre et son gouvernail et qui risque de sombrer corps et biens d'un moment à l'autre. Ou bien ce sera la dictature, une tyrannie plus monstrueuse que celles que votre nation, au passé déjà si tragique, a jamais connu. Entre les deux, que choisiriez-vous pour votre peuple ?

— Je ne peux choisir entre deux destins aussi affreux.

— Dans ce cas, permettez-moi de vous rappeler que la monarchie constitutionnelle a toujours été une digue efficace contre la vague despotique. Un autocrate ne peut s'en arranger. Toutes les nations ont besoin d'un symbole, homme ou idée, qui les unisse face à l'adversité et leur fasse surmonter leurs divisions, qu'elles soient linguistiques ou claniques. Komarov a tout mis en œuvre pour devenir un tel symbole, l'icône de la Russie. Voter contre lui, dans l'esprit de millions de Russes, reviendrait à voter pour le néant. Il leur faut une autre icône.

— Mais enfin, prêcher la restauration...

— ... ne serait pas prêcher contre Komarov, ce que vous voulez précisément éviter ! Non, ce serait prôner un nouveau pacte national, une icône au-dessus des intrigues politiques. Même si en son for intérieur il n'en pensait pas moins, Komarov serait dans l'impossibilité d'accuser l'Eglise d'ingérence, ou d'engagement partisan. Et ce n'est pas tout...

Très adroitement, Irvine évoqua une série de séduisantes perspectives : l'union de l'Eglise et du trône scellée à nouveau, le clergé rétabli dans toutes ses prérogatives, la restitution au patriarche de Moscou et de toutes les Russies de son palais au Kremlin, mais aussi la réactivation des crédits que l'Occident accorderait volontiers à un pays revenu à la stabilité.

— Ce que vous dites là est plein de logique, et parle directement à mon cœur, constata le patriarche après un moment de réflexion. Mais moi, j'ai lu ce manifeste, je connais la noirceur de cet homme : ce n'est pas le cas de mes frères en Christ, des dignitaires de l'Eglise. Ils ne me croiront pas. Et si d'aventure il était publié, la moitié de la Russie risquerait bien de l'approuver sans réserve...Vous voyez, Sir Nigel, je ne surestime pas mes ouailles.

— Et si un autre que vous prenait la parole ? Non pas une déclaration officielle de Votre Sainteté, avec toutes les contraintes que cela suppose, mais un appel solennel émanant de quelqu'un qui aurait votre approbation ?

Sir Nigel pensait là au père Gregor Roussakov, que le patriarche avait courageusement défendu contre ses détracteurs.

Refusé par tous les séminaires dans sa jeunesse, car le KGB le trouvait beaucoup trop intelligent et passionné, Roussakov était finalement entré dans les ordres dans un monastère perdu au fond de la Sibérie, puis s'était lancé sur les routes, prêcheur itinérant sans cesse talonné par la police secrète.

Un jour, elle avait fini par le rattraper : cinq ans de camp de travail pour déclarations diffamatoires contre l'Etat. A son procès, refusant l'assistance de l'avocat commis d'office, il avait assuré lui-même sa défense avec une telle maestria que les juges durent reconnaître qu'ils étaient en train de violer la Constitution soviétique. Ce qui ne les empêcha pas de le condamner.

Lorsqu'il retrouva la liberté grâce à l'amnistie des prêtres emprisonnés décidée par Mikhaïl Gorbatchev, le feu sacré l'habitait toujours : il recommença à prêcher, non sans fustiger le haut clergé orthodoxe pour sa pusillanimité et sa corruption. Alexeï II, qui avait été sommé d'intervenir contre ce franc-tireur, décida de se rendre incognito à un des rassemblement religieux animés par Roussakov. Habillé en simple pope, perdu dans la foule, le patriarche n'eut qu'un souhait en l'écoutant : « Si seulement je pouvais mettre toute cette fougue, toute cette éloquence, toute cette sincérité au service de l'Eglise ! »

Le père Roussakov, en effet, savait comme personne s'adresser au peuple. Il savait employer des images qu'ouvriers ou paysans comprenaient aussitôt, il savait pimenter ses sermons de mots et d'expressions venus de l'argot des humbles et des révoltés qu'il avait appris pendant sa détention, il savait parler le langage des jeunes, citer le nom des chanteurs ou des groupes qu'ils adulaient. Il savait évoquer leurs difficultés, leurs déceptions, et même le moment où la vodka semblait endormir et guérir toutes les souffrances quotidiennes. A trente-cinq ans, voué au célibat et à l'ascèse, il connaissait mieux les faiblesses de la chair que cent professeurs de théologie. Deux magazines pour adolescents étaient même allés jusqu'à le présenter comme un sex-symbol.

Alexeï II n'avait pas crié au loup, n'avait pas cherché à faire renvoyer ce rebelle sous les verrous. Il l'avait invité à dîner, au monastère de Danilov, où ils s'assirent devant un frugal souper, Alexeï servant son hôte avec une humilité qui n'avait rien de forcé. Ils parlèrent presque toute la nuit. Le patriarche lui décrivit les responsabilités qui pesaient sur ses épaules, la lente réforme d'une Eglise qui s'était trop longtemps compromise au service des dictateurs, son souhait de la faire revenir à sa mission pastorale parmi les cent quarante millions de chrétiens de Russie.

A l'aube, il avait obtenu gain de cause. Le père Gregor promit d'engager ceux qui l'écoutaient à faire entrer Dieu dans leur vie et dans leurs œuvres, mais aussi à retourner dans le giron de l'Eglise, si imparfaite fût-elle. Grâce à l'influence occulte du patriarche, ses sermons connurent un retentissement national : soudain, une importante chaîne de télévision décida de le suivre au cours de ses célébrations de masse, et il put ainsi s'adresser aux millions d'anonymes à la rencontre desquels il n'aurait pas été en mesure d'aller. A l'hiver 1999, ce pope inspiré était généralement considéré comme le plus influent orateur du pays, même en comptant Igor Komarov.

Le patriarche de Moscou et de toutes les Russies médita longuement sa réponse. Enfin, il releva les yeux vers son interlocuteur :

— Je parlerai au père Roussakov de cette idée, le retour d'un tsar...

# Chapitre 15

Annonciatrice des plus grands froids à venir, la bise glaciale de fin novembre fouetta la place des Slaves d'une rafale de neige.

La silhouette courtaude d'un prêtre recroquevillé dans son manteau se hâtait vers l'église de Tous-les-Saints de Koulichki. Cette fois encore, une voiture était garée aux environs, dont les occupants surveillaient l'accès au lieu de culte. Comme tout semblait normal, le colonel Grichine entra à son tour dans l'église, où l'odeur de l'encens rivalisait avec celle des vêtements mouillés.

— Tu as appelé, chuchota-t-il en venant se placer à côté du prêtre qui se tenait au même endroit qu'à leur première rencontre, devant le mur décoré de fresques.

— Oui. Hier soir, il y a encore eu une visite. Quelqu'un d'Angleterre.

— Pas d'Amérique, plutôt ?

— Non, colonel. Juste après dix heures, le patriarche m'a demandé de descendre accueillir un monsieur venu d'Angleterre et de le faire monter. Il était avec son interprète, un homme beaucoup plus jeune que lui. Je les ai conduits dans le bureau, ensuite j'ai apporté le café.

— Qu'est-ce qu'ils ont dit ?

— Pendant que j'étais dans la pièce, l'Anglais âgé s'est excusé de parler mal le russe. L'autre traduisait au fur et à mesure. Et puis le patriarche m'a demandé de sortir.

— Tu as fait comme l'autre fois, alors ?

— J'ai essayé ! Mais il faut croire que le plus jeune avait suspendu son écharpe au loquet, je ne pouvais rien voir, et ça étouffait aussi leurs voix... Au bout d'un moment, j'ai entendu

357

quelqu'un arriver dans le couloir, le Cosaque qui faisait sa ronde, alors j'ai dû m'éclipser.

— L'Anglais, il a donné son nom ?

— Non, pas quand j'étais dans la pièce. Peut-être pendant que je préparais le café. Après, impossible de saisir le moindre bout de phrase qui ait un sens, à cause de cette maudite écharpe !

— Essaie quand même de te rappeler quelque chose.

— Oui, à un seul moment le patriarche a élevé un peu la voix, il avait l'air très surpris, il a dit : « Faire remonter le tsar sur le trône ? » Ensuite, plus rien.

Les yeux fixés sur une Vierge à l'enfant, le colonel serrait les dents. Si ce gros lard stupide trouvait que cela n'avait pas de sens, lui, par contre, ne le comprenait que trop bien. Un monarque constitutionnel. Plus de président, mais un Premier ministre responsable devant la Douma. A mille lieues des projets d'Igor Komarov.

— Il était comment, cet Anglais ? reprit-il en contrôlant sa voix.

— Taille moyenne, cheveux gris, dans les soixante-dix, soixante-quinze ans.

— D'où il venait, tu n'as pas pu savoir ?

— Ah, lui, ce n'était pas comme l'autre, l'Américain ! Ils sont arrivés dans une voiture qui les a attendus, je l'ai vue quand je les ai raccompagnés à la porte. Pas un taxi, une limousine. J'ai pu relever le numéro.

— Excellente initiative, approuva Grichine en attrapant le bout de papier que son informateur lui glissait. Qui sera récompensée.

Ses limiers eurent tôt fait de remonter la piste : c'était un véhicule de l'hôtel National.

Kouznetsov fut embauché pour la suite. Il maîtrisait si bien la langue que n'importe quel employé russe le prendrait aisément pour un Américain. En tout début d'après-midi, il se présenta devant le concierge du National.

— 'jour ! Dites voir, vous ne parlez pas anglais, par hasard ?

— Si, monsieur.

— Génial. Ecoutez, hier soir je dînais dans un restaurant pas loin de chez vous. A la table d'à côté, il y avait un Britannique, nous avons bavardé un peu. Et en partant, il a oublié ça.

Il sortit de sa poche un lourd briquet en or, un Cartier, objet dont la valeur ne manqua pas d'impressionner le concierge.

— Oui, monsieur ?

— Donc, je lui ai couru après, mais il partait déjà. Une grosse Mercedes noire. Le portier du restaurant m'a dit que c'était peut-être une des vôtres. Je me suis débrouillé pour relever le numéro, même !

— Effectivement, monsieur, confirma le concierge en regardant les chiffres, c'est une de nos voitures. Si vous voulez bien m'excuser un instant...

Il consulta son livre de réservations.

— Hier soir... M. Trubshaw, on dirait. Oui, c'est cela. Est-ce que je dois prendre ce briquet pour lui ?

— Oh, ne vous en faites pas ! Je vais le donner à la réception, ils le mettront dans son casier.

Toujours très décontracté, Kouznetsov alla vers le comptoir de marbre. Le briquet était revenu dans sa poche.

— 'jour ! Vous pourriez me dire le numéro de chambre de M. Trubshaw ?

La jeune employée, une jolie brune qui ne refusait pas toujours les invitations galantes de clients américains, lui décocha un grand sourire.

— Un moment, monsieur.

Après avoir consulté son ordinateur, elle secoua ses belles boucles :

— Oh, je suis désolée ! M. Trubshaw et son accompagnateur sont partis ce matin.

— Zut ! Et moi qui pensais avoir le temps de l'attraper ! Savez-vous s'ils ont quitté Moscou ?

Elle s'amusa encore sur son clavier.

— Oui, monsieur. Nous avons confirmé son billet ce matin. Il est reparti à Londres par le vol de la mi-journée.

Kouznetsov, qui n'avait pas été mis dans le secret et ne savait donc pas pourquoi Grichine tenait tant à localiser ce Trubshaw, fit cependant scrupuleusement son rapport. A nouveau seul, le colonel rappela son contact au service de l'immigration. Peu après, la copie du formulaire de demande de visa tombait sur son fax. Un coursier arriva un peu plus tard avec la photographie qui avait été donnée au consulat russe, Kensington Palace Gardens, à Londres, puis centralisée à Moscou.

— Faites-moi un agrandissement de ça, ordonna-t-il à ses secrétaires.

Ce visage ne lui rappelait rien, mais il pensa à quelqu'un qui pourrait l'aider.

En quittant le centre de la capitale vers l'ouest, débouchant sur un côté de la grande arche de la Victoire, la rue Marosseïka abrite deux grands complexes d'habitation entièrement occupés par d'anciens hauts responsables du KGB. Là, parmi ces retraités disposant d'un relatif confort, achevait tranquillement ses jours l'un des plus extraordinaires espions à avoir servi l'URSS, le général Youri Drojdov. En pleine guerre froide, c'était lui qui avait coordonné toutes les activités du KGB sur la côte est des Etats-Unis, avant d'être rappelé à Moscou pour animer la direction des « illégaux », secteur hautement protégé des services secrets soviétiques. Par ce terme, on entendait les agents infiltrés en territoire adverse sans couverture diplomatique, jouant à l'homme d'affaires ou à l'universitaire pour organiser le travail de leurs sources chez l'ennemi.

Grichine l'avait brièvement côtoyé au temps où le général, peu avant de quitter le service, s'était vu confier la direction de la petite équipe chargée d'analyser les tombereaux d'informations qu'Aldrich Ames faisait parvenir au siège central du KGB. Les deux hommes n'avaient guère sympathisé : Drojdov appréciait la subtilité et la réflexion, qualités que l'on ne demandait pas au bourreau en chef des traîtres démasqués ; et Grichine, qui n'avait jamais voyagé à l'étranger — à part son expédition malheureuse à Berlin-Est —, se méfiait instinctivement de ses collègues ayant longtemps séjourné hors de l'URSS, qu'il trouvait « pollués » par les mœurs étrangères. Néanmoins, Drojdov ne refusa pas de le recevoir le jour même chez lui, rue Marosseïka.

— Auriez-vous déjà vu ce bonhomme quelque part ? demanda Grichine en posant l'agrandissement sur la table.

A sa stupéfaction horrifiée, le vieux maître espion rejeta la tête en arrière et partit d'un rire tonitruant.

— Vu ? En personne, non. Mais c'est un visage inoubliable pour tous ceux qui ont travaillé à Yassenevo de mon temps ! Non, vraiment, vous ne savez pas qui c'est ?

— Non. Autrement, je ne serais pas ici.

— Ah... Nous, on l'appelait le Renard. C'est Nigel Irvine. Un spécialiste de la lutte antisoviétique ; il a été le grand chef du SIS britannique pendant six ans.

— Un espion.

— Un meneur d'espions, corrigea Drojdov. Et un des meilleurs. En quoi vous intéresse-t-il ?

— Il était à Moscou hier.

— Diable ! Et vous savez ce qu'il est venu faire ?

— Non.

Drojdov ne le quittait pas des yeux, aucunement convaincu par ce « non ».

— Oh, mais de toute façon, cela ne peut vous concerner. Vous n'êtes plus de la partie, maintenant que vous menez pour Komarov cette bande de vauriens habillés en noir. Je me trompe ?

— Je suis le chef de la sécurité à l'Union des forces patriotiques, rétorqua sèchement Grichine.

— C'est bien ce que je disais, constata le vieux général en le raccompagnant à la porte.

Grichine était au déjà au milieu du couloir quand il lui lança :

— Hé, s'il revient par ici, dites-lui de venir prendre un verre chez moi !

Puis il ajouta dans sa barbe : « Connard ! », et referma sa porte.


Le lendemain soir, les *Izvestia*, le plus influent quotidien du pays, publièrent une interview du général Nikolaï Nikolaïev : un « scoop », puisque l'ancien héros de l'URSS ne parlait jamais à la presse.

Le prétexte à cet événement étant de marquer son soixante-quatorzième anniversaire, le journaliste avait commencé par s'enquérir poliment de sa santé.

Toujours droit comme un i dans un fauteuil d'un salon particulier du club des officiers de l'académie Frounzé, le vieux militaire avait répondu d'un ton sans appel :

— J'ai toutes mes dents, je n'ai pas besoin de lunettes, et je peux rendre encore deux cent mètres à n'importe quel petit gommeux de votre âge.

L'intervieweur, qui avait dépassé la quarantaine, ne pensait pas relever le défi. Quant à la photographe, une jeune femme de moins de trente ans, fascinée, elle ne le quittait pas des yeux : son grand-père lui avait maintes fois raconté comment, près d'un demi-siècle auparavant, le jeune officier tankiste avait conduit leur unité dans le centre de Berlin.

Après ces préliminaires, la conversation était passée à la situation de la Russie.

— Déplorable ! Une pagaille scandaleuse.

— En janvier prochain, vous voterez pour l'UFP et Igor Komarov, je pense ?

— Lui ? Jamais ! tonna Oncle Kolya. Un ramassis de fascistes, un point c'est tout. Je n'y toucherais pas avec des pincettes, même stérilisées.

— Ah, bien, pourtant je croyais...

— Jeune homme, j'espère que vous n'avez pas cru que je pourrais me laisser impressionner une minute par ce patriotisme au rabais, ces trémolos grotesques. Le patriotisme, j'ai vu de mes yeux ce que c'était, mon garçon ; j'ai vu des gens donner leur vie pour ça, des gens de bien mourir dans de terribles souffrances. Cela vous donne à réfléchir, et vous incite à ne pas prendre des vessies pour des lanternes, non ? Ce Komarov n'a rien d'un patriote. C'est du pipi de chat, pour ne pas dire plus.

— Je comprends, avait temporisé le journaliste, qui en vérité n'en croyait pas ses oreilles. Mais enfin, il y a certainement beaucoup de nos compatriotes qui estiment que son programme est...

— Son programme ? Le carnage, et encore le carnage ! Vous ne pensez pas que le sang a assez coulé dans ce pays ? Moi qui ai dû traverser tout ça, je ne veux plus voir le sang couler. Ce type est un fasciste. Ecoutez-moi bien, mon gars : les fascistes, je les ai combattus toute ma vie. A Koursk, à Bagration, sur la Vistule, et jusqu'à leur saleté de bunker ! Allemand ou russe, un fasciste est un fasciste, c'est-à-dire un...

Il allait employer une des innombrables épithètes ordurières que recèle l'argot russe mais, la présence de la jeune femme le rappelant aux convenances, il s'était contenté du mot *merzavts*, scélérat.

— Pourtant, pourtant, insista le journaliste, déboussolé, il faut bien que la Russie se débarrasse de toute cette boue...

— Oh, de la boue, il y en a, oui ! Mais on parle beaucoup de la saleté apportée par d'autres nationalités, et on oublie de balayer devant sa porte ! Pourquoi ne rien dire des responsables politiques achetés, des ronds-de-cuir corompus qui travaillent main dans la main avec les mafieux ? Tous bien russes, ceux-là...

— La mafia, justement. Komarov veut en finir avec elle !

— Mais c'est la mafia qui paie votre Komarov, ouvrez un peu les yeux ! Ces sommes colossales qu'il brasse, elles viennent d'où, d'après vous ? D'un coffre magique ? Avec lui à sa tête, le pays sera vendu corps et âme aux bandits. Je vous le dis, mon gars : quiconque a une fois porté l'uniforme de notre armée, et l'a porté avec fierté, ne pourra jamais laisser l'honneur de défendre la patrie à ces uniformes noirs, à ces petites frappes...

— Alors, que faut-il faire ?

Le vieux général avait brandi un journal du matin, en pointant du doigt la dernière page.

— Hier soir, à la télé, vous l'avez vu, ce sacré pope ?

— Qui ? Le père Gregor, le prédicateur ? Non, pourquoi ?

— Eh bien, il a peut-être raison. Et nous nous sommes peut-être bien trompés sur toute la ligne, pendant toutes ces années. Dieu et le tsar ! Voilà !

Si l'interview fit sensation, ce n'était pas seulement en raison des propos rapportés, mais de la personnalité de leur auteur : que le plus célèbre soldat de Russie s'engage aussi franchement dans le débat ne pouvait manquer d'interpeller tous les militaires d'active du pays, et la majorité de ses vingt millions d'anciens combattants.

Le texte fut repris intégralement par l'hebdomadaire *Notre Armée*, successeur du quotidien soviétique *L'Etoile rouge*, qui parvenait dans les moindres casernements, de Sakhaline à Mourmansk. La télévision et la radio le citèrent et le commentèrent avec d'autant plus d'insistance que le général, après cette unique sortie, refusa toutes les interviews.

Au siège de l'UFP, Igor Komarov, visage de marbre, reçut dans son bureau un Boris Kouznetsov qui semblait au bord des larmes :

— Je ne comprends pas, président. Je n'arrive pas à comprendre ! S'il y avait une personnalité dans ce pays que je croyais être inconditionnelle de l'UFP et de vous-même, c'était bien le général Nikolaïev...

Ces piètres explications ne tirèrent de leur morne silence ni le chef redouté, ni le colonel Grichine, debout devant la fenêtre, les yeux perdus sur le parc enneigé. Désespéré, le jeune responsable des relations publiques retourna à son téléphone et continua d'appeler toutes les rédactions, dans l'espoir de limiter un peu les dégâts.

L'exercice n'était pas aisé : il lui était difficile de prétendre qu'Oncle Kolya avait perdu les pédales dans un accès de démence sénile, car la sûreté de son propos avait impressionné tout le monde. Sa seule ligne de défense possible était de déplorer qu'il fût mal informé. Mais alors, les questions sur la provenance des fonds de l'UFP se feraient de plus en plus insistantes, et de plus en plus gênantes.

Il aurait été plus facile à Kouznetsov de défendre l'image ternie de son parti s'il avait disposé de ses outils de propagande habituels, *Le Réveil* et *La Patrie*. Mais les nouvelles presses qui auraient pu assurer leur tirage venaient juste de quitter Baltimore par cargo.

Resté seul avec Grichine, Igor Komarov finit par rompre le silence qui s'appesantissait :

— Il a lu le manifeste, c'est cela ?

— Je le pense.

— D'abord notre imprimerie, puis ces conciliabules avec le patriarche, et maintenant « ça »... Mais que se passe-t-il, enfin ?

— C'est un sabotage, président, un sabotage organisé.

Bien que sa voix restât calme et posée, Igor Komarov avait maintenant le faciès annonciateur de ces soudaines crises de colère que même son éminence grise redoutait.

— Anatoli, vous qui êtes mon collaborateur le plus proche, vous qui êtes, après moi, l'homme destiné à détenir entre ses mains plus de pouvoir que quiconque en Russie, vous êtes aussi celui qui se doit de me protéger des saboteurs. Qui est derrière tout cela ?

— Un Anglais du nom d'Irvine et un Américain, un certain Jason Monk.

— Quoi, ils ne sont que deux ? C'est tout ?

— Mais ils sont à l'évidence soutenus, Igor Viktorovitch. Et ils détiennent le manifeste. Ils le font circuler, même.

Komarov se leva d'un bond, saisissant une lourde règle d'ébène dont il frappa à plusieurs reprises la paume de sa main gauche, comme pour scander ses paroles.

— Alors, trouvez-les et supprimez-les, Anatoli. Découvrez ce qu'ils préparent, et empêchez-les de nuire ! Ecoutez-moi attentivement. (Le ton se faisait menaçant.) Le 15 janvier, soit d'ici six semaines, cent dix millions de Russes exerceront leur droit de vote. Je compte bien qu'ils me choisissent pour être leur président. Avec un taux de participation de soixante-dix pour cent, cela signifie soixante-dix-sept millions de bulletins. Je veux en avoir quarante millions. Je veux un triomphe au premier tour, pas une victoire à l'arraché. Il y a encore une semaine, je pouvais espérer sans problème soixante millions d'électeurs. Mais ce vieux fou vient de m'en faire perdre dix !

Le dernier mot sonna comme un cri de rage. C'était maintenant sa table que Komarov martelait avec la règle puis, dans un accès de fureur, ce fut le poste de téléphone qu'il fit voler en éclats. Grichine ne bougeait pas. Derrière la porte, il sentait que tout le personnel, alerté par le bruit, était figé par la crainte.

— Et maintenant, voilà qu'un pope hystérique s'est mis en tête de lever un nouveau lièvre. Il veut le retour du tsar, rien que ça. Mais il n'y aura pas ici d'autre tsar que moi. Et quand je serai enfin au pouvoir, je leur apprendrai ce que veut dire la discipline, je le leur apprendrai si bien qu'à côté de moi Ivan le Terrible passera pour un enfant de chœur.

Il s'acharnait sur le combiné, le regard rivé aux débris comme s'il s'était agi du peuple russe lui-même, en train de découvrir sous sa férule ce que signifiait marcher droit. Et puis soudain, il jeta son arme sur le bureau, respira profondément, retrouvant peu à peu sa contenance normale. Seules ses mains tremblaient encore, et il les posa à plat en reprenant d'une voix métallique :

— Tout à l'heure, je prends la parole à Vladimir. Ce sera le plus grand meeting de ma campagne. Rediffusé dans tout le pays demain. Ensuite, je m'adresserai à la nation tous les soirs à la télévision. Les fonds nécessaires ont été réunis. Cela, c'est mon affaire. Que Kouznetsov s'occupe de la publicité. Et vous...

Il tendit un doigt vindicatif en direction du colonel.

— Vous, votre tâche est claire et nette : mettez fin au sabotage !

Sur ce, Komarov se laissa tomber dans son fauteuil, faisant comprendre d'un geste épuisé à Grichine qu'il pouvait se retirer. Sans un mot, ce dernier tourna les talons et prit la porte.

A l'ère communiste, la Russie ne comptait qu'une seule banque, Narodni Bank, la Banque du Peuple. Après 1991 et l'instauration officielle du capitalisme, cette activité se développa à un point tel qu'il y eut bientôt plus de huit mille établissements bancaires.

Beaucoup d'entre eux, certes, n'étaient que des attrape-gogos promettant des profits mirobolants et disparaissant après avoir déclaré une faillite frauduleuse. D'autres, de bonne foi, n'avaient pas les reins assez solides et fermaient du jour au lendemain. Les simples citoyens, dont l'expérience en la matière était des plus limitées, apprirent ainsi à leurs risques et périls à utiliser l'outil bancaire.

L'activité en elle-même n'était d'ailleurs pas de tout repos : en une décennie, plus de quatre cents banquiers devaient être assassinés, généralement pour s'être dérobés aux opérations illégales qu'exigeaient d'eux les seigneurs de la pègre.

A la fin des années quatre-vingt-dix, le marché s'étant stabilisé, il existait moins d'un demi-millier de banques ayant pignon sur rue, dont une cinquantaine, plus puissantes, en mesure de traiter avec l'Occident. Exactement comme dans le monde du crime, le maître mot était la concentration : les dix principaux établissements contrôlaient quatre-vingts pour cent de tout le marché bancaire, et comptaient parmi les plus grosses entreprises du pays. En tête de ces géants de la finance venaient la Most Bank, la Smolensk, et surtout la Banque fédérale de Moscou.

Ce fut au siège de cette dernière société que Jason Monk se présenta au cours de la première semaine de décembre. Il eut l'impression d'entrer dans une forteresse.

Soumis à d'incessants chantages et menaces, les directeurs des grandes banques s'entouraient de services de sécurité dont les effectifs et les moyens auraient fait pâlir d'envie la Maison-Blanche. Trois d'entre eux au moins avaient préféré s'installer à l'étranger avec leurs familles — à Londres, Paris et Vienne —, et ne faisaient que de brèves apparitions à Moscou dans leur jet privé.

Parvenir à se faire recevoir par le président de la Banque fédérale de Moscou sans rendez-vous préalable était donc une gageure. Monk y parvint cependant, grâce à des arguments de poids.

Après avoir été fouillé au corps et avoir ouvert sa mallette au rez-de-chaussée de la tour, il fut escorté jusqu'aux services directoriaux, trois étages plus bas que les locaux privés du directeur. Là, un jeune Russe très urbain, s'exprimant dans un anglais impeccable, prit la lettre qu'il lui tendait et demanda à Monk de patienter quelques instants avant de disparaître derrière une porte en bois ouvragé, commandée par code digital. Deux appariteurs armés se tenaient debout à côté de lui. L'employée assise à la réception, persuadée que cet inconnu allait être proprement éconduit, ouvrit de grands yeux lorsque le jeune homme revint pour inviter Monk à le suivre.

Derrière la porte, il fut une nouvelle fois contraint de présenter le contenu de sa mallette et de passer au détecteur de métaux.

— Je vous comprends, répondit-il à son accompagnateur qui lui présentait des excuses pour ces tracasseries, les temps sont durs...

Ils arrivèrent en ascenseur dans une autre antichambre, et après une courte attente il put enfin entrer dans le bureau de Leonid Gregorievitch Bernstein.

Le banquier, un homme trapu aux cheveux gris ondulés, vêtu d'un complet anthracite sorti de chez un grand couturier londonien, se leva, lui tendit la main et lui fit signe de s'asseoir. Monk nota que sa lettre était restée ouverte sur la grande table de travail, et que le jeune homme si policé s'était installé dans un coin. Il remarqua aussi la bosse sous son aisselle gauche : diplômé d'Oxford, certainement, mais n'ayant pas pour autant négligé une formation plus pratique...

— Alors, comment ça va, à Londres ? Vous venez juste d'arriver, n'est-ce pas, monsieur Monk ?

— Il y a quelques jours.

Le lettre miraculeuse était écrite sur du papier vélin orné d'un blason à cinq flèches obliques, le symbole des cinq fils de Meyer Amschel Rothschild de Francfort, fondateur de la dynastie bancaire du même nom. Tout était auhentique, sauf la signature de Sir Evelyn de Rothschild au bas du texte. Mais peu de banquiers au monde auraient refusé de recevoir l'émissaire de N. M. Rothschild & Sons, St. Swithin's Lane, Londres, et auraient pu imaginer qu'un faux aussi parfait puisse exister.

— Sir Evelyn va bien ?

— Autant que je sache, répondit Monk en passant à la langue russe, mais de toute façon ce n'est pas lui qui a signé. (Il entendit un léger bruit derrière lui.) Et je serais vraiment heureux si votre jeune ami s'abstenait de me loger une balle dans le dos. Je n'ai pas de cote de mailles sur moi, et je préférerais rester en vie. Par ailleurs, vos hommes l'ont vérifié, je ne suis pas armé, et je ne suis pas ici pour essayer de vous tuer.

— Alors, pourquoi êtes-vous ici ?

Monk lui retraça le film des événements depuis le 15 juillet précédent.

— Niaiseries, trancha Bernstein après l'avoir écouté jusqu'au bout. Je n'ai jamais entendu autant de sornettes à la fois. Je sais beaucoup de choses sur le compte de Komarov, figurez-vous. Etre informé fait partie de mon travail. A mon goût, il est trop à droite, mais si vous pensez que dénigrer les juifs constitue une nouveauté en Russie, c'est que vous ne connaissez rien à ce pays. Ils le font tous, ici. Mais ils ont tous besoin de banquiers.

— Dénigrer est une chose, monsieur Bernstein. Ce que j'ai dans ma mallette va bien plus loin que les insultes.

Berstein le considéra longuement, l'œil sévère.

— Vous voulez dire que vous avez ce manifeste sur vous ?

— Oui.

— Si Komarov et ses sbires savaient que vous êtes ici, que feraient-ils ?

— Ils me liquideraient. Ils sont en train de mettre Moscou sens dessus dessous pour me retrouver, voyez-vous.

— Vous ne manquez pas de cran.

— J'ai accepté un travail, c'est tout. Mais si je n'avais pas lu ce texte, je ne l'aurais pas fait.

Bernstein tendit le bras :

— Bien, montrez-moi ça.

Monk lui donna le rapport d'authentification, que le banquier, habitué à assimiler rapidement les documents les plus complexes, lut en dix minutes.

— Trois hommes déjà, hein ?

— Exact.

Bernstein enclencha l'interphone :

— Ludmilla, soyez gentille de regarder dans nos archives de presse de fin juillet, début août. Voyez s'il y a eu quoi que ce soit dans les journaux à propos d'un dénommé Akopov, et aussi d'un journaliste britannique, Jefferson... Ah, pour le premier nom, regardez aussi les avis de décès.

Il observa sur l'écran de son ordinateur les microfiches qui apparaissaient peu à peu, puis, avec un soupir :

— Oui, ils sont morts plutôt deux fois qu'une... Et maintenant, monsieur Monk, s'ils vous attrapent, c'est votre tour.

— J'avoue espérer le contraire.

— Bien, puisque vous avez pris de tels risques, je vais tout de même m'informer de ce que Komarov a derrière la tête pour nous tous !

Il se plongea dans la lecture du « Manifeste noir », s'arrêtant à un passage, le relisant les sourcils froncés. Sans relever la tête, il lança au bout d'un moment :

— Ilya, tu peux y aller. Tout va bien, mon petit, laisse-nous.

Le banquier leva enfin les yeux vers Monk :

— Non, il ne peut pas vouloir ça.

— Quoi, l'extermination totale ? D'autres ont déjà essayé...

— Il y a des millions de juifs en Russie, monsieur Monk.

— Je sais. Et je sais aussi qu'à peine le dixième d'entre eux auraient les moyens de s'enfuir à l'étranger.

Leonid Bernstein s'approcha d'une baie vitrée. Le verre, légèrement teinté, était antiballes ; une roquette ne l'aurait pas traversé.

— Il n'y pense pas sérieusement.

— Nous croyons que si.

— Qui, nous ?

— Ceux qui m'ont envoyé ici. Des gens influents, puissants, mais que cet homme effraie.

— Monsieur Monk... Etes-vous juif, monsieur Monk ?

— Non, monsieur.

— Quelle chance vous avez ! Bien, il va être élu, n'est-ce pas ? Tous les sondages le donnent vainqueur.

— Mais tout n'est pas joué. Le général Nikolaïev vient de prendre position contre lui. Je pense que l'Eglise orthodoxe prendra aussi ses responsabilités. Il est encore temps de l'arrêter.

— Oh, l'Eglise... L'Eglise n'aime guère les juifs, monsieur Monk.

— Non, mais elle est dans son collimateur, elle aussi.

— Si je comprends bien, c'est une coalition que vous envisagez ?

— En quelque sorte. L'Eglise, l'armée, les banques, les minorités nationales... Tout le monde peut apporter sa pierre à l'édifice. Avez-vous vu les reportages sur ce prédicateur itinérant, le père Roussakov ? Celui qui prône le retour du tsar ?

369

— Oui. Délirant, à mon avis. Mais enfin, mieux vaut un tsar qu'un Hitler... Bien, qu'attendez-vous de moi, monsieur Monk ?

— Moi ? Mais rien ! C'est à vous de choisir. Vous êtes à la tête d'un consortium bancaire qui contrôle deux chaînes de télévision indépendantes. Dites-moi, vous avez votre Grumman ici, à l'aéroport ?

— Mais oui...

— Vous n'êtes qu'à deux heures d'avion de Kiev.

— Kiev ? Pourquoi Kiev ?

— Eh bien, vous pourriez aller vous recueillir à Babi Yar.

Leonid Berstein se retourna d'un bloc vers son étrange visiteur.

— Je crois que ce sera tout, monsieur Monk.

Sans un mot, l'émissaire reprit ses documents et les rangea dans son attaché-case. « Je suis allé trop loin », se dit-il. Babi Yar est le nom d'un ravin, en Ukraine, aux abords de Kiev. Entre 1941 et 1943, cent mille civils y ont été exécutés à la mitrailleuse, tombant dans la crevasse naturelle convertie ainsi en monstrueuse fosse commune. Parmi les victimes, il y avait quelques commissaires et cadres communistes, mais l'immense majorité d'entre elles étaient de simples juifs ukrainiens.

Le banquier reprit cependant la parole :

— Vous-même, avez-vous visité Babi Yar, monsieur Monk ?

— Non, monsieur.

— Et qu'en avez-vous entendu dire ?

— Que c'est un endroit déprimant.

— Moi, j'ai été à Babi Yar. C'est un lieu effrayant. Bonne fin de journée, monsieur Monk.


Au siège du Collège des Armes, Queen Victoria Street, le docteur Lancelot Probyn disposait d'un bureau aussi exigu qu'encombré. Les liasses de papiers s'y entassaient dans un désordre apparent que le généalogiste savait pourtant parcourir sans difficulté.

Quand Sir Nigel Irvine y fit son entrée, le savant bondit sur ses pieds, faisant ainsi glisser à terre toute la maison des Grimaldi. La chaise qui venait d'être si soudainement libérée fut offerte au visiteur.

— Alors, comment avance notre succession ?

— Vous voulez parler des Romanov ? Oh, rien de fameux. C'est bien ce que je pensais : j'ai un prétendant potentiel qui ne veut pas prétendre, un autre qui en rêve mais qui ne tient pas la route, et un Américain à qui la question n'a pas été posée, mais qui de toute façon n'a aucune chance.

— A ce point ? Non !

Aiguillonné par Sir Nigel, le docteur Probyn s'épanouit. Dans cet univers de lignées entrecroisées, de mariages arrangés et de préséances incompréhensibles au commun des mortels, il était comme un poisson dans l'eau.

— Commençons donc par les escrocs. Vous vous souvenez d'Anna Anderson ? Celle qui a passé toute sa vie à clamer qu'elle était la grande-duchesse Anastasia, unique survivante du massacre d'Ekaterinbourg ? Eh bien, ce n'étaient que mensonges. Elle est morte, maintenant, mais les tests d'ADN ont finalement réduit à néant ses prétentions. Autre disparu, il y a quelques années à Madrid : le grand-duc Alexeï en personne, s'il vous plaît. Après enquête, ce n'était qu'un filou luxembourgeois ! Ce qui nous laisse les trois que j'ai mentionnés, et dont la presse parle de temps à autre, en général pour ne dire que d'énormes bêtises. Vous avez entendu parler du prince Gueorguy ?

— Pardonnez-moi, docteur Probyn, mais en fait, non.

— Vous êtes tout pardonné. Eh bien, c'est un jeune homme qui depuis des années a été cornaqué à travers toute l'Europe et la Russie par sa mère, la grande-duchesse Maria, fille de feu le grand-duc Vladimir, une dame dévorée d'ambition. Notez que Vladimir lui-même pouvait nourrir quelques prétentions, en tant qu'arrière-petit-fils d'un empereur régnant, même s'il avait un gros handicap puisque sa mère n'appartenait pas à l'Eglise orthodoxe quand elle le mit au monde, ce qui est une des conditions requises... Mais bon, quoi qu'il en soit, sa fille ne pouvait en aucune manière reprendre la succession, bien que le papa se fût acharné à soutenir le contraire : eh oui, la loi paulienne !

— C'est-à-dire...

— Une contribution de Paul Ier : sauf circonstances exceptionnelles, seuls les mâles assurent la succession. Les filles ne comptent pas. Affreusement sexiste, je vous l'accorde, mais c'était et cela reste ainsi. Donc, Maria n'est pas grande-duchesse mais princesse, et son fils est hors course, puisque la même loi stipule que les enfants mâles de ces dames ne peuvent pas non plus entrer en ligne de compte.

— Donc, ces deux-là ne font que prendre leurs désirs pour des réalités ?

— Exactement. Très entreprenants, mais sans base sérieuse.

— Mais vous avez aussi parlé d'un Américain ?

— Ah, ça c'est une curieuse histoire ! Voici. Avant la révolution d'Octobre, Nicolas II avait un oncle, le grand-duc Paul, le plus jeune frère de son père. Ensuite, les bolcheviks ont tué le tsar, son frère et ledit oncle Paul. Mais ce dernier avait un fils, qui était donc cousin du tsar. Une tête brûlée, ce qui fut sa chance : comme il avait trempé dans l'assassinat de Raspoutine, le grand-duc Dimitri — c'est lui, le fils de l'oncle ! — se trouvait en exil au fin fond de la Sibérie quand les bolcheviks ont pris le pouvoir. C'est ainsi qu'il a eu la vie sauve. Il s'est enfui, est passé par Shanghai, et a atterri aux Etats-Unis.

— C'est bien la première fois que j'entends cela ! Mais je vous en prie, continuez.

— Enfin, Dimitri a survécu, s'est marié, a eu un fils, Paul, qui était major dans l'armée américaine lors de la guerre de Corée. A son tour, Paul a eu deux fils...

— Tout ceci me paraît une lignée mâle impeccable ! Donc, le véritable prétendant au trône de Russie serait un brave citoyen américain, c'est ce que vous êtes en train de me dire ?

— Certains le prétendent, mais pas moi, car ils ont tort. Voyez-vous, Dimitri a épousé une roturière américaine, et son fils Paul, itou. Or, selon l'ordonnance 188 de la maison impériale, vous ne pouvez pas convoler avec la première venue et attendre que l'un de vos descendants monte sur le trône. Cette règle a été un peu assouplie par la suite, mais non en ce qui concerne les grands-ducs. Ainsi, le mariage de Dimitri doit être considéré comme morganatique : ni son fils, celui s'est battu en Corée, ni ses petits-enfants mâles — doublement morganatiques, si j'ose dire — ne peuvent prétendre à la succession.

— Hors course, eux aussi ?

— Je le crains. D'ailleurs, ils n'ont jamais paru très intéressés par l'idée. Ils vivent en Floride, je crois...

— Si bien qu'il nous reste ?...

— Le dernier, et le mieux placé de par le sang : le prince Semione Romanov.

372

— Un parent du tsar assassiné ? Sans filles ni roturières sur les bras ?

— En effet, mais il faut remonter assez loin. Vous devez considérer quatre tsars : Nicolas II, qui a succédé à son père Alexandre III, lequel régna après son père, Alexandre II, lui-même fils de Nicolas Iᵉʳ. D'accord ? Ce dernier avait un fils cadet, le grand-duc Nicolas, qui évidemment n'a jamais régné. Eh bien, son fils Piotr a eu un fils, Kyril, qui est le père de Semione.

— Donc, à partir du dernier tsar régnant, il faut revenir en arrière jusqu'à son arrière-grand-père, puis aller un peu de côté pour trouver le fils cadet, puis redégringoler encore quatre générations pour tomber sur Semione ?

— Euh, oui.

— Ce ne serait pas un peu, comment dire, tiré par les cheveux, docteur Probyn ?

— C'est un peu compliqué, mais c'est pour cela que les arbres généalogiques existent ! En théorie, Semione est le descendant vivant le plus direct. En pratique, néanmoins, il y a des obstacles.

— Par exemple ?

— D'abord, le prince a déjà plus de soixante-dix ans : si jamais il est proclamé tsar, son règne ne durera pas longtemps. Ensuite, il n'a pas d'enfants, si bien que sa lignée disparaîtrait avec lui et que la Russie se retrouverait au point de départ. Enfin, il a dit et répété qu'il ne postulait pas à cet honneur, et que même s'il lui était proposé, il le refuserait.

— En effet, tout cela n'aide pas beaucoup, reconnut Sir Nigel.

— Et il y a encore plus grave. Il a toujours été, disons, léger : les voitures de sport, la Côte d'Azur, les très jeunes filles, en général employées de maison... Des habitudes qui lui ont valu trois divorces. Et le pire — en tout cas, c'est ce que l'on chuchote — serait qu'il triche au backgammon.

— Grands dieux !

Sir Nigel paraissait réellement choqué. Trousser les soubrettes, cela pouvait se pardonner, mais tricher au backgammon...

— Où vit-il ?

— Une ferme, en Normandie. Il cultive des pommes. Pour en faire du calvados.

Le docteur Probyn lança un regard compatissant à son interlocuteur, qui demeura un instant plongé dans ses pensées.

— Qu'il ait déclaré publiquement renoncer à ses droits éventuels, est-ce que cela équivaut à un désistement en bonne et due forme ?

Le spécialiste des arcanes nobiliaires eut une moue dubitative :

— On peut dire que oui. A moins... A moins que la restauration ne soit vraiment à l'ordre du jour. Alors, il pourrait changer d'avis. Imaginez toutes ces belles voitures, toutes ces domestiques peu farouches...

— Mais en laissant Semione lui aussi de côté, à quoi parvenons-nous ? Comme disent nos amis américains, qu'est-ce que nous avons, au bout du compte ?

— Mon cher, au bout du compte, nous avons que si le peuple russe veut réellement un souverain, il peut tout simplement choisir le premier quidam qui lui siéra. C'est aussi simple que cela !

— Même un étranger ? Il y a des précédents ?

— A la pelle ! Cela s'est produit à maintes reprises. Tenez, nous, les Anglais, nous en avons eu trois. Lorsque la reine Elisabeth I<sup>re</sup> est morte célibataire — sinon vierge —, nous avons proposé à Jacques VI d'Ecosse de venir un peu au sud et de devenir Jacques I<sup>er</sup> d'Angleterre. Trois rois plus tard, nous avons renversé Jacques II pour le remplacer par Guillaume d'Orange, un Hollandais. Et lorsque la reine Anne décéda sans laisser de descendants, nous avons demandé à George de Hanovre de devenir George I<sup>er</sup>. Lui qui ne parlait pas deux mots d'anglais !

— Et chez les Européens ?

— Même tableau. Les Grecs l'ont fait deux fois : en 1833, après s'être libérés du joug turc, ils ont invité Otton de Bavière à gouverner leur pays. Comme il ne faisait guère l'affaire, ils l'ont déposé en 1862, et c'est le prince Guillaume de Danemark qui est devenu Georges I<sup>er</sup>. Ensuite, ils ont proclamé la république en 1924, ils ont restauré la monarchie en 1935, et l'ont à nouveau abolie en 1973. Pas beaucoup d'esprit de suite, ces Grecs... Et les Suédois ? Il y a deux siècles, ils ne savaient plus où ils en étaient, alors ils ont regardé un peu partout, pour finalement choisir le général napoléonien Bernadotte. Et ça n'a pas mal marché, puisque ses descendants sont toujours là ! De même, en 1905, le prince Charles de Danemark a été prié de devenir Haakon VII de Norvège, et sa famille a gardé le trône jusqu'à nos jours. Vous voyez, quand on manque de souverain, un étranger compétent fait souvent mieux l'affaire qu'un natif du cru sans talent !

Sir Nigel réfléchissait encore. Le héraut moderne, désormais convaincu que son intérêt pour les Romanov avait d'autres mobiles que ceux invoqués lors de leur première prise de contact, se risqua :

— A mon tour, puis-je vous poser une question ?

— Certainement.

— Si la perspective d'une restauration se concrétisait en Russie, quelle serait la réaction des Américains ? Car enfin, c'est l'unique superpuissance restante, ce sont eux qui tiennent les cordons de la bourse...

— Ils sont antimonarchistes de tradition, admit Irvine, mais ils ont aussi les pieds sur terre. En 1918, ce sont eux qui ont tout fait pour écarter le Kaiser. Résultat ? Un vide rendu encore plus chaotique par la République de Weimar, et bientôt comblé par Adolf Hitler, avec les résultats que l'on sait. En 1945, par contre, ils n'ont pas touché à l'institution impériale du Japon. Résultat ? Depuis cinquante ans, c'est la démocratie la plus stable d'Asie, qui a pris nettement parti dans la lutte contre le communisme. A mon avis, la réponse de Washington serait de respecter le choix du peuple russe.

— Mais vous parlez bien de tout le peuple russe ? D'un plébiscite ?

— Oui, je pense. Une décision de la seule Douma ne suffirait pas. On l'accuserait trop facilement d'être corrompue, de céder aux pressions... La nation tout entière doit se prononcer.

— Alors, à qui pensez-vous ?

— C'est là le problème, cher docteur : à personne ! Après tout ce que vous m'avez appris aujourd'hui, je ne vois pas comment se satisfaire d'un septuagénaire lubrique ou d'un petit prodige à sa maman... Tenez ! Essayons d'établir ce qu'il faudrait à un nouveau tsar pour s'imposer. Un profil idéal, en quelque sorte. Vous voulez bien ?

Les yeux du généalogiste étincelèrent.

— Bien plus amusant que mes grimoires habituels ! Si nous commencions par l'âge ?

— Je dirais entre quarante et soixante, pas vous ? Ce n'est pas un travail pour un blanc-bec, ni pour un vieux birbe. Un homme mûr, point trop âgé. Ensuite ?

— Il faudrait qu'il soit de sang princier, issu d'une famille régnante, qu'il ait la prestance et l'éducation de son rang.

— Une famille royale d'Europe ?

— Sûrement ! Je ne vois pas les Russes choisir un Africain, un Arabe ou un Asiatique.

— C'est vrai. Après, docteur ?

— Il faut qu'il ait un fils légitime vivant, et qu'ils soient tous deux convertis à la foi orthodoxe.

— Ce n'est pas insurmontable.

— Certes, mais il y a encore un gros casse-tête : il faut que sa mère ait appartenu à l'Eglise orthodoxe au moment où elle l'a enfanté.

— D'accord. Quoi d'autre ?

— Sang royal des deux côtés de son ascendance, si possible russe d'un côté au moins...

— Et qu'il ait été ou soit encore officier. Le soutien de la caste militaire russe serait déterminant. Et je ne la vois pas se satisfaire d'un ancien employé de bureau.

— Vous avez oublié un point, Sir Nigel : il devra parler russe. George I$^{er}$ ne s'exprimait qu'en allemand lorsqu'il est arrivé en Angleterre, Bernadotte ne connaissait que le français, mais c'étaient d'autres temps. Aujourd'hui, un souverain doit s'adresser directement à ses sujets. Les Russes ont beau aimer l'italien, ils ne voudraient pas que cela soit la langue de leur tsar.

Sir Nigel se leva tout en sortant un papier plié de la pochette de son veston. C'était un chèque, substantiel.

— Mais... C'est une somme, bredouilla le héraut.

— Je suis certain que le Collège a ses frais de fonctionnement, cher docteur. Ecoutez, voudriez-vous me rendre encore un service ?

— Bien sûr, si c'est dans mes possibilités.

— Jetez un œil là-dessus, d'accord ? Passez en revue les familles régnantes d'Europe. Au cas où vous trouveriez un candidat qui corresponde à notre portrait...


A quelques kilomètres au nord du Kremlin, au milieu d'un vaste espace de jardins, d'immeubles bas et d'allées boisées, se dresse la tour longiligne d'Ostankino, la station émettrice de la télévision nationale russe. C'est l'édifice le plus élevé de la capitale. Au pied de cette fusée rivée au sol, les bâtiments de la chaîne d'Etat ont accueilli depuis la fin du monopole les deux télévisions privées qui diffusent elles aussi sur l'ensemble de l'immense territoire.

Là, devant l'entrée donnant sur le boulevard Korolev, une Mercedes du staff de l'UFP déposa Boris Kouznetsov, apportant l'enregistrement du meeting qu'Igor Komarov avait tenu la veille à Vladimir.

Montées par le talentueux et dévoué réalisateur Litvinov, les cassettes vidéo faisaient de l'événement un triomphe gigantesque. Devant une foule exultante, Komarov brocardait ce pope nostalgique de la vieille devise « Dieu et le tsar » et traitait avec un dédain à peine déguisé le général à la retraite qui était parti en guerre contre lui.

« Des hommes du passé, qui ne rêvent qu'au passé ! tonnait le leader de l'UFP devant ses partisans électrisés, mais nous, chers compatriotes, vous et moi, nous sommes tournés vers l'avenir, parce que l'avenir nous appartient ! »

L'assistance, cinq mille personnes environ, paraissait innombrable à travers les images recadrées. Et, en achetant à prix d'or une heure d'antenne, l'UFP allait multiplier cette audience factice jusqu'à atteindre un bon tiers de la population russe.

Boris Kouznetsov entra impétueusement dans le bureau du directeur des programmes de la chaîne principale, Anton Gourov, un vieil ami qu'il croyait définitivement acquis aux thèses d'Igor Komarov.

— Ah, c'était fantastique ! proclama-t-il en déposant les cassettes sur sa table. Je ne me suis pas ennuyé une minute, là-bas ! Tu vas adorer.

Gourov jouait avec son stylo, sans réagir.

— Et ce n'est pas tout, figure-toi ! Je t'apporte aussi un contrat d'enfer : tu te rends compte, le président Komarov a décidé de faire une allocution télévisée quotidienne ! A compter de maintenant jusqu'au jour des élections. Ta chaîne n'a jamais signé un truc pareil. Pas mal, non ?

— Euh, Boris, je suis content que tu te sois déplacé en personne. Il y a un lézard.

— Quoi, encore une foirade technique ? Vous ne serez jamais au point, ou quoi ?

— Non, ce n'est pas technique, à proprement parler. Ecoute, Boris, tu sais bien que Komarov, pour moi, c'est grand ?

Professionnel averti, Gourov connaissait parfaitement la

redoutable facilité avec laquelle le petit écran peut faire et défaire des réputations, mettre sur le devant de la scène un politicien ou ruiner sa carrière politique. Comme dans tous les pays européens, à l'exception de la Grande-Bretagne où la BBC continuait à défendre l'indépendance de l'information, la télévision nationale russe ne pouvait que soutenir le chef d'Etat en exercice, Ivan Markov, en se contentant de brèves et réticentes allusions aux deux autres candidats à la présidentielle.

Le néo-communiste Guennadi Ziouganov ne disposait pas des fonds suffisants pour s'acheter des tranches horaires sur les chaînes privées. Mais Komarov, lui, avait amplement les moyens de mener une campagne à l'américaine, avec des spots télévisés incessants, dont il contrôlait la forme et le contenu.

Anton Gourov, qui savait que des postes importants se libéreraient à la télévision nationale après la victoire de l'UFP et qui comptait bien être récompensé de ses efforts, avait jusqu'ici volontiers accueilli sur ses ondes la propagande komarovienne. Aussi Kouznetsov fut-il stupéfait de sa réaction.

— Le fait est là, Boris : il y a un changement de politique chez nous. Oh, ça ne s'est pas décidé à mon niveau, moi je ne suis qu'un exécutant... Non, les grands chefs, là-haut, dans la stratosphère !

— Qu'est-ce que c'est que cette histoire ?

Gourov gigota dans son fauteuil, maudissant encore une fois par-devers lui le sous-directeur qui lui avait refilé cette pénible corvée.

— Eh bien, Boris, tu sais sans doute que, comme toutes les grosses compagnies, nous sommes très liés aux banques. Et quand les banquiers décident de couper les fonds, il n'y a rien à faire. Il faut s'écraser. D'habitude, tant que les chiffres sont bons, ils nous laissent en paix. Mais là... là, ils nous mettent le couteau sous la gorge.

Atterré, Kouznetsov ne sut que bredouiller :

— Merde, Anton... Je suis désolé pour toi. Ça ne doit pas être facile.

— Oh, moi, ça va aller, tu sais.

— Mais si votre chaîne est en train de se casser la figure...

— Bon, tu vois, ce n'est pas exactement ce qu'ils ont dit. Nous pouvons survivre, mais il y a un prix à payer.

— Quoi, quel prix ?

— Ecoute, encore une fois, je n'ai pas eu mon mot là-dedans. Si c'était moi, la chaîne passerait du Komarov vingt-quatre heures sur vingt-quatre, mais...

— Mais quoi ? Allez, crache.

— Eh bien, la consigne c'est : plus de Komarov. Ni discours, ni meetings, ni spots. Plus rien.

Kouznetsov bondit sur ses pieds, rouge de fureur.

— Mais tu déconnes à plein tube ! Hé, ces espaces, on les a achetés ! Vous êtes une chaîne privée, vous ne pouvez pas refuser un client qui paie !

— Visiblement, si.

— Mais vous avez déjà reçu l'argent !

— Apparemment, ils vont le rembourser, ou ils l'ont déjà fait.

— Très bien. J'irai voir ailleurs. Après tout, il y a d'autres télés commerciales à Moscou ! Jusqu'ici, je t'ai toujours donné la priorité, Anton. C'est fini.

— Boris ? Les autres sont tenus par les mêmes banques, tu le sais ?

Kouznetsov se rassit, les jambes tremblantes.

— Mais nom de Dieu, qu'est-ce qui est en train de se tramer ?

— Tout ce que je peux dire, mon vieux, c'est que quelqu'un vous a dans le collimateur. Je ne comprends pas plus que toi, mais c'est ce que la direction nous a fait savoir hier : ou bien on ne passe plus une image de Komarov dans les trente jours qui viennent, ou bien les financiers se retirent.

Kouznetsov le fixa longuement.

— Ça fait beaucoup de temps d'antenne qui saute. Qu'est-ce que vous allez passer à la place ? Des danses cosaques ?

— Non, et c'est ça qui est bizarre aussi : la chaîne va se concentrer sur les apparitions publiques de ce pope dont tout le monde parle.

— Quel pope dont tout le monde parle ?

— Mais tu sais bien, le type qui va partout en appelant les gens à revenir à Dieu.

— « Dieu et le tsar », murmura Kouznetsov.

— Voilà !

— Le père Gregor.

— Exactement ! Moi non plus, je ne comprends pas, mais...

— Vous êtes cinglés ! Ce ratichon n'a pas deux roubles en poche !

379

— Justement, si ! Apparemment, l'argent est déjà là. Donc, on va le passer aux infos, et au magazine de la semaine. Une putain de programmation, qu'il a ! Tu veux jeter un coup d'œil ?

— Non, surtout pas !

Après être sorti en claquant la porte, Kouznetsov réfléchit intensément tandis que son chauffeur le reconduisait à l'UFP. Il redoutait la réaction de son maître lorsque ce dernier allait apprendre ce nouveau revers. Mais aussi, dans son esprit, un soupçon qui le hantait depuis maintenant trois semaines venait de se transformer en conviction : ces regards que Komarov et Grichine avaient échangés après l'affaire de l'imprimerie, après l'interview tonitruante du général... Ils savaient quelque chose dont ils ne voulaient pas le tenir au courant. Le jeune spécialiste en relations publiques n'avait cependant pas besoin d'être mis dans le secret pour percevoir au moins une évidence : les ennuis étaient en train de tourner à la catastrophe.

Ce même soir, à des milliers de kilomètres de là, Sir Nigel dînait à son club lorsque le maître d'hôtel vint lui apporter un téléphone.

— Un certain docteur Probyn, monsieur.

La voix rendue aiguë par l'excitation, le héraut l'appelait de son bureau, où il était resté à travailler tard.

— J'ai votre homme, je crois !

— Disons demain à dix heures ? Merveilleux.

Sir Nigel rendit le combiné au domestique.

— M'est avis que cela mérite bien un porto, Trubshaw ! La sélection du club, je vous prie.

# Chapitre 16

La milice russe, c'est-à-dire les forces de police, dépend du MVD, le ministère de l'Intérieur, et comme dans d'autres pays ses missions sont de deux ordres : fédéral d'une part, local ou régional de l'autre.

A ce deuxième niveau, ses structures sont calquées sur les régions du territoire russe, les *oblasts*. Le plus étendu d'entre eux est l'*oblast* de Moscou, qui comprend la capitale proprement dite et ses abords : un « District de Colombia » à la russe où l'on aurait rajouté à Washington et à ses environs un bon tiers de la Virginie et du Maryland...

Moscou abrite donc à la fois le siège de la milice fédérale et celui de la milice moscovite. A cela, il faut ajouter une particularité du MVD : le ministère de l'Intérieur russe dispose de sa propre armée, forte de cent trente mille hommes lourdement équipés, et qui n'a de comptes à rendre ni au ministère de la Défense ni à l'état major.

Après la disparition du communisme, la montée de la criminalité devint si préoccupante que Boris Eltsine ordonna la création de nouveaux départements au sein de la milice fédérale et de la milice moscovite. Dans la capitale, où le danger était particulièrement sérieux, le GOUVD, ou Département de lutte contre le crime organisé, finit par prendre une telle ampleur qu'il en vint presque à rivaliser avec son équivalent à l'échelle nationale.

Cependant, il n'obtint des résultats probants qu'après l'arrivée à sa tête du général de la milice Valentin Petrovski, au milieu des années quatre-vingt-dix.

Petrovski venait de la cité industrielle de Nijni-Novgorod, où il s'était forgé une réputation de grande intégrité et d'efficacité. A Moscou, cet Eliott Ness russe trouva son Chicago, mais deux différences de taille existaient entre lui et le chef des légendaires « Incorruptibles » : sa puissance de feu était nettement supérieure, et il prenait beaucoup moins de gants avec les droits constitutionnels du citoyen.

Son règne commença par le limogeage de douze officiers supérieurs jugés « trop proches » de ceux qu'ils étaient censés combattre, les barons de la mafia. « Trop proches !, devait s'exclamer le représentant du FBI à l'ambassade américaine en lisant la nouvelle dans la presse. Salariés, oui ! » Conscients du niveau de corruption qui régnait aussi dans le GOUVD, Petrovski organisa ensuite une série de mises à l'épreuve de ses collaborateurs : ceux qui refusèrent sèchement les pots-de-vin qu'on leur proposait furent promus, les autres, pris la main dans le sac, mis à la porte. Sa Brigade antigang devint rapidement la hantise du milieu moscovite, où le général se gagna le surnom de Molotok, le Marteau.

Comme la mafia disposait d'appuis en haut lieu, et que les gangsters ressortaient trop souvent le sourire aux lèvres des salles d'audience où la milice avait réussi à les traîner, Petrovski constitua ses propres unités spéciales d'intervention, les SOBR, équivalent moscovite des OMON fédérales, en leur donnant une consigne claire : « Le moins de prisonniers possible ! » Au début, il dirigea sur le terrain ces opérations musclées, décidées à la dernière minute pour éviter toute fuite. Les criminels qui ne résistaient pas étaient jetés en prison. Mais si l'un d'eux faisait seulement mine de chercher son arme ou de s'enfuir, Petrovski n'hésitait pas une seconde.

A l'hiver 1999, l'Incorruptible russe, tirant les enseignements de cette guerre sans merci, savait qui était l'ennemi public numéro un : le puissant clan des Dolgorouki, capable de s'acheter d'influentes protections à Moscou et dans toute la Russie à l'ouest de l'Oural. Depuis deux ans, il luttait contre eux sans merci. Et les Dolgorouki rêvaient d'avoir sa tête.

Début décembre, Jason Monk prit au mot ce dont Omar Gounaïev s'était vanté au cours de leur première rencontre : puisque le chef tchétchène dédaignait les faux papiers, préférant en obtenir de vrais contre espèces sonnantes et trébuchantes, il lui demanda des « vrais faux papiers » russes.

Jusque-là, il avait pu s'en passer : les lettres d'introduction fabriquées à Londres avaient suffi à vaincre la méfiance du patriarche Alexeï II et du banquier Leonid Bernstein. Nikolaï Nikolaïev, le vieux héros de l'Union soviétique, n'avait pas cherché à vérifier son identité. Mais la quatrième visite sur sa liste ne se déroulerait pas aussi aisément : guetté nuit et jour par des tueurs, le général Valentin Petrovski était inapprochable.

Sans chercher à savoir d'où elle provenait, Monk apprécia la qualité de la carte d'identité qui lui fut remise. C'était bien lui sur la photographie, mais il était désormais un colonel de la milice affecté à la sous-direction du GOUVD fédéral. Un collègue de Petrovski, donc, mais travaillant dans un autre secteur.

Une des coutumes soviétiques à avoir survécu dans la Russie postcommuniste était que les hauts fonctionnaires vivaient généralement dans de grands ensembles, immeubles appartenant à l'Etat où les logements étaient gratuits. Le long de Koutouzovski Prospekt, on en retrouve plusieurs, dont celui où vécurent jadis Brejnev et la plupart des membres du Politburo. Le général Petrovski occupait un vaste appartement au dernier étage de l'un de ces complexes d'habitation, réservé aux officiers supérieurs de la milice moscovite. Le dispositif de sécurité protégeant le bâtiment était, on s'en doute, impressionnant.

Monk se présenta à la barrière au volant d'une véritable Tchaïka noire du MVD, véhicule officiel que Gounaïev avait sans doute acheté ou « emprunté ». Deux OMON, les forces spéciales du ministère de l'Intérieur, s'approchèrent, mitraillette au poing. Monk baissa sa vitre pour donner ses papiers a l'un d'eux, et indiquer où il se rendait. Le garde étudia la carte plastifiée, hocha la tête, et rentra dans la guérite passer un coup de fil.

— Le général Petrovski veut connaître la raison de votre visite, déclara-t-il après être revenu à la Tchaïka.

— Dites-lui que je suis porteur de documents de la part du général Tchebotariov, et que c'est urgent, répondit Monk en citant le nom de « son » chef au GOUVD.

L'OMON repartit à son téléphone. Au bout de quelques secondes, il fit signe à son compagnon d'ouvrir la barrière. Monk trouva une place libre sur le parking intérieur, puis gagna l'entrée de l'immeuble.

Il passa devant l'huissier, déjà au courant de son arrivée, et monta en ascenseur jusqu'au huitième étage. Là, deux autres vigiles l'attendaient, qui lui redemandèrent son passe, le fouillèrent et lui firent ouvrir son attaché-case. Satisfait, l'un d'eux murmura quelques mots devant un interphone. La porte s'ouvrit presque aussitôt. Pendant toute l'inspection, Monk avait senti qu'on l'observait par le judas.

Un domestique en veste blanche apparut, dont la stature indiquait qu'il ne se contenterait pas de passer les petits-fours s'il y avait du danger dans l'air. Puis Monk se retrouva plongé dans l'atmosphère familiale de la maisonnée : une petite fille avait surgi du salon, portant une poupée aux cheveux de lin et vêtue d'une chemise de nuit.

— C'est ma fille, annonça-t-elle gravement à l'inconnu.

— Elle est très mignonne, la complimenta Monk. Et toi, comment t'appelles-tu ?

— Tatiana.

Une femme d'une trentaine d'années sortit à son tour de la pièce, renvoyant la petite à ses occupations avec un sourire d'excuse. Puis, derrière elle, Monk vit arriver un homme en bras de chemise qui s'essuyait la bouche avec sa serviette, comme n'importe quel père de famille dérangé pendant son dîner.

— Colonel Sorokine ?

— Oui, monsieur.

— Drôle d'heure, tout de même !

— Je suis désolé. Le problème s'est présenté de manière totalement imprévue. Si vous voulez, je peux attendre que vous ayez fini votre repas.

— Inutile, nous venons de terminer. D'ailleurs, c'est l'heure des dessins animés à la télé, alors j'aime autant me faire oublier ! Venez par là.

Il le conduisit à son bureau au bout du couloir. En l'observant sous une meilleure lumière, Monk constata que le superpolicier n'était pas plus âgé que lui, et en aussi bonne condition physique.

A trois reprises, avec le patriarche, le général Nikolaïev et le banquier, il avait avoué tout de go avoir usurpé son identité. S'il employait cette fois la même tactique, pensa-t-il, il risquait de se retrouver dans l'autre monde avant d'avoir terminé sa phrase...

Il déverrouilla sa mallette, où se trouvaient deux dossiers dont les vigiles n'avaient pas cherché à connaître le contenu, et sortit la chemise grise, le rapport d'authentification.

— Voici, mon général. A notre avis, c'est une affaire très préoccupante.

— Je peux le lire plus tard ?

— Malheureusement, il va falloir prendre des dispositions immédiates.

— Et merde ! Bon, vous buvez quelque chose ?

— Jamais pendant le service, monsieur.

— Hé, ils ont fait des progrès, au ministère ! Du café, alors ?

— Avec plaisir. La journée a été longue.

— Vous en avez déjà eu de courtes ? lança Petrovski avec un clin d'œil.

Après avoir demandé au domestique-armoire à glace de les servir, il s'installa pour lire le rapport. Il ne s'interrompit pas quand le café arriva. Monk s'en versa lui-même, et savourait sa tasse lorsque le général releva brusquement la tête :

— Mais d'où sort ce machin, bon sang ?

— Des services secrets britanniques.

— Hein ?

— Mais ce n'est pas une provocation. Nous avons procédé à des recoupements, vous pouvez en faire autant demain matin. Les trois sont bien morts : Akopov, ce vieux, Zaïtsev, et le journaliste anglais, qui d'ailleurs ne savait rien du tout.

— Je me souviens de cette histoire de journaliste, remarqua pensivement Petrovski. Ça ressemblait à un règlement de comptes mafieux, mais pour quel motif ? Un scribouillard étranger ! Vous pensez que ce sont les Gardes noirs de Komarov, alors ?

— Ou des tueurs de la bande des Dolgorouki, embauchés pour l'occasion.

— Et ce fameux manifeste, où est-il ?

— Ici, mon général, annonça Monk en donnant une tape sur son attaché-case.

— Quoi, vous en avez une copie ? Avec vous ?

— Oui.

— Mais d'après ce que je viens de lire, c'est l'ambassade d'Angleterre qui l'a récupéré, et il a ensuite été envoyé à Londres ! Alors comment vous l'êtes-vous procuré ?

— On me l'a donné.

La méfiance apparut dans le regard du général.

— Et comment aurait-il atterri au MVD ? Dites... Vous n'êtes pas du ministère ! D'où venez-vous, nom de Dieu ? Du SVR ? Du FSK ?

— Ni l'un ni l'autre, monsieur. Des Etats-Unis d'Amérique.

Petrovski ne cilla pas, se contentant d'examiner soigneusement l'imposteur : sa famille était juste à côté, et il s'agissait peut-être d'un tueur professionnel. Il voyait bien qu'il n'était pas armé, cependant.

Monk expliqua méthodiquement comment le manifeste était passé de Londres à Washington, comment il avait provoqué l'inquiétude de gens très haut placés en Occident. Il ne rentra pas dans les détails quant à ces derniers : si Petrovski devait le considérer comme un émissaire spécial du gouvernement américain, tant mieux...

— Comment vous appelez-vous, en réalité ?

— Jason Monk.

— Et vous êtes américain, vraiment ?

— Oui.

— Eh bien, cela ne s'entend pas à votre russe ! Alors, ce manifeste, qu'est-ce qu'il propose ?

— Entre autres, la mort pour vous et la plupart de vos hommes.

A travers le mur, leur parvinrent l'écho des facéties de Tom et Jerry puis les gloussements de Tatiana.

— Montrez-moi ça, finit par dire Petrovski.

Une demi-heure après, parvenu à la dernière ligne, il jeta le dossier aux pieds de Monk.

— Des conneries.

— Pourquoi ?

— Il n'y arrivera jamais.

— Pour l'instant, il se débrouille plutôt bien, je trouve : une armée privée superbement équipée, des hordes de jeunes fanatisés... Et de l'argent comme s'il en pleuvait. Les Dolgorouki ont conclu un pacte avec lui il y a deux ans : il a un trésor de guerre de plusieurs millions de dollars pour parvenir à ses fins.

— Vous n'avez aucune preuve.

— Le manifeste en est une ! Vous avez vu l'allusion à la récompense due à ceux qui l'ont aidé financièrement. Les Dolgorouki exigeront du sang : celui de leurs rivaux, d'abord. Avec l'extermination des Tchétchènes, le bannissement des Géorgiens, des Arméniens, des Ukrainiens, ils trouveront leur compte. Mais ils n'en resteront pas là, ils voudront se venger de ceux qui leur ont fait la guerre, pour de vrai. A commencer par votre Brigade antigang. De la main-d'œuvre gratuite pour leurs mines d'or, de sel, de plomb, pour les travaux forcés nouvelle manière : les jeunes que vous commandez, les SOBR, les OMON, feront parfaitement l'affaire. Mais évidemment, vous ne serez plus en vie pour voir un si triste spectacle...

— Il ne gagnera peut-être pas les élections.

— Exact. Peut-être pas. Il a perdu du terrain, en effet. Depuis que le général Nikolaïev l'a assaisonné, il y a quelques jours.

— Oui, j'ai vu ça... Incroyable, je me suis dit. Vous avez quelque chose à voir là-dedans ?

— Possible.

— Finement joué.

— Maintenant, il est boycotté par les télévisions privées. Ses journaux ne paraissent plus. Il est tombé à soixante pour cent dans les sondages, dix de moins que le mois dernier.

— C'est bien ce que je vous disais, monsieur Monk : il n'a pas la victoire en poche.

— Mais s'il gagne malgré tout ?

— Je ne peux tout de même pas faire annuler les élections présidentielles ! J'ai beau être général, je ne suis qu'un milicien, rien de plus. Il faut vous adresser au président par intérim !

— Il est tétanisé par la peur.

— Je n'y peux rien.

— S'il constate que la victoire lui échappe, il peut essayer de s'emparer de l'Etat.

— Quand on l'attaque, monsieur Monk, l'Etat sait se défendre.

— Mon général, *Sippenhaft*, cela vous dit quelque chose ?

— Je ne comprends pas l'anglais.

— C'est de l'allemand. Puis-je avoir votre numéro de téléphone personnel ?

Petrovski lui montra les chiffres inscrits sur le cadran du poste qui se trouvait dans la pièce. Monk les mémorisa, puis ramassa les documents et les remit dans sa mallette.

— Alors, ce mot allemand... qu'est-ce qu'il signifie ?

— Lorsqu'une partie du haut commandement allemand se révolta contre Hitler, il les fit pendre avec des cordes de piano.

Selon la règle du *Sippenhaft*, leurs femmes et leurs enfants furent déportés.

— Même les communistes n'ont jamais fait ça ! Ils chassaient les familles de leur appartement, des écoles... Mais les camps, non.

— C'est un fou, un fou dangereux. Sous ses apparences raisonnables, il est réellement déséquilibré. Et Grichine exécutera ses ordres, quels qu'ils soient. Je peux y aller, maintenant ?

— Vous feriez mieux de quitter les lieux avant que je vous mette en état d'arrestation, oui !

A la porte, Monk se retourna :

— Si j'étais à votre place, je prendrais déjà mes précautions. Que Komarov gagne ou qu'il s'affole en voyant qu'il va perdre, il faudra vous battre pour sauver la vie de votre femme et de votre fille.

Et il disparut.


Fier comme un écolier qui a réussi sa composition au-delà de ses espérances, le docteur Probyn entraîna Sir Nigel devant un immense graphique qu'il avait de toute évidence lui-même dessiné et épinglé au mur.

— Alors, qu'en dites-vous ?

Sir Nigel parcourut d'un œil perplexe le fouillis de noms reliés entre eux par des lignes verticales et horizontales.

— Le plan du métro d'Oulan-Bator en version intégrale ?

Probyn gloussa de plaisir :

— Pas mal, celle-là ! Non. Ce que vous avez devant vous est l'arbre entrecroisé de quatre dynasties royales d'Europe : danoise, grecque, britannique et russe. Deux existent toujours, une autre n'est plus sur le trône, et la quatrième s'est éteinte.

— Expliquez-moi ! supplia Irvine.

S'armant de trois marqueurs, un rouge, un noir et un bleu, le docte héraut prit sa respiration :

— Bien. Nous commencerons par les Danois, puisque tout vient de là.

— Les Danois ? Pourquoi les Danois ?

— Permettez-moi de vous raconter une histoire, Sir Nigel. Une histoire vraie. Il y a cent soixante ans, vivait un roi du Danemark qui eut plusieurs enfants. Les voici.

Tout en haut du graphique, il montra le nom du souverain, et ceux de sa descendance inscrits horizontalement en dessous.

— L'aîné, le prince consort, succéda à son père. Il ne nous intéresse pas aujourd'hui. Le cadet, par contre...

— Ah, mais c'est le prince Guillaume, devenu Georges I$^{er}$ de Grèce ! Vous m'en avez parlé l'autre jour.

— Excellent ! Quelle mémoire, mon cher ! Donc, le revoici. Propulsé à Athènes pour monter sur le trône. Là, que fait-il ? Il épouse la grande-duchesse Olga de Russie, et à eux deux ils fabriquent le prince Nicolas. Un prince grec, donc, mais aussi moitié danois et moitié russe : moitié Romanov, autrement dit. Mais laissons-le de côté pour l'instant, ce jeune homme encore célibataire...

Après avoir souligné ce nom en bleu, couleur de la Grèce, il revint à la dynastie danoise.

— Le vieux roi avait aussi des filles, qui pour deux d'entre elles s'en tirèrent plutôt bien. L'une, Dagmar, partit à Moscou où elle devint impératrice de Russie, prenant le nom de Maria, embrassant la foi orthodoxe, et donnant naissance à Nicolas II, empereur de toutes les Russies.

— Assassiné avec toute sa famille à Ekaterinbourg.

— C'est cela. Mais observons l'autre, Alexandra de Danemark : elle, elle est venue chez nous, a épousé notre prince consort, le futur Edouard VII, et ils ont eu pour enfant celui qui allait devenir George V. Là !

— Donc, le tsar Nicolas II et le roi d'Angleterre étaient cousins !

— Exactement ! Puisque leurs mères étaient sœurs... Ainsi, pendant la Première Guerre mondiale, quand le roi d'Angleterre disait « cousin Nicky » en parlant du tsar de Russie, c'était tout à fait justifié.

— Sauf que tout cela s'est terminé en 1918.

— En effet. Mais passons à la lignée britannique, voulez-vous ?

Elevant le bras, Probyn traça un cercle rouge autour du couple royal, Edouard et Alexandra, puis tira un trait de la même couleur jusqu'au roi George V.

— Celui-ci eut cinq enfants, dont un décédé en bas âge, John. Les autres furent David, Albert, Henry et George. C'est ce dernier qui nous intéresse.

Le marqueur continua sa course pour aller entourer le nom du prince George de Windsor.

— Son avion s'est écrasé pendant la Seconde Guerre mondiale, mais il a laissé deux fils, tous deux vivants jusqu'à aujourd'hui. Les voici. Nous nous arrêterons sur le deuxième.

Le marqueur était arrivé en bas de l'arbre, pointé sur le prince britannique mentionné.

— Maintenant, remontons la généalogie. Père : le prince George. Grand-père : le roi George. Grand-maman : la sœur de la mère du tsar. Les deux princesses danoises, Dagmar et Alexandra ! Conclusion : ce prince est parent par alliance de la dynastie Romanov.

— Hum ! Oui, mais il faut remonter loin...

— Attendez, ce n'est pas tout.

Il sortit d'un tiroir deux photographies : deux visages barbus, renfrognés, les yeux fixés droit sur l'objectif.

— Qu'en pensez-vous ?

— On dirait deux frères.

— Eh bien, pas vraiment : il y a quatre-vingts ans d'écart entre eux. Celui-ci est Nicolas II, l'autre le prince britannique dont je vous parle. Regardez bien ces traits, Sir Nigel, ces expressions ! Ces deux hommes si ressemblants ne sont ni typiquement anglais — ce qui est normal puisque finalement le tsar était moitié danois, moitié russe —, ni typiquement russes. Ils sont typiquement danois. En eux, c'est le sang danois qui coule, le sang de Dagmar et d'Alexandra.

— Parenté par alliance uniquement, donc ?

— Attendez encore ! J'ai gardé le meilleur pour la fin. Vous vous souvenez du prince Nicolas ?

— Celui que vous aviez mis de côté ? Prince de Grèce, mais en réalité moitié danois, moitié russe ?

— Lui-même. Nicolas II avait une cousine, la grande-duchesse Elena. Qu'a-t-elle fait, cette charmante cousine ? Elle a débarqué à Athènes et a épousé Nicolas, le prince. Voici donc une union entre une femme cent pour cent Romanov et un homme qui l'était à cinquante pour cent. Conclusion, leur enfant était donc aux trois quarts russe, et Romanov. Et leur enfant, c'est la princesse Marina.

— Qui est venue chez nous...

— ...et a convolé en justes noces avec le prince George de

Windsor. Dont les fils, qui vivent toujours, sont aux trois huitièmes des Romanov. Mieux, on ne peut pas trouver. Evidemment, revendiquer la succession ne serait pas facile pour eux : ça passe par trop de femmes, ce que la loi paulienne refuse. Mais la parenté par alliance est du côté paternel, alors que le lien de sang est du côté maternel.

— C'est vrai pour les deux frères ?

— Oui, et autre chose encore : à leur naissance, la princesse Marina appartenait à l'Eglise orthodoxe. Ce qui, vous vous le rappelez, est une condition *sine qua non*.

— Bien, et le plus âgé des deux, alors ?

— Puisque vous abordez la question de l'âge, Sir Nigel, il se trouve que l'aîné a soixante-quatre ans aujourd'hui, et ne répond donc plus à vos critères. Mais le cadet en a cinquante-sept, pratiquement ce que vous souhaitiez ! Il est issu d'une famille régnante, il est cousin de la reine, il a un fils de vingt ans d'un unique mariage, sa femme est une comtesse autrichienne, il n'ignore rien du cérémonial aristocratique, il est en bonne santé, il a été officier... Mais le plus dingue, c'est qu'à l'armée il était dans les services de renseignements, qu'il a suivi des études de russe très poussées, et qu'il est bilingue ou presque, palsambleu !

Probyn exultait devant son arbre quadricolore. Sir Nigel, lui, examinait le portrait du prince.

— Où vit-il ?

— En semaine, à Londres. Les week-ends, chez lui, à la campagne. D'après le Bottin mondain, c'est à Debrett.

— Il faudrait peut-être que j'aille prendre langue, risqua Irvine, songeur. Encore une question, docteur : y a-t-il quelqu'un d'autre qui réponde aussi bien à toutes ces conditions ?

— Pas en ce bas monde, répondit le héraut, catégorique.


Le week-end suivant, Sir Nigel, s'étant vu accorder un rendez-vous, se rendit par la route à l'ouest du pays, là où vivait le plus jeune des frères princiers. Il fut courtoisement reçu, attentivement écouté. En le raccompagnant à sa voiture, le prince lui dit :

— Si ne serait-ce que la moitié de ce que vous m'avez rapporté est vrai, Sir Nigel, c'est déjà tout à fait extraordinaire ! Bien sûr, j'ai suivi les développements en Russie par la presse. Mais ce que je viens d'entendre... Il faut que je réfléchisse calmement, que je consulte toute ma famille... Et je devrai demander à Sa Majesté de bien vouloir me recevoir en audience privée, évidemment.

— Attention, prince, cela n'arrivera peut-être jamais. Rien n'est sûr, ni la tenue d'un plébiscite ni la réaction du peuple russe.

— Eh bien, nous attendrons jusqu'au jour où tout deviendra clair. D'ici là, faites bonne route, Sir Nigel.

Au troisième étage de l'hôtel Metropol, le Boyarski Zal est l'un des meilleurs restaurants moscovites. Ce temple de la cuisine traditionnelle russe tire son nom des boyards, ces nobles russes qui entouraient jadis le tsar, et le cas échéant régnaient à sa place. Dans la grande salle voûtée, dont le décor baroque transporte les convives à travers le passé, on déguste de la truite ou du saumon pêchés en rivière, du lièvre ou du chevreuil venus des steppes les plus sauvages de Russie.

Le 12 décembre au soir, le Boyarsky Zal accueillait pour son dîner d'anniversaire le général Nikolaï Nikolaïev, invité par le seul membre de sa famille encore en vie.

Galina, la petite sœur qu'il portait sur son dos lorsque les deux enfants avaient fui Smolensk, était devenue enseignante. En 1956, âgée de vingt-cinq ans, elle s'était mariée avec l'un de ses collègues. La même année leur était né un fils, Micha. En 1963, les jeunes parents mouraient tous les deux dans un accident de voiture, une de ces collisions stupides mais meurtrières si souvent provoquées par des conducteurs ivres en Russie.

Revenu de son lointain exil extrême-oriental pour les obsèques, le général s'était vu remettre une lettre que Galina lui avait écrite deux ans auparavant, dans laquelle elle le suppliait de prendre soin de son petit Micha au cas où il leur arriverait malheur, à son mari et à elle.

Nikolaïev se recueillit devant la tombe, au côté d'un garçonnet de sept ans qui faisait des efforts surhumains pour ne pas laisser couler ses larmes.

L'appartement familial avait dû être restitué à la collectivité, puisque les parents de Micha — comme quasiment tout le monde, à l'ère communiste — étaient fonctionnaires. Le colonel, âgé alors de trente-sept ans, n'avait pas de logement à Moscou.

Lors de ses permissions, il descendait au club des officiers de l'académie Frounzé, dans l'aile réservée aux célibataires. Le responsable du club lui donna l'autorisation d'y amener l'enfant, mais à titre strictement temporaire.

Après la cérémonie, il conduisit Micha au mess pour un repas de deuil aussi frugal que rapide, ni l'un ni l'autre ne se sentant en appétit.

— Qu'est-ce que je vais faire de toi, petit ? réfléchit-il à voix haute.

Ensuite, il l'installa dans son lit réglementaire, étendant pour lui-même quelques couvertures sur le canapé. Derrière le mur, il entendit le garçon s'autoriser enfin à pleurer ses parents disparus. Pour occuper son esprit, le colonel alluma la radio, et ce fut là qu'il apprit que le président Kennedy venait d'être abattu à Dallas.

Même s'il n'aimait ni les privilèges ni les passe-droits, sa triple décoration de héros de l'URSS lui ouvrait évidemment bien des portes. Le lendemain, il contactait la direction de la fameuse académie militaire Nakhimov, où les cadets n'entraient d'habitude qu'à dix ans révolus. Une exception fut faite pour Micha. Rassuré de savoir le garçon en de bonnes mains, Nikolaïev partit reprendre son poste à la frontière sino-soviétique.

Depuis lors, il ne manqua jamais de lui rendre visite à chaque permission. Lorsqu'il fut nommé à l'état-major et reçut un appartement de fonction à Moscou, il y accueillit l'adolescent durant les vacances.

A dix-huit ans, Micha Andreïev, sorti de l'académie avec le grade de lieutenant, demanda à être versé dans les blindés, ce qui n'étonna pas ses supérieurs. Et un quart de siècle plus tard, commandant une division blindée d'élite stationnée non loin de Moscou, il se faisait une joie et un honneur de fêter dignement l'anniversaire de son oncle révéré.

Les deux hommes arrivèrent au restaurant juste après huit heures. Leur table était réservée. Viktor, le maître d'hôtel, était un ancien tankiste qui se précipita à leur rencontre.

— Ah, mon général, quel plaisir ! Vous ne me remettez pas, bien sûr, mais j'étais avec le 131e à Prague, en 68. Votre table est là-bas, face à la galerie.

Les convives déjà installés se retournèrent pour voir qui était si solennellement accueilli. Il y avait des Américains, des Suisses, des Japonais, qui observèrent la scène avec curiosité, mais sans en connaître le fin mot. Autour des rares tables occupées par des Russes, pourtant, on chuchotait : « C'est Nikolaïev ! »

Viktor avait déjà servi une excellente vodka dans deux gobelets d'argent, avec les compliments de la maison. Micha Andreïev leva le sien à la santé de son oncle, qui était aussi le seul père dont il se souvînt.

— *Na zdarovié !* Et à tes soixante-quatorze autres années à venir !

— Tu te moques ! Allez, à notre santé !

Ils burent cul sec, électrisés par l'alcool à la fois brûlant et glacé qui leur traversait le corps.

Sur la galerie qui court au fond de la salle, des musiciens apparurent pour la traditionnelle sérénade vespérale. Ce soir-là, les chanteurs étaient une blonde sculpturale, habillée comme une princesse de la cour tsariste, et un baryton en smoking.

Après une romance interprétée en duo, l'homme s'avança d'un pas et, soutenu par les musiciens, entonna la chanson du soldat pensant à sa belle restée au pays, l'air entraînant que tout Russe connaît par cœur, *Kalinka*.

Aussitôt, le silence se fit parmi les convives russes, gagnant peu à peu les groupes d'étrangers. Après le dernier couplet, spontanément, les compatriotes du vieux monsieur moustachu se mirent debout pour porter un toast à sa santé. Oncle Kolya, tout en applaudissant le chanteur, les remercia d'un signe de tête. A ce moment, Viktor se trouvait près d'une tablée de six hommes d'affaires japonais.

— Vieil homme là-bas, qui c'est ? lui demanda l'un d'eux dans un anglais hésitant.

— Un héros de la Grande Guerre patriotique, répondit Viktor.

L'anglophone traduisit pour ses compagnons, qui levèrent immédiatement leurs verres :

— Ah bon ? *Kampaï !*

Oncle Kolya, rayonnant, répondit au toast général en buvant aux chanteurs et à tous les convives.

Le dîner fut exquis : truite, canard, vin californien, café. Aux prix du Metropol, il en coûta au commandant Andreïev presque toute sa solde mensuelle, mais lorsqu'il s'agissait de son oncle, il ne lui serait pas venu à l'esprit de compter.

Il avait dépassé la trentaine, et accumulé déjà une grande expérience de la vie militaire, quand il avait pleinement compris pourquoi Nikolaï Nikolaïev était un mythe vivant aux yeux de tous les tankistes de Russie : ce qui l'animait au plus profond, et que les mauvais officiers ne seraient même pas arrivés à feindre, c'était le respect et l'attention passionnée qu'il portait à ses hommes. Plus tard, devenu lui aussi un chef militaire respecté, et notamment alors qu'il contemplait le désastre de Tchétchénie, Micha Alexeïev eut souvent l'occasion de se dire que la Russie aurait eu grand besoin d'un autre Oncle Kolya...

Et puis, il n'avait jamais oublié une certaine journée de ses dix ans. De 1954 à 1964, ni Staline ni Khrouchtchev ne s'étaient souciés d'ériger un monument aux soldats tombés au champ d'honneur. Trop occupés par le culte rendu à leur personnalité, ils n'avaient même pas pensé que, sans ces héros anonymes, ils n'auraient sans doute pas été en mesure de continuer à se pavaner à la tribune du mausolée de Lénine, chaque 1er Mai. Enfin, en 1966, Khrouchtchev disparu, le Politburo décida de réparer cet oubli en faisant installer au pied des murailles du Kremlin un mémorial, et la flamme éternelle à la mémoire du Soldat inconnu.

L'endroit choisi en disait long sur la mauvaise conscience des maîtres de l'empire : caché sous les arbres des jardins d'Alexandre, à l'écart de l'itinéraire des marches triomphales qui s'achevaient invariablement sur la place Rouge.

Lors de la fête du Travail de cette année-là, pourtant, après avoir regardé de tous ses yeux le défilé militaire, les tanks, les missiles, les canons, les régiments d'élite avançant au pas cadencé, la parade des gymnastes, le petit cadet avait senti que son oncle l'entraînait par la main. Ensemble, ils avaient quitté la place Rouge, pris la petite allée qui menait à une stèle de granit rose poli et à l'urne de bronze d'où jaillissait la flamme.

Sur la pierre, ces simples mots : « Ta sépulture est inconnue, ton œuvre, immortelle. »

— Je voudrais que tu me promettes une chose, mon garçon, lui avait dit son tuteur.

— Oui, mon oncle ?

— D'ici à Berlin, il y en a des milliers, un million... Nous ne savons pas où ils reposent, souvent nous ne connaissons même plus leur nom. Mais ils ont combattu avec moi, et je sais qu'ils étaient des hommes de bien. Compris ?

— Oui, mon oncle.

— On peut te promettre monts et merveilles, te proposer de l'argent, une promotion, des privilèges... Mais ces hommes dont je te parle, je te demande de ne jamais les trahir.

— C'est promis.

Lentement, le colonel avait porté la main à la visière de sa casquette, et le cadet l'avait imité. Un groupe de provinciaux montés à Moscou pour les festivités les observaient, intrigués, cornet de glace à la main. Leur accompagnateur, dont le boniment se limitait à chanter les louanges du grand Lénine, avait paru embarrassé et les avait prestement poussés en avant, vers le mausolée où reposait le bolchevik momifié.

— J'ai vu ton interview dans les *Izvestia* l'autre jour, dit Micha en émergeant de ses souvenirs. A ma base, ça a fait sensation.

Le vieux général lui lança un regard perçant :

— Tu n'as pas aimé ?

— Ça m'a surpris, c'est tout.

— Je pense vraiment tout ce que j'ai dit, tu sais.

— Oh, je m'en doute. Tu penses toujours ce que tu dis.

— C'est un peigne-cul, ce type.

— Si tu le dis... Mais quand même, il a l'air d'être bien parti pour gagner. Tu aurais peut-être dû tenir ta langue.

— Trop vieux pour ça. Je parle quand ça me chante.

Un moment, Oncle Kolya parut se perdre dans ses pensées, les yeux levés vers l'artiste blonde qui attaquait un nouvel air. Les clients étrangers fredonnèrent ce thème qui leur semblait familier, *Those were the days, my friend*, mais qui est en réalité une très ancienne ballade russe. Enfin, posant sa main sur le bras de son neveu :

— Ecoute, mon garçon. Si jamais il m'arrive quoi que ce soit...

— Allons, ne dis pas d'absurdités ! Tu nous enterreras tous.

— Ecoute ! S'il m'arrive quelque chose, je veux que tu me mettes à Novodevitchi. D'accord ? Je ne veux pas d'un enterrement laïque minable, je veux le diacre, l'encens, tout le tintouin. Compris ?

— Comment, toi ? Je ne pensais pas que tu croyais à tout ça...

— Ne fais pas l'idiot, d'accord ? Quand on a vu un obus de 88 allemand venir se planter à cinq pas de vous et ne pas exploser, on est forcé de croire qu'il y a bien Quelqu'un là-haut ! Oh, bien sûr, j'ai joué la comédie, j'ai soutenu le contraire, comme nous tous : la carte du parti, les cours de matérialisme dialectique, ça faisait partie du boulot, mais ce n'était que de la merde en boîte. Donc, c'est ça que je veux quand on me mettra dans le trou. Maintenant, avalons ce café et mettons les bouts. Tu as une voiture de service ?

— Oui.

— Parfait, vu que toi et moi, on a un petit coup dans le nez ! Tu me déposeras chez moi.


Le train de nuit Kiev-Moscou fendait l'air glacé, en route vers la capitale russe. Dans la voiture six, compartiment 2 B, les deux Britanniques, installés devant un jeu de cartes, jouaient au gin-rummy.

Brian Vincent consulta sa montre.

— La frontière dans une demi-heure, Sir Nigel. On ferait mieux de se mettre au lit.

— Sans doute, oui.

Encore tout habillé, il se hissa sur la couchette du haut et remonta les couvertures jusqu'au menton.

— Je suis convaincant ? demanda-t-il.

— Très bien, approuva l'ancien militaire. Laissez-moi me charger du reste.

Au poste frontière, le train s'arrêta. Le douanier ukrainien qui avait déjà contrôlé leur passeport fut rejoint par son collègue russe.

Peu après, on frappait à leur porte.

— Oui ?

— Passeports, s'il vous plaît !

Le plafonnier du couloir éclairait bien, mais seule la veilleuse était allumée dans le compartiment, de sorte que le douanier russe dut loucher sur leurs documents avant de constater :

— Pas de visas !

— Bien sûr que non ! Ce sont des passeports diplomatiques. Pas besoin de visas.

Obligeant, le fonctionnaire ukrainien montra de l'index un mot en anglais sur la reliure plastifiée :

— Là ! C'est écrit « diplomate ».

Le Russe opina du bonnet, un peu gêné. Il avait reçu des instructions très précises de Moscou : on demandait à tous les

397

contrôleurs frontaliers d'avoir l'œil sur un nom et un visage précis.

— Et le vieux ? interrogea-t-il en brandissant le second passeport.

— Il est sur la couchette du haut. Comme vous dites, il n'est plus tout jeune. Et il ne se sent pas bien. Vous n'avez pas besoin de le réveiller, si ?

— Qui est-ce ?

— C'est le père de notre ambassadeur à Moscou. En fait, c'est pour cela que je l'accompagne là-bas : il va voir son fils.

L'Ukrainien leva son index en direction de la forme prostrée.

— Père de l'ambassadeur, confirma-t-il gravement.

— Ça va, merci, je comprends encore le russe ! se rebiffa son collègue.

Il hésitait : l'homme chauve et rondouillard dont il scrutait la photo d'identité ne ressemblait en rien au signalement qu'on lui avait donné. Et son nom n'était ni Trubshaw ni Irvine, mais Lord Asquith.

— Dites, il doit faire un froid de canard, dans ces couloirs ! A vous geler les os. S'il vous plaît. Pour l'amitié entre les peuples. Elle vient de la réserve spéciale de notre ambassade à Kiev.

La bouteille de vodka était d'une marque impossible à trouver sur le marché. Acceptant le cadeau avec un grand sourire, l'Ukrainien donna une bourrade à son homologue russe, qui apposa un coup de tampon réticent sur les deux passeports et passa au compartiment suivant.

— Avec toutes ces couvertures sur la figure, je n'ai pas suivi grand-chose, mais tout a l'air de s'être bien passé, non ? demanda Sir Nigel une fois la porte refermée.

Il se glissa à bas de l'échelle.

— Je dirais qu'en matière de passeports aussi, point trop n'en faut, remarqua doctement Brian Vincent en se préparant à détruire les deux faux documents.

Bientôt, leurs cendres, évacuées par le conduit des toilettes, se mêleraient à la neige sale de la voie ferrée.

Un pour entrer, un autre pour repartir.

Les passeports « de sortie », munis du tampon russe artistiquement imité, furent replacés en lieu sûr.

Ce travail accompli, Vincent regarda Sir Nigel d'un air un peu perplexe. Son chef aurait pu être non seulement son père, mais même son grand-père, biologiquement parlant. Ancien des forces spéciales britanniques, il était passé par de rudes moments : couché derrière une dune dans le désert d'Irak occidental, par exemple, en attendant d' « allumer » le premier missile Scud qui passerait au-dessus de sa tête... Mais il y avait toujours eu des compagnons d'armes de son âge, une grenade, un fusil, un moyen tangible de riposter. L'univers dans lequel Sir Nigel l'avait projeté — certes, en contrepartie d'une solde princière — était à mille lieues de ces expériences : c'était un monde de faux-semblants, de leurres, un infini jeu de miroirs, une succession d'écrans de fumée. Parfois, il en avait le tournis, et alors un solide remontant semblait s'imposer. Par chance, il y avait encore une bouteille de la « réserve spéciale » dans son sac. Il s'en servit une double dose.

— Vous en voulez, Sir Nigel ?

— Non merci, ce n'est pas pour moi, ce breuvage : ça vous brûle la gorge, ça vous met les entrailles en ébullition... Par contre, je vais vous accompagner avec autre chose.

Sortant une fiasque en argent de son attaché-case, il remplit le petit gobelet qui s'emboîtait dessus, le leva à la santé de Vincent, et fit claquer sa langue à la première gorgée. C'était le porto de M. Trubshaw, la sélection du club de St. James Street.

— J'ai vraiment l'impression que vous êtes tout à fait à votre aise, dans tout ça, risqua l'ex-sergent.

— Mon garçon, vous voulez dire que je ne me suis pas autant amusé depuis des lustres !

Le train entra en gare alors que le jour se levait. Il faisait moins quinze.

Aux passagers se hâtant vers leur maison après un long voyage, un hall de gare en hiver semble terriblement triste et froid. Mais pour les sans-abri, c'est un havre de chaleur à côté de la désolation glacée des rues. En descendant de l'express de Kiev, les deux Britanniques découvrirent, atterrés, le spectacle qu'offrait la gare de Koursk : partout, faisant les cent pas pour se réchauffer ou allongés à même le sol, les pauvres de la cité tentaient de survivre dans ce refuge nauséabond.

— Ne vous éloignez pas de moi, monsieur, chuchota Vincent alors qu'ils sortaient du quai pour aller vers les taxis.

Immédiatement, ils se retrouvèrent assaillis par une nuée de mendiants aux mains tendues, aux yeux bouffis de fatigue et de froid émergeant à peine des écharpes dans lesquelles ils s'emmitouflaient tant bien que mal.

— Dieu du ciel, mais c'est affreux, murmura Sir Nigel.

— Surtout, ne faites pas mine de sortir de l'argent, vous provoqueriez une émeute, lui ordonna son garde du corps.

En dépit de son âge, Irvine avait tenu à porter lui-même son sac de voyage et sa mallette. Vincent plaça sa main restée libre près de son aisselle gauche, faisant ainsi comprendre qu'il portait une arme et n'hésiterait pas à s'en servir au besoin.

Il escorta son chef jusqu'au trottoir devant lequel, par chance, quelques taxis attendaient déjà. Alors qu'il écartait du vieil homme un bras trop insistant, Sir Nigel entendit dans son dos le quémandeur éconduit s'écrier :

— Sales étrangers, allez au diable !

— Ils pensent que nous sommes riches, lui expliqua Vincent à l'oreille. Nous sommes étrangers, donc nous sommes riches.

Les imprécations continuèrent pendant qu'ils montaient en voiture :

— Salauds, profiteurs ! Attendez un peu que Komarov soit là !

En se laissant tomber sur la banquette, Sir Nigel soupira :

— Je ne me rendais pas compte que c'en était arrivé à ce point. La dernière fois, j'étais allé directement de l'aéroport au National, aller et retour, c'est tout.

— L'hiver a commencé depuis longtemps, Sir Nigel. C'est toujours pire, en hiver.

Au moment où ils quittaient la cour de la gare, un camion de la milice passa devant eux. Dans la cabine, deux miliciens aux visages fermés sous leurs lourdes chapkas étaient assis au chaud. Mais par le hayon resté ouvert, les voyageurs anglais purent entrevoir dans la pénombre des pieds alignés, des jambes raidies par la mort : un monceau de cadavres, couchés et entassés comme des troncs d'arbres.

— Le fourgon de viande froide, constata Vincent, les dents serrées. C'est le ramassage du matin. Chaque nuit, il en meurt un demi-millier, dans les couloirs, sur les quais...

Ils avaient des chambres réservées au National, mais ne voulaient pas se présenter là-bas avant le début de l'après-midi. Alors, ils allèrent à l'hôtel Palace, et attendirent dans les larges fauteuils en cuir d'un salon.

Deux jours plus tôt, Jason Monk avait transmis un bref message codé. La rencontre avec le général Petrovski lui paraissait s'être bien passée. Déguisé tantôt en prêtre, tantôt en officier de la milice, ou encore en clochard, il continuait à passer de planque en planque sous la surveillance des Tchétchènes. Et le patriarche était diposé à recevoir son hôte britannique une seconde fois.

Transmis par satellite au siège d'Intelcor, le texte était enfin parvenu, à Londres, à la seule personne capable de le déchiffrer : Sir Nigel Irvine. Et c'était ce message qui l'avait conduit à prendre aussitôt un avion pour Kiev, puis à monter dans le train de nuit pour Moscou.

Mais le signal avait aussi été intercepté par l'agence de télécommunications dont Grichine payait désormais les services. Au moment où les deux Britanniques roulaient dans la nuit vers la capitale russe, le cadre de l'agence passait un coup de fil confidentiel à son impatient client :

— On a failli l'avoir, cette fois ! Il a émis dans le quartier de l'Arbat. Le précédent message venait de la zone de Sokolniki. Dites, il se déplace dans toute la ville, votre ami américain...

— Comment, l'Arbat ?

Grichine bouillait de rage : ce quartier de ruelles pittoresques se situe à quelques centaines de mètres des murs du Kremlin.

— Colonel, je voulais aussi attirer votre attention sur un autre problème : s'il est équipé du genre d'ordinateur que nous supposons, il n'a pas besoin d'être devant sa machine au moment où elle transmet ou reçoit. Il lui suffit de la programmer et d'aller se promener.

— Je vous demande seulement de repérer sa machine ! Il faudra bien qu'il y retourne à un moment ou un autre. Et là, je l'attendrai.

— Il suffit de deux transmissions encore, ou même d'une seule qui dure plus d'une seconde, pour que nous puissions localiser la source. Au pâté de maisons, voire à l'immeuble près.

Ce que ni Grichine ni lui ne savaient, c'est que, conformément au programme établi par Sir Nigel, Jason Monk devait transmettre encore au moins trois fois vers l'Occident.


— Il est revenu, mon colonel !

La voix du père Maxime était tendue, au bord de l'affolement.

Il était dix-huit heures, il faisait nuit depuis longtemps, et un froid glacial dehors. Grichine s'apprêtait à quitter son bureau du boulevard Kisselny lorsque le téléphone avait sonné. Conformément à ses instructions, il avait suffi à la standardiste d'entendre murmurer « Maxime » à l'autre bout de la ligne pour passer immédiatement la communication au chef de la sécurité.

— Du calme, voyons ! Qui est revenu ?

— L'Anglais ! Le vieux. Il vient de passer une heure avec qui vous savez.

— Impossible !

Grichine avait dépensé sans compter pour s'assurer la collaboration pleine et entière des services d'immigration et du FSK. Or, on ne lui avait rien signalé.

— Tu sais où il est descendu ?

— Non, mais il est arrivé dans la même limousine que l'autre fois.

Le National. Ce vieux fou avait gardé le même hôtel. « M. Trubshaw » avait déjà été plus rapide que lui, le colonel n'était pas près de l'oublier, mais cette fois il ne se ferait pas rouler dans la farine.

— D'où m'appelles-tu ?

— Je suis dans la rue, avec mon portable.

— Pas assez fiable. Attends-moi au même endroit que d'habitude.

— Mais, colonel, il faudrait que je rentre, maintenant... Ils vont se demander où je suis.

— Imbécile ! Téléphone à la résidence, dis que tu ne te sens pas bien, que tu cherches une pharmacie. Mais va là où je te dis et attends-moi.

Il raccrocha violemment, puis reprit le combiné pour appeler son adjoint, un ancien major des gardes-frontières, et lui demander de venir sur-le-champ.

— Prends dix hommes avec toi, les meilleurs, habillés en civil, et prévois trois voitures.

Quelques minutes après, il montrait à l'ex-major une photographie d'Irvine.

— C'est lui. Il est probablement accompagné d'un type plus jeune, cheveux bruns, baraqué. Ils logent au National. Je veux deux hommes dans le hall, pour surveiller les ascenseurs, la réception et les sorties. Deux autres au bar du rez-de-chaussée. Deux sur

402

le trottoir, et les quatre restants dans deux autos. Si vous le voyez arriver, tu le laisses entrer et tu me préviens. S'il est déjà là-bas, qu'il ne fasse pas un pas dehors sans que je sois tenu au courant.

— Et s'il sort en voiture ?

— Tu le suis. Si tu vois qu'il va à l'aéroport, tu montes un accident. Il ne doit pas prendre l'avion.

— Entendu.

Son adjoint parti, Grichine appela un autre de ses contacts stipendiés, un roi de la cambriole spécialisé dans l'effraction de chambres d'hôtel et reconverti en « expert ».

— Prends ton matériel, va traîner dans le hall de l'Intourist, avec ton portable en poche. Il faut que tu m'ouvres une chambre cette nuit. Je n'ai pas encore l'heure. Quand j'aurai besoin de toi, je te le ferai savoir sur ton portable.

L'hôtel Intourist s'élève juste à côté du National, pratiquement à l'angle de la rue de Tver.

Une demi-heure plus tard, Grichine entrait dans l'église. Le front noyé de sueur, le père Maxime l'attendait.

— Quand est-ce que ça s'est passé ?

— Vers quatre heures. Personne n'était prévenu, mais Sa Sainteté devait l'attendre. On m'a dit de le faire monter tout de suite. Avec son interprète.

— Et ils sont restés une heure ?

— Oui, à peu près. J'ai servi du thé, mais ils ont arrêté de parler au moment où j'étais dans la pièce.

— Tu as écouté à la porte ?

— J'ai essayé, colonel ! Ce n'était pas facile. Il y avait les deux religieuses qui faisaient le ménage. Et aussi l'archidiacre, son secrétaire particulier.

— Tu as pu glaner quelque chose, tout de même ?

— Des bribes. Il était beaucoup question d'un prince, d'après ce que j'ai compris, un prince étranger dont l'Anglais vantait les mérites au patriarche. Il parlait tout bas, mais moi je comprends l'anglais. Heureusement, l'interprète est moins discret. J'ai entendu les mots « sang des Romanov », « tout à fait l'homme de la situation ». Le patriarche a surtout écouté. A un moment, j'ai vu que l'Anglais lui présentait une sorte de plan. Et puis j'ai dû m'éloigner... Après, je suis entré pour demander s'il voulait que je remette de l'eau dans le samovar. La pièce était silencieuse, parce que le patriarche était en train d'écrire une lettre. Il m'a dit non, et il m'a fait signe de m'en aller.

A l'évocation d'un prince, Grichine avait tressailli.

— Rien d'autre ?

— Si. Ils se préparaient à partir, moi j'attendais dans le couloir avec leurs manteaux, et là la porte s'est ouverte juste le temps que j'entende le patriarche dire : « J'intercéderai auprès de notre président à la première occasion. » Ça, c'était très audible, la seule phrase complète que j'aie pu surprendre, en fait...

Quand Grichine se tourna vers le père Maxime, il avait un sourire inquiétant :

— J'ai bien peur que le patriarche ne soit en train de conspirer avec des étrangers contre notre futur chef d'Etat. C'est déplorable, et très maladroit, parce que cela n'aboutira à rien. Je suis certain que les intentions de Sa Sainteté sont bonnes, malheureusement son attitude est insensée. Enfin, après les élections, on oubliera ce faux pas. Mais toi, l'ami, on ne t'oubliera pas ! De ma carrière au KGB, j'ai appris à distinguer un traître d'un patriote. Dans certains cas, la trahison peut être pardonnée : celle du patriarche, par exemple. Mais le patriotisme authentique doit toujours, toujours être récompensé.

— Merci, mon colonel !

— Ils te donnent un peu de temps libre, à la résidence ?

— Un soir par semaine.

— Après les élections, il faudra que tu viennes dîner dans un camp de nos Jeunesses combattantes. Nos gars ne sont pas des enfants de chœur, mais ils sont francs comme l'or. Et tous très bien bâtis, évidemment. Ils ont entre quinze et dix-neuf ans. Les meilleurs passent ensuite aux Gardes noirs.

— Ce serait très... agréable, oui.

— Et puis, après la victoire, je recommanderai aussi au président Komarov d'instituer un poste d'aumônier principal pour eux...

— Vous êtes gentil, colonel.

— Oh, je peux l'être, en effet. Tu verras. Mais maintenant, retourne là-bas. Tiens-moi au courant. Et prends ça avec toi. Tu sauras bien t'en servir.

Après le départ de son informateur, Grichine quitta l'église et ordonna à son chauffeur de le conduire au National. Il était temps que cet Anglais impudent et cette vipère d'Américain finissent par comprendre ce qu'était la vie à Moscou.

# Chapitre 17

Le colonel fit arrêter sa voiture au bord du trottoir d'Okhotni Riad, l'allée du Chasseur qui borde la place du Manège et dont l'hôtel National constitue le dernier bâtiment avant le début de la rue de Tver. De loin, il vit les deux véhicules déjà garés : ses guetteurs étaient en place.

Après avoir demandé au chauffeur de l'attendre, il sortit dans la nuit noire. Le thermomètre devait marquer vingt degrés au-dessous de zéro.

Il alla vers une des autos placées en surveillance, tapa à la vitre dont la surface givrée crissa lorsque le conducteur la fit descendre électriquement.

— Oui, colonel ?

— Où est-il ?

— S'il était déjà à l'hôtel quand nous sommes arrivés, il y est toujours. On n'a vu sortir personne qui lui ressemble de près ou de loin.

— Appelle Kouznetsov. Dis lui que j'ai besoin de lui ici.

Le responsable des relations publiques arriva au bout d'une vingtaine de minutes.

— Il faudrait que vous jouiez encore au touriste américain, mon vieux !

Il tira de sa poche une photographie.

— Voilà l'homme que je recherche. Essayez de voir sous le nom de Trubshaw, ou Irvine.

Kouznetsov ne fut pas long à revenir.

— Il y est. Irvine. Et il est dans sa chambre.

— Numéro ?

— Deux cent cinquante-deux. C'est tout ?

— C'est tout, oui.

Grichine retourna à sa voiture pour appeler le cambrioleur professionnel, qui patientait toujours à l'Intourist.

— Tu es prêt ?

— Oui, colonel.

— Reste en alerte. Quand je te donnerai le feu vert, il faudra ouvrir la deux cent cinquante-deux, au National. Je veux une fouille complète, mais que rien ne disparaisse, hein ? Un de mes hommes est déjà en bas. Il montera avec toi.

— Compris.

A huit heures, l'un des guetteurs en faction dans le hall apparut sur le perron, fit un signe de tête à ses collègues installés dans leur automobile de l'autre côté de la rue, et s'esquiva. Quelques minutes plus tard, deux silhouettes affublées d'épais manteaux et de toques en fourrure surgirent à leur tour. Grichine aperçut des mèches blanches sous une chapka. Les deux hommes prirent à gauche, s'en allant à pied en direction du Bolchoï.

Grichine rappela sans tarder l'expert en serrures :

— Ça y est, la voie est libre.

Une des deux voitures démarra lentement pour suivre de loin les deux formes emmitouflées. Les guetteurs postés au bar sortirent de l'hôtel et s'éloignèrent dans le même sens. A leurs trousses, ils étaient maintenant quatre sur le trottoir, et quatre dans la voiture.

— On les cueille, colonel ? demanda son chauffeur.

— Non, je veux d'abord voir où ils vont.

Si Irvine devait maintenant rejoindre Monk quelque part, c'était l'occasion ou jamais d'effectuer un coup de filet général.

Au coin de la rue de Tver, le cambrioleur apparut. Il marcha vers l'entrée du National. Professionnel de haute volée, il avait toujours l'apparence d'un riche homme d'affaires occidental, et passait donc inaperçu dans les plus grands hôtels moscovites. Ce soir-là, il portait un manteau et un complet impeccablement coupés. Volés, bien entendu.

Grichine le regarda pousser la porte à tambour et disparaître à l'intérieur. Irvine, il l'avait noté avec satisfaction, n'avait pas d'attaché-case à la main. La fouille serait certainement fructueuse.

Sur un ordre bref, son chauffeur lança la Mercedes en avant, puis ralentit aussitôt pour suivre les deux marcheurs à une centaine de mètres.

— On nous file, vous savez, lança Vincent d'un ton badin.

— Deux à pied devant, deux derrière, et une auto qui se traîne de l'autre côté de la rue.

— Eh bien !

— Mon cher garçon, je suis peut-être un vieux croulant, mais je crois savoir encore repérer une filature, surtout quand elle est aussi grossière.

La discrétion n'était en effet pas un souci dominant chez les anciens du KGB lorsqu'ils opéraient à Moscou, où ils se sentaient en terrain conquis. Contrairement au FBI à Washington ou au M 15 à Londres, la Deuxième Direction n'avait jamais voué un culte à la filature invisible.

Passant la belle colonnade illuminée du Bolchoï, les deux Britanniques continuèrent à monter l'artère principale, et ils allaient s'engager à gauche dans une petite impasse lorsque Sir Nigel s'arrêta soudain devant un porche sous lequel un clochard essayait d'échapper à la bise glacée.

Plus loin, quatre Gardes noirs embarrassés faisaient semblant d'admirer des vitrines désespérément vides.

Dans la lumière blafarde des lampadaires, le tas de haillons se redressa en les entendant approcher. Il n'était pas ivre, seulement vieux, transi, les traits ravagés par une vie d'épreuves et de privations, les yeux rougis fixés sur les deux étrangers.

A l'époque où il était en poste à Moscou, Sir Nigel s'était attaché à l'étude des décorations militaires russes. Parmi les médailles ternies et les rubans sales qu'on distinguait sur la vareuse du pauvre hère, il en reconnut notamment une.

— Vous étiez à Stalingrad, mon brave ?

La tête empaquetée d'un chiffon de laine eut un hochement approbateur.

— Oui, Stalingrad, confirma une voix cassée.

Il ne devait pas avoir vingt ans lorsque, au cours du terrible hiver 1942, lui et ses compagnons avaient disputé pierre par pierre, cave après cave, la cité de la Volga à la 6e armée du général Von Paulus.

Sir Nigel fouilla dans la poche de son pantalon et en sortit un billet de cinquante millions de roubles, soit une trentaine de dollars.

— Pour manger, dit-il, toujours en russe. De la soupe, chaude. Un verre de vodka. Pour Stalingrad.

Il se redressa et reprit sa marche, l'air peiné, choqué. Vincent lui emboîta le pas. Leurs maladroits limiers abandonnèrent la contemplation des vitrines.

— Dieu du ciel, où en sont-ils arrivés ? murmura Irvine, et il entra dans l'impasse.

Dans la Mercedes de Grichine, la radio crachota. Un de ses hommes l'appelait sur son talkie-walkie :

— Ils vont au Serebriany Vek.

Le Siècle d'Argent est le nom d'un autre restaurant huppé de Moscou, installé dans d'anciens bains russes aux murs couverts de mosaïques et de marbre. Avant même de gravir le monumental escalier qui conduit aux salles, les deux Anglais se sentirent réconfortés par la chaleur qui régnait dans ces lieux feutrés.

Ce soir-là, il y avait foule. Le maître d'hôtel se précipita vers eux :

— Malheureusement, nous n'avons plus une seule table, messieurs... Une grande réception privée. Je suis désolé.

— J'en vois une libre, là, regardez, répliqua Vincent, lui aussi en russe.

Dans le fond de la salle, une table de quatre couverts restait en effet inoccupée. Le maître d'hôtel hésita. Il avait compris qu'il s'agissait de deux touristes étrangers, et que la note serait donc payée en devises.

— Mais je dois d'abord demander l'autorisation à la personne qui a réservé notre restaurant...

Il se glissa vers un bel homme au teint olivâtre qui dînait à la table principale, entouré de ses invités. L'hôte de la soirée les observa de loin, et opina du bonnet.

— C'est arrangé, annonça le chef de rang en revenant vers eux. Si vous voulez bien me suivre...

Irvine et Vincent prirent place sur la banquette, côte à côte. D'un signe de tête, Sir Nigel remercia l'inconnu pour son hospitalité, et celui-ci s'inclina légèrement en retour.

Ils commandèrent un canard aux airelles et, suivant les recommandations du serveur, goûtèrent un vin rouge de Crimée qui ne fut pas sans leur rappeler le Sangre de Toro espagnol.

Dehors, les quatre sbires battaient la semelle. Grichine, qui avait laissé son auto dans la rue principale, vint échanger quelques mots avec eux, puis retourna téléphoner dans la Mercedes.

— Comment ça se passe ?

Dans le corridor du second étage, au National, flanqué d'un des hommes de Grichine tandis qu'un autre montait la garde devant les ascenseurs, le cambrioleur répondit sur son portable :

— Je travaille toujours sur la serrure.

— Préviens-moi quand tu seras rentré.

Ce fut chose faite dix minutes plus tard.

— Photographie le moindre document, le moindre papier d'identité, et remets tout en place, commanda le colonel.

La fouille, systématique, ne donna d'abord rien. La garde-robe et les effets personnels d'un voyageur parmi tant d'autres. Il commençait à désespérer lorsque, à genoux sur le tapis, il aperçut enfin un objet digne d'intérêt : un attaché-case, qui avait été glissé sous le lit, assez loin pour ne pas être remarqué.

Le cambrioleur le tira à lui avec un cintre, puis étudia quelques minutes les fermetures à combinaison chiffrée. Rien d'insurmontable, mais en ouvrant la mallette il fut déçu : il n'y avait là qu'une enveloppe en plastique contenant des chèques de voyage — qu'il aurait volontiers empochés s'il n'avait pas reçu des ordres stricts ; un portefeuille avec des cartes de crédit et la facture d'un bar, le White's Club de Londres ; une fiasque en argent remplie d'un liquide dont il ne parvint pas à reconnaître l'odeur.

Dans les poches à soufflet, il trouva encore le deuxième coupon d'un billet d'avion Londres-Moscou aller-retour, et un plan de la capitale russe, qui ne portait aucune annotation particulière. Il photographia cependant consciencieusement ces maigres découvertes, pendant que le garde qui l'accompagnait informait son chef :

— Il doit y avoir aussi une lettre ! répondit ce dernier d'une voix agacée.

Ainsi alerté, le voleur professionnel examina à nouveau la mallette, et finit par découvrir le double fond. Une longue enveloppe s'y trouvait, en effet, avec à l'intérieur une feuille de papier portant les armoiries du patriarcat de Moscou et de toutes les Russies. Pour plus de sûreté, il prit trois clichés.

— Rangez tout et filez, ordonna alors Grichine.

Tout fut soigneusement remis en place, jusqu'aux molettes de l'attaché-case replacées sur les chiffres qu'elles indiquaient auparavant. Quand les deux acolytes quittèrent la chambre de Sir Nigel, aucune trace de leur visite ne subsistait.

Après avoir monté silencieusement la volée d'escaliers, Grichine et ses quatre hommes de main s'approchèrent des lourdes draperies qui protégeaient l'accès à la grande salle du Siècle d'Argent. Le maître d'hôtel alla vers eux d'un pas affairé :

— Je suis désolé, messieurs, mais...

— Dégage d'ici, coupa Grichine sans même lui accorder un regard.

En observant mieux le groupe, le chef de rang préféra obtempérer. D'expérience, il sentait qu'il y avait du grabuge dans l'air. Avec leurs mines patibulaires et leurs larges épaules, les quatre mastards avaient beau être en civil, ils ne lui en rappelèrent pas moins ces Gardes noirs qu'il avait souvent vus à la télévision.

Celui qui semblait les commander inspecta toutes les tables à travers les rideaux. Lorsque ses yeux tombèrent sur les deux étrangers qui achevaient leur dîner, il fit signe à l'un des gorilles de le suivre, et aux trois autres de rester en renfort à l'entrée. Non qu'il ait éprouvé quelque inquiétude : seul le plus jeune des deux Anglais risquait d'opposer une certaine résistance, mais elle serait de courte durée.

— Des amis à vous ? interrogea Vincent tranquillement en voyant les deux hommes approcher de leur table.

Sans arme, il se sentait nu, et il se demanda si le couteau à viande qui reposait dans son assiette pourrait éventuellement lui être de quelque utilité. Négatif, conclut-il en lui-même.

— J'ai l'impression qu'il s'agit des messieurs dont vous avez abîmé les presses il y a quelques jours, constata Irvine en s'essuyant les lèvres et en poussant un soupir satisfait. Vraiment délicieux, ce canard.

L'homme au manteau noir vint se placer devant eux. L'autre, l' « affreux », restait en retrait.

— Sir Irvine ?

— C'est Sir Nigel, en fait. Et à qui ai-je l'honneur ?

Grichine ne comprenant pas l'anglais, Vincent traduisait.

— Ne jouez pas au plus fin. Et d'abord, comment êtes-vous entré en Russie ?

— Mais par l'aéroport !

— Mensonges.

— Je vous assure, colonel... Car vous êtes le colonel Grichine, n'est-ce pas ? Tous mes papiers sont parfaitement en règle. Evidemment, ils sont à la réception de mon hôtel, sans quoi je vous les montrerais volontiers.

Grichine eut un instant d'hésitation. Il avait donné des consignes formelles, et des pots-de-vin plus que conséquents. Mais il y avait peut-être eu une défaillance quelque part. Les coupables le lui paieraient cher, en tout cas.

— Vous vous mêlez des affaires intérieures de la Russie, et je n'aime pas ça ! Quant à votre marionnette américaine, ce Monk, nous allons prochainement lui mettre la main dessus, et je réglerai personnellement mes comptes avec lui.

— Vous avez terminé, colonel ? Eh bien, si c'est le cas, et puisque nous semblons tous deux disposés à la franchise, je vais être tout à fait clair avec vous.

Grichine écoutait la traduction simultanée assurée par Brian Vincent, mais il n'en croyait pas ses oreilles : jamais personne ne s'était risqué à lui parler sur ce ton. Surtout pas un vieil homme sans défense. Nigel Irvine, qui attendait en contemplant les reflets de son verre de vin, releva les yeux et les braqua directement dans ceux du colonel.

— Voilà : vous êtes un individu profondément répugnant, au service d'un homme plus abject encore, si c'est possible.

Bouche bée, Vincent chuchota rapidement :

— Chef, c'est raisonnable ?

— Contentez-vous de traduire, nous sommes bien entourés.

L'ancien militaire obéit. Sur le front de Grichine, une grosse veine palpitait à un rythme inquiétant. Quant au tueur derrière lui, sa pomme d'Adam menaçait de faire éclater le col de sa chemise à force de monter et de descendre.

— Le peuple russe, poursuivit Sir Nigel d'un ton posé, comme s'il était en train de prendre part à une conversation amicale, a sans doute déjà commis maintes erreurs, mais il ne mérite certainement pas, ni aucune autre nation d'ailleurs, un salaud comme vous.

Après une seconde de réflexion, Vincent choisit de rendre « salaud » par le mot russe, extrêmement injurieux, de *pizdiouk*. La veine battait de plus belle.

— En bref, colonel Grichine, il y a de fortes chances que ni vous ni votre proxénète en chef ne parveniez à la tête de ce grand pays. Peu à peu, les gens commencent à entrevoir votre vrai visage, et dans un mois vous risquez bien de découvrir qu'ils y ont réfléchi à deux fois avant de vous accorder leur confiance. Alors, que comptez-vous faire ?

— Je crois, articula lentement Grichine, que je vais commencer par vous tuer. Vous ne quitterez pas la Russie vivant.

La salle était maintenant silencieuse, l'écho de cet échange ayant progressivement gagné les tables avoisinantes. Grichine n'en avait cure : les Moscovites qui sortaient le soir ne cherchaient pas à s'interposer dans les rixes, et préféraient avoir la mémoire courte : la Brigade criminelle n'avait ainsi toujours pas la moindre piste concernant l'assassinat du journaliste britannique en plein Moscou, l'été précédent...

— Ce n'est pas le meilleur choix que vous puissiez faire, remarqua Irvine.

Grichine fit une grimace sardonique :

— Pourquoi ? Qui vous protégera, d'après vous ? Ces porcs ?

C'était un mot de trop. Grichine entendit un bruit bref mais sonore à sa gauche. Il se tourna pour voir : un couteau à cran d'arrêt venait d'être planté au milieu de la table, la lame vibrait encore. L'un des clients retira la serviette blanche posée à côté de son assiette, révélant un Steyr 9 mm.

Le colonel lança un coup d'œil à son nervi, toujours derrière lui :

— Mais qui sont ces types ?

— Des Tchétchènes, souffla le Garde noir.

— Quoi, tous ?

— Malheureusement pour vous, oui, constata posément Irvine. Voyez-vous, ils détestent être traités de porcs. Ce sont des musulmans, n'est-ce pas ? Et ils n'oublient pas facilement, non plus : ils se souviennent même de Grozny.

En entendant le nom de leur capitale rasée par les bombes russes, les cinquante « invités » tressaillirent. De tous les coins, le son des crans de sûreté déverrouillés parvint à Grichine. Les trois Gardes noirs à l'entrée étaient maintenant couchés en joue par sept Tchétchènes. Tapi derrière son pupitre, le maître d'hôtel priait le ciel de lui permettre de revoir encore ses petits-enfants.

Grichine reporta son regard sur Nigel Irvine :

— Je vous ai sous-estimé, *anglitchanine*. Mais je ne commet-

412

trai plus jamais cette erreur. Quittez ce pays, et n'y remettez surtout pas les pieds. Arrêtez de vous ingérer dans ses affaires. Et résignez-vous, car ne vous reverrez jamais votre petit Américain.

Sur ce, il tourna les talons et battit en retraite, suivi par son escouade.

Après avoir poussé un long soupir de soulagement, Vincent observa son compagnon de table :

— Vous étiez au courant, pour tous ces types, hein ?

— Eh bien, j'espérais que mon message était bien arrivé, disons. On y va ?

Il leva son verre de vin couleur rubis :

— Messieurs, à votre très bonne santé, et un grand merci à vous.

Vincent traduisit, et ils partirent. Toute la salle se vida, d'ailleurs : les Tchétchènes allèrent monter la garde autour du National toute la nuit, avant de les escorter au matin jusqu'à Cheremetievo, où ils prirent le premier vol pour Londres.

— Quelle que soit la somme à la clé, Sir Nigel, avertit Vincent alors que le Boeing de British Airways virait vers l'ouest au-dessus de la Moskova, jamais, vous entendez, jamais je ne reviendrai ici !

— Ah, ça tombe très bien, parce que moi non plus.

— Et cet Américain dont parlait l'autre ?

— Oh, lui... Lui, il est encore en bas pour un moment, je le crains. Sur le fil du rasoir. Mais il est assez spécial, voyez-vous.


Omar Gounaïev entra sans frapper dans la pièce où Monk était en train d'étudier une carte à grande échelle de Moscou.

— Il faut qu'on parle.

— Tu n'as pas l'air content, remarqua Monk en l'observant. C'est triste.

— Tes amis sont repartis. Entiers. Mais ce qui s'est passé hier soir, dans ce restaurant, c'était de la folie pure et simple ! J'ai accepté parce que j'avais une dette envers toi. Mais je crois m'en être plus qu'acquitté ; cette dette ne concernait que moi, pas mes hommes. Ils n'ont pas à courir de tels risques juste parce que tes amis ont envie de jouer à des jeux idiots !

— Je suis désolé. Le vieux monsieur devait absolument venir à Moscou. Il avait un rendez-vous très important. Que lui seul pouvait assurer, personne d'autre. Et Grichine a découvert qu'il était ici.

— Bon, mais il aurait pu rester dîner à son hôtel ! Il était en sécurité, là-bas.

— Apparemment, il avait besoin de rencontrer Grichine face à face, de lui parler.

— Lui « parler » ? Ecoute, j'étais à dix pas de leur table ! J'ai eu l'impression qu'il n'attendait qu'une chose : se faire flinguer sur place !

— J'avoue que je ne comprends pas, moi non plus. Mais enfin, Omar, c'étaient ses instructions.

— Jason ! Il y a deux mille cinq cents agences de sécurité dans ce pays, dont près de la moitié à Moscou. En payant un peu, n'importe laquelle lui aurait trouvé cinquante gardes du corps pour sa mise en scène !

Les chiffres lancés par Gounaïev n'étaient pas exagérés. Face à la criminalité galopante, ce genre de services avaient connu une progression spectaculaire : on estimait à huit cent mille le nombre de personnes employées dans cette branche d'activité. Les permis de port d'armes, théoriquement octroyés au compte-gouttes et régulièrement contrôlés par la milice, se trouvaient sans la moindre difficulté, au point que les bandes criminelles déclaraient souvent au registre du commerce telle ou telle « société de gardiennage » qui n'était en fait qu'un paravent légal permettant à leurs membres de circuler armés sans risquer le moindre ennui.

— Oui, Omar, « en payant un peu » : c'est justement le problème. En voyant Grichine arriver, ils auraient tout de suite compris qu'ils pouvaient doubler leur salaire, ils auraient changé de camp en un clin d'œil, et ils auraient même insisté pour faire le boulot eux-mêmes !

— Donc, tu t'es servi de mes hommes parce que eux ne trahiraient pas ?

— Je n'avais pas d'autre choix.

— Tu te rends compte que Grichine sait maintenant parfaitement qui t'a abrité à Moscou ? S'il avait encore des doutes, il n'en a plus depuis hier soir. Ils vont nous faire une vie intenable. On m'a déjà informé que les Dolgorouki avaient reçu pour consignes de se préparer à une guerre de gangs saignante. Comme si j'avais besoin de ça, en plus !

— Si Komarov prend le pouvoir, tu auras bien d'autres soucis à te faire.

— Mais quel foutoir es-tu venu mettre ici, avec ton maudit manifeste ?

— Peu importe, Omar, maintenant on ne peut plus faire machine arrière.

— Comment ça, « on » ? Tu es venu me demander de l'aide. Tu avais besoin d'une planque, je t'ai accordé l'hospitalité. C'est ainsi que nous sommes, nous autres. Et je me retrouve avec des menaces de guerre ouverte !

— Je pourrais essayer de l'empêcher.

— Comment ?

— En parlant au général Petrovski.

— Lui ? Ce tchékiste ? Tu sais le tort que lui et sa brigade m'ont déjà causé ? Tu sais combien de descentes il a personnellement dirigées contre mes casinos, mes entrepôts, mes boîtes de nuit ?

— Il en veut plus encore aux Dolgorouki qu'à toi, Omar. Et puis, il faut que je retourne voir le patriarche. Une dernière fois.

— Pour quoi faire ?

— Je dois lui parler. Le mettre au courant de certaines choses. Mais cette fois, il faudra m'aider à sortir de là-bas.

— Pourquoi ? Personne ne le soupçonne. Enfile ta soutane et va le voir !

— C'est plus compliqué que ça. L'Anglais y est allé aussi, et je crois qu'il s'est servi d'une voiture de son hôtel. A tous les coups, on a déjà vérifié le registre de réservations du National, et il est donc au courant de cette visite. La résidence du patriarche est certainement surveillée, maintenant.

Le Tchétchène secoua la tête. Il avait du mal à croire ce qu'il venait d'entendre.

— Tu sais une chose, mon ami ? Ton Anglais, ce n'est qu'un vieux cinglé !


Assis à son bureau, le colonel Grichine contemplait l'agrandissement photographique posé devant lui avec une satisfaction sans mélange. Au bout d'un moment, il appuya sur une touche de l'interphone :

— Président, il faudrait que je vous parle.

— Venez.

Igor Komarov étudia le document : une lettre portant les armoiries, le sceau et la signature du patriarche Alexeï II, et dont le texte commençait par « Votre Altesse royale ».

— Qu'est-ce que cela signifie ? finit-il par demander.

— La conspiration internationale tramée contre vous est désormais éclaircie, président. Elle est menée sur deux fronts : interne d'abord, ici, en Russie, où il s'agit de torpiller votre campagne électorale, de semer le doute et la confusion en faisant circuler votre manifeste parmi certaines personnalités. Cela a eu pour résultat le sabotage de votre imprimerie, les pressions des banques en vue de vous interdire d'antenne, et les vitupérations d'un général gâteux. Il y a eu des dégâts, certes, mais rien qui puisse compromettre votre victoire.

« Le deuxième front, peut-être plus dangereux encore, ce sont les intrigues visant à vous écarter définitivement du pouvoir en restaurant tout bonnement la monarchie en Russie. Poussé par ses calculs égoïstes, le patriarche a prêté la main à cette vile opération. Ce que vous avez là est la lettre qu'il vient d'adresser à un certain prince vivant en Occident, et dans laquelle il fait deux promesses : premièrement, que l'Eglise soutiendra l'idée de la restauration, secundo que, si le peuple donne son accord, l'Eglise conseillera de confier le trône à ce prince.

— Et vous, que conseillez-vous, colonel ?

— C'est simple, président : sans prétendant, la conspiration s'écroulera comme un château de cartes.

— Et vous connaissez quelqu'un qui pourrait... dissuader cet illustre prince ?

— A jamais, oui. Un excellent professionnel. Habitué à opérer en Occident, d'ailleurs il parle plusieurs langues. Il travaille avec le clan des Dolgorouki, mais on peut l'embaucher ponctuellement. Son dernier « contrat » visait deux passeurs de fonds de la mafia : ils étaient chargés de déposer vingt millions de dollars à Londres, mais ils avaient décidé de se les garder pour eux. On les a retrouvés il y a deux semaines dans un appartement de Wimbledon, dans la banlieue londonienne.

— Alors, je crois que nous aurons besoin de ses talents...

— Je m'en occupe, président. D'ici dix jours, il n'y aura plus de prétendant.

« Ainsi, se disait Grichine en retournant à son travail, avec son

416

cher prince sous une dalle de marbre et Jason Monk enchaîné dans une cave, nous aurons de quoi faire parvenir à Sir Nigel une fameuse série de photos pour son Noël. »


Le chef de la Brigade antigang avait dîné et s'était installé avec sa fille sur les genoux devant le dessin animé favori de la petite lorsque le téléphone sonna. Son épouse répondit.

— C'est pour toi.

— Qui est-ce ?

— Il a seulement dit : « L'Américain. »

— Je vais le prendre dans mon bureau.

Il se leva, déposant Tatiana sur le tapis, et partit dans l'autre pièce. En décrochant, il entendit le déclic du combiné que sa femme venait de remettre en place.

— Oui ?

— Général Petrovski ?

— Oui.

— Nous nous sommes parlé, l'autre jour.

— En effet.

— J'ai des informations pour vous, qui risquent de vous intéresser. Vous avez un papier et un stylo sous la main ?

— D'où m'appelez-vous ?

— D'une cabine publique. Je n'ai pas beaucoup de temps. Faites vite, je vous en prie.

— Allez-y.

— Komarov et Grichine ont persuadé leurs amis des Dolgorouki de déclencher une guerre totale contre la mafia tchétchène.

— Tiens, les loups se déchirent entre eux. Tant mieux pour nous.

— A part qu'une délégation de la Banque mondiale vient d'arriver à Moscou pour négocier un nouveau programme de crédits. Si ça tire à tous les coins de rues, le président aura bonne mine devant ses hôtes étrangers ! Ça ne lui plaira pas du tout, d'autant que les élections approchent... Il risque de se demander si on n'aurait pas pu éviter ce désordre.

— Continuez.

— Voici six adresses. Notez-les, s'il vous plaît.

Le général s'exécuta rapidement.

— Et alors, qu'est-ce que c'est ?

— Les deux premières, deux arsenaux des Dolgorouki, bourrés d'armes et d'explosifs. La troisième, un casino, avec dans les sous-sols la plupart de leurs livres de comptes. Les trois dernières, des entrepôts clandestins. Il y en a pour une bonne vingtaine de millions de dollars en articles de contrebande.

— Comment êtes-vous au courant de tout cela ?

— J'ai des amis peu fréquentables. Par ailleurs, ces officiers, vous les connaissez ?

Il cita deux noms.

— Bien entendu ! Un de mes adjoints, et un commandant d'escadron des SOBR. Pourquoi ?

— Ils émargent tous les deux chez les Dolgorouki.

— Vous avez intérêt à être sûr de ce que vous dites.

— Je le suis. Si je voulais préparer des descentes, à votre place je garderais le secret le plus longtemps possible, et je mettrais ces deux-là hors du coup.

— Je connais mon travail.

La communication fut interrompue. Le général Petrovski raccrocha d'un air pensif. Pour autant qu'elles fussent véridiques, les informations que cet agent étranger aux méthodes si hétérodoxes venait de lui donner étaient des plus précieuses. Il était maintenant confronté à un choix : ou bien laisser la guerre des gangs couver et éclater, ou bien préparer une série d'opérations coups de poing contre le principal syndicat de la pègre, à un moment où la présidence lui en serait particulièrement reconnaissante.

Les SOBR, ces troupes d'intervention rapide, c'étaient trois mille hommes jeunes, dévoués, et loyaux. Si l'Américain disait vrai quant à la « Nouvelle Russie » projetée par Komarov, ni eux, ni ses collaborateurs du GOUVD, ni lui-même n'y auraient leur place.

Il retourna au salon. Le programme pour les enfants était terminé. Il ne saurait jamais si Vil Coyote avait réussi à avoir Bip-Bip pour son souper.

— Je retourne au bureau, annonça-t-il à sa femme. Ne m'attends pas cette nuit, ni demain avant tard.


En hiver, la municipalité de Moscou a pour coutume de faire arroser les allées et les chemins du parc de la Culture — connu dans le monde entier sous le nom de parc Gorki —, créant ainsi la plus grande patinoire de tout le pays. Sur des kilomètres, les Moscovites peuvent s'adonner à l'un de leurs sports préférés, se réchauffer d'un petit verre de vodka de temps à autre, et oublier un moment les soucis de la vie quotidienne.

Certaines allées, conduisant à de petites aires de stationnement, sont cependant régulièrement entretenues, laissées sans neige ni glace. Ce fut sur l'une d'elles que deux hommes se rencontrèrent à la mi-décembre. Arrivés séparément en voiture, ils marchèrent chacun de leur côté jusqu'à la haie d'arbres derrière laquelle les patineurs s'en donnaient à cœur joie.

L'un d'eux était le colonel Anatoli Grichine, le second un homme secret et solitaire connu dans le monde de la pègre sous le sobriquet de « Mekhanik », le Mécanicien.

Dans un pays où les tueurs à gages pullulaient, le Mécanicien, pour plusieurs bandes mafieuses, et notamment les Dolgorouki, était quelqu'un d'irremplaçable.

C'était un ancien major de l'armée de terre, ukrainien d'origine, qui avait servi pendant des années dans les unités spéciales, les Spetsnaz, et avait appartenu aux services de renseignements militaires, le GRU. Après des cours de langues intensifs, il avait été basé à deux reprises en Europe de l'Ouest, et en quittant l'armée il s'était rendu compte que sa maîtrise de l'anglais et du français, sa connaissance des sociétés occidentales — qui pour la plupart des Russes étaient une lointaine planète — , et enfin son absence totale de scrupules lorsqu'il était question de supprimer une vie humaine, lui permettaient de débuter une carrière des plus lucratives à son compte.

— Vous vouliez me voir, je crois.

Le Mécanicien savait parfaitement qui était Grichine. Il se doutait aussi que le chef de la sécurité de l'UFP n'aurait pas eu besoin de ses services s'il s'était agi d'un « contrat » à remplir en Russie même : parmi les Gardes noirs, sans parler des Dolgorouki, les fines gâchettes ne manquaient pas. A l'étranger, c'était une autre affaire...

Grichine lui tendit une photographie, qu'il examina avant de la retourner : au dos étaient inscrits un nom et une adresse, un manoir dans la campagne, tout à l'ouest.

— Un prince ! murmura le Mécanicien. Je vais être reçu dans le beau monde, alors !

419

— Gardez vos plaisanteries pour vous. C'est une cible facile. Pas de protection rapprochée, rien de sérieux. Le 25 décembre.

Le Mécanicien considéra la proposition. C'était trop court pour se préparer correctement. S'il n'avait pas toujours apporté le plus grand soin aux préparatifs, il ne serait plus en vie, ou en liberté.

— Non. Pour le jour de l'an.

— Bon, d'accord. Votre prix ?

Le Mécanicien annonça un chiffre.

— Accepté.

Les yeux sur les particules de glace en suspension que produisait son haleine en gelant, il se rappela soudain le jeune prédicateur qu'il avait vu à la télévision lancer devant d'immenses foules la formule : « Dieu et le tsar. » Voilà donc ce que Grichine avait derrière la tête... Il regretta de ne pas avoir demandé le double. Mais il était trop tard, maintenant.

— C'est tout ?

— A moins que vous n'ayez des questions.

Le tueur glissa le cliché dans son manteau.

— Non. Je sais tout ce qu'il faut savoir. Content d'avoir fait affaire avec vous, colonel.

Grichine se tourna soudain pour le saisir par le bras. Le Mécanicien, qui détestait qu'on le touche, fixa la main gantée jusqu'à ce que le colonel la retire.

— Il ne doit y avoir aucune erreur, aucun contretemps.

— Je ne commets jamais d'erreurs, colonel. Autrement, vous n'auriez pas demandé à me voir. Je vous enverrai mon numéro de compte. Une banque au Lichtenstein. Bonne journée.

Le lendemain de cette discrète rencontre au parc Gorki, avant l'aube, le général Petrovski déclencha six raids contre les Dolgorouki.

Auparavant, les deux officiers vendus avaient été conviés à un dîner au mess des officiers. La vodka avait coulé jusqu'à ce qu'ils se retrouvent ivres morts, puis on les avait charitablement portés jusqu'aux chambres réservées à cet effet. Pour plus de précaution, deux soldats en armes avaient été placés devant leur porte.

Les hommes du SOBR avaient été mobilisés toute la journée pour un « exercice » tactique qui, juste avant minuit, se convertit en opération bien réelle. Les compagnies reçurent pour ordre d'attendre dans leurs camions, à l'abri de garages soigneusement fermés. A deux heures du matin, chauffeurs et sous-officiers reçurent l'itinéraire à suivre, sans autres détails. Pour la première fois depuis des mois, l'effet de surprise put jouer à plein.

La prise des trois entrepôts se passa sans difficultés. Huit des gardiens de nuit n'opposèrent aucune résistance, quatre autres, plus belliqueux, se retrouvèrent plaqués au sol, un canon de revolver sur la tempe. Le trésor qu'ils prétendaient défendre : dix mille caisses de vodka d'importation, arrivées de Finlande et de Pologne les deux mois précédents. La pénurie de blé forçait la nation qui consommait cet alcool plus que toute autre au monde à l'importer à des prix exorbitants, souvent trois fois supérieurs à ceux pratiqués dans les pays producteurs. Il y avait aussi des kilomètres de machines à laver, de télévisions, de magnétophones, d'ordinateurs, le tout transféré d'Occident en contrebande.

Dans les deux arsenaux, les hommes du SOBR saisirent assez de matériel pour équiper un régiment d'infanterie, depuis les fusils d'assaut jusqu'aux lance-roquettes antichars en passant par les lances-flammes.

Petrovski avait tenu à diriger lui-même l'assaut du casino, qui sema la panique parmi les joueurs encore agglutinés autour des tables. Le directeur ne cessa de protester de son innocence et de la complète légalité de son établissement qu'au moment où son bureau fut poussé de côté, le tapis écarté, et la trappe menant à la cave, ouverte. A cet instant, il eut un malaise et perdit connaissance. Car, en fin de matinée, les membres de la Brigade antigang continuaient à en sortir des cartons entiers d'archives et de livres de comptes et à les entasser dans des camions. Le butin fut ensuite convoyé jusqu'au QG du GOUVD, au numéro six de la rue Chabolovka, pour être trié et analysé par des spécialistes.

A midi, deux généraux appartenant à la direction du MVD avaient déjà téléphoné pour féliciter l'équipe de Petrovski.

Les radios moscovites ayant abondamment rendu compte de l'opération coup de poing, les télévisions y consacrèrent l'essentiel de leurs informations de la mi-journée. Chaque présentateur récita comme une litanie le bilan officiel : seize morts du côté des organisations criminelles, un blessé grave — atteint d'une balle dans le ventre — et un autre moins sérieusement touché

421

pour les forces d'intervention rapide. Vingt-sept mafiosi étaient en état d'arrestation, dont sept à l'hôpital, et deux d'entre eux étaient déjà passés à des aveux détaillés au siège du GOUVD.

Cette dernière information était en fait une invention de Petrovski, qui l'avait communiquée aux médias dans le seul but de semer un peu plus la panique parmi les chefs du clan des Dolgorouki.

Ces derniers étaient en effet en état de choc lorsqu'ils se réunirent quelques heures plus tard dans une villa cossue transformée en forteresse, à une distance respectable de Moscou, non loin du pont d'Arkhangelsk, sur la Moskova. Le sentiment dominant était l'inquiétude, mais leur indignation était aussi perceptible : tout, depuis le fait que leurs deux principaux informateurs au sein du GOUVD avaient été neutralisés avant les raids, jusqu'à la précision avec laquelle les unités spéciales avaient cerné leurs objectifs, leur faisait penser à l'existence d'une taupe remarquablement bien informée.

Ils délibéraient encore à ce sujet lorsqu'une information venue du terrain les mit au comble de la rage : selon des rumeurs insistantes dans le milieu moscovite, c'était un officier supérieur des Gardes noirs trop bavard qui aurait été à l'origine de la fuite. En repensant aux millions de dollars qu'ils avaient investis dans la campagne d'Igor Komarov, les chefs Dolgorouki n'apprécièrent aucunement l'ironie de cette apparente trahison.

Ils ignoraient évidemment que cette rumeur avait été propagée par les Tchétchènes de Moscou, lesquels agissaient eux-mêmes sur les conseils de Jason Monk. Néanmoins, les barons du clan décidèrent qu'en l'attente d'explications convaincantes présentées par l'UFP, le financement des activités de Komarov était purement et simplement gelé.

Peu après quinze heures, Omar Gounaïev, dont la protection personnelle avait été encore renforcée, rendit visite à Monk. L'Américain était alors abrité par une modeste famille tchétchène qui vivait au nord du Parc des Expositions, dans le quartier de Sokolniki.

— Je ne sais pas comment tu t'es débrouillé, mon ami, mais ce qui leur a explosé à la figure cette nuit n'était pas de la rigolade.

— La force des intérêts personnels, mon cher : Petrovski avait très envie de contenter ses supérieurs, y compris le président en exercice, pendant la semaine où une délégation de la Banque mondiale est à Moscou. Simple comme bonjour.

— Si tu veux. En tout cas, les Dolgorouki ne sont plus en mesure de me déclarer la guerre, maintenant ! Il leur faudra des mois pour remonter la pente.

— Et la piste de la fuite chez les Gardes noirs ? lui rappela Monk avec un clin d'œil malicieux.

— Jette un œil là-dessus, lui proposa Gounaïev en lançant sur la table le numéro du matin du quotidien *Sevodnia*. Page trois.

C'était une enquête auprès des principaux instituts de sondage, qui indiquait que les estimations de vote en faveur de l'UFP se situaient désormais à cinquante-cinq pour cent, et allaient encore s'amenuiser.

— Ces sondages se font surtout dans les villes, remarqua Monk, où la position de Komarov est meilleure qu'ailleurs. Ce qui sera déterminant, c'est la réaction de ceux dont on ne parle jamais, la masse anonyme des campagnes.

— Tu crois vraiment qu'il pourrait perdre les élections ? Il y a encore six semaines, c'était impensable...

— Je n'en sais rien.

Le moment n'était pas venu de révéler au Tchétchène que le but poursuivi par Sir Nigel n'était pas celui-là. Il revit le vieux maître espion, toujours considéré dans le monde du « Grand Jeu » comme une autorité incontournable en matière de guerre psychologique, assis devant la bible de la famille Forbes, dans la grande bibliothèque du château :

— Celui qui a tout compris, c'est Gédéon. Mon petit, quand vous devez agir, pensez à Gédéon.

— Hé, où tu es parti, dans la lune ?

Monk abandonna brusquement sa méditation :

— Oui, pardon. Bien, il faut que je retourne voir le patriarche, ce soir. C'est la dernière fois. J'ai besoin de ton aide.

— Pour entrer ?

— Non, plutôt pour sortir ! Je te l'ai dit, à mon avis, Grichine fait surveiller les lieux. Un seul mouchard suffit pour appeler du renfort dès que je serai avec Alexeï II.

— Bon, on ferait mieux de penser à un plan tout de suite, opina Gounaïev.

Le colonel Anatoli Grichine allait se mettre au lit quand le bip de son téléphone portable retentit. Il reconnut sur-le-champ celui qui l'appelait.

— Il est là ! Il est revenu !

— Qui ?

— L'Américain ! Il est avec Sa Sainteté.

— Il a l'air de se méfier ?

— Non. Il est arrivé seul.

— Habillé en prêtre ?

— Non. Tout en noir, mais pas en prêtre. Le patriarche semblait être au courant de sa visite.

— Où es-tu, là ?

— A l'office, en train de préparer du café. Il faut que j'y aille.

La ligne fut coupée. Grichine exultait, mais essayait de se maîtriser. L'homme qu'il haïssait le plus au monde était pratiquement à sa merci. Cette fois, cela ne se passerait pas comme à Berlin-Est. Il appela le chef du groupe de choc constitué au sein des Gardes noirs.

— Il me faut dix hommes avec des Uzi, trois voitures, immédiatement. Vous bloquez Tchisti Pereoulok des deux côtés. Je vous rejoins là-bas dans une demi-heure.

Il était minuit trente.

A une heure moins dix, Monk se leva et souhaita bonne nuit au patriarche de Moscou et de toutes les Russies.

— Je ne crois pas que nous nous reverrons. Mais je sais que Votre Sainteté fera tout ce qui est en son pouvoir pour aider son pays et son peuple.

Alexeï II se leva à son tour afin de raccompagner l'émissaire à la porte :

— Avec la grâce de Dieu, j'essaierai. Au revoir, mon fils. Que les anges vous accompagnent et vous protègent.

« Pour le moment, pensa Monk en descendant l'escalier, quelques Caucasiens déterminés suffiront... »

Le gros majordome était là, comme d'habitude, et lui tendait son manteau.

— Non merci, mon père, pas tout de suite.

Rien ne devait risquer de l'entraver dans ses mouvements.

Il sortit son portable, composa un numéro. On lui répondit dès la première sonnerie.

— Monakh, se contenta-t-il de murmurer.

— Dans quinze secondes.

Monk avait reconnu la voix de Magomed, son principal « ange gardien » tchétchène. Il entrebâilla la porte d'entrée pour scruter les alentours. Au bout de la ruelle, une Mercedes noire était garée. Au panache de fumée qui se condensait dans l'air glacé, il déduisit que le moteur tournait.

De l'autre côté, Tchisti Pereoulok donnait sur une petite place. Dans l'ombre, Monk distingua la forme de deux autres véhicules. L'embuscade était complète.

Soudain, à l'entrée gardée par la Mercedes, un taxi apparut, sa veilleuse jaune allumée sur le toit. Les guetteurs le regardèrent approcher : à l'évidence, il venait chercher leur proie. Une course fatale pour le chauffeur, qu'ils ne laisseraient pas repartir vivant, lui non plus...

Au moment où le taxi passait devant la voiture en stationnement, deux boules de métal de la taille d'un pamplemousse en jaillirent, tombèrent sur la chaussée et roulèrent en cliquetant sous la Mercedes. Monk entendit le taxi accélérer, puis le double grondement des grenades qui venaient d'exploser.

A cet instant, un gros camion de livraison qui avait débouché sur la place vint s'arrêter au bout de la ruelle. Son conducteur sauta à terre et partit en courant sur le trottoir.

Après avoir salué d'un signe de tête le majordome qui tremblait maintenant de tous ses membres, Monk ouvrit la porte en grand et s'engagea dans la ruelle. La porte arrière du taxi, qui arrivait à sa hauteur, s'ouvrit pour lui permettre de s'engouffrer à l'intérieur. Il sentit un bras qui l'aidait à se faufiler plus vite sur la banquette, puis le chauffeur du camion, tout essoufflé, atterrit à côté de lui.

En marche arrière maintenant, mais à plein régime, le taxi redescendit la ruelle. Une rafale de mitraillette éclata : les tireurs qui les visaient avaient dû se coucher à plat ventre pour essayer de les atteindre malgré le camion qui obstruait la voie. Mais les deux bombes installées sous son châssis explosèrent alors, et les tirs cessèrent aussitôt.

L'un des occupants de la Mercedes avait survécu. Il se tenait près de l'épave, les jambes flageolantes, essayant de braquer le taxi avec son arme. Le pare-chocs arrière de la voiture lancée à toute vitesse le percuta aux genoux et l'envoya rouler dans le caniveau.

Parvenu au bout de la ruelle, le taxi braqua, patina sur la chaussée gelée, se rétablit et fonça en avant tandis que le réservoir de la Mercedes atteint par les flammes explosait, finissant le travail.

Magomed, qui était assis à côté du chauffeur, se retourna. Monk vit ses dents briller sous son épaisse moustache à la Zapata :

— Hé, l'Américain, on ne s'ennuie pas, avec toi !

Sur la petite place, les pieds dans la neige, le colonel Grichine contemplait les restes du camion qui bloquaient entièrement l'accès à Tchisti Pereoulok. Deux de ses hommes étaient couchés sur le pavé, tués net par les deux petites charges télécommandées qui avaient été mises à feu depuis le taxi. Plus loin, il apercevait la colonne de fumée s'élevant de la carcasse de la Mercedes.

Il prit son portable, composa un numéro à sept chiffres. Il entendit deux fois le bip d'un autre mobile, puis un chuchotement terrorisé :

— Oui ?

— Il s'en est tiré. Tu as ce que tu sais ?

— Oui.

— Au même endroit. Ce matin, à dix heures.

L'église était pratiquement déserte, n'était le père Maxime, une bougie à la main, comme d'habitude le nez sur les fresques, comme d'habitude le visage ruisselant de sueur. Il sursauta en découvrant le colonel à côté de lui.

— Il a pu s'échapper, constata Grichine d'une voix égale. Comment a-t-il deviné ?

— Pardon ! J'ai fait ce que je devais ! Je ne sais pas comment, mais il a dû se douter qu'il était surveillé. Juste avant de partir, il a sorti un portable de sa veste et il a appelé quelqu'un.

— Ne commence pas par la fin.

— Eh bien, il est arrivé vers minuit dix. J'allais me coucher. Sa Sainteté était encore debout, au travail dans son bureau. Il travaille toujours tard. On a sonné à la porte, mais moi j'étais dans ma chambre, je n'ai rien entendu. C'est le garde cosaque qui lui a ouvert. Et puis j'ai surpris des voix dans le hall, je suis sorti et je l'ai vu, lui. D'en haut, le patriarche a dit : « Faites monter ce monsieur. » Ensuite, il s'est penché par-dessus la balustrade, il a vu que j'étais levé et m'a demandé de préparer du café. Je suis allé à l'office et je vous ai appelé.

— Tu les as laissés longtemps ?

— Oh non ! Je me suis dépêché au maximum. Cinq minutes, pas plus.

— Et le magnétophone que je t'avais donné ?

— Je l'ai mis en marche avant d'entrer. Quand j'ai frappé à la porte, ils se sont tus. En posant le plateau sur la table, je me suis arrangé pour faire tomber quelques morceaux de sucre. Je me suis mis à genoux pour les ramasser. Le patriarche m'a dit que ce n'était pas la peine, mais j'ai insisté. Et j'ai glissé le magnétophone sous la table. Ensuite, je suis parti.

— Et à la fin ?

— Il est redescendu tout seul. J'ai voulu lui enfiler son manteau, mais il a refusé. Le Cosaque était dans sa pièce, à côté de la porte. L'Américain avait l'air nerveux. Brusquement, il a sorti un portable, il a composé un numéro et n'a dit qu'un seul mot : « Monakh. »

— Rien d'autre ?

— Non, colonel ! Il a écouté la réponse, je ne pouvais rien entendre de là où j'étais. Après, il a attendu un moment, il a ouvert un peu la porte pour regarder dehors. Il avait toujours son manteau sur le bras.

Le vieil Anglais avait certainement raconté à Monk qu'il avait été repéré par la limousine de l'hôtel, raisonna Grichine : cela lui avait suffi pour en déduire que la résidence du patriarche serait surveillée.

— Continue.

— Une voiture est arrivée à toute allure, puis il y a eu deux explosions. L'Américain s'est précipité dehors. Je m'étais rapproché de la porte, mais en entendant une fusillade je me suis mis à couvert.

Grichine hocha la tête. Son ennemi était malin, il le savait déjà. Mais il était parvenu à une conclusion juste par une fausse déduction : la surveillance s'exerçait de l'intérieur même de la résidence, par le truchement du majordome félon.

— Après les explosions, le Cosaque a surgi avec son revolver. Il a regardé ce qui se passait dehors, puis il a claqué la porte d'entrée que l'Américain avait laissée ouverte en criant : « La mafia ! » Je suis remonté en courant, juste à ce moment le

427

patriarche arrivait sur le palier et se penchait pour voir ce qui se passait en bas. J'ai eu le temps de filer reprendre le plateau et le magnétophone.

Sans un mot, Grichine tendit sa main ouverte, dans laquelle le père Maxime déposa une minicassette.

— J'espère avoir bien fait, soupira le prêtre avec des trémolos dans la voix.

Une nouvelle fois, Grichine pensa qu'il éprouverait le plus grand plaisir à étrangler cette crapule. Et qu'il se l'accorderait peut-être, un jour.

— Tu as fait exactement ce qu'il fallait, exactement.

Dans la voiture qui le reconduisait au siège de l'UFP, le colonel observa la cassette, songeur. En quelques heures, il venait de perdre six de ses meilleurs hommes, et sa proie. Mais il tenait là une preuve incontestable de la conspiration qui liait l'Américain au patriarche. Bientôt, il l'espérait de tout cœur, ces deux-là rendraient compte de leur crime. Pour l'instant, il pouvait se consoler en se disant que la journée s'achèverait sans doute bien mieux qu'elle n'avait commencé.

# Chapitre 18

Toute cette fin de matinée et une bonne partie de l'après-midi, il resta enfermé dans son bureau, repassant l'enregistrement sur lequel il fondait tant d'espoirs.

Malgré les bruits de fond, le tintement des petites cuillères dans les tasses qui couvrait parfois leurs propos, la conversation entre Jason Monk et le patriarche Alexeï II était assez claire.

Au début, tout semblait étouffé : le magnétophone était encore dans la poche du père Maxime. Ensuite, on entendait le plateau en métal toucher la table, la voix lointaine du patriarche : « Ne vous inquiétez pas de cela. » Le majordome murmurait quelque chose, il y avait quelques chocs sourds et à nouveau Alexeï, tout à fait audible maintenant : « Merci, mon père, ce sera tout. »

Un silence, le bruit d'une porte refermée, et le patriarche reprenait : « Alors, qu'aviez-vous à me dire ? » Dans son russe irréprochable, quoique teinté d'un imperceptible accent américain, Monk commençait à parler.

Après avoir pris des notes à partir des quarante-cinq minutes d'entretien, Grichine s'attela à une transcription intégrale. Ce n'était pas un travail à confier à un quelconque secrétaire... Il couvrit plusieurs pages de son écriture nette, volontaire, revenant en arrière pour vérifier tel ou tel passage. Il ne fut satisfait qu'après avoir établi une copie exacte, mot pour mot.

Se carrant dans son fauteuil, le colonel essaya de dresser un premier bilan. La situation était aussi préoccupante qu'il l'avait pensé. Comment un seul homme, lâché dans une ville étrangère, était parvenu à provoquer de tels ravages, c'était difficile à croire.

Bien sûr, tout était la faute du stupide Akopov, qui avait laissé traîner un si précieux document.

C'était surtout Monk qui parlait, le patriarche n'intervenant qu'au début, pour exprimer compréhension et approbation, et à la fin. L'Américain lui avait d'abord annoncé que, dès le lendemain du nouvel an, débuterait une nouvelle et massive campagne visant à ruiner les perspectives électorales de Komarov. Il y aurait visiblement d'autres déclarations publiques du général Nikolaïev, qui achèveraient de détourner de l'UFP les vingt millions d'anciens combattants, soit près d'un cinquième du corps électoral russe. Sous la pression des banquiers, juifs pour les trois quarts et menés par Leonid Bernstein de la Banque fédérale de Moscou, l'accès aux chaînes privées continuerait à être interdit.

Monk évoquait aussi la question des Dolgorouki. Grichine avait peu d'estime pour cette bande de malfrats — bons pour les camps de concentration, pensait-il lorsqu'il se projetait dans l'avenir —, mais jusqu'à présent leur soutien financier avait été indispensable. Alors que tous les candidats de second plan, faute de moyens, avaient déjà dû abandonner la course à la présidence, l'aide matérielle du clan mafieux était une condition *sine qua non* de la victoire. Or, si la série d'opérations déclenchées contre leurs tripots et leurs entrepôts clandestins avaient été un rude coup, la saisie de leurs livres de comptes représentait pour les Dolgorouki une véritable catastrophe. Après coup, tout le monde s'était demandé comment le GOUVD avait réussi à percer un secret aussi stratégique : l'hypothèse d'une dénonciation venue d'un clan rival ne tenait pas, car malgré les conflits internes, personne, dans le monde fermé de la pègre, ne serait allé faire des confidences à une Brigade antigang unanimement détestée. Et voici que Monk confirmait au patriarche l'origine de la fuite : un haut responsable des Gardes noirs dégoûté par cette collaboration avec les criminels, donc un homme placé sous la responsabilité directe de Grichine !

Si les Dolgorouki obtenaient une preuve formelle de cette trahison — et le colonel, pour avoir tenté à plusieurs reprises de la démentir durant les derniers jours, savait que la rumeur du milieu la prenait déjà pour une vérité certaine —, le pacte occulte qui les liait à Komarov serait immédiatement rompu.

Comme si le tableau n'était pas encore assez accablant, l'enregistrement indiquait qu'une équipe de comptables hautement qualifiés avait commencé à dépouiller les archives trouvées dans les sous-sols du casino, et se proposait de prouver d'ici le début de l'année que l'UFP avait effectivement vécu aux crochets de la mafia la plus sanguinaire du pays. Leurs conclusions devaient être remises au président en exercice, sans passer par aucun intermédiaire. Et d'ici là, le général Petrovski, qu'il ne fallait pas espérer acheter ou intimider, était décidé à maintenir la pression sur les Dolgorouki. Comment, dans ce contexte, prétendre convaincre les chefs du clan ulcérés qu'ils n'avaient pas été donnés par un cadre des Gardes noirs ?

Mais le plus accablant de tout l'entretien était sans doute ce que révélait Alexeï II à la fin, comme en point d'orgue à cette succession de menaces.

Ivan Markov, le président russe par intérim, devait quitter Moscou pour fêter le nouvel an en famille. Il serait de retour le 3 janvier, et devait recevoir le jour même le patriarche en audience extraordinaire. A cette occasion, Alexeï II se proposait de l'encourager à prendre une mesure sans précédent : sur la base des preuves gravissimes réunies contre lui, invalider la candidature d'Igor Komarov, en établissant qu'il s'était « disqualifié » et ne pouvait prétendre à la plus haute charge de l'Etat.

Déjà amplement mis au courant par Petrovski, Markov serait certainement impressionné par la requête personnelle du primat. Sans parler du fait que, candidat lui-même, il ne serait pas mécontent de voir son plus sérieux rival éjecté de la compétition électorale...

Quatre traîtres, récapitula Grichine. Quatre ennemis implacables de la Nouvelle Russie qui devait sortir des urnes le 16 janvier, et dont il comptait toujours être le plus farouche gardien. Il avait passé sa carrière à traquer et à punir les traîtres. Il saurait comment traiter ces quatre-là.

Après avoir lui-même tapé à la machine sa transcription manuscrite, il pria Igor Komarov de lui accorder deux heures dans la soirée, deux heures sans la moindre interruption.

A la suite d'un nouveau transfert, Jason Monk vivait maintenant dans un appartement plus au centre. De ses fenêtres, il pouvait apercevoir le croissant de lune dominant la mosquée où il avait vu pour la première fois Magomed, le Tchétchène, prêt à donner sa vie pour le défendre mais qui, à l'époque, aurait pu tout aussi aisément le tuer.

Il lui fallait transmettre un message à Sir Nigel Irvine. D'après le programme établi par le maître espion, il n'y en aurait ensuite plus que deux.

Comme pour les précédents, il écrivit le texte directement sur son ordinateur, déclencha la fonction de codage, et laissa l'appareil suivre le protocole habituel. Le portable, qu'il laissa allumé, batterie chargée, n'attendait plus que le prochain passage du satellite d'Intelcor.

Jason Monk n'avait jamais entendu parler d'un adolescent rouquin du Colorado nommé Ricky Taylor, qui resterait à jamais un inconnu pour lui. Mais ce jour-là, sans qu'il s'en doute un seul instant, ce jeune passionné d'informatique allait lui sauver la vie.

A dix-sept ans, Ricky était l'un de ces milliers de *computer freaks* américains qui passent le plus clair de leur temps devant un écran fluorescent et pour lesquels les programmes informatiques les plus sophistiqués sont, justement, un jeu d'enfant.

Après avoir épuisé toutes les ressources autorisées de l'exploration cybernétique, il était parti à la recherche de sensations fortes ; il avait cherché à « s'éclater », non dans le sport, ni dans les aventures amoureuses, mais dans cette activité complexe — et illégale — qui fascine de plus en plus de jeunes : entrer par effraction dans les banques de données informatiques les plus jalousement gardées de la planète.

En cette fin de XX^e siècle, Intelcor n'était pas seulement un des principaux systèmes de communication à usage stratégique, diplomatique ou commercial, mais aussi une compagnie leader dans la conception et la diffusion de jeux informatiques de très haut niveau.

Familier des moindres recoins d'Internet, Ricky n'était plus amusé par les innombrables « forums de discussion », ni par les programmes de jeux accessibles à tout un chacun. Ceux d'Intelcor, par contre, l'intriguaient beaucoup, mais avaient l'inconvénient d'être payants. Son argent de poche ne lui permettant pas de s'acquitter des droits d'entrée, assez importants, il s'était mis en tête depuis des mois d'entrer sur le réseau d'Intelcor par des voies détournées. Et puis, un jour de décembre 1999, il eut l'impression que ses efforts allaient être récompensés.

Huit fuseaux horaires à l'ouest de Moscou, le garçon du Colorado avait reçu pour la énième fois sur son écran l'horripilant message : « Code d'accès, merci. » Et pour la énième fois, après avoir tenté une séquence de caractères, il avait reçu la réponse : « Accès refusé. » Au même moment, quelque part au-dessus de l'Anatolie, le satellite de communications d'Intelcor glissait dans l'espace vers la capitale russe, au nord.

Lorsque les techniciens de la multinationale avaient mis au point l'ordinateur portable dont se servait Monk, ils avaient ajouté, à la demande du commanditaire, un code à quatre clés assurant l'effacement total des messages envoyés ou reçus. Cette précaution supplémentaire devait permettre à l'utilisateur de purger d'urgence la mémoire de son portable — à condition qu'il en ait le temps, évidemment — s'il était capturé par l'ennemi.

Mais le programmeur, un ancien chiffreur de la base de communications de la CIA de Warrenton, était allé encore plus loin : au cas où l'utilisateur serait fait prisonnier, avait-il raisonné, et où le portable serait toujours en état de fonctionnement, comment empêcher les « méchants » de l'utiliser pour envoyer de faux messages ? Monk avait donc reçu pour consigne d'inclure dans tous ses envois une série de mots prédéterminés, sans signification particulière mais dont l'absence indiquerait à l'ancien spécialiste de la CIA que le titulaire du portable — dont il ignorait par ailleurs aussi bien l'identité que la mission — n'était plus le véritable auteur des messages. A ce stade, il lui suffirait de se connecter à Compuserve depuis son laboratoire, d'entrer dans l'ordinateur de Monk et d'envoyer le même code à quatre chiffres pour détruire sa mémoire, ne laissant aux « méchants » qu'une boîte vide.

Le hasard voulut que Ricky Taylor ait tapé précisément cette combinaison au moment où il pénétrait sur le réseau Intelcor. Le satellite, qui survolait alors Moscou, envoya son signal d'identification habituel au portable. Celui-ci répondit comme prévu, puis reçut aussitôt la consigne d'immobilisation.

Lorsqu'il jeta un coup d'œil à son écran un peu plus tard, Monk découvrit avec étonnement que son message était revenu s'y afficher, dans sa version originale non codée. Cela signifiait qu'il avait été refusé à la transmission. Il effaça le texte lui-même, en concluant que, pour une raison technique qui lui échappait, le protocole ne fonctionnait plus : il se retrouvait tout bonnement privé de son outil de communication.

433

Seule lui restait l'adresse que lui avait donnée Irvine à son départ de Londres, dont il ne connaissait ni la localisation ni le titulaire, à n'utiliser qu'en cas de nécessité absolue.

Il allait devoir se limiter à un seul et unique contact d'ici la fin de sa mission. Et il n'était plus question de recevoir quoi que ce soit. Pour la première fois, il était entièrement seul. Plus de rapports d'activités, plus de confirmations réciproques, plus d'instructions.

Lâché par la technologie la plus coûteuse au monde, Monk n'avait plus qu'à se rabattre sur les alliés traditionnels de ceux qui pratiquent le « Grand Jeu » : l'instinct, le culot, et la chance.

Après avoir lu la transcription jusqu'à la dernière ligne, Igor Komarov se laissa aller contre le dossier de son fauteuil. Grichine ne l'avait jamais vu avec un teint coloré, mais cette fois il fut frappé par sa pâleur.

— Mauvais, constata péniblement Komarov.

— Très mauvais, je dirais, Igor Viktorovitch.

— Vous auriez dû l'attraper avant.

— Il est protégé par la mafia tchétchène. Avant, nous ne le savions pas. Maintenant, si. Ils vivent dans leurs propres réseaux souterrains, comme des rats.

— Les rats, ça s'extermine.

— Oui, Igor Viktorovitch. Et cela sera fait. Quand vous serez le dirigeant incontesté de notre pays.

— Ils devront expier.

— Ils vont expier. Tous, jusqu'au dernier.

Les yeux de Komarov, pourtant fixés sur son chef de la sécurité, semblaient avoir dérivé vers d'autres lieux, d'autres temps, le temps de la vengeance, le lieu d'un règlement de comptes futur avec ses ennemis. Les deux taches rouges annonciatrices d'une crise étaient apparues sur ses pommettes.

— J'exige un châtiment, un châtiment exemplaire. Ils m'ont agressé, et à travers moi la mère patrie... Pas de miséricorde pour pareille engeance !

Sa voix s'emportait, ses mains tremblaient. Grichine savait d'expérience qu'il fallait profiter de ce moment, avant qu'il ne perde totalement le contrôle de lui-même, pour exposer son argumentation et le convaincre. Il se pencha au-dessus du bureau, forçant Komarov à le regarder dans les yeux. Peu à peu, la lueur démoniaque s'estompa de ses prunelles.

— Ecoutez-moi, Igor Viktorovitch. S'il vous plaît. Ce que nous avons réussi à découvrir nous permet de renverser entièrement la situation. Vous tenez votre revanche. Il vous suffit d'un mot, d'un seul mot.

— Que voulez-vous dire ?

— La base du contre-espionnage, Igor Viktorovitch, est de connaître les intentions de l'adversaire. Nous, nous les connaissons, maintenant. De là découle la prévention. Elle a déjà commencé : dans quelques jours, il n'y aura plus de prétendant sérieux au trône de Russie. Là, nous venons d'obtenir un nouvel aperçu de leurs plans. Et là encore, je vous propose à la fois la prévention et le châtiment...

— Comment... Tous les quatre ?

— Il n'y a pas d'autre solution.

— Il ne faudrait laisser aucune piste... Non, pas tout de suite ! C'est trop tôt.

— Il n'y aura aucune piste. Le banquier ? Combien de ses confrères ont été assassinés, ces dix dernières années ? Cinquante, au moins. Un groupe d'hommes armés et masqués, un chantage qui tourne mal... Cela arrive tous les jours, à Moscou. Le milicien ? Les Dolgorouki seront trop contents de s'en charger eux-mêmes. Combien de représentants de la loi descendus à un coin de rue ? Là encore, rien d'extraordinaire ! Le vieux fou galonné ? Un cambriolage qui tourne mal : commun, très commun. Et quant au saint homme, l'œuvre d'un employé de maison surpris pendant qu'il fouillait son bureau en pleine nuit. Lequel tue aussi le garde cosaque qui tentait d'intervenir, mais est lui-même touché mortellement dans l'échange de tirs...

— Qui croira à cette histoire ?

— J'ai une source à la résidence du patriarche qui la confirmera sous serment.

Komarov laissa errer son regard sur les feuillets qu'il venait de lire et sur la cassette enregistrée. Ses lèvres esquissèrent un sourire.

— Je n'en doute pas. Enfin, je ne veux plus rien entendre de tout cela. C'est clair ? Je ne suis au courant de rien.

— Mais vous souhaitez que les quatre individus qui veulent votre ruine soient mis hors d'état de nuire ?

435

— Certainement.

— Merci, président. C'est tout ce que j'avais besoin d'entendre.


La chambre à l'hôtel Spartak avait été reservée au nom de Kouzichkine, et quelqu'un répondant effectivement à ce patronyme se présenta à la réception. Mais sitôt après s'être fait enregistrer, il quitta les lieux, glissant au passage sa clé dans la main de Jason Monk, quand ils se croisèrent sur le perron. Des guetteurs tchétchènes avaient pris position dans le hall, les escaliers, surveillaient les ascenseurs. Bref, il n'y avait pas plus sûr moyen pour le clandestin de mener une conversation téléphonique d'une vingtaine de minutes : même si ses ennemis retrouvaient ensuite le numéro d'appel, il ne les conduirait qu'à une chambre vide, dans un hôtel anonyme de la périphérie dont les propriétaires n'avaient rigoureusement rien de tchétchène.

— Général Petrovski ?

— Encore vous !

— Vous avez tapé dans un sacré nid de guêpes, on dirait.

— Je ne sais pas d'où vous sortez vos tuyaux, mais ils sont plutôt bons.

— Merci. Seulement, Komarov et Grichine ne vont pas laisser passer ça si facilement.

— Et les Dolgorouki, alors ?

— De la piétaille. Le vrai danger, c'est Grichine et ses Gardes noirs.

— A propos, c'est vous qui avez lancé la rumeur que ma source était chez eux ?

— Des amis à moi.

— Malin. Mais risqué.

— Le talon d'Achille de Grichine, ce sont les papiers que vous avez saisis. Ils prouvent que la mafia entretient Komarov depuis le début, non ?

— Pas si vite ! On s'en occupe.

— De vous aussi, mon général.

— Hein ? Qu'est-ce que vous voulez dire ?

— Votre femme et Tatiana sont encore avec vous ?

— Oui.

— A votre place, je leur ferais quitter Moscou. Maintenant,

cette nuit. Un endroit sûr, loin d'ici. Vous aussi. Allez vous installer dans une caserne des SOBR. Je vous en prie.

Petrovski resta un moment silencieux.

— Vous avez appris quelque chose, alors ?

— S'il vous plaît, général ! Faites ce que je vous dis. Pendant qu'il est encore temps.

Monk raccrocha, pour composer dans la foulée un autre numéro, celui de Leonid Bernstein au siège de la Banque fédérale de Moscou. Comme il était tard, il tomba sur un répondeur automatique. Ne disposant pas du téléphone personnel du banquier, Monk ne put que prier pour qu'il n'oublie pas d'écouter ses messages au cours des prochaines heures : « Monsieur Bernstein, nous avons évoqué ensemble Babi Yar, **vous** vous rappelez ? Je vous conjure de ne pas vous rendre à votre bureau, même si vos affaires l'exigent. Je suis convaincu que Komarov et Grichine ont découvert qui leur barrait l'accès à la télévision. Allez rejoindre votre famille là où elle est, tant qu'il ne sera pas prudent de venir en Russie. »

Il reposa le combiné, loin d'imaginer qu'à plusieurs kilomètres de là, dans une villa sévèrement gardée, un voyant lumineux s'était mis à clignoter et que Leonid Bernstein, les sourcils froncés, était en train d'écouter sa mise en garde.

Le troisième appel fut pour le patriarche.

— Oui.

— Votre Sainteté ?

— Oui ?

— Vous me reconnaissez ?

— Bien sûr.

— Il faut que vous vous rendiez immédiatement au monastère de Zagorsk. Installez-vous là-bas, n'en sortez pas.

— Pourquoi ?

— Je crains que vous ne soyez en danger. L'autre soir, nous en avons eu un avant-goût.

— Mais je conduis la messe au monastère de Danilov, demain !

— Le métropolite peut vous remplacer.

— Je vais réfléchir à ce que vous me dites.

Au dernier numéro que composa Monk, on ne répondit qu'à la dixième sonnerie.

— Oui ? lança une voix bourrue.

— Général Nikolaïev ?

— Qui est... Attendez, je vous connais, vous ! Le satané Yankee.

— C'est bien moi.

— Bon, eh bien, les interviews, terminé, compris ? Négatif. J'ai fait ce que vous vouliez, j'ai dit ce que j'avais à dire, point final. Vous m'entendez ?

— Ne nous attardons pas. Vous devez quitter votre maison et trouver refuge auprès de votre neveu, à sa base.

— Pourquoi ?

— Certains n'ont pas du tout apprécié vos déclarations. J'ai l'impression qu'ils vont débarquer chez vous.

— Des voyous, hein ? Bah, rien que des conneries ! Qu'ils aillent tous se faire foutre ! Jamais battu en retraite de ma vie, mon gars ! C'est trop tard pour commencer.

Le vieux militaire raccrocha. Avec un soupir, Monk en fit de même. Il consulta sa montre. Vingt-cinq minutes. Il était temps de s'esquiver. De réintégrer sa tanière, de retourner à l'ombre de l'univers secret des Tchétchènes.


Deux nuits plus tard, le 21 décembre, les tueurs passèrent à l'action en quatre équipes séparées.

La plus importante, et la plus puissamment armée, se lança à l'assaut de la villa de Leonid Bernstein. Après une fusillade qui coûta la vie à quatre des douze gardiens et à deux assaillants, elle fit sauter la porte d'entrée et investit les lieux. Le personnel, sécurité comprise, fut regroupé dans la cuisine. Sous les coups, le chef de la garde continua à affirmer que leur employeur était parti à Paris deux jours plus tôt. Les domestiques, terrorisés, le confirmèrent entre deux sanglots. Les hommes en combinaisons et cagoules noires n'eurent plus qu'à remonter dans leurs camionnettes, en emportant leurs morts.

La seconde opération visait l'immeuble d'habitation de Koutouzovski Prospekt. Une Mercedes s'était présentée seule à la barrière d'accès. L'un des OMON, qui avait quitté la guérite bien chauffée pour aller parler au chauffeur, fut terrassé par deux hommes tapis derrière le véhicule, puis exécuté d'une balle dans le cou, juste au-dessus de son gilet pare-balles, avec une arme munie d'un silencieux. Sans avoir eu le temps de quitter la guérite, le deuxième soldat des forces spéciales connut le même sort, ainsi que celui en faction au rez-de-chaussée.

Arrivés en renfort, quatre Gardes noirs prirent position en bas, tandis que six autres montaient à l'étage de Petrovski. Là, à leur surprise, ils ne rencontrèrent aucun dispositif de sécurité sur le palier. Ils firent néanmoins sauter la porte blindée de l'appartement avec une charge de plastic de cinq cents grammes. Le valet en veste blanche n'eut que le temps de loger une balle dans l'épaule d'un attaquant avant d'être mis hors de combat. Mais il était seul sur les lieux et, après avoir cherché partout, l'escouade dut se replier bredouille. Dans la cour, ils essuyèrent le feu de deux autres OMON arrivés d'une autre entrée. Il y eut un mort de chaque côté. Les Gardes noirs battirent en retraite, grimpant dans trois jeeps qui les attendaient sur le boulevard.

A la résidence du patriarche, la tactique employée fut plus subtile. Un seul homme vint sonner à la porte, tandis que six complices se tenaient hors de vue. Inspectant l'inconnu par l'œilleton, le Cosaque lui demanda à l'interphone ce qu'il voulait. L'autre se contenta de lever une carte de milicien, authentique, et de lancer : « Ouvrez ! » Abusé, le Cosaque obéit et fut immédiatement abattu. Les assaillants traînèrent son cadavre à l'étage.

Le plan prévu était de tuer le secrétaire personnel avec le revolver du Cosaque, et d'exécuter le patriarche avec l'arme qui avait servi à l'entrée, laquelle serait ensuite glissée entre les doigts du secrétaire. Le père Maxime serait ensuite contraint de jurer que le Cosaque et le primat de Russie avaient découvert ensemble celui-ci en train de fouiller les tiroirs du bureau du patriarche, et que dans la rixe qui s'était ensuivie ils avaient succombé tous les trois. Le scandale ecclésiastique serait énorme, mais la milice ne pourrait guère aller plus loin.

Pourtant, en grimpant les escaliers, la bande tomba sur un prêtre adipeux, revêtu d'une chemise de nuit d'une propreté douteuse, qui leur cria :

— Mais que faites-vous ici ?

— Où est Alexeï ? demanda le meneur.

— Il est parti, bredouilla la disgracieuse apparition. Au monastère de la Trinité-Saint-Georges.

Après vérification, il s'avéra que le patriarche et les deux religieuses n'étaient plus là. Les tueurs s'esquivèrent, laissant la dépouille du Cosaque sur le plancher.

Quatre hommes seulement avaient été envoyés à la maison de campagne solitaire, près de l'autoroute de Minsk. Descendant de voiture, l'un d'eux alla frapper à la porte pendant que les autres se dissimulaient sous les arbres. Volodia, venu ouvrir, reçut une balle en pleine poitrine. Un chien-loup se jeta sur un Garde noir, plantant ses crocs dans le bras qu'il avait levé pour se protéger. Une balle pulvérisa la tête de l'animal.

Devant les braises de la cheminée, un vieil homme aux moustaches blanches recourbées les braquait avec un Makarov réglementaire. Il tira deux fois, atteignant d'abord le chambranle de la porte, puis celui qui venait d'abattre le chien.

Trois balles, coup sur coup, vinrent clouer le vieux général dans son fauteuil.

Il était dix heures du matin quand Omar Gounaïev lui passa un bref coup de fil.

— J'arrive juste au bureau. C'est le bordel, dehors.

— Comment ça ?

— Ils ont coupé Koutouzovski Prospekt. Des flics partout.

— Pourquoi ?

— D'après ce qui se dit, un immeuble habité par des hauts fonctionnaires a été attaqué cette nuit.

— Hé, ils ont fait vite... Il va me falloir un téléphone protégé.

— Et celui que tu utilises, là ?

— Repérable.

— Laisse-moi une demi-heure. Je t'envoie quelqu'un.

A onze heures, Monk était assis dans une petite pièce, au milieu d'un entrepôt regorgeant d'alcool de contrebande. Avec lui, un technicien qui achevait ses dernières mises au point sur le combiné.

— Il est relié à deux disjoncteurs, lui expliqua l'homme de l'art en montrant le téléphone. Si quelqu'un essaie de vous trouver, il tombera sur un restaurant à trois kilomètres d'ici, des gens à nous. S'il cherche encore, il arrivera à une cabine publique, au bout de la rue. Mais d'ici là, nous aurons été prévenus.

Monk commença par le domicile d'Oncle Kolya. Une voix masculine répondit.

— Passez-moi le général.

— Qui est à l'appareil ?

440

— Je pourrais poser la même question.

— Le général n'est pas disponible. Qui êtes-vous ?

— Général Malenkov, ministère de la Défense. Que se passe-t-il ?

— Pardon, mon général. Ici l'inspecteur Novikov, de la Brigade criminelle. Le général Nikolaïev est mort.

— Quoi ? Qu'est-ce que vous racontez ?

— La nuit dernière. Des cambrioleurs, visiblement. Le général et son aide de camp. Et le chien, aussi. La femme de ménage a découvert le carnage peu après huit heures.

— Je... je ne sais que dire. C'était un ami.

— Désolé, mon général. Dans le monde où nous vivons, ce...

— Reprenez votre travail, inspecteur. Je vais informer le ministre.

Monk raccrocha. Ainsi, Grichine avait perdu la tête, finalement. C'était ce à quoi il s'employait depuis des semaines, et cependant il jura entre ses dents en pensant que si le vieux militaire n'avait pas été si obstiné, il serait encore en vie.

Il appela ensuite le QG du GOUVD, rue Chabolovka.

— Passez-moi le général Petrovski, s'il vous plaît.

— Son poste est occupé, répondit le standardiste. Qui le demande ?

— Interrompez la communication. Dites que c'est au sujet de Tatiana.

Dix secondes plus tard, Petrovski était au bout du fil ; une certaine appréhension perçait dans sa voix.

— Oui, Petrovski.

— C'est moi. Le visiteur de la nuit.

— Allez au diable ! J'ai vraiment cru qu'il était arrivé un malheur.

— Elle et sa mère sont bien à l'abri ?

— Oui, à des kilomètres d'ici.

— Il y a eu une attaque, je crois savoir.

— Dix hommes masqués, armés jusqu'aux dents. Ils ont eu quatre OMON, et mon domestique.

— Mais c'est vous qu'ils voulaient.

— Evidemment. J'ai suivi votre conseil. J'ai déménagé. Qui a fait le coup ?

— Ce n'était pas la mafia. C'étaient les Gardes noirs.

— Les tueurs de Grichine... Pour quelle raison ?

441

— Les archives que vous avez prises. Ils ont peur qu'elles ne prouvent que les Dolgorouki et l'UFP sont main dans la main.

— Eh bien, ce n'est pas le cas. De la paperasserie sans intérêt, des reçus de casino...

— Mais cela, Grichine ne le sait pas ! Il redoute le pire. Vous êtes au courant, pour Oncle Kolya ?

— Le général ? Qu'est-ce qu'il a ?

— Ils l'ont descendu. Le même genre d'opération, cette nuit aussi.

— Merde...

— Il avait pris position contre Komarov, vous vous rappelez ?

— Bien sûr ! Mais je n'aurais jamais cru qu'ils iraient jusque-là. Les salauds... Dieu merci, je ne m'occupe pas des politiciens. Moi, c'est les gangsters.

— Non. Maintenant, vous vous occupez « aussi » des politiciens. Vous avez vos entrées à la direction de la milice ?

— Evidemment.

— Pourquoi ne pas les mettre au courant ? Vous l'avez appris de vos informateurs au sein de la pègre, par exemple...

Aussitôt après, Monk composa le numéro de la Banque fédérale de Moscou.

— Ilya, l'assistant de M. Bernstein, je pourrais lui parler ?

— Un moment, s'il vous plaît.

Le jeune homme ne fut pas long à répondre :

— Oui, qui est-ce ?

— Disons celui que vous avez failli flinguer dans le dos, l'autre jour, plaisanta Monk en anglais.

Un rire bref, puis :

— Oui, c'était moins une.

— Votre patron est au chaud ?

— Très, très loin.

— Bien. Dites-lui d'y rester.

— Sûr ! Sa villa a été attaquée cette nuit.

— De la casse ?

— Quatre morts chez les nôtres, deux chez les autres, visiblement. Ils ont tout mis sens dessus dessous.

— Vous voyez qui c'était, n'est-ce pas ?

— On s'en doute.

— Les Gardes noirs de Grichine. Pour se venger, sans aucun doute. Sans les télés, Komarov se sent tout nu.

442

— Ils risquent de le payer cher. Mon boss a pas mal d'influence.

— Il faut jouer à fond les chaînes privées. Les journalistes devraient essayer de poser quelques questions à des pontes de la milice. Leur demander s'ils comptent convoquer le colonel Grichine à propos de rumeurs persistantes, etc.

— Il leur faudrait des preuves.

— Non. C'est ça, débusquer l'info. On renifle quelque chose, on creuse ! Vous avez les moyens de joindre votre patron ?

— S'il le faut.

— Eh bien, refilez-lui le bébé. A plus.

Cette fois, il appela le quotidien du soir les *Izvestia*.

— Rédaction.

— Trouvez-moi Repine, le grand reporter, ordonna Monk en affectant un ton bourru.

— De la part ?

— Dites-lui que le général Nikolaïev veut lui parler d'urgence. Il comprendra.

C'était l'auteur de la fameuse interview au club des officiers de l'académie Frounzé. Il s'empressa de prendre la ligne.

— Oui, mon général ? Repine à l'appareil.

— Non, ce n'est pas le général. Il est mort. Il a été assassiné cette nuit.

— Hein ? Qui êtes-vous ?

— Un ancien tankiste, c'est tout.

— Comment l'avez-vous appris ?

— Peu importe. Vous savez où il habitait ?

— Non.

Une maison, à la campagne, près du village de Kobyakovo, pas loin de l'autoroute de Minsk. Vous pourriez prendre un photographe avec vous, ça va faire un raffut d'enfer ! Demandez à parler à l'inspecteur Novikov.

L'autre quotidien influent restait la *Pravda*, l'ancien organe du PCUS, qui soutenait la cause des néo-communistes mais qui, par souci de respectabilité, courtisait assidûment l'Eglise orthodoxe russe. Monk l'avait assez épluché pour se rappeler le nom du chef de la rubrique faits divers.

— Pamfilov, s'il vous plaît.

— Il est sorti, pour le moment.

Logique : comme ses collègues, il devait certainement être à

Koutouzousvki Prospekt, cherchant à glaner des détails sur l'assaut mené la nuit précédente contre l'appartement de Petrovski.

— Il a un portable ?

— Evidemment. Mais je ne suis pas autorisée à donner son numéro. Il peut vous rappeler ?

— Non. Joignez-le, dites-lui qu'un de ses contacts à la milice doit lui parler au plus vite, sur son portable. Je vous rappelle dans cinq minutes.

Le stratagème marcha. Le journaliste était dans sa voiture, devant l'immeuble de Petrovski.

— Oui, c'est qui ?

— Ecoutez, Pamfilov, j'ai dû mentir pour vous arriver à vous avoir. On ne se connaît pas. Mais j'ai en effet quelque chose pour vous. Cette nuit, il y a eu un autre attentat, à la résidence du patriarche. On a essayé de le tuer.

— Ça va pas, non ? Le patriarche ? Mais pour quel motif, voyons ?

— Si c'était la mafia, il n'y en aurait pas, non. Mais vous pourriez quand même aller voir.

— Où ? Au monastère de Danilov ?

— Ce n'est pas là qu'il vit. L'adresse, c'est 5, Tchisti Pereoulok.

Et il raccrocha. Pamfilov resta un moment l'écouteur plaqué sur l'oreille, tout éberlué. Jamais un coup pareil ne s'était présenté à lui de toute sa carrière. Si c'était vrai, il tenait là le scoop de sa vie.

En arrivant sur les lieux, il trouva la ruelle barrée par un cordon de la milice. En d'autres occasions, il lui aurait suffi de montrer sa carte de presse pour passer, mais cette fois les miliciens se montrèrent intraitables. Par chance, il aperçut un inspecteur qu'il connaissait bien, le héla par-dessus la barrière :

— Qu'est-ce qui se passe ?

— Un cambriolage.

— Mais tu es de la Crim', toi !

— Ils ont refroidi le gardien de nuit.

— Et le patriarche ? Alexeï II ? Il n'a rien ?

— Putain, mais comment tu sais qu'il habite ici ?

— T'occupe. Il n'a rien ?

— Non. Il était à Zagorsk. Ecoute, c'est juste un cambriolage qui a mal tourné, tu comprends ?

— Ah bon ? D'après mes tuyaux, ils cherchaient le patriarche, pourtant...

— Arrête tes conneries ! Des voleurs, c'est tout.

— Qui voulaient voler quoi ?

L'inspecteur parut décontenancé.

— D'où tu tires cette histoire ?

— T'occupe. Non, vraiment, ils ont emporté quelque chose ?

— Rien. Ils ont tué le vigile, fouillé la maison, et ils se sont barrés.

— Donc, ils cherchaient bien quelqu'un ! Mais ce quelqu'un n'était pas là. Mon vieux, quel scoop !

— T'as intérêt à y aller mollo, l'avertit l'inspecteur, après tout, tu n'as pas la moindre preuve.

Mais le journaliste avait semé le trouble dans son esprit, un trouble que la suite des événements ne fit que renforcer. Un milicien vint lui signaler qu'on l'appelait sur le téléphone de son véhicule. Au bout du fil, un général de l'état-major lui laissa entendre en quelques phrases que la piste évoquée par Pamfilov était la bonne.


Le 23 décembre, la presse moscovite était en émoi. Dès sa première édition, chaque quotidien alerté par Monk mit au premier plan « sa » nouvelle. Comme ils se lisaient mutuellement, les journalistes reprirent leurs papiers en établissant un lien entre les quatre attaques. Les télévisions en rendirent d'abord compte séparément, soulignant que trois des quatre personnes visées n'avaient échappé à la mort que par un heureux hasard.

Personne ne croyait à la thèse des cambriolages : que dérober au domicile d'un militaire retraité ou du patriarche, soulignaient les commentateurs, et pourquoi s'en être pris au seul appartement du général Petrovski, sans en « visiter » d'autres dans le même immeuble ? Pour ce qui était du richissime banquier Leonid Bernstein, ce mobile était plus convaincant. Mais les survivants de l'équipe de sécurité étaient formels : cela avait été une opération menée par un commando bien entraîné, non une effraction, et les assaillants avaient montré qu'ils recherchaient spécifiquement le maître des lieux. Tentative d'enlèvement, alors ? Dans deux des cas, cela n'avait pas de sens, et puis le général avait été abattu sur place...

On montra évidemment du doigt l'omniprésente mafia, tristement connue pour la brutalité de ses méthodes. Mais, objectaient les analystes les plus avisés, si ses motifs pouvaient se concevoir pour le général Petrovski — détesté par les gangsters —, voire pour Leonid Bernstein — l'appât d'une rançon à multiples zéros ? —, pourquoi la pègre se serait-elle souciée d'un vieux militaire trois fois héros de l'URSS, ou du patriarche de Moscou et de toutes les Russies ?

Les éditoriaux de la presse écrite déploraient unanimement et pour la millième fois le niveau d'insécurité qu'avait atteint le pays. Deux d'entre eux, allant plus loin, appelaient le président en exercice à prendre des mesures drastiques pour garantir l'ordre public dans la période cruciale que traversait la Russie, à moins d'un mois d'élections déterminantes.

Monk attendit la fin de la matinée pour reprendre ses coups de téléphone anonymes aux reporters qui, après la tension de la veille, commençaient à tourner en rond dans leurs bureaux.

Un mouchoir en papier roulé dans chaque joue afin de rendre sa voix méconnaissable, il fit le tour de tous ceux dont les comptes rendus à propos de la quadruple attaque avaient occupé le plus grand nombre de colonnes dans leurs sept quotidiens respectifs, en commençant par Pamfilov à la *Pravda* et Repine aux *Izvestia*.

— Vous ne me connaissez pas, et je ne peux pas vous donner mon nom. Pour moi, c'est une question de vie ou de mort. Mais entre compatriotes, de Russe à Russe, je vous conjure de me croire. Je suis un officier supérieur des Gardes noirs. Je suis aussi chrétien pratiquant. Depuis plusieurs mois, je suis de plus en plus révolté par l'hostilité envers notre foi, et envers l'Eglise en particulier, qui est présente au plus haut niveau de l'UFP, notamment chez Komarov et Grichine. En dépit de ce qu'ils peuvent bien déclarer en public, ils détestent l'Eglise et la démocratie. Ce qu'ils préparent, c'est une dictature à parti unique, sur le modèle nazi.

« J'ai décidé de parler. Je ne peux plus me taire. C'est le colonel Grichine qui a condamné à mort le général parce que Oncle Kolya ne s'était pas arrêté aux apparences, qu'il avait démasqué le vrai visage de Komarov. C'est lui qui a voulu supprimer le banquier, trop lucide lui aussi : vous ne le savez peut-être pas, mais Bernstein a usé de son influence auprès des chaînes de télévision privées pour qu'elles cessent de diffuser la propagande de l'UFP. C'est lui qui osé s'en prendre au patriarche, parce que Sa Sainteté redoute ce que Komarov veut faire de ce pays, et s'apprêtait à le dire publiquement. Et c'est lui qui a cherché à assassiner le chef du GOUVD, dont le seul tort est de s'en être pris aux Dolgorouki, sans l'argent desquels l'UFP ne serait rien. Si vous ne me croyez pas, vérifiez tout cela par vous-même. Mais je vous le dis en connaissance de cause : les Gardes noirs sont les responsables de ces quatre crimes.

Sur ces mots, il laissa chacun des sept journalistes estomaqué, les yeux fixés sur son téléphone désormais muet. Puis les sept, tour à tour, se mirent aussitôt en chasse.

Leonid Bernstein était en voyage à l'étranger, et injoignable, mais les responsables des deux stations commerciales ne se firent pas prier pour confier que le changement de leurs critères éditoriaux était en effet dû au consortium bancaire dont leur existence dépendait.

Le général Nikolaïev ne pouvait rien ajouter, puisqu'on l'avait fait taire à jamais. Cependant, les *Izvestia* décidèrent de publier de larges extraits de la seule et unique interview qu'il eût donnée, sous un gros titre dérangeant : « Est-il mort pour avoir parlé ? »

Tout le monde dans les rédactions se souvenait parfaitement des opérations coups de poing lancées par Petrovski contre les Dolgorouki, peu avant qu'un commando ne fasse irruption chez lui. Seul le patriarche, toujours cloîtré au monastère de Zagorsk, maintenait une certaine expectative, ne confirmant ni n'infirmant qu'il pouvait bien avoir été lui aussi la cible des Gardes noirs.

En milieu d'après-midi, le QG de l'UFP se retrouva en état de siège journalistique. A l'intérieur, la tension frisait la panique. Boris Kouznetsov, en bras de chemise, suait sous l'effort et allumait cigarette sur cigarette alors qu'il avait arrêté de fumer depuis deux ans : la rangée de téléphones posés devant le responsable des relations publiques ne lui laissaient pas une seconde de répit.

— Non, c'est faux ! l'entendait-on hurler de la pièce d'à côté à chaque nouvel appel d'une rédaction. Comment ? C'est un mensonge grossier, une scandaleuse diffamation, et ceux qui s'en feront l'écho devront en rendre compte devant la justice ! Vous dites ? Non, notre parti n'a rien à voir avec un quelconque groupe mafieux. Pourquoi tous les Russes voient-ils en Komarov

447

l'homme qui nettoiera le pays de la corruption et du crime, d'après vous ? Hein ? De quelles archives parlez-vous ? Les comptes des Dolgorouki aux mains du GOUVD ? Nous avons la conscience tranquille, mon vieux !... Qui vous permet de dire ça ? Bien, le général Nikolaïev avait en effet exprimé des réserves à l'égard de notre politique, mais c'était un homme très âgé, dont la mort ne peut en aucun cas être mise en relation... Attendez, je vous rappelle que toute comparaison entre Komarov et Hilter entraînera un recours devant les tribunaux... De quoi ? Quel officier des Gardes noirs ?

Retranché dans son bureau, le colonel Grichine ruminait ses propres problèmes. Après toutes ces années passées à la Deuxième Direction du KGB, il avait l'habitude de traquer les espions. Monk l'avait jusqu'ici doublé, il fallait le reconnaître. Mais les nouvelles allégations reprises désormais par la presse lui paraissaient encore plus graves : un officier supérieur de « ses » Gardes noirs, de l'élite qu'il avait lui-même triée sur le volet, trahissant la cause ? Grichine avait choisi un par un les six mille membres de son organisation militaire, et voici qu'on découvrait parmi eux, à leur tête même, un chrétien pratiquant, une lavette exprimant des scrupules à l'heure où le pouvoir était enfin à portée de main ? C'était impossible.

Pourtant, il se rappelait avoir lu quelque part un dicton courant chez les jésuites : « Donnez-moi un garçon jusqu'à l'âge de sept ans, et j'en ferai un homme. » Etait-il possible que l'un de ses meilleurs collaborateurs ait jadis été enfant de chœur, et que ce passé ait laissé en lui une marque indélébile ? Il fallait vérifier, passer au peigne fin les dossiers personnels de chacun. Mais aussi, qu'entendaient-ils par « officier supérieur » ? En fonction du grade réel de ce félon, les soupçons pouvaient se porter sur dix suspects, ou sur quarante, ou sur plus d'une centaine... L'enquête serait longue, et il n'avait pas de temps à y consacrer pour le moment.

A brève échéance, il lui faudrait sans doute convoquer toute la direction des Gardes noirs dans un endroit sûr et l'y séquestrer, renoncer temporairement à des collaborateurs expérimentés afin de trouver par la suite la brebis galeuse qui se dissimulait parmi eux. Mais les véritables responsables de tout cela expieraient un jour leur forfait, il se le jurait. A commencer par Jason Monk, dont le seul nom lui faisait crisper les poings.

A dix-sept heures, l'entretien avec Igor Komarov qu'il cherchait à obtenir depuis la fin de la matinée fut finalement accordé à Boris Kouznetsov. En ces moments de crise, il voulait faire profiter son idole de ce qu'il avait appris pendant ses études aux Etats-Unis. Là-bas, il avait pu constater *de visu* comment une campagne bien menée pouvait convaincre l'opinion d'avaler les pires absurdités, à partir du moment où elles étaient savamment emballées.

Kouznetsov vénérait son leader, mais il avait aussi foi dans le pouvoir des mots et de l'image. Comme les hommes politiques ou les avocats, il était persuadé qu'une argumentation finement pensée réussissait toujours à surmonter les obstacles les plus difficiles, à persuader, à ébranler, et enfin à décourager toute opposition. L'important n'était pas la véracité, mais la force de conviction du message. Il lui paraissait inimaginable que le public en arrive un jour, tout simplement, à ne plus croire en ce que disaient Komarov et l'UFP. Les « relations publiques », comme on appelle en Occident cette industrie qui brasse des milliards de dollars, pouvaient faire d'une dinde sans aucun talent une vedette, transformer un crétin en sage écouté par les foules, et le pire opportuniste en homme d'Etat respecté. En Russie, on désignait cette activité sous un autre terme, celui de « propagande » : mais le but et les méthodes étaient les mêmes.

Avec ces principes, et avec le talent du vidéaste Litvinov, il avait réussi à transformer un ancien ingénieur, certes naturellement doué pour les discours, en un colosse médiatique, en l'espoir vivant de toute une nation. Le monde des médias russes, habitué à la pesante et grossière propagande communiste qui avait marqué sa jeunesse, s'était pâmé d'admiration crédule devant cette image savamment forgée. Et puis, soudain, le mécanisme hypnotique s'était enrayé.

Une nouvelle voix, passionnée, avait désormais envahi les radios et les télévisions, que Kouznetsov en était venu à considérer comme une chasse gardée. Celle d'un prêtre appelant toute la Russie à révérer un Dieu vrai, à vouer sa confiance à une autre icône. Derrière lui se cachait un homme armé d'un simple téléphone — car Kouznetsov avait fini par apprendre la série de coups de fil reçus par les rédactions moscovites — qui chuchotait des mensonges, oui, mais des mensonges convaincants, à l'oreille de journalistes chevronnés que l'attaché de presse de l'UFP avait pourtant crus entièrement acquis à ses thèses.

Mots contre mots : Igor Komarov devait maintenant parler, élever une voix qui avait toujours su persuader, qui le saurait encore.

En entrant dans le bureau, Kouznetsov fut sidéré par le spectacle. A sa table, Komarov paraissait dans un état second ; partout, étalée sur le sol, la presse du jour, avec ses titres accusateurs qui semblaient le narguer. Le chef de l'UFP avait tout lu. Personne ne s'était jamais risqué à parler de lui de cette manière, jamais.

Persuadé qu'il avait la réponse à cette campagne de diffamation, Kouznetsov se ressaisit :

— Président, je viens vous recommander instamment de convoquer une conférence de presse dès demain.

Komarov le regarda un long moment, comme s'il n'avait pas compris. Depuis le début de son ascension, il avait toujours évité ces grands rassemblements médiatiques, incontrôlables, privilégiant les interviews soigneusement préparées, avec des questions connues à l'avance, ou les discours devant des foules déjà convaincues. Et Kouznetsov, qui l'avait encouragé dans cette voie, préconisait maintenant le contraire...

— Je ne donne pas de conférences de presse !

— Mais c'est le seul moyen d'en finir avec ces ignobles rumeurs, Igor Viktorovitch ! Les journalistes spéculent, spéculent, je n'arrive plus à les calmer. Personne ne le pourrait. C'est un engrenage infernal.

— Kouznetsov ! Je ne supporte pas les conférences de presse, et vous le savez.

— Mais vous êtes excellent devant la presse, Igor Viktorovitch ! Calme, pondéré, convaincant. Ils vous écouteront. Vous seul êtes en mesure de faire taire les rumeurs.

— Que disent les sondages ?

— La majorité pour vous, quarante-cinq pour cent... contre soixante-dix il y a quelques semaines. Vingt-huit pour cent pour Ziouganov, en progrès constant. Markov et l'Alliance démocratique remontent aussi un peu. Cela n'inclut pas les hésitants. Je ne peux vous cacher, Igor Viktorovitch, que ces deux derniers jours risquent de nous coûter encore dix pour cent, lorsque les effets de ces rumeurs transparaîtront dans les études d'opinion.

— Pourquoi devrais-je convoquer la presse ?

— Il y aura un retentissement énorme, président ! Toutes les télévisions seront suspendues à vos lèvres. Vous savez bien que vous êtes un orateur hors pair.

Après un temps de réflexion, Komarov opina du bonnet :

— Bien, prenez vos dispositions. Je vais préparer ma déclaration.

La conférence se tint le lendemain matin à onze heures, dans la grande salle des fêtes du Metropol. Après avoir remercié les correspondants russes et étrangers de leur présence, Boris Kouznetsov s'en prit sans tarder aux allégations insultantes qui circulaient depuis deux jours sur le compte de l'Union des forces patriotiques. Venu jusqu'ici malgré un emploi du temps surchargé afin d'apporter un démenti catégorique et définitif à ces viles accusations, il avait l'honneur de céder maintenant la parole au « futur président de la Russie, Igor Viktorovitch Komarov ».

Emergeant des rideaux tirés derrière la tribune, Komarov s'avança jusqu'au pupitre. Comme lors de tous ses meetings, il commença d'abord par évoquer la Grande Russie dont il assurerait le renouveau si le peuple lui accordait sa confiance. Au bout de cinq minutes, cependant, il parut déconcerté par le silence de la salle. Où étaient les murmures d'approbation ? Où étaient les applaudissements ? Où étaient les jeunes et bruyants supporters ? Levant les yeux vers des cieux lointains, il évoqua la glorieuse histoire de son pays, malheureusement tombé dans les griffes des banquiers cosmopolites, des profiteurs et des criminels. Sa péroraison ne souleva aucun mouvement d'enthousiasme, personne ne bondit sur ses pieds, le bras droit tendu dans le salut de l'UFP. Il termina dans le même silence.

— Des questions, peut-être ? risqua Kouznetsov.

C'était ce qu'il ne fallait pas demander. La presse étrangère était représentée en force, et la majorité des correspondants, comme ceux du *New York Times*, du *Times* et du *Daily Telegraph* de Londres, du *Washington Post*, de CNN, parlaient couramment le russe. Ce fut celui du *Los Angeles Times* qui ouvrit le feu.

— Monsieur Komarov ! Si je compte bien, votre campagne électorale a déjà coûté quelque deux cents millions de dollars.

Un record mondial, certainement. D'où vient l'argent, s'il vous plaît ?

Komarov le regardait, sans voix. Kouznetsov lui murmura quelques mots à l'oreille.

— Souscription publique, les dons du grand peuple russe, finit-il par articuler.

— Mais cela fait environ un an de salaire pour chaque citoyen, alors ! Non, vraiment, pouvez-vous répondre à ma question ?

Ses confrères se mirent de la partie :

— Est-il vrai que vous ayez l'intention d'interdire toutes les formations d'opposition, d'imposer le parti unique ?

— Que pensez-vous du fait que le général Nikolaïev ait été assassiné trois semaines après avoir pris position contre vous ?

— Est-ce que vous pouvez certifier que les Gardes noirs n'ont rien à voir avec les actions de commmando d'il y a trois jours ?

Les caméras de la télévision nationale et des chaînes privées ne perdaient rien du harcèlement que les journalistes imposaient au leader de l'UFP. Quand se leva le correspondant du *Daily Telegraph*, dont le collègue Mark Jefferson avait été tué à Moscou l'été précédent et qui lui aussi avait reçu un appel téléphonique anonyme, toutes se braquèrent sur lui.

— Monsieur Komarov, avez-vous entendu parler d'un document secret appelé le « Manifeste noir » ?

Un silence étonné tomba. Aucun autre correspondant, russe ou étranger, ne voyait ce dont il voulait parler. Lui-même n'en savait guère plus, d'ailleurs. S'accrochant au pupitre et mobilisant ses dernières réserves de patience, Igor Komarov blêmit et lança, la gorge sèche :

— Quel manifeste ?

Encore une erreur.

— D'après mes informations, monsieur, c'est un texte confidentiel qui expose en détail votre programme : le retour au système du parti unique, la réouverture du goulag pour les opposants, la création d'une police politique formée de deux cent mille Gardes noirs, et l'invasion des républiques voisines de la Russie.

On aurait pu entendre une mouche voler. Quarante des correspondants présents venaient d'Ukraine, de Bélarus, de Lettonie, de Lituanie, d'Estonie, de Géorgie ou d'Arménie ; une bonne moitié de la presse russe soutenait les partis promis à la

452

dissolution, et s'exposait donc à un sombre avenir. Tous les yeux étaient braqués sur Komarov, tout le monde retint son souffle, attendant de savoir si le journaliste britannique disait vrai.

Alors, le leader commit sa troisième, sa plus grave erreur : il perdit la tête.

— Je n'écouterai pas un instant de plus ces saloperies ! hurla-t-il dans le micro avant de quitter précipitamment la tribune, suivi par un Kouznetsov atterré.

Derrière les rideaux, le colonel Grichine observait la presse assemblée, les pupilles agrandies par une haine implacable. « Encore un peu de patience, pensait-il, juste un peu... »

# Chapitre 19

Au sud-ouest du centre de Moscou, pris dans une boucle de la Moskova, s'élève le couvent médiéval de Novodevitchi, dont les murs dominent le grand cimetière du même nom. Ces dix hectares de terre abrités par les pins, les bouleaux, les saules et les tilleuls recèlent vingt-deux mille tombes, celles de Russes célèbres inhumés ici depuis deux siècles.

Le cimetière est divisé en onze aires. Les quatre premières, bordées d'un côté par l'enceinte du couvent et de l'autre par le mur de séparation central, sont la dernière demeure de personnalités disparues au cours du XIXᵉ siècle. De la cinquième à la huitième section repose ce que l'ère communiste a connu de meilleur et de pire : maréchaux, hommes politiques, savants, académiciens, écrivains, les pierres tombales de la plus grande simplicité côtoyant de prétentieux caveaux. Le cosmonaute Youri Gagarine, mort en pilotant un prototype alors qu'il était sous l'emprise de la vodka, se trouve à quelques mètres de l'effigie en pierre de Nikita Khrouchtchev. Des avions, des missiles, des canons ciselés dans le granit rappellent ce que furent les activités de tel ou tel disparu, tandis que des statues aux yeux stoïques contemplent le néant.

En bas de l'allée principale, derrière un autre mur percé d'un étroit passage, commencent trois sections de plus petite taille, les neuvième, dixième et onzième. L'espace y est limité, et recherché, de sorte qu'à l'hiver 1999 il ne restait plus guère de concessions libres. Mais l'une d'elles était réservée pour le général Nikolaïev, et le 26 décembre elle accueillit la dépouille d'Oncle Kolya.

Son neveu, Micha Andreïev, avait essayé de répondre aux dernières volontés du général, telles qu'il les avait exprimées lors de son dîner d'anniversaire : vingt généraux étaient présents, dont le ministre de la Défense en titre, et le service fut conduit par l'un des deux métropolites de la capitale. « Tout le tintouin », avait demandé le vieux guerrier : alors, les vapeurs puissantes de l'encens montaient dans l'air glacé, les chants de la liturgie funéraire orthodoxe s'élevaient.

La pierre tombale, une dalle de granit en forme de croix, ne portait que son nom et, en dessous, cette simple formule : *Rousskii soldate*, « Un soldat russe ».

Le major Andreïev prononça un bref éloge : Oncle Kolya avait voulu être enterré en bon chrétien, mais il détestait les grandes phrases.

Puis, alors que le métropolite disait la bénédiction ultime, il déposa sur le cercueil les trois médailles en or, ornées d'un ruban cramoisi, la triple distinction de héros de l'URSS. Huit de ses hommes, des officiers de la division d'élite Taman, portèrent la bière en terre. Andreïev se recula et fit le salut militaire, imité par les généraux.

Alors qu'il remontait l'allée vers la sortie et la cohorte de voitures officielles, il sentit une main se poser sur son épaule.

— Affreux, vraiment, remarqua le général Boutov, un des vice-ministres de la Défense. Une fin pareille, c'est horrible.

— Un jour, je les retrouverai. Et ils paieront.

Boutov parut gêné. C'était un homme d'appareil, plus à l'aise dans les bureaux que devant la troupe, et qui n'avait jamais vu le feu.

— Euh, oui, bien sûr, je suis certain qu'ils font tout leur possible, à la milice...

Sur le trottoir, les gradés vinrent solennellement lui serrer la main, un par un, avant de monter dans leurs limousines de fonction. Le major Andreïev fit signe à son chauffeur et repartit à sa base.


A une dizaine de kilomètres de là, alors que la lumière hivernale déclinait rapidement, une silhouette courtaude se glissa furtivement dans l'église aux coupoles d'or qui donnait sur la place des Slaves. Cinq minutes plus tard, le colonel Anatoli Grichine apparut.

— Tu m'as eu l'air perturbé, commença à voix basse le colonel.

— Je suis mort de peur, oui !

— Il ne faut pas, il ne faut pas. Nous avons subi quelques revers, mais rien d'irréparable. Mais dis-moi, pourquoi le patriarche est-il parti si soudainement ?

— Je n'en sais rien ! Le 21 au matin, on l'a appelé du monastère de Zagorsk. C'est le secrétaire qui a répondu. Moi, je n'étais pas au courant. Tout ce qu'on m'a dit, c'est de préparer une valise.

— Mais pourquoi ?

— Je ne l'ai appris qu'ensuite : en fait, à Zagorsk, ils avaient invité le père Gregor à prononcer le sermon. Le patriarche a décidé d'aller l'écouter là-bas.

— Et donc de donner son aval à ces méprisables boniments ! Sans avoir besoin de dire un seul mot. Sa présence suffisait...

— Quoi qu'il en soit, j'ai demandé si je pouvais venir, moi. Le secrétaire a répondu que non : seulement lui, et un des Cosaques pour conduire la voiture. Les deux religieuses étaient parties rendre visite à des parents.

— Et tu ne m'as pas alerté.

— Comment aurais-je su ce qui se préparait pour le soir ? se défendit le majordome d'une voix plaintive.

— Continue.

— Eh bien, après les événements, j'ai dû appeler la milice : avec le cadavre du Cosaque à l'étage, vous comprenez... Au matin, j'ai téléphoné à Zagorsk, j'ai raconté au secrétaire que des cambrioleurs étaient rentrés, qu'il y avait eu des coups de feu tirés, rien d'autre. Mais ensuite la milice a donné une autre version : ils ont parlé d'une attaque qui visait Sa Sainteté en personne.

— Ensuite ?

— Le secrétaire m'a rappelé. Il m'a dit que le patriarche était très ébranlé — « bouleversé », c'est le mot qu'il a employé —, notamment par la mort du garde. En tout cas, il n'est rentré qu'hier, principalement pour la cérémonie à la mémoire du Cosaque, avant que son corps ne soit envoyé à sa famille, dans le Sud.

— Donc, il est de retour à Moscou. Et c'est pour m'annoncer ça que tu m'as fait venir ici ?

— Bien sûr que non ! C'est à propos des élections...

— Pas de souci à se faire pour les élections, mon vieux. Malgré tous nos ennuis, Markov va certainement être éliminé au premier tour. Contre le communiste, Komarov conserve toutes ses chances.

— Justement, colonel ! Ce matin, Sa Sainteté s'est rendue à la Vieille Place pour rencontrer le président, à sa demande. Visiblement, il y avait deux généraux de la milice présents, et d'autres encore.

— Comment le sais-tu ?

— Il est revenu pour le déjeuner, qu'il a pris dans son bureau, en compagnie du secrétaire. Je faisais le service, ils n'ont pas fait attention à moi. Ils parlaient de la décision qu'a prise Markov, finalement.

— Et quelle est cette décision ?

Les mains du père Maxime tremblaient tellement que sa bougie vacilla, éclairant d'une lueur hésitante le visage de la Vierge à l'enfant sur le mur.

— Allons, du calme !

— Je ne peux pas. Ecoutez, colonel, il faut vous mettre à ma place : j'ai tout fait pour vous aider, parce que je désire le triomphe d'Igor Viktorovitch. Mais continuer, c'est impossible. Le commando de l'autre soir, notre rencontre maintenant... Tout devient trop dangereux.

Il fit la grimace en sentant des doigts de fer lui saisir le bras.

— Trop tard pour reculer, Klimovsky ! Le choix est simple, pourtant : ou bien rester un larbin et passer les plats toute ta vie — en soutane et avec la bénédiction du patriarche, d'accord, mais un larbin quand même. Ou bien patienter encore vingt et un jours, jusqu'à notre victoire, et t'élever à une position que tu n'imaginais pas, même dans tes rêves ! Alors, cette décision du président ?

— Il n'y aura pas d'élections.

— Quoi ?

— Enfin, si, il y aura des élections, mais sans Igor Viktorovitch.

— Il n'osera pas, murmura Grichine. Il ne se risquera pas à disqualifier notre chef. Plus de la moitié du pays nous soutient...

— Ils vont beaucoup plus loin que cela, colonel ! Apparemment, les généraux ont exigé des mesures. Le meurtre du général, les menaces contre le banquier, contre Petrovski, et surtout contre Sa Sainteté... Ils ont dit qu'il fallait répliquer.

— Répliquer comment ?

— Le 1er janvier. Ils pensent que tout le monde aura tellement fêté le nouvel an qu'ils seront incapables de se défendre.

— Qui ça, tout le monde ? Se défendre contre quoi ? Explique-toi, imbécile !

— Votre monde ! Ceux que vous commandez. Ils ne pourront pas répondre à une attaque en règle. Les autres sont en train de mettre sur pied une force de quarante mille hommes : la garde présidentielle, les unités spéciales des SOBR, les OMON, les Spetsnaz, toutes les troupes de choc du ministère de l'Intérieur !

— Et ils veulent quoi ?

— Vous arrêter, vous ! Vous inculper d'atteinte à la sûreté de l'Etat. Ecraser les Gardes noirs, les rafler dans leurs casernes, ou les détruire au combat.

— Ils ne peuvent pas. Ils n'ont pas de preuves !

— D'après ce que j'ai entendu, il y a un officier haut placé chez vous qui est prêt à témoigner. C'est ce que le patriarche a répondu au secrétaire, quand il a fait la même remarque que vous.

Grichine en resta pétrifié. Une voix en lui continuait à soutenir que ces pantins timorés n'oseraient jamais passer aux actes, mais une autre voix lui conseillait de prendre garde. Igor Komarov, qui n'avait jamais daigné descendre dans l'arène de la Douma, n'était pas protégé par l'immunité parlementaire. Et lui non plus.

Qu'un haut responsable des Gardes noirs se risque en effet à témoigner, et le procureur de Moscou pourrait signer des mandats d'arrêt, dont la durée serait calculée pour les maintenir en détention jusqu'aux présidentielles.

Grichine était bien placé pour connaître les extrémités auxquelles la panique peut conduire un homme : se jeter par la fenêtre, se précipiter sous un train, essayer d'escalader des barbelés... Si le président, son entourage, sa garde prétorienne, les chefs de la milice, les hauts fonctionnaires comprenaient désormais ce qui les attendait après la victoire d'Igor Komarov, ils devaient tous être animés d'une telle frayeur.

— Retourne à la résidence, reprit-il enfin, et n'oublie pas ce que je t'ai dit. Tu es allé trop loin pour quémander le pardon de ce régime. Dans ton intérêt, il faut que l'UFP gagne. Je veux être tenu au courant de tout ce que tu pourras voir, entendre, surprendre, glaner. La moindre audience, la moindre réunion. Tu ne dois pas relâcher ta surveillance jusqu'au nouvel an.

Le prêtre fut trop content de pouvoir s'esquiver. La journée n'était pas terminée qu'il apprenait que sa vieille mère avait contracté une pneumonie. Le patriarche lui donna congé, en exprimant ses vœux de prompt rétablissement. Le soir même, il montait dans un train pour Jitomir. Il avait fait tout ce qui était humainement possible, se répétait-il, voire plus encore. Mais saint Georges lui-même et tous ses anges ne l'auraient pas persuadé de rester une minute de plus à Moscou.

A ce moment, Jason Monk rédigeait son dernier message pour Sir Nigel. Désormais privé de son ordinateur, il l'écrivit soigneusement, en capitales, sur deux pages de grand format qu'il photographia ensuite en plusieurs exemplaires, avec l'appareil procuré par Omar Gounaïev. Puis il brûla les feuillets, fit disparaître les cendres dans les toilettes. Eteignant la lumière, il glissa le microfilm impressionné dans le réceptacle prévu, pas plus grand que la dernière phalange de son petit doigt.

A neuf heures moins dix, Magomed et deux autres gardes du corps le conduisirent à l'adresse qu'il leur donna, une modeste isba de Nagatino, dans la lointaine périphérie du sud-est de Moscou.

Un homme âgé lui ouvrit la porte. Monk ne pouvait savoir, en découvrant cet inconnu mal rasé, aux membres frêles couverts d'un gros pull de laine informe, qu'il avait jadis été un professeur réputé de l'université de Moscou, jusqu'au jour où il avait osé défier le régime communiste en défendant, dans un polycopié destiné à ses étudiants, les valeurs de la démocratie.

Cela s'était passé bien avant la période des réformes. Sa réhabilitation était venue tard, trop tard pour signifier grand-chose, et avec elle une maigre retraite de fonctionnaire. Mieux que rien, puisque son texte lui avait coûté son emploi et son appartement, puisqu'il avait dû se résigner à devenir balayeur de rue. Mais du moins s'était-il toujours consolé en pensant qu'il avait échappé aux camps de travail. En ce temps-là, l'alternative était simple pour les fauteurs de troubles : ou bien ils étaient emprisonnés, ou bien on les privait de leurs moyens de subsistance. C'est ainsi que le Premier ministre tchécoslovaque Alexandre Dubček s'était retrouvé bûcheron...

Mais s'il avait survécu, c'était grâce à un passant anonyme rencontré un jour sur un trottoir, un homme à peu près du même âge que lui, s'exprimant dans un russe passable, quoique fortement teinté d'un accent étranger. Rien d'extraordinaire, avait proposé l'attaché d'ambassade au fil de leur conversation, juste un petit coup de main de temps à autre, grâce à un passe-temps inoffensif qu'il avait suggéré à l'ancien professeur. Depuis, les versements réguliers, en devises, lui avaient permis d'échapper à la misère. Mais il n'avait jamais appris le vrai nom de Sir Nigel Irvine : pour lui, il était « Lessa », le Renard.

Vingt ans plus tard, il se tenait sur le seuil, méfiant, dans l'expectative.

— *Chto khatieli ?* interrogea-t-il. Qu'est-ce que vous voulez ?

— J'ai un bon morceau pour le Renard.

Sans un mot de plus, le vieillard tendit une main dans laquelle Monk posa le minuscule boîtier. La porte se referma, le visiteur retourna à sa voiture.

A minuit, le petit Martti prit son envol, son précieux fardeau accroché à la patte droite. C'était Mitch et Ciaran qui l'avaient apporté à Moscou, *via* la Finlande. Brian Vincent, capable de se retrouver dans le dédale des rues de la banlieue, s'était chargé de la livraison.

Battant des ailes, Martti établit rapidement son vol à une altitude de trois cents mètres, dans un froid qui aurait réduit un être humain à l'état de glaçon.

Le hasard fit qu'à cet instant l'un des satellites d'Intelcor entrait dans sa parabole au-dessus des steppes gelées de Russie. Obéissant au programme, il lança, à la verticale de Moscou, le message familier : « Tu es là, fiston ? », sans savoir qu'il avait, à son précédent passage, porté le coup fatal à son enfant informatique.

Depuis leur centre de réception à l'extérieur de la capitale, les techniciens de la FAPSI, alertés, attendirent le bip-retour qui allait enfin leur permettre de localiser, à l'immeuble près, l'origine du mystérieux émetteur caché quelque part dans la ville. Mais le satellite s'éloigna sans obtenir de réponse.

Dans son minuscule cerveau, par contre, une impulsion

magnétique guidait Martti vers sa contrée natale, là où trois ans plus tôt, poussin aveugle et maladroit, il avait fait ses premiers pas. Fendant l'obscurité glaciale, le pigeon voyageur mit cap au nord, pour une odyssée interminable que seul son désir de rentrer à la maison lui donnait la force d'accomplir.

Personne ne pouvait le voir tandis qu'il franchissait la côte, laissant les lumières de Saint-Pétersbourg à sa droite. Contre le vent impitoyable, il poursuivit sa route. Seize heures après son départ de Moscou, il s'abattit, épuisé, sur le toit d'un immeuble de la banlieue d'Helsinki. Des mains bien chaudes le réconfortèrent, lui retirèrent la capsule attachée à sa patte. Trois heures plus tard, Sir Nigel Irvine prenait connaissance de son contenu à Londres.

La lecture du texte de Monk le fit sourire. La dernière manche était décidément engagée. Son émissaire devait remplir encore une ultime tâche, avant de se mettre de nouveau à l'abri, et de lever enfin le camp sans risque. A moins que... Même l'ancien chef du SIS ne pouvait prédire ce que le Virginien franc-tireur avait encore dans son sac.


Au moment où Martti quittait l'espace aérien russe à tire-d'aile, Igor Komarov et Anatoli Grichine étaient au travail dans les locaux de l'UFP désertés pour la nuit. Seuls les vigiles en bas, et la meute déchaînée des chiens, au-dehors, leur tenaient une sombre compagnie.

Komarov, assis à son bureau, avait le teint encore plus cireux que d'habitude dans la lumière des quelques lampes allumées. Il venait d'entendre le compte rendu de la rencontre entre le colonel et son informateur à la résidence du patriarche.

Grichine n'avait pas pu s'empêcher de noter qu'à ces nouvelles alarmantes son chef s'était tassé dans son fauteuil, que son assurance péremptoire avait laissé place à une expression de désarroi profond, bref, qu'il n'était plus le même homme.

Les dictateurs les plus impitoyables, soudain privés de leur pouvoir, se transforment en avortons tremblants, à la recherche du premier recoin où se terrer : c'est ce qui arriva à Mussolini, l'orgueilleux *Duce*, un certain soir de l'année 1944. En apprenant que les banques n'honorent plus leurs dépenses, que leur jet privé a été saisi, que leurs collaborateurs ont fui le château de cartes avant qu'il ne s'effondre entièrement, les nababs déchus connaissent la même transformation, et leur ton sans appel ne sonne bientôt plus que comme de dérisoires rodomontades.

L'ancien kégébiste connaissait ce phénomène. Il avait vu des ministres ou des généraux, hier encore pleins de l'assurance méprisante des privilégiés de la nomenklatura, se recroqueviller dans leur cachot, effondrés, à la merci du verdict sans pitié qu'allait rendre le parti.

Ici aussi, le navire faisait eau, le temps des belles paroles était passé. Son heure, à lui aussi, était venue. Il avait toujours méprisé Kouznetsov, avec son petit univers de mots et d'images, assez naïf pour penser qu'un communiqué de presse suffirait à affirmer son pouvoir. Mais en Russie, le pouvoir était au bout du fusil : il en avait toujours été ainsi, il n'en serait pas autrement. Et, paradoxalement, c'était grâce à celui qu'il haïssait le plus au monde, à cette plaie venue d'outre-Atlantique, qu'il disposait à présent d'une occasion inédite : le président de l'UFP désarçonné, toute sa superbe enfuie, prêt à écouter tous les conseils que lui, Grichine, pourrait lui dispenser.

Il n'avait en effet aucunement l'intention de capituler devant les traîneurs de sabre du président Markov. Pour l'instant, Komarov lui restait nécessaire. Mais il comptait bien tirer son épingle du jeu, et connaître une destinée finalement encore plus prestigieuse que prévu...

Komarov n'était plus qu'un Richard II moderne, écrasé par la soudaineté et la brutalité avec lesquelles le sort l'avait accablé, incapable de comprendre comment il était tombé aussi vite, même si, confusément, il percevait chaque étape de sa déchéance.

Début novembre, il restait assuré d'un triomphe écrasant sur ses adversaires politiques. Certes, la disparition du manifeste, quatre mois plus tôt, l'avait préoccupé sur le coup, mais puisqu'il n'y avait pas eu de conséquences visibles, puisque les coupables avaient été châtiés et le journaliste britannique trop fouineur réduit au silence, il avait poursuivi sa marche vers la victoire.

Quand on lui avait montré la photographie d'un mystérieux agent américain, en lui assurant qu'il constituait un sérieux danger, il n'avait pu y croire réellement. Le sabotage de l'imprimerie, la paralysie des publications de l'UFP l'avaient mis en rage, sans l'inquiéter outre mesure : la violence était une composante inévitable de la civilisation russe, un aspect de la réalité que jusqu'alors il avait laissé à l'appréciation du colonel Grichine. En fait, le premier signal d'alarme vraiment préoccupant avait été pour lui le revirement des télévisions privées.

Vouant le plus grand mépris à l'Eglise et au clergé, il n'avait jamais cru sérieusement qu'Alexeï II puisse convaincre les autorités en place, avec ses projets fumeux de restauration monarchiste, ni que le patriarche rencontre un réel écho dans la population. N'était-il pas là, lui, Igor Viktorovitch Komarov ? Lui, le sauveur, le garant d'une nouvelle Russie ? Pourquoi les Russes se seraient-ils tournés vers Dieu, puisqu'ils l'avaient, lui ?

Que le juif Bernstein ait pris fait et cause contre lui, c'était compréhensible : si cette vipère d'Américain lui avait fait lire le manifeste, sa réaction n'était guère étonnante. Mais la brusque sortie du général Nikolaïev l'avait ébranlé. Pourquoi cette hostilité ? L'ancien héros de la guerre ne voyait-il pas l'avenir glorieux que lui, Komarov, réservait à l'armée de Russie ? Comment l'illustre militaire aurait-il pu s'émouvoir du sort promis aux Tchétchènes, aux juifs, à ces quantités négligeables ?

Et puis, il y avait eu les Dolgorouki, ulcérés par les raids de la Brigade antigang, puis le déchaînement de la presse. Dans son esprit, dans son désarroi plutôt, tout se mélangeait désormais, Eglise, mafia, journalistes, juifs, Tchétchènes, étrangers, tous promis au châtiment, mais tous s'acharnant à conspirer à sa perte...

— Ces quatre tentatives d'assassinat, c'était une erreur, observa-t-il d'une voix lasse, s'efforçant de reprendre le fil de son raisonnement.

— Pardon, Igor Viktorovitch, mais à mon sens, ces actions étaient tactiquement impeccables. Si trois des coupables en ont réchappé, ce n'est que grâce à la chance insensée qui les a protégés.

Un grognement dubitatif fut sa seule réponse. Chance ou malchance, l'important était les conséquences. Comment les journaux en étaient-ils arrivés à le soupçonner ? D'où venait la fuite ? Après avoir bu ses moindres paroles, les médias s'étaient mis à l'agresser sans répit. La conférence de presse avait été un désastre : ces étrangers impudents, hurlant leurs absurdes questions... Voilà où conduisaient les brillantes idées de Kouznetsov, ce monsieur je-sais-tout qu'il avait toujours écouté patiemment, et qui l'avait conduit dans ce traquenard.

— Dites, colonel, votre source... Vous en êtes sûr ?

— Oui, président.

— Vous lui faites confiance, donc ?

— Certainement pas. Je fais confiance à ses ambitions, et à ses frustrations. C'est quelqu'un de vénal, d'aucunement recommandable, un sous-fifre qui rêve d'une vie de satrape et qui est persuadé que nous allons faire de ses rêves une réalité. Grâce à lui, nous avons été au courant toutes les fois que le patriarche a reçu l'espion anglais, ou l'Américain. Vous avez d'ailleurs eu entre les mains la transcription de la seconde rencontre avec Monk, contenant de telles menaces que j'ai cru nécessaire de vous proposer des mesures énergiques contre les intrigants...

— Mais là, maintenant... auront-ils vraiment le courage de nous attaquer ?

— Je ne pense pas que nous puissions l'exclure. Désormais, c'est sans les gants, comme on dit. Notre intérimaire de président, ce crétin borné, sait qu'il n'a aucune chance contre vous, mais qu'il pourrait triompher de Ziouganov. Les généraux à la tête de la milice viennent juste de comprendre le genre de purge qui les attend si vous arrivez au pouvoir. En s'appuyant sur les allégations à propos du financement de l'Union par la mafia, ils peuvent monter un dossier judiciaire contre nous... Non, sincèrement, je crois qu'ils sont capables de tout. Ou du moins d'essayer.

— Si vous étiez à leur place, colonel, que feriez-vous ?

— La même chose. Au début, quand ce maudit prêtre m'a raconté ce qu'il avait entendu en servant le patriarche à déjeuner, je me suis dit : impossible. Mais plus j'y réfléchis, plus cela me paraît plausible. L'aube du 1er janvier, c'est une excellente idée ! Qui n'aura pas bu plus que de raison pendant toute la nuit ? Qui sera encore debout ? Qui pourra surmonter sa gueule de bois pour réagir à temps ? Regardons les choses en face : un jour pareil, pas un de nos hommes ne tiendra encore sur ses jambes... à moins d'avoir été consigné à la caserne, au régime sec. Leur plan tient vraiment debout.

— Vous savez ce que vous êtes en train de dire ? Que tout est fini. Alors, tout ce que nous avons fait, c'était en vain ? La Russie que nous voulions n'existera jamais ? Simplement à cause d'un arriviste aux abois, d'un calotin qui voit le tsar redescendu sur terre, d'un superflic à qui les journalistes ont monté la tête ?

Grichine se leva et se pencha par-dessus le bureau de Komarov.

— Nous sommes allés aussi loin pour rien ? Non, Igor Viktorovitch ! Ainsi que je vous l'ai déjà dit, connaître les intentions de l'ennemi est primordial. Nous les connaissons. Et il ne nous laisse qu'une seule solution : frapper les premiers.

— Frapper ? Frapper qui ?

— Nous devons prendre Moscou, président. Prendre la Russie. Après tout, elle devait vous revenir dans quinze jours ! Le soir du nouvel an, nos ennemis seront en train de réveillonner, leurs troupes consignées dans leurs casernes jusqu'à l'aube. Eh bien, je suis capable de lever quatre-vingt mille hommes et de m'emparer de toute la ville cette nuit-là. Et qui dit Moscou dit la Russie.

— Un coup d'Etat...

— Ce ne serait pas la première fois, Igor Viktorovitch ! Toute l'histoire de la Russie et de l'Europe abonde en visionnaires énergiques qui ont su saisir l'occasion quand il le fallait, et du même coup les rênes de l'Etat. Mussolini s'est rendu maître de Rome, puis de l'Italie entière. Les colonels, d'Athènes puis de toute la Grèce. Pas de guerre civile, non, juste une frappe précise et imparable : les perdants s'exilent, leurs partisans s'affolent et cherchent à pactiser. Je vous le garantis : au premier jour du XXIe siècle, la Russie peut être à vous !

Komarov était songeur. Réquisitionner les studios de la télévision nationale, s'adresser solennellement au peuple, qui approuverait le châtiment des conspirateurs prêts à annuler les élections. Arrêter les généraux, accepter le ralliement de leurs subalternes, trop contents d'occuper les postes ainsi libérés...

— Est-ce faisable ?

— Vu la corruption généralisée, Igor Viktorovitch, chez nous tout se vend et tout s'achète. C'est justement pour en finir avec cette gabegie que la nation vous attend ! Avec la somme nécessaire, je peux acheter toutes les troupes dont nous aurons besoin. Un seul mot de vous, et le jour de l'an, à midi, je vous ouvrirai la porte des appartements présidentiels au Kremlin !

Le menton posé sur ses mains croisées, Komarov resta un moment les yeux fixés sur son buvard, avant de les relever vers Grichine :

— Allez-y.

Prendre Moscou par la force : s'il avait dû se préparer en quatre jours, le colonel n'y serait jamais arrivé. Mais avant même d'aller convaincre le leader de l'UFP, il avait déjà commencé à prendre ses dispositions. Depuis plusieurs mois, il travaillait à l'instauration d'un régime autoritaire dès le lendemain de la victoire aux présidentielles de janvier. L'aspect politique, c'est-à-dire la mise hors la loi des partis d'opposition, serait l'affaire de Komarov. Lui, son premier objectif était de s'annexer les secteurs de l'appareil d'Etat prêts à collaborer, et de neutraliser ceux qui n'accepteraient pas leur conception de la Nouvelle Russie.

Parmi ces derniers, le principal obstacle serait de toute évidence la garde présidentielle, trente mille soldats d'élite dont six mille basés à Moscou, et un millier déployés en permanence au Kremlin. Commandés par le général Sergueï Korine — successeur d'Alexandre Korjakov, l'éminence grise d'Eltsine dont la presse avait fait ses choux gras —, encadrés par des officiers personnellement choisis par feu le président Tcherkassov, ils n'accepteraient jamais de se rallier aux putschistes.

Ensuite, il y avait l'énorme machine militaire du ministère de l'Intérieur, cent cinquante mille hommes qui, heureusement pour Grichine, étaient disséminés sur tout l'immense territoire russe : ils n'étaient que cinq mille à Moscou et aux abords de la capitale. Mais les généraux du ministère, qui devaient déjà avoir découvert qu'ils figuraient en tête sur la liste des ennemis à abattre de l'UFP, résisteraient jusqu'au bout.

Puis venaient les deux branches de la lutte antigang, la fédérale et celle de Moscou, dirigée par le général Petrovski, avec leurs unités spéciales, les OMON et les SOBR. La mafia des Dolgorouki exigeant une revanche exemplaire contre ces empêcheurs de trafiquer en paix, leur avenir dans la Russie nouvelle était tout tracé : derrière des barbelés, ou devant des pelotons d'exécution.

Quant à l'armée russe proprement dite, toujours réticente à intervenir dans des conflits intérieurs, il faudrait faire en sorte qu'elle hésite à sortir de ses casernes, que la discorde règne au sein de son état-major, et finalement qu'elle reste inactive face au coup d'Etat : c'était la clé du succès.

Pour sa part, Grichine calculait qu'il pourrait recruter des unités entières de mercenaires au sein des multiples légions privées ou régionales qui pullulaient dans le pays. Elles viendraient renforcer le cœur du dispositif : les six mille Gardes noirs et les vingt mille volontaires des Jeunesses combattantes.

Encadrés par d'anciens parachutistes, commandos ou instructeurs de combat, soumis à des rites d'initiation d'une grande brutalité qui visaient à éprouver leur détermination et leur dévouement à la cause nationaliste, les Gardes noirs constitueraient le fer de lance de l'offensive. Pourtant, un traître se dissimulait parmi leurs quarante principaux officiers, c'était désormais clair : dès le 28 décembre, donc, Grichine n'eut d'autre choix que de les mettre au secret, tous. En attendant de les soumettre à des interrogatoires poussés, le colonel les fit remplacer par de plus jeunes cadres, auxquels on raconta que leurs supérieurs étaient retenus par un séminaire de plusieurs jours.

Penché sur une grande carte de l'*oblast* de Moscou, Grichine s'attela à la préparation de son plan de bataille. Son principal avantage tactique était que, en cette soirée de réveillon, les rues seraient pratiquement vides. La nuit tombant à partir de trois heures et demie, l'immense majorité des Moscovites seraient déjà bien au chaud à la maison ou chez des amis, avec assez d'alcool pour une interminable succession de toasts. Seuls les moins prévoyants, leurs réserves de vodka épuisées plus vite que prévu, s'aventureraient peut-être dehors à la recherche de quelques bouteilles. Quant aux gardiens de nuit ou aux hommes des services d'urgence, ils allaient eux aussi réveillonner, sur leur lieu de travail.

A dix-huit heures, les rues seraient donc à eux. Les bâtiments névralgiques, comme les ministères, bénéficieraient d'une protection réduite ce jour-là, et les libations feraient ici aussi leur effet.

La priorité, à ce stade, serait de ceinturer entièrement la capitale, de la couper de l'extérieur. Il confierait cette mission aux Jeunesses combattantes : Moscou étant desservie par cinquante-deux accès routiers de plus ou moins grande importance, il leur suffirait de cent quatre poids lourds, chargés de plots de béton, pour les bloquer hermétiquement. Chacun des cent quatre groupes de jeunes militants serait placé sous la responsabilité d'un Garde noir expérimenté. Les camions, on les louerait à des compagnies de transport, ou on les volerait sur des aires de stationnement le matin même. De cette manière, une colonne militaire cherchant à entrer dans la ville se heurterait à un sérieux obstacle. Quant aux postes de milice répartis sur les axes à la périphérie de Moscou, Grichine comptait là encore sur les festivités bien arrosées pour les tenir facilement en respect. L'un d'eux, situé sur l'autoroute par laquelle il comptait ramener ses troupes cantonnées hors de la capitale, serait liquidé.

Comme les six mille Gardes noirs seraient concentrés le 30 décembre dans la principale base dont disposait Grichine, au nord-est de la ville, il les ferait arriver en une seule colonne, dans un silence radio complet, par l'axe que forment la chaussée de Yaroslav puis, en se rapprochant du centre, Prospekt Mira, l'avenue de la Paix...

Le premier objectif serait quasiment sur leur route : Ostankino, les vastes installations de la télévision nationale, à la prise desquelles il allait consacrer deux mille hommes. Puis les Gardes noirs restants, dont il prendrait lui-même le commandement, poursuivraient vers le sud, passant devant le stade olympique, traversant le *kaltso*, et s'abattant enfin sur la cible essentielle : le Kremlin.

Toutes les villes anciennes de Russie ont leur *kreml*, leur forteresse médiévale entourée de murs, mais le Kremlin de Moscou est depuis longtemps le symbole du pouvoir absolu sur le pays, l'édifice phare de toute une nation. Avant l'aube, le Kremlin devait être à lui, sa garnison neutralisée, sa salle de télécommunications hors service : dans le cas contraire, la situation resterait dangereusement incertaine.

Il y avait cinq autres objectifs, moins essentiels, qu'il comptait confier aux formations mercenaires dont il devait encore s'assurer la collaboration d'ici le 31 décembre : la poste centrale, rue de Tver, dont les puissantes installations pouvaient permettre à ses adversaires de lancer des appels à l'aide ; le ministère de l'Intérieur et la caserne des OMON à quelques mètres ; le complexe administraif de la Vieille Place, où se trouvaient plusieurs services présidentiels et ceux du gouvernement ; l'aéroport de Khodinka, où le GRU — les services de renseignements militaires — avait son QG régional, et qui serait une zone d'atterrissage idéale pour des forces aéroterrestres venues à la rescousse du pouvoir en place ; et enfin le siège du Parlement, la Douma.

A l'automne 1993, lorsque Boris Eltsine avait fait donner ses tanks contre cet imposant bâtiment familièrement appelé la « Maison Blanche » par les Moscovites, obligeant les parlementaires rebelles à le quitter les mains en l'air, les dégâts avaient été considérables. Même si les réparations avaient été menées avec une rapidité étonnante, le président avait préféré installer la nouvelle Douma plus près du Kremlin, littéralement à ses pieds puisqu'elle avait repris les locaux de l'ancienne direction du Plan soviétique, tout près du Bolchoï. Depuis, cependant, les députés russes avaient retrouvé leur « Maison Blanche », sur les bords de la Moskova, en bas de l'avenue Novi Arbat, le Nouvel Arbat.

Grichine s'attendait surtout à une résistance de la part des OMON, et de la garde de l'aéroport de Khodinka, objectifs qu'il confierait à des troupes d'élite dont il allait s'acheter les services. Mais il ne prévoyait pas d'attaque armée contre le ministère de la Défense, pourtant un site stratégique dans n'importe quelle tentative de putsch. Pour ce grand immeuble grisâtre dominant la place de l'Arbat, il avait d'autres plans.

Les sympathies envers un coup d'Etat d'extrême droite ne seraient pas difficiles à trouver au sein de l'appareil d'Etat, notamment dans le FSK, héritier de la Deuxième Direction du KGB, l'ancienne police politique soviétique. Toujours installé à la Loubianka, bâtiment de sinistre mémoire, le Service fédéral de contre-espionnage comptait aussi désormais un département de lutte contre la criminalité — beaucoup moins efficace que la brigade du général Petrovski, à vrai dire —, et avait gardé les deux unités de choc de l'ex-KGB : le « groupe Alpha » et le « Vimpel », fanion, en russe. L'efficacité de ces commandos surentraînés et redoutables en action n'était pas en cause, ce qui était en cause, depuis plusieurs années, c'était leur loyauté envers l'autorité élue.

En 1991, lors du putsch manqué du ministre de la Défense Iazov et du chef du KGB Krioutchkov contre Mikhaïl Gorbatchev — mais qui allait toutefois précipiter sa chute —, le groupe Alpha avait d'abord soutenu la tentative avant de tourner casaque, laissant Boris Eltsine émerger de la « Maison Blanche », se jucher sur un tank et devenir ainsi un héros devant les caméras du monde entier. Tandis que le président soviétique, après avoir été enfermé dans sa datcha de Crimée, rentrait en avion à Moscou, de sérieuses réserves avaient déjà été exprimées dans le camp démocratique à propos de la fiabilité des hommes d'Alpha, comme de leurs collègues du Vimpel d'ailleurs. Et huit ans plus tard, la réputation de ces unités fortement armées ne s'était guère améliorée.

Pour Grichine, elles présentaient de sérieux avantages : premièrement, elles étaient surtout composées d'officiers, anciens kégébistes pour la plupart et attirés par les thèses ultranationalistes ; deuxièmement, ils n'avaient pas reçu leur paie depuis six mois.

Les promesses de Grichine leur firent le même effet que le chant des sirènes : sous le nouveau régime, ils seraient traités avec la considération due à l'élite qu'ils étaient ; et avant même le scrutin il doublait leurs salaires, à compter de novembre inclus... Le groupe Alpha, convaincu, accepta de mener l'assaut contre le ministère de l'Intérieur, la caserne des OMON et les quartiers des SOBR tout proches. Les hommes du Vimpel se chargeraient de la base aérienne de Khodinka.

Le 29 décembre, le colonel se rendit discrètement à la magnifique villa où les chefs des Dolgorouki tenaient leurs réunions, dans la campagne moscovite. Il devait s'adresser au « Skhod », le conseil suprême du groupe mafieux.

Les barons du clan, encore sous le choc des descentes menées par le général Petrovski, attendaient de pied ferme ses explications. La menace de couper définitivement les fonds à l'UFP tenait toujours. En l'écoutant, cependant, leur état d'esprit changea rapidement.

Lorsqu'il leur révéla que Markov avait projeté d'invalider la candidature de Komarov, l'inquiétude prit le pas sur la colère : toute la direction des Dolgorouki, qui avait spéculé sur sa victoire, risquait de perdre gros dans le cas contraire. Mais Grichine leur assena un coup encore plus dur en ajoutant que cet objectif présidentiel était déjà dépassé : les autorités se disposaient maintenant à appréhender Komarov et à écraser les Gardes noirs. Très vite, les chefs mafieux, qui avaient d'abord pensé le sommer de rendre des comptes, se retrouvèrent en train de solliciter ses conseils.

Ils restèrent muets en apprenant le plan qu'il avait conçu. La fraude, le rançonnement, le marché noir, la prostitution, le meurtre organisé, rien ne les faisait reculer, mais un coup d'Etat, c'était tout de même différent...

— Simplement le vol le plus audacieux de tous : le vol de la république, plaida Grichine. Si vous refusez, la meute du MVD, du FSK, de Petrovski ne vous laissera pas une minute de tranquillité. Sinon... cette terre est à nous.

470

Il avait utilisé le mot russe *zemlia*, qui signifie à la fois le pays, la terre, le sol et toutes les richesses qu'il contient.

A l'autre bout de la table, le plus vieux *vor v zakone* de l'assemblée, né hors-la-loi et résolu à faire de ses petits-enfants des hors-la-loi, un peu l'équivalent d'un « parrain » sicilien, fixa longuement le colonel. Les autres attendaient respectueusement son verdict. Il finit par hocher à plusieurs reprises sa tête parcheminée, lentement, tel un lézard satisfait. Les fonds dont Grichine avait besoin étaient accordés.

Du même coup, il obtenait sa troisième colonne pour le putsch du nouvel an : le quart des huit cents « agences de sécurité » moscovites étaient en fait des couvertures du clan, qui fourniraient deux mille hommes équipés de pied en cap : huit cents pour s'emparer de la « Maison Blanche », le bâtiment de la Douma dont la garde serait facilement maîtrisée, douze cents à l'assaut du complexe administratif de la Vieille Place, lui aussi peu protégé en cette soirée de réveillon.

Le même jour, Jason Monk appela le général Petrovski, qui vivait toujours à la caserne des SOBR.

— C'est encore moi. Qu'est-ce que vous faites ?

— Ça vous regarde ?

— Votre valise, je parie !

— Mais comment...

— Pas difficile ! Tous les Russes veulent passer le jour de l'an en famille.

— Ecoutez, mon avion décolle dans une heure, alors...

— Vous feriez mieux de l'oublier, je crois. Il y aura d'autres réveillons.

— Qu'est-ce que vous racontez, l'Américain ?

— Vous avez vu les journaux de ce matin ?

— Certains, oui. Pourquoi ?

— Les derniers sondages. Après les révélations des médias sur le compte de l'UFP et la piteuse conférence de presse de Komarov, il n'arrive plus qu'à quarante pour cent, et ça n'a pas fini de chuter.

— Eh bien, il va perdre, et nous, on va se retrouver avec les néo-communistes ! Que voulez-vous que j'y fasse, bon sang ?

471

— Parce que vous croyez que Komarov va se résigner ? Je vous l'ai déjà expliqué l'autre soir, c'est un déséquilibré.

— Il faudra bien qu'il accepte ! S'il perd dans quinze jours, c'est un homme fini. Voilà tout.

— Ce même soir, vous m'aviez dit quelque chose...

— Quoi ?

— Que si l'Etat russe était attaqué, il saurait se défendre.

— Bon, qu'est-ce que vous avez encore comme informations que je n'ai pas ? Allez !

— Ce ne sont pas des informations, mais des soupçons. Vous ne saviez pas que le soupçon est une grande spécialité russe ?

Petrovski contempla le combiné téléphonique, puis son sac de voyage à moitié prêt sur le lit de camp.

— Il n'oserait pas. Personne n'oserait.

— Si : Iazov et Krioutchkov, par exemple.

— C'était en 1991. Les choses ont changé.

— Ils ont raté parce qu'ils s'y sont pris comme des manches. Pourquoi ne pas rester à Moscou pendant les fêtes ? Juste au cas où...

Le général raccrocha d'un geste rageur. Puis il entreprit de défaire son bagage.


Le 30 décembre, dans un bar du centre, Grichine conclut sa dernière alliance en vue de l'assaut final. Son interlocuteur était une brute imbibée de bière mais aussi, en quelque sorte, le commandant en chef des casseurs qui se reconnaissaient dans le Mouvement de la Nouvelle Russie.

En dépit de cet intitulé pompeux, il s'agissait en fait d'un vague regroupement de skinheads tatoués qui tiraient leurs moyens de subsistance et leur plaisir, respectivement, de leurs agressions et de leur traque aux juifs et aux « métèques ». Tout cela « au nom de la Russie », comme ils le vociféraient aux passants épouvantés lors de leurs opérations.

Le voyou en chef lorgnait la liasse de dollars que Grichine avait posée entre eux :

— Je peux trouver cinq cents gus en un clin d'œil. C'est quoi, le problème ?

— Je t'envoie cinq de mes Gardes noirs. Ou tu acceptes leur

plan de combat, et tu leur obéis, ou bien le contrat entre nous est rompu.

« Plan de combat » : la formule lui plut. Le MNR se donnait volontiers des airs militaristes. Ses sympathisants s'appelaient « les soldats de la Nouvelle Russie », même s'ils n'avaient jamais formellement intégré l'UFP : la discipline, ils n'en raffolaient pas...

— Et l'objectif, ce serait quoi ?

— Donner l'assaut à la mairie de Moscou, s'en emparer et garder la position. Le soir du réveillon, entre dix heures et minuit. Avec une consigne stricte : pas de gnôle jusqu'au lendemain matin.

Le casseur médita ce qu'il venait d'entendre. Il était sans doute limité sur le plan intellectuel, mais il arrivait à deviner que l'UFP préparait un gros coup. Pas trop tôt, d'ailleurs. Quand il se pencha vers Grichine, il posa ses pattes sur le tas de billets.

— Bon, mais quand c'est fini, on s'occupe des youpins.

— C'est mon petit cadeau, approuva le colonel avec un sourire.

— Marché conclu.

Ils convinrent d'un rendez-vous central pour les hordes du MNR, dans les jardins de la place Pouchkine, à quelques centaines de mètres de la belle demeure où était installée la municipalité de Moscou. Avec le McDonald's de l'autre côté de la place, tous ces jeunes en train de baguenauder ne paraîtraient pas déplacés.

En temps voulu, commenta Grichine pour lui-même tandis qu'il retournait à son bureau, les juifs de Moscou recevraient en effet le traitement qu'ils méritaient. Mais cette racaille du MNR aussi : jeter les uns et les autres dans les mêmes trains en partance pour les mines de Vorkouta, dans le Grand Nord, serait sans doute une expérience amusante.


Le 31 au matin, Monk retéléphona au général Petrovski. Il était à son bureau, dans les locaux déjà à moitié desertés du GOUVD, rue Chabolovka.

— Alors, encore à son poste ?

— Oui, et que le diable vous emporte, vous !

— Vous avez un hélicoptère, au GOUVD qui peut voler par ce temps ?

Le général regarda à travers la fenêtre grillagée le ciel bouché de nuages bas.

— Pas dans cette purée de pois. Mais en restant dessous, je crois que oui.

— Vous savez où se trouvent tous les camps des Gardes noirs aux abords de Moscou ?

— Non, mais je peux me renseigner. Mais qu'est-ce...

— Pourquoi ne pas aller faire un tour en hélico de leur côté ?

— Et pourquoi le faire ?

— Eh bien, si ce sont de braves et pacifiques citoyens, vous trouverez les baraquements allumés, avec tout le monde bien au chaud dedans, en train de siroter un petit verre avant de passer à table et de festoyer gaiement. Non, vraiment, allez voir. Je vous rappelle dans quatre heures.

Son deuxième coup de fil de la journée trouva le général beaucoup moins réticent :

— Quatre de leurs camps ont l'air abandonnés. Par contre, le principal, au nord-est, ressemble à une fourmilière. Des centaines de camions, ça s'active de partout. On dirait qu'il a regroupé toutes ses forces là-bas.

— Pour quelle raison, vous avez une idée, général ?

— Vous, vous en avez une !

— Non, pas vraiment. Mais je n'aime pas ça. Ça sent les grandes manœuvres de nuit.

— Le soir du nouvel an ? Ne dites pas de bêtises ! Un Russe ne va pas à l'exercice le 31 décembre au soir : il se saoule.

— C'est bien là le hic. A minuit, chaque soldat en service à Moscou sera rond comme une queue de pelle. A moins qu'on ne leur ordonne de ne pas boire. Pas très populaire, comme mesure, mais je le répète, des réveillons, il y en aura d'autres ! Vous connaissez le commandant du régiment des OMON ?

— Evidemment. C'est le général Koslovsky.

— Et celui de la garde présidentielle ?

— Oui, le général Korine.

— Tous deux déjà chez eux, non ?

— Je suppose.

— Ecoutez, de vous à moi, si Komarov tente un sale coup et réussit, qu'arrivera-t-il à votre femme, à Tatiana, à vous-même ?

474

Ça vaut peut-être la peine de rester debout toute la nuit, sur ses gardes ? Et de téléphoner à quelques types bien placés ?

Après avoir raccroché, Monk attira vers lui sa carte de l'agglomération moscovite. Au nord-est, avait dit Petrovski. Dans cette direction, le principal accès au centre était la chaussée de Yaroslav, qui devenait Prospekt Mira plus au sud, artère qui passait juste à côté de la télévision nationale, à Ostankino.

Il composa un autre numéro.

— Omar ? J'ai une dernière faveur à te demander, mon ami. Oui, la dernière, c'est juré ! Il me faut une voiture avec un téléphone, et que tu me dises où je peux te joindre n'importe quand cette nuit... Non, non, pas besoin de Magomed et des autres ! Je ne vais pas gâcher leur réveillon, quand même ! Juste un véhicule et un téléphone. Oh, et une arme, aussi. Si ce n'est pas trop compliqué pour toi...

Il y eut un grand éclat de rire, puis une question.

— Si je veux un modèle en particulier ? Eh bien, écoute, puisque tu me le demandes...

En un éclair, un souvenir de Château-Forbes lui revint.

— Tu pourrais m'avoir un Sig Sauer suisse, dis ?

# Chapitre 20

A deux fuseaux horaires à l'ouest de Moscou, sous un ciel dégagé et dans un froid beaucoup moins intense que celui de l'hiver russe, le Mécanicien avançait lentement sous les arbres, en direction d'un manoir niché dans la campagne.

Son voyage à travers l'Europe, qu'il avait préparé avec sa coutumière méticulosité, s'était déroulé sans surprise. Il avait choisi la voiture : les avions de ligne et les armes à feu ne font pas bon ménage, alors que dans une automobile les cachettes ne manquent pas.

Au volant d'une Volvo munie de plaques moscovites, il avait traversé aisément les frontières de la Bélarus et de la Pologne : un homme d'affaires russe se rendant à une conférence de travail en Allemagne. Même si les douaniers avaient fouillé le véhicule, ils n'auraient rien trouvé d'anormal.

Car ce fut en Allemagne, où la mafia russe était bien implantée, qu'il échangea la Volvo contre une Mercedes dotée d'une immatriculation allemande ; puis il n'eut aucun mal à se procurer un fusil de chasse équipé d'un viseur et des cartouches.

L'Europe étant devenue un espace virtuellement sans frontières, il poursuivit sa route vers l'ouest, n'inspirant qu'un vague signe de la main à l'unique douanier installé dans sa guérite.

Sur une carte à grande échelle, il avait déjà repéré le manoir et le village le plus proche. Après une rapide reconnaissance des lieux, il avait pris une chambre dans une auberge à une vingtaine de kilomètres de là.

Avant l'aube, il était de retour. Il laissa son auto trois kilomètres avant le manoir, achevant de parcourir la distance à pied, à travers bois. Quand il fut à trois cents mètres environ de l'arrière de la maison, il resta à couvert des arbres et se mit en position de guet, derrière un gros hêtre.

Alors qu'un pâle soleil d'hiver émergeait, la nature commença lentement à reprendre vie. Un faisan passa tout près, lui jeta un regard courroucé et détala. Dans les branches au-dessus de sa tête, deux écureuils gris se taquinaient.

A neuf heures, une silhouette apparut dans la cour. Ajustant ses jumelles, le Mécanicien constata que ce n'était pas sa cible, mais le domestique venu chercher quelques bûches dans la pile entassée contre un mur.

La cour était bordée d'un côté par une écurie. Deux chevaux adultes, l'un bai, l'autre noisette, passaient le cou au-dessus du portillon de leur box. A dix heures, leur patience fut récompensée : une jeune femme, sortie du manoir, vint leur apporter quelques poignées de foin. Elle retourna ensuite à l'intérieur.

Midi approchait lorsqu'un homme d'un certain âge surgit à son tour et traversa la cour pour aller caresser les naseaux des deux bêtes. Le Mécanicien observa ses traits à la jumelle, les comparant avec la photographie qu'il avait déposée sur l'herbe gelée. « Aucune erreur », avait dit son client. « Je n'en commets jamais. »

Il prit le fusil, ajusta jusqu'au moment où la veste de tweed de l'homme occupa tout le viseur. La cible était face aux chevaux, le dos tourné à la petite éminence sur laquelle le tueur avait pris place. Cran de sûreté relâché, il raffermit sa prise, pressa lentement la gâchette.

La détonation résonna dans le vallon. On aurait dit que l'homme en veste de tweed, perdant l'équilibre sous une forte poussée, était allé heurter la porte du box. Le trou qu'avait fait la balle dans son dos, au niveau du cœur, était à peine discernable parmi les dessins du tweed. Ses genoux plièrent, il s'affaissa en laissant une large trace sombre sur le portillon blanc. Alors qu'il touchait le sol, une deuxième balle lui arracha la moitié du crâne.

Le Mécanicien se leva, glissa l'arme dans l'étui de cuir qu'il passa en bandoulière, et repartit d'un bon pas. Il se rappelait chaque détail du chemin qu'il avait parcouru six heures plus tôt.

Deux tirs de fusil de chasse par un matin d'hiver, à la campagne, cela ne surprendrait personne : un fermier traquant les lapins, ou réglant son sort à un corbeau. Puis quelqu'un jetterait un coup d'œil par la fenêtre, courrait vers l'écurie. Il y aurait un cri de surprise, puis d'horreur, des gestes maladroits pour secourir la victime : tout cela en vain. Puis on se précipiterait à nouveau dans la maison, on appellerait la police ; des explications confuses données d'une voix haletante, des questions froidement précises. La maréchaussée finirait par apparaître sur les lieux, par bloquer la petite route conduisant au manoir, peut-être...

En vain, tout cela aussi. Quinze minutes plus tard, il reprenait son véhicule. Moins d'une demi-heure après, il avait rejoint l'autoroute, une voiture parmi des centaines d'autres. A ce moment, le policier du canton avait recueilli une première déposition et contactait par radio le commissariat le plus proche, pour qu'un inspecteur soit envoyé au manoir.

Une heure s'était écoulée depuis les deux tirs. Arrêté sur un pont qu'il avait auparavant choisi en consultant sa carte, le Mécanicien regardait le fusil et son étui disparaître dans les eaux sombres de la rivière. Ensuite, il prit la longue route du retour.


Avançant lentement vers les lumières de la station de télévision d'Ostankino, les premiers phares trouèrent l'obscurité peu après dix-neuf heures.

Jason Monk était au volant de sa voiture, dont il avait laissé le moteur tourner afin de garder l'habitacle chauffé. Garé dans une petite allée tout près du boulevard Korolev, avec la tour émettrice derrière lui, il apercevait tout le bâtiment principal à travers son pare-brise. Après avoir vérifié qu'il ne s'agissait pas de quelques automobilistes attardés mais d'une colonne de camions, il coupa les gaz.

Il y avait une trentaine de poids lourds, mais trois seulement s'engagèrent sans hésiter sur le parking central, au pied de l'imposant immeuble : une base de cinq étages et de trois cents mètres de long supportant une autre structure trois fois moins longue mais composée de dix-huit étages. En temps normal, huit mille employés, techniciens, journalistes et cadres travaillaient dans ces bureaux ; le soir du réveillon, ils n'étaient qu'un demi-millier à assurer la programmation de fête.

Des combattants vêtus de noir sautèrent aussitôt par les hayons, s'engouffrant à l'intérieur du bâtiment par les deux entrées. En quelques secondes, le personnel du rez-de-chaussée avait été regroupé dans le hall, aligné contre le mur du fond, les mains en l'air. De son poste d'observation, Monk voyait plusieurs assaillants les tenir en joue, pendant qu'un autre groupe se faisait guider par un portier blanc comme un linge vers le central téléphonique. Là, un ancien ingénieur des télécoms qui faisait partie de la bande s'assura que plus personne ne pouvait recevoir ou passer un coup de fil dans tout l'édifice.

Revenu sur le parking, un des Gardes noirs fit clignoter sa torche, signalant ainsi aux autres véhicules du convoi qu'ils pouvaient maintenant s'approcher. Ils se placèrent en demi-cercle devant le bâtiment, déversant de nouveaux commandos qui se précipitèrent en renfort.

A travers les baies vitrées, plus haut, Monk ne distinguait que des formes, mais il était clair que les Gardes noirs étaient en train d'investir la télévision nationale étage par étage, confisquant à tous les employés leurs téléphones portables.

A sa gauche s'élevait un immeuble plus petit, occupé habituellement par les services commerciaux, la planification, la direction. Il était désert, plongé dans l'obscurité.

S'emparant du combiné installé dans sa voiture, Monk composa un numéro qu'il connaissait par cœur.

— Petrovski.

— C'est moi.

— Où êtes-vous ?

— Dans une voiture où on gèle, en face d'Ostankino.

— Ah ? Moi, je suis dans une caserne relativement chauffée, en compagnie d'un millier de jeunes, pas loin de la mutinerie.

— Rassurez-les, racontez-leur ce que je suis en train de suivre en direct : les Gardes noirs prennent d'assaut la télé nationale !

— Ne faites pas l'imbécile, ordonna Petrovski après un silence. Vous devez vous tromper.

— Très bien. Donc, un millier de types armés jusqu'aux dents, débarqués de trente camions, font semblant d'envahir Ostankino en raflant tout le personnel présent. C'est ce qui se passe à deux cents mètres devant moi, en tout cas.

— Seigneur Dieu ! Il a fait ça, alors !

— Je vous l'avais dit, qu'il était cinglé. Ou peut-être pas si fou, au bout du compte ? Y a-t-il assez de gens à Moscou capables de tenir sur leurs jambes pour défendre l'Etat, ce soir ?

479

— Donnez-moi votre numéro, emmerdeur, et libérez-moi la ligne !

Monk obéit sans problème : les forces de l'ordre allaient bientôt être trop débordées pour s'amuser à rechercher un téléphone de voiture...

— Encore une chose, général : ils ne vont pas interrompre le programme télé, du moins pas tout de suite. Le baratin enregistré va continuer normalement, le temps qu'ils soient fin prêts.

— Hé, je le vois bien ! J'ai mon poste allumé, là. Sur la première chaîne. Une troupe de danse cosaque.

— Oui, un truc en boîte. Jusqu'au bulletin d'information, ce ne sera que du préenregistré. Bon, je vais vous laisser votre ligne, maintenant.

Le général l'avait devancé, raccrochant pour passer une série de coups de fil urgentissimes. Il ne le savait pas, mais l'assaut contre la caserne où il résidait devait commencer dans soixante minutes exactement.

Tout était trop calme. Celui ou ceux qui avaient conçu la prise d'Ostankino avaient bien calculé leur coup. Le long du boulevard, la plupart des appartements étaient allumés, Monk apercevait derrière les fenêtres de joyeux convives, un verre à la main, dans la lumière bleutée de leur poste de télévision dont l'émetteur, à quelques mètres seulement, venait d'être attaqué sans qu'ils s'en doutent un seul instant.

Il avait longuement étudié le plan du quartier où il se trouvait maintenant. S'engager dans l'artère principale, au nez et à la barbe des assaillants, présentait trop de risques. Derrière lui, cependant, un réseau compliqué d'allées et de ruelles permettait de redescendre vers le sud, en direction du centre-ville. Bien sûr, le plus simple aurait été de prendre Prospekt Mira, mais son intuition lui disait que cette grande avenue, elle non plus, n'était pas ce soir-là un endroit recommandable pour lui.

Sans allumer ses phares, il effectua un demi-tour, sortit de l'auto, s'accroupit, et vida un chargeur entier de son automatique sur les camions stationnés devant le grand bâtiment.

A deux cents mètres, un revolver produit un son à peine plus impressionnant qu'une volée de pétards, mais ses balles franchissent la distance facilement. Trois baies vitrées volèrent en éclats, le pare-brise d'un camion explosa, et dans cette rafale au jugé il eut même la chance d'atteindre un Garde noir à la tempe. Celui qui se tenait à côté de lui, paniqué, braqua sa Kalachnikov vers l'autre côté du boulevard, le doigt crispé sur la gâchette.

Derrière leurs doubles vitrages — indispensables face à la rigueur des hivers moscovites — et dans le brouhaha du réveillon, les habitants du quartier n'auraient sans doute rien entendu de la fusillade. Les tirs de Kalachnikov ayant atteint trois fenêtres, cependant, des têtes apparurent aux balcons avoisinants, avant de revenir à l'abri. Dans plusieurs appartements, on appelait la milice.

Des Gardes noirs se regroupèrent pour avancer dans la direction de Monk. Il réintégra son véhicule et démarra, toujours feux éteints. Entendant le rugissement du moteur, ses poursuivants tirèrent encore.

Au ministère de l'Intérieur, rue du Grenier à Seigle, l'officier de permanence était le commandant du régiment des OMON, le général Ivan Kozlovsky. Depuis le début de la soirée, il rongeait son frein dans son bureau de la caserne, environné par trois mille hommes exaspérés qu'il avait privés de leur permission au dernier moment. Cette décision, il ne l'avait pas prise de gaieté de cœur, mais il s'était rendu aux arguments du collègue qui l'appelait à nouveau de la rue Chabolovka, à moins de cinq cents mètres. Et à ce moment, le général perdit patience.

— Mais merde, je suis en train de la regarder, ta putain de télé ! Bon, qui raconte ça ? Qu'est-ce que ça veut dire, « on t'a informé » ? Attends, attends une minute...

Le voyant lumineux de son autre ligne clignotait. Il saisit brutalement le combiné, terrorisant le standardiste par le ton exaspéré sur lequel il demanda :

— Quoi, encore ?

— Euh, mon général, je m'excuse de vous déranger, mais vous êtes le plus haut gradé de permanence chez nous, ce soir, alors, n'est-ce pas... J'ai un appel de quelqu'un qui dit qu'il habite Ostankino, et qu'il entend des tirs dans la rue. En fait, il a reçu une balle dans sa vitre, même.

Kozlovsky se ressaisit sur-le-champ.

— Obtenez le maximum de détails et rappelez-moi, demanda-t-il d'une voix posée.

Puis, reprenant l'autre téléphone :

— Tu as peut-être raison, mon vieux. Un type vient de nous alerter de là-bas. Ça canarde. Je me mets en alerte rouge.

— Moi aussi. A propos, j'ai appelé Korine, tout à l'heure. Il a été d'accord pour donner l'ordre à une partie de la garde présidentielle de se tenir prête.

— Bonne idée. Je vais lui passer un coup de fil, tiens.

Après huit autres appels affolés provenant du même quartier, le standard eut en ligne un correspondant qui semblait en mesure de donner des explications claires et précises, un ingénieur habitant au dernier étage d'un des immeubles en face du siège de la télévision. Le général Kozlovsky prit la communication.

— D'ici, je peux tout voir, affirma l'ingénieur, qui comme l'immense majorité des Russes avait fait son service militaire : il y a un bon millier d'assaillants armés, arrivés dans un convoi d'une vingtaine de camions. Face à l'entrée, sur le parking, deux véhicules blindés, des BTR 8 O A, si je ne me trompe pas.

« Que Dieu protège les ex-bidasses », pensa le général en oubliant ses derniers doutes. L'engin dont venait de lui parler le témoin est un transport de troupes blindé à huit roues équipé d'un canon de 30 mm, pouvant accueillir un équipage de trois personnes ainsi que six fantassins.

Puisque ces gens étaient vêtus de noir, il ne s'agissait pas de l'armée. Ses OMON, par contre, portaient cette couleur en opération, mais ils étaient en bas, privés de réveillon... Il contacta ses commandants d'unités :

— Vous chargez les camions et vous roulez ! Je veux deux mille hommes dehors, et mille pour protéger cet endroit !

Si un coup d'Etat avait réellement commencé, le ministère de l'Intérieur et ses casernements seraient attaqués. Heureusement, les quartiers des OMON étaient une véritable forteresse.

Et en effet des troupes faisaient mouvement vers eux : le groupe Alpha partait à l'assaut.

Grichine était tenu par le temps. Il lui fallait coordonner ses multiples fronts tout en maintenant le silence radio jusqu'au moment décisif, ni trop tôt — ses adversaires n'auraient pas encore été assez engagés dans les célébrations du nouvel an —, ni trop tard, pour profiter au maximum des heures d'obscurité.

Le groupe Alpha avait reçu l'ordre d'attaquer à vingt et une heures. A vingt heures trente, les commandos OMON quittaient les lieux dans leurs camions et leurs BTR. Aussitôt, ceux qui étaient restés sur place fermaient toutes les issues, se préparant à un siège en règle. Une demi-heure plus tard, la fusillade commençait, mais les assaillants ne bénéficiaient plus d'aucun effet de surprise. Sur l'esplanade devant le ministère, les hommes d'Alpha durent essayer de se mettre à couvert. Face à cette résistance imprévue, il leur aurait fallu des pièces d'artillerie. Ils n'en avaient pas.

— *Amerikanits ?* L'Américain ?

— Oui, c'est moi.

— Où en êtes-vous, là ?

— J'essaie de ne pas me faire descendre. Je me dirige au sud, vers le centre, en évitant Prospekt Mira.

— On leur envoie de la visite, à Ostankino ! Mille hommes à moi, deux mille OMON.

— Je peux faire une suggestion ?

— Si vous y tenez vraiment.

— Ostankino n'est qu'un objectif parmi d'autres. A la place de Grichine, qu'est-ce que vous viseriez ?

— Le MVD, la Loubianka.

— Le ministère, d'accord, la Loubianka, non : à mon avis, ses anciens petits copains du KGB ne seront pas durs à convaincre.

— Possible. Alors quoi d'autre ?

— Les services du gouvernement sur la Vieille Place, sûrement, et la Douma : pour asseoir sa légitimité, vous comprenez. Et aussi les bastions d'une contre-offensive possible : vous au GOUVD, les parachutistes à l'aéroport de Khodinka... Le ministère de la Défense. Mais surtout, surtout, le Kremlin. Il lui faut le Kremlin.

— Le Kremlin est protégé. Korine est en état d'alerte. Evidemment, nous ne savons pas de quelles forces dispose Grichine...

— Entre trente et quarante mille hommes, je dirais.

— Bon Dieu ! Nous en avons deux fois moins !

— Mais ils sont meilleurs ! Et puis, il a déjà cinquante pour cent de pertes.

— Comment ça, cinquante pour cent ?

— L'effet de surprise. Des renforts, c'est possible ?

— Korine doit être en train de parler avec les gens de l'état-major, à l'heure qu'il est.

Au moment où la principale colonne de Grichine entrait sur la place du Manège, le colonel-général Sergueï Korine, commandant en chef de la garde présidentielle, venait de vérifier le dispositif de protection de la porte Koutafiya et d'entrer dans la tour de la Trinité, où se trouvait le QG de la garde, sur la droite. Du téléphone de son bureau, il appela le ministère de la Défense.

— Passez-moi l'officier de permanence ! cria-t-il dans le combiné.

La voix qu'il entendit après un silence lui était familière.

— Vice-ministre Boutov à l'appareil.

— Ah, Dieu merci, vous êtes là ! Ecoutez, ça va mal. Une sorte de coup d'Etat, on dirait. Ils ont pris Ostankino. Le MVD a été attaqué. Une colonne de camions et de blindés s'approche du Kremlin. Nous avons besoin d'aide.

— Sans problème. Qu'est-ce qu'il vous faut ?

— Ce que vous voulez. Pourquoi pas la Dzerjinski ?

Il parlait de la division d'infanterie mécanisée chargée des opérations spéciales, un corps d'élite spécifiquement entraîné aux opérations antiputsch après le *pronunciamiento* de certains généraux soviétiques en 1991.

— Mais ils sont à Riazan ! Je peux les faire partir d'ici une heure, en trois heures ils seront chez vous.

— Ça presse ! Et les VDV ?

Korine savait qu'une brigade spéciale de parachutistes se trouvait à moins d'une heure d'avion de Moscou. Si on leur balisait le terrain, ils pouvaient rapidement être lâchés sur la base de Khodinka.

— Vous aurez tout ce que je peux trouver. Tenez le coup d'ici là !

Couverts par des tirs de mitrailleuse, un commando de Gardes noirs courut jusqu'à la tour Borovistki et se mit à couvert pour placer des charges d'explosifs sur les gonds de la lourde porte. En revenant vers les lignes d'assaut, deux d'entre eux furent fauchés par les tireurs installés sur les murs d'enceinte, mais quelques secondes plus tard les pains de plastic explosèrent, faisant vaciller puis s'abattre à terre les vingt tonnes de bois des battants.

Insensible au feu des armes légères, un BTR s'avança jusqu'à l'entrée et passa sous l'abri de l'arche. Après les portes disparues, il y avait encore une grille de fer, puis l'esplanade sur laquelle les touristes se pressaient en temps normal. Un garde présidentiel surgit, tenta de viser le transport de troupes blindé avec un lance-roquettes antichar. D'un coup de canon à travers les barreaux, le BTR élimina ce gêneur. Trois de ses occupants se ruèrent vers la grille, installèrent de nouvelles charges, remontèrent dans le véhicule qui recula un peu. Sous l'explosion, l'énorme grille resta un moment suspendue à une seule charnière, oscilla, puis s'abattit pesamment sur le sol.

Malgré le feu adverse, les Gardes noirs commencèrent à envahir la forteresse. Ils étaient quatre fois plus nombreux que les défenseurs du Kremlin. Ces derniers se mirent à refluer dans les multiples fortins et redoutes de l'enceinte, ou battirent en retraite à travers les allées, les places, les quelque trente-sept hectares de cette ville dans la ville, avec ses palais, ses cathédrales, ses jardins. En certains endroits, on se battait au corps à corps. Peu à peu, les Gardes noirs prirent le dessus.

— Jason, mais qu'est-ce qui se passe, bon sang ?

Omar Gounaïev l'appelait sur le téléphone de sa voiture.

— Grichine essaie de s'emparer de Moscou, et donc de la Russie. Voilà ce qui se passe, mon ami !

— Toi, ça va ?

— Pour l'instant, oui.

— Où es tu ?

— Je suis parti d'Ostankino, j'essaie d'arriver au centre sans passer par la Loubianka. Pourquoi ?

— Un de mes gars vient de remonter la rue de Tver en auto. Il me dit qu'il y a toute une bande de cette racaille du MNR en train de mettre la mairie à sac.

— Tu sais ce que le MNR pense de toi et de tes compatriotes ?

— Evidemment !

— Pourquoi tu n'enverrais pas quelques-uns de tes hommes les calmer un peu ? Personne ne s'en mêlera, ce soir...

Une heure plus tard, trois cents Tchétchènes armés débarquaient au siège de la municipalité, où les casseurs du MNR s'en donnaient à cœur joie. De l'autre côté de la rue, la statue équestre de Youri Dolgorouki, le fondateur de Moscou, contemplait avec réprobation le portail enfoncé, béant.

Equipés de pistolets, de poignards caucasiens et de fusils-mitrailleurs Uzi, ils se ruèrent à l'intérieur. Gardant en mémoire la destruction de Grozny en 1995, les souffrances infligées à leur patrie, ils ne firent pas de quartier.

Le bâtiment de la Douma, surveillé par une poignée de veil-

485

leurs de nuit et quelques miliciens, était tombé sans aucune difficulté aux mains des « agents de sécurité » recrutés par Grichine. Mais autour de la Vieille Place, par contre, les mercenaires des Dolgorouki, pourtant supérieurs en nombre, avaient du mal à résister pied à pied à l'avancée des troupes de choc du SOBR, mieux entraînées et mieux équipées. Quant aux hommes du Vimpel envoyés contre la base aérienne de Khodinka, ils eurent une mauvaise surprise : les parachutistes présents et les officiers du GRU, prévenus de leur arrivée, s'étaient barricadés à l'intérieur et ne faisaient aucunement mine de se rendre.

Obliquant vers la place de l'Arbat, Monk fut stupéfait du calme qui régnait aux abords du ministère de la Défense. Alors que le fracas des combats au Kremlin parvenait jusqu'ici, le grand immeuble gris, qui aurait pourtant dû être une des cibles prioritaires des putschistes, paraissait endormi. Pourquoi Grichine laissait-il en paix ce site stratégique, au toit hérissé d'antennes assez puissantes pour lancer des appels à l'aide aux troupes stationnées dans tout le pays ? Après avoir consulté son petit carnet d'adresses codées, Monk composa un numéro de téléphone.


Dans ses quartiers de la base Kobiakova, le major général Micha Andreïev vérifiait son nœud de cravate dans la glace avant de se rendre au mess des officiers de sa division. Comme à son habitude, il allait présider les festivités du nouvel an dans une tenue d'apparat impeccable : ou plus exactement, impeccable au début, car, les tankistes étant de solides buveurs, il se retrouvait invariablement débraillé le lendemain, et avec une sérieuse gueule de bois.

La sonnerie du téléphone retentit : sans doute son adjoint l'invitant à se dépêcher, car on n'attendait plus que lui pour commencer la fête, d'abord à la vodka pour les toasts, ensuite avec le champagne et la table dressée à minuit.

— On arrive, on arrive, lança-t-il en saisissant l'appareil.

— Général Andreïev ?

C'était une voix qu'il ne connaissait pas.

— Oui.

— Vous ne m'avez jamais vu, mais j'étais... j'étais un ami de votre oncle.

486

— Ah oui ?

— Un homme exceptionnel.

— Je le pense aussi.

— Il a pris ses responsabilités. Dénoncer Komarov dans cette interview, c'était quelque chose !

— Dites, qui que vous soyez, où voulez-vous en venir exactement ?

— Un coup d'Etat manigancé par Komarov a commencé à Moscou. En ce moment même, on se bat dans la capitale. Son fidèle Grichine est à la tête des Gardes noirs. Quand ils auront Moscou, ils auront toute la Russie.

— Bon, la plaisanterie a assez duré, non ? Retournez vous saouler et fichez-moi la paix.

— Général, si vous ne me croyez pas, pourquoi ne pas appeler quelqu'un en qui vous avez confiance, au centre-ville ?

— Je ne vois pas en quoi...

— De la moitié de Moscou au moins, on peut entendre la canonnade. Ah, et puis je voulais vous dire aussi : les meurtriers d'Oncle Kolya, ce sont les Gardes noirs. Sur ordre direct du colonel Grichine.

Et l'étrange interlocuteur raccrocha. Andreïev resta le combiné à la main, agacé de constater que n'importe qui pouvait appeler sur sa ligne privée, furieux de cette insulte faite à la mémoire de son oncle. Troublé aussi ; et cependant, si quelque chose de grave était en train de se produire, le ministère de la Défense aurait déjà alerté toutes les unités stationnées dans un rayon de cent kilomètres autour de la capitale. L'importante base Kobiakova, qui s'étendait sur une centaine d'hectares, se trouvait exactement à quarante-six kilomètres du Kremlin : le général le savait, pour l'avoir vérifié un jour sur le compteur de sa voiture.

Il venait à peine de reposer le combiné que la sonnerie recommençait.

— Micha, on n'attend plus que toi !

C'était le commandant adjoint, au mess.

— J'arrive, Konni. Un ou deux coups de fil à passer, c'est tout.

Sitôt après, il appelait le ministère à Moscou. L'officier de permanence, auquel il avait demandé à parler, répondit avec une étonnante célérité.

— Oui, qui est à l'appareil ?

— Major-général Andreïev, commandant de la Tamanskaïa.

— Vice-ministre Boutov.

— Ah... Désolé de vous déranger. Tout est normal, à Moscou ?

— Certainement ! Pourquoi ?

— Pour rien... Simplement, je viens de recevoir un appel... bizarre. Enfin, s'il le fallait, je pourrais mobiliser en quelques...

— Restez à votre base, général. C'est un ordre. Toutes les unités sont consignées dans leurs quartiers. Retournez à votre mess.

— Très bien.

Il raccrocha une nouvelle fois. Encore plus troublé. Un vice-ministre qui se trouvait visiblement tout près du standard téléphonique à dix heures du soir, la veille du nouvel an ? Il aurait dû être en train de réveillonner en famille, ou de s'envoyer en l'air avec sa maîtresse dans une datcha tranquille !

Andreïev fouilla dans sa mémoire pour retrouver le nom d'un ancien camarade de promotion, un vieux copain qui avait choisi de rejoindre les services de renseignements, de jouer aux agents secrets au sein du GRU. Après avoir consulté un annuaire militaire confidentiel, il reprit son téléphone.

Personne ne répondait. Il consulta sa montre : onze heures moins dix. Ils devaient déjà être sous la table, à Khodinka ! Soudain, on décrocha :

— Oui, allô ?

Derrière la voix tendue, il entendait des rafales saccadées, des explosions plus sourdes.

— Ecoutez, est-ce que le colonel Demidov est là ?

— Comment je pourrais le savoir, putain ? Je suis couché par terre, avec des balles qui arrivent dans tous les sens ! Vous êtes du ministère ?

— Non.

— Bon, alors, appelle-les, mon pote, et dis-leur de se magner pour les renforts ! On ne tiendra pas encore longtemps.

— Les renforts ? Quels renforts ?

— Ceux que le ministère nous envoie, bordel ! C'est l'enfer, ici !

Andreïev, qui venait encore une fois de se faire raccrocher au nez, réfléchissait à toute vitesse. Non, il n'y avait pas de renforts en route vers Khodinka. C'était impossible. Un général quatre étoiles, vice-ministre de surcroît, venait de lui annoncer de vive voix : toutes les unités étaient consignées à leur base.

Il suffisait d'obéir à la consigne, et sa carrière s'étendait devant lui comme une route bien tracée.

Par la fenêtre, il laissa ses yeux errer sur les trente mètres de cour enneigée qui le séparaient du mess des officiers, brillamment éclairé, où la fête avait finalement commencé.

Et là, dans la neige, il crut voir la silhouette d'un homme élancé, droit comme un i, qui tenait un petit garçon par la main. « On peut te promettre monts et merveilles, te proposer de l'argent, une promotion, des privilèges... Mais ces hommes dont je te parle, je te demande de ne jamais les trahir. »

Sur le clavier du téléphone, il composa un numéro à deux chiffres. Son adjoint lui répondit sur un fond sonore de rires et d'exclamations.

— Konni, peu importe combien nous avons de T-80 et de BTR en état de marche, je veux que tu fasses aligner tous les véhicules de la base capables de rouler, et que tous les soldats qui peuvent encore tenir sur leurs jambes montent dedans. Avec leur équipement de combat. D'ici une heure maximum.

Le commandant adjoint eut un moment d'hésitation, puis :

— C'est sérieux, chef ?

— Tout ce qu'il y a de sérieux, Konni. La Tamanskaïa va à Moscou.

A minuit une, an 2000, les chenilles du premier tank de la division Taman labouraient la neige à la sortie de la base Kobiakova et prenaient la direction de la capitale.

Pour parvenir à l'autoroute de Minsk, il y avait d'abord un étroit chemin de trois kilomètres, que les vingt-six chars T-80 et les quarante et un BTR 80 durent remonter en file indienne et à vitesse réduite. Ensuite, le général Andreïev donna l'ordre d'occuper toutes les voies et d'avancer au plus vite vers Moscou. Les nuages de la journée s'étaient un peu dissipés, laissant apparaître çà et là des étoiles qui brillaient vivement dans l'air glacé.

Lancée à soixante kilomètres à l'heure, à six véhicules de front, la colonne formait une masse redoutable. Un conducteur attardé qui arrivait de la capitale crut d'abord à une hallucination en l'apercevant dans ses phares, puis il eut la présence d'esprit de se déporter en catastrophe sur le bas-côté.

A dix kilomètres du centre, la formation arriva en vue du poste de milice qui, comme sur toutes les artères principales, contrôlait l'entrée dans la circonscription municipale de Moscou. Sans se risquer dehors, les quatre miliciens en faction entendirent le grondement des moteurs lancés à plein régime ; ils s'accrochèrent à la table et à leurs bouteilles de vodka tandis que les colosses d'acier faisaient trembler leur guérite en passant.

Andreïev, qui avait pris place dans le premier tank, aperçut le barrage routier devant lui. Pendant la nuit, les rares automobilistes à circuler s'en étaient approchés, avaient fait halte un moment pour essayer de comprendre ce qui pouvait bien se passer, avant de faire prudemment demi-tour. La colonne, elle, n'avait pas de temps à perdre.

— Feu à volonté, commanda le général.

Le servant de son char n'eut besoin que d'un seul obus de 125 pour atteindre l'un des camions, à quatre cents mètres de distance, et le faire voler en pièces. L'équipage du commandant adjoint, dont le tank était flanc contre flanc avec celui d'Andreïev, infligea le même sort au second poids lourd. Derrière les deux épaves, il y eut quelques tirs à l'arme légère, mais la mitrailleuse lourde du blindé réduisit vite l'embuscade au silence.

A couvert, médusés, les militants des Jeunesses combattantes regardèrent la cohorte de fer foncer à travers le barrage démantelé.

Six kilomètres plus tard, faisant réduire la vitesse à trente kilomètres-heure, Andreïev divisa ses forces : cinq tanks et dix BTR prirent à droite, afin d'aller prêter main-forte à la garnison de Khodinka assiégée, tandis qu'une formation pareillement composée s'en allait vers la gauche, au nord-est, pour libérer la télévision centrale à Ostankino.

Parvenu à la « ceinture des jardins » — le périphérique intérieur de Moscou —, le général demanda aux équipages restants de se mettre en file. Lentement, la colonne s'ébranla en direction du ministère de la Défense, déchirant l'asphalte de la chaussée.

Au standard téléphonique du ministère, installé en sous-sol, le général Boutov releva la tête en entendant le grondement sourd qui se rapprochait, faisant vibrer les murs de béton. Il n'était jamais allé au combat, mais il reconnut aussitôt ce bruit : c'était celui des chars entrant dans une ville.

Les blindés traversèrent l'esplanade de l'Arbat sans s'arrêter, continuant droit vers l'est et la place Borovitski, comme aimantés par les murs du Kremlin. Personne, dans les habitacles hermétiquement fermés, ne remarqua qu'un homme en blouson molletonné et bottes de cow-boy était sorti d'une voiture stationnée parmi d'autres à l'entrée de la place, et se mettait à courir derrière eux.

Au Rosy O'Grady Pub, la communauté irlandaise de Moscou et ses invités célébraient dignement la nouvelle année — avec un feu d'artifice inattendu offert à quelques centaines de mètres de là par la bataille du Kremlin —, lorsque le premier T-80 passa en grondant. L'attaché culturel de l'ambassade irlandaise reposa sa chope de Guinness en prenant le barman à témoin :

— Doux Jésus ! C'était bien un putain de tank, Pat ?

Face à la porte Borovitski, un BTR des Gardes noirs canonnait les créneaux de l'enceinte derrière lesquels la dernière résistance des défenseurs du Kremlin s'était retranchée. Après s'être battus dans l'enceinte pendant quatre heures, essayant de refouler l'invasion, ils s'étaient repliés sur la muraille, espérant encore des renforts : ils ignoraient que le reste des troupes du général Korine, cantonnées hors de la ville, étaient bloquées à la périphérie de Moscou par les barrages des putschistes.

A une heure du matin, le Kremlin était pratiquement tombé, mais les assaillants n'arrivaient toujours pas à prendre le sommet des murs, deux mille deux cent trente-cinq mètres d'un chemin de ronde assez large pour que cinq hommes puissent y passer de front. Depuis leur nid d'aigle, les derniers gardes présidentiels continuaient à tirer, privant Grichine d'une victoire définitive.

Débouchant de l'ouest sur la place, le char d'Andreïev braqua son canon sur le BTR des Gardes noirs et tira une fois, pulvérisant le transport de troupes. A une heure quatre minutes, le T-80, après avoir écrasé sous ses chenilles les débris du blindé et avoir dévalé la pente qui menait à la porte et à la grille démantelées, faisait son entrée dans l'enceinte de la citadelle.

Micha Andreïev n'aimait pas les périscopes, pas plus que ne les avait aimés son oncle disparu. Le visage dissimulé sous son casque et ses lunettes de protection, il ouvrit le sas de la tourelle et émergea jusqu'à la ceinture dans la nuit glacée.

Un par un, les tanks longèrent le Grand Palais, la cathédrale de l'Annonciation et celle de l'Archange, dont les façades étaient criblées de balles, passèrent devant Tsar-Kolokol, la plus grosse cloche jamais fondue en Russie, si lourde que ses deux cents tonnes ne produisirent jamais le moindre son, et débouchèrent sur la place Ivan, là où le crieur public lisait jadis les décrets du tsar.

Le T-80 réduisit en miettes encore deux BTR ennemis, tandis que ses projecteurs balayaient les allées à la recherche des factieux et que derrière Andreïev les deux mitrailleuses, l'une de 7,62 mm, l'autre de 12,7, crachaient sans discontinuer leur feu mortel.

Face aux trois mille Gardes noirs présents dans l'enceinte, il aurait été absurde de donner l'ordre à ses quelque deux cents hommes de quitter leurs blindés pour s'engager dans un combat inégal. D'autant que Grichine n'avait pas prévu l'intervention de tanks et que les putschistes ne disposaient donc pas de l'équipement adéquat.

Plus mobiles, les BTR pouvaient s'aventurer dans les allées et les passages de la citadelle, pendant que les T-80, à découvert, se moquant des tirs à l'arme légère, mitraillaient tout ce qui bougeait. Mais l'effet produit par l'intervention de la division Taman était avant tout psychologique : pour un fantassin, un franc-tireur, l'apparition d'un seul char est une vision d'épouvante. Il ne peut rien contre cette masse d'acier.

Au bout d'un quart d'heure, ce fut la débandade chez les Gardes noirs. Ceux qui n'avaient pu se réfugier dans les églises ou les bâtiments tombaient comme des mouches sous le feu de la colonne blindée.

En dehors du Kremlin, les affrontements en étaient à un stade différent. Le groupe Alpha n'était pas loin de s'emparer de la caserne des OMON quand l'un de ses officiers capta sur sa radio l'appel à l'aide d'un Garde noir paniqué. Celui-ci commit l'erreur de parler des tanks en train de mitrailler l'esplanade où il se trouvait. Aussitôt, le mot passa parmi les commandos Alpha : les blindés intervenaient à Moscou, l'affaire devenait trop risquée, et ce n'était absolument pas ce que Grichine leur avait garanti, en l'occurrence un complet effet de surprise, une puissance de feu dix fois supérieure et pratiquement pas de résistance. Ne pensant plus qu'à leur salut, ils levèrent le siège.

A la mairie, l'intervention tchétchène avait rapidement eu raison des hordes du MNR, tandis que sur la Vieille Place les mercenaires de la mafia commençaient à abandonner les locaux gouvernementaux, sous la pression des OMON et des unités du général Petrovski.

La tendance s'était aussi inversée à la base de Khodinka, où les troupes du Vimpel, prises à revers par l'escouade que Micha Andreïev avait dépêchée là-bas, battaient maintenant en retraite dans un fouillis de hangars et d'entrepôts.

Quant aux hommes de main qui s'étaient emparés de la « Maison Blanche », ils n'étaient certes pas inquiétés, mais tournaient en rond dans l'immense bâtiment vide, en essayant de glaner des informations sur leurs radios. Lorsqu'ils surprirent eux aussi le cri de détresse en provenance du Kremlin, leurs effectifs se mirent à fondre comme neige au soleil, chacun préférant s'esquiver avant qu'il ne soit trop tard.

Grichine ne gardait le contrôle qu'à Ostankino. Mais les responsables de l'occupation, en apercevant à travers les baies vitrées la colonne de blindés prenant position devant l'édifice, en avisèrent leur chef, et la diffusion du flash triomphal qui avait déjà été enregistré fut repoussée à un moment plus opportun.


Le Kremlin est construit sur une hauteur dominant la Moskova, dont les pentes abondent en arbres, conifères notamment. Au sud-ouest de l'enceinte, près de la porte Borovitski — dont le nom provient justement de la forêt de pins qui s'étendait jadis dans cette zone —, la végétation est assez dense pour que, en cette nuit dramatique, personne ne remarquât une silhouette solitaire qui se faufila entre les troncs, atteignit la rampe d'accès et entra dans la citadelle.

Débouchant sous l'arche, l'inconscient fut pris dans le faisceau du projecteur d'un tank qui passait par là. Mais l'équipage, discernant de loin sa veste en molleton et sa chapka qui ressemblait plus à leur couvre-chef réglementaire qu'aux casques d'acier des Gardes noirs, le prit pour un homme de la division Taman, sans doute échappé d'un BTR endommagé et cherchant refuge derrière un mur.

Le char n'insista pas, et Jason Monk non plus : dès que l'aveuglant pinceau de lumière s'éloigna, il courut se mettre à l'abri d'un bouquet d'arbres à droite de l'entrée, et il attendit.

Sur les dix-neuf tours qui hérissent le pourtour du Kremlin, seules trois servent d'accès permanent à la citadelle : alors que les touristes sont admis par les portes de la tour Borovitski ou de celle de la Trinité, le personnel et la garde présidentielle utilisent l'arche de la tour Spassky, sur le flanc est. Monk se trouvait à côté du seul passage ouvert entre l'enceinte et le reste de la cité.

S'il avait tenu à la vie, ou à sa liberté, il aurait détalé au plus vite. Dans peu de temps, les forces loyalistes allaient passer le territoire du Kremlin au peigne fin, fouillant chaque pièce, chaque buisson, et jusqu'aux recoins les plus secrets du poste de garde de la tour Spassky, à la recherche des infiltrés qui pourraient encore s'y terrer : comment expliquer sa présence ici ?

En face de lui, la façade du palais des Armes, réceptacle des plus grands trésors de la Russie accumulés depuis un millénaire, reflétait les flammes qui s'élevaient de l'épave d'un BTR des putschistes. Une partie de la porte avait été enfoncée par l'arrière d'un tank lors d'une manœuvre trop hâtive.

Les combats s'étaient déplacés vers le nord-est de la citadelle, près de l'Arsenal et de la salle destinée aux congrès et aux concerts publics.

Deux heures du matin venaient de sonner quand Monk aperçut un homme en noir arrivant de cette direction, et qui courait plié en deux pour échapper aux balles. Il s'arrêta un instant devant l'épave du BTR, regarda derrière lui s'il était poursuivi. A ce moment, un des pneus du véhicule prit feu brusquement, et dans cette vive lueur jaune le visage du fugitif devint parfaitement visible. Ces traits, Monk les avait longuement étudiés, sur la véranda d'une maison tropicale qui lui semblait maintenant se situer sur une autre planète... Il sortit de l'ombre où il avait si longtemps attendu.

— Grichine !

L'autre plissa les yeux, puis reconnut celui qui venait de l'appeler. Monk le vit agripper la Kalachnikov qu'il portait à bout de bras, une AK-47, enclencher le chargeur et presser la détente. Les balles partirent en rafale, écorchant la chair vive des arbres tout autour de lui. Puis le silence revint d'un coup.

Monk, qui s'était remis à couvert, risqua un coup d'œil. Grichine était parti. Il n'avait qu'une quinzaine de mètres à franchir jusqu'à la porte Borovitski, mais Monk était encore plus près. Il se jeta en avant.

Il ne vit qu'au tout dernier moment le canon du fusil d'assaut pointer derrière le chambranle fracassé, mais réussit à esquiver une nouvelle rafale. Quand les tirs cessèrent, il traversa à toutes jambes la voie d'accès, s'aplatit contre la façade ocre du palais des Armes et dégaina son revolver suisse.

Grichine, qui le croyait encore du côté des arbres, fit un pas hors de la voûte, sa Kalachnikov toujours braqué vers l'endroit où il croyait tapi encore son ennemi juré.

La balle du Sig Sauer toucha le chargeur du AK de plein fouet, faisant sauter l'arme du colonel à plusieurs mètres, dans un coin d'ombre. La Kalachiknov était maintenant hors d'atteinte.

Monk entendit Grichine courir sur le pavé, de nouveau dans l'enceinte de la forteresse. Quelques secondes plus tard, privé des flammes vacillantes du BTR détruit, il pénétrait en tâtonnant dans l'entrée du palais des Armes.

Sur deux étages, les neuf salles de ce musée hors du commun recèlent des trésors d'une valeur incalculable, à la mesure de la richesse et de la puissance des anciens maîtres de la Russie : couronnes, épées, trônes, et jusqu'aux simples mors de leurs chevaux, tout ce qu'ils possédaient n'était qu'or, argent, diamants, émeraudes, rubis, saphirs ou perles.

Sa vue s'habituant peu à peu à l'obscurité, il devina l'escalier devant lui, et à sa gauche l'entrée voûtée qui donnait sur les quatre salles en enfilade du rez-de-chaussée. Un faible bruit lui parvint, comme si quelqu'un venait de heurter par inadvertance l'une des vitrines.

Retenant sa respiration, il se jeta en roulé-boulé dans la première salle, continuant sur sa lancée jusqu'à être stoppé par un mur. Au moment où il tombait au sol, il avait entrevu l'éclair bleuté d'une arme à feu, et une balle était venue fracasser un compartiment en verre juste au-dessus de lui.

Le hall d'exposition était tout en longueur, avec des vitrines de chaque côté et au centre. Quand les spots brillaient et que les touristes se pressaient autour, on pouvait y admirer les tenues de couronnement des anciens souverains de Russie, de Turquie et de Perse, depuis les princes de la vieille Rus jusqu'aux empereurs de la dynastie des Romanov. Les joyaux brodés sur la plus infime parcelle de ces habits somptueux auraient suffi à nourrir une famille d'ouvriers pendant des années.

Quand le dernier éclat de verre eut tinté sur le sol, l'oreille aux aguets de Monk perçut un bref halètement : quelqu'un essayant de reprendre son souffle le plus discrètement possible. Toujours dans le noir le plus absolu, il ramassa un fragment de vitrine et le lança en direction de ce qu'il venait d'entendre.

Surpris par le fracas qu'avait fait le bout de vitre en retombant, l'homme tira encore, puis détala. Guidé par le bruit de ses pas précipités, Monk fonça en avant et s'accroupit derrière une autre vitrine, avant de comprendre que Grichine était passé dans la salle voisine, guettant son arrivée.

Avant de franchir le deuxième passage voûté, il lança un autre fragment de verre le plus loin possible devant lui, fit quelques pas et se dissimula derrière une vitrine. Cette fois, il n'y eut pas de tir en réponse.

Sans le savoir, Monk était maintenant dans la galerie des Trônes, tous sertis de pierres précieuses et d'ivoire, avec celui d'Ivan le Terrible juste à sa gauche, et le siège du couronnement de Boris Goudonov à quelques mètres devant lui.

Levant le bras, il cogna le haut de la vitrine avec la crosse de son automatique. Il avait à peine eu le temps de se recroqueviller à nouveau qu'une balle déchirait l'obscurité au-dessus de lui, arrachant quelques pierres au trône endiamanté d'Alexeï.

Il riposta, évidemment au jugé mais sans doute assez près de sa cible puisqu'il entendit Grichine partir en courant dans la salle d'exposition suivante : l'Américain l'ignorait, et le Russe avait dû l'oublier, mais cette section, réservée aux attelages princiers, était la dernière du rez-de chaussée. Un cul-de-sac, donc.

Monk bondit plus vite encore, décidé à ne pas laisser à son adversaire le temps de se mettre en position de tir. Il atterrit derrière une calèche du XVIIe siècle tout ornée de fruits en or massif. Les équipages, installés sur des plates-formes protégées du public par des cordons, offraient certes un meilleur abri que les vitrines. Mais c'était aussi vrai pour Grichine.

Au-delà des contours presque indistincts du carrosse offert à Boris Godounov en 1600, il essaya de distinguer la silhouette du colonel, et il était en train de forcer en vain sur ses yeux lorsque, par les étroites fenêtres à double vitrage renforcé — et qui ne laissaient donc pas passer grand-chose —, se glissa un rayon de lune soudain sorti des nuages.

Il y eut un faible reflet dans ce vaste espace obscur, un éclat à peine perceptible quelque part derrière la roue richement décorée du carrosse qui avait jadis transporté la tsarine Elisabeth.

Monk essaya de se souvenir des conseils de George Sims lors de leurs séances d'entraînement à Château-Forbes : « A deux mains, mon gars, et bien immobile. Les acrobaties à la *OK Corral*, c'est pour le cinéma ! »

A deux mains, donc, il leva son automatique et visa un point situé à dix centimètres au-dessus de ce qu'il venait d'entrevoir. Respirer calmement, bien immobile, feu.

Le projectile passa entre les rayons de la roue et fut arrêté par quelque chose. Les échos de la détonation s'estompant, il entendit une masse s'affaisser sur le sol.

C'était peut-être une ruse. Il attendit cinq minutes, mais la forme prostrée ne bougeait pas d'un pouce. Se glissant d'un attelage à l'autre, il se rapprocha assez pour distinguer un torse, une tête face contre terre. Revolver toujours en main, il sortit enfin à découvert pour venir retourner le corps.

Sa balle avait touché le colonel Anatoli Grichine juste au-dessus de l'œil gauche. « D'habitude, ça suffit à les calmer », aurait dit George Sims. Penché au-dessus de cet ennemi tant détesté, Monk ne ressentit aucune émotion particulière. C'était ce qu'il fallait faire, point.

Soudain, il rangea son arme, se pencha, attrapa la main gauche du mort et en retira un petit objet qu'il venait seulement de remarquer.

Sur un des doigts crispés de Grichine, c'était l'argent brut de la bague qui avait brillé tout à l'heure dans le rayon de lune, et la turquoise translucide jadis retirée de la terre par un Indien Yute ou Navajo. La bague provenant d'une des contrées les plus secrètes de sa patrie, donnée à un juste sur un banc public de Yalta, et arrachée à un cadavre dans une cour borgne de la prison de Lefortovo.

Glissant l'anneau dans sa poche, Monk tourna les talons et se mit en marche vers sa voiture. La bataille de Moscou était terminée.

# Épilogue

Au matin du 1<sup>er</sup> janvier, la Russie se réveilla pour apprendre les tristes nouvelles que les télévisions répercutaient d'un bout du pays à l'autre. A la vue de ces images, toute la nation fut atterrée et indignée.

Le Kremlin offrait un spectacle de désolation, ses harmonieuses façades, ses corniches ouvragées hachées par les impacts de balles, souillées par la fumée nauséabonde des véhicules militaires calcinés. Deux cadavres gisaient encore au pied du Palais, et on en retirait encore bien d'autres de l'Arsenal et du Palais des congrès, où les pustchistes avaient essayé de se réfugier durant les dernières heures de combat. Le macadam, déchiré par les chenilles, semblait s'être figé sous le froid en longues vagues ondulantes que la neige recouvrait peu à peu.

Revenu précipitamment de sa résidence de vacances, le président Markov arriva en avion vers midi. En fin d'après-midi, il reçut en audience privée le patriarche de Moscou et de toutes les Russies.

Résolu à jouer pour la première et dernière fois un rôle direct dans la vie politique du pays, Alexeï II lui expliqua que la tenue d'élections présidentielles le 16 janvier était désormais impossible, et qu'il fallait convoquer à cette date un référendum sur la restauration de la monarchie.

Paradoxalement, Markov ne se montra pas du tout réticent à cette idée. C'était un réaliste, finalement. Quatre ans auparavant, simple bureaucrate issu de la Compagnie nationale d'exploitation pétrolière, il avait été choisi par le président Tcherkassov pour ses qualités de gestionnaire et sa discrétion. Premier ministre d'un système où le pouvoir exécutif revenait avant tout à l'appareil présidentiel, il avait cependant commencé à apprécier la pompe et le prestige qui entouraient les plus hautes sphères de l'Etat. Propulsé à la tête du pays à la mort de Tcherkassov, cette tendance s'était encore plus affirmée en lui.

Or, l'UFP étant définitivement disqualifiée, il se doutait maintenant qu'une compétition électorale entre le néo-communiste Ziouganov et lui se solderait vraisemblablement par sa défaite. Ce serait donc le retour à la grisaille d'une vie d'apparatchik, au mieux. Par contre, le souverain d'une monarchie constitutionnelle aurait à coup sûr besoin d'un administrateur expérimenté, d'un homme politique avisé, pour former un gouvernement d'union nationale. « Qui, mieux que moi ? », se disait Markov.

Le soir même, un oukaze présidentiel appelait les députés de la Douma à mettre fin à leurs congés et à revenir au plus vite à Moscou pour siéger en session extraordinaire.

Celle-ci s'ouvrit le 4 janvier à la « Maison Blanche », que la tentative de putsch n'avait pratiquement pas endommagée. Aucun parlementaire ne se sentait à l'aise, à commencer par ceux élus sur les listes de l'UFP, occupés à expliquer à qui voulait bien les écouter qu'ils n'avaient quant à eux rien à voir avec la folle aventure dans laquelle Igor Komarov s'était lancé le soir du 31 décembre.

S'adressant à l' « honorable assemblée », le président Markov exposa sa proposition, celle d'une consultation populaire portant sur l'instauration de la monarchie constitutionnelle : un référendum, qui aurait lieu le 16 janvier. N'étant pas membre de la Douma, il laissa le soin au président du Parlement, appartenant lui aussi à l'Alliance démocratique, de déposer une motion en ce sens.

Tacticien avisé, Markov s'attendait à ce que les néo-communistes refusent en bloc une solution qui leur coupait l'herbe sous le pied. Mais il s'était aussi assuré que ses collaborateurs recevraient dans la matinée les députés de l'UFP un par un, et leur expliqueraient que, malgré l'extrême gravité de la tentative de putsch, leur soutien à la proposition du référendum les mettrait à l'abri d'une levée de leur immunité parlementaire : en clair, leur permettrait de conserver leur siège.

Mis en minorité par cette étrange convergence entre l'Alliance démocratique et l'extrême droite, les communistes durent s'incliner. La motion fut adoptée.

Techniquement parlant, ce changement de programme inopiné ne présentait pas de difficulté majeure, puisque les isoloirs étaient déjà installés en vue du scrutin présidentiel. Il fallut seulement imprimer et répartir cent cinq millions de bulletins reproduisant une courte question et deux cases à cocher : *oui* ou *non*.


Le 5 janvier, dans le petit port septentrional de Viborg, Piotr Gromov, un simple milicien affecté aux installations portuaires, écrivit une modeste page de l'histoire de son pays alors qu'il inspectait au petit matin le cargo suédois *Ingrid B*, en partance pour Göteborg.

Il avait quitté le bord et revenait à son bureau pour prendre son petit déjeuner lorsqu'il vit deux hommes vêtus de cabans bleus surgir de derrière un tas de marchandises et courir vers la passerelle qui allait être relevée d'un instant à l'autre. Instinctivement, il leur cria de s'arrêter. Les deux suspects s'immobilisèrent, se consultèrent à voix basse et reprirent leur course de plus belle.

Sortant son pistolet, Gromov tira une fois en l'air, en guise de sommation. Depuis ses débuts, trois ans auparavant, il n'avait encore jamais utilisé son arme de service, et trouva l'expérience très grisante. Cette fois, les deux marins obéirent.

L'examen de leurs papiers prouva qu'ils étaient suédois. Le plus jeune baragouinait l'anglais, dont Gromov connaissait aussi quelques mots. Mais il avait assez traîné ses guêtres sur les docks pour être bien plus à l'aise en suédois, et c'est dans cette langue qu'il lança au plus âgé :

— Alors, où vous alliez comme ça ?

Ni l'un ni l'autre ne répondit. Ni l'un ni l'autre n'avait compris. Par-dessus son bureau, Gromov tendit le bras pour enlever sa toque de fourrure au plus âgé. Ce visage lui disait quelque chose. Il l'avait déjà vu quelque part. Le milicien et le fugitif restèrent un moment face à face, les yeux écarquillés. Oui, à une tribune... devant une foule fanatisée...

— Je te connais, toi, finit par annoncer Gromov.

Igor Komarov et Boris Kouznetsov furent reconduits à Moscou sous escorte. L'ancien dirigeant de l'UFP fut immédiatement inculpé d'atteinte à la sûreté de l'Etat et placé en détention avant son procès. Il échoua dans un cachot de Lefortovo.

Dix jours d'affilée, le débat mobilisa les bulletins d'information, les tables rondes télévisées, les commentaires plus ou moins avisés.

Dans l'après-midi du 14 janvier, le père Roussakov tenait un rassemblement au stade olympique de Moscou. Toutes les chaînes filmant en direct, on estimait son audience à quelque quatre-vingts millions de Russes : Komarov ne faisait pas mieux, en ses heures de gloire.

Le prédicateur développa une argumentation simple. Soixante-dix ans durant, le peuple avait adoré les idoles du matérialisme dialectique et du communisme, qui l'avaient également trahi. Quinze ans durant, il avait voué un culte au capitalisme et au matérialisme, pour un résultat aussi décevant. Maintenant, il était plus que temps pour les Russes de revenir à la foi de leurs ancêtres, de retourner dans les églises et de se placer entre les mains de Dieu.

Les observateurs étrangers ont tendance à croire qu'après plus d'un demi-siècle d'industrialisation et d'urbanisation forcées, les Russes sont devenus avant tout des citadins. Ils se trompent. Encore au début de l'an 2000, plus de la moitié d'entre eux vivaient à la campagne, dans des hameaux souvent coupés du reste du monde plusieurs mois de l'année par la neige et la boue, ou dans de petites villes de province dont les Moscovites soupçonnaient à peine l'existence.

A travers ce pays peu — ou pas du tout — connu, s'étendant sur neuf fuseaux horaires d'est en ouest, on comptait alors cent mille paroisses, dotées chacune d'une église au dôme byzantin, plus ou moins importante, plus ou moins bien décorée, mais dans laquelle la moitié des Russes, bravant le froid en ce matin du dimanche 16 janvier, se rendirent pour écouter leur pope lire solennellement une lettre du patriarche.

Ce document, connu par la suite sous le nom de « Grande Encyclique », est sans doute le texte le plus convaincant qu'ait jamais écrit Alexeï II. La semaine précédente, il avait reçu la bénédiction du conclave des métropolites, après un vote nettement en sa faveur, sinon unanime.

Après la messe du matin, les Russes passèrent de l'autel aux urnes. En raison de l'étendue du territoire, et de l'absence d'équipement informatique dans les campagnes les plus reculées, le dépouillement demanda deux jours. En suffrages exprimés, il y eut soixante-cinq pour cent d'un côté, trente-cinq de l'autre. Soixante-cinq pour cent de « oui ».

Le 20 janvier, la Douma s'inclina devant ce résultat, qui la poussa à adopter de nouvelles motions : la première pour étendre les fonctions présidentielles intérimaires d'Ivan Markov jusqu'au 31 mars, la seconde instaurant une commission constitutionnelle chargée de transcrire le verdict du référendum en termes législatifs.

Un mois plus tard exactement, le 20 février, le président en exercice et la Douma invitaient officiellement un prince résidant dans un pays étranger à accepter le titre et la charge d'empereur de toutes les Russies, dans le cadre d'une monarchie constitutionnelle.

Dix jours après, un avion de ligne russe se posait à l'aéroport moscovite de Vnoukovo, dans la section réservée aux vols spéciaux et aux invités de marque.

D'un coup, l'hiver semblait avoir battu en retraite : il faisait tiède, le soleil brillait, les arbres qui arrivaient jusqu'au bord de la piste reverdissaient.

Devant le terminal, le président Markov dirigeait un comité d'accueil formé des principales personnalités du pays, parmi lesquelles les chefs d'état-major de toutes les armes et le patriarche Alexeï II.

Répondant à l'invitation solennelle, le prince de Windsor, cinquante-sept ans, sortit sur la passerelle et s'apprêta à fouler la terre russe.


Très loin vers le couchant, dans une vieille maison de pierre, à proximité du village de Langton Matravers, Sir Nigel Irvine suivait la cérémonie devant la télévision.

Dans la cuisine, Lady Irvine lavait la vaisselle du petit déjeuner, précaution qu'elle prenait toujours avant l'arrivée de Mme Moir, la femme de ménage, « l'Ouragan », comme l'avait surnommée la maîtresse de maison.

— Que vous arrive-t-il, Nigel ? lança-t-elle tandis qu'elle laissait l'eau savonneuse s'écouler de l'évier. Vous ne regardez jamais la télévision le matin.

— C'est qu'il y a du nouveau en Russie, ma chère.

En y repensant, la partie avait été serrée, très serrée. Conformément à ses principes, il avait choisi l'économie de moyens contre un adversaire bien plus puissant et nombreux : la ruse, la démoralisation, les faux-semblants avaient pourtant suffi à provoquer sa ruine.

Etape numéro un, il avait chargé Jason Monk de constituer une alliance informelle entre ceux qui, à la lecture du « Manifeste noir », seraient susceptibles de redouter les intentions de Komarov, ou de les rejeter avec mépris. Les premiers étaient ceux que le nazi russe plaçait en tête de sa liste d' « épuration » : les Tchétchènes, les juifs, les responsables de la milice qui avaient osé s'en prendre aux alliés mafieux du futur dictateur. Parmi les seconds, l'Eglise et l'armée de Russie, représentées respectivement par le patriarche et le plus respecté de ses officiers, le général Nikolaïev.

Etape numéro deux, il s'était ensuite agi d'installer un informateur dans le camp ennemi : non pour obtenir de précieux renseignements, mais pour le mystifier systématiquement. Alors que Monk suivait son stage en Ecosse, Sir Nigel s'était rendu discrètement à Moscou dans le but de faire reprendre du service à deux « sources » qu'il avait lui-même recrutées jadis, et qui étaient restées en sommeil durant tout ce temps.

L'ancien professeur de l'université de Moscou, devenu éleveur de pigeons voyageurs, était l'une d'elles.

Mais quand celui-ci avait été radié de l'université, son fils avait aussi subi les contrecoups de la répression. Renvoyé du lycée, il s'était tourné vers l'Eglise. Après avoir officié dans plusieurs paroisses, il était devenu le majordome de la résidence du patriarche de Moscou.

Le père Maxime Klimovsky, puisque c'était bien de lui qu'il s'agissait, avait eu l'autorisation — et même la consigne — de trahir Irvine et Monk à quatre reprises, cela afin de gagner durablement la confiance de Grichine. Par deux fois, Irvine et Monk avaient pu s'échapper avant l'intervention du colonel, mais les deux fois suivantes ils avaient dû recourir à des moyens radicaux pour se tirer d'affaire.

Le troisième précepte auquel Sir Nigel avait voulu être fidèle était le suivant : au lieu d'essayer de persuader son adversaire qu'il n'est pas menacé, ce qui est impossible, mieux vaut lui faire croire que la menace n'est pas là où il le pensait d'abord, et qu'il peut l'éradiquer s'il s'en donne la peine.

Après sa seconde visite au patriarche, Irvine avait donc tenu à s'attarder à Moscou pour donner à Grichine et à ses sbires le temps de fouiller sa chambre d'hôtel et de photographier un document compromettant.

Seulement, la lettre d'Alexeï II était un faux, entièrement réalisé à Londres sur du véritable papier à en-tête du patriarche et à partir d'exemples de l'écriture authentique du prélat, que le père Klimovsky avait transmis à Irvine lors de sa première visite.

Dans cette lettre, le patriarche semblait indiquer à son correspondant qu'il soutenait activement l'idée d'une restauration de la monarchie en Russie — ce qui était inexact, puisqu'il réservait encore sa réponse à l'époque —, et inviter le destinataire de sa missive à accepter la succession.

Malheureusement, on s'était « trompé » de prince. La lettre portait le nom et l'adresse du prince Semione, qui vivait dans un manoir de Normandie en compagnie de sa petite amie et de ses chevaux. Faisant de nécessité vertu, on avait jugé que l'aristocrate dissipé pouvait être sacrifié.

La quatrième phase de l'opération avait démarré après la seconde visite de Jason Monk au patriarche : pousser l'ennemi à réagir violemment, et abusivement, à une menace qu'il imaginait pressante mais qui en réalité n'existait pas, ou guère.

C'était le prétendu enregistrement de la supposée conversation entre le prélat et l'agent américain qui avait tout déclenché. En fait, des échantillons de la voix d'Alexeï II avaient été recueillis lors de la première audience accordée à Sir Nigel : son interprète, Brian Vincent, était muni de l'équipement nécessaire. Quant à Monk, il s'était lui-même enregistré des heures durant son séjour à Château-Forbes. Puis, un acteur russe engagé à Londres avait dit le texte prêté par la suite au patriarche, et le tout avait été mixé sur console informatique, sans même oublier le bruit des petites cuillères dans les tasses à café. Finalement, Irvine n'avait eu qu'à glisser la minicassette dans la main du père Maxime avant d'entrer dans le bureau du patriarche, le majordome se contentant à son tour de l'insérer dans le magnétophone que Grichine lui avait confié.

Le contenu de l'enregistrement était mensonger du début à la fin. D'abord, le général Petrovski ne pouvait certainement pas poursuivre ses raids contre les Dolgorouki, puisque toutes les informations que Monk avait pu glaner auprès des Tchétchènes lui avaient déjà été données. De plus, les archives saisies dans les sous-sols du casino ne contenaient aucune preuve tangible que la mafia ait effectivement financé la campagne électorale de l'UFP. Ensuite, le général Nikolaïev n'avait aucunement l'intention d'accorder d'autres interviews avant le nouvel an : il avait « dit ce qu'il avait à dire, point final ».

Enfin, et c'était le plus important, Alexeï II ne se préparait pas du tout à intercéder auprès du président Markov : comme il l'avait maintes fois répété, le prélat refusait de se mêler au jeu politique.

Komarov et Grichine étaient cependant tombés dans le piège, et en surestimant le danger ils en vinrent à concevoir ces quatre tentatives d'assassinat que Monk, sentant arriver le coup, put prévenir, du moins dans trois cas sur quatre...

Jusqu'à la nuit du 21 décembre, et même encore après peut-être, Komarov gardait ses chances électorales. Mais à compter de cette date, Jason Monk passa à la cinquième étape du plan : nourrir et encourager un torrent de critiques contre le leader d'extrême droite dans les médias. A ce stade, la désinformation fonctionna si bien que tout le monde crut que la source des graves accusations lancées contre Komarov était bel et bien un officier supérieur des Gardes noirs.

En politique, comme dans bien d'autres activités humaines, le succès appelle le succès, mais les revers engendrent aussi d'autres revers. Voyant son étoile pâlir, Komarov s'affola : plus il entendait d'attaques contre lui, plus il laissait libre cours à sa paranoïa. Le coup de maître final de Sir Nigel fut de spéculer à fond sur ce délire de la persécution, et de compter jusqu'au bout, malgré les apparences, sur la solidité du père Maxime.

A son retour du monastère de Zagorsk, Alexeï II ne passa pas une demi-minute en compagnie du président Markov. Et quatre jours avant la fin de l'année, les autorités n'avaient toujours pas la moindre intention de lancer une grande offensive contre les Gardes noirs le 1er janvier, ni de jeter Komarov derrière les verrous. Par l'intermédiaire du père Maxime, Sir Nigel insuffla toutefois à Grichine la conviction que ses adversaires étaient beaucoup plus nombreux, déterminés et préparés qu'ils ne l'étaient en réalité. Encore un vieux principe tactique qui prouva là son efficacité. Désormais prêt à tout, Komarov décida de frapper le premier. Et puis, alerté par Monk, l'Etat russe « se défendit lui-même ».

Sans être un pilier d'église, loin de là, Sir Nigel avait toujours pris un grand plaisir et un non moins grand intérêt à relire la Bible. Parmi tous les personnages bibliques, sa préférence allait sans hésitation à Gédéon, le guerrier hébreu.

Ainsi qu'il devait l'expliquer à Jason Monk durant leur séjour écossais, Gédéon était en effet à ses yeux l'inventeur et le premier commandant des unités spéciales d'intervention, et le premier stratège à avoir compris l'intérêt des attaques-surprises menées en pleine nuit.

Sur les dix mille volontaires qui se présentaient devant lui, il n'en retint que trois cents, les meilleurs, les durs à cuire. Et quand il s'abattit de nuit sur le camp des Madianites, il utilisa trois effets tactiques que personne n'a surpassés depuis : le réveil en sursaut, la lumière aveuglante, et le bruit assourdissant, de quoi désarçonner et faire perdre son sang-froid à un ennemi bien supérieur en nombre.

— Ce qu'il a réussi, mon cher Jason, c'est à persuader les Madianites encore à moitié endormis qu'une force gigantesque déboulait sur eux. Alors, ils ont pris leurs jambes à leur cou.

Et plus encore : dans la confusion et l'obscurité, ils se mirent à s'entre-tuer. Pareillement, Grichine, induit en erreur par l'adversaire, s'était donné lui-même un coup de poignard en plaçant sous séquestre toute la direction de ses unités armées...

Faisant irruption dans le salon, Lady Irvine éteignit la télévision d'un geste décidé.

— Allez, Nigel, venez avec moi ! Il fait un temps superbe, et puis nous devons planter les pommes de terre nouvelles.

Le vieux maître espion abandonna son fauteuil.

— Eh oui, les frémissements du printemps... Je vais chercher mes bottes.

Il détestait le jardinage, mais il adorait Penny Irvine.


Le *Foxy Lady* sortit de la baie des Tortues peu après midi.

A mi-chemin de la barre, il croisa le *Silver Deep* du skipper

Arthur Dean, avec deux touristes à son bord. Dean se rapprocha pour un brin de causette.

— Hé, Jason, t'étais parti ?

— Ouais. Une petite balade en Europe.

— Et comment c'était ?

Monk retourna un instant la question dans sa tête.

— Oh... intéressant.

— Ça fait plaisir de te revoir !

Il jeta un coup d'œil sur le pont arrière du *Foxy Lady*.

— Pas de clients, aujourd'hui ?

— Non, non. Il y a un banc de thons rayés à dix milles de la Pointe. Je vais en taquiner quelques-uns, juste comme ça.

Arthur Dean sourit. Cela lui arrivait, à lui aussi.

— Alors, bonne pêche, vieux !

Le *Silver Deep* s'éloigna. La barre franchie, Monk sentit la houle libre de l'océan sous ses pieds. Il respira à pleins poumons le parfum sucré-salé du vent marin.

Il ouvrit les gaz, s'éloignant de l'archipel, toujours plus loin vers la haute mer et la ligne de ciel.

# Liste des personnages

*Apparaissent tout au long du livre :*

JASON MONK, ancien agent de la CIA

SIR NIGEL IRVINE, ancien chef des services de renseignements britanniques

IGOR VIKTOROVITCH KOMAROV, leader de l'Union des forces patriotiques, formation russe d'extrême droite

COLONEL ANATOLI GRICHINE, ancien cadre du KGB, responsable de la sécurité à l'UFP

IVAN MARKOV, président par intérim de la Russie à partir de juillet 1999

OMAR GOUNAÏEV, ancien agent du KGB dans le sultanat d'Oman, chef mafieux à Moscou

*Apparaissent dans la première partie :*

GUENNADI ZIOUGANOV, dirigeant du parti néo-communiste de Russie

JOSEPH TCHERKASSOV, président de la Russie jusqu'à juillet 1999

BORIS KOUZNETSOV, responsable de la propagande à l'UFP

LEONID ZAÏTSEV, employé à l'entretien des locaux de l'UFP

NIKITA AKOPOV, secrétaire personnel d'Igor Komarov

NIKOLAÏ ILITCH TIOURKINE, agent du KGB recruté par Jason Monk

COLONEL STANISLAS ANDROSOV, « résident » du KGB à l'ambassade soviétique de Washington

OLEG GORDIEVSKY, colonel du KGB recruté par le SIS britannique (1985)

VADIM TCHERNOV, inspecteur principal de la milice de Moscou

GÉNÉRAL VIKTOR TCHEBIKOV, président du KGB en 1985

GÉNÉRAL VLADIMIR KRIOUTCHOV, chef de la Première Division du KGB en 1985

GÉNÉRAL VITALI BOYAROV, chef de la Deuxième Division du KGB en 1985

PIOTR SOLOMINE, officier du GRU recruté par Jason Monk

PROFESSEUR GUEORGUY KOUZMINE, médecin légiste moscovite

PAVEL VOLSKY, inspecteur de la Brigade criminelle à la milice de Moscou

EVGUENI NOVIKOV, inspecteur de la Brigade criminelle à la milice de Moscou

COLONEL VLADIMIR MECHOULAÏEV, officier du KGB en charge d'Aldrich Ames

VALERI KROUGLOV, diplomate soviétique recruté par Jason Monk

VASSILI LOPATINE, inspecteur de la Brigade criminelle à la milice de Moscou

PROFESSEUR IVAN BLINOV, physicien nucléaire recruté par Jason Monk

CELIA STONE, assistante du service de presse de l'ambassade de Grande-Bretagne à Moscou

HUGO GRAY, agent du SIS à l'ambassade de Grande-Bretagne à Moscou

JOCK MACDONALD, « chef d'antenne » du SIS à l'ambassade de Grande-Bretagne à Moscou

BRUCE « GRACIE » FIELDS, agent du SIS à l'ambassade de Grande-Bretagne à Moscou

JEFFREY MARCHBANKS, chef de la division Russie du SIS à Londres

SIR HENRY COOMBS, chef du SIS

BRIAN WORTHING, rédacteur en chef du *Daily Telegraph* de Londres

MARK JEFFERSON, chroniqueur vedette du *Daily Telegraph*

LADY IRVINE, épouse de Sir Nigel Irvine

CIARAN, MITCH, anciens membres des forces spéciales de l'armée britannique

SIR WILLIAM PALMER, sous-secrétaire permanent au Foreign Office

CAREY JORDAN, ancien sous-directeur (Opérations) de la CIA à Langley

ALDRICH AMES, ancien agent de la CIA passé au service du KGB

KEN MULGREW, ancien cadre de la CIA, ami du précédent

HARRY GAUNT, ancien chef de la division SE de la CIA

SAUL NATHANSON, financier américain

*Apparaissent dans la deuxième partie :*

ALEXEÏ II, patriarche orthodoxe de Moscou et de toutes les Russies

MAXIME KLIMOVSKY, domestique attaché à la résidence du patriarche

DIMITRI BORODINE, inspecteur de la Brigade criminelle moscovite

BRIAN VINCENT (ou MARKS), ancien membre des forces spéciales de l'armée britannique

DR LANCELOT PROBYN, généalogiste londonien

GREGOR ROUSSAKOV, prêtre orthodoxe russe

GÉNÉRAL NIKOLAÏ NIKOLAÏEV, ancien combattant, héros de l'URSS

ASLAN, MAGOMED, CHARIF, gardes du corps tchétchènes d'Omar Gounaïev

GÉNÉRAL YOURI DROJDOV, ancien cadre du KGB

LEONID BERNSTEIN, président de la Banque fédérale de Moscou

ANTON GOUROV, responsable des programmes d'une télévision moscovite

GÉNÉRAL VALENTIN PETROVSKI, chef de la Brigade antigang de Moscou

MAJOR GÉNÉRAL MICHA ANDREÏEV, commandant de la division blindée d'élite Taman

GÉNÉRAL VIATCHESLAV BOUTOV, vice-ministre de la Défense russe

GÉNÉRAL SERGUEÏ KORINE, commandant de la garde présidentielle du Kremlin

*La composition de cet ouvrage
a été réalisée par Nord Compo,
l'impression et le brochage ont été effectués
sur presse Cameron dans les ateliers
de **Bussière Camedan Imprimeries**
à Saint-Amand-Montrond (Cher),
pour le compte des Éditions Albin Michel.*

*Achevé d'imprimer en avril 1997.
N° d'édition : 16413. N° d'impression : 4/408.
Dépôt légal : avril 1997.*

DEMCO